Ghazi Rabihavi

Söhne der Liebe

Roman

Aus dem Persischen übersetzt von

Gorji Marzban und Thomas Geldner

sujet verlag

Originalausgabe: Pessaran-e Eshgh, Gardun Verlag, Berlin

CIP - Titelaufnahme in die Deutsche Nationalbibliothek

Söhne der Liebe
Ghazi Rabihavi
Übersetzt aus dem Persischen von Gorji Marzban & Thomas Geldner

ISBN: 978-3-96202-107-8

Lektorat: Amir Shaheen
Umschlaggestaltung: Kai Kullen
Layout: Sujet Verlag
Druckvorstufe: Sujet Verlag, Bremen
Printed in Europe
1. Auflage Herbst 2022

www.sujet-verlag.de

Für Karl Hoff

Ich bin verflucht. Das ist auch der Grund, warum ich begonnen habe, diese Geschichte zu schreiben. Damit will ich diesen Fluch ein für alle Mal aufheben und dich darum bitten, mich freizusprechen. Indem ich schreibe, erwecke ich dich zu neuem Leben und kann dich um Vergebung bitten. Denn als wir uns das letzte Mal gesehen haben, kamen wir nicht mehr dazu. Hörst du? Ich schrieb, dass ich keine Gelegenheit hatte, dich um Vergebung zu bitten. Und jetzt schreibe ich, wie schade es ist, dass ich dich nicht in die Gegenwart und die Freiheit zurückholen kann. Darum muss ich nun selbst in die Vergangenheit reisen und zu dir in diesen finsteren Käfig zurückkehren. Ich muss davon berichten, was uns und unserer Liebe widerfahren ist.

Damals erfuhr mein Vater, was er niemals hätte wissen dürfen. Habe ich davon bereits erzählt? Das Spiel hatten wir schon mehrmals gespielt, mit meinen Schwestern und Nichten im Haus von Naneh Reyhan, denn bei ihr durften wir Kinder tun und lassen, was wir wollten. Meine Schwester Behiyeh, die alle Behi nannten, und ich saßen dabei jeweils auf einem Hocker und wurden von den anderen Mädchen mit Schminke, die sie von ihren Müttern geklaut hatten, bemalt. Behi war größer und kantiger als ich, daher wurde sie zum Bräutigam gemacht, mit einem Schnurrbart aus Puppenhaar. Ich dagegen war etwas kleiner und zierlich, also wurde ich nach allen Regeln der Kunst wie eine Braut geschminkt; mit rosa Lippen, auf meinen Wangen reichlich Rouge, die Augen mit Kajalstift schwarz hervorgehoben, dazu blauer und grüner Lidschatten, die Stirn bunt bemalt und mein Kopf mit einem Schleier aus weißer Spitze bedeckt.

Aber eines Tages wurden wir völlig unerwartet von Hamed, der schon von Kindesbeinen an hinter Behi her gewesen war, erwischt. Er verpetzte uns bei meinem Vater Hadji, der auch gleich zur Stelle war und uns einen bedrohlichen und verachtenden Blick zuwarf. Zunächst sagte er nichts, doch noch am selben Abend band er Behi und mich mitten im Hof an einen Jasminbaum und verprügelte uns mit einem nassen Rohrstock, sodass unsere zarten Beine vor Schmerz brannten.

Damals war ich noch nicht an Schmerz gewöhnt. Aber heute hat sich der Schmerz in allen Fasern meines Daseins eingenistet. Deswegen sollte dieses Buch wohl eher Söhne des Schmerzes heißen. Söhne der Liebe ist wahrscheinlich nicht der beste Titel für eine Geschichte, die vor Schmerz und Gewalt nur so strotzt. Vielleicht nenne ich sie am Ende auch Söhne des Todes. Ja, das ist der Titel, den ich auf den Buchumschlag schreiben werde, sobald ich damit fertig bin. Unter anderem auch deshalb, weil du, der Held dieser Geschichte, schon tot bist. Ich habe zwar nicht gesehen oder gehört, wie du gestorben bist, aber ich weiß, du bist tot. Und ich bin für deinen Tod verantwortlich, ich habe dich umgebracht. Ich bin der Mörder jenes Menschen, den ich mehr als alles andere auf der Welt geliebt habe. Was wiederum bedeutet, dass ich verflucht bin.

Ich habe in jungen Jahren meinen Geliebten getötet, und er wurde dadurch für immer ein Teil meines Lebens. Und er erinnert mich unaufhörlich daran, dass ich ihn in den Tod getrieben habe, voller Liebe und mit einem Lächeln auf seinen Lippen. Mit demselben Lächeln, mit dem du mich damals auf dem Hochzeitsfest die ganze Zeit angestarrt hattest. Ich sehe dich in den Tiefen des Spiegels, vor dem ich gerade sitze und verzweifelt versuche, mit mehreren Lagen Puder die Narben in meinem Gesicht zu kaschieren. Oder auch auf der Bühne, wenn ich tanze und mich im Kreis drehe. Dann kann es passieren, dass ganz plötzlich ein Lichtstrahl den Raum aufhellt und ich mitten im Publikum deine Gestalt erkenne, die mich mit genau diesem Lächeln anblickt.

Aber bevor ich von dir erzähle, muss ich mich vorstellen. Denn ich bin es gewesen, der diesen gefährlichen Weg gewählt und dich damit in den Tod geschickt hat. Doch war das wirklich meine Schuld?

Ich bin das Kind einer toten Mutter. Einer Mutter, die ich nie kennengelernt habe und die in meiner Kindheit trotzdem die wichtigste Person für mich war. Obschon sie doch die ganze Zeit tot war. Nur riechen konnte ich sie, denn es lagen bloß ein paar Minuten zwischen meiner Geburt und ihrem Tod. Meine Augen konnten noch nicht richtig sehen und meine ganze Welt bestand lediglich aus der dünnen Linie ihrer blassen Haut. So als wäre meine Mutter die Erdanziehungskraft und mein Kopf eine schwere Masse, die im Weltraum verloren ist und unweigerlich auf diesen Körper fallen muss. Dann tauchte hinter dem Fenster ein Schwarm Sperlinge auf und begann zu krächzen. Ja, so erzählte es mir Naneh Reyhan. Vielleicht sangen die Sperlinge ein Lied, aber in ihren Ohren war es nur ein Krächzen. Währenddessen lag ich auf dem warmen Leib meiner Mutter und auf ihren weichen Brüsten. Um mich herum war nur Lärm und Geruch, und mein größtes Vergnügen bestand darin, meinen Körper an ihrem zu reiben.

Jahre später erst erfuhr ich etwas Schreckliches: Es war an einem Donnerstagabend und Naneh Reyhan verteilte zu Ehren der Verstorbenen *Kheyrat* an Nachbarn und Vorbeigehende. Ich ging vorneweg und trug das Fladenbrot mit Schafskäse und Datteln in einem Korb, der von meinen Schultern baumelte. Naneh Reyhan dachte wohl, ich hätte vor, ihr zu helfen. Aber in Wahrheit war ich nur deswegen mit von der Partie, weil ich selbst ein Savab, eine gute Tat, die von Allah anerkannt und belohnt wird, vollbringen wollte. Naneh Reyhan ging dicht hinter mir, weil sie nicht gut sah. Nach einer Weile kamen wir an Bibi Gohar vorbei, die unter einer Palme saß und mit Korbflechten beschäftigt war. Sie verdiente sich damit ihren Lebensunterhalt. Sie lachte und sagte: „Gott segne eure Toten, ich war am Verhungern."

„Dann bete vor allem für Sara", erwiderte Naneh Reyhan.

Bibi Gohar sagte: „Ha wallah, du hast es auf den Punkt gebracht." Sie lächelte mich an und sagte weiter: „Maschallah, was für einen zuckersüßen Sohn sie doch hinterlassen hat. Gott hat schöne Menschen besonders gern." Mit einem Stückchen Brot in der Hand und geschlossenen Augen murmelte sie ein Gebet für die Verstorbenen. Als sie damit fertig war, blickte sie vorsichtig um sich und sagte: „Verflucht sollen jene sein, die diese gute Frau umgebracht haben."

Das war das erste Mal, dass ich davon hörte. Später erzählte mir Naneh Reyhan leise flüsternd, was geschehen war. Und so erfuhr ich, dass Bibi Gohar von zwei Menschen gesprochen hatte, nämlich von Zobeydeh Khanum, der ersten Ehefrau meines Vaters, und von Bibi Salim, meiner Großmutter väterlicherseits. Beide Frauen hatten mir jedoch erzählt, dass meine Mutter an Tuberkulose erkrankt und dermaßen abgemagert war, dass ihr Körper meine Geburt nicht überstehen konnte. Und dass sie nur deswegen ein paar Minuten nach meiner Geburt gestorben und alle Bemühungen zu ihrer Rettung erfolglos geblieben seien.

„Was für eine glückliche und stets heitere Frau sie doch war", sagte Naneh Reyhan.

Naneh Reyhan war unsere Nachbarin und mit der Familie meines Vaters entfernt verwandt. Sie bewohnte ein kleines Häuschen gleich hinter unserem Haus, das wesentlich größer war. In unserer Familie sah es niemand gern, wenn ich mich bei ihr aufhielt. Alle sagten, sie ticke nicht richtig und erzähle nur wirres Zeug. Aber ich mochte sie sehr gerne und unterhielt mich oft mit ihr. Und als ich älter wurde, brachte ich aus der Stadt Medizin für ihre kranken Augen mit, die ich ihr an manchen Abenden auch einträufelte. Ich vertraute ihr und ließ sie auch an meinen Geheimnissen teilhaben. Naneh Reyhan hatte Angst, dass man mich ermorden würde wie meine Mutter. Und zwar auf Befehl von Bibi Salim. Dafür interessierte ich mich jedoch nicht. Stattdessen wollte ich nur ihre Geschichten über meine Mutter hören.

„Immer glücklich? Wie war sie wirklich?"

„Sie erzählte viel und lachte gerne. Und sie liebte es, das Tamburin zu schlagen und dazu zu tanzen", antwortete Naneh Reyhan.

„Sie wollte tanzen?"

„Nur für sich selbst und um anderen eine Freude zu machen."

„Und wo tanzte sie?"

„Nur hier, in meinem Haus. Sie hatte einen Kassettenrecorder. Darauf spielte sie heitere Musik und tanzte dazu. Sie erzählte, dass die Kassetten ihrem Vater gehört hätten, einem berühmten Musiker."

Der Recorder und alle Kassetten waren verschwunden, ich habe sie niemals gesehen. Lediglich die Geige, die meine Mutter als Erinnerung an ihren Vater behalten hatte, ist mir untergekommen. Nachdem sie krank geworden war, bat sie Hadji, die Geige aufzubewahren und mir zu geben, sobald ich erwachsen wäre. Mein Vater liebte meine Mutter und gab daher auf das Instrument gut acht.

„Ja, er war richtig verknallt in sie. Wenn Sara auf etwas Lust hatte, las ihr Hadji jeden Wunsch von den Augen ab. Einmal, mitten im Winter, hatte sie Lust auf frische Kirschen und Hadji schickte seine Arbeiter in die Stadt, die auch wirklich welche fanden und ihr brachten. Er liebte sie so sehr, und diese Liebe brachte ihr schließlich den Tod."

Einmal im Jahr ging mein Vater auf eine Pilgerreise nach Maschhad, im Nordosten des Iran. Dort lernte er während eines Sommers meine Mutter kennen und die beiden vereinbarten im Hof des Mausoleums von Imam Reza, eine Sigheh[1] einzugehen. Für meinen Vater war das nichts Neues, denn er schloss jeden Sommer mit irgendwelchen Frauen eine Ehe auf Zeit. Aber diesmal war alles anders: Mein Vater verliebte sich Hals über Kopf. Vor dem Mausoleum hielt ein sogenannter Seyyed, ein Erleuchteter und direkter Nachkomme des Propheten, die Hand meiner Mutter in der einen und die Hand meines Vaters in der anderen Hand. Aufmerksam lauschte er in die Stille – man konnte das Brautpaar atmen hören. Dann sagte er zu meinem Vater: „Diese Frau trägt sieben Söhne in ihrem Schoss. Und wenn du dir Söhne wünschst, wird sie dir jedes Jahr einen

1 Nach schiitischer Tradition kann eine Ehe auf bestimmte Zeit, für Tage, Monate oder gar Jahre, geschlossen werden. Sie wird nach der vereinbarten Zeit aufgelöst, aber es gibt keine Scheidung. Sollten aus dieser Verbindung Kinder hervorgehen, dann gelten sie als ehelich.

gebären." Dieser Satz veranlasste meinen Vater, sogleich eine Dauerehe mit meiner Mutter zu schließen und sie als dritte Frau mit nach Hause zu bringen – wo er doch schon zwei andere Frauen hatte. Wahrscheinlich wurden ihr auch besondere Begünstigungen gewährt, nur damit sie mich zur Welt bringen konnte. Aber ihr Leben war zu kurz, um noch weitere Söhne, wie es der Seyyed vorausgesagt hatte, zu gebären. Und auch ich wäre gleich nach der Geburt gestorben, wenn Naneh Reyhan nicht im Zimmer gewesen wäre und einen Eulenschrei[2] ausgestoßen hätte – diesen wortlosen Singsang, den Frauen in unserem Land bei Freude oder Trauer erklingen lassen. Naneh Reyhan schrie aus Leibeskräften, damit Hadji, der im Hof nervös auf- und abging, sogleich die gute Nachricht vernehmen konnte. Während des Gehens murmelte Hadji ungeduldig die Frage, was ich wohl wäre, ein Mädchen oder ein Junge? Ja, was war ich wirklich? Werde ich das gefragt oder frage ich mich das selbst? Keine Ahnung, aber ich sehe meinen Vater in diesen Momenten vor mir, wie er mit offenem Mund und fragendem Blick ausstößt: „Was ist es denn jetzt?"

Diesem Mann, den wir alle Hadji nannten, wurden von seinen beiden anderen Frauen jeweils sieben Töchter geschenkt. Er hatte es satt, von so vielen Mädchen umgeben zu sein, und mit Naneh Reyhans Eulenschrei wurde dieses Schicksal nun ein für alle Mal beendet. Denn ich

2 Diese besondere Art des Heulens wird auch als Ululation bezeichnet und in verschiedenen Weltregionen vorwiegend von Frauen praktiziert.

war ein Junge und ich lebte. Andererseits hatte es Naneh Reyhan geschafft, Bibi Salim und Zobeydeh Khanum nervös zu machen und damit deren Mordpläne zu vereiteln, noch bevor sie die Gelegenheit bekamen, mir mit einer Nadel die Schläfen zu durchbohren. Allerdings wusste Naneh Reyhan nicht, dass die beiden auch geplant hatten, meine Mutter zu vergiften. War das alles nur eine Erfindung von Naneh Reyhans Fantasie oder war es Wirklichkeit?

Jahre später erzählte sie: „An jenem Tag hatte ich solche Angst um dein Leben, dass ich dich selbst gebadet habe." Und dann habe sie mich auf den sterbenden, aber noch warmen Körper meiner Mutter, der langsam kälter wurde, gelegt. Diese Kälte drang in mich ein und sollte für immer in mir bleiben.

Nein, mein Leben war nicht nur kalt, das sollte ich nicht schreiben. Jahre später brachte mir eine Jugendliebe wohltuende Wärme, mit guten und schlechten Erfahrungen, die ich niemals vergessen werde. Und obwohl diese verbotene Beziehung zunächst sehr gefährlich war, fühlte ich mich später, als wir uns an das Leben in der Stadt gewöhnt hatten, glücklich und leicht wie ein Vogel, der sein Ziel erreicht hat. Befreit aus dem Käfig jenes Dorfes, in dem ich geboren und aufgewachsen bin. – Obwohl, manchmal frage ich mich, war das damals nicht auch der schönste Käfig der Welt und würde ich trotz meiner jetzigen Freiheit nicht doch gerne wieder dorthin zurückfliegen? Trotz aller Einschränkungen und Schwierigkeiten, die mir mein Vater bereitet hatte?

Immerhin schickte er mich in die Stadt, wo ich in der Schule schreiben lernen sollte. Zwar war es schwer, zwischen der Stadt und dem Dorf zu pendeln, aber dafür kann ich heute unsere Geschichte niederschreiben. Ich schreibe über meine frühen Jahre und die eines anderen jungen Mannes, der heute noch leben würde, wenn wir uns nicht auf jenem Hochzeitsfest begegnet wären. Hätte mein Vater gewusst, dass ich eines Tages über all diese Dinge schreiben würde, er hätte mich niemals zur Schule gehen lassen. Denn eigentlich hatte er mich in diese Schule geschickt, damit ich eines Tages ein bedeutender Mann werden würde. Auch wusste er selbst sehr gut, dass es vergebens gewesen wäre, dieselbe Mühe für die Mädchen aufzuwenden. Denn diese würde er am Ende doch nur mit einem Mann verheiraten, damit sie von ihm gevögelt würden. Das waren seine Worte, wenn es um die Zukunft seiner Töchter ging. Ich aber war ein Junge, und damit anders. Ich sollte ein gelehrter Mann werden und meinem Vater später zu Diensten sein. Für ihn waren fehlerfreies Schreiben und Lesen bereits die höchste Bildung. Denn im ganzen Dorf und in der näheren Umgebung konnte niemand lesen und schreiben. Hadji musste also auf mich aufpassen, damit er seine Ziele erreichen konnte. Besonders achtete er darauf, dass ich nicht den Weg meines Großvaters mütterlicherseits einschlagen und Musiker werden würde. Die alte Geige behielt er trotzdem. In den Händen meines Großvaters hatte das Instrument magisch geklungen, das erzählte Naneh Reyhan. Nun verstaubte es mit einem Haufen anderer Sachen in meinem Zimmer.

Unser Dorf war weit entfernt von der nächsten Stadt und lag im Mündungsgebiet mehrerer großer Flüsse, darunter Euphrat und Tigris. Mein Vater gehörte zu den wohlhabenden Männern in der Gegend, denn er besaß große Ländereien, mehrere Palmen sowie ein paar Rinder und Schafe. Einmal pilgerte er nach Mekka und wurde damit zu einem Hadji. Dieser Titel war von großem Nutzen, denn damals wurde einem Hadji großer Respekt entgegengebracht und man musste ihm alle Ehren erweisen. Mein Vater wollte als frommer Regionalpolitiker wahrgenommen werden. Außerdem war er sicher, dass früher oder später das irakische Heer von der anderen Seite des Flusses kommen und diese Gegend von der Herrschaft des Schahs befreien würde. Dann ginge die Kontrolle über den Ort an die Einwohner über. In diesem Fall hoffte Hadji auf großen politischen Einfluss und träumte davon, zum Beispiel als Scheich eingesetzt zu werden. Deshalb wollte er auch, dass ich studierte, um dann als Sekretär seine rechte Hand zu sein. Er war bereit, für dieses Ziel alles zu geben, und er scheute weder Kosten noch Mühen für meinen Unterricht und für meinen Transport zur Schule. Also kam ich in die Schule. Es war Herbst und das ganze Land war in einen goldschimmernden Glanz getaucht. Zu dieser Zeit verbot mir Hadji auch, mit Mädchen zu spielen.

„Du bist jetzt ein Mann und gehst in eine Schule für Männer. Es schickt sich nicht, wenn du mit den Mädchen spielst oder wieder etwas machst, wofür du von Frauen und Mädchen ausgelacht wirst. Verstehst du, was ich dir sagen will?"

„Jawohl, ich habe verstanden, Hadji."

Er hatte recht. Ich war herangewachsen und musste mich männlich verhalten, überall, zu Hause, in der Schule und in der Stadt. Im Winter brachte mich ein Chauffeur namens Abud mit seinem schwarzweißen Chevrolet in die Stadt. Ich saß auf dem Vordersitz neben ihm. Er stotterte stark und bevorzugte daher, während der Fahrt nicht zu sprechen. Nur manchmal schaute er mich an und fragte mit einem freundlichen Lächeln: „Sitzt du bequem?"

Ein paar Jahre später – ich war schon etwas älter – wollte ich mit dem Motorrad zur Schule gebracht werden. Besonders an heißen Sommertagen, wenn es nicht regnete. „Du kannst mit mir mitfahren", bot Hamed an. Er war mein Cousin und gleichzeitig ein Arbeiter meines Vaters. Seit seiner frühesten Jugend liebte er das Motorradfahren und erledigte damit die Aufgaben, die ihm von Hadji aufgetragen wurden. Meine Schwester Behi war bereits als Kind mit ihm verheiratet worden, aber Hadji sagte, dass die beiden erst dann richtig Hochzeit feiern dürften, wenn Behi alt genug sei. Nichtsdestotrotz war Hamed die meiste Zeit bei uns zu Hause oder in der Nähe. Behi reifte allmählich heran und ließ mich an ihrer Entwicklung teilhaben. Sie zeigte mir auch die beiden Wölbungen auf ihrer Brust, die immer deutlicher wurden – auch wegen der zunehmend dunkler werdenden Brustwarzen.

„Wenn sie erstmal so groß wie zwei Granatäpfel sind, dann gehe ich zu Hameds Haus“, lachte sie und bedeckte ihre Brust vor meinen Blicken.

„Warum werden meine nicht auch größer?“

„Weil du ein Junge bist, du Dummerchen.“

Die Fahrt zur Schule dauerte rund zwanzig Minuten. Ich saß hinter Hamed auf dem Motorrad und schlang meine Arme um seine Taille. Manchmal wollte er schneller fahren und sagte dann, dass ich mich ganz besonders festhalten solle. Dann klammerte ich mich an ihn und er gab Gas. Ich mochte es, im Wind schnell zu fahren. Einmal nahm Hamed meine Hand, hielt sie fest und führte sie unter sein Hemd und zu seinem Bauch. Seine Haut war kalt, sehr kalt, und ich hatte Angst, weil er jetzt nur mit einer Hand das Motorrad lenkte. Aber was konnte ich tun? Also presste ich mein Gesicht an seinen Rücken und schloss die Augen. Erneut griff er nach meiner Hand und führte sie weiter nach unten. Er lenkte meine Finger an seinem Gürtel vorbei, bis sie die dichte Behaarung in seiner Unterwäsche erreichten. Angeekelt zog ich meine Hand zurück. Aber am nächsten Tag, und in den Tagen darauf, wiederholte sich das Ganze: Er drückte meine Finger immer tiefer zwischen seine Beine, sodass ich sein angeschwollenes und steifes Glied fühlen konnte.

„Magst du das?“ Nein, ich mochte es nicht.

„Du wirst dich daran gewöhnen.“

Ich konnte nicht verstehen, was er meinte und woran ich mich gewöhnen sollte. Und ich gewöhnte mich auch nicht daran, ich war wirklich nur neugierig. Vielleicht mochte ich es doch ein wenig? Nein.

Nein, ich konnte Hamed nicht leiden, das muss ich betonen. Gleichzeitig hatte ich Angst vor ihm. Wie auch immer, um nichts weniger fürchtete ich den allmächtigen Hadji und den Verlust des Vergnügens, mit dem Motorrad zur Schule gebracht zu werden. Daher hütete ich mich davor, Hadji zu sagen, dass ich nicht mehr von Hamed gefahren werden wollte. Wem sonst hätte ich mich aber anvertrauen können? Meine einzigen Vertrauten in dieser ganzen Truppe waren Naneh Reyhan und Behi. Nur mit ihnen konnte ich meine Geheimnisse teilen. Aber Naneh Reyhan konnte auch nicht mehr machen, als Flüche gegen diejenigen auszustoßen, die mir Leid zufügten, oder in Tränen auszubrechen und zu heulen wie ein Schlosshund. Ich konnte nicht sagen, ob sie mit ihren Tränen meinen Kummer beweinte oder ob sie in Wahrheit wegen eigener alter Geschichten jammerte. Jedenfalls riet sie mir, von jetzt an vorsichtiger zu sein und mich nicht mehr mit Hamed abzugeben. Das einzig Gute an diesem Gespräch war jedenfalls, dass sie mich in den Arm nahm und ganz fest an sich drückte. Mit geschlossenen Augen versank ich immer tiefer in ihren Armen und in einem Duft von Rosenwasser.

„Wenn du nur von hier fortgehen könntest, weit weg und an einen sicheren Ort.“ Ihre Finger strichen durch mein Haar.

„Wohin soll ich denn gehen, Naneh?“

„Ach was, ich nehme alles zurück. Hör nicht auf mich, ich rede nur mit mir selbst. Wo könntest du schon hingehen, ein Fremder mit einem so zarten Herz? Nein!", sie biss in ihre Hände und spuckte aus.[3]

Ich hatte keine Lust mehr, mich Behi anzuvertrauen, denn je größer ihre Brüste wurden, umso stärker schlug ihr Herz für Hamed.

„Okay, was erzählt dir Hamed überhaupt?", fragte sie einmal.

„Er sagt, dass er mir Orte zeigen möchte, die ich noch nie zuvor gesehen habe, weit weg, mit Sträuchern und Hainen voller Granatäpfel, dazu rote Kletterrosen, auf der anderen Seite des Flusses", antwortete ich.

„Rote Kletterrosen?"

„Er weiß, dass ich sie gerne betrachte."

„Wie nett von ihm. Was hast du geantwortet?", lachte sie.

„Ich habe ihn daran erinnert, dass er dich bald heiraten wird. Was wäre, wenn du dahinterkommen würdest? Er sagte, sie wird es nicht erfahren. Und falls doch, dann würde es ihr gefallen."

„Ja, da hat er recht."

Allerdings hatte Behi nicht verstanden, dass ich Hamed an mich hätte binden können und damit ihr Rivale geworden wäre, wenn ich nur gewollt hätte. Ich sagte: „Du verstehst nicht, was ich dir sagen will. Es macht überhaupt keinen Sinn, eigentlich muss ich mit ihm darüber sprechen." Damit wollte ich Hamed zu

3 Abergläubische Geste im Iran, wodurch böse Geister vertrieben werden sollen.

verstehen geben, dass er sich zwischen mir und Behi entscheiden musste. Aber an einem anderen Tag, als er unter irgendeinem Vorwand wieder sehr nahe an mich heranrückte, flüsterte ich ihm verspielt, aber drohend ins Ohr: „Wenn ich das jetzt alles Hadji erzählen würde? Soll ich?"

Er bekam Angst, zuckte jedoch mit den Schultern und tat, als ob es ihm egal wäre. Aber er ließ mich fortan in Ruhe. Trotzdem war er auch weiterhin öfter in unserer Gegend oder bei uns zu Hause, denn nach all den Jahren hatten Behis Brüste die Größe von Granatäpfeln erreicht und man konnte sie unter ihrem Kleid deutlich erkennen. Bald darauf heirateten sie und Behi zog zu Hamed ins Nachbardorf. Nichtsdestotrotz waren die beiden nach wie vor sehr oft bei uns. Weil ich jeglichen Körperkontakt mit Hamed vermeiden wollte, schüttelte ich ihm nicht mal mehr zur Begrüßung die Hand. Ich wollte dies um jeden Preis vermeiden, obwohl es Tradition war. Aber nicht nur bei Hamed, ich mied alle Männer. Es widerte mich an, wie sie sich gegenseitig umarmten und küssten. Zuerst schüttelten sie sich die Hände, dann drückten sie die Hand ihres Gegenübers, daraufhin klebten sie sich einen feuchten Kuss auf die eine Wange und dann auch noch einen auf die andere Gesichtshälfte. Zwei grobe Gesichter, die sich kaum ausstehen konnten oder sich sogar anwiderten. Was sie bei diesen Küssen empfanden oder was sie sich davon erhofften, wusste ich nicht. Mich ekelte es an, Hameds Hand zu schütteln, geschweige denn, ihn zu küssen oder zuzulassen, dass er mich küsste. Ständig wiederholte ich in meinem Kopf, dass ich ihn nicht leiden konnte, und ich versuchte, seinen groben Körper auf Abstand zu halten. Bis zu jenem Tag, als ich seine Nähe suchte, nur um Nadjis Leben zu retten. Wenn Behi mich an diesem Tag nicht gewarnt hätte, dann wäre Nadji vielleicht noch am selben Tag getötet worden.

Ich muss erzählen, wie Hamed, Nadji und ich an jenem frühen Morgen in den Fluss fielen. Wie immer war es Behi, die mir die wichtigsten Nachrichten überbrachte, so wie sie mir damals von dem Tänzer auf dem Hochzeitsfest erzählt hatte. Sie wusste, dass ich Tanzen liebte, und sie hatte das Bild einer Tänzerin an meiner Wand gesehen. Leider konnte ich diese Bilder nicht die ganze Zeit an der Wand lassen, denn Hadji hätte sie zerrissen, wären sie ihm unter die Augen gekommen. „Das Fest ist beim Bräutigam, ganz in der Nähe von Sabri", sagte Behi. Sabri war unsere älteste Schwester. Sie hatte bereits geheiratet, bevor ich zur Welt kam. Ihre Kinder waren in unserem Alter und als wir klein waren, spielten sie oft mit Behi und mir.

„Bist du sicher, dass auf dem Fest morgen auch Musikanten und eine Tänzerin sein werden?", fragte ich.

„Das habe ich mit meinen eigenen Ohren von der Schwester der Braut gehört", sagte Behi. Und um meine Aufregung noch zu steigern, fuhr sie fort: „Sie sagen, die Tänzerin sei etwas ganz Besonderes."

Behi wusste, dass es mir gefallen würde, die Tänze beim Hochzeitsfest anzusehen. Aber sie konnte natürlich nicht wissen, dass meine Anwesenheit bei diesem Ereignis mein Leben völlig verändern und mich auf einen ganz anderen Pfad bringen würde. Einen seltsamen Weg, über den ich schreiben werde.

„Dann muss ich Hadji dazu bringen, mir zu erlauben, zu dieser Hochzeit zu gehen“, sagte ich.

„Und ich muss mit Hamed verhandeln“, antwortete Behi.

Hamed hatte ein wenig Angst vor Behi, daher war es für sie nicht schwer, seine Erlaubnis zu erhalten. Das Verhandeln mit Hadji bereitete mir allerdings einiges Kopfzerbrechen. Er sagte, Hochzeitsfeste wären einfach nur Unterhaltungen für kleine Kinder und Frauen. Außerdem wäre es einem pubertierenden Jungen verboten, Tänzerinnen mit fast nackten Brüsten zu sehen.

„Pubertierend?“, fragte ich.

Sarkastische bewegte er seine Hand vor mir rauf und runter und sagte: „Bei Gott, du mit deiner Körpergröße und deiner Bildung, du weißt noch immer nicht, was pubertierend oder unreif bedeutet? Wie bedauerlich!”

Ich hatte ihn verstanden und wusste genau, was er meinte. Aber ich wollte mit ihm noch nicht darüber sprechen. Die Tänzerin zu sehen, war alles, woran ich denken konnte. Ich gab mich also nicht geschlagen und nach einiger Zeit erlaubte er mir tatsächlich, zu dieser Hochzeit zu gehen.

Als der Onkel des Bräutigams erfuhr, dass wir Hadjis Kinder waren, bemühte er sich um gute Plätze für uns. Behi saß bei den Frauen, ich bei den Männern. Kaum hatten wir uns auf den Stühlen niedergelassen, erschien auch schon ein Mann mit einem Tablett, worauf sich zwei Tassen Kaffee für Hamed und mich befanden. Hamed nahm eine der Tassen, ich die andere. Der Kaffee war für meinen Geschmack viel zu bitter.

Schließlich kamen die Musiker und begannen zu spielen und zu singen. Die Tänzerin erschien erst später. Sie hatte metallene Kastagnetten in ihren Händen, die sie gleichmäßig aneinanderschlug. Dazu bewegte sie ihren Körper im Rhythmus der Musik. Manchmal hielt sie kurz inne und schüttelte ihre Brüste, worauf der ekstatisch tönende Trommler hinter ihr etwas brüllte. Ich konnte aber beim besten Willen nicht verstehen, was, egal wie sehr ich mich auch bemühte. Dann wandte sich die Tänzerin dem Trommler zu, präsentierte ihm ihren Körper und lachte, worauf die Hände des Mannes noch aufgeregter über die Trommeln wirbelten. Die Wölbungen unter ihrem engen Kleid waren wie zwei verborgene Granatäpfel, die sie zur Schau stellte und damit die Aufmerksamkeit der männlichen Festgäste erregte. Die älteren Männer starrten auf das Beben dieser Granatäpfel, die sämtliche Blicke auf sich zogen. Unbeeindruckt davon war nur der junge Geiger, der auf einem Stuhl saß und lediglich Augen für sein Instrument hatte. Manchmal tanzte die Tänzerin ganz nahe an ihn heran und beugte sich vornüber, sodass ihre Brüste vor seinem Gesicht hin- und herschaukelten. Der Geiger zeigte sich davon unbeeindruckt und wich bloß ein Stück zurück, damit sein Geigenbogen nicht mit ihrem Busen in Berührung kam. Ihr Oberteil aus blauem Satin war knapp geschnitten und schulterfrei. Der Anblick ihrer Brüste beeindruckte mich kaum, aber ich war betört von den Kurven ihre Taille, die sich im gelben Licht der Lampions wie eine Schlange wanden. Ihr wallendes Gewand strahlte in tausenden Farben, mit Spitzen und Bändern, und mit jeder Bewegung schienen sich die Spitzen in tausende Schmetterlinge zu verwandeln, die alle zusammen im Kreis flatterten.

Der Trommler stimmte ein Lied an und sang von einer treulosen Liebhaberin: „Du hast gesehen, wie ich am Kai auf dich wartete, sieben Tage und sieben Nächte ohne Schlaf und ohne Essen, aber du bist an mir vorbeigegangen, ohne mich eines Blickes zu würdigen, meine Geliebte." Eine Frau stieß einen Eulenschrei aus. Die Tänzerin hielt inne und setzte zu einem atemberaubenden Sprung an. Sie konnte sehr hoch springen und mit den Fußspitzen ihre wohlgeformten Hüften berühren. Später erfuhr ich, dass man für dieses Kunststück sowohl Können als auch Ausdauer benötigt. Heute, da ich selbst Tänzer bin, weiß ich, wie schwer diese Art des Tanzens ist, und kann nachvollziehen, warum sie dabei so anmutig und glücklich wirkte. Das Schönste an ihr waren ihr Lachen und ihre schlanken Beine, die sich unter dem rosaroten Rock überall hinbewegten. Sie war barfuß und hatte rote Zehen- und Fingernägel. Sie tanzte innerhalb eines Kreises aus metallenen Stühlen, die im Innenhof des Anwesens aufgestellt waren. Manchmal trat sie auch aus dem Kreis heraus und näherte sich einem bestimmten Mann aus der Menge, den sie zuvor ausgewählt hatte. Dieser war jeweils gut angezogen und es war anzunehmen, dass er wohlhabend war oder zumindest an diesem Abend etwas Geld in der Tasche hatte. Zuerst stand die Tänzerin vor dem Mann, tanzte ein wenig und drehte ihm den Rücken zu. Dann beugte sie sich nach hinten, sodass ihre langen schwarzen Haare sein Gesicht berührten. Immer tiefer beugte sich die Tänzerin zu dem sitzenden Mann, bis sie letztendlich mit der Stirn seine Brust erreichte. Sie schüttelte ihre Brüste und beugt sich so tief hinab, dass der Mann ihren nackten Busen unter dem Dekolleté sehen konnte. Voller Verlangen hätte er sie gerne angefasst, aber wie ich erfuhr, war es den Männern verboten, den Körper einer Tänzerin zu berühren. Das beruhigte mich, denn ich hätte unter keinen Umständen gewollt, dass irgendein Mann meine Tänzerin auch nur irgendwo berührt hätte. Die Tänzerin verharrte mit nach hinten gebeugtem Oberkörper so lange vor dem Mann, bis er einen Geldschein aus seiner Tasche holte und in ihren Ausschnitt steckte. Sobald sie das Geld bekommen hatte, richtete sie sich langsam wieder auf, ohne jedoch mit ihren rhythmischen Bewegungen aufzuhören. Ihr Körper gehorchte voll und ganz der Musik, die vom Trommler und vom Geiger gespielt wurde. Nachdem sich die Tänzerin wieder ganz aufgerichtet und den Geldschein sicher in ihrem Dekolleté verstaut hatte, gab sie dem Mann einen langen Kuss auf die Wange und kehrte alsbald in den Kreis zurück, um nach einem weiteren Mann Ausschau zu halten. Welches Geheimnis bergen weibliche Brüste, dass sie Männer so sehr hypnotisieren können? Ich erinnere mich an die Zeit, als meinen Schwestern gesagt wurde: „Schließt die Knöpfe eurer Blusen, damit die Linie zwischen euren Brüsten verdeckt ist! Wie Schlampen seht ihr aus!"

Die Stühle waren für die Männer, junge und alte, die alle eine Kufiya trugen, genau wie mein Vater. Nur besuchte mein Vater keine Hochzeitsfeste. Er erlaubte nicht einmal, dass Musikanten auf den Hochzeiten seiner eigenen Töchter aufspielten. „Wir sind Moslems, wir folgen Gott in guten und in schlechten Zeiten", pflegte er zu sagen. Daher wurde während der Hochzeiten der Mädchen auch drei Tage lang vom Dach unseres Hauses aus dem Koran rezitiert.

Die Tänzerin kam nun in meine Richtung. Schon als sie mich vorher aus der Ferne beobachtet hatte, spürte ich Angst in mir aufsteigen. Meine Augen spähten nach Hamed, als ob er mich von dieser Angst hätte befreien können. Er war jedoch nirgends zu sehen. Wahrscheinlich schlich er hinter Behi her. Die Tänzerin schaute mich an, kam dann auf mich zu. Und erregte dabei die Aufmerksamkeit aller Männer und wahrscheinlich auch aller Frauen. Die Frauen konnte ich jedoch nicht sehen, denn sie befanden sich hinter mir und den Stuhlreihen der Männer. Das alles war mir schrecklich peinlich, denn am Ende stand die Tänzerin ganz nahe vor mir, schüttelte, drehte und beugte ihren Körper. Ich hielt meinen Kopf gesenkt und konnte nur ihren Duft wahrnehmen. Strömte er aus ihrem Nabel, der sich jetzt unmittelbar vor meinem Gesicht befand? Erinnerte er mich an den Geruch meiner Schwestern nach der Hochzeitsnacht? Ich griff in meine Tasche und suchte nach einem Geldschein, den ich ihr hätte geben können, damit alles rasch vorüber wäre – obwohl mein Körper irgendwo tief drinnen durchaus das Verlangen verspürte, dass sie bleiben, sich schütteln und an mir reiben würde. Aber was würde Hadji sagen, würde er mich auf dieser Hochzeit sehen? Ich hatte den Geldschein in der Hand und wollte ihn ihr in die Hand geben, aber sie lehnte ab und deutete auf ihren Ausschnitt. Alles was ich wollte, war das Geld sofort loszuwerden und gleich darauf zu verschwinden. Die Tänzerin legte ihren Finger unter mein Kinn und drückte es sanft nach oben, nahe an ihre Brüste. Da durchströmte mich eine Freude, die ich bislang noch nicht gespürt hatte. Meine Nasenspitze wurde von ihrem Duft umfangen, und das Gewicht der beiden schweren Wölbungen an meinem Kopf und in meinem Gesicht war nicht auszuhalten. Meine Hand wanderte nach oben und steckte den Geldschein in die Linie zwischen diesen beiden Wölbungen. Als ich meinen Kopf zum zweiten Mal anhob, war die Tänzerin bereits fort und ich konnte nur noch die Musikanten hören.

Einige Leute standen auf dem Hausdach und schauten von oben in den Innenhof. Unter all diesen nach unten geneigten Häuptern gab es aber nur ein einziges Gesicht, das sofort meine Aufmerksamkeit erregte und den leeren Raum zwischen uns mit großen Augen und wunderbar dichtem Haar füllte. Ich hatte diesen jungen Mann, der für einen kurzen Augenblick aus der

Menge hervortrat und gleich wieder verschwand, schon einmal gesehen. Wo hatte ich ihn nur gesehen? Da erinnerte ich mich. Es musste am Flussufer gewesen sein. Er hatte das hohe Gras mit seiner Sichel geschnitten und es dann in einer Ecke aufgestapelt. Ich hatte ihn auch gesehen, wie er auf dem frisch geschnittenen Gras in seinem Boot gelegen und mit dem Wind gesungen hatte. Ich war jedoch nie auf ihn zugegangen, um zu plaudern. Und seinen Namen kannte ich auch nicht. Bis heute Abend.

„Nadji[4]", sagte er.

Mir fiel auf, dass ich ihn lange anstarrte, ohne etwas zu sagen. Es dauerte einige Zeit, bis ich mich wieder gefangen hatte.

„Und mein Name ist Djamil[5]", sagte ich.

„Oh, dann wusste deine Mutter wohl schon, dass du einmal so gut aussehen wirst, wenn sie dich mit diesem Namen gerufen hat", antwortete er.

Er lachte und ich senkte meinen Kopf.

„Mit wem bist du denn verwandt, dass du hier mit so viel Respekt behandelt wirst? Braut oder Bräutigam?", fragte er.

„Wie sieht es denn bei dir aus?", fragte ich.

„Warum würde ich ohne Abendessen auf dem Dach stehen, wenn ich mit jemand von diesem Fest verwandt wäre? Sie haben uns nicht mal ein Glas Fruchtsaft angeboten", lachte er.

„Ich bin auch nur gekommen, um die Band zu sehen",

---

4 Nadji bedeutet der Retter.

5 Djamil bedeutet der Schönste.

antwortete ich. „Wer ist deiner Meinung nach der Beste?"

„Die drei sollten zusammenspielen, dann würde es funktionieren. Aber jeder, der Geige spielen und etwas singen kann, wird auch so ein Programm zusammenstellen können, denke ich."

„Mein Großvater hat auch Geige gespielt. Ich habe ihn aber nicht kennengelernt. Er starb jung, wie meine Mutter."

„Dann gefällt dir der Geiger bestimmt am besten. Ja, natürlich."

Ich sagte nichts. Er fragte: „Mir scheint, dass dir ein anderer besser gefallen hat. Das verrätst du mir aber wohl nicht?"

Ich hatte das Gefühl, im Boden zu versinken, und wusste, dass ich weglaufen musste. Und ich lief. Ich ließ mir vom Onkel des Bräutigams ein riesiges Glas Saft geben und brachte es Nadji. Begeistert trank er es in einem Zug leer. Ich erzählte, dass ich ihn schon mal am Flussufer gesehen hatte, als er dort Gras zusammenklaubte. Aber ich hatte bisher nicht gewagt, ihn anzusprechen, denn Hadji hatte mir verboten, mich mit fremden Kindern aus der Nachbarschaft abzugeben. Dann fuhr ich fort, dass ich Hadjis Gebot ab sofort ignorieren und zum Flussufer kommen würde, um mit ihm zu sprechen.

„Wann wird das sein?", wollte Nadji wissen.

Dann kam Behi, die mich gesucht hatte, auch auf das Dach. Noch bevor sie mich sah, hatte ich Nadji den Rücken gekehrt und lief ihr entgegen. Zusammen gingen wir nach Hause. Vor uns marschierte Hamed mit einer Taschenlampe durch den dunklen Palmenhain. Dachte ich im Stillen an die Tänzerin oder an Nadji? Vor wem war ich davongelaufen und bei wem hatte ich Schutz gesucht? Ich redete mir ein, dass ich an die Tänzerin und an ihren wunderbaren Duft denken sollte.

„Wie schön sie getanzt hat“, sagte ich.

„Sehr“, antwortete Behi.

„Du musst schon eine Frau sein, um so zu tanzen. Wie kunstvoll sie getanzt hat. Magisch!“

„Der Typ hat besser getanzt als jede Frau. Du hast doch selbst gesehen, was er mit seiner Taille angestellt hat.“

Einer der schönsten Momente für einen Spaziergang am Fluss war der Sonnenuntergang. Ich spazierte über eine schlammige Ebene und blickte zum Flussufer, wo manchmal junge Männer und Frauen arbeiteten. Sie schnitten Schilf mit langen Sicheln, sammelten es und brachten es daraufhin zu sich nach Hause oder zu ihren Lehnsherren. An diesem Ort sah ich Nadji wieder. Er hatte sein Boot am sumpfigen Ufer des Flusses festgemacht und schnitt gerade Gras, das zum Teil höher gewachsen war als er selbst. Ich blieb stehen. Er hob seinen Kopf und als er mich bemerkte, hörte er auf zu arbeiten. Eine ganze Weile schauten wir uns nur an. Dann zog ich meine Schuhe aus, warf sie ins Trockene und sprang zu ihm ans Flussufer. Er schaute mich an und lachte. Dann erzählte er, dass er diese Arbeit bereits seit er denken könne mache. Das geschnittene Gras brachte er mit seinem Boot zu Leuten, die es als Futter für ihre Tiere benötigten. An diesem Tag blieb ich bei ihm und half ihm bei der Arbeit. Er hielt das hohe Gras mit einer Hand fest und schnitt es mit der Sichel ab. Die zarten Grashalme fielen zu Boden, ich sammelte sie auf und schnürte sie zu festen Bündeln zusammen.

„Der Sonnenuntergang ist die Zeit zum Ausruhen. Warum arbeiten die Grasschneider zu dieser Tageszeit? Wenn alle anderen von der Arbeit nach Hause gehen?", fragte ich.

„Die beste Zeit zum Grasschneiden ist entweder in der Morgen- oder in der Abenddämmerung. Du solltest die Pflanzen nicht berühren oder ihnen weh tun, wenn die Sonne hoch am Himmel steht. Das mögen sie nicht", antwortete er.

„Denkst du etwa, Gras hat Gefühle wie wir?", fragte ich.

„Natürlich hat es welche. Es darf aber trotzdem geschnitten werden", erklärte er, außer Atem von seiner Arbeit.

Ich war völlig versunken in die Betrachtung der frisch geschnittenen Grashalme, die ich in meinen Händen hielt, als ich seine Stimme wahrnahm. Ich sagte: „Sicher. Was sonst sollten wir dann den Kühen oder Schafen zum Fressen geben? Ihre Verdauungsorgane sind unseren ähnlich. Und selbst wenn es anders wäre, sie brauchen schließlich Nahrung so wie wir."

Abwesend sah er mich an und setzte seine Arbeit fort. Entlang des Flussufers war überall weicher Schlamm. Ein Stück weiter bahnten sich schmale Gassen durch das grüne Gras, in denen ein paar Mädchen arbeiteten. Sie trugen bunte Kleider, schnitten Gras und kamen allmählich in unsere Nähe. Aber ich hatte nur Augen für Nadji und wollte angenehme Dinge von ihm hören.

„Schön, dass du deine Haare kurz geschnitten hast."

Er nahm seinen Fuß von dem Bündel Gras, das er gerade zusammengebunden hatte, streckte seinen verspannten Rücken und sagte mit einem Lächeln: „Sagst du das nur, um mich reinzulegen wie mein Vater, oder meinst du es wirklich?"

„Was meint denn dein Vater?"

„Er sagt, Männer müssen ihre Haare kurz tragen. Dann entgegne ich, was ist, wenn ein Mann lange Haare möchte? Wen geht es was an? Aber er sagt immer, nein, das geht nicht. Er sagt, ein Mann, der lange Haare trägt, ist kein Mann. Und wenn er mich nicht davon überzeugen kann, sagt er, ganz ehrlich, lange Haare stehen dir überhaupt nicht."

„Als ich dich auf dem Hochzeitsfest gesehen habe, trugst du deine Haare lang. Von deinem Gesicht konnte man nur deine großen Augen sehen." Er nahm ein weiteres Grasbündel und trug es zu seinem Boot. „Warte, ich helfe dir", sagte ich.

„Du bist es nicht gewöhnt, im Schlamm zu laufen. Pass auf, dass du nicht hinfällst." Er hatte recht. Vorsichtig setzte ich einen Fuß vor den anderen und blickte ängstlich nach vorne. Meine wackeligen Schritte im Schlamm verrieten, dass ich tatsächlich nicht daran gewöhnt war. Aber das wollte ich von niemandem hören – und insbesondere nicht von Nadji.

„Du machst dich wohl lustig über mich?"

„Lustig? Nein. Wieso? Wie meinst du das?", fragte er.

„Weißt du, manche Jugendliche in unserem Alter sagen, ein richtiger Mann klettert schnell auf eine Palme und wirft die reifen Datteln hinunter. Dann fragen sie mich, kannst du eigentlich auch auf Palmen klettern und reife Datteln ernten? Sie fragen mich auf eine Weise, die ernst klingt, aber eigentlich sarkastisch gemeint ist. Das heißt, warum kann ich keine so einfache Arbeit erledigen? Etwas, wozu jeder Mann fähig sein sollte, nur ich nicht."

„Vielleicht gibt es aber auch Dinge, die nur du kannst, und keiner von ihnen. Nicht wahr?", meinte Nadji.

„Zum Beispiel?", fragte ich.

„Ich weiß, dass du lesen und schreiben kannst. Du kannst Briefe lesen und schreiben. Du kannst Romane lesen oder Zeitungen, die in der Stadt gedruckt werden. Wer von ihnen kann das schon? Sag doch ehrlich."

„Von denen, die ich kenne, keiner."

„Dann war dein Vater sehr weise, denn er hat dich in die Schule geschickt. Du musst ihm sehr dankbar sein. Ein toller Vater."

„Ich bin ihm ja auch sehr dankbar. Ja, das bin ich wirklich."

„Er erlaubt dir nicht mal, schwere Arbeit zu verrichten. Weißt du eigentlich, wie wichtig das ist?"

„Bei uns ist Grasschneiden eine Tätigkeit für die Arbeiter."

„Ich weiß."

„Das weißt du?"

„Ja, das habe ich von Seyyed gehört. Er ist einer der Arbeiter deines Vaters und ein guter Mensch. Ein paar

Mal habe ich gesehen, wie er mit anderen Arbeitern zusammengesessen ist und Zigaretten geraucht hat. Er erzählte von seinem Herrn, lauter gute Dinge. Er sagte, dein Vater ist ein netter Mensch und er behandelt seine Arbeiter gut. Dein Vater wünscht sich, dass du eines Tages ein wichtiger Beamter wirst."

Nadji war im Boot und ich stand noch immer bis zu den Knöcheln im Schlamm. Liebevoll schaute er mir in die Augen. „Es steht dir gut, ein bedeutender Mann zu sein, ein gebildeter und wichtiger Mensch." Wir schwiegen beide für eine Weile. Dann sagte er: „Gut, jetzt bin ich hier fertig und muss gehen. Jemand wartet auf das Gras, um seine Tiere zu füttern. Was machst du?"

„Ich muss auch nach Hause. Wahrscheinlich suchen sie schon nach mir. Aber ehrlich…"

Er blickte mich an und wartete darauf, dass ich den Satz beendete. Aber das tat ich nicht. Noch immer hielt Nadji die lange Stange in den Händen, die zum Bewegen des Bootes verwendet wird.

„Was denn? Du lässt einen warten und sprichst nicht zu Ende. Sag doch."

Ich lachte. „Nein. Ich möchte einfach nur mit dir im Boot sitzen und eine Runde drehen. Nicht weit, nur hier in der Nähe."

„Worauf wartest du noch. Spring rein."

„Aber was ist mit meinen Füßen, sie werden dein Boot schmutzig machen."

„Schlamm ist nicht schmutzig. Es ist nur nasse Erde. Deine Füße sind nicht schmutziger als meine. Los, verlieren wir keine Zeit, die Sonne geht bald unter."

Für mich war es ganz neu, eine solch liebevolle Stimme wie seine zu hören. Bis dahin hatte ich noch keinen gleichaltrigen Jungen kennengelernt, der eine derart männliche, würdevolle und freundliche Stimme hatte. Sein vertrauter Blick wirkte, als ob er mich schon seit Jahren kannte. Ich lächelte, bückte mich und zog das Boot in meine Richtung. Dieses jedoch kippte plötzlich – gemeinsam mit seinem einzigen Insassen, der sich weiter an der Stange festhielt. Beinahe wäre das Boot gekentert. Schnell zog ich meine Hände zurück und hielt sie vor meine Augen, um nicht mitansehen zu müssen, wie Nadji ins Wasser fiel. Dann öffnete ich zwei Finger und guckte hindurch. Nadji konnte die lange Stange schnell und geschickt im Schlamm platzieren und damit – und mit viel Kraft – verhindern, dass das Boot kenterte. Es kam zur Ruhe und ich nahm meine Hände vom Gesicht.

Nadji stand im Boot und lachte. Ich entschuldigte mich.

„Früher konnte ich auch nicht in das Boot springen. Das ist mir ein paar Mal passiert. Geht es dir gut? Hast du Angst bekommen?" Und er setzte fort: „Gib mir deine Hand und komm ins Boot."

Ich legte meine Hand in seine. Was war das für ein Gefühl? In seinem Körper wurde ein Feuer entfacht und eine Flamme bahnte sich ihren Weg über seine Hand in meinen Arm und von dort weiter durch sämtliche Adern bis in mein Herz.

„Dann halte dich fest, wir fahren los." Ich setzte mich auf die Holzplanken und hielt mich an beiden

Seiten fest.

„Bereit?"

„Bereit."

Stehend setzte Nadji das Boot in Bewegung. Er drückte die Stange in den Schlamm und schob das Boot so vorwärts. Das wiederholte er mehrmals, um voranzukommen. Vor uns, wo der Himmel auf das Wasser traf, versank die Sonne wie ein riesiger gelber Ball hinter dem Horizont. Ich wünschte, das Boot würde so lange durch das Wasser treiben, bis die Sonne vollständig verschwunden wäre. Ich dachte an dieses tägliche Naturwunder und an das riesige Flussdelta, das sich morgens durch die Flut mit Wasser füllt und am Abend wieder entleert.

„Gut. Jetzt müssen wir aber zurückfahren."

„Wohin müssen wir?"

„Dort, wo wir vorher waren, wo du eingestiegen bist. Es liegt auf meinem Weg, außerdem ist dein Zuhause auch in dieser Richtung. Und deine Schuhe sind auch dort."

„Aha, die habe ich ganz vergessen."

„Dann halte dich fest, wir müssen wenden."

Er änderte die Richtung und wir fuhren zurück. Auf dem Rückweg sahen wir auch die Mädchen wieder. Sie hatten keine Boote und waren zu Fuß auf dem Weg nach Hause, mit Grasbündeln, die sie auf dem Kopf trugen. Man konnte ihre Gesichter unter dem Gras nicht erkennen. Selbst die Wölbungen ihrer Brüste blieben darunter verborgen. Nadji führte das Boot zu den Betontreppen am Flussufer.

„Erinnerst du dich, wo du deine Schuhe gelassen hast?"

„Dort drüben, unter dem Sidarbaum."

„Nun musst du dir aber deine Füße waschen, bevor du die Schuhe anziehen kannst."

„Ich gehe barfuß nach Hause und wasche sie dort in aller Ruhe."

„Und wenn dich dein Vater fragt, wo du gewesen bist? Was dann?"

„Dann sage ich ihm einfach, ich war hier mit dir."

„Das solltest du besser nicht sagen. Es ist nicht immer richtig, die Wahrheit zu sagen!"

Später verstand ich, dass ich mich auf ihn und seine Klugheit verlassen musste. Nadji hatte meiner Meinung nach mehr Lebenserfahrung und war schlauer als ich.

„Wenn du meinst…"

Er unterbrach mich: „Ich meine, komm aus dem Boot und stell dich auf den Betonblock dort drüben, auf den größeren." Vorsichtig und mit seiner Hilfe stieg ich aus dem Boot und stellte mich an die Stelle, die er genannt hatte.

„Jetzt gieße ich Wasser auf deine Füße, sodass du sie vom Schlamm reinigen kannst." Er nahm eine Plastikkanne aus dem Boot und füllte sie mit Wasser aus dem Fluss. Dann schüttete er das Wasser über meine Füße. Meine Hosen hatte ich bis zu den Knien hochgezogen.

„Du brauchst dich nicht zu bücken. Ich werde deine Füße waschen und sie von dem Schlamm befreien."

Ich wollte Nein sagen. Ich wollte sagen: „Ich kann meine Füße selbst waschen". Aber er hatte sich schon gebückt und damit begonnen, meine Füße zu säubern.

Die Bewegungen seiner Hände auf meiner nackten Haut bereiteten mir unendlichen Genuss, den ich mir dann doch nicht entgehen lassen wollte.

„War die junge Frau auf der Hochzeit deine Verlobte?“, fragte Nadji. Warum fragte er mich das? Wollte er mich auf den Arm nehmen oder mir etwas Wichtiges entlocken?

„Das war meine Schwester Behi, die Ehefrau von Hamed.“

„Aha. Hamed ist also dein Schwager.“

„Zuerst war er einfach mein Cousin. Dann wurde er ein Arbeiter meines Vaters und jetzt ist er auch noch der Ehemann meiner Schwester. Mein Vater mag ihn sehr und sagt immer, wir sollen von Hamed lernen, denn er wisse, wie man aus Nichts Geld machen könne. Du kennst Hamed also auch. Woher denn?“

Ein Paar große Augen beobachtete uns durch die Grashalme. Nadji hatte das Reinigen meiner Füße fast beendet. Ganz in der Nähe, vom hohen Gras verdeckt, stand ein Mädchen, das uns die ganze Zeit angestarrt hatte.

„Was macht ihr zwei da miteinander?“, fragte sie. Aber ohne eine Antwort abzuwarten, lachte sie wissend und ging mit einem Bündel Gras auf dem Kopf davon. Ihr Lachen war noch lange zu hören.

„Wer zum Teufel war denn das?“, fragte ich.

„Sadreh.“

„Heißt sie so?“

„Mhmmm.“

„Eine meiner Tanten heißt auch so und sie glaubt, sie hätte einen schönen Namen!"

„Aber dieses Mädchen ist genauso schön wie ihr Name."

„Warum hat sie uns dann ausgelacht?"

„Naja, ihre Seele ist nicht so schön wie ihr Aussehen."

„Ihre Seele?"

Nadji holte eine Plastiktüte aus dem Boot. Darin befand sich eine trockene rotweiße Kufiya. „Damit kannst du dir die Füße abtrocknen, bevor du deine Schuhe wieder anziehst."

„Nein. Du brauchst sie dringender. Zum Arbeiten, du bist viel öfter im Wasser als ich."

„Du solltest die Stufen vorsichtig hochsteigen, sonst werden deine Füße wieder dreckig."

Er behandelte mich wie einen Jungen aus der Stadt, der noch nie zuvor auf dem Land gewesen war. Aber, um ehrlich zu sein, ich mochte seine Art mit mir zu sprechen, denn sie war aufrichtig und so unglaublich freundlich.

„Du musst sehr vorsichtig sein. Einige dieser Stufen sind wackelig, und wenn du nicht richtig drauftrittst, dann kannst du böse stürzen und dich verletzen. Pass also gut auf."

„Wann sehen wir uns wieder?", fragte ich und machte mich bereit zu gehen.

„Wenn du dieses Tuch zurückbringst", lachte er.

„Meinst du damit, dass ich es solange behalten

darf?“

„Ja“, sagte er lächelnd und schaute mir in die Augen. „Möchtest du mich denn wirklich wiedersehen?“

„Ja, bitte“, bekräftigte ich.

„Bitte?“

„Nur wegen der Kufiya.“ Langsam wurde es mir peinlich.

„Weißt du, wo sich der älteste Maulbeerbaum in dieser Gegend befindet?“ Er legte seine Hand auf meine Schulter.

„Ja, in der Nähe vom Stachelritter-Fluss.“

„Ja, richtig. Genau dort.“

Stachelritter ist der Name eines großen Fisches, der ausschließlich im Meer lebt und mit dem Fluss gar nichts zu tun hat. Er ist lang, dünn und misst manchmal so viel wie ein Mensch. Der Fisch hat große schwarze Augen, so schön wie die Augen eines Mädchens. Deshalb nannten ihn die Fischer Stachelritter. Wahr oder falsch, es wurde jedenfalls erzählt, dass ein Fischer vor vielen Jahren, niemand erinnerte sich wann genau, in dem Fluss einen riesigen Stachelritter gefangen hatte. Seither wird diese Gegend Stachelritter-Fluss genannt.

„Okay, was gibt es denn dort?“, fragte ich.

„Morgen werde ich noch nicht da sein, aber übermorgen werde ich bei Sonnenaufgang dort Gras schneiden. Ein Teil des Grases, das an diesem Ufer wächst, gehört mir, und ich denke, es wird demnächst lang genug sein, um geschnitten zu werden.“ Dann wurde er still. Ich schaute ihn an und wartete. Nach einiger Zeit fuhr er fort: „Um diese Zeit wird niemand dort sein, der uns sehen könnte."

„Aber ich muss mir eine gute Ausrede einfallen lassen, wenn ich das Haus schon so früh am Morgen verlasse."

„Ausrede?"

„Was soll ich nur sagen, wenn mich Hadji fragt, wo ich denn um diese Zeit hingehe? Soll ich sagen, dass ich Maulbeeren pflücken gehe?"

„So früh am Morgen?" Er begann zu lachen.

„Was wäre, wenn ich erzähle, ich hätte von einem heiligen Mann geträumt, der mir sagte, wenn du am Freitag früh am Morgen zum Maulbeerbaum gehst, dann wirst du im Leben nur Glück finden."

Nadji lachte noch schallender: „Das ist eine gute Ausrede, besser geht es nicht. Sag es genauso."

Daraufhin sahen wir einander in die Augen und lachten. Schon lange hatte ich nicht mehr so gelacht, mit niemandem.

„Irgendetwas sagt mir, wir sollten vorsichtig sein."

„Ja, du musst aufpassen, dass du keinen Ärger bekommst. Unbedingt."

„Und du auch."

Er wurde still. Seine Blicke schweiften besorgt umher, während er versuchte, seine Angst vor mir zu verbergen.

„Jetzt geh schon. Schauen wir, was übermorgen passiert. Mach dir keine Sorgen, falls du nicht kommen kannst. Wir werden uns bestimmt irgendwo wieder begegnen."

„Warum kommst du nicht mit mir hinter diesen Steg, damit ich dir den Schal wieder zurückgeben kann, wenn ich meine Füße getrocknet habe. Vielleicht brauchst du ihn ja wieder.“

„Es genügt, dass uns dieses Mädchen beobachtet hat. Wir wissen nicht, was sie jetzt rumerzählen wird.“

„Hast du etwa Angst, dass uns noch mehr Leute gemeinsam sehen könnten?“

„Nein, Djamil, ich habe keine Angst. Wirklich nicht. Ich meine ja nur. Jetzt geh bitte, wir werden sehen, was noch alles kommt.“

Als ob er bereits wusste, was noch alles kommen würde. Und dass es nichts Gutes wäre. Ich aber musste die ganze Zeit an ihn denken. Er wollte den Schal nicht zurückhaben. Also legte ich ihn abends auf mein Kissen und schlief darauf. Beim Aufwachen dachte ich an ihn und auch beim Schlafengehen musste ich an ihn denken. Später erzählte er mir, dass es ihm genauso ergangen war. Aber war das echt oder nur vorgetäuscht? Das spielte keine Rolle. Dass er es sagte, war ausschlaggebend und reichte mir vollkommen. Es reichte mir, denn ich konnte plötzlich wieder lachen, richtig und laut lachen.

Ich traf Nadji mehrere Male. Wir nahmen das Boot und ruderten zur Mitte des Flusses, wo uns niemand sehen konnte. Er hatte dabei mehr Angst, gemeinsam gesehen zu werden, als ich.

„Du wirst sehen, was auch immer geschieht, niemand wird dir was zuleide tun, denn du bist Hadjis Sohn und du genießt einen guten Ruf. Aber ich? Ein Kind armer Grasschneider, mit dem man alles machen kann und das niemand beschützt.“

Ich mochte es nicht, wenn er sich auf diese Art und Weise erniedrigte. Ich fragte: „Was ist mit deinem Vater? Ich dachte, er liebt dich?“

„Er liebt mich, solange ich ihm Geld gebe“, seufzte er. „Oder glaubst du etwa, er mag mich, wenn ich kein Geld bringe? Oder dass er mich dann in seinem schäbigen Haus haben möchte?“

Damals dachte ich, er würde sich zu viele Sorgen machen. Aber später musste ich eingestehen, dass er recht gehabt hatte. Es war ein gefährliches Spiel, auf das wir uns eingelassen hatten.

Eines heißen Nachmittags wussten alle im Haus, dass mein Vater mit mir über eine wichtige Angelegenheit sprechen wollte. Und zwar auf dem Dach unseres Hauses! Hamed und Behi waren auch da. Behi bereitete alles vor, damit die Männer bequem sitzen konnten. Bevor sie Teppiche brachte und ausrollte, fegte sie das flache Dach und kühlte es mit Wasser. Auch an die umliegenden Wände spritzte sie Wasser, damit es innerhalb des Moskitonetzes etwas kühler war. Dort würden die Männer sitzen und reden, ihr Vater, ihr Ehemann und ich, ihr Bruder. Wir alle waren noch im Erdgeschoss, Hadji und Hamed im Empfangsraum. Hamed konnte Hadjis Kohlebecken für das Opium am besten vorbereiten. Normalerweise war das Seyyeds Aufgabe, denn Hamed war nicht jeden Tag bei uns. Seyyed war ein alter Mann, der sich um den Garten kümmerte und die Gemüsebeete mit Wasser versorgte. Er hatte die verschiedensten Sorten von Gemüse angebaut. Seine andere wichtige Aufgabe, die er zweimal täglich zu erledigen hatte, war das Vorbereiten von Hadjis Kohlebecken. Morgens nach dem Frühstück und abends vor dem Gebet. Dabei pflegte er selbst ein wenig zu rauchen, danach räumte er wieder auf. Wenn aber Hamed im Haus war, dann verrichtet Seyyed stets andere Arbeiten. Hamed war nämlich verantwortlich für das Opium, und zwar für alle Männer in der Nachbarschaft. Er allein wusste, wo man es bekommen konnte, und genau deswegen war Hadji auch auf ihn angewiesen. Hamed erzählte, dass er sich für die illegalen Opiumgeschäfte mit den Gendarmen arrangiert hatte. Seyyed würde niemals den Raum betreten, in dem sich Hadji und Hamed alleine befanden. Stattdessen kümmerte er sich lieber um die Blumen oder streifte durch den Garten. Wie an diesem Nachmittag, als Bibi Salim ihm über den Weg gelaufen war und er von ihr aufgefordert wurde, einen Teppich zu holen und in der Ecke auszurollen, damit sie darauf Platz nehmen und alles hören konnte.

Ich saß entspannt unter dem Jasminbaum und wartete. Hadjis jüngste Frau machte sich beim Brotback-Ofen zu schaffen, während eine meiner Schwestern die gackernden Hühner und die Enten mit Brotkrümel fütterte. Einer meiner Neffen, ein Junge von ungefähr fünf Jahren, stand völlig nackt und mit großem Bauch neben dem Ofen und schüttelte eine riesige Schachtel Streichhölzer. Anscheinend mochte er den Klang, denn er hörte gar nicht mehr auf damit. Bibi Salim sah aus wie ein schwarzes Bündel, das mit einer grünen Gebetskette auf dem Teppich saß. Manchmal schaute sie zu mir herüber, tat aber so, als ob sie von nichts wüsste. Dabei wussten alle, dass Bibi Salim über alles Bescheid wusste, was im Haus vor sich ging, egal ob wichtig oder belanglos. Seyyed reichte ihr eine Keramikschale mit Wasser, die sie in einem Zug leerte. Sie trank dermaßen gierig, dass das Wasser aus ihren Mundwinkeln und auf ihr Kleid tropfte. Seyyed ließ ein Handtuch in ihren Schoß fallen. In den Ästen des Jasminbaumes tummelten sich scharenweise weiße Schmetterlinge, die sich bei jedem Windstoß in die Lüfte erhoben. Aber anstatt richtig hoch zu fliegen, flatterten sie nach unten und landeten auf meinem Kopf und in meinem Gesicht. Behi kam vom Dach herunter und schaute zur Tür des Empfangsraumes, die noch immer geschlossen war.

„Was will denn Hadji mit dir besprechen, dass es unbedingt auf dem Dach stattfinden muss?", fragte mich Behi.

Ich saß auf einem Hocker und hob meinen Kopf: „Ich weiß es nicht. Niemand hat mir irgendwas gesagt. Aber mir ist klar, dass du Bescheid weißt."

Behi lächelte freundlich und kam so nahe an mich heran, dass ich ihren Geruch wahrnehmen konnte. Ihre Hand wanderte zu meinem Ohr und entfernte etwas von meinem Ohrläppchen.

„Sieht aus wie Ohrringe, die an deinem Ohr hängen." Es war eine Blume mit weißen Blütenblättern und Behi legte sie in meine Hand.

„Besser wäre, wenn es zwei wären", sagte ich.

„Kann endlich einer von euch diesem Kind die Streichhölzer wegnehmen", kreischte in diesem Moment Bibi Salim.

Das nackte Kind hatte rundherum haufenweise Streichhölzer verstreut. Behi rannte los, nahm dem Jungen die Schachtel weg und fing an, die Streichhölzer vom Boden aufzusammeln. Bibi Salim war zufrieden, hatte sie es doch geschafft, Behi von mir fortzuschaffen.

Nach dem Opium war es Zeit für die Shisha, die ebenfalls von Hamed vorbereitet wurde. Hadji und ich saßen nun auf dem Dach unter dem Moskitonetz.

„Wer ist jetzt dieser Nadji?“, fragte Hadji.

„Ein hart arbeitender Junge. Wo immer es möglich ist, schneidet er Gras für Leute, die Tiere halten. Damit verdient er seinen Lebensunterhalt, für sich und auch für seinen alten Vater, der nicht mehr arbeiten kann.“

„Gott sein Dank können wir uns das Gras für unsere Tiere liefern lassen.“

„Er schneidet ja auch kein Gras für uns.“

„Aber was macht er dann? Dich vor allen Leuten in Verruf bringen? Was werden sie sagen, wenn sie Hadjis wohlerzogenen Sohn zusammen mit einem nichtsnutzigen Jungen in einem kleinen Boot sehen?“

Jetzt kam auch Hamed mit der Shisha unter das Moskitonetz. Es sah aus, als ob er alles von unserem Gespräch gehört hätte. Hatte er?

„Ich wünschte, das wäre sein einziges Vergehen, Hadji. Aber er macht noch viel schlimmere Sachen, die ich gar nicht aussprechen möchte. Ich kann nur sagen, dass es nicht gut für Djamil ist, sich mit ihm zu treffen. Kein einziges Mal mehr.“

Ich wusste genau, was Hamed mit „schlimmeren Sachen“ meinte. Er hatte bereits am Tag davor versucht mir klarzumachen, was es mit Nadji und den Fischern auf sich hatte. Dabei war das Wort Prostitution gefallen, das er allerdings jetzt, in Hadjis Gegenwart, nicht nochmal verwendete.

„Wie lange triffst du dich schon mit ihm?“, fragte Hadji.

„Noch nicht lange“, antwortete ich.

„Sind es nicht schon fünf Wochen?“

„Vielleicht“, grinste Hamed und warf mir einen schmutzigen Blick zu.

Hamed war so weit, Hadjis Shisha konnte geraucht werden. Er zog kräftig an der Pfeife. Ein nacktes Püppchen tanzte im Wasserbehälter auf und ab und drehte sich zwischen den blubbernden Blasen im Kreis. Dennoch behielt es in dem ganzen Chaos sein Gleichgewicht und wirbelte mit jedem Zug bis an die Wasseroberfläche und wieder zurück. Fasziniert beobachtete ich dieses Schauspiel und versuchte zu vergessen, was um mich herum gerade passierte. Ich wusste, dass ich meine Freundschaft mit Nadji nicht so einfach beenden konnte, selbst wenn ich keine andere Wahl hatte. Trotz aller Freude lastete das Unglück schwer auf meinen Schultern. Ich musste diesem Unglück entrinnen. Ich wusste auch, dass diese Freundschaft kein gutes Ende nehmen würde, aber mein Stolz erlaubte nicht, dass ich jetzt vor Hadji und Hamed in die Knie ging. Ich wollte mein Schicksal selbst in die Hand nehmen.

„Ich möchte ihn ja nicht andauernd treffen. Er übrigens auch nicht, das weiß ich. Ich hatte nur das Gefühl, dass er ein guter Junge ist. Und mittlerweile bin ich mir sicher, dass das auch stimmt. Ich habe nichts Schlechtes an ihm erkennen können. Wenn ich zum Fluss gehe und ihn sehe, dann will ich ihn einfach begrüßen. Wir sind doch keine Feinde."

„Aber Hadji möchte, dass du den nächsten Schritt machst und dich von ihm fernhältst", grinste Hamed.

Für kurze Zeit waren alle still. Das einzige Geräusch war das blubbernde Wasser in der Shisha. Das Moskitonetz war erfüllt vom Rauch der Shisha, der nur langsam seinen Weg nach draußen fand.

„Das wäre alles", sagte Hadji. „Wir wollen, dass du diesen Schritt nach vorne machst." Ich starrte ihn an und wartete ab, was er mit diesem „Schritt nach vorne" meinte. „Du bist ein feinfühliger Junge", setzte er fort. „Du magst Menschen. Du willst den Armen helfen, aber du hast keine Ahnung, was in ihren Herzen vorgeht. Sie hauen ihre eigenen Leute übers Ohr und lassen am Ende sogar diejenigen hängen, die ihnen geholfen haben. Zum Beispiel einfache Jungs mit einem guten Herz, wie du einer bist."

„Warum sollte er mich übers Ohr hauen? Und auf welche Art und Weise? Wir sind doch nur Freunde."

„Das wiederholst du niemals wieder vor anderen Leuten," sagte Hamed. „Denn sonst, Gott behüte, wäre alles, was Hadji für sich und seine Familie aufgebaut hat, zerstört."

„Warum? Was soll ich nicht wiederholen?"

Hamed reinigte und trocknete das Mundstück der

Pfeife mit einem Handtuch, reichte es Hadji und sagte: „Denjenigen, den du Freund nennst, meine ich!“ Ich wollte etwas entgegnen, er kam mir aber zuvor: „Wenn er nur nicht bei den Fischern gewesen wäre, dann könnte man darüber hinwegsehen, aber das mit den Fischern…“

„Welche Fischer? Was meint ihr damit, was hat Hadji aufgebaut?“, fragte ich.

Hadji nahm das Mundstück der Pfeife aus Hameds Hand.

„Habt ihr nicht gesagt, er ist ein Grasschneider? Dass er für andere Gras schneidet? Was stellt er dann mit den Fischern an?“

Dann zog er fest an dem Mundstück, und ich starrte nochmals das verspielte nackte Püppchen an.

„Bei Gott, sind die Fischer denn die schlechtesten Menschen auf der Erde? Vielleicht haben sie einen schlechten Ruf, aber so wie Männer eben sind, sprechen sie über alles miteinander. Und wehe, wenn sie über jemanden sprechen, mit dem sie was angestellt haben“, erzählte Hamed.

„Woher weißt du eigentlich, dass Nadji was mit ihnen zu schaffen hatte?“, fragte ich.

Hadji betrachtete Hameds grinsendes Gesicht und sagte nach einer ganzen Weile zu mir: „Hamed ist überall und er weiß über alles Bescheid. Alles zu wissen ist sein Job.“

„Das weiß ich bereits“, sagte ich.

Hamed hantierte mit der Shisha und den glühenden Kohlen. Er versuchte, sie mit sanftem Pusten wieder erglühen zu lassen und schwieg dabei. Hadji war kurz davor, seine Geduld zu verlieren.

Plötzlich sagte Hamed: „Es ist beschämend für einen Mann, darüber zu sprechen. Ansonsten hätte ich selbst darüber berichtet."

„Darüber zu berichten, ist beschämend, aber es zu tun nicht?", fragte ich.

„Weißt du überhaupt, was Hamed sagen möchte?"

„Nein! Nicht wirklich."

Hadji warf einen Blick auf mich, dann auf Hamed. „Mein Sohn, es gehört sich nicht, dass du mit diesem Typen gesehen wirst. Auch nicht ein einziges Mal. Nie wieder."

„Aber ich will ihn nur noch einmal am Ufer sehen und ihn fragen, ob an der Prostitutionssache mit den Fischern was dran ist oder ob es nur ein Gerücht ist, das die Leute erfunden haben." Dann schaute ich auf meine Uhr und tat so, als ob ich es eilig hatte.

„Diese Worte aus dem Mund eines gebildeten Sohnes in Gegenwart von Hadji sind völlig ungewöhnlich", lächelte Hamed.

Allerdings verfehlte seine Schmeichelei ihre Wirkung bei Hadji.

„Warum sollten die Leute solche Gerüchte erfinden? Wenn man etwas gesehen hat, dann kann man es ja nicht erfinden. Schau, da ist ein Zeuge", sagte Hadji und zeigte auf Hamed: „Frag ihn doch!"

Ich konnte Hadji nicht ins Gesicht sagen, dass ich kein Vertrauen zu Hamed hatte.

„Aber auch junge Leute haben Feinde, Hadji. Heutzutage ist es gefährlich, jung zu sein."

„Warum das?"

„Kein bestimmter Grund. Aber so ist es nicht nur im Dorf, sondern auch in der Stadt. In unserer Schule gibt es ein paar alte Lehrer, die die jungen Lehrer nicht leiden können."

„Nein. Zufällig mögen ihn alle. Alt und Jung. Und niemand sagt, dass er schlecht ist. Er ist ein guter Junge. Ganz gut. Aber weil er und seine Familie arm sind, muss er auch nachts arbeiten und, ganz ehrlich, auch auf diese Weise. Damit kann er gutes und schnelles Geld verdienen". Hamed lachte, als ob ich etwas Lustiges gesagt hätte.

„Gutes Geld?", fragte Hadji und schaute zu Hamed.

Hamed versuchte, sich zu beherrschen, und trocknete seine Mundwinkel mit den Fingern. Hadji wartete ungeduldig darauf, was er zu sagen hatte.

„Also, der Junge ist schön und hat einen jugendlichen Körper. Damit kann er gutes Geld bei den gierigen Fischern verdienen." Hamed warf einen bestätigenden Blick auf mich. „Nicht jetzt, sondern früher." Dann sagte er zu Hadji: „Er ist ein gerissener Junge und hat eine lange Zunge", und lachte arglistig.

„Was nutzt es, wenn wir weiter darüber sprechen?", sagte Hadji. Dann beugte er sich etwas vor, damit er meine Hände berühren konnte. Seine Hand war eiskalt, wie bei einer Leiche. Er hielt meine Hände fest und sagte: „Djamil hat gerade gesagt, dass er ihn unter keinen Umständen jemals wiedersehen wird."

„Habe ich das gesagt?", fragte ich.

„Nein, ich habe Hadji kein Versprechen gegeben, dich niemals wiederzusehen."

Nadji hatte mich mit seinem Boot zu einem fernen Dorf gebracht, das ich davor noch nie betreten hatte. Es war dicht bewachsen mit niedrigen Palmen und viel grüner als unser Dorf.

„Was hast du ihm dann gesagt?"

„Ich habe gesagt, dass ich dich nicht mehr sehen werde."

„Aber jetzt siehst du mich ja doch."

Verängstigt blickte ich um mich: „Hast du mir nicht versprochen, niemand würde uns hier erkennen."

„Sei unbesorgt. Ghandi ist in der Nähe und er passt auf, dass uns nichts Böses passiert."

Wir saßen im Ghandis Strohhütte. Ghandi war der Hüter des Palmenhains und bewachte ein paar Wasserpumpen. Man konnte vom Inneren der Hütte durch die Wände aus trockenen Ästen hindurchsehen und die Umgebung überwachen. Die Hütte stand am Rand des Palmenhains und es gab einen Zaun mit einem kleinen Tor. Am Tor wurden die Fremden angewiesen, nicht nach Belieben einzutreten. Und obwohl dieses Tor leicht zu öffnen war, verwies es dennoch auf einen privaten Lebensbereich. Ghandi und seine Ziegen befanden sich zumeist in der Nähe des Zauns, daher saßen wir ganz gemütlich in der Hütte. Es war ein sicherer Ort für ein Treffen, denn Ghandi war Nadjis Freund. Niemand wusste, wie alt Ghandi war. Er war kleinwüchsig, hatte keinen Bartwuchs und wurde von seinem Gutsherrn mit Lebensmitteln versorgt. Ganz besonders mochte Ghandi Ziegenmilch, und dafür brauchte er nur eine seiner beiden Ziegen zu melken. Nadji wiederum schenkte ihm das Gras für die Ziegen und so wurden die beiden schließlich Freunde.

Nadji saß hinter mir und ich spähte verängstigt durch die Äste in die Umgebung. Ich spürte Nadjis warmen Atem in meinem Nacken.

„Warum hast du deinen Körper den Fischern verkauft?"

„Ich glaube, unser einziges Problem ist Hamed, nicht Hadji."

„Weil er Dinge weiß, die er nicht wissen sollte?"

„Nein, weil ich ihn vor dir nicht mal richtig beschimpfen kann."

„Doch, das kannst du. Aber würde es etwas ändern?"

„Oh, ja!"

Plötzlich ruhte seine Hand auf meiner Hand, mit der ich mich auf einer Strohmatte, die den Boden bedeckte, abstützte.

„Ach, was nützt es ihm, wenn wir uns nicht mehr treffen?", seufzte Nadji.

„Und was bringt es uns? Wenn wir uns nun doch weiterhin sehen würden?" Ich schaute auf unsere Hände und zog meine zurück.

Dann starrte ich in seine überraschten Augen, die sich nun plötzlich mit einer ganz neuen Frage beschäftigen mussten. Welchen Nutzen? Hatte ich mich nun doch entschlossen, ihn nicht wiederzusehen? Und war heute nur deswegen hier, um ihm das zu gestehen?

„Wollten wir nicht zusammen sein und eine Band gründen? Ich kenne jemanden, der Musikinstrumente herstellen kann.“

„Ich kann weder irgendwas spielen noch bauen. Ich habe auch keine Lust, ein Instrument zu lernen.“

„Hast du nicht gesagt, du wärst gern in einer Musikgruppe?“

„Aber nicht um zu spielen oder zu singen.“

„Wozu denn dann?“

Ich traute mich nicht, ihm zu sagen, dass ich Tänzer werden wollte. Ich wusste nicht, was er davon halten würde, und hatte Angst, dass es unsere Freundschaft beeinflussen könnte. Ich schwieg und sah, wie Ghandis schwarze Ziege über einen kleinen Bach sprang. Nadji wartete auf eine Antwort und betrachtete mich dabei mit dem schönsten Lächeln der Welt. Was hätte ich schon sagen können?

„Was starrst du denn so an?“, fragte er und streichelte mit seinem Zeigefinger über meinen Adamsapfel, der nun vor lauter Sorge hervorgetreten war.

„Diese zuckersüße Ziege, was sonst!“

Er schaute ebenfalls durch den Spalt nach draußen.

„Wenn ich auch mal ein schönes Haus habe, werde ich sicher ein paar Ziegen halten. Einen Bock und ein Weibchen, damit sie nicht vor Einsamkeit krank werden“, sagte Nadji.

„Du wirst sicher bald ein Haus bauen und dann bekommst du auch deine Ziegen. Du bist ein fleißiger junger Mann. Wart nur ab, dein Vater wird dir eine

Frau finden und dein Glück wird komplett sein."

Der Bach führte viel Wasser. Und obwohl er nicht besonders groß war, floss das Wasser in schaukelnden Bewegungen auf und ab.

„Anstatt ins Wasser zu springen, redest du vom Heiraten. Am besten gehen wir beide gleich schwimmen und kühlen uns ab", ätzte Nadji.

„Ins Wasser gehen? Du und ich?"

Ich stand auf.

„Ich muss jetzt wirklich los!"

Das war genau das Gegenteil von dem, was ich mir in diesem Moment wünschte. Ich wollte bleiben. Aber wofür? Reden? Niemandem hatte ich mich bisher so nahe gefühlt.

Noch im Sitzen blickte Nadji auf. In seinem Gesicht stand die Angst geschrieben. Er war überzeugt, dass ich ihn nun verlassen würde, und er versuchte sich zu retten, wie jemand, der im tiefen Wasser ertrinkt.

„Du glaubst also das ganze Gerede über mich, nicht wahr?"

„Ich muss jetzt gehen. Es tut mir leid!"

Er stand auf, stellte sich vor mich hin und blickte mir in die Augen.

„Du gehst aber nicht, weil du an das Gerede glaubst?"

„Es macht keinen Unterschied."

„Was macht keinen Unterschied?"

„Dass du nachts zu irgendjemand gehst und was auch immer anstellst. Mir ist es egal."

„Ich verspreche, dir alles über die Fischer zu erzählen. Nicht jetzt, aber bald. Es ist vor einigen Jahren passiert."

„Dann sagt Hamed die Wahrheit", entgegnete ich gekränkt.

„Ich werde dir alles erzählen. Ich weiß, dass viel geredet wird, Wahres und Unwahres. Aber gib mir etwas Zeit, ich werde dir alles erzählen. So ist es besser. Nicht wahr?"

Ich sah ihn an. Er wusste nicht, was er machen oder sagen sollte. Alles was ich wollte, war bei ihm zu sein und über uns zu reden. Er legte seine Hand auf meine Schulter. Sanft schmiegte ich mein Gesicht an seine warme Hand.

„Wir sind zwei erwachsene Männer. Es ist nicht angebracht, dass andere für uns entscheiden, mit wem wir uns treffen und mit wem nicht."

„Du bist grundsätzlich in einer anderen Situation als ich."

„Weil du reich bist und ich arm?"

„Das hat absolut nichts mit arm und reich zu tun. Es ist wegen meinem Vater und seiner Erwartungshaltung mir gegenüber. Ich weiß, warum er so ist und was er von mir will. Aber ehrlich gesagt, Hamed verstehe ich nicht. Er will uns nicht zusammen sehen. Sicher hat er seine Gründe dafür."

„Ich weiß, dass für Hamed Geld das Wichtigste auf der Welt ist. Für Geld würde er alles tun. Tut mir leid, dass ich so über deinen Schwager spreche."

„Das weiß ich selbst."

„Wahrscheinlich glaubt er, dass unsere Freundschaft Nachteile für ihn haben könnte!"

„Da kannst du recht haben. Er kommt meinem Vater immer näher und vielleicht schafft er es eines Tages auch, dessen Finanzen unter seine Fittiche zu bekommen. Deshalb will er einfach keine Konkurrenten." Plötzlich liefen mir Tränen über die Wangen: „Aber wir wollen sein Geld doch gar nicht. Oder?"

Hadji und Hamed waren nicht zu überzeugen. Sie bestanden darauf, dass ich mich von Nadji trennen musste. Das wollten wir aber nicht. Ich bemühte mich zwar sehr, ihn nicht mehr aufzusuchen. Aber sobald ich die Kufiya erblickte, die er mir überlassen hatte, machte ich mich willenlos auf zum Flussufer, wie ein Drogensüchtiger im Tran. Von dort fuhren wir mit Nadjis Boot zum Maulbeerbaum, wo Ghandis Hütte stand. Ich schenkte Ghandi eine Packung Süßigkeiten, die er dankend annahm. Er lachte: „Während ihr hier lernt, gehe ich die Süßigkeiten genießen."

Nadji hatte ihm erzählt, dass ich ihm Lesen und Schreiben beibringen würde. Ghandi meinte: „Gott soll ihn mit einem langen Leben beschenken. Das ist wirklich eine gute Tat."

Aber er hatte die Zeichen schon richtig gedeutet und wusste, was zwischen uns lief. Das ahnten wir jedoch nicht, da er trotzdem sehr liebevoll mit uns umging. Vielleicht hatte er in seiner Jugend auch mal sein Herz an jemanden verloren. Oder wir weckten seine Erinnerungen an andere schöne Erlebnisse. Darüber erzählte er aber nichts. Manchmal sagte er nur: „Lasst es euch gut gehen. Lernt fleißig."

Und jetzt genieße ich es richtiggehend, über jene Tage zu schreiben, an denen wir ohne Papier und Stift lernten. Beflügelt vom Verlangen nach Beisammensein, Reden und Lachen. Manchmal berührten sich unserer Hände und wir verspürten ein Glücksgefühl, das uns glauben machte, wir wären nicht in Gefahr und könnten zusammenbleiben. Bis zu jenem Tag, als uns Behi erzählte, sie hätte mit eigenen Ohren gehört, wie Hamed und Hadji beim Opiumrauchen einen Mord an Nadji geschmiedet hätten.

Ich wusste, dass Hamed gerne Tiere tötete, daher war mir völlig klar, dass es ihn kaum Überwindung kosten würde, auch einen Menschen umzubringen. Häufig hatte ich erlebt, wie er mit seinem Gewehr wahllos Tauben und Spatzen abknallte oder mit welchem Genuss er vor Hadji protzte, indem er ein armes Schaf mitten im Hof zu Boden drückte und ihm blitzschnell die Kehle durchtrennte. Als Behi von den Mordplänen erzählte, wurde ich von diesen Erinnerungen heimgesucht. Ich stellte mir vor, wie Hamed mit seinen rauen und groben Händen Nadji unter dem Jasminbaum festhielt und ihm ein riesiges Messer in den Hals rammte. Ich schrie auf und Behi erschrak. Ich musste furchteinflößend ausgesehen haben, denn Behi wich zurück und wollte sich in Sicherheit bringen. Sie drehte sich um und lief davon.

„Das ist unser letztes Treffen, denn ich muss mich auf das nächste Schuljahr vorbereiten. Ich muss das Gymnasium abschließen." Ich redete mir ein, dass ich in der Schule gut abschneiden musste, damit ich Hadji vielleicht davon überzeugen könnte, mich auf die Universität zu schicken. Gleichzeitig war ich mir aber auch sicher, dass mir Hadji niemals erlauben würde, an der Uni zu studieren. Nein, er wollte grundsätzlich, dass ich bei ihm blieb und als Sekretär für ihn arbeitete. Wie ein Söldner. Die Finger von Nadji berührten meine Zehen und streichelten die Haut dazwischen, was bei mir einen noch nie dagewesenen Genuss auslöste.

„Was für lange Zehen! Möchtest du die Nägel nicht lackieren, mit einer schönen Farbe, etwa blau?" Dann lachte er und zog eine Zigarette aus seiner Tasche.

„Rauchen ist in Ghandis Hütte verboten", sagte ich und lachte.

Nadji steckte die Zigarette wieder in seine Tasche. Da musste ich weinen, denn ich war mir sicher, dass wir tatsächlich gerade unser letztes Treffen erlebten.

„Ich werde schöne Erinnerungen von hier mitnehmen."

„Ach, ja! Das Geschwür auf meiner Hüfte wurde auch hier wegoperiert. Gott sei Dank. Du hast mich vor Schmerzen und Qualen bewahrt."

Mit dieser Erinnerung brachte Nadji das Lachen auf meine Lippen zurück. Ich hatte eine Warze an seiner Taille entdeckt. Mir war ein paarmal aufgefallen, dass er nach seinem Rücken gegriffen und sich dort gekratzt hatte. Als ich ihn danach fragte, meinte er, es wäre nichts. Er schämte sich und wollte nicht zugeben, dass er schon seit Langem eine Warze von der Größe einer Traube an seiner Taille hatte. Schließlich nötigte ich ihn, mir seinen Rücken zu zeigen. Die Warze hing an einem dünnen Hautlappen und schmerzte beim Schlafen und Umdrehen im Bett. Ich wusste gleich, dass die einzige Lösung darin bestand, die Warze wegzuschneiden. Aber ich sagte nichts, denn Nadji hatte offensichtlich Angst. Drei Tage später, als ich wieder zur Hütte kam, brachte ich Alkohol, eine Rasierklinge und einen Baumwolltupfer mit. Ich sagte ihm, dass ich die Warze mit Alkohol behandeln wolle, damit sie sich ablöse. Aber dann, in einem günstigen Augenblick, schnitt ich sie einfach ab. Nadji schrie und Ghandi eilte voller Sorge in die Hütte. Wir erzählten ihm, was geschehen war. Dann desinfizierte ich die kleine Wunde, indem ich den alkoholgetränkten Tupfer darauf drückte. Nadji legte die Warze in eine Streichholzschachtel, um sie später seinem Vater zu zeigen.

Ich lachte noch, als ich Ghandis Stimme hörte, der in der Nähe mit jemandem sprach: „Salam aleikum. Suchen Sie nach irgendwas oder irgendwem?"

„Ich suche nach meinem Schwager. Ich will in der Hütte nachsehen!"

Es war Hameds Stimme. Er war jetzt näher herangekommen und stand vielleicht sogar schon vor der Tür am Zaun. Oder noch näher. Ich hatte Angst und wusste keinen Ausweg.

„Jetzt gehen Sie aber weg von hier. Dann können wir besprechen, wonach Sie suchen."

„Weg von wo?"

„Weg von diesem Privatgrund. Der Besitzer mag

keine Fremden auf seinem Grundstück. Er sagte mir, ich dürfe niemanden reinlassen. Wenn es der Grundbesitzer nicht will, ist es unangebracht, dass Sie sich hier aufhalten. Kein anständiger Muslim würde das machen. Maschallah! Man sieht Ihnen an, dass Sie ein frommer Gläubiger sind."

Wir sahen die beiden nicht, denn sie standen hinter einem hohen Busch. Ich habe keine Ahnung, was Hamed dann tat, aber Ghandi rief seinen Hund. Der Hund rannte herbei und bellte.

„In Ordnung! In Ordnung!", protestierte Hamed. Seine Stimme schien jetzt etwas weiter entfernt, und ich konnte durch den Spalt in der Hüttenwand sehen, wie er sich vom Zaun entfernte. Er rauchte eine Zigarette und suchte neugierig die Gegend ab. Wahrscheinlich war er überzeugt, dass Nadji und ich dort waren. Ghandi beruhigte den Hund.

„He, Fremder. Sie haben noch nicht gesagt, wonach Sie hier suchen."

„Sagtest du, dass sich niemand in deiner Hütte versteckt?"

„Ja, Fremder, da können Sie sicher sein!"

„Ich kenne den Grundbesitzer. Kamal Baghdadi. Er ist ein frommer Mann aus Bagdad. Aber da er schon seit Jahren hier lebt, muss man ihn Kamal der Iraner nennen. Wenn er erfährt, was du hier anstellst, dann wird es ihm nicht gefallen. Vielleicht schmeißt er dich sogar raus, wenn er erfährt, dass sich Perverse bei dir aufhalten."

„Hier in der Gegend gibt es keine Perversen, Fremder! Nur Ghandi ist hier, mit seinen Tieren!"

„In Ordnung. Ich glaube dir! Aber wenn es doch anders ist, dann wird es sehr düster für dich."

„Ich weiß, Fremder. Gott sei mit dir!"

„In Ordnung. Gott sei mit dir. Jetzt werde ich woanders nach meinen Verlorenen suchen."

„Gott behüte dich, Fremder!"

Dann war es lange Zeit sehr still. Ich hatte Angst und wollte mich verkriechen, aber Nadji hielt meine zitternde Hand.

„Deine Finger zittern", sagte er. Dann untersuchte er meine Finger, einen nach dem anderen, als ob er nach etwas wie einem Muttermal suchte.

„Gut", sagte ich. „Auch dieser Ort wurde entdeckt und wir können jetzt nicht mehr herkommen. Besser so. Aber ich bin auch erleichtert, denn ich weiß, das war unser letztes Treffen. Ob wir nun wollen oder nicht, es ist aus."

Aber es war noch nicht zu Ende. Als ich zurückkehrte, wanderte Hadji im Palmenhain auf und ab und erwartete mich. Seyyed war im Gemüsegarten beschäftigt. Hamed war auf eine Palme geklettert, sammelte dort oben die trocknen Blätter zusammen und warf sie auf den Boden. Ich kam mit mehreren Büchern unterm Arm, begrüßte Hadji und wollte schnell in mein Zimmer verschwinden. Ich hatte mir vorgenommen zu sagen, dass ich Nadji nie wieder besuchen werde und auch nichts mehr mit ihm zu tun haben wolle, sollte Hadji mich nach ihm fragen. Hadji erwiderte meinen Gruß nicht. Stattdessen rief er mich zu sich und verlangte, mich vor ihn hinzustellen. Da hob er seine Hand und gab mir eine heftige Ohrfeige. Nichts war zu hören, außer dem lauten Aufklatschen seiner Hand auf meinem Gesicht. Einen Moment lang konnte ich nichts sehen, wie ein Blinder. Dann öffnete ich meine Augen. Er stand noch vor mir und sein Gesicht ähnelte zunehmend einer Bestie. Ein Gesicht, das nicht mehr menschlich war. Seyyed und Hamed setzten die Arbeit fort. Sie würdigten uns nicht einmal eines Blickes, als ob gar nichts passiert wäre. Der Schmerz stürmte durch meinen Kopf. Ich konnte spüren, wie meine Schläfen pochten. Ich wollte weglaufen, aber meine Beine waren wie gelähmt. Ich wollte schreien, aber meine Stimme brachte keinen Laut hervor. Alle und alles, sogar meine eigenen Gliedmaßen, hatten mich vergessen. Es kam keine Hilfe. An nichts konnte ich mich festhalten. Schließlich spürte ich meine Beine wieder. Aber dieser bestialische Blick klebte weiterhin an mir. Ich lief mit tränennassem Gesicht in mein Zimmer und schloss die Tür hinter mir ab. Am Abend brachte mir eine meiner Schwestern das Abendessen auf einem Tablet, das ich jedoch unberührt wieder zurückschickte. Die ganze Nacht überlegte ich, was ich jetzt machen sollte. In diesem Haus wollte ich nicht mehr bleiben. Aber vor allem musste ich Hamed vernichten. Ich träumte oft davon, wie ich ihn im Fluss ertränkte und er um Gnade flehte. Aber ich war fest entschlossen, ihn aus dem Weg zu räumen. Die Erniedrigung der überwältigenden Ohrfeige brannte und tobte in mir wie ein Feuerball.

Ghandi hatte mir Mut gemacht, darüber nachzudenken, Hamed zu beseitigen. Die Art und Weise, wie er mit ihm gesprochen hatte, und dass ihm seine Drohungen keine Angst machten, beeindruckten mich zutiefst. Hamed erschien mir jetzt schwächer und ich bildete mir ein, ihn einfach töten zu können. Am nächsten Tag ging ich zu Naneh Reyhan und gab ihr ihre Augentropfen. Dann legte ich meinen Kopf auf ihren Schoss und weinte bitterlich. Sie sagte zu mir, ich müsse vorsichtig zu sein und dürfe nichts tun, was gegen mich verwendet werden könnte. Sie spürte, dass ich über einen Mordplan grübelte, und warnte mich vor dem Gefängnis.

„Wenn du jemanden ermordest, landest du bis ans Ende deines Lebens im Gefängnis", meinte sie, „und du büßt ein Leben lang, ohne es je genießen zu können."

Vielleicht würde ich ja sogar zum Tode verurteilt und erhängt werden. Tod durch Erhängen war für mich ein Albtraum, die fürchterlichste Art zu sterben. Erschossen zu werden erschien mir leichter. Aber erhängt zu werden, am Galgen, die Schlinge um den Hals gelegt und dann mit einem Tritt den Hocker unter meinen Füssen weggestoßen zu bekommen – und das wäre erst der Anfang meines Sterbens. Die Leute sagen, es dauere nur eine Sekunde. Die Blutgefäße im Hals werden abgetrennt und der Tod tritt ein. Dann ist alles vorbei. Aber in meinem Albtraum dauerte es länger vom Tritt… bis zum Abreißen der Arterien. Eingewickelt in Reue und Agonie würde mein ganzes Leben vor meinen Augen vorbeiflimmern. So wie in meiner Kindheit, als ich fast im Fluss ertrunken wäre.

Damals war niemand in der Nähe, der mich hätte retten können. Ich hatte mir eingebildet, wie die älteren Buben im tieferen Wasser schwimmen zu können. Ich folgte ihnen in den Fluss. Nachdem sie die Flussmitte fast erreicht hatten, war ich bereits sehr müde, wollte aber auch nicht aufgeben. Als sie zurückschwammen, versuchte ich alleine, die Stelle, wo sie zuvor gewesen waren, zu erreichen. Auf dem Rückweg war ich dann völlig erschöpft. Ich bekam kaum noch Luft und verschwand im Wasser. Die anderen schwammen zurück zum Ufer, während ich im Wasser versank und starb. Ich wurde Zeuge meines eigenen Todes. Am Anfang gab es nur mich. Dann liefen viele Bilder aus meiner Vergangenheit vor meinen Augen ab und später sah ich Ereignisse aus der Zukunft. Die Totenwaschung meines leblosen Körpers auf dem Sektionstisch des Bestatters, das Tragen meines Sarges und die begleitenden Allahu-Akbar-Rufe sowie die Beisetzung in einem kalten und einsamen Erdloch. Jetzt reichte es, diese Albträume mussten endlich aufhören!

Aber was konnte ich schon tun? Fliehen? Wohin? Außer diesem kleinen Zimmer hatte ich doch nichts! Ein Zimmer, das ein Gefängnis und gleichzeitig das schönste Refugium meines Lebens war. Ich setzte mich neben das kleine Bücherregal. Die Bücher waren alle auf Empfehlung meines Literaturlehrers, Herrn Haydari, besorgt worden. Er interessierte sich besonders für moderne Literatur. Zuletzt hatte er uns ein Buch mit dem Titel *Die blinde Eule*[6] empfohlen. Ich wünschte,

6 *Die blinde Eule* ist der bekannteste Roman des iranischen Schriftstellers Sadeq Hedayat (1903-1951) und gilt als Klassiker des Surrealismus. Das Buch

dass er auch im nächsten Jahr unser Lehrer für Literatur bliebe. Dann könnte ich ihn nach dem tieferen Sinn der Blinden Eule fragen. Das Buch beginnt mit dem Satz: „Im Leben gibt es Schmerzen, die einen in der Einsamkeit von innen auffressen und aushöhlen. Schmerzen, die man niemandem erzählen kann…"

Konnte auch ich mit niemanden über meine Schmerzen sprechen? Mit wem hätte ich darüber reden sollen? Und wo würde ich beginnen? Und selbst wenn ich davon erzählen könnte, wer würde mich verstehen? Warum sollte ich überhaupt jemandem davon berichten? Die Menschen in meinem Umfeld waren unredlich und lebten hinter einem Schleier aus Lügen und Heuchelei. Alle trugen Masken religiöser Frömmigkeit, ohne viel davon zu verstehen. Immer wenn ein armes Schaf geopfert wurde, versammelten sich die Kinder und Erwachsenen im Hof. Sie starrten auf die Hand des Metzgers, der den zarten Hals des Tieres rundum durchtrennte. Das Zusehen galt als eine gute Tat, das hinausschießende Blut als Genuss. Als ich noch ein Kind war, packte mich Hadji fest an den Schultern und zwang mich zuzusehen. Das Resultat waren Albträume, die mich jahrelang verfolgten. Musste ich für immer in diesem Haus leben? Wenn der Maler aus der Blinden Eule in seiner Jugend von Schahr-e-Rey[7] geflüchtet wäre und an einem Ort Zuflucht gesucht hätte, wo die Menschen etwas netter zu ihm gewesen wären, hätte

---

erschien 1936 und erzählt von einem Maler, der sich mit seinem Schatten mit Albträumen und Tod auseinandersetzt.

7 Eine der ältesten antiken Stätten des Iran, deren Ruinen im Süden von Teheran liegen.

sein Leben den gleichen Verlauf gehabt? Hätte man ihn zu einem Zuhälter gemacht und wäre er am Ende zu einem gebrochenen Greis geworden? Stattdessen passte er sich den Menschen an, die ihm das Leben erschwerten. Auf diese Weise wurden die Schmerzen des Malers gelindert und er konnte endlich Frieden finden. Ich aber wollte zur Sonne flüchten, zum wärmsten Ort auf der Welt. Ich verbrannte, ohne einen Schritt gemacht zu haben. Ich hatte mich einzig und allein für die Liebe entschieden.

„Immer wenn ihr zwei auftaucht, hat man das Gefühl, dass ein Pärchen Wellensittiche hereinfliegt. Mit dem Unterschied, dass ihr keine verliebten Vögel, sondern Söhne der Liebe seid", sagte Jahre später Amrollah Khan, Nadjis Geigenlehrer, mit einem Lächeln. Mir wäre es aber lieber gewesen, er hätte uns Söhne der Sonne genannt.

Ich weiß nicht mehr, wie viele Tage ich mich in meinem Zimmer eingesperrt hatte. Naneh Reyhan besuchte mich, um ihre Augentropfen zu holen. Auch Behi kam an diesem Tag zu mir. Die beiden waren mir als einzige sehr nahe und sagten, Hadji würde mich ebenfalls sehr lieben und sich nur deshalb auf dieser Art und Weise verhalten. Behi meinte, selbst ihre Mutter, meine Stiefmutter, habe mich gern. Behi kümmerte sich um mich und hatte Angst, dass mir etwas zustoßen könnte.

„Meine Mutter hatte einen Albtraum, in dem du von ein paar unbekannten Männern gefoltert wurdest", erzählte Behi. „Was hast du denn verbrochen, Brüderchen Djamil, dass man dich foltert?“

„Bitte schwöre mir in Gegenwart vor Naneh Reyhan, dass du ihr die Augentropfen geben wirst, wenn ich nicht mehr da sein sollte.“

„Haben die Leute denn nichts anderes zu tun, als meine Augen zu behandeln?“, lachte Naneh Reyhan schallend.

Warum zerbrach ich mir den Kopf über Naneh Reyhans Augen? Suchte ich nach einem Vorwand, in diesem Haus zu bleiben? Ein Teil von mir wollte dieses Leben in Richtung Freiheit und Unabhängigkeit verlassen. Der andere Teil hatte aber Angst davor und wollte mich überzeugen, dass ich selbst verbannt in meinem bequemen Zimmer besser aufgehoben sei. Aber das war unmöglich, denn was für mich süß schmeckte, war für die Menschen meiner Umgebung bitter. Und umgekehrt. Wir hatten keine Gemeinsamkeiten. Und Hadji würde mich umbringen, wenn er erst einmal herausgefunden hatte, dass es wirklich keine Gemeinsamkeiten gab. Da war ich mir sicher. Ich war in Gedanken vertieft und hatte meinen Kopf auf die Tischplatte gelegt, als es an der Tür klopfte. Das konnte nur eine meiner Schwestern sein, die mir das Essen brachte. Ich öffnete die Tür und tatsächlich stand eine von ihnen vor der Tür, sie hatte jedoch kein Essen dabei.

„Meine Mutter sagt, du sollst ins Wohnzimmer kommen! Hadji hat was Wichtiges mit dir zu besprechen!“

„Wer hat dich zu mir geschickt?“

„Meine Mutter."

„Wo ist denn Hamed?"

„Er ist im Wohnzimmer bei Hadji."

„Geh und sag ihnen: ‚Djamil glaubt mir nicht. Er möchte die Nachricht von Hamed hören, erst dann wird er glauben, dass er zu Hadji ins Wohnzimmer kommen soll.' Hast du verstanden was ich gesagt habe?"

„Damit er es glaubt?" Sie starrte ins Leere, als ob sie auf eine Wandtafel schauen und etwas im Kopf ausrechnen würde. „Ah, in Ordnung." Dann öffnete sie ihr grünes Kopftuch, band es wieder fest und ging.

Eine Schere war die einzige brauchbare Waffe, die ich in meinem Zimmer hatte. Ich knöpfte mein Hemd zu und schaute in den großen Spiegel, als ob ich von mir selbst Abschied nehmen wollte. Der Schnurrbart auf meiner Oberlippe war gewachsen und sah dunkler aus als sonst. Die Schere zitterte in meiner Hand. War das ein Zeichen? Wofür? Naneh Reyhan meinte, nichts im Leben geschehe ohne Grund. Was hatte es für einen Grund, dass Hamed meine Freundschaft zu Nadji verhindern wollte? Warum hatte mich Hadji geohrfeigt? Nichts davon ergab einen Sinn. Ich hätte Hadji ein braver Sohn und Hamed ein lieber Schwager sein können. Da hörte ich ein leises Klopfen an der Tür. „Herein!" Hamed schlüpfte ins Zimmer, aber als er die Schere in meiner Hand sah, erschrak er und wich zur Tür zurück:

„Hadji will etwas Wichtiges mit dir besprechen, Brüderchen Djamil. Zum Glück ist es was Schönes. Jetzt komm schon ins Wohnzimmer, damit er es dir sagen kann. Ich warte im Hof, dann kannst du dich noch etwas erfrischen. Du siehst ja ganz blass aus."

Ich nahm mir fest vor, ihn bei der nächsten Gelegenheit umzubringen. Aber jetzt war ich neugierig, was Hadji mir zu sagen hatte. Kurz darauf erfuhr ich, dass er sich etwas Lächerliches ausgedacht hatte: Er wollte mich verheiraten, und zwar mit der Tochter von Hadj Ghiass, der einige Ziegelöfen in der Nähe unseres Dorfes besaß.

„Ich will jetzt aber keine Frau", sagte ich.

„Warum das? Fehlt dir etwas?"

„Mit mir ist alles in Ordnung, aber ich will mich jetzt mit der Schule beschäftigen und habe daher keine Zeit für solche Dinge."

„Schule? Noch besser, sie kümmert sich um dich und du kannst dich auf deine Schule konzentrieren."

„Dann lass mich etwas nachdenken, denn ich will nicht noch jemanden unglücklich machen."

Plötzlich sprang Hadji auf und versuchte, mich am Kragen zu packen. Ich schnellte hoch und wollte zur Tür, aber Hamed versperrte mir den Weg. Ich rettete mich in eine Ecke des Raumes. Aber Hadji war mir gefolgt und seine Hände legten sich von hinten um meinen Hals.

„Sag die Wahrheit! Gestehe! Zieh deine Hose runter! Ich will endlich wissen, ob du überhaupt ein Mann bist oder ob ich jahrelang reingelegt wurde. Los jetzt!"

Hadji schrie und zitterte so heftig, dass er mich gar nicht festhalten konnte. Ich fühlte keinen Schmerz, nur diese Erniedrigung. Vor Hameds Augen wurde ich wie eine ängstliche Maus von Hadjis wütenden und zitternden Händen gegen eine Wand gedrückt. Ich sah nichts als Finsternis. In diesem Moment hätte ich den Tod dieser Schmach vorgezogen. Hadji schrie immer lauter: „Oh Gott! Mein einziger Sohn hat keine Eier." Und er brüllte noch lauter: „Du grausamer Gott!" Plötzlich hatte ich das Gefühl, von Hadjis Händen in die Hände von Hamed zu gleiten. Jetzt waren es seine groben Finger, die meinen Hals zusammendrückten. Wieder sah ich schöne Bilder aus meiner Vergangenheit, die vor meinen Augen vorbeizogen. Das passierte mir immer, wenn ich dem Tode nahe war. Obwohl ich in meinem Inneren wusste, dass ich noch am Leben war, hatte ich keine Hoffnung mehr.

„Lass ihn los!", brüllte Hadji jetzt, aber der Druck von Hameds Händen ließ nicht nach. Er drückte sogar noch fester zu. Ich hatte das Gefühl, meine Zunge würde aus meinen Hals herausgepresst werden. „Ich habe gesagt, du sollst ihn loslassen, du Hurensohn! Lass ihn los, bevor ich dich erschieße", und dann war auf einmal alles vorbei.

Hameds Hände ließen von meinem Hals ab, ich konnte wieder atmen. Hadji hielt ein Jagdgewehr im Arm und zielte auf Hameds Kopf. Ich saß auf dem Boden und schaute um mich. Hamed verließ leise das Wohnzimmer. Hadji setzte sich mit dem Gewehr mitten im Raum nieder. Seine Schultern zitterten damals, genau wie die Schultern von Behi, nun da sie mir wieder eine Nachricht überbrachte. Diesmal waren es richtig üble Neuigkeiten.

An diesem Tag trug Behi ihr Neugeborenes in den Armen. Der Säugling hatte Bauchschmerzen, und das war auch der Grund, warum sie schon am frühen Morgen bei uns auftauchte. Behi wollte das Baby von Bibi Salim untersuchen lassen, denn diese kannte sich mit solchen Dingen aus. Aber noch bevor Behi zu Bibi Salim ging, eilte sie zu mir und erklärte stotternd, dass Hamed Nadji beseitigen wolle.

„Er will ihn im Fluss ertränken. Ich habe selbst gehört, wie er zu Hadji sagte, dass er ihn spurlos verschwinden lassen werde, sodass niemand darauf käme."

„Wann wird er das tun? Weißt du es?"

„Wenn es nicht schon passiert ist", sagte Behi und sah mir tief in die Augen.

Ich konnte in diesem Moment weder etwas hören noch sehen. Das Einzige, das ich tun konnte, war, nach dem schön gearbeiteten Holzstock zu greifen, den Seyyed immer hinter die Tür stellte. Ich lief in Richtung Palmenhain und zu dem Platz, an dem ich Nadji vermutete. Ich war zwar fest entschlossen, ihn nicht mehr wiederzusehen oder zu treffen, aber ich konnte nicht zulassen, dass er wegen unserer Freundschaft ermordet würde. Wenn Hamed ihn umbringen würde, wie sollte ich mit dieser Bürde weiterleben?

Mein Gott, was rede ich da gerade? Die Schuldgefühle, die ich jetzt in mir trage, sind bei Weitem stärker als jenes Gefühl von damals. Das Gefühl, Nadjis Mörder zu sein, diesem Wissen niemals zu entkommen und diesen Schmerz bis ans Ende meines Lebens in mir tragen zu müssen.

An diesem Morgen war Nadji aber noch am Leben. Ich rannte wie verrückt zum Palmenhain und wiederholte ständig in meinem Kopf, dass ich nicht zulassen würde, dass Nadji ein Leid zugefügt wird. Das sagte ich immer wieder zu mir, während ich lief. Dann sah ich den Baum. Den großen Baum, der hinter dem Steg am Fluss in die Höhe ragte. Als ich ihn erreichte, erkannte ich die beiden im Fluss, wo sie wie zwei Haie im Wasser miteinander rangen. Dann waren laute Schreie zu hören. Einer von ihnen schien zu ertrinken und rief um Hilfe. Sie befanden sich in der Nähe eines Flecken Landes, der aus dem Wasser ragte. Ich erreichte die trockene Stelle und konnte Hameds Oberkörper über der Wasseroberfläche sehen. Nadji hingegen sank wieder und wieder unter Wasser und kam immer wieder schreiend nach oben. Doch Hameds raue und starke Hände drückten seinen Kopf ständig zurück ins Wasser. Ich kam näher heran, holte so weit wie möglich mit dem schweren Stock aus und zielte auf Hameds Kopf. Aber der Stock glitt mir aus der Hand und landete lediglich auf Hameds Schultern. Dabei verlor ich das Gleichgewicht und fiel der Länge nach ins Wasser. Hamed hielt inne und seine Hände ließen Nadjis Hals los. Mein Stock trieb auf dem Wasser, das ziemlich tief war. Ich hörte auf zu schwimmen und stand auf meinen Zehenspitzen im schlammigen Boden des Flusses. Der Schlamm war jedoch so weich, dass ich durch mein Gewicht mehr und mehr versank. Zunehmend verlor ich die Kontrolle über meinen Körper, wie eine

Puppe im Wind. Als wäre ich mit einem unsichtbaren Seil verbunden, das an meinem Hals befestigt war. Die Strömung wirbelte mich umher und drückte meinen Kopf unter Wasser. Nadji gelang es schneller, sein Gleichgewicht wiederzufinden.

„Er ertrinkt", rief Nadji. Hamed hustete und spuckte schlammiges Wasser aus.

„Was sollen wir mit ihm machen?" Ich kämpfte nach wie vor mit der Strömung und war selbst auf Hilfe angewiesen.

„Wir müssen ihn rausziehen!" Zuerst aber zog Nadji mich auf die trockene Stelle, damit ich mein Gleichgewicht wiederfinden konnte. Dann versuchten wir, Hameds schweren Körper aus dem Wasser zu holen. Doch er rutschte immer wieder ins Wasser zurück, als ob sein grober Leib einfach nicht herausgezogen werden wollte. Hamed war größer als wir, seine Füße reichten bestimmt bis zum Grund des Flusses. Wie ein Fisch rutschte er uns ständig aus den Händen und wir konnten ihn schließlich nur mit größter Mühe aus dem Wasser ziehen. Wir legten ihn ans schlammige Ufer des Flusses und ich versuchte, Erste Hilfe zu leisten, genau wie ich es in der Schule gelernt hatte. Dann öffnete er seine Augen und sein Blick wanderte zu mir, dann zu Nadji und wieder zurück.

„Hat Behi dir gesagt, wo ich bin?", fragte Hamed.

Ich antwortete nicht und sah ihn nur an.

„Ich werde jetzt gehen und niemandem etwas erzählen", sagte Nadji. Dann fragte er mich: „Und was ist mit dir?"

„Selbstverständlich werde ich auch nichts sagen."

Hamed stand auf und spuckte immer noch Wasser: „Es ist egal, ob du es jemandem erzählst oder nicht, Hadji will euch nicht zusammen sehen. Gegen seinen Willen kann ich nichts tun. Ich sage dir nur, dass ich mache, was er verlangt."

Dann wandte er sich mir zu und sagte sanft: „Ja, Cousin, verstehst du, was ich meine?"

Eine ganze Weile betrachtete er den dicken Stock, der ihn an der Schulter getroffen hatte und der immer noch auf dem Wasser trieb. Dann drehte er sich um, setzte sich klatschnass auf das Motorrad, das hinter einem Busch versteckt war, und zog fluchend von dannen. Nadji und ich sahen einander an und lachten schallend. Wahrscheinlich dachte Nadji ebenso wie ich darüber nach, was nun unser nächster Schritt sein würde. Wie würde er aussehen? So sehr wir es aber auch drehten und wendeten, Gewissheit hatten wir allein über das, was Hamed verkündet hatte, bevor er wegfuhr.

„Ich muss jetzt auch gehen. Ich muss mich auf ein wichtiges Examen vorbereiten und ich werde die nächsten zwei bis drei Monate dermaßen beschäftigt sein, dass ich das Haus nicht verlassen kann. Sonst werde ich es kaum schaffen, die Schule abzuschließen."

Das sagte ich mit Tränen in den Augen, die ich jedoch vor Nadji verbarg. Er sollte sie nicht sehen. Dann fügte ich hinzu: „Gut, sagen wir vorläufig Adieu."

„Er wollte mich wirklich umbringen", meinte Nadji nachdenklich.

„Ich habe dir doch gesagt, wie brutal er sein kann."

„Wenn er mich umbringt, müsste er ins Gefängnis. Oder nicht?"

„Nein, er würde nicht ins Gefängnis gehen. Er würde dafür sorgen, dass es keine Beweise gibt. Und wenn sich dennoch nachweisen ließe, dass er dich getötet hätte, würden alle seine Brüder aussagen, dass sie die Tat gemeinsam begangen hätten. Sie sind fünf Brüder und jeder würde somit nur sechs Monate Haft bekommen. Außerdem könnten sie die Zeit in Haft leicht mit Geld zurückkaufen, so wie jede andere Sache auch."

„Willst du damit behaupten, dass er mich irgendwann töten wird?"

„Nein, das habe ich nicht gemeint."

„Was dann? Du hast gerade davon geredet, dass es für ihn sehr einfach ist, mich zu töten. Du hast selbst gehört, wie er gesagt hat, dass er es noch einmal versuchen würde. Was soll ich deiner Meinung nach tun? Ich bin aufgeschmissen. Was mache ich jetzt?"

„Ist doch nicht so schlimm. Es reicht, wenn wir uns nicht mehr sehen. Das ist alles, was sie wollen. Ich werde ihnen versichern, dass ich dich nie wiedersehen werde und dann ist Schluss."

Ich machte mich auf den Weg nach Hause, aber Nadji folgte mir.

„Hamed hat einen guten Grund, mich loszuwerden", meinte er.

„Wenn es zwischen euch beiden ein Geheimnis gibt, hat es mit unserer Freundschaft rein gar nichts zu tun. Das ist wieder so eine Geschichte zwischen euch, von der ich nichts weiß."

Es schien, als ob er mir nicht zuhören und nur überlegen würde, was er mir als Nächstes sagen wollte: „Warum gehen wir nicht gemeinsam fort?"

Ich ging weiter und ignorierte seine Worte. Er holte mich dennoch ein: „Egal wohin. Nur an einen Ort, wo uns niemand stört. Nur wir beide an einem neuen Ort, unter anderen Menschen."

„Bitte lass mich alleine weitergehen! Okay?"

Aber er ließ nicht nach und sprach weiter.

„Mein Vater wird auf sich selbst aufpassen können. Seine Schwester bewahrt sein Geld für ihn auf. Er könnte bei ihr leben und für sich selbst sorgen."

„Also gut, dann sage ich jetzt: Auf Wiedersehen!"

Er blieb stehen und schwieg für eine kurze Weile. Dann sagte er bestimmt: „Freitagmorgen nach Sonnenaufgang in Ghandis Hütte, okay?"

Aber ich war schon weit weg und hörte ihn nicht. Seine Stimme ging zwischen den dicht gewachsenen Zwergpalmen und ihren fächerigen Blättern verloren.

Spät in der Nacht, vor dem Schlafengehen, musste ich mir jedoch eingestehen, dass seine Stimme sich nicht im Gebüsch verloren hatte, sondern durch meine Ohren in mein Gehirn eingedrungen war. Sie hatte mein Herz erwärmt und mich nicht mehr losgelassen. Mit jedem Atemzug dröhnte in meinem Inneren: „Freitagmorgen nach Sonnenaufgang in Ghandis Hütte."

Es war erst Mitte der Woche und ich hatte noch bis Freitag Zeit, eine Entscheidung in dieser für mein Leben so wichtigen Sache zu treffen. Tief drinnen wusste ich, dass es keine gute Idee war, mit Nadji fortzugehen. Wohin denn überhaupt? An einen düsteren und unbekannten Ort? Mir war bewusst, dass, sollte ich weggehen, ich auf mein Studium und eine vielversprechende Zukunft würde verzichten müssen. Im Haus meines Vaters hatte ich alles, was ich brauchte, und wenn ich mich entscheiden würde zu bleiben, könnte ich alles von ihm bekommen und wäre auch weiterhin sein Liebling. Andererseits wusste ich auch, dass er mich nur liebte, solange ich seinen Vorstellungen entsprach und seinen Interessen nachkam. Interessen, die ich jedoch nicht mit ihm teilte. Zu diesem Zeitpunkt war mir also noch völlig unklar, was ich machen sollte. Ich musste aber so tun, als ob alles klar wäre.

Manchmal besuchten uns zwei Mullahs, die auf Hadjis Wunsch mit der größtmöglichen Gastfreundschaft empfangen wurden. Nach dem Mittagessen pflegten sie etwa zwei Stunden lang ein Nickerchen neben den niedrigen Fenstern im Empfangsraum zu machen. Dann erwachten sie, es wurde Tee serviert und sie unterhielten sich mit Hadji oftmals über Politik. Wenn es dazu kam, dann wollte Hadji, dass ich in der Nähe war und hörte, was gesprochen wurde. Unter anderem sagten sie, dass die Verwaltung unseres Gebiets von der Regierung an die Einheimischen abgegeben werden müsse. Hadji und seine Freunde machten sich aber auch Sorgen um eine Gruppe von linksgerichteten Jugendlichen, die ebenfalls gegen den Schah hetzten.

Es bestehe die Möglichkeit, dass sie die Verwaltung der politischen Angelegenheiten an sich reißen könnten. Dann würde es für die muslimische Bevölkerung in der Gegend nicht gut aussehen. Hadji meinte, dass die Mullahs Meister der Propaganda waren. Sie hatten die Fähigkeit, politisch relevante Fragen des Landes in einer einfachen Sprache zu erklären, sodass sie von allen Menschen verstanden wurden. Deshalb nutzte Hadji jeden erdenklichen Anlass, um eine Rowseh[8] zu organisieren und den Klerus einzuladen. Er verteilte sogar Essen und Trinken, daher eilten die Leute mit kleinen und großen Töpfen zu unserem Haus. Hamed rief ihnen zu: „Essen und Trinken nach der Predigt. Wer in der Hosseinieh[9] um den Minbar[10] sitzt, den Geistlichen zuhört und dabei weint und sich auf den Kopf schlägt, der bekommt Essen und Trinken. Wer aber stehen bleibt und weint, bekommt nur Tee."

Das waren gute Zeiten für Hamed. Er bekam zwar kein Geld, aber er liebte es, wichtig zu sein und die Leute herumzukommandieren. Besonders die hungrigen Menschen, die von weither gekommen waren. Sie hatten viele Flüsse überqueren und zahlreiche Berge überwinden müssen, nur um hierher zu gelangen. Hamed belehrte sie: „Wenn ihr nur ans Essen denkt und den Predigern nicht zuhört, dann werden ungläubige

8 Unter Rowseh versteht man eine religiöse Versammlung, bei der vor allem gepredigt wird.

9 Ein Versammlungs- und Gebetsraum, benannt nach dem heiligen Hossein, dem zweiten Imam der schiitischen Glaubensrichtung und Enkel des Propheten Mohammed.

10 Predigtstuhl in einer Moschee.

Kommunisten kommen und alles Verbotene zulassen. Dann beschlafen die Brüder ihre Schwestern und die Väter ihre Töchter. Gott bewahre uns!" Somit hatten die Leute keine andere Wahl und mussten für ein kostenloses Essen nicht nur das Ende der Predigt abwarten, sondern sich auch immer wieder auf die Stirn und auf die Brust schlagen.

Es gab aber noch andere Dinge, die meine Verbundenheit zu meinem Elternhaus und zur Familie meines Vaters minderten. Oft hatte ich daran gedacht, für immer von zu Hause wegzulaufen, selbst bevor ich Nadji getroffen hatte. Jetzt, im Angesicht des Todes und des Mordes, schwirrte dies alles in meinem Kopf herum.

„Bist du verrückt? Wo willst du denn hingehen, in ferne Länder, wo du niemanden kennst?", regte sich Behi auf.

Ich erzählte ihr freilich nicht, dass ich mich nicht alleine auf den Weg machen würde. Nein, das tat ich nicht, denn ich wollte diskret sein. Später erfuhr ich jedoch, dass Behi zu diesem Zeitpunkt sowieso bereits alles wusste.

„Versprich mir, dass du niemandem erzählst, was ich dir über meine Flucht gesagt habe!"

„Nein, da kannst du sicher sein", sagte sie. Bei Sonnenuntergang sah ich allerdings, wie sie ihrer Mutter beim Lehmofen etwas zuflüsterte. Sie schien sich zu sorgen, dass ich plötzlich hinzustoßen könnte.

„Ich habe dir vertraut und gedacht, dass ich ein Geheimnis mit dir teilen kann", sagte ich, nachdem ich sie in einer stillen Ecke entdeckt hatte.

„Es ist ein Glück, dass ich mit meiner Mutter gesprochen habe“, verteidigte sie sich. „Sie hatte keine guten Nachrichten. Eigentlich waren es sehr schlechte Nachrichten. Meine Mutter mag dich und sie will nicht, dass du getötet wirst.“

„Getötet werden? Ich? Weswegen?“

„Meine Mutter weiß, dass Hadji sehr stur ist und viele Vorurteile hat. Sie sagt, dass er Dinge über dich gehört habe, die er nicht ertragen könne. Er habe außerdem gesagt, dass, sollte dies alles wahr sein, du besser tot als lebendig wärst.“

„Was bedeutet das?“

Sie war eine Weile still, dann umarmte sie mich und sagte mit Tränen in den Augen: „Bruder Djamil!“

Ich hielt sie fest. „Was hat Hadji über mich gehört“

„Meine Mutter hat große Angst. Sie sagt, wenn du nicht bald etwas unternimmst, könnte es zu spät sein.“ Sie machte einen Schritt zurück und sah mir in die Augen. Es war offensichtlich, dass sie eine Botschaft für mich hatte. „Lauf weg und komm nie wieder, wenn du am Leben bleiben und etwas davon haben willst.“

Selbstverständlich wollte ich am Leben bleiben und es in vollen Zügen genießen. Das wollte ich schon immer, jeden Tag. Aber das Schicksal hatte anderes vorgesehen.

Als ich Naneh Reyhan zum letzten Mal die Augentropfen verabreichte, sagte sie:

„Sei vorsichtig, mein Sohn. Vielleicht wollen sie dich auch nur deshalb loswerden, weil sie hinter Hadjis Geld und Erbschaft her sind.“

Aber es gab keine Zeit, um über Hadjis Reichtum nach seinem Tod nachzudenken. Ich wusste nicht einmal, ob ich nach seinem Tod selbst noch leben würde.

„Was ist, wenn sie mich töten, Naneh?"

Mir war bewusst, dass sie darauf keine Antwort hatte, denn sie wusste, wie grausam Hadji sein konnte. Und dass er bereit war, das Blut seines eigenen Sohnes zu vergießen, nur um seinen politischen Status unter den Menschen in den umliegenden Dörfern aufrechtzuerhalten. Das waren natürlich alles meine Annahmen. Ich sagte mir, er würde es bestimmt nicht zulassen, dass Hamed mich tötete. Wenn schon, so wolle er wohl selbst Savab ernten und dafür belohnt werden, dass er seinen eigenen Sohn für seinen Glauben geopfert hatte.

„Um Gottes willen, geh so schnell du kannst. Ich kenne meinen Mann und ich weiß, wie er sich nach und nach verändert und zu einer grausamen Bestie wird", flehte Behi.

„Das sagst du über deinen eigenen Ehemann?"

„Ein Bruder ist mir lieber als ein Ehemann." Sie starrte mich mit ihren kleinen und eng beieinanderliegenden Augen an und dachte, ich könne getäuscht werden. Reingelegt von den Worten ihrer Mutter, die in meinem wirren Kopf auf fruchtbarem Boden fielen. Mir war durchaus bewusst, dass ich von ihr reingelegt werden konnte, wie es oftmals der Fall ist bei Menschen, die einem besonders vertraut sind. Aber ich wurde nicht von Behi und ihrer Mutter getäuscht, sondern von etwas viel Schlimmerem.

„Dann hilf mir, meine Sachen leise aus dem Haus zu schaffen, so dass es niemand merkt", sagte ich zu Behi.

„Wann?"

„Freitag vor Sonnenaufgang."

„Das ist gut für dich, Bruder Djamil. Du hast das Glück, diesen Ort verlassen zu können."

Vielleicht meinte sie es ehrlich. Wahrscheinlich wollte sie diese Umgebung ebenfalls für immer verlassen und der unumschränkten Macht eines Mannes entkommen, der vorgab, der örtliche Scheich zu sein. Der durch die Gegend stolzierte, Reden schwang und Menschen befehligte, als wäre er besonders mächtig und einflussreich. Und dem viele Leute nur deshalb glaubten, weil er einen Haufen Geld hatte.

Hadji hatte im Sommer mehr zu tun, weil es die Zeit der Arbeit war. Datteln mussten von den Palmen gepflückt und geerntet werden. Jeden Sommer kam eine Gruppe Roma, die in einer Ecke seines Berghains lagerte und für ihn arbeitete. Ihre Löhne waren niedriger als die der anderen, denn sie bekamen auch eine Unterkunft und ein Abendessen aus Reis und Eintopf. Hamed war besonders glücklich, wenn die Roma da waren. Jahre später, als ich mehr von diesen Dingen verstand, erfuhr ich, dass Hamed mit einigen Roma-Mädchen und -Jungen Sex hatte. Ein paar Mal konnte ich sogar sehen, wie er hinter einem der Zelte herumkroch und dann hörte ich die Stimme einer verängstigten Frau, die ihn anflehte: „Nicht jetzt, bitte. Mein Mann kommt. Um Gottes willen, verschwinde."

„Dein Mann muss gerade schwere Kisten tragen, der arme Kerl. Und selbst wenn er auftaucht, was sollte er schon machen?“

Und dann hallte sein gemeines Gelächter. Die Frau weinte bitterlich: „Nein, nein. Geh weg.“

Ich hätte Behi von diesen und auch anderen Ereignissen erzählt, wenn es für sie wichtig gewesen wäre. Wenn sie solche Sachen über Hamed hörte, pflegte sie schallend zu lachen. So auch jetzt, als sie meinte: „Er ist doch nur ein Mann. Alle Männer sind so. Ich habe gehört, dass sie mehr als eine Frau brauchen. Du wirst auch so sein, wenn du groß bist. Auch wenn du schon verheiratet bist und Kinder hast.“

Schließlich entschieden wir uns für die Flucht. Aber nicht an dem Freitag, den Nadji angekündigt hatte, sondern zwei Wochen später.

„Das ist die beste Entscheidung, dass du von hier flüchtest und an einen Ort gehst, der weit weg ist und wo du frei sein kannst“, sagte Behi.

„Dafür brauche ich Hilfe. Das kann ich nicht ohne deine Unterstützung tun.“

Sie sah mir in die Augen.

„Ich kann meine Sachen nicht ohne deine Hilfe aus dem Haus holen.“

Mein Zeug bestand aus zwei Teilen, aus meinem Rucksack zum einen und dem Koffer mit Großvaters Geige zum anderen. Den würde ich für Nadji mitnehmen. In der Nacht vor der Flucht konnte ich nicht schlafen. Ich dachte die ganze Zeit darüber nach, was passieren würde und wohin wir gehen könnten. Behi blieb auch die Nacht in unserem Haus und sagte, ihr

Kind sei krank. Dadurch konnte sie meinen Koffer unter ihrem langen Schleier vor Hadjis Augen verstecken und zum Flussufer bringen. Sie dachte, dass es niemand merken würde, jedoch wussten alle außer Hadji im Haus, was los war und dass ich mit Behis Hilfe im Begriff war zu fliehen.

„Ich kenne aber niemanden in der Stadt. Ich kenne nirgendwo jemanden. Wohin gehen wir denn?", fragte Nadji.

„Ich habe einen Klassenkameraden namens Ararat, dessen Vater George eine Schweinezucht verwaltet. Wenn wir zu ihnen gehen, helfen sie uns vielleicht", erwiderte ich.

„Dann sind sie Armenier?"

„Ja, sie sind Christen."

Als hätte er mir nicht zugehört, sagte er: „Warum sollte uns ein christlicher Junge helfen?"

„Seine Religion geht dich nichts an. Ararat ist ein Engel. Er ist mein bester Freund in der Klasse. Wir sitzen oder saßen auf derselben Bank. Er ist einer von denen, die es eines Tages zu etwas bringen werden, denn er lernt schnell. Er ist ein Genie in Mathematik und Englisch. Wenn du ihn erst einmal kennenlernst, wirst du ihn lieben, weil er so nett ist."

Wir gingen durch den Schlamm des Flussufers zu Nadjis Boot und stiegen ein. Behi stand weinend auf dem Steg und winkte uns zu. Ich hatte sie angelogen, was unseren Fluchtplan betraf. Sie dachte, dass mich Nadji lediglich auf die andere Seite des Flusses bringen und ich dann nach Teheran reisen würde. Auch ich selbst glaubte, dass wir beide am Ende dorthin gehen würden. In die Hauptstadt zu reisen, war der Wunsch eines jeden Jungen aus der Provinz.

Als die Sonne aufging, waren Nadji und ich noch auf dem Wasser. Ich schaute Richtung Dorf und überlegte, ob es jemals wieder eine Möglichkeit gäbe zurückzukehren. Ohne Angst haben zu müssen, getötet zu werden. Das Dorf, das ich liebte, war zu einem Ort des Grauens geworden, zu einem Ort der Unruhe und des Schreckens. Wie konnte das passieren? Es geschah, weil alle dachten, ich wäre krank. Hadji erkannte, dass es keine Heilung für mich gab. Ich war nicht der Sohn, den er sich gewünscht hatte. Er musste mich Gott überlassen, aber das konnte er nicht, weil ich sein Sohn war und er sich so schnell wie möglich um die ganze Sache kümmern musste. Ich verlor das Dorf, das sich nun hinter dem Palmenhain versteckte, aus den Augen. Dann erwartete uns noch ein weiterer trauriger Moment. Nadji musste sich von seinem Boot verabschieden. Er weinte bitterlich und sagte, solange er sich erinnern könne, sei das Boot in seinem Besitz gewesen. Sein Onkel habe es ihm als Starthilfe überlassen, damit er damit arbeiten könne. Nadji war mit diesem Boot dermaßen verbunden, dass er es nicht übers Herz brachte, es vor unserer Abreise zu verkaufen. Er konnte es einfach nicht. Und jetzt benahm er sich wie eine Mutter, die sich von ihrem Kind trennen musste. Zuerst band er das Seil an einen Baum in der Nähe des Flussufers. Das gefiel ihm dann doch nicht und er löste es wieder vom Baum. Er sagte, es wäre besser, das Boot auf dem Wasser treiben zu lassen, dann könnte es gefunden werden. Er sagte auch, dass er es jemand gönne, der es wirklich brauchen kann. Schließlich standen wir da und sahen zu, wie das Boot auf dem Wasser trieb und von der Strömung bis zur Mitte des Flusses getragen wurde. Die Flut, die bereits einsetzte, bewegte es immer weiter.

„Lass uns gehen", sagte ich. Nadji starrte das Boot mit Tränen in den Augen an und brachte es einfach nicht fertig wegzugehen. Das Boot entfernte sich immer mehr, bis es zu einem schwarzen Fleck geworden war. Bald war es nicht mehr in Sichtweite. Wir sahen nur mehr die Wellen und das schlammige Wasser.

Ich nahm den Zettel, auf dem ich Ararats Adresse notiert hatte, aus meiner Tasche, und wir bewegten uns in Richtung einer größeren Straße. Dort angekommen versuchten wir, per Anhalter weiterzukommen. Schließlich wurden wir von einem Auto mitgenommen. Gleich bei diesem ersten Schritt in unsere neue Welt mussten wir erkennen, dass wir nirgendwo sicher waren und dass die Gefahr wie ein Vogel, der Unglück bringt, über unseren Köpfen schwebte. Es begann mit einem klapprigen Van, der in diesem Moment abbremste, dem wir mitsamt unseren Habseligkeiten nachliefen und letztendlich einstiegen. Es war ein Lieferwagen, der Baumaterial vom Ziegelofenwerk in die Stadt transportierte. Der schäbige Innenraum hatte zwei Abteile. Eins mit

Sitzplätzen für den Fahrer und seinen Beifahrer sowie einen weiteren Teil dahinter, der früher wohl mit Sitzen bestückt gewesen war. Jetzt aber gab es nur noch zwei niedrige Hocker, auf denen wir Platz genommen hatten. Wir sagten dem Fahrer, wo wir hinwollten und er sagte, dass er uns lediglich in der Nähe absetzen könne. Das passte für uns. Ich hielt Nadjis Hand und schaute aus dem Fenster in die Wüste. Der Fahrer beobachtete uns ab und an im Spiegel.

„Müsst ihr wirklich dorthin, wie ihr gesagt habt? Seid ihr sicher?"

Wir hatten keine Ahnung, was er meinte, aber sein Kollege verstand sehr wohl und fing an zu lachen.

Der Fahrer sagte noch einmal: „Wie viel verlangt ihr? Vielleicht könnten wir es uns leisten."

„Entschuldigen Sie, was für eine Gebühr?", fragte ich.

„Komm schon, tu nicht so. Es ist nicht falsch zu arbeiten. Euer Beruf ist übrigens gut und ehrlich. Besonders zu dieser Zeit am frühen Morgen ist es ein Segen."

Nadji hatte verstanden, was der Fahrer meinte.

„Wir machen sowas nicht, Bruder! Wir gehen einfach zu unserem Freund, der auf uns wartet."

„Freund? So früh am Morgen? Machst du Witze?"

Sein Kollege lachte schallend und Nadjis Gesicht wurde rot vor Wut. Ich drückte seine Hand noch fester und gab ihm zu verstehen, er solle sich beherrschen.

„Es dauert auch nicht lange. Wir haben einen sicheren Platz hinten im Van. Keine Sorge, gute Jungs."

Ich sah, dass Nadjis Finger langsam nach unten wanderten und das Messer in seiner Tasche berührten. Jetzt bekam ich richtig Angst. Meine Beine zitterten.

„Hören Sie!", sagte ich. „Mein Freund hat Ihnen gesagt, dass wir nichts in der Art machen, was Sie meinen. Vielleicht haben Sie uns mit jemand verwechselt."

„Ihre beide seid so fein, so frisch und fröhlich", sagte der Fahrer und zeigte auf mich. „Besonders du." Dann wandte er sich an seinen Kollegen: „Hast du gehört, was der Junge gesagt hat? Es war ein Fehler, sie mitzunehmen."

Der Kollege lachte nur und war weiterhin auf uns fixiert.

„Bitte halten Sie an! Wir steigen jetzt besser aus."

„Dich mag ich lieber, denn du hast Manieren."

„Bitte hier anhalten!"

„Wir haben unser Ziel aber noch nicht erreicht. Wartet, bis wir da sind."

Plötzlich holte Nadji das Messer heraus, drückte es dem Fahrer an den Hals und sagte: „Hast du nicht gehört, was er gesagt hat? Er sagte, lass uns hier aussteigen!"

Der Fahrer trat auf die Bremse, tat aber so, als würde Nadjis Messer ihn nicht beeindrucken. „In Ordnung, du hübscher Straßenstricher, das könnte man auch netter sagen. Jetzt zieht Leine und verschwindet!"

Nadji öffnete die Tür und sagte zu mir: „Du zuerst." Er hatte das Messer immer noch im Nacken des Fahrers. Der Kollege hatte aufgehört zu lachen. Dann sprang Nadji ganz schnell hinter mir aus dem Auto und ich warf ein paar Münzen in den Schoß des Kollegen.

Und so lernten wir, dass wir in Zukunft vorsichtiger sein mussten. Die Welt, die wir gerade betreten hatten, war brutaler, als wir gedacht hatten, aber auch freundlicher als erwartet. Das begriffen wir aber erst später.

Als wir an der Tür des Hauses ankamen, waren wir sofort sicher, dass wir den richtigen Ort gefunden hatten. Oberhalb des Einganges hing an einem Kreuz aus Stuck ein buntbemalter Christus. Man konnte das rote Blut sehen, das unter den Nägeln hervorquoll. Der Christus blickte uns an. Auch Nadji starrte ihn mit tränennassen Augen an. Woran erinnerte er sich bloß? Ich weiß es nicht, aber es war unheimlich. Ich sagte: „Dann kennst du Christus. Davon hast du mir nie erzählt. Das wusste ich nicht."

„Nein! Das ist Jesus. Meine Mutter mochte ihn sehr. Sie hatte ein Bild von ihm und sie pflegte zu sagen, dass er der beste von allen Propheten gewesen sei. Aber es sei sehr traurig gewesen, dass ihn seine Anhänger so niederträchtig verraten hatten. Schau dir nur an, wie ihm diese Hurensöhne die Nägel durch die Handflächen getrieben haben."

Ich drehte mich um und schaute, ob jemand Nadji gehört hatte, der sich gerade die Tränen abwischte.

„Okay, reiß dich zusammen, wir müssen jetzt klingeln", sagte ich.

Er sah mich mit einem Lächeln an und antwortete: „Entschuldige, klingle du an der Tür." Und ich klingelte.

Ararat selbst öffnete die Tür. Ich hatte ihn seit den

Schulferien nicht mehr gesehen und während dieser drei Monate war ihm fast ein Bart gewachsen. Er war ziemlich groß und sah aufgrund seiner Statur älter aus als wir. Er freute sich sehr, mich wiederzusehen: „Djamil! Was machst du denn hier?"

„Nur deinetwegen bin ich da!", sagte ich lachend.

Im Wohnzimmer fühlte ich mich behütet und sicher, umgeben von Bildern der Jungfrau Maria, von Christus und zahlreichen Fotos von Ararat und seiner Familie an den Wänden. Er hatte drei Schwestern, zwei ältere und eine jüngere. Seine älteste Schwester hatte letztes Jahr geheiratet und gerade ihr erstes Kind zur Welt gebracht. Daher war die ganze Familie im Krankenhaus und außer Ararat war niemand im Haus. Sein Vater George war auf der Arbeit in der alten Schweinefarm außerhalb der Stadt. Ararat brachte drei große Gläser Tee aus der Küche.

„Willst du wirklich mit der Schule aufhören, Djamil?"

„Du weißt, man braucht eine Reifeprüfung, um auf die Universität zu gehen und sich weiterzubilden. So machen es alle intelligenten Menschen, so wie du."

„Aber was willst du denn machen, wenn du die Schule abbrichst?"

„Ich werde ein paar Jahre arbeiten und sparen, damit ich nach Europa fahren und dort studieren kann."

Jetzt wollte Ararat mehr über Nadji wissen.

„Nadji will auch nicht mehr Grasschneider sein. Er will sein Leben ändern. Dafür muss er auch eine Weile arbeiten und sich die Kosten für den Auslandsaufenthalt verdienen."

„Hast du dir überlegt, wo du einen Job suchen kannst?"

„Das wissen wir noch nicht. Vielleicht können wir hier in der Nähe einen Job finden oder aber wir müssen nach Teheran fahren."

„Teheran ist sehr chaotisch."

„Was dann?"

„Warum fragst du nicht meinen Vater? Vielleicht kann er dir einen Job besorgen. Weißt du, was er tut?"

„Ja, das wissen wir."

„Wärst du bereit, dort zu arbeiten?"

„Ja! Klar doch!"

Genau wie sein Sohn war George ein Engel. Freundlich prüfte er unsere Geburtsurkunden und sagte: „Vorläufig könntet ihr bei uns auf dem Hof arbeiten, bis ihr zwanzig Jahre alt seid. Vorausgesetzt ihr arbeitet gut und stört niemanden. Danach müsst ihr euren Militärdienst leisten. Ich meine, wenn ihr zwanzig seid und ich behalte euch dennoch als Arbeiter, breche ich das Gesetz. Mit zwanzig ist jeder zum Militärdienst verpflichtet und muss in die Kaserne. Alles klar?"

„Bis dahin dauert es noch lange."

„Lange oder nicht, ich muss es euch trotzdem gleich am Anfang sagen. Und wenn es dann Zeit ist, dann könnt ihr nicht behaupten, dass ich euch nichts gesagt hätte. Seid ihr nun einverstanden?"

„Ja! Alles klar."

„Sie haben noch keinen Platz, wo sie wohnen und schlafen können", sagte Ararat.

„Einer der Räume in Kheyrabadis Haus steht leer.

Sie könnten dort wohnen", antwortete George.

Er sah mich an und sagte: „Ihr müsst vorsichtig sein und auf euch aufpassen, denn in den anderen Räumen gibt es eine Menge alleinstehender Männer, die entweder unverheiratet oder wegen der Arbeit von ihren Frauen und Kindern getrennt sind. Viele von ihnen kommen aus naheliegenden Dörfern oder auch von weiter weg. Ihr seid noch jung und seht gut aus, das könnte euch Probleme bereiten. Versprecht mir, dass ihr alles tun werdet, um Schwierigkeiten zu vermeiden."

Wir versicherten ihm, äußerst vorsichtig zu sein. Vor lauter Glück akzeptierten wir alles, was George von uns verlangte. Seine Blicke erweckten unser Vertrauen und wir fühlten uns geborgen. Wir spürten eine Herzlichkeit, wie sie heutzutage im Iran kaum noch zu finden ist. Ich glaube, mittlerweile findet man dergleichen nur mehr in Märchen, aber damals war das noch anders, auch in diesem Land.

Der Hof war ziemlich groß, aber es gab gar nicht so viele Schweine, denn die meisten wurden zum Schlachten woanders hingebracht. Die Anzahl der Tiere variierte daher ständig. Es wurden außerdem nur wenige Schweine ausschließlich für die Zucht eingesetzt. Jeder Arbeiter hatte eine bestimmte Aufgabe. Ich musste jeden Morgen die Tiere zählen und sicherstellen, dass kein Schwein fehlte. Ferner musste ich sie untersuchen und abwägen, ob sie auch gesund sind. Dann berichtete ich George von meinen Beobachtungen. Wenn es Probleme mit den Schweinen gab und George meine

Einschätzung teilte, verständigte er sofort den Tierarzt. Da ich zur Schule gegangen war und George von mir glaubte, dass ich dort auch etwas gelernt hatte, wurden mir manchmal Aufgaben übertragen, die weniger schmutzig waren. Trotz allem war die Arbeit mit den Schweinen nicht besonders sauber. Nadji musste die Schweineställe reinigen. Es war harte Arbeit, besonders an heißen, aber auch an kalten Tagen. Unser Lohn war ausreichend, wir konnten damit die Miete bezahlen und hatten auch noch genug für Essen, Ausgehen und Kino am Freitag. Außerdem konnten wir noch etwas Geld beiseitelegen. Nadji mochte Western-Filme mit vielen Schießereien und Toten am liebsten; ich hingegen liebte die romantischen Spielfilme aus Indien. Das Gute am Kino, das wir freitags besuchten, war, dass wir mit einer Karte meistens zwei Filme hintereinander sehen konnten. Es wurden immer zwei unterschiedliche Filme gezeigt. Das bedeutete, dass sowohl für meinen als auch für Nadjis Geschmack etwas dabei war. Wenn wir mittags ins Kino gingen, kauften wir als Mittagessen jeweils zwei große Sandwiches und Getränke. Nadji mochte Coca-Cola, ich bevorzugte Orangenlimonade. Den Geschmack von Cola empfand ich als scharf und bitter und ich mochte ihn überhaupt nicht. Einig waren wir uns hingegen darin, dass die frischen Kräuter in unseren Sandwiches hervorragend schmeckten. Noch Jahre später erinnerten wir uns an diese Tage im Kino und vermissten sie schmerzlich. Zuerst wurde ein indischer Film gezeigt, anschließend ein Western. In den Filmen bewunderte ich besonders die indischen Tänze.

Außerdem gingen wir freitags auch immer gerne zum Hafen. Dort konnte man Boote und manchmal auch Seeleute bei Sonnenuntergang auf ihren Fischerbooten singen und tanzen sehen. Weiter unten gab es Marktstände mit geschmuggelter ausländischer Ware von der anderen Seite des Flusses. Manchmal fanden wir dort ein preiswertes, wohlriechendes Parfum oder verschiedene Seifen. Für Nadji kaufte ich einmal eine Sonnenbrille. Er kaufte mir eine merkwürdige Metallkiste, in der sich ein paar kleine Messer, ein Dosenöffner, eine Schere und viele andere seltsame Kleinigkeiten befanden. Ich sagte nichts und nahm die Kiste als sein Geschenk entgegen. Später aber erfuhr ich, dass er das ganze Picknickwerkzeug selbst mochte, und ich gab es ihm zurück. Er hatte es dann die ganze Zeit bei sich. Ich machte ihm gerne Geschenke und liebte es, Geschenke von ihm zu bekommen. Aber ich habe ihn nie darauf aufmerksam gemacht. Einmal sah er eine weiß-rote Kufiya, genau dieselbe, die er mir bei unserem ersten Treffen geschenkt hatte. Er kaufte sie für mich, denn das alte Tuch war mir abhandengekommen. Eine Frau, in die sich Nadji beinahe verliebt hätte, nahm mir das alte Tuch von den Schultern und verschwand damit.

Was rede ich für dummes Zeug? Wie konnte sich Nadji in eine Frau verlieben? Nein, er liebte nur mich. Ich weiß nicht, wie es dazu kam, dass er sich für diese Frau interessierte. Möglicherweise wollte er sie unterstützen, vielleicht war es auch aus Mitleid. Jedenfalls hatte er sie danach schnell wieder vergessen. Aber das Vergnügen, freitags mit mir ins Kino zu gehen, das vergaß er nie. Ich ebenfalls nicht. Freitagmorgen war jeweils Nadjis Zeit für Geigenunterricht. George hat einen Geigenlehrer für uns ausfindig gemacht. Er hieß Amrollah Khan und war vor vielen Jahren Georges Nachbar gewesen. Die beiden trafen sich manchmal in einem alten Kaffeehaus.

„Versprecht mir vor Gott, gut auf euch aufzupassen. Amrollah Khan ist ein Alkoholiker, aber auch ein grundgütiger Mensch und ein brillanter Geigenspieler. Kümmert euch nur um eure eigenen Angelegenheiten. Er bringt dir nur bei, wie man Geige spielt. Das ist alles."

George machte sich Sorgen wegen Amrollah Khans Trunksucht.

„Es ist zu früh für euch Jungs, mit dem Trinken anzufangen", sagte George.

„Seien Sie versichert, Monsieur. Ich werde bei jeder Unterrichtsstunde die ganze Zeit mit dabei sein, wenn es Nadji nichts ausmacht."

Es war in Ordnung. Amrollah Khan mochte uns beide. Wir gingen jeden Freitag um neun Uhr morgens zu ihm nach Hause. Wir brachten etwas Geld, ein paar Päckchen Zigaretten und manchmal auch noch ein weiteres Geschenk für Amrollah Khan mit. Dann hatte Nadji zwei Stunden lang Geigenunterricht.

Amrollah Khan nahm die Geige, die einst meinem Großvater gehört hatte, und sagte: „Wer auf diesem Instrument spielt, wird eines Tages ein großartiger Musiker werden. Es ist eine wahre Geige, wie sie heute nicht mehr hergestellt werden. Wenn du damit spielen lernst, wirst du bestimmt ein großartiger Musiker. Selbstverständlich kommt es auch auf die Person an. Du musst sehr viel üben, und ich meine wirklich sehr viel."

„Das ist mir jetzt peinlich, aber ich kann nicht so viel üben, da ich auch arbeiten muss, um meinen Lebensunterhalt zu verdienen", sagte Nadji und sah mich an, als würde er sich über sein Leben beklagen. Daher fühlte ich mich bemüßigt, über unsere Schwierigkeiten und deren Gründe zu berichten. Das musste ich für ihn tun, denn nur so konnte sich Nadji in Gegenwart von Amrollah Khan ruhig und entspannt fühlen.

„Man muss arbeiten, um Geld zu verdienen und am Leben zu bleiben", sagte ich, „besonders diejenigen, die niemanden haben, der sich um sie kümmert. Leute wie wir, die ganz alleine ums nackte Überleben kämpfen müssen. Ist es nicht so, Agha[11] Nadji?"

Nadji war tief in seine Gedanken versunken. Vielleicht träumte er davon, ein berühmter Geiger zu werden. Einer, den jeder kannte und dessen Bilder auf den Titelseiten von sämtlichen Zeitschriften zu sehen waren. Er kam wieder zu sich und sagte: „Ja, ganz allein. Amrollah Khan ist auch allein, aber er kommt gut zurecht damit."

Amrollah Khan hatte ein Kind. Eine Tochter, die früher einmal eine berühmte Sängerin werden wollte. Sie wurde aber nicht berühmt, sondern sang stattdessen auf Hochzeiten und Feiern. Amrollah Khan hatte sie

11 Agha bedeutet „Herr" auf Persisch. Es geht dem Eigen- oder Vornamen voraus (oder folgt auf diesen). In diesem Fall ist es ein Zeichen von Höflichkeit und Respekt.

seit vielen Jahren nicht gesehen.

„Sie ist nicht geworden, was sie wollte. Weißt du, warum? Sie war zu ehrgeizig, viel zu sehr. Wie ihr Vater, ihr dummer Vater.“ Dann gab er Nadji den Ratschlag, in der Welt der Kunst sehr vorsichtig zu sein und niemandem zu trauen. Besonders nicht denjenigen, die versprechen, ihn ins Radio und ins Fernsehen zu bringen.

„Die Kunst ist eine sehr aufregende Welt, aber auch sehr grausam und gefährlich. Die Liebe zur Kunst hat mein Leben ruiniert.“ Mehr sagte er dazu nicht, und wir fragten auch nicht nach. Gott sei Dank hatte Nadji keine Träume dieser Art. Das heißt, ich versuchte stets zu verhindern, dass solche Träume von ihm Besitz ergriffen. Ständig wiederholte ich, er solle doch nur an den Moment denken, an dem wir Europa erreichen würden. Nur dort könne er sich ernsthaft mit Kunst befassen. Dann könne er musizieren und Geige studieren, so viel er wolle. Aber hier und jetzt würde es niemals funktionieren. Ich wollte nicht, dass sich Nadji in Sicherheit wähnte. Außerdem durfte er den Plan, ins Ausland zu fliehen, nicht vergessen. Nein. Ich wünschte mir, dass er ununterbrochen an diese Reise dachte und sie zum wichtigsten Ziel seines Lebens machte. Ich spürte mit all meinen Sinnen, dass dies kein sicherer Ort mehr für uns war. Mein Bauchgefühl sagte mir, dass wir fliehen mussten. Das Gute an meiner Beziehung zu Nadji war, dass er stets auf mich hörte. Vielleicht war das letztlich nicht immer gut, ich kann es nicht genau sagen. Im Nachhinein wären alle Lösungen möglich gewesen.

Die guten wie die schlechten. Aber welche richtig und welche falsch waren, konnte ich zu diesem Zeitpunkt nicht beurteilen.

„Ihr zwei seht aus wie eine Seele in zwei Körpern, wie ein Herz voller Güte und Liebe", sagte Amrollah Khan. Dann zeigte er auf Nadji und sagte: „Du bist ein geborener Geiger, Junge". Er umarmte ihn innig: „Versprich mir, nicht so zu werden wie ich." Er dachte, er wäre ein Versager und ein Alkoholiker. „Spiele so viel wie möglich für dich selbst, nicht um anderen zu gefallen. Denk daran, dass das Publikum für einen Künstler sehr gefährlich werden kann. Ja, ausgerechnet das Publikum."

Dann fuhr er fort und sagte zu mir: „Du bist klüger. Lass nicht zu, dass er wegen seines Talents überheblich wird und sich dadurch selbst zerstört."

„Ich bin nicht klüger, Meister, aber ich verspreche, mein Bestes zu geben", sagte ich. Wie konnte es nur passieren, dass ich mein Versprechen nicht halten konnte? Wie konnte es geschehen, dass ich ihm so große Probleme bereitete, anstatt ihn zu beschützen? Und nahm ich ihn mit auf meinem Weg, von einer Feuerprobe zur nächsten? Ja. Dieser Titel ist entschieden treffender für unsere Geschichte: Söhne des Feuers. Amrollah Khan sagte, dass er uns diesen Titel gegeben hätte, wenn er von unserer wahren Vergangenheit gewusst hätte.

Amrollah Khan erzählte uns von seiner Tochter: „Ich weiß, wo sie wohnt. Ich habe auch die Adresse, aber ich gehe nicht zu ihr, denn ich will ihr nicht zur Last fallen. Ehrlich gesagt, möchte ich nicht ihrem Kind begegnen, denn meine Tochter könnte sich wegen eines solchen Großvaters schämen. Ich weiß, dass Kinder gewisse Erwartungen an ihre Großväter haben, die ich nicht erfüllen kann. Ich bin jedoch glücklich, dass sie einen guten Ehemann und eine süße und hübsche Tochter hat. Das ist schon genug für mich. Ich wünsche mir nur, sie noch einmal zu sehen, bevor ich den Löffel abgebe. Wahrscheinlich ist der Tod dann viel leichter zu ertragen."

Das alles sagte Amrollah Khan nach dem Geigenunterricht, als er wieder einmal sehr betrunken war. Für gewöhnlich trank er die ganze Zeit während des Unterrichts.

„Ich muss mich auf den Unterricht mit diesem Jungen konzentrieren. Ich biete euch nichts zu trinken an, denn ihr seid noch zu jung. Aber zwei Gläser kann ich euch einschenken, wenn ihr möchtet."

„Ich trinke nicht, Meister, aber ich weiß, dass Nadji die beiden Gläser, die Sie erwähnt haben, nichts ausmachen. Bitte aber nur zwei und nicht mehr", sagte ich lächelnd.

Nadjis Augen strahlten. Amrollah Khan goss etwas Schnaps in das kleine Glas. „Du hast großes Glück, jemanden wie ihn zu haben, der sich um dich kümmert." Er reichte Nadji das Glas und sagte: „Es ist ein göttlicher Segen, wenn sich jemand um dich sorgt."

Völlig unerwartet begegnete uns Kavoos. Ich wünschte, wir hätten ihn niemals getroffen. Eines Tages sagte George zu uns: „Leider habe ich keine guten

Nachrichten für euch. Der Lieferwagen ist kaputt und der Mechaniker muss ein paar Tage daran arbeiten. Ihr müsst eine andere Fahrgelegenheit finden. Der Mechaniker sagte, dass er den Wagen vielleicht in einer Woche reparieren kann. Ihr müsst also eine Woche lang ohne den Lieferwagen zur Arbeit kommen."

Der Lieferwagen gehörte George. Jeden Morgen warteten vier von uns, die alle auf dem Hof arbeiteten und in der Stadt wohnten, am Kreisverkehr auf den Van. Dann sprangen wir hinten auf und wurden zum Hof gebracht. Der Lieferwagen war mit einer Plane bedeckt, um uns oder die Schweine vor Regen und Wind zu schützen. Der Van holte uns jeden Morgen ab und brachte uns jeden Abend zum Kreisverkehr zurück. Den Rest des Weges gingen wir zu Fuß.

Auf dem Vordersitz war nur genug Platz für den Fahrer und für George, der so dick war, dass niemand neben ihm sitzen konnte. Immer wenn der Fahrer nicht da war, fuhr George das Auto selbst und Nadji und ich durften vorne bei ihm sitzen. Dann unterhielt er sich mit uns, bis wir die Stadt erreichten. Während der Lieferwagen kaputt war, kam der Fahrer mit einem Motorrad und brachte George damit zum Hof und wieder zurück. Zu dieser Zeit mussten alle nach der Arbeit ein anderes Transportmittel suchen. Daher blieb auch uns keine andere Wahl, als zur Hauptstraße zu laufen und den vorbeifahrenden Autos zuzuwinken. Selbstverständlich mussten wir für die Fahrt auch bezahlen, denn die meisten Autos waren Lieferwagen, die zu den Höfen in der Umgebung oder zum Hafen fuhren, um Waren abzuholen. Wir mussten also morgens am Kreisverkehr und abends an der Hauptstraße eine Zeitlang warten, bis uns jemand mitnahm. Nadji ließ jedoch nicht zu, dass ich mich dabei langweilte. Er erzählte immer wieder Witze oder äffte andere Leute nach, nur um mich zum Lachen zu bringen. Es muss der dritte oder vierte Tag gewesen sein, an dem wir die Straße entlanggingen und darüber redeten, wie denn die Sonne unterging. Da war nichts Lustiges daran, es war bloß erstaunlich. Die Sonne geht langsam unter, aber bevor sie den Horizont erreicht, versinkt sie in einer unbekannten Dunkelheit. Es ist, als ob eine Rauchwolke die Sonne verschluckt, noch bevor sie den Horizont erreicht. Wir sprachen gerade über diesen seltsamen Rauch, als ein Lieferwagen vor uns anhielt. Auf der Ladefläche befanden sich drei Schafe.

Der Fahrer sagte: „Springt in den Wagen, Jungs!" Seine Stimme klang so freundlich, dass wir misstrauisch wurden. Es war mal wieder zu freundlich.

„Nein danke. Wir wollen nirgendwohin."

„Ich kenne euch. Ihr arbeitet auf Georges Hof. Wisst ihr, George ist mein Freund. Wenn ich euch helfe, dann ist das so, als würde ich ihm helfen." Er beugte sich vor und öffnete die Tür des Wagens. Schließlich stiegen wir trotz unserer Zweifel ein und begrüßten ihn. Der Fahrer lachte laut und setzte den Wagen in Bewegung.

„Ist mein Gesicht so unheimlich, dass ihr Angst vor mir hattet?", fragte er.

„Wir haben keine Angst. Warum sollten wir Angst

haben? Wir hatten nur Lust, ein bisschen zu laufen, einfach so", sagte Nadji.

Der Fahrer lachte noch mehr und deutete damit an, dass wir ihn belogen: „Ihr wolltet den ganzen Weg in die Stadt laufen, nach einem langen Arbeitstag?" Er hielt inne: „Wie auch immer, mein Name ist Kavoos." Er sah uns beide an. „Hast du so einen Namen schon mal gehört?"

„Ich nicht, aber vielleicht hat Djamil den Namen schon gehört", sagte Nadji. „Kennst du ihn?"

Ich sagte nur, ich wisse, woher der Name käme und welche historischen Persönlichkeiten so genannt wurden. Dann erklärte ich, dass der Name aus dem Buch Schahnameh von Firdausi stammt und Kavoos ein König war, der einhundertfünfzig Jahre lang regierte. Ich erzählte ihnen, wie der Satan König Kavoos betrogen und in den Himmel geschickt hatte, um der Sonne zu begegnen und den Himmel zu erobern.

Kavoos sah Nadji an und sagte: „Dein Freund weiß viel. Das mag ich. Das mag ich sehr."

„Er ist zur Schule gegangen und hat viele Bücher gelesen. Er weiß noch viel mehr. Das ist noch gar nichts!"

„Wenn er so viel weiß, warum arbeitet er dann bei der Schweinezucht?"

„Glaubst du, dass an dieser Arbeit etwas falsch ist?"

„Nein. Es gibt kein Problem und sie ist auch sehr gut für einen Mann."

„Okay. Dann ist es also kein Problem."

„Ich meine, du siehst nicht aus wie ein Christ. Ich kann es an euren Gesichtern und Namen erkennen.

Habe ich recht?“

„Stimmt.“

„Dann bist du Muslim. Nicht wahr?“

„Ja, das stimmt.“

„Naja! Das ist ja genau das Problem. Ich weiß, dass ihr nicht die einzigen Muslime seid, die dort arbeiten und den Arsch von Säuen putzen müssen. Die sind höchstens dem Namen nach Muslime, aber nicht im Herzen. Ihr aber scheint anders zu sein, ganz anders. Man sieht es euch an!“

„Aber wir wollen uns gar nicht von ihnen unterscheiden“, sagte ich. „Im Gegenteil, wir wollen so sein wie alle anderen auch. Wie zwei gewöhnliche Cousins, nett und eng befreundet, und mit guten Beziehungen zu unserem Umfeld.“

Kavoos warf einen Blick auf mich und dann auf Nadji: „Du machst Witze. Ihr seid doch keine Cousins.“ Dann lachte er laut und zynisch.

„Warum sollten wir Witze machen, aus welchem Grund?“

„Ihr seht einfach nicht aus wie Cousins.“

„Aber wir sind es.“

„Okay. Wenn ihr sagt, dass ihr welche seid, dann seid ihr es auch. Nicht wahr?“

„Du hast uns auch nicht gesagt, wem diese Schafe hier gehören und für wen und wo du arbeitest.“

„Sie gehören mir und meinem Geschäftspartner. Ich kaufe und verkaufe Schafe. Wir haben ein Gehege in der Stadt, das ist aber zu teuer. Darum suchen wir hier in der Nähe einen richtig großen Platz.“ Er hielt inne und fuhr fort: „Es wäre gut, wenn dieser Schweinehof schließen würde und wir unsere Schafe dort halten könnten. Seid ihr nicht dafür? Das wäre doch auch für muslimische Jungs besser."

„Weißt du, wie viele Menschen dann ihren Job verlieren würden?"

„Wir würden alle Arbeiter weiter beschäftigen. Euch beide zum Beispiel würde ich auf jeden Fall anstellen, ihr scheint fleißig und ehrlich zu sein."

„Sicher?", fragte ich lachend.

„Ich bin zweiunddreißig Jahre alt und arbeite seit vielen Jahren in dieser Branche. Ich kenne das Geschäft sehr gut. Ich habe mit allen möglichen Leuten zusammengearbeitet, guten und schlechten, Muslimen, Ungläubigen, Christen und Zoroastriern."

„Es gibt einen großen Unterschied zwischen Ungläubigen und Christen. Oder nicht?"

„Jemand, der Wildschweine isst, unterscheidet sich nicht von den Ungläubigen. Wo ist da der Unterschied?"

Wir redeten nicht weiter darüber, denn sowohl Nadji als auch ich liebten Schweinefleisch. Manchmal bekamen wir von George Schweinefleisch, das er in Salzwasser gekocht hatte. Auch Kavoos sagte nichts mehr und wir fuhren weiter, bis wir die Stadt erreicht hatten.

„Vielen Dank fürs Mitnehmen", sagte ich und zog etwas Kleingeld aus der Tasche: „Wieviel schulden wir dir?"

„Wir sind noch nicht bei eurer Türe."

„Es ist aber nicht mehr weit."

„Ich werde euch trotzdem bis dorthin bringen."

„Gott segne dich, du könntest nichts Besseres machen“, sagte Nadji.

Nadji sagte das nur, weil er sehr müde war, das wusste ich. Dennoch sah ich ihn wütend an, was er aber nicht kapierte.

„Nein, Agha Kavoos, wir sind sehr dankbar für die Fahrt bis hierher. Das ist mehr als wir erwartet hatten“, sagte ich.

„Nach zehn Stunden Arbeit seid ihr erschöpft. Lasst mich euch bis vor eure Haustür fahren, es macht mir auch keine Umstände.“

„Um ehrlich zu sein, wir müssen hier noch etwas für das Abendessen besorgen.”

„Hast du nicht schon gestern Abend was gekocht und in den Kühlschrank gestellt?“, fragte Nadji. „Hast du das vergessen?“

„Ich warte hier, bis ihr eure Besorgungen erledigt habt und wieder zurück seid.“

„Ich schätze, wir brauchen nur ein paar Getränke, Limonade und Mineralwasser. Nicht wahr?“, sagte Nadji.

„Du hast keine Ahnung, wir brauchen noch viel mehr.“

„Was zum Beispiel?“

„Viele Dinge.“ Jetzt wurde ich wirklich wütend, wollte ihn aber nicht vor einem Fremden anschreien. Kavoos beharrte weiterhin darauf, uns nach Hause zu bringen, ich aber wollte so schnell wie möglich raus aus dem Lieferwagen. Schließlich schafften wir es auszusteigen.

„Okay, dann bis morgen", sagte Kavoos.

„Morgen?"

„Ich werde morgen früh um sieben Uhr da sein und auf euch warten."

„Wozu?"

„Um euch zur Arbeit zu fahren."

Die Schafe machten viel Lärm; ich glaube, sie hatten Angst vor der Dunkelheit. Kavoos nahm für die Fahrt kein Geld und brauste davon.

„Ich hätte niemals gedacht, dass du so dumm bist", schrie ich Nadji an: „Was hast du gemacht? Hast du Georges Rat vergessen? Erinnerst du dich nicht, dass er gesagt hat, wir sollen sehr vorsichtig im Umgang mit Fremden sein?"

Nadji senkte den Blick und sagte sanft: „Er hat nicht ausgesehen wie ein schlechter Mensch."

„Wie hast du das so schnell festgestellt? Steht ihm auf die Stirn geschrieben, dass er ein guter Mensch ist?"

Nadji sagte nichts. Er stand da und schaute auf den Boden. Ich machte mich rasch auf den Weg. Kurz darauf hörte ich Nadjis Schritte hinter mir und seine Stimme: „Es tut mir leid. Ich habe einen Fehler gemacht. Er war sehr freundlich, aber das war wahrscheinlich nicht echt, sondern nur vorgetäuscht. Es tut mir wirklich leid, aus tiefstem Herzen. Ist alles wieder gut?"

Ich wurde langsamer, damit er mich einholen konnte. Ich ließ meine Blicke schweifen und, ohne ihn anzusehen, streckte ich meine Hand nach hinten, suchte nach seinen Fingern und berührte sie. Dann wollte er mich zum Lachen zu bringen und ahmte einen Fernsehreporter nach:

„Entschuldigen Sie, mein Herr, könnten Sie mir bitte Ihre Meinung zu den Brüsten der Frau sagen, die gerade auf Sie zukommt?“

Ich hob meinen Kopf und konnte in einiger Entfernung eine Frau sehen, die auf uns zukam und deren Brüste sich auf und ab bewegten. Sie war mollig, aber es schien, als ob ihr das egal wäre, denn sie trug eine viel zu enge Bluse. Ihre Brüste waren so groß, dass sie die enge Bluse fast gesprengt hätten. Ich versuchte, das Lachen zu unterdrücken, aber die Frau hatte uns schon bemerkt. Ihr Haar war dicht und blond.

„Gefallen sie euch, meine halbstarken Lieblinge? Ich weiß genau, dass sie euch junge Kerle geil machen.“ Wir erkannten, dass wir es offenbar mit einer Prostituierten zu tun hatten. Nun konnten wir erst recht Spaß haben und lachten über ihren Humor und den Teheraner Dialekt, der in unseren Ohren fremd und lustig zugleich klang. Sie war bereits etwas älter, stand auf offener Straße und versuchte ihrerseits, uns zum Lachen zu bringen. „Ich wette, ihr überlegt gerade, wem von euch ich heute Nacht im Traum erscheine. Macht euch keine Sorgen, ich komme zu euch beiden, dann gibt es keinen Streit.“ Dann lachte sie herzhaft und wir lachten ebenfalls. Auch einige Passanten lachten, ohne genau zu wissen, was eigentlich los war. Wir lachten auch noch, als sie bereits fort war. Dann gingen wir weiter und der Weg schien auf einmal hell und fröhlich. Vielleicht war es aber auch der vorbeifahrende Minivan, der für diese Freude gesorgt hatte, denn im Wagen saßen viele Mädchen, die gerade vom Camping oder einer Sportveranstaltung zurückkamen. Offensichtlich hatte ihre Mannschaft gewonnen. Einige von ihnen streckten ihre Köpfe aus den Fenstern und sangen fröhliche Lieder. Ihre wallenden Haare bewegten sich im Wind. Nadji war jetzt auch glücklich und wollte mir ein Eis kaufen. Wahrscheinlich wollte er selbst eins, denn er kümmerte sich nicht um meine Einwände und führte mich geradewegs zu unserer Lieblingseisdiele.

„Ich bin aber müde und habe keine Lust, mich anzustellen“, sagte ich.

„Okay. Dann setzen wir uns rein und bestellen ein Eis. Wie wäre es damit?“

Es war niemand im Laden und der Besitzer starrte in den großen Glaskasten mit Eiscreme. Normalerweise standen die Leute hier vor dem Tresen und wählten ihre Lieblingseissorten aus, bevor sie sich an einen Tisch setzten. Aber Nadji und ich waren schon so oft hier gewesen, dass wir alle Geschmacksrichtungen auswendig kannten und genau wussten, welche wir wollten. Am liebsten nahmen wir das Eis mit und verspeisten es genüsslich beim Spazieren. Nun bestand Nadji darauf, dass wir hineingingen, uns an einen Tisch setzten und bestellten. Schokoeis für Nadji und Erdbeereis für mich. Ich habe mich immer gefragt, warum Nadji diesen intensiven Geschmack von Kakao so mochte, während doch Erdbeereis als der König aller Geschmacksrichtungen gilt. Es schmeckte wie das Paradies. Mit diesen süßen und wohlschmeckenden Erinnerungen warteten wir darauf, dass der Kellner unsere Bestellungen aufnahm.

Zwei junge Frauen, die älter waren als wir, so um die dreißig, betraten den Laden. Sie trugen einen metallenen Topf, in dem sich eine junge Weide befand. Aus einem Seil hatten sie zwei Griffe für den schweren Behälter gemacht, damit sie ihn leichter tragen konnten. Die jungen Frauen hielten jeweils einen der Griffe und sahen erschöpft aus. Der Ladenbesitzer freute sich, sie zu sehen und schaute auf ihre Miniröcke. Oder sah er ihre nackten Beine an? Draußen war es nicht so heiß. Die Frauen trugen Jacken und es hatte den Anschein, als ob nur ihre Oberkörper, nicht aber ihre Beine, Kälte spüren konnten. Der Mann zeigte höflich auf eine Ecke, wo sie die Weide hinstellen konnten. Sie setzten das Bäumchen dort ab, fingen an zu lachen und kamen auf uns zu. Der Eisverkäufer stand hinter ihnen und flüsterte: „Ufff!"

Ich blickte die Frau mit kurzen Haaren an, die mit ihrem ständigen Lächeln auf den Lippen freundlich wirkte.

Plötzlich pflanzte sich der Ladenbesitzer vor uns auf und sagte: „Entschuldigung, aber ihr beide müsst bitte draußen warten!"

„Warum? Ist was passiert?"

„Nichts ist passiert, nur eure Klamotten riechen nach Kacke. Im ganzen Laden stinkt es schon danach!" Er zeigte auf den Ausgang und gab uns so zu verstehen, dass wir gehen sollten. Automatisch folgten wir seinen Anweisungen, während er seine große Nase zuhielt und damit unterstrich, dass wir sehr schlecht rochen. Als wir dann draußen standen, sagte er: „Bitte wartet hier, meine Lieben. Ich nehme jetzt eure Bestellung entgegen und gebe euer Eis in schöne Becher." Er war nun wieder freundlich, denn er wollte uns nicht vergraulen. Aber es war schon zu spät. Nadji starrte auf die schweren Eisengewichte neben der Waage. Glücklicherweise konnte ich seinen Blicken folgen und ihn an den Armen festhalten.

„Bitte mach jetzt keine Szene. Lass uns gehen, wir wollen kein Eis mehr. Lass uns jetzt gehen", versuchte ich ihn zu beschwichtigen.

„Hast du gesehen, wie uns dieser Hurensohn rausgeschmissen hat, sobald die beiden Frauen aufgetaucht sind?", zischte Nadji durch die Zähne.

„Er hatte aber Recht mit dem Gestank. Unsere Klamotten riechen wirklich nach Schweinescheiße. Das kannst du nicht leugnen."

Nadji war wütend. Er zog am Kragen seines dunkelblauen Pullovers und roch daran. „Warum riechen meine Klamotten dann nicht?"

„Besten Dank. Dann ist der ganze Scheißegeruch in der Luft also nur von mir gekommen."

„Ich werde jetzt alle Fenster einschlagen", sagte Nadji.

„Das wagst du nicht. Lass uns gehen. Wage es nicht einmal, darüber nachzudenken. Hast du mich verstanden?" Ich drängte ihn vorwärts, um diesen Ort endlich zu verlassen.

Die Frau mit den kurzen Haaren kam aus dem Laden und sagte: „Was hat er zu dir gesagt? Hat er dich beleidigt?"

„Ja, sehr“, sagte Nadji.

„Okay. Dann lass uns von hier verschwinden“, sagte sie.

Sie ging zurück in den Laden und holte das Bäumchen, das sie dann mühevoll aus dem Geschäft schleppte. Nadji rannte zu ihr und hob den Behälter hoch. Die Frau rief ihrer Freundin namens Parvaneh zu: „Steh auf und komm, wir sollten nicht in solch einem Eisladen bleiben!“ Der Eisverkäufer äffte sie nach: „Was scherzt du da, Mädel, mit deinem Fünf-Zentimeter-Röckchen. Den Scheißegeruch bemerkst du nicht mal. Scheißegeruch! Nichts anderes. Für euch süße Mädchen habe ich diesen Pöbel rausgeschmissen. Aber ihr habt in eurem Alter noch nicht mal gelernt, was Anständiges anzuziehen.“

Unsere kleine Gruppe ließ die Eisdiele hinter sich und folgte dem Kommando der Kurzhaarigen, die sich als Homa vorstellte. Sie sagte zum Eisverkäufer: „Du Mistkerl! Seit wann erniedrigt man die einen und respektiert die anderen? In unserem Dorf nennt man so etwas Zuhälterei!“ Dann lachte sie und sagte zur anderen Frau: „Nicht wahr, Parvaneh djoon[12]?“ Dann wandte sie sich wieder uns zu: „Wenn er wüsste, was Respekt ist, dann würde er euch hart arbeitende Mitglieder der Gesellschaft mit Würde behandeln. Ihr seid doch Arbeiter, oder?“ Wir erzählten ihr von unserer Arbeit. Unsere Welt war für sie neu und faszinierend. Für uns hingegen waren sie erfrischend, denn wir waren noch nie so jungen Frauen begegnet, die dermaßen locker und mutig eine solch derbe Sprache verwendeten. In

---

12 Djoon oder Djan bedeutet lieber oder liebe und wird nach dem Namen gesetzt.

unseren Augen waren sie furchtlose junge Frauen.

Homa deutete auf Nadji: „Aber jetzt ist dieser junge Herr müde. Bitte lass den schweren Blumentopf auf dem Boden stehen. Ich werde nachdenken, was wir damit überhaupt machen sollen."

„Er ist nicht schwer", sagte Nadji.

Trotzdem überzeugte sie ihn, den Schössling für einen Moment abzusetzen. Danach schnappten Nadji und ich wieder je einen Griff und wir trugen den Baum gemeinsam. Homa kannte noch eine andere Eisdiele in der Nähe und führte uns dorthin.

Parvaneh hatte langes glattes Haar, dass ihr wie ein Wasserfall über die Schultern fiel. Sie saß mir gegenüber und fuhr sich immer wieder mit den Fingern durch die Haare. Ich machte mir schon Sorgen, dass Haare von ihr in meinen oder in Nadjis Eisbecher fallen könnten, aber Nadji kümmerte sich nicht darum. Er wollte lediglich die Geschichte des Bäumchens hören, während er sein Eis verdrückte. Der Schössling gefiel ihm sehr gut, aber Parvaneh war es leid, ihn durch die Gegend zu schleppen. Eine alte Freundin von Homa war beruflich versetzt worden und konnte das Bäumchen, das sie eigentlich sehr mochte, nicht mitnehmen. Außerdem wollte ihr Mann den Schössling so schnell wie möglich loswerden. Also wurde Homa von ihrer Freundin gebeten, die Weide zu nehmen und in ihrem Garten einzupflanzen.

„Warum hast du ihr nicht gesagt, dass du mitten in deinem Garten einen Maulbeerbaum hast und für die Weide kein Platz ist?", fragte Parvaneh.

„Das wusste sie bereits. Sie war doch schon bei uns zu Hause."

„Warum hast du sie dann nicht daran erinnert?"

„Weil ich nicht nein sagen konnte. Jetzt ist es zu spät. Vielleicht finde ich doch noch einen Platz im Garten für das Weidenbäumchen. Vielleicht kann sogar mein Mann etwas damit anfangen."

„Said wird den Baum nachts im Müll entsorgen, nur um dir einen Gefallen tun. Das ist sonnenklar!"

„Um mir einen Gefallen zu tun?! Bist du sarkastisch?"

„Gott bewahre, ich bin nicht sarkastisch. Aber wenn dein launischer Ehemann etwas nicht mag, dann kann doch nicht einmal Gott ihn dazu bringen, seine Meinung zu ändern."

„Er hat sich erst in letzter Zeit so verändert. Vorher war er ja ganz anders. Glaub mir, ich schwöre es."

„Ich weiß, ich weiß. Ich habe ja auch nicht gesagt, dass er von Geburt an so war."

„Seit er sich mit diesem Houschang abgibt und nur noch Müll redet, ist sein Herz nicht mehr bei mir. Du hast Recht, so über ihn zu denken."

Erst jetzt schien Parvaneh zu bemerken, dass Nadji und ich bei ihnen saßen und auf ihre Münder starrten. Wir versuchten zu verstehen, was sie da sagten. Sie riss sich zusammen und sagte: „Okay. Vergessen wir's. Es ist nun mal so. Im Leben geht es auf und ab, gerade in diesen Zeiten."

Dann wurde es still.

„Was meinst du, was sollen wir jetzt mit der Weide

machen?“, seufzte Homa.

„Um Gottes willen, nur nicht in den Müll werfen. Es wäre schade um so ein hübsches Bäumchen. Schade, dass es niemanden gibt, der es einpflanzen möchte. Es wäre traurig, wenn es nicht zu einem schönen Baum heranwachsen würde“, sagte Nadji.

„Ihr denkt hoffentlich nicht, dass wir mit dem Baum durch die ganze Stadt gelaufen sind. Nein, wir wohnen nur zwei Straßen weiter. Parvaneh ist bloß müde und jammert.“

„Wenn das so ist, dann bringen wir das Bäumchen zu euch nach Hause. Es ist ja offensichtlich nicht weit, so wie ihr das beschreibt. Ich könnte es sogar alleine tragen.“

„Das sage ich nicht nur, weil ich müde bin. Ich weiß, dass das arme Bäumchen bei Homa eingehen oder im Müll landen wird“, entgegnete Parvaneh.

Wir hatten unser Eis aufgegessen und Nadji bezahlte für alle. Die Frauen waren davon beeindruckt und ich merkte, dass es ihm viel Freude machte, mit ihnen unterwegs zu sein. Obwohl ich selbst müde war, versuchte ich, mit ihrem Tempo mitzuhalten. Glücklicherweise war das nicht schwer, denn die Frauen trugen Schuhe mit hohen Absätzen und konnten selbst nicht allzu schnell gehen. Hin und wieder stolperte eine von ihnen, verdrehte den Knöchel und musste stehen bleiben, um das Gleichgewicht wiederzuerlangen.

„Oder habt ihr vielleicht einen Garten?“, fragte uns Homa.

Nadji und ich antworteten gleichzeitig. Der Unterschied war nur, dass ich „Nein“ und Nadji „Ja“ sagte.

„Was nun?“, lachte sie.

„Entschuldige mal! Wo soll denn unser Garten sein, den ich noch gar nicht gesehen habe?“, fragte ich Nadji.

„Ich meine den leeren Platz mitten im Hof von der Schweinefarm. Wenn wir das Bäumchen dort pflanzen, würde der Hof sehr schön aussehen. Wäre das nicht toll? Komm schon, das stimmt doch!“

Nadji hatte sich so sehr in das Bäumchen verliebt, dass es keinen Platz für weitere Diskussionen gab. Das merkte ich sehr schnell. George würde es auf jeden Fall erlauben und es könnte Nadji vielleicht aufmuntern, sich um diesen Baum zu kümmern. Auch die Frauen hatten bemerkt, wie sehr Nadji dieses Bäumchen mochte. Was war das für ein Licht, das da in seinen Augen strahlte! Warum? Was hatte dieses Bäumchen, das ihn so glücklich machte? Auch die Frauen suchten nach einer Antwort auf diese Frage. Homa, die die Gegend gut kannte, führte uns zu einer Wiese. Dort gab es auch einen Teich, um den ein paar Kinder mit ihren Eltern herumliefen. Wir setzten uns und stellten das Weidenbäumchen etwas weiter weg ins Gras. Homa sagte, wenn Nadji ihr eine gute Begründung dafür gäbe, dann würde sie es ihm schenken. Den jungen Frauen blieb wegen ihrer kurzen Röcke nichts anderes übrig, als auf den Knien zu sitzen. Ihre nackten Beine waren also ganz nahe bei uns, aber wir verspürten keinerlei Verlangen nach den Frauen. Ich jedenfalls nicht, und ich hoffte, dass sie auch bei Nadji keine Gefühle erweckten. Interessant und anregend waren sie aber dennoch, zumal sie ganz anders waren als alle Frauen, die wir bisher gekannt hatten.

Und nun begann Nadji zu erzählen: „Ein Jahr nach dem Tod meiner Mutter besuchte ich an einem Donnerstagnachmittag ihr Grab. Die Erde auf der Grabstelle hatte bereits Risse, so ausgetrocknet war sie. Ich holte einen Eimer Wasser und befeuchtete das Erdreich von oben nach unten. Es war aber nicht genug und die trockene Erde schluckte das ganze Wasser augenblicklich. Die umliegenden Gräber waren mit Blumen und Pflanzen geschmückt, aber das Grab meiner Mutter war leer und vertrocknet. Ich setzte mich ans Grab und konnte nicht weinen, obwohl ich in meinem Innern sehr aufgewühlt war. Da bemerkte ich, dass sich ganz in der Nähe etwas bewegte. Ich hob meinen Kopf und sah einen Mann, der an einer anderen Grabstelle eine Pflanze einsetzte. Er sagte, dort liege seine Mutter und ich erkannte, dass er eine Trauerweide pflanzte. Mit einer Schaufel hatte er die Erde ausgehoben, das Bäumchen frisch gesetzt und anschließend gegossen. Da verspürte ich den Wunsch, auf das Grab meiner Mutter ebenfalls einen Baum zu pflanzen. Der Mann sagte mir, dass er den Baum am Eingang des Friedhofs von einem Händler gekauft hatte. Freudig ging ich zum Eingangstor und sah ein paar andere Leute, die ebenfalls junge Weidenbäume gekauft hatten und diese auf die Gräber pflanzten. Ich dachte bei mir, wenn ich erstmal einen Baum gepflanzt hätte, müsste ich auch öfter vorbeikommen, um ihn zu gießen. Dann würde er heranwachsen und schon nach zwei bis drei Jahren Schatten spenden. Das ganze Grab würde im kühlen Schatten liegen und meine Mutter bekäme einen nach Trauerweide duftenden Platz. Und auch die Erde würde keine Risse mehr bekommen, da sie nun vor den sengenden Sonnenstrahlen geschützt wäre. Mit diesen Gedanken kam ich zum Lieferwagen des Baumverkäufers. Es war nur noch ein einziger kleiner Baum übrig. Ich verliebte mich jedoch sofort in diesen Schössling und dachte gar nicht daran, nach dem Preis zu fragen. Ich stand nur da und betrachtete das Bäumchen. Schließlich fragte ich doch, wieviel ich zu bezahlen hätte. Die Antwort traf mich wie ein Schlag in die Brust. Der Händler war groß und stand auf seinem Lieferwagen. Mit Geringschätzung schaute er von oben auf meine kleine, vierzehnjährige Gestalt herab und erkannte, dass ich nicht genug Geld hatte. Dann verkündete er laut: ‚Wer in die Stadt mitfahren will, soll in den Lieferwagen steigen!‘ Der Friedhof war durch eine direkte Straße mit dem Hauptplatz in der Stadt verbunden. Einige Leute sprangen in den Wagen und der Mann hatte die Hoffnung, den letzten Baum noch zu verkaufen, bereits aufgegeben. Für mein Budget war er jedenfalls zu teuer, ich hätte dafür mehrere Tage arbeiten und sparen müssen. Der Mann wies die Passagiere an, auf das Bäumchen Acht zu geben. Es waren etwa fünf bis sechs Menschen auf dem Lieferwagen und einer davon wurde vom Händler aufgefordert, den Baum mit beiden Händen festzuhalten. Dann setzte er sich ans Steuer, startete den Wagen und fuhr los. So fuhr mein Bäumchen einfach davon und ich stand nur da und schämte mich vor meiner Mutter. Zu ihrem

Grab konnte ich nicht mehr zurückkehren, daher starrte ich einfach auf den Lieferwagen, der sich immer weiter entfernte und auf der Straße langsam verschwand. So war es."

Während dieser Geschichte hatten die Mädchen etliche Tränen vergossen, die sie nun mit einem Taschentuch trockneten. Ich aber glaubte Nadjis Erzählung nicht. Er erfand öfters solche Geschichten, nur um Dinge zu erreichen, die er sonst nicht hingekriegt hätte. Und so entschieden sich die Mädchen jetzt natürlich auch dafür, ihm das Bäumchen zu überlassen.

„Warum soll die Weide mitten in den Hof der Schweinefarm und nicht dorthin, wo sie hingehört? Nämlich ans Grab deiner Mutter?", fragte ich.

„Denk nicht mal daran!"

„Warum nicht?"

„Weil Mutters Grab sehr weit weg von hier ist."

Am nächsten Morgen freuten wir uns darüber, einen vermeintlich guten Grund zu haben, später in Kavoos' Lieferwagen hinten zu sitzen. Wir dachten, wenn Kavoos uns mit einem Trauerweidensetzling sähe, würde er uns hinten sitzen lassen, anstatt wie sonst darauf zu bestehen, dass wir neben ihm auf dem Vordersitz sitzen. Aber wir hatten uns getäuscht, er ließ uns nicht hinten sitzen und band den Baum stattdessen in einer Ecke fest, sodass er von uns nicht mehr gehalten werden musste. Als Kavoos damit fertig war, forderte er Nadji auf, sich zu vergewissern, ob alles in Ordnung sei. Dann lachte er immer wieder.

„Er ist perfekt, absolut perfekt, dieser Weidensetzling unseres lieben Agha Nadji", meinte Kavoos. „Aber jetzt mal ehrlich, wie kannst du so einen schönen Baum mitten in einen Schweinestall pflanzen?"

„Sein Platz ist in der Mitte des Hofes. Wenn er erst ausgewachsen ist, dann können die Arbeiter in seinem Schatten sitzen und zu Mittag essen. Wer weiß, selbst wenn ich dann nicht mehr da sein sollte, wird mir vielleicht jemand dafür danken: ‚Gott segne dich, Nadji! Gut gemacht, dass du diese Trauerweide für uns alle gepflanzt hast, bevor du gegangen bist.'"

„Ich bin beeindruckt von deiner Liebe zu einer Pflanze, Bruder. Es zeigt, dass du ein gutes Herz hast. Wenn du erlaubst, dann pflanze ich selbst den Setzling ein. Dann kann ihn keiner mehr ausreißen."

Ich hatte Nadji bereits zuvor davor gewarnt, Kavoos zur Schweinefarm zu bringen. George würde das bestimmt nicht gefallen.

„Das ist sehr nett von dir, Agha Kavoos. Aber wenn unser Chef erlaubt, den Baum zu pflanzen, dann können wir es auch selbst machen."

Kavoos schaute während der Fahrt mehrmals auf Nadjis Gesicht und sagte: „Es wäre sehr grausam von diesem Bastard, wenn er dir nicht erlauben würde, deinen Baum in seinem Hof zu pflanzen. Wenn ich hier ein Grundstück hätte, dann würde ich dir versprechen, mich gemeinsam mit meinen Arbeitern um deinen Baum zu kümmern. Ich würde dir zeigen, wie wir das machen!" Ganz offensichtlich versuchte er jetzt, sich bei Nadji einzuschmeicheln.

Aber George begrüßte die Idee, mitten auf dem Hof einen Baum zu pflanzen. Nadji wurde noch am selben Morgen beauftragt, zuerst einen Spaten zu suchen und dann ein Loch in die Erde zu graben. Dort setzte er das Bäumchen schließlich ein, füllte alles mit Erde auf und gab dem Setzling sehr viel Wasser.

„Glaubst du, dass er überleben wird?", fragte George und betrachtete das frisch gepflanzte Bäumchen.

„Natürlich wird er überleben. Warum sollte ein so gesunder Baum eingehen?"

„Ich meine nur wegen des Gestanks."

„Wenn es an einem Ort schlecht riecht, dann ist es sogar gut, Pflanzen zu haben."

„Im Ernst? Wieso?", fragte George.

„Djamil weiß warum. Er wird es gleich erklären." Nadji sah mich an.

Ich machte mir allerdings keine Mühe mit meinen Erklärungen und hatte auch nicht den Eindruck, dass George sonderlich interessiert war.

„Wenn du sagst, dass das Bäumchen überlebt, dann wird es auch so sein. Ihr habt wahrscheinlich Erfahrung mit Baumpflanzen. Auf jeden Fall danke ich dir, mein lieber Sohn. Dieser Baum wird den Hof bestimmt verschönern", freute sich George.

„Wenn ihn niemand während der nächsten zwei oder drei Wochen wieder absichtlich aus dem Boden zieht, dann werden sich seine Wurzel fest in der Erde verankern und er wird zu einem starken Baum heranwachsen, den man nicht mehr so leicht ausreißen kann.

Dies wäre zwar selbstverständlich möglich, aber es ist nicht ganz einfach."

„Warum sollte ihn jemand ausreißen?", fragte George.

„Ach, Monsieur! Ich schwöre bei Gott, es gibt Leute, die manchmal sinnlose Dinge tun, nur um Spaß zu haben und das Herz anderer Menschen zu brechen", lachte Nadji. Es klang jedoch sarkastisch, als würde er sich über irgendetwas oder irgendjemanden beschweren.

Diese Worte machten George offenbar betroffen. Plötzlich begann er laut zu lachen und verschwand in Richtung Schweinestall, wo er sich um die Tiere kümmern wollte. Nadji stand noch immer an derselben Stelle, voller Stolz und mit dem Spaten in der Hand. Er betrachtete den Setzling, den er selbst gepflanzt hatte: „Gefällt er dir nicht? Ist er nicht wunderbar?"

Ich hatte absolut keine Lust mehr, von Kavoos zum Hof gebracht zu werden. Nadji musste sich mir schließlich fügen, sonst hätte ich nicht mit Nörgeln aufgehört. Als wir eines Morgens zum Kreisverkehr kamen, sahen wir aber, dass Kavoos schon da war, neben seinem Lieferwagen stand und nach uns Ausschau hielt. An diesem Tag mussten wir also wieder mit ihm zur Arbeit fahren. Unterwegs fragte er nach dem Trauerweidensetzling und Nadji erzählte ihm die Geschichte in allen Einzelheiten. Kavoos sagte, dass er für den Setzling beten werde, damit der Baum gedeihe und gesund bleibe. Allerdings wartete er nur darauf, dass Nadji mit seiner Erzählung über den Setzling endlich fertig war, denn er brannte darauf, uns etwas anderes zu erzählen. Er fing gleich damit an, nachdem wir ihn nach seinem Befinden gefragt hatten: „Ich bin erschüttert. Dieses Land steuert auf den Gipfel der Korruption zu. Auf der anderen Seite könnte gerade diese Korruption dazu beitragen, dass bald Verbesserungen folgen. Wisst ihr, das alles wird nur dazu führen, dass der Imam Khomeini noch schneller bei uns ist als versprochen." Wir schwiegen, denn darauf hatten wir keine Antwort.

„Hast du gesehen, was sie gestern in den Zeitungen geschrieben haben?"

„Wir kaufen keine Zeitungen. Was sie in den Zeitungen schreiben, hat nichts mit uns zu tun."

„Das sollte es aber. Ihr seid die Jugend dieses Landes. Alles, was hier passiert, beeinflusst euch. Euer Leben, eure Moral und eure Religion, ob ihr wollt oder nicht. Ich meine, es betrifft uns alle, die wir hier leben."

„Was ärgert dich denn so?", fragte ich.

„Wenn ihr Zeitungen lesen würdet, dann wüsstet ihr, wie oft die Geistlichen beleidigt werden, insbesondere der Imam. Nur weil er sich gegen die Korruption und den Schah ausspricht. Der Schah, der sich in Wahrheit um die Menschen kümmern und ihnen Arbeit und Sicherheit geben müsste, fördert nur den moralischen Verfall und die Abhängigkeit des Landes vom Westen. Das alles bereitet den Boden für einen Niedergang der Sitten, der von den Schwuchteln vorangetrieben wird."

„Entschuldigung, wie bitte?"

„Es ist offensichtlich, dass ihr nichts von den Auseinandersetzungen mit den Zeitungen in der heiligen Stadt Qom wisst. Diese Zeitungen sind die Hauptursache für den Verfall der Sitten. Aber solange es in diesem Land Leute wie mich gibt, werden wir das nicht zulassen. Ich warte nur auf eine Gelegenheit, um nach Teheran zu kommen und solche Schwuchteln eigenhändig einzufangen und aufzuhängen."

Er schaute zum Himmel und seufzte: „Oh Gott, werde ich jemals mit meinen eigenen Händen für dich das Seil um ihren Hals legen können?"

„Aaah, bitte fahr vorsichtig!"

„Was?"

„Du bist beinahe von der Straße abgekommen und hättest uns fast umgebracht."

„Du meinst, ihr glaubt mir nicht?"

„Entschuldige, aber wir wissen nicht, über was oder über wen du sprichst."

„Dann sollte ich euch ein paar Zeitungen besorgen, damit ihr euch selbst ein Bild machen könnt."

Als wir am Abend wieder zum Kreisverkehr zurückfuhren, zeigte Kavoos auf die Statue des Schahs inmitten des Platzes und sagte: „Eines Tages, wie früher, als ich noch ein Kind war, wird dieses Statue von den Leuten niedergerissen werden. Mein Onkel war damals dabei. Die Leute haben das Denkmal gestürzt, aber am nächsten Tag wurde es wieder aufgerichtet. Wie schade!"

In den frühen Morgenstunden, wenn wir auf Georges Wagen warteten, war mir oft langweilig und ich fand in jeder Kleinigkeit einen Grund zum Nörgeln. Dann versuchte Nadji jeweils, mich zum Lachen zu bringen. Er zeigte auf die Statue des Schahs und sagte: „Um

Gottes Willen, sieh dir doch nur diese Statue an." Sie stand in der Mitte des Kreisverkehrs, Autos brausten um sie herum. Die Figur des Schahs stand ganz oben auf einer Steinsäule. Sein Hut war der höchste Punkt in der Gegend, die rechte Hand war zum militärischen Gruß erhoben und die Spitze seines Mittelfingers berührte seine Stirn. Die linke Hand hing herab und war in Richtung Körpermitte gebogen, sodass es aussah, als ob sie nach seinem Schritt greifen würde. Darüber konnte Nadji nach Herzenslust Witze machen: „Schau, wie er den Leuten seinen Schwanz und seine Eier darbietet!" Darüber musste ich immer lachen. Nadji salutierte militärisch und positionierte seine andere Hand genau wie die der Statue. Dann drehte er sich langsam um und sagte: „Meine Damen und Herren, treten Sie näher. Ich habe einen kaiserlichen Schwanz." Ich konnte gar nicht mehr aufhören zu lachen. Nadji unterhielt mich manchmal sogar nachts an ein- und derselben Stelle. Der Boden um die Statue war mit einem Rasen bedeckt und rundherum gab es Springbrunnen, die stets eingeschaltet waren und Wassertropfen in die Luft schleuderten.

Abends, wenn es windig war, gingen wir gerne auf den Rasen und versuchten, ein paar Wassertropfen auf unsere Köpfe und Gesichter zu bekommen. Aber den Bullen in ihren blauen Anzügen gefiel es überhaupt nicht, wenn sich Leute auf dem Rasen unter der Statue des Schahs aufhielten. Schon von Weitem schwenkten sie drohend ihre Schlagstöcke und deuteten damit an, gleich zum Rasen zu kommen. Aber Nadji war nicht so ängstlich wie ich und bestand darauf, so lange wie möglich bei den Springbrunnen zu bleiben. Dann drehte er sein Gesicht zur Statue und sagte: „Oh, du herrlicher steinerner Schah!" Wenn er noch dazu betrunken war, lachte er laut, sodass ich Angst bekam und versuchte, ihn wegzuzerren, bevor die Polizisten auftauchen würden.

Die Bullen waren grob und fluchten auf eine derbe Art und Weise, vor allem, wenn sie es mit Jugendlichen in unserem Alter zu tun hatten. Ich fürchtete mich ganz besonders davor, beschimpft zu werden. An einem Freitagabend hatte Nadji zu viel getrunken. Ich versuchte alles, um ihn von den Springbrunnen fernzuhalten, aber ohne Erfolg. Plötzlich rannte er völlig betrunken durch das Brunnenbecken, zog sein durchnässtes Hemd aus und brüllte durch die Gegend. Ich stand in einiger Entfernung zu der Statue auf dem Bürgersteig und bemerkte, dass zwei Polizisten auf Nadji zuliefen. Sie zerrten ihn aus dem Brunnen und ich konnte nichts machen. Einer der Polizisten redete mit Nadji, während der andere auf dem Boden nach etwas suchte. Ich hatte Angst und hoffte, dass sie ihn jeden Moment wieder gehen lassen würden. Aber dann sah ich, wie der Polizist, der eben noch den Boden abgesucht und nichts gefunden hatte, Nadji heftig auf den Kopf schlug. Schließlich ging ich zu ihnen und sagte, dass Nadji mein Cousin sei. Sie fragten mich, wo denn sein Hemd sei. Ich fand es irgendwo auf dem Rasen und zog es ihm über. Die Polizisten waren bewaffnet und sprachen leise miteinander, sodass wir nicht verstehen konnten, was sie sagten. Einer von ihnen ging zu einem dunkel-blauen Jeep und der zweite Polizist sagte uns, dass wir ihm folgen sollten. Der Polizist führte uns in eine ruhige Ecke und fragte, wie viel Geld wir bei uns hätten. Wir hatten gerade unseren Monatslohn von George ausbezahlt bekommen und daher eine Menge Geld dabei. Davon mussten wir alles dem Polizisten aushändigen, sodass wir am Ende nichts mehr für ein Taxi hatten und zu Fuß nach Hause laufen mussten. Der Polizist sagte auch, dass er Mitleid habe und uns deshalb nicht mit auf das Revier nehme. Das hätte wohl sehr böse enden können. Obendrein bedauere er, uns nicht zum Bahnhof bringen zu können. Genau in dem Moment, als er uns endlich gehen lassen wollte, kam sein Kollege angerannt und rief: „Hey, Gudarsi! Lass sie nicht gehen! Der Hauptmann will mit ihnen reden. Nimm sie mit und bring sie zu uns!"

Der Polizist, der unser Geld genommen hatte, sagte: „Ich kann jetzt nichts mehr für euch tun. Der Hauptmann hat euch gesehen und will ein paar Fragen stellen. Macht euch keine Sorgen, sie werden euch bald wieder gehen lassen!"

Der andere Polizist brachte uns zum Hauptmann. Unterwegs fragte er noch, ob wir Zigaretten hätten. Nadji holte die Zigarettenschachtel heraus, die er gerade gekauft hatte. Der Polizist nahm das ganze Päckchen und meinte, wir wären noch zu jung zum Rauchen. Er zündete sich eine Zigarette an und steckte das Päckchen in seine Tasche. Dann sagte er, wenn wir einmal älter wären, dann würden wir ihm dafür danken. Im dunkelblauen Jeep brachten sie uns zur Polizeistation. Ein Polizist, der gerade Dienst auf dem Revier hatte und gar nichts von uns wusste, schlug Nadji wortlos ins Gesicht. Nadji fragte nach dem Grund und der Polizist antwortete: „Das wirst du bald herausfinden."

Ein anderer Polizist brachte uns in einen Raum mit drei Stühlen. Ich beteuerte, nichts Unrechtes getan zu haben, aber was immer ich auch sagte, niemand hörte mir zu. Dann mussten wir auf den Stühlen Platz nehmen. Der Polizist löste die Handschellen von seinem Gürtel, er beugte sich über uns und befestigte die Handschellen an meinem und an Nadjis Knöchel. Bevor er den Raum verließ, sagte er noch, dass wir hier warten müssten. Nadji war inzwischen fast nüchtern, wahrscheinlich wegen der ganzen Aufregung und der heftigen Ohrfeige. Ich war dermaßen verschreckt, dass ich nicht einmal mit Nadji schimpfen konnte. Wir hatten beide schrecklich Angst. Wäre Nadji nicht so mutig gewesen, dann würde diese Geschichte jetzt Söhne der Angst heißen.

Bald darauf betrat ein großgewachsener Mann in Zivil den Raum, sah uns an und blätterte in den Akten, die er in seinen Händen hielt.

„Wer von euch ist Djafar und wer ist Reza?"

„Ich bin Djamil und das ist Nadji, Herr Inspektor."

„Wie viele Namen habt ihr denn?"

„Wir hatten immer nur diese Namen, Herr Inspektor."

„Aha, das spielt jetzt auch keine Rolle mehr. Wo habt ihr die Uhren versteckt? Ihr habt sie noch nicht verkauft, oder? Zumindest steht das hier geschrieben.

Ist das richtig?“

Nadji war komplett verstummt. Später erzählte er, er habe vermeiden wollen, dass seine Fahne die Bullen noch mehr verärgerte. Ich sagte dem Polizisten, dass ich nichts über Uhren wisse. Infolgedessen wurden wir mit Fußtritten traktiert. Wir saßen auf den Stühlen und der Mann in Zivil trat immer wieder mit seinen spitzen Schuhen gegen unsere Beine. Ich hatte große Schmerzen, heulte los und schwor, dass wir nicht wussten, wovon er sprach. Kurz darauf verließ er den Raum und wir dachten, er würde uns glauben. Wir verblieben in diesem Raum und ich bat einen Polizisten, uns auf die Toilette zu bringen. Er nahm uns mit, aber das war sehr mühsam mit unseren Fußfesseln, denn Nadji war noch nicht ganz nüchtern und schwankte beim Gehen. Sämtliche Polizisten, an denen wir vorbeikamen, bedachten uns mit den übelsten Flüchen oder schlugen uns auf den Kopf. Als ob es ihre Pflicht wäre. Die Angst und die Demütigungen waren dermaßen überwältigend, dass wir kaum noch Schmerzen verspürten. Kurz nach Mitternacht verhörte uns ein weiterer junger Offizier. Er wollte ganz genau wissen, wer wir waren, was wir beruflich machten und warum wir uns bei der Statue aufgehalten hatten.

Ich hatte eine Kopie des Lohnzettels, den wir jeden Monat von George bekamen, in meiner Tasche. Der junge Offizier behandelte uns respektvoller als die anderen Polizisten, wohl wegen der Geige, die wir mit dabeihatten. Wahrscheinlich dachte er, wir wären Künstler. Von ihm wurden wir auch nicht geschlagen oder beschimpft, er stellte uns lediglich Fragen. Ob wir regierungsfeindlichen Organisationen angehörten und was wir über die islamisch-marxistische Gruppe wüssten, deren Gerichtsverfahren gerade im Fernsehen lief. Wir antworteten, dass wir keine Ahnung von diesen Dingen und auch nicht ferngesehen hätten. Dann wollte er wissen, ob wir in der Nähe der Steinsäule jemand gesehen hätten, während wir im Wasser unter der Statue herumspielten. Wir hatten jedoch niemand gesehen. Immer wieder stellte er Fragen und sah uns direkt in die Augen. Schließlich ging er.

Am frühen Morgen kam ein Polizist, den wir vorher noch nicht gesehen hatten. Er setzte sich auf einen Stuhl uns gegenüber und las uns eine Erklärung vor. Demnach mussten wir uns verpflichten, nie wieder in die Nähe der Statue zu kommen und sofort die Polizei zu verständigen, falls wir Leute sehen sollten, die in der Gegend Flugblätter aufklebten. Ansonsten würden wir bestraft werden. Der Polizist verlas den ganzen Text, dann tauchte er unsere Finger nacheinander in Tinte und drückte sie auf das Papier. Anschließend löste er die Fesseln von unseren Füßen und sagte, dass wir frei wären. Verängstigt wollten wir das Polizeirevier verlassen, als plötzlich jemand von hinten auf Nadjis Hinterkopf schlug. Ein Polizist mit ekelhafter Stimme lachte laut und sagte zu Nadji: „Da bist du ja diesmal davongekommen, du Hurentreiber!“

„Wo seid ihr jungen Männer nur gewesen? Wo wart ihr in den letzten Tagen? Ich hoffe, ihr habt eine gute

Erklärung", sagte Kavoos beim nächsten Mal.

„Wir mussten schon sehr früh raus auf den Hof. Es gab viel Arbeit."

„Euer Monsieur lässt euch viel zu hart arbeiten."

„Nein, so ist es nicht! Wir haben uns freiwillig gemeldet!"

„Wenn ihr wollt, könnte ich euch eine bessere Arbeit besorgen."

„Nein, danke! Wir sind mit unserer Arbeit zufrieden. Sehr sogar."

Kavoos bestand darauf, dass wir gemeinsam mit ihm fuhren. Wir hatten an diesem Tag beim Kreisverkehr auf George gewartet, der uns aber schon zuvor gesagt hatte, dass er sich womöglich verspäten würde und dass es besser wäre, woanders mitzufahren. Auch Nadji überredete mich, gegen meinen Willen in Kavoos' Wagen einzusteigen.

„Wo wart ihr, Jungs?", fragte Kavoos nochmals.

„Das Auto von George ist repariert und er kann uns wieder mitnehmen. Wir wollen ab jetzt lieber mit George fahren", sagte ich.

Er gab vor, mich nicht gehört zu haben, und sagte: „Ich habe den Zeitungsausschnitt mitgebracht, den ich euch versprochen hatte. Jetzt könnt ihr selbst sehen, ansonsten ist das alles kaum zu glauben, was sich da abspielt."

Dann zeigte er uns einen mehrere Monate alten Zeitungsausschnitt und sagte: „Schaut euch nur an, was hier für ein Riesenskandal herrscht. Das würde sonst niemand glauben." Er deutete auf ein Bild mit zwei Männern, die glücklich und lächelnd nebeneinanderstanden. Einer der Männer trug eine Krawatte, der andere eine Fliege. Es war eine Nachricht von der Hochzeit dieser beiden Männer. Er setzte fort: „Bitte lies es und auch deinem Freund vor!"

Ich erklärte Nadji die Geschichte.

„Lies auch das Datum für ihn, damit er versteht, in was für einem Land er lebt!"

„Februar 1978", las ich vor.

„An welchem Tag?"

„Das steht hier nicht."

„Glaubt ihr wirklich, dass zwei Männer heiraten können? Das bedeutet, dass anstelle eines Mannes als Bräutigam und einer Frau als Braut, hier sowohl Bräutigam als auch Braut Männer sind." Er fing an zu lachen: „Gibt es überhaupt noch etwas moralisch Verwerflicheres?" Plötzlich hörte er auf zu lachen und murmelte etwas auf Arabisch. Anscheinend bat er Gott um Vergebung. „So etwas gibt es nirgendwo auf der Welt, Kinder. Glaubt mir. Ich bin viel rumgereist, nach Deutschland, Italien, Japan und andere Orte. Aber so etwas habe ich nirgendwo gehört oder gesehen. Was bedeutet, dass wir beim Fördern solcher Verderbnis an erster Stelle stehen. Die Menschen in der Hauptstadt denken allen Ernstes, es wäre ein Zeichen der Zivilisation, wenn ein Mann einen anderen Mann besteigt und die Zeitungen stolz ihre Bilder veröffentlichen. Glaubt ihr nicht auch, es wäre Zeit für die Rückkehr des verschollenen Imams?"

Wir sagten nichts und Kavoos fuhr fort: „Aber ihr werdet noch erleben, wozu das alles führen wird! Ihr werdet es noch sehen. Wisst ihr, in wie vielen Städten es schon Proteste gibt? Es würde schon genügen, wenn auch die Menschen in dieser Stadt zeigen, dass sie mutig sind. Hier und in der Hauptstadt werden die Leute heute oder morgen auf die Straßen gehen und den Boden für das Erscheinen des Imams bereiten."

„Wer ist der Imam?", flüsterte mir Nadji ins Ohr.

„Du kennst den Imam nicht?" Dann sagte Kavoos zu mir: „Du bist in die Schule gegangen und hast viel gelernt. Erkläre deinem Freund, wer der Imam ist und wo er sich jetzt aufhält!"

„Ich bin ein paar Jahre zur Schule gegangen, aber das bedeutet nicht, dass ich alles weiß."

„Aber du weißt bestimmt, wer der Imam ist. Oder?"

Am Freitagmorgen klopften wir wie immer an das Tor, durch das man zu Amrollah Khans Wohnung gelangte. Ein junger Mann, den wir schon früher beim Wäschewaschen oder Geschirrspülen am Gartenteich gesehen hatten, kam zum Tor. Offenbar erkannte er uns nicht und schaute uns an, als ob wir Fremde wären. Dann sah er die Geige in Nadjis Händen und fragte: „Möchtest du zu Amrollah Khan?"

„Ja."

„Ich glaube nicht, dass er zu Hause ist."

„Bestimmt ist er das. Er weiß doch, dass wir um diese Zeit kommen."

Der Mann öffnete die Tür zum Hof und ließ uns eintreten: „Wir haben ihn seit ein paar Tagen nicht mehr gesehen. Wenn du willst, kannst du selbst nachsehen."

Wir gingen über den Hof und stiegen die kleine, schmale Treppe hinauf. Es war dunkler als sonst und roch nach Schimmel. Der Treppenabsatz vor dem Zimmer war sehr schmal und man musste aufpassen, auf den scharfkantigen Stufen nicht auszurutschen. Amrollah Khan hatte uns erzählt, dass er selbst ein paar Mal die Treppe heruntergefallen war, nachdem er das Zimmer angemietet hatte. Aber das sei nicht weiter schlimm gewesen und er habe sich bald an die Treppe gewöhnt. Wir hatten ihn auch gefragt, warum er seinen Vermieter nicht gebeten habe, ihm ein anderes Zimmer zu geben. Weil dies der einzige Raum im Haus sei, der ein Fenster zum Himmel habe, hatte Amrollah Khan erklärt. Alle Fenster in den anderen Räumen schauten entweder zur Mauer eines großen Gebäudes neben einem baufälligen Haus oder zum Hof. Deshalb nehme er auch das Risiko in Kauf, auf der Treppe zu stürzen. Nur wegen des Fensters.

Wir klopften an seine Tür, immer wieder und immer heftiger, bis er schließlich selbst öffnete. Sein Körper steckte in einem alten braunen Kittel. Er ließ die Klinke los, hielt sich an der Türe fest und lächelte uns mit seinen müden und freundlichen Augen an: „Oh Kinder, heute müsst ihr mich entschuldigen."

Daraufhin sackte Amrollah Khan vor unseren Augen zusammen, wie eine dahinschmelzende Kerze. Wir stürzten zu ihm hin und hielten ihn fest. Nadji rief die anderen Mieter des Hauses zu Hilfe. Ein paar Leute kamen und gaben Ratschläge, was jetzt zu tun wäre. Amrollah Khans Matratze lag auf dem Boden mitten im Zimmer. Die Nachbarn sagten, wir hätten keine andere Wahl, als ihn ins Krankenhaus zu bringen. Gerade als Nadji und ich entschieden hatten, ihn irgendwie ins Spital zu bringen, öffnete er die Augen und sah uns an.

„Was für gute Nachbarn ich habe! Gott segne euch. Aber bitte bringt mich nirgendwohin. Zumindest nicht heute. Bitte lasst mich auf meinem Bett liegen. Könnte mir bitte jemand ein Glas Limonade machen? Dann bleibe ich hier bei diesen beiden jungen Musikschülern."

Eine junge Frau mit einem langen, schwarz-weißen Schleier sagte, sie habe Limonade im Haus. Sie ging und kam mit einem großen Glas zurück. Ich erinnere mich noch genau an sie, und zwar nur deswegen, weil sie Nadji ständig anlächelte und bei jedem Lächeln ihren langen Schleier beiseiteschob. Nadji wurde vor Verlegenheit rot und wollte sich nur um Amrollah Khan kümmern. Dann machten wir uns auf den Weg und taten, was der Meister von uns verlangte. Wir brachten ihn nicht ins Krankenhaus und holten auch weder Arzt noch Medikamente. Stattdessen entschieden wir, seine Tochter zu informieren. Wir hofften, sie davon überzeugen zu können, mit uns zu kommen und ihren Vater zu besuchen.

Wir suchten den ganzen Tag nach einer passenden Gelegenheit, George von unserem Besuch bei Amrollah Khan und dessen Krankheit zu erzählen. Aber George war sehr beschäftigt und jedes Mal, wenn wir dachten, jetzt wäre ein guter Zeitpunkt, kam irgendjemand, der ein Tier abholen wollte, und wir mussten das Vieh in einen Lieferwagen verfrachten.

Zur Mittagszeit, wir saßen wie immer auf der großen Bank, gab ich George zu verstehen, dass ich ihm etwas zu sagen hatte. Er meinte, es wäre besser, erst später zu reden. Kurz darauf beobachtete ich, wie er mit einer Zangenschaufel Stroh einsammelte und in einen großen Jutesack stopfte. Es schien, als ob niemand arbeiten wollte. Drückte das schwere Essen auf unsere Mägen? Oder war es etwas Unsichtbares, eine versteckte Trauer?

„Wo ist Nadji?", fragte mich George.

„Er mischt Futter für das Vieh."

„Nadji ist klug und hat Ausdauer. Ich mag ihn. Und auch du bist ein guter Arbeiter. Ihr beiden habt in letzter Zeit schon so viel gelernt, dass ihr bald euren eigenen Schweinestall führen könntet."

„Wir arbeiten jetzt schon lange für Sie, Monsieur."

„Gott bewahre, ich möchte euch nicht verlieren."

„Ist etwas geschehen, Monsieur?"

„Noch nicht, aber mein verdammtes Herz sagt mir, dass bald etwas Ungeheuerliches passieren wird."

„Keine Sorge, nichts wird passieren."

„Ich habe dich nicht gerufen, um dir das zu sagen. Vielmehr wollte ich fragen, ob ihr beide morgen Abend auf dem Hof bleiben könntet. Ich glaube, morgen seid ihr dran."

Alle drei bis vier Wochen blieben zwei Arbeiter zur Nachtwache auf dem Hof. George hatte dafür gesorgt, dass Nadji und ich jeweils gemeinsam auf dem Hof bleiben konnten. Es gab auch keine Arbeit zu verrichten, es musste nur jemand da sein.

„Selbstverständlich machen wir das", antwortete ich.

„Arbeitet morgen nicht allzu schwer. Und versucht, eine ruhige Ecke zum Ausruhen zu finden."

Dann fragte George: „Wolltest du mir nicht noch was sagen?"

„Es geht um Amrollah Khan." Ich erzählte ihm, was passiert war und dass Amrollah Khan uns gebeten hatte, seine Tochter zu benachrichtigen. Aber die Adresse, die er uns gegeben hatte, war falsch. Eigentlich war sie nicht wirklich falsch, aber die jetzigen Bewohner und die Leute in der Nachbarschaft gaben an, dass sie schon vor Jahren weggezogen wäre. Ich fügte noch hinzu, dass wir beide das Gefühl hätten, dass einer der Nachbarn etwas wusste, was er uns aber unter keinen Umständen sagen wollte, egal wie sehr wir auch insistierten.

„Er wollte dir nicht sagen, dass das Mädchen seit Jahren in einem Bordell arbeitet."

Das hatte George von einem der alten Nachbarn erfahren. Ich fragte noch mal nach ihrer Adresse und George versprach, sie für mich ausfindig zu machen. Er wollte in den nächsten Tagen ein paar Leute fragen und es mich dann wissen lassen.

„Hamed mag Jungs lieber als Frauen", sagte Nadji.

„Lenk nicht ab, du hast versprochen, mir die Geschichte von den Fischern zu erzählen. Du hast gesagt, du würdest es tun", antwortete ich.

„Was bringt es, über bittere Erinnerungen zu sprechen, die schon lange zurückliegen?" Nadji hatte Angst, dass diese Sache Auswirkungen auf unsere Beziehung haben könnte. Dabei waren wir in jener Nacht, als dieses Thema wieder aufkam, sehr glücklich miteinander. Nichts auf der Welt hätte uns etwas anhaben können.

„Ich bin nur neugierig, das ist alles."

Es war eine dieser Nächte, in denen die Menschen auf die Straße strömten und gegen den Schah und dessen Herrschaft protestierten. Die Luft war erfüllt von Allahu-Akbar-Rufen. Wir blieben in dieser Nacht zu Hause, wie in so vielen anderen Nächten auch. Von überall her kamen viele Leute zu den Kundgebungen und wir machten uns Sorgen, dass uns jemand darunter erkennen könnte. Wir dachten vor allem an meinen Schwager, der sich wahrscheinlich auf den Straßen herumtrieb, wie viele andere Männer auch. Wir wollten und sollten nicht gesehen werden. Also blieben wir zu Hause und versuchten, uns dort zu unterhalten. Nadji hatte angefangen zu trinken. Ich achtete darauf, dass er keinen billigen Fusel trank, und versuchte, Whisky zu ergattern. Oftmals von George, der selbst nur Whisky trank. Wenn Nadji betrunken war, machte er Witze und brachte mich zum Lachen. Und immer, wenn er richtig viel trank, redete er über die Vergangenheit.

„Ich war dreizehn, ja, oder vierzehn, in diesem unglückseligen und elenden Jahr. Meine Mutter wurde krank und mein Vater schickte mich zu Hamed, der angeblich Arbeit für mich hätte. Eine Nachtarbeit mit Fischern. Hamed war selbst kein Fischer, aber er hing gerne mit ihnen ab. Er sah mich von oben bis unten an und sagte: ‚Maschallah! Du bist aber gut gebaut und siehst gesund aus.' Dann fragte er nach meiner Mutter und sagte, unser einziges Problem im Moment wäre

Geld. Dann sagte er, wir beide sollten irgendwohin gehen und uns unterhalten. Am besten beim Bootfahren. Also stiegen wir beide ins Boot und fuhren in Richtung Flussmitte. Er hatte es nicht eilig und ruderte sanft. Auf den Wellen tanzte das Bild des gespiegelten Mondes auf und ab. Dann sagte er: ‚Schwöre bei diesem strahlenden Mond, dass du niemandem erzählen wirst, wie ich dir geholfen habe, das Geld für die Operation deiner Mutter zu verdienen.'"

Die wütenden Allahu-Akbar-Rufe kamen immer näher. Nadji hatte Angst und hörte auf zu erzählen. Ich konnte es nicht leiden, wenn er auf diese Art und Weise über seine Familie sprach und sich dabei demütigte. Ich konnte aber nichts anderes machen, als ruhig zu bleiben und ihn mit einem Lächeln liebevoll anzuschauen. Plötzlich hörten wir eine Stimme hinter unserer Tür: „Hey, seid ihr nicht auch Muslime, ihr zwei Herren? Wollt ihr nicht, dass der Teufel dieses Land verlässt und der Engel hereinkommt? Warum kommt ihr nicht heraus und schließt euch all den anderen Leuten an?"

Das war die Stimme von Amir Ärger, der zu mir und Nadji sprach. Amir arbeitete bei uns auf dem Hof und bewohnte eins der sieben Zimmer im Haus, in dem auch wir wohnten. Die Jungs auf dem Hof nannten ihn „Amir Ärger", da er immer nach Streit suchte. George hatte ihm deswegen schon öfter mit der Entlassung gedroht. Aber jedes Mal entschuldigte sich Amir, dass er seine Wut nicht im Zaum halten konnte und wieder einmal ausgerastet war. Dann unterzeichnete er eine schriftliche Erklärung, wonach er ab sofort nicht mehr streiten und die Mütter oder Schwestern der Arbeiter nicht mehr beschimpfen und beleidigen werde. Nachdem die Tage der Revolution und des Skandierens auf den Straßen gekommen waren, hatte Amir mehrfach Gelegenheit, seine Wut auf offener Straße herauszubrüllen. Für seine Schreie und Flüche konnte ihn nun niemand mehr zur Rechenschaft ziehen. Als es an der Tagesordnung war, den Schah zu beleidigen, schimpfte Amir Ärger mit Vorliebe über die ältere Schwester des Schahs[13] und behauptete, sie wäre eine Patin der Drogenmafia und für die ganze Korruption und den Niedergang des Landes verantwortlich. Wir konnten nicht beurteilen, ob es richtig war, was er da redete, aber wir hörten ihm trotzdem zu und lachten. Er sagte auch, eines Tages würden wir schon noch dahinterkommen, dass er Recht gehabt hätte.

Einmal war Nadji betrunken und trieb Scherze mit Amir. Das hätte er nicht tun sollen: „Wenn du ein wasch-echter Muslim bist, warum arbeitest du dann auf einem Schweinehof, Bruder?“, sagte Nadji und fing an zu lachen.

„Wenn ein Muslim gezwungen wird, etwas zu tun, was ihm nicht gefällt, dann vergibt ihm Allah. Bald wird dieser Hof im Feuer brennen und alles wird sich in Rauch auflösen.“

Ich ermahnte Nadji, ihn nicht weiter zu provozieren: „Hast du nicht verstanden, warum er Ärger heißt? Es bedeutet, dass er überall etwas Schlechtes sucht. Auch

13 Prinzessin Ashraf Pahlavi (1919-2016) war die Zwillingsschwester von Mohammad Reza Schah Pahlavi.

George würde es nicht gutheißen, wenn er wüsste, dass du in seiner Nähe über diese Dinge Witze machst. Du weißt, dass wir George keine Schwierigkeiten machen sollten. Er hat uns immer sehr geholfen."

„Es tut mir leid."

„Du musst dich noch zweimal entschuldigen, so lange, bis du begreifst, dass du mit diesem Amir, der im Grunde seines Wesens nur auf der Suche nach Streit ist, keine Witze über solche Themen machen darfst."

„Erstens, es tut mir leid. Zweitens, es tut mir leid."

„Du weißt selbst, wie sehr George und sein Hof gefährdet sind. Die Mullahs kommen und sie werden sich alles und jeden holen, denn sie hassen die Christen! Wenn sie die Möglichkeit hätten, dann würden sie alle mitsamt ihren Habseligkeiten verbrennen, auch diesen Hof. Was sollen wir dann machen? Wo könnten wir wieder einen so guten Job mit einem so netten Chef finden?"

„Drittens, es tut mir leid."

Ich war wütend auf ihn, denn es war nicht das erste Mal, dass er Amir aufgezogen hatte. Als Amir einmal mit den anderen Arbeitern über Religion und deren Vorteile gesprochen hatte, sagte Nadji scherzhaft: „Ein echter Muslim trägt keine bunten T-Shirts und auch keine Ray-Ban-Brille so wie du."

Amir trug sowohl bei heißem als auch bei kaltem Wetter ausschließlich T-Shirts. Am liebsten bunte und ausländische T-Shirts. Er sagte, einer seiner Verwandten wäre Kapitän auf einem Schiff und oftmals in arabischen Ländern unterwegs. Von dort brachte er Amir die bunten T-Shirts mit, jedes Mal in einer anderen

Farbe. Dafür gab Amir ihm Geld.

Amir wurde damals schrecklich wütend auf Nadji. „Was hat Religion mit meinem T-Shirt zu tun, Mann? Was hat das mit meiner Ray-Ban-Brille zu tun? Religion hat nichts damit zu tun, was du anhast, Kumpel. Wenn du Analphabet bist und keine Ahnung hast, dann frag gefälligst deinen gebildeten Freund, du Idiot."

Ich wünschte, ich hätte ihm sagen können, dass Religion sehr wohl damit zu tun hat, was man trägt. Sehr viel sogar. Aber ich habe nichts gesagt, denn ich wollte kein Öl ins Feuer gießen. Nadji und Amir waren an diesem Tag kurz davor, sich zu prügeln, aber gemeinsam mit den anderen Arbeitern gelang es mir, sie davon abzuhalten. Während der Mittagspause konnte George die beiden Kontrahenten zu einer Versöhnung bewegen. Als Zeichen des Friedens sollten sie einander auf die Wangen küssen. Das war ziemlich lustig, denn anfangs weigerte sich Amir, Nadji zu küssen. Aber George und die anderen Arbeiter ließen nicht locker und drängten ihn dazu. Dann küsste Nadji Amirs Wangen, ganz schnell und mit einem Lächeln. Schließlich umarmte auch Amir Nadji und begann seinerseits, ihn zu küssen. Aber dann wollte er ihn nicht mehr loslassen und ich wartete vergeblich darauf, dass er Nadji endlich gehen ließ. Am Ende musste ich dazwischen gehen und die beiden trennen.

„Okay, Jungs, es reicht jetzt", sagte ich und alle Arbeiter lachten. Am nächsten Tag schenkte Amir Nadji ein wunderschönes blaues T-Shirt. Wir schenkten ihm dafür ein Brillenetui, das wir am Markt beim Fluss gekauft hatten. Nun hatte er ein Etui für seine Ray-Ban-Brille und er konnte es wie Nadji an seinem Gürtel befestigen.

An manchen Abenden, wenn Nadji sehr viel trank, fing er zu erzählen an. Einmal legte ich meinen Kopf in seinen Schoß und sagte: „George mag dich sehr. Er sagt, du bist kompetent. Ich mag es, wenn er dich bewundert."

„Trotzdem konnte ich nicht verhindern, dass meine Mutter vor meinen Augen gestorben ist. Sie war noch so jung und voller Träume."

Ich versuchte ihn zu trösten und sagte, dass er doch alles Menschenmögliche getan hätte, um ihr zu helfen. Mehr als jedes andere Kind für seine Eltern tun würde. Ich sagte ihm auch, dass er gelitten hatte, nur um sie zu retten, aber es hätte eben nicht sein sollen. Wenn Nadji betrunken war, redete er wirres Zeug. Dann nannte ich ihn Dummerchen und lachte.

„Hamed erzählte mir, dass alle wussten, dass ich Mädchen lieber mochte. Der Ort, an dem ich das Gras mähte, war voll mit Mädchen. Was war daran falsch? Übrigens ist es besser, ein Mädchen zu sein, oder? Das habe ich von Hamed. Er sagte auch: ‚Ein Mann sollte ihnen die ganze Zeit den Hof machen. Aber ich werde den Fischern nicht erlauben, dass sie mit dir machen, was sie sonst mit den Mädchen machen. Hast du nicht gesagt, du bist erst dreizehn? Lass niemand an deine Wäsche. Sollte einer dieser Hurensöhne dir die Hose runterziehen wollen, dann meldest du mir das auf der Stelle. Du arbeitest nur mit dem Mund und mit der Zunge. Es dauert im Durchschnitt etwa drei bis vier

Minuten, bis einer kommt. Es hängt natürlich von deinem Geschick ab, wie schnell er fertig wird.'"

„Tut mir leid, aber ich habe es satt, diese Geschichten zu hören. Du bist müde, komm und schau dir doch das gemütliche Bett an, das ich für dich gemacht habe. Komm schon, geh unter die saubere Bettdecke!"

Noch während er sich ins Bett legte, redete Nadji weiter. Ich drehte das Licht ab und der Raum versank in absoluter Dunkelheit. „Hamed sagte, er selbst würde mir alles beibringen. Es herrschte Dunkelheit zwischen den Fischern und unserem Boot inmitten des Flusses. Hamed sagte auch: ‚Du kannst sicher sein, niemand wird sehen können, was wir hier machen. Knie dich jetzt hier hin, dann sieht dich niemand, wie wenn du nicht da wärst.' Dann knöpfte er seine Hose auf, der Hurensohn." An dieser Stelle schlief Nadji schnarchend ein und ich weinte in der Finsternis. Ich fand es grausam, dass er trotz all dieser Demütigungen seine Mutter nicht vor der Niereninfektion hatte retten können. Immer wieder ermutigte ich ihn, die Vergangenheit zu vergessen und sich stattdessen zu erinnern, wie mutig und stark er gewesen war. Ich mochte seinen Mut. Wenn er etwas tun wollte, dann tat er es auch. Und wenn wir an die falschen Leute gerieten, die Ärger machen wollten, dann war er furchtlos und versuchte stets, die Situation in den Griff zu bekommen.

„Das Entscheidende an einem Kampf ist, wie man sich dem Feind präsentiert. Wenn er merkt, dass du Angst hast, dann hast du schon verloren. Aber wenn er sieht, dass du keine Angst vor ihm hast, zieht er sich zurück, auch wenn er größer ist als du. Prügeleien auf der Straße haben nichts mit deiner Körpergröße zu tun."

Auf diese Weise brachte er mir bei, vor niemand Angst zu haben. Wenn es nach George ging, dann sollten wir uns von Ärger fernhalten, insbesondere von Prügeleien auf der Straße. Mit Nadjis Unterstützung erlangte ich Selbstvertrauen. Er gab mir das Gefühl, sicher zu sein. Neben ihm war ich ein anderer Mensch und ich hatte vor nichts und niemandem Angst. Er kümmerte sich um mich und war bereit, alles dafür zu tun, damit ich mich geborgen fühlte. Das war ein großer Segen und ich war dankbar.

Der arme George war ein Pechvogel. Feuer fegten über ihn hinweg und bald würde alles in seinem Leben zu Asche verbrennen.

„Ihr beide seid die besten Arbeiter auf dem Hof", sagte er zu uns.

Aber auch wir konnten das Feuer nicht aufhalten. Wäre es überhaupt möglich gewesen? Ein Feuer, das woanders entzündet worden war und das wir nicht in Schach halten konnten. Hätten wir den ersten Brand in Georges Leben verhindern können, wenn wir der Polizei von Kavoos erzählt hätten? In Wahrheit fürchteten wir uns vor Kavoos, das war klar. Wir fürchteten um unser eigenes Leben. Dann versuchten wir uns einzureden, dass es sowieso gebrannt hätte, egal ob wir der Polizei von Kavoos erzählt hätten oder nicht. Es wäre einerlei gewesen. Sogar wenn ich schlief, träumte ich von diesem Feuer.

Eines Nachts, als ich im Stall Nachtdienst leistete, wachte ich erschrocken auf. Ich weiß noch, dass ich mich schuldig fühlte, weil ich im Dienst eingeschlafen war, obwohl ich wusste, dass Nadji und Zaal – der Mann, der nie schlief – Wache hielten. Nadji saß auf einem Hocker und zog gerade seine schwarzen Stiefel aus, um dann seine Halbschuhe anzuziehen.

„Du hast gut geschlafen, Mann!", lachte Nadji.

„Was ist passiert?"

„Was soll denn passieren?"

„Keine Ahnung. Wo ist Zaal?"

„Er ist im Hof." Nadji deutete auf das Fenster.

Es war noch immer dunkel. Die Morgendämmerung rieselte wie silberne Asche vom Himmel und beleuchtete langsam die Gegend. Zaal stand mit dem Rücken zu uns mitten im Hof bei der Trauerweide. Er trug ein langes Stück Holz auf seinen Schultern und darauf lagen seine Hände. Aus der Ferne sah er aus wie Christus, der sein Kreuz trug. Er starrte auf den Horizont und wartete vermutlich darauf, die Sonne aufgehen zu sehen. Das tat ich auch gerne, wenn nach meinem Nachtdienst der Morgen graute. George konnte beruhigt schlafen, denn Zaal war auf dem Hof zu Hause. Er wohnte in einem der beiden Zimmer am hinteren Ende des Hofes. Der andere Raum war für die Arbeiter reserviert, die während der Nacht vor Ort waren.

Zaal hatte eine stattliche Statur, er war etwa zwei Meter groß und hatte riesige Hände. Während der Mittagspausen machten sich die Arbeiter manchmal einen Spaß daraus, Zaal anzustacheln, mit nur einer Hand eine leere

Blechdose zu zerquetschen. Die silberne Himmelsasche verhüllte Zaals Silhouette, als wir aus einiger Entfernung einen Schuss hörten. Schnell zog Nadji seine Schuhe an, aber Zaal reagierte nicht, wie erwartet. Vielleicht hatte ihn der Donner des Schusses taub gemacht. Ich sprang aus dem Bett und lief mit Nadji in die Richtung, aus der das Geräusch gekommen war. Um den Hof herum gab es eine niedrige Mauer. Einige der oberen Mauerteile waren abgebrochen und heruntergefallen, sodass es nicht schwer gewesen wäre, über die Mauer in den Hof zu springen. Wir hörten jemand „Allahu Akbar" rufen, aber nicht in unserer Nähe.

„Wir müssen Zaal verständigen", sagte ich zu Nadji. „Bitte leg den Schläger weg. Wenn sie bewaffnet sind, dann könnten sie noch wütender werden, wenn sie deinen Schläger sehen."

Nadji nahm den Schläger in die andere Hand und sagte: „Mach dir keine Sorgen, der könnte sehr nützlich sein. Geh zu Zaal und bleib bei ihm, dann kann dich niemand aus dem Hinterhalt angreifen."

Ich mochte es, wenn er sich Sorgen um mich machte. Aber manchmal hatte ich das Gefühl, dass er mich als wehrloses Kind betrachtete, und das war nicht besonders angenehm. Trotzdem ging ich zu Zaal.

„Ich gehe nur, um Zaal Bescheid zu sagen."

„Bleib bei ihm, bis ich zurück bin."

Zaal war George gegenüber loyal. Wenn er sprach, lallte er und klang undeutlich. Wenn man ihn nicht kannte, hatte man Schwierigkeiten, ihn zu verstehen. Man musste auch auf seine Lippen achten. Er sagte, dass er hinter der Mauer einige Schatten gesehen hätte. Die Richtung, in die er zeigte, war jedoch genau entgegengesetzt zu der Richtung, in die Nadji und ich gingen. Zaal machte sich Sorgen um uns und wollte mit den Hunden auf der anderen Seite der Mauer nachschauen. Als er sich auf den Weg machte, hörte ich dort, wo Nadji stand, ein Geräusch. Einer der Hunde rannte sofort in diese Richtung, Zaal und der andere Hund hinterher. Sie liefen durch das Hoftor, und ich stand ganz alleine auf dem Gelände und fragte mich, was ich jetzt machen sollte. Ich hatte keine Lust, Dieben oder anderen Eindringlingen zu begegnen, die vielleicht auch noch Schmuggelwaren dabeihatten. Man konnte das Atmen, Husten und Niesen der Schweine hören, den Gesang der Grillen, das Bellen der Hunde. Aber das schlimmste Geräusch waren die Schritte von Fremden, die zu dieser frühen Stunde umherrannten. Manchmal fuhren Männer um diese Zeit mit dem Fahrrad zum Hafen und kamen vor Tagesanbruch mit Schmuggelware wie Tee, Zigaretten oder Stoffballen zurück in die Stadt. Nicht selten begegneten sie dabei Polizisten, noch bevor sie die Stadt erreichten und die Ware verkaufen konnten. Der Hund, der in Nadjis Richtung gelaufen war, bellte jetzt lauter. Nadji hielt ihn am Halsband fest und konnte ihn nur mit Mühe vom Schweinestall fernhalten. Auf der Farm gab es verschiedene Schweineställe, kleine und große, wo nachts die Schweine untergebracht waren. Manche Ställe waren für nur ein Schwein ausgerichtet, da kranke Tiere zuweilen gesondert gehalten werden mussten. Andere Schweineställe waren groß genug für drei bis vier Schweine. Der Hund wollte unbedingt zu einem der kleinen Ställe, aber Nadji versuchte, ihn aufzuhalten, und zog ihn in die entgegengesetzte Richtung. Vor dem Hof standen jetzt zwei Polizisten, die versuchten, mit Zaal zu sprechen. Es waren uns bekannte Polizisten aus der Nachbarschaft und sie meinten, es wäre keine große Sache. Es würde sich lediglich um ein paar minderjährige Zigarettenschmuggler handeln, die sie bald schnappen würden. Aber ein Polizist in Zivil behauptete etwas Seltsames:

„Das waren Leute, die den Hof in Brand setzen wollten."

„Aus welchem Grund denn?", fragten wir.

„Es gibt einige sehr fanatische Muslime, die meinen, Schweine wären unrein und im Islam verboten. Für sie steht dieser Hof für die Ungläubigen sowie für die Anwesenheit von Fremden wie Amerikaner und Engländer. Kaum zu glauben, dass es noch immer solche Menschen im Land gibt!"

Der Mann in Zivil war mit einem sauberen Jeep gekommen, der anders und solider war als die Jeeps, die von der örtlichen Polizei verwendet wurden. Mittlerweile war der Tag angebrochen und die Sonne am Horizont aufgegangen. Kaum hatten die uniformierten Polizisten den Jeep bemerkt, benahmen sie sich vorbildlich und hielten ihre Waffen fest im Griff.

Der Mann zeigte auf uns und fragte die Polizisten: „Sind Sie sicher, dass diese Männer nicht zu den Brandstiftern gehören?"

„Die arbeiten alle auf diesem Hof. Es sind Arbeiter."

„Und wer ist das?", fragte der Mann und näherte sich Zaal.

„Sein Name ist Zaal, mein Herr. Er ist auch einer der Arbeiter auf dem Hof."

„Was hast du gesehen? Ich wette, du kennst sie. Richtig? Sind sie deine Freunde? Hast du einen von ihnen irgendwo versteckt?"

Er wandte sich an die Polizisten: „Warum sagt er nichts?"

Ohne eine Antwort abzuwarten, kam er auf uns zu: „Was ist mit euch beiden? Woher kommt dieser Benzingeruch? Erzählt mir alles, was ihr gesehen habt. Und alles, was ihr wisst! Sonst wird es nur ein paar Leute brauchen, um dieses Land zugrunde zu richten. Wer riecht denn hier nach Benzin? Du bist jung und könntest leicht getäuscht werden." Dann stellte er sich vor Nadji und fragte: „Bist du der Fahrer hier?"

„Nein, mein Herr."

„Warum riechst du dann nach Benzin?"

Hinter dem Steuer des Jeeps saß ein weiterer Mann, der jetzt seinen Kopf aus dem Fenster streckte. Er trug eine Sonnenbrille und rief: „Farshid!"

Der Mann, der uns gerade befragt hatte, ging zum Jeep und sprach mit dem Fahrer. Dann kam er wieder zurück und sagte: „Ihr müsst sehr vorsichtig sein, Leute. Einige von den Typen werden gerade festgenommen. Wir werden dafür sorgen, dass sie keinen Schaden mehr anrichten können, aber eure Hilfe ist auch sehr wichtig. Erzählt mir, was immer ihr hört oder seht, sonst bekommt ihr selbst Schwierigkeiten. Ich sage es euch nur." Dann sagte er zu den Polizisten: „Gut gemacht. Ich hoffe Sie wissen, dass Sie sich an einem entscheidenden Wendepunkt in der Geschichte dieses Landes befinden." Er starrte den Polizisten in die Augen, die darauf warteten, dass er noch mehr sagte.

„Ja, verstanden."

„In Ordnung", sagte er und ging.

Eine Weile herrschte Stille. Dann sagte einer der Polizisten: „Vertraut ihr wirklich auf das, was sie sagen? Wer würde schon kommen und diesen Hof in Brand stecken? Das sind doch alles Fantastereien. Die SAVAK[14] ist zwar in Ordnung, aber sie wissen nicht, dass wir es hier nur mit Schmugglern zu tun haben und nicht mit irgendwelchen Wahnsinnigen." Dann sagte er zu seinem Kollegen: „Djafar, sag es ihnen! Habe ich nicht Recht?"

Der andere Polizist sagte: „Du hast Recht. Anstatt unsere Gehälter zu erhöhen, damit wir die Schmuggler besser bekämpfen können, schicken sie ein paar Leute von SAVAK an einen Ort, von dem sie keine Ahnung haben. Gott bewahre uns."

„Jetzt, wo ich Recht habe, gib mir noch eine Zigarette, das hebt meine Stimmung", sagte der erste Polizist.

„Gehen Sie jetzt zurück an Ihre Arbeit und rufen Sie uns an, wenn Sie etwas Verdächtiges sehen", sagte der zweite Polizist und nahm eine Zigarette aus der Tasche.

---

14 Akronym für Organisation für Information und Sicherheit des Landes; Savaki: Mitarbeiter der SAVAK.

Verdächtig war für mich der Benzingeruch von Nadji. Erst später am Tag konnte ich in Erfahrung bringen, auf was für eine gefährliche Sache er sich eingelassen hatte. Wenn das herausgekommen wäre, dann wären wir in handfeste Schwierigkeiten geraten. Es hatte sich herausgestellt, dass die Männer in Zivil Sabotage vermuteten und einen Vorwand suchten, um einige Leute als Brandstifter zu verhaften und in ihr Hauptquartier zu bringen. Wir waren noch jung, deswegen konnten sie es auch auf uns abgesehen haben und uns vorwerfen, Saboteure zu unterstützen oder zu verstecken. Es war seltsam, aber in Nadjis Gesicht war kein Zeichen von Angst zu erkennen. Wäre ich es gewesen oder hätte er mir auch nur gesagt, dass er einen Saboteur im Schweinestall versteckte, ich hätte so heftig gezittert, dass ich leicht zu entlarven gewesen wäre. Später kritisierte ich Nadji dafür, aber am Ende musste ich zugeben, dass er nicht anders hätte handeln können. Hätte ich gesehen, wie Kavoos plötzlich von der Mauer in die Stallung springt, starr vor Angst, mit einer Plastikflasche voller Benzin in der Hand und auf der Suche nach einem Versteck, ich hätte ihm wahrscheinlich auch geholfen. Sonst hätte ihn die Polizei erwischt und niemand möchte wissen, was dann mit ihm passiert wäre. Wir sagten Kavoos, dass er erst rauskommen könne, wenn Zaal nicht mehr da sei.

Mittlerweile war es wieder ruhig und außer Nadji und mir waren alle fort. Kavoos Klamotten waren voller Schweinescheiße.

„Vielen Dank, Brüder. Ich hoffe, ich kann das eines Tages wieder gutmachen.“

„Die Benzinflasche ist leer. Schau, das hast du alles über meine Kleidung geschüttet", sagte Nadji.

„Es tut mir leid. Ich schulde dir was."

Ich machte mich daran, Zaal abzulenken, damit Nadji Kavoos vom Hof bringen konnte. Dann war er mitsamt Schweinescheißegeruch verschwunden. Aber es war nicht das letzte Mal, dass wir Kavoos gesehen hatten.

Außer Ararat, der uns einige Male besucht hatte, wusste niemand, wo wir wohnten. Daher waren wir eines Abends ziemlich überrascht, als Kavoos vor unserer Tür stand. Das machte uns nervös. Einer der anderen Untermieter hatte ihm die Haustür geöffnet, nachdem Kavoos vorgegeben hatte, ein Verwandter von uns zu sein. Die Nachbarn zeigten ihm unser Zimmer, und er kam mit einer großen Schachtel Süßigkeiten daher. Wir waren geschockt und wollten nicht, dass er zu uns nach Hause kam, aber nun war es zu spät. Er erzählte, dass er sich durchfragen musste, um unsere Wohnung zu finden. Ich machte ihm Tee, und er sagte, er sei gekommen, um sich bei Nadji zu bedanken. Später, nachdem er uns ausführlich von seinem Leben erzählt hatte, erkannten wir aber, dass er eigentlich etwas ganz anderes im Schilde führte. Er sagte, er habe eine Frau und drei Töchter, aber sie hätten sich statt einem der drei Mädchen einen Jungen gewünscht. Zu seiner Frau habe er allerdings keine Beziehung mehr und er könne es auch nicht genießen, mit ihr zusammen zu sein. Zwischen den Zeilen hörten wir heraus, dass Kavoos in Nadji verliebt und deswegen bereit war, alles für uns zu tun. Darüber hinaus wollte er uns zum Dank etwas Geld geben, aber das lehnten wir ab. Wir versuchten, ihm eine Geschichte aufzutischen, wonach Nadji mit unserer Cousine verlobt war und diese sofort nach seinem Militärdienst heiraten sollte. Das glaubte Kavoos natürlich nicht und gab uns vielmehr zu verstehen, er wisse über unser Privatleben Bescheid. Es war offensichtlich, dass er sich über uns informiert hatte. Für uns war es ein sehr schlimmer Abend und es dauerte eine ganze Weile, bis wir ihn unter verschiedenen Vorwänden hinaus komplementiert hatten. Wir baten ihn, nicht mehr in unser Haus zu kommen, da der Vermieter verboten habe, fremde Leute ins Haus zu lassen. Kavoos lachte und wunderte sich darüber, dass wir nicht einmal Gäste in unserem eigenen Haus haben konnten. Wir erklärten, dass es sich dabei um eine der Bedingungen unseres Mietvertrages handle und dass wir keinen Einfluss darauf hätten. Dann machte er sich vom Acker und wir waren ihn für diese Nacht los.

Aber er war aufdringlich und wir vermuteten, dass er wohl nicht so schnell aufgeben würde. Wir sahen ihn ab jetzt tatsächlich öfter in unserer Gasse, meist am Freitagabend, mit einem Korb voller Früchte oder einer Tüte Studentenfutter. Nadji und ich machten uns Gedanken darüber, wie wir aus dieser Geschichte wieder rauskämen. Nadji war nicht einverstanden damit, George davon zu erzählen. Er sagte, es sei offensichtlich, dass Kavoos gefährlich sei und wir ihn nicht gegen uns aufbringen sollten. Sonst würde er versuchen, sich zu rächen. Ich stimmte ihm zu, aber welche andere Lösung gab es? Im Nachhinein denke ich, es wäre am besten gewesen, George davon in Kenntnis zu setzen. Wenn wir das getan hätten, hätten wir uns später nicht mehr so schuldig gefühlt. Gegen Kavoos vorzugehen, wäre zwar gefährlich für uns gewesen, aber zumindest hätten wir George vor der anstehenden Tragödie gewarnt.

Zaal setzte George über die Polizisten und die Männer in Zivil in Kenntnis. Wir aber versuchten, die Sache herunterzuspielen und sagten, sie wären nur hinter ein paar Schmugglern her gewesen, die nichts mit dem Hof zu tun hätten. Wir fürchteten, dass die Geschichte mit Kavoos herauskommen könnte. Gleichzeitig war uns jedoch auch bewusst, dass wir George vor der drohenden Gefahr warnen mussten. Dennoch haben wir ihn weder gewarnt noch sonst etwas gesagt.

Bis zu jenem Tag, an dem wir früh am Morgen auf Zaal trafen. Er sah aus, als käme er aus einem Kohlebergwerk. Wir mussten nicht mal fragen, was passiert war. Davor hatten wir die Sonne betrachtet, die von schwarzen, an dunklen Rauch erinnernden Wolken bedeckt war. Wie Rauch von einem großen Brand. Die Sonne war hinter diesen dichten Wolken verborgen. Wir fuhren an diesem Morgen wieder in Georges Lieferwagen, dieselben Leute, die jeden Tag von der Stadt zum Hof fuhren. Einer der Arbeiter sang unterwegs ein trauriges Lied. Wäre es eine Wolke, warum bewegt sie sich so schnell? Und warum roch es dann nach Rauch? Nadji fragte: „Riecht es nach Rauch? Brennt etwas? Nein, das verstehe ich nicht." Obwohl Nadji und ich flüsterten, legte der andere Arbeiter seinen Finger auf den Mund, um uns zum Schweigen zu bringen. Er wollte seinen Freund singen hören. Nadji wurde wütend und wollte schon zu streiten beginnen. Ohne dass es jemand merkte, hielt ich seine Hand in meiner, drückte sie und spielte mit den Fingern, um ihn abzulenken. Der Arbeiter schaute nach unten und konzentrierte sich auf das Lied. Nadji sah mir tief in die Augen. Seine Augen waren groß und hatten eine leuchtend braune Farbe. Seine Augenbrauen waren so schön, als wären sie von der besten Visagistin der Welt geformt worden. Mit einer Schere lockerte ich sie manchmal etwas auf, weil sie so dichtgewachsen waren. Gelegentlich, wenn sie über seine Stirn fielen, musste ich auch seine Haare schneiden. Dann konnte man seine Augen noch besser sehen. Die Schönheit seiner Augen und Augenbrauen zog die Männer magisch an. Ich selbst hielt es nicht lange aus, diese Pracht anzusehen. Plötzlich trat der Fahrer vor Schreck auf die Bremse. Wir hatten den Hof erreicht und jemand schrie: „Heilige Fatemeh!“

Wir sprangen aus dem Lieferwagen und sahen nun Zaal, der vor lauter Rauch und Asche erstarrt dastand.

„Oh, heilige Jungfrau Maria!“, seufzte George. Er schlug ein Kreuzzeichen auf seine Brust und lief in den Hof.

„Mein Baum!“, jammerte Nadji, verschwand augenblicklich und ließ mich alleine stehen. Alles lag in Schutt und Asche. Die Schweine waren auf der Suche nach Wasser in Richtung Fluss geflüchtet. Das Feuer war um Mitternacht ausgebrochen. Zaal und die anderen Nachtschichtarbeiter konnten nichts mehr tun, denn sie wurden von den Flammen völlig überrumpelt. Die Brandstiftung war in allen Einzelheiten geplant worden. Das Feuer breitete sich von der Scheune her aus, nachdem dort zuvor Benzin verschüttet worden war. Ein altes Feuerwehrauto kam aus der Stadt, aber es gab nichts mehr zu löschen. Die Augenzeugen sagten, sie hätten Schweine gesehen, die wie Feuerbälle zum Fluss gelaufen waren. Woher kannten sie den Weg zum Fluss? Waren sie dem Geruch von Wasser gefolgt? Der Fluss war weit entfernt von der Farm und man konnte ihn mit bloßen Augen nicht sehen. Wenn es aber um Leben oder Tod geht, dann finden Menschen oder Tiere oftmals einen Weg zu überleben. Dein Instinkt weist dir den Weg. Der Selbsterhaltungstrieb und die Lebenskraft. Nadji stand bei seiner Weide. In diesem grauenhaften Chaos stand er einfach da und gab dem Baum Wasser. Ich dachte schon, George würde wütend werden, wenn er ihn gerade dort vorfindet. Aber George sagte nur: „Der arme Baum hatte Angst vor all dem Feuer. Gott sei Dank, er lebt noch."

Dann setze er sich in eine Ecke und hielt den Kopf in beide Händen: „Hast du gesehen, wie sich mein Leben in Rauch verwandelt hat? Einfach so und für nichts und wieder nichts."

Der Hof gehörte nicht mal George, er war nur der Verwalter. Eigentümer des Hofes waren einige Ausländer. Auch die Produkte waren nur für Ausländer gedacht, die in der Stadt wohnten. George erzählte uns das alles und fügte hinzu, dass er mit seiner Arbeit sehr zufrieden gewesen sei. Armer George, er musste von nun an zu Hause die Zeit totschlagen.

Den anderen Arbeitern und auch uns ging es nicht besser. Wir hatten keine Hoffnung, in irgendeiner Fabrik eine neue Arbeit zu finden. Jeden Tag musste die eine oder die andere Fabrik schließen. Grund waren die zahlreichen Streiks der Arbeiterschaft, davon konnte man andauernd in den Abendzeitungen lesen. Wir hielten uns damals mit unserem ersparten Geld über Wasser, aber wir wussten nicht, was wir sonst hätten tun sollen. Ararat kümmerte sich um uns und versuchte zu helfen. Der Onkel seiner Verlobten hieß Sooren und besaß eine Druckerei. Ararat verschaffte uns wenig später dort eine Anstellung. Druckereien zählten zu dieser Zeit zu den wenigen Unternehmen, die noch in Betrieb waren. Denn wenn sich die Leute nicht gerade auf den Straßen versammelten, lasen sie mehr denn je Zeitungen und Bücher.

Unsere Arbeit bestand darin, die Zeitungen zu verpacken und zu den Lieferwagen zu bringen. Es war eine schwere Arbeit, aber glücklicherweise mochte uns Sooren. Ein paar Mal lud er uns sogar in der Mittagspause auf ein Tschelo-Kabab[15] in sein Büro ein. Auf seinem Schreibtisch standen einige Familienfotos, darunter eins von Ararat und Lilly. Er erzählte uns, dass er selbst keine eigenen Kinder hatte, daher liebte er seine Nichte Lilly wie eine eigene Tochter. Wie George war auch er davon überzeugt, dass Ararat mit seiner Frau eine glänzende Zukunft haben würde. Immer wenn er über

15 Persisches Nationalgericht, besteht aus gedämpftem Reis und am Spieß gegrilltem Lamm- oder Rinderhack.

die beiden sprach, fügte er hinzu: „Bitte hört auf mich, Jungs, und verlasst dieses Land so schnell wie möglich. Überquert das Meer, je eher, umso besser!“

Ein weiteres Unglück ereilte George. Es passierte, bevor Ararat und Lilly die Chance hatten, ins Ausland zu gehen oder, wie Sooren zu sagen pflegte, „auf die andere Seite des Wassers“. Diesmal war das Feuer noch größer und heftiger. Wir erfuhren am darauffolgenden Morgen auf dem Weg zur Druckerei davon. In der Nacht zuvor war in einem Kino ein Brand ausgebrochen, bei dem viele Menschen ums Leben kamen. Einige Leute berichteten, das Feuer sei auf technische Mängel zurückzuführen. Andere wiederum meinten, es sei Brandstiftung gewesen. Aber wer würde so etwas tun? Und warum? Alle spekulierten über die Gründe. Angeblich hatte es bei dem Vorfall rund tausend Opfer gegeben, darunter Männer, Frauen und Kinder. Es war dasselbe Kino, wo auch Nadji und ich viele schöne Filme gesehen und genossen hatten. Als wir am Morgen die Druckerei erreichten, sagte einer der Arbeiter, dass die Nichte von Herrn Sooren und ihr Verlobter zum Zeitpunkt des Brandes ebenfalls dort gewesen seien. Sogleich erinnerte ich mich an das freundliche Gesicht von Ararat und dann an das schöne, lächelnde von Lilly. Ich hatte sie einmal gemeinsam mit Ararat im Schwimmbad getroffen.

Nadji war mir davor schon lange in den Ohren gelegen, er vermisse das Schwimmen so sehr, aber ich hatte mich bis dahin nicht weiter darum gekümmert. Aber

Nadji ließ nicht locker, also fragte ich schließlich Ararat, ob er nicht ein Schwimmbad in der Nähe kenne. Er sagte, dazu bräuchten wir Badehosen. Folglich besorgten wir welche und gingen dann alle zusammen ins Schwimmbad. Auch Ararats Verlobte Lilly war dabei. Es war gegen Ende des Sommers. Die beiden waren Mitglieder und nahmen uns als ihre Gäste mit. In der ausgedehnten Anlage gab es zwei große Schwimmbecken, eins für Männer und eins für Frauen. Männer durften nicht ins Frauenbecken und umgekehrt, aber wir konnten auf der Wiese beisammenbleiben. Das war das erste Mal, dass ich Frauen in Badeanzügen und aus nächster Nähe sah. Wir saßen in unserer Badekleidung nebeneinander und tranken Limonade. Lilly trug einen blauen Bikini, der gut zu ihrem großen und schlanken Körper passte. Ihre Brüste waren klein. Sie lachte und fragte uns: „Gefällt es euch hier?"

Wir hatten uns einfach amüsiert, reine Freude, sonst nichts. Und jetzt zerbrachen wir unter der schockierenden und schmerzhaften Nachricht über einen Brand im Kino. Vom Glück vergangener Augenblicke war nichts mehr übriggeblieben. Nadji und ich rannten zum Kino. Menschen versammelten sich um das Gebäude. Einige Frauen liefen wie verrückt durch die Gegend und schlugen sich mit den Händen jammernd ins Gesicht. An der Außenmauer und am Eingang zum Kino waren Brandspuren zu sehen. Die Polizisten mit ihren blauen Uniformen und Waffen am Gürtel umrundeten das Gebäude und ließen niemand in die Nähe kommen. Männer drehten ziellos ihre Runden und rauchten Zigaretten.

Niemand durfte das Kino betreten, außer einer Gruppe von Helfern, bestehend aus Männern und Frauen in weißen Uniformen und mit weißen Masken auf Mund und Nase. Einer der Helfer stand auf einem Podest und sagte: „Meine Damen und Herren, alle Leichen werden auf den Friedhof gebracht. Wer seine Angehörigen sucht, soll bitte ins Leichenschauhaus gehen. Es hat keinen Sinn, hier zu warten. Das bringt überhaupt nichts." Nadji nahm meine Hand und zog mich beiseite. Er hatte George entdeckt, der rauchend auf dem Bürgersteig lag. Angsterfüllt und langsam gingen wir auf ihn zu. Er sah uns an, als würde er uns nicht erkennen. Sein Gesicht war voller Staub und er starrte uns mit geröteten Augen an. Wir erkannten, dass er unter einem gewaltigen Schock stand. Wir näherten uns und hockten uns neben ihn.

„Siehst du, welches Unglück mir widerfahren ist? Du weißt, dass das nicht meine Schuld war. Nein, das war es nicht."

Ein Mann hinter uns sagte: „Schuld ist der Kinobesitzer. Er hat in Zeiten wie diesen immer wieder Filme gezeigt und die Leute für Geld in diese dunkle und sündige Höhle gezerrt."

„Es ging nicht nur ums Geld, mein Herr", sagte ein anderer. „Manches war nur Unterhaltung und Freude. Nichts Sündhaftes."

„Wer hat das getan? Kann mir jemand sagen, wer das getan hat!", brüllte eine Frau.

Alle stellten die gleiche Frage und niemand hatte eine Antwort. Sooren tauchte auf und sackte leise und weinend neben George zusammen. Der Schlüsselbund glitt aus seiner Hand und fiel auf den Boden. Unter fünf oder sechs anderen erkannte ich den Schlüssel seines Jeeps. Manchmal gab er uns diesen Schlüssel, um etwas ins Auto zu legen oder zu holen.

Nadji und ich liebten seinen gelben Jeep. Viele Male hatten wir damit Zeitungsstapel transportiert. Man konnte die Rücksitze umklappen und dadurch den Jeep in einen Lieferwagen mit Dach umwandeln. Nadji und ich saßen auf den Zeitungen, während Sooren am Steuer und Kazem Agha, der für die Papiereinkäufe zuständig war, auf dem Beifahrersitz saßen. Wir liebten es, durch das kleine Fenster des Jeeps die Leute auf der Straße zu beobachten und über sie zu lachen. Wir amüsierten uns köstlich über ihre Gesichter, insbesondere, wenn sie von einer Straßenseite auf die andere eilten. Beziehungsweise lachten wir über die Art und Weise, wie Nadji ihre Gesichter beschrieb.

Sooren deutete dann auf uns und fragte Kazem Agha: „Weißt du, worüber sie lachen?"

Kazem lächelte schweigend. Er war ziemlich beleibt und hatte einen dicken Nacken. Deshalb brauchte er etwas länger, um sich umzudrehen und uns anzuschauen. Außerdem hatte er einen besonders üppigen Schnurrbart. Schließlich drehte er sich mühsam in unsere Richtung und ich explodierte vor Lachen, während Nadji eine ganz ernste Miene machte.

„Was soll ich sagen, Monsieur? So sind eben die Jugendlichen heutzutage. Sie sind glücklich und fröhlich. Wir waren in unserer Jugend ganz anders, nämlich mürrisch und streng", meinte Kazem Agha.

„Wir wussten auch nicht, was mit uns los war und es gab niemand, der es uns sagen konnte. Gott segne die Partei, die uns gerettet hat", antwortete Sooren.

George war es anscheinend unangenehm, dass jemand neben ihm saß und weinte. Aber Sooren heulte lautstark auf dem Bürgersteig und legte dabei eine Hand auf seine Stirn. Nadji hob Soorens Schlüssel vom Boden auf und wusste nicht, was er damit machen sollte. „Hänge ihn vorerst mal an deinen Gürtel", sagte ich.

Die Leichen wurden nacheinander aus dem Kino getragen und in einen Leichenwagen verfrachtet. Die Leute wollten die Toten sehen, aber die Polizei hinderte sie daran. Der Wagen fuhr in Richtung Friedhof. Wir stützten George und halfen ihm, in den Bus einzusteigen, der die Angehörigen zum Friedhof brachte. Die Leute jammerten, weinten und redeten unentwegt wirres Zeug.

George sprach wie in Trance zu Ararat: „Es ist gut, dass deine Mutter noch nichts weiß. Noch nicht."

Ararats Mutter, Georges Frau, war auf Reisen. Sooren stieg ebenfalls in den Bus ein, sagte aber nichts und schluchzte nur. Auf dem Friedhof trafen wir auf eine von Ararats Schwestern. Als sie uns sah, ließ sie sich in die Arme ihres Vaters fallen. Die meisten Toten waren derartig verbrannt, dass sie nicht mehr identifiziert werden konnten. Man verscharrte sie in einem Massengrab. Nadji und ich versuchten vergeblich, Ararats

Leiche zu finden. Er wurde gemeinsam mit den anderen Nichtidentifizierten begraben. Das Bild von Lilly mit ihrem langen goldenen Haar kam mir in den Sinn. Waren diese schönen Haare jetzt Asche?

„Ich habe ihm gesagt", meinte George, „sei vorsichtig mein Sohn! Ich sagte ihm, dass es schlechte Zeiten sind. Habe ich das nicht gesagt?"

Er redete, schaute ins Leere und sprach zu Ararat.

Wir alle saßen an einem offenen Massengrab, ein hungriges Maul, das in weiße Laken gehüllte Leichen verschlang. Eine Leiche nach der anderen. George ging zur Leichenhalle und sprach vor dem Gebäude mit einem Mann. Der Mann schüttelte den Kopf und verschwand in der Halle. Daraufhin begab sich George allein an einen etwas ruhigeren Ort, abseits vom Massengrab. Wir folgten ihm. Er bat uns um eine Zigarette, Nadji zündete eine an und gab sie ihm.

George sagte: „Ararat ist nicht hier begraben. Dieser Mann hat versprochen, mir seinen Leichnam zu übergeben, dann können wir ihn auf unserem eigenen Friedhof begraben." Damit meinte er den Friedhof der Christen, der sich auf der anderen Seite der Stadt befand. George sprach wie im Schlaf: „Ihr habt doch gesehen, wie mir der Leiter der Leichenhalle das alles erzählt hat. Nicht wahr?" Wir wussten nicht, was wir sagen sollten.

„Habt ihr nicht gesehen, wie der Mann gerade mit mir gesprochen hat? Wenn ja, warum schaut ihr mich dann so verwundert an, als ob ihr nichts gehört hättet?"

„Ja, Monsieur. Wir haben gesehen und gehört,

was der Mann ihnen erzählt hat“, stimmten wir ihm schließlich zu.

„Jetzt geht und findet Sooren und Jacqueline. Sagt ihnen, dass wir hier nichts mehr zu schaffen haben und endlich nach Hause gehen können. Den Rest könnt ihr mir überlassen!“ Wir fanden Sooren und Jacqueline in der Menge und sagten ihnen, dass George mit ihnen reden wolle. Jacqueline war Georges älteste Tochter. Sie näherte sich ihrem Vater und setzte sich zu seinen Füßen auf ein verstaubtes Grab. Sooren hörte sich an, was George zu sagen hatte und sah ihn fragend an. Zu uns sagte er, wir sollten zur Druckerei zurückfahren und unsere Arbeit erledigen. Also gab Nadji Sooren die Autoschlüssel und wir verließen den Friedhof.

Drei oder vier Tage später – wir waren gerade in der Druckerei mit unserer Arbeit beschäftigt – erzählte uns Sooren, dass George angerufen und uns gebeten hätte, zu ihm nach Hause zu kommen. Sooren schüttelte den Kopf: „Er hat den Verstand verloren, er ist wahnsinnig geworden, völlig wahnsinnig.“ Die beiden waren alte Freunde. „Ich hoffe, es wird nicht noch schlimmer. Sonst verlieren wir diesen wundervollen und einzigartigen Mann.“

Wir erreichten Georges Haus. Ararats Mutter saß wie eine Statue auf einem Sessel und trug ein schwarzes Kleid sowie ein großes schwarzes Kopftuch. Es waren nun noch mehr Bilder von Ararat im Raum. Auch an der Wand hing ein großes Bild von ihm, auf dem er herzhaft lachte.

„Also, Jungs!“, sagte George. „Ihr wart doch dabei, als mir der Leiter der Leichenhalle erklärt hat, dass Ararats Leiche identifiziert wurde?“

Zunächst wussten wir nicht, was wir sagen oder machen sollten. Aber dann verstanden wir, dass wir einfach nur bestätigen mussten, was George sagte. „Habt ihr nicht mit eigenen Ohren gehört, was der Mann gesagt hat?“, fragte er nochmals.

„Ja, Monsieur. Das haben wir gehört.“

George begann, mit seiner Frau auf Armenisch zu sprechen. Sie fragte und George antwortete. Dann drehte er sich zu uns und sagte: „Ich habe keine Zeit verschwendet und meinen Ararat schnell auf unseren Friedhof gebracht. Dort habe ich ihn in ein Grab gelegt, das ich für mich gekauft hatte. Jetzt wird mein Grab etwas weiter weg sein. Ich meine, neben meinem Ararat.“ Wieder sprach er mit seiner Frau auf Armenisch. Dann zeigte er auf uns, seine Zeugen, und sagte: „Ich werde sie morgen mitnehmen und Ararats Grab besuchen.“ Die Frau starrte nur auf das Bild an der Wand.

„Danke, dass ihr Jungs gekommen seid und mir geholfen habt, sonst hätte mir diese Frau nicht geglaubt“, sagte George und ging aus dem Raum, um Getränke für uns zu holen.

„Wissen Sie, wer das Kino angezündet hat?“, fragte Ararats Mutter.

„Die Leute erzählen dies und das. Manche sagen, religiöse Fanatiker wären dafür verantwortlich. Andere wiederum behaupten, die Regierung habe es getan, um Muslime zu diffamieren. Niemand weiß, wer die Wahrheit sagt."

„Und was sagen die Muslime dazu? Was verlangen sie denn?", wollte Ararats Mutter wissen.

Kavoos war schon lange nicht mehr mit seinem Lieferwagen unterwegs. Stattdessen fuhr er jetzt auf einem Motorrad quer durch die Stadt und verkündete, er sei überall. Damit hatte er durchaus recht und auch wir hatten das Gefühl, er wäre tatsächlich überall. An einem Freitag kamen Nadji und ich von Amrollah Khans Haus zurück. Die Busse in der Stadt streikten und wir hatten beschlossen, uns für den Heimweg Zeit zu nehmen. Ins Kino konnten wir nicht mehr, denn nach dem Brand waren alle Kinos in der Stadt geschlossen, aus Angst vor weiteren Anschlägen. Auch das Schwimmbad musste gesperrt werden, genau wie alle anderen Vergnügungsstätten in der Stadt, die eine nach der anderen geschlossen worden waren. Selbst der Stadtpark war kein sicherer Ort mehr, denn er war zu einem Zentrum von Kundgebungen und politischen Debatten geworden. Im Park gab es keine Sitzbänke mehr, sogar die Sitze der Schaukeln waren herausgenommen worden und die Rutschen hatte man angepinkelt. Überall hörte man Schreie und ein dichter Rauch von brennenden Reifen waberte durch die Luft. Hinter uns tauchte eine Gruppe von Motorradfahrern in Khaki-Kleidung auf. Sie fuhren schnell, als ob sie irgendwo Feuer legen wollten. Vielleicht kamen sie auch von einem Ort zurück, den sie bereits angezündet hatten.

Unser Haus war noch weit entfernt, daher unterhielten wir uns während des Gehens, um die Entfernung zu überbrücken. Nadji war Analphabet und hatte folglich nicht alles mitbekommen, was gerade passierte. Er verstand auch nicht, was Sooren meinte, wenn er sagte: „Ich bin Materialist, wie könnte ich jeden Unsinn glauben, der von George kommt? Geschweige denn, mich danach richten?" Sooren hatte über Georges Wahnvorstellungen betreffend Ararats Grab gesprochen. George ging jeden Sonntag zum armenischen Friedhof und setzte sich an ein Grab, von dem er glaubte, Ararat und Lily wären darin begraben. Auch seine Frau und seine Töchter versuchte er davon zu überzeugen, dass er recht hatte.

Doch Sooren war nicht zu überzeugen: „Ararat und Lily liegen gemeinsam in einem Massengrab auf dem muslimischen Friedhof." Er glaubte auch nicht, was George über die Überführung der Leichen gesagt hatte. Seiner Meinung nach hatte George den Verstand verloren und die ganze Geschichte erfunden.

Dazu sagten wir: „Die beiden jungen Leute sind tot, was macht es jetzt für einen Unterschied, wo ihre Gräber sind? Aber wenn es George so viel bedeutet, was ist daran falsch?"

„Es gibt Regeln, meine Kinder", antwortete Sooren. „Ich kenne die Realität und hatte viel Unterricht über Materialismus in der Tudeh-Partei – das ist die sozialistische Volkspartei Irans. Das Leben hat mich gelehrt, realistisch zu sein – und nicht abergläubisch. Denn genau dieser Aberglaube und die Illusionen der

Menschen haben das Land in die derzeitige Lage und in diese extreme kulturelle Armut getrieben."

Nadji konnte wieder nicht alles verstehen, was Sooren erzählte, also erklärte ich ihm, was Materialismus und Partei bedeuten. Manchmal las ich ihm auch die Flugblätter vor. Allerdings gab es so viele widersprüchliche Aussagen, dass ich nicht wusste, welche Informationen nun richtig oder falsch waren. Trotzdem lasen wir oftmals die Flyer und Zeitungen, die von unserer Druckerei veröffentlicht wurden. Nadji wollte immer wissen, warum Sozialisten nicht an Gott glauben. Das hätte ich auch gerne gewusst.

„Warum hast du Sooren nicht gefragt?", erkundigte sich Nadji.

„Ich werde ihn das nächste Mal fragen", antwortete ich.

„Wenn der Sozialismus eine politische Lösung ist, um das Leben der Menschen zum Besseren zu verändern, warum glaubt er dann nicht an Gott?"

In diesem Moment hörte ich hinter uns eine Stimme: „Hey, ihr zwei Musiker!"

Die Stimme machte uns Angst. Ich drehte mich schnell um und versuchte zu erkennen, wer da gesprochen hatte. Es war ein Mann in Khaki-Kleidung.

Mit hervortretenden Augen und einem unverschämten Blick zeigte er auf die Geige in Nadjis Hand und fragte: „Was hast du da drin? Dürfen wir es sehen?"

„Nein, Bruder, da ist nichts", sagte ich.

„Bleibt sofort stehen!", rief der Mann.

„Aber du weißt doch, dass der Koffer nicht leer ist",

flüsterte Nadji erschrocken in mein Ohr.

„Wir müssen abhauen, wir haben keine andere Wahl“, antwortete ich.

Der Mann war noch ein gutes Stück von uns entfernt und bemerkte, dass wir weglaufen wollten. Er rief nach seinen Freunden in der Nebengasse: „Hey, Brüder, die beiden Taghuti-Musiker[16] rennen gleich weg. Ihr habt sie doch auch gesehen.“

Die Schritte kamen näher und wir rannten davon, ohne zu wissen warum. Diese Geige lag uns einfach sehr am Herzen und wir wollten sie nicht verlieren. Wir liefen und hörten Schritte, die uns verfolgten. Dass es viele waren, konnten wir erahnen. Wir rannten am Bürgersteig der Hauptstraße entlang und sahen plötzlich eine Gruppe von Motorradfahrern auf uns zu kommen. Ein Mann brüllte: „Brüder, schnappt euch diese Musiker.“ Da wir uns in der Stadt nicht auskannten, wussten wir auch nicht, welchen Weg wir einschlagen sollten. Wir entschieden uns für eine Gasse und dachten, wir würden an einen sicheren Ort gelangen. Aber es war eine Sackgasse und wir saßen in der Falle. Wir hockten mit dem Rücken zur Wand und die Männer marschierten mit ihren schweren Stiefeln und finsterem Grinsen auf uns zu. Nadji stöhnte weinend und drückte die Geige fest an seine Brust: „Meine Geige.“ Wir wussten, sie würden Nadji die Geige wegnehmen und in Stücke brechen. Die bärtigen Männer kamen immer

16 Taghuti ist eine Bezeichnung für Kollaborateure des Schah-Regimes. Sowohl Gefolgsleute als auch Nutznießer des Regimes wurden von den Islamisten bedroht und verfolgt.

näher und ich konnte nichts anderes tun, als mir selbst die Schuld zu geben, nicht auf Amrollah Khans Warnung gehört zu haben.

„Ihr müsst auf der Straße auf euer Instrument aufpassen. Diese Leute, die nach der Macht streben, sind die Blutfeinde der Musik und jeglicher Form von Kunst. Sie kommen, um alles Künstlerische für immer zu verbieten", hatte Amrollah Khan uns eingeschärft.

Ich hatte gedacht, dass er wieder einmal übertreibe. Vielmehr glaubte ich, es ginge lediglich um Politik und die Männer verfolgten nur die Leute des Schahs. Und dass sie nichts mit unserem Musikinstrument am Hut hätten. Aber jetzt war ich überzeugt davon, dass sie nicht nur unsere Geige wollten, sondern auch hinter uns her waren. Wie zwei Mäuse hockten wir in der Ecke und waren den Krallen einer Horde Katzen ausgeliefert. Die Männer kamen mit schweren Schritten auf uns zu, doch plötzlich erklang eine lebensrettende Stimme, ein Geschenk des Himmels: „Lasst gut sein, Brüder, die beiden sind Kameraden."

Wir hoben unsere Köpfe und sahen Kavoos. Er war als einziger mit seinem Motorrad in diese enge Gasse gefahren. Er stieg ab, schüttelte allen Männern die Hand und flüsterte ihnen etwas zu. Dann kam er näher und baute sich triumphierend vor uns auf: „Was macht ihr hier, Brüder?"

Wir wussten nicht, was wir antworten sollten und sahen ihn an, als wären wir in einer Grube gefangen und Kavoos unsere einzige Hoffnung auf Rettung. „Die kommen mit mir," sagte er zu den Männern, die uns einen grimmigen Blick zuwarfen, bevor sie sich entfernten. Zu einem der Männer sagte Kavoos: „Balal, du bleibst hier. Ich habe noch etwas zu tun für dich."

Kurz darauf standen nur noch Nadji und ich sowie Kavoos und sein Kumpel am Ende der dunklen Gasse.

„Hat euch denn niemand gesagt, dass ihr bei der derzeitigen Lage keine Musikinstrumente mit euch rumtragen sollt? Dann muss ich es euch anscheinend selbst erklären. Aber ihr hattet Glück, dass ihr nur Balal und seinen Freunden begegnet seid. Steht auf, ich bringe euch nach Hause. Setz du dich hinter Balal, Nadji wird mit mir fahren." Dann versuchte Kavoos, uns zu beschwichtigen: „Macht euch keine Sorgen!" Aber gerade deswegen hatte ich Sorgen. Außerdem wollte ich nicht von diesen Leuten nach Hause gebracht werden. Aber wir hatten keine andere Wahl und ich befürchtete, dass alles noch schlimmer werden könnte, wenn wir sein Angebot ablehnten. Also setzte ich mich hinter Balal auf das Motorrad und Nadji nahm mit seiner Geige hinter Kavoos Platz. Dann machten wir uns auf den Weg.

Kavoos wusste, wo wir wohnten, daher fuhr er mit Nadji vorne weg. Es war schrecklich für mich, die beiden so eng nebeneinander auf dem Motorrad zu sehen. Und obwohl die Geige zwischen ihren Körpern steckte, war ich rasend vor Eifersucht. Plötzlich sah ich, wie Nadji auch noch seine Arme um Kavoos Taille schlang. Ich war gezwungen, diese Demütigung zu ertragen. Immer wieder drehte Kavoos seinen Kopf in Richtung Nadji und erzählte ihm etwas. Ich weiß nicht, was er ihm erzählt hat, aber ich musste mitansehen, wie Nadji sein Gesicht auf Kavoos Schulter legte und das Motorrad immer schneller wurde.

Als wir zu Hause ankamen, konnte ich eine Weile nicht mit Nadji sprechen. Ich hatte ein unangenehmes Gefühl, als ob er mich betrogen hätte. Freilich gab es dafür keinen Grund und es war auch kindisch, aber ich konnte trotzdem nicht so zu tun, als wäre nichts geschehen. Schließlich fragte ich Nadji: „Was hat dir denn Kavoos unterwegs erzählt?"

„Es ist völlig richtig, wenn er sagt, dass wir Glück hatten. Hätte er uns nicht in dieser Gasse gefunden und gerettet, dann säßen wir jetzt nicht hier. Aber was hätten wir schon machen können? Uns von der Geige verabschieden. Vorausgesetzt, wir wären am Leben geblieben", entgegnete Nadji.

„Okay, das hast du schon ein paarmal gesagt. Was hat er noch erzählt?"

„Im Grunde genommen hat er uns bedroht. Er hat gesagt, er wisse, dass wir in einer Druckerei arbeiten, deren Chef Armenier und ein Kommunist sei. Ich war dumm, denn ich habe zu ihm gesagt, Herr Sooren ist kein Kommunist, sondern ein Sozialist. Daraufhin hatte er nur gelacht und gesagt, das wäre doch dasselbe. Er meinte auch, es wäre besser für uns, die Druckerei so schnell wie möglich zu verlassen, bevor etwas Schlimmes passiere. Ich habe ihn gefragt, was er damit meine, bekam aber keine klare Antwort. Er sagte jedoch, dass es die Brüder nicht ertragen können, wenn es mitten in der Stadt eine kommunistische Druckerei gebe, die ihre

Ideen einfach so veröffentlichen darf. Er fügte noch hinzu, dass es besser wäre, so schnell wie möglich von dort zu verschwinden, bevor wir gemeinsam mit dem Armenier in Flammen aufgehen."

„Werden sie die Druckerei auch in Brand setzen?", fragte ich.

„Dazu hat er nichts Genaues gesagt. Er meinte nur, wir sollten nicht in Soorens Feuer verbrennen. Damit hat er aber wohl echtes Feuer gemeint."

Daraufhin wurde ich richtig wütend: „Soll das etwa heißen, die ganzen Brände in der Stadt waren kein echtes Feuer? Was haben sie denn mit dem Hab und Gut von George angestellt? War das etwa auch kein echtes Feuer? Und wie haben sie den armen Ararat und seine Verlobte umgebracht? Diesmal müssen wir etwas unternehmen. Wir müssen Sooren warnen, dass sie die Druckerei in Brand setzen wollen."

„Aus welcher Quelle habt ihr diese Nachricht?", fragte Sooren.

„Quelle?"

„Ich meine, wer hat euch das gesagt?"

Ich geriet in Panik, und auch Nadji sagte nichts. Schließlich verkündete ich: „Das haben wir auf der Straße gehört. Sie wollen alle Druckereien, die von Sozialisten geführt werden, in Brand stecken."

„Aber ihr habt nichts über eine bestimmte Druckerei gehört?", fragte Sooren.

„Nein", log ich, „sie haben keine bestimmte Druckerei erwähnt."

Hätte ich ihm die Wahrheit über Kavoos gesagt,

dann wäre er uns gegenüber sicher misstrauisch geworden. Wahrscheinlich hätte er gedacht, dass wir mit diesen Leuten unter einer Decke stecken. Dann hätten wir womöglich unsere Arbeitsplätze verloren.

„Es ist richtig, dass wir Sozialisten sind", sagte Sooren, „aber wir unterscheiden uns von anderen Sozialisten. Wir sind etablierte Sozialisten und wir sind Mitglieder einer Partei, die mit diesem Land, und besonders mit dieser Industriestadt, durch eine lange Geschichte verbunden ist. Die Stadt ist sehr kultiviert, das verdankt sie unserer Partei. Es kann nicht sein, dass irgendjemand gegen unsere Partei ist, merkt euch das! Selbst der Mob auf der Straße weiß, wie wichtig diese Partei ist und was sie alles für dieses Land getan hat. Ihre Anführer wissen auch, dass die Revolution ohne unsere Hilfe nicht weitergehen kann. Sie greifen nur die frischgebackenen Sozialisten an, die nichts über Sozialismus wissen, sich aber Sozialisten nennen. Unsere Parteiführer sind sich mit den Anführern des Mobs einig. Ihr seid zwei gute Jungs und ihr werdet von mir hören. Ihr solltet Bücher lesen, die von der Partei herausgegeben werden und euch bald anschließen. Ich selbst werde veranlassen, dass euch Kaveh ein paar gute Bücher gibt, die leicht zu verstehen sind."

Kaveh war ein freundlicher Mann in der Druckerei. Nadji konnte nicht lesen und ich war nicht daran interessiert, politische Bücher zu lesen. Ich wollte nur, dass Nadji so schnell wie möglich ein guter Geiger wird und wir genug Geld sparen konnten, um das Land in Richtung Europa zu verlassen. Dort könnten wir machen, was ich am liebsten hatte, nämlich Tanzen. Wir waren auf einem guten Weg, denn Nadji lernte schnell und wir fanden Lösungen, die Geige freitags so zu transportieren, dass niemand bemerkte, was wir bei uns hatten. Wir steckten sie zuweilen in einen anderen Koffer, dann wieder in eine Kleidertasche oder auch in ein langes Kissen.

Amrollah Khan ging es von Woche zu Woche schlechter. Er konnte das Haus nicht mehr verlassen, daher erledigten wir fast alle Einkäufe für ihn. An einem Freitag war er sehr krank, er weinte und wollte seine Tochter Mahin sehen. Wir wussten zwar, wo sie wohnte, sagten ihm aber nichts. Erst zu Hause entschieden wir, ihr vom Gesundheitszustand ihres Vaters zu berichten.

Das Viertel, in dem Mahin wohnte, hieß Dob und es handelte sich um das Rotlichtviertel der Stadt. Es war ein sonniger Freitag und es hätte auch ein schöner Nachmittag werden können, wäre da nicht so viel Rauch und der Geruch nach verbrannten Reifen in der Luft gewesen. Wir gingen spazieren und sprachen über die Kinos und die vielen schönen Filme, die wir dort gesehen hatten. Nadji liebte die Lieder und die Stimme von Fardin. Allerdings wollte er nicht verstehen, dass es oftmals gar nicht Fardins Stimme war, die man hörte, sondern dass er nur die Lippen bewegte und jemand anderer gesungen hatte. Manchmal hatte ihm Iradj seine mächtige Stimme geliehen, zuweilen auch Aref. Sogar gesprochen hatte er mit einer anderen Stimme.

„Jemand anderer hat für ihn gesprochen? Du nimmst mich auf den Arm!", sagte Nadji.

„Ja, sicher, für Fardin und auch für Behruz Wosoughi."

„Wahrscheinlich hat auch jemand anderer anstelle von Forousan getanzt! Na, sag doch", und wir beide explodierten vor Lachen. Die Gegend, nach der wir suchten, musste irgendwo in der Nähe des Flusses liegen. Wir fragten die Leute nach dem richtigen Weg. Ein Junge lachte und sagte: „Ihr seid zu spät, Jungs. Dob hat schon geschlossen. Die Damen trauen sich nicht mehr zu arbeiten und müssen jetzt nach einer anderen Einkommensquelle suchen." Und mit diesen Worten ging er lachend weiter, zeigte uns aber noch die richtige Adresse.

Dob bestand aus zwei miteinander verbundenen Gassen und einem eisernen Tor. Die Nebengassen waren allesamt Sackgassen. Als wir ankamen, stand das Tor offen und es brannte überall. Einige Frauen rannten aus ihren Häusern und über dem Platz lagen dicke schwarze Rauchschwaden. Man hörte Schreie und den ohrenbetäubenden Lärm einer Gruppe von Motorradfahrern, die „Allahu Akbar" skandierten und durch das Tor hinausfuhren. Sie sahen aus wie die Biker, die wir schon einmal woanders gesehen hatten. Die ganze Szene hatte etwas von einem Western im Kino. Die Motorradfahrer waren wie weiße Soldaten, die auf Pferden geritten kamen und ein Lager von wehrlosen Indianern angriffen, die keine andere Wahl hatten, als erschrocken davonzulaufen. Schreiende Frauen und Kinder wurden von den Bikern getreten und überfahren, sie fielen hin, standen wieder auf und rannten ziellos durch die Gegend.

„Versteck dich, Nadji! Kavoos könnte einer von ihnen sein“, rief ich.

Wir sprangen hinter eine Säule, damit uns niemand sehen konnte. Von dort konnten wir nichts erkennen, wir hörten nur den Lärm des Terrors, das Heulen der Motorräder und das Gelächter derer, die dieses Grauen veranstalteten. Die Frauen hörten nicht auf zu heulen, aber das Geräusch der Motorräder verstummte mit der Zeit. Wir kamen aus unserem Versteck heraus und traten auf die Gasse. Die meisten Häuser waren verriegelt, aber durch offene Türspalte konnten wir Männer und Frauen sehen, die ihre verbrannten oder halbverbrannten Möbel in den Hof brachten. Wir hörten die Sirenen der Feuerwehrautos, aber es gab keine Spuren von einem Feuerwehreinsatz. Nur das Heulen der Sirenen erfüllte die Luft. Wir schauten auf die Eingänge der Häuser und suchten nach der Nummer von Mahin. Eine alte Frau mit ungekämmten Haaren und nackten Füßen kam aus einem Haus und sagte vor Angst verstört: „Bist du am Ende doch zurückgekommen, Abbas. Du bist zurückgekommen, Gott sei Dank.“ Sie ging auf Nadji zu und wollte ihn umarmen. Nadji schreckte zurück und rannte davon. Ich lief hinterher und wenig später fanden wir tatsächlich in einer anderen Gasse Mahins Haus. Eine junge Frau saß vor der Tür, hielt ihren Kopf in den Händen und starrte ins Leere. Ich fragte sie nach Mahin, aber sie lachte nur und sagte: „Euch schickt wohl auch dieser Gholam. Ich kenne den

Scheißkerl, er ist immer noch hinter mir her und will mich mit seinem Feuer verbrennen. Aber ich sage euch, er selbst wird in diesem Feuer verbrennen. Wenn nicht heute, dann morgen."

Wir hatten Mahin gefunden. Und nachdem wir uns vergewissert hatten, dass sie es tatsächlich war, erklärten wir ihr, dass uns ihr Vater geschickt hatte.

„Wasser, gebt mir etwas Wasser", stöhnte sie.

„Du bleibst hier", sagte ich zu Nadji und rannte sofort in den Hof, der mit einer Plastikplane ausgelegt war. Es fühlte sich an, als ob ich einen Behälter voller Rauch betreten hätte. Mitten im Hof war ein kleines Becken mit einem Wasserhahn. Ich suchte nach einer Schüssel und fand auf einem Tisch eine Schale aus Ton. Der Tisch war ein Schreibtisch mit einer Glasplatte, und unter dem Glas befanden sich Bilder von Kindern oder vielleicht auch nur von einem ganz bestimmten Kind. Ich drehte mich wieder zum Wasserhahn um und spürte, wie ein Vorhang im Zimmer am Ende des Hofes beiseitegeschoben wurde. Ein Mann bewegte sich hinter dem Vorhang und zog sich zurück, sobald er mich gesehen hatte. Ich erschrak, füllte die Schüssel und ging zurück auf die Gasse, um Mahin das Wasser zu bringen. Langsam ging es ihr besser und sie begann, uns zu vertrauen. Woher wir ihren Vater kennen, wollte sie wissen und fragte: „Seid ihr sicher, dass er mich sehen will?" Wir bejahten, und sie sagte: „Im Moment bin ich wie eine Verrückte. Ich schwöre euch, wenn ihr mich belügt, dann werde ich euch in Stücke reißen, egal ob ihr Muslime seid oder nicht."

Schlussendlich stimmte sie zu, mit uns zu kommen und fragte, ob wir ein Auto hätten. Damit konnten wir leider nicht aufwarten, daher meinte sie, sie müsse ins Haus gehen und nach ihrem Tschador suchen. Wir hörten, wie sie mit dem Mann im Haus einige Worte wechselte: „Komm raus, Mann. Sie sind weg. Komm und fahr uns mit deiner Rostlaube dorthin, wo diese Jungs hinwollen. Das ist alles, was du mir noch schuldest, dann wären wir quitt. Betrachte es als Zeichen der Dankbarkeit, dass du auf mich und die Puffmutter aufgepasst hast. Komm jetzt raus aus deinem Versteck, die Luft ist rein." Sie zog sich einen langen schwarzen Schleier über, der mit schwarzen Blumen verziert war. Man musste ihr schon sehr nahekommen, um die schwarzen Rosenmuster zu erkennen, die jetzt ihr rundes Gesicht umhüllten und scheinbar auf dem dunklen Hintergrund angewachsen waren. Vorsichtig folgten wir dem Mann durch die Gassen und gelangte schließlich zu seinem Auto, das uns zu Amrollah Khans Haus brachte.

Wir klopften an die Tür und betraten die Wohnung. Amrollah Khan hatte sich in seinem Bett aufgerichtet und starrte uns verdutzt an. Er traute seinen Augen nicht. Seine Lippen deuteten ein Lächeln an, aber seine Augen waren voller Tränen. Mahin setzte sich neben das Bett und legte den Kopf in seinem Schoß. Wir ließen in einer Ecke nieder.

„Ich habe in den letzten Tagen sehr oft an deine Mutter, an dich und an deine Tochter gedacht", sagte

Amrollah Khan. „Und an den Namen deiner Tochter, den ich nicht kenne. Wie hast du sie denn endlich genannt?“

„Hasti“, sagte Mahin leise.

„Was für ein schöner Name. Gute Wahl. Wo ist sie denn jetzt?“

„Sie ist bei ihrer Tante. Beide haben einander sehr lieb. Gott sei gepriesen.“

„Deine Mutter hat dich auch geliebt. Es ist so schade, dass wir sie verloren haben. Es wäre schrecklich, wenn es euch beide nicht gegeben hätte. Glaubst du nicht auch, dass sie die Beste war und ein Herz hatte wie keine andere? Nur ich habe damals ihren Wert nicht erkannt. Wäre ich nur nicht so dumm gewesen. Mahin Djanam, dein Vater war dumm. Komm zu mir und lass dich nochmal anschauen.“

Mahin rückte vor und näherte sich ihrem Vater. Sanft streichelte sie seinen Bart und berührte mit ihren Fingerspitzen seinen kahlen Kopf. Sie sah aus, als würde sie lachen: „Ach, bist du wirklich der echte Amrollah Khan! Wie konntest du dich nur so verändern? Nicht dass du alt und mager geworden bist oder etwas an deiner Haut oder an deinem Kopf anders wäre. Nein, aber in deinen Blicken ist etwas verloren gegangen! Die Augen, an die ich mich erinnere, sind nicht mehr dieselben.“

„Nicht nur das, es ist schlimmer.“

„Was meinst du mit schlimmer?“, erwiderte Mahin erstaunt.

„Die Zeit verändert dich. Du bist noch jung und

weißt noch nicht, wie die Zeit Menschen dermaßen ändern kann, dass selbst ein Spiegel dich nicht mehr erkennt."

„Ich habe keine Angst vor dem Schicksal, Vater. Nein, ich habe keine Angst mehr, aber ich habe Angst vor dem Feuer. Hast du nicht einmal gesagt, ich werde irgendwann im Feuer verbrennen und sterben?"

Amrollah Khan umarmte sie so fest er nur konnte und sagte: „Ich werde nicht zulassen, dass Feuer oder Ängste dich erreichen. Du bist in den Armen deines Vaters, der in jungen Jahren alles für die Kunst gegeben hat. Für eine Kunst, die ihn nicht wahrgenommen und willkommen geheißen hat. Ein Vater, der seine nächste Umgebung dieser verborgenen Kunst geopfert hat. Aus dem Nichts bis du erschienen. Diese beiden Jungs, Gott segne sie, haben dich für mich wiedergefunden. Ich wollte alles mit dir klären und ein Missverständnis aus der Welt schaffen. Deine Mutter und du, ihr habt gedacht, ich hätte mich in Soghra verliebt und euch deswegen verlassen. Aber das stimmt nicht, sie war nicht der Grund."

An dieser Stelle begann Amrollah Khans zu husten. Er zog sich vom Mahins Ohr zurück und konnte nicht mehr mit dem Husten aufhören. Einer von uns brachte ihm ein Glas Wasser. Aber kaum hatten seine Lippen das Glas berührt, fing der Husten wieder an und ließ Amrollah Khan nicht zur Ruhe kommen. Seine Hände, die das Mädchen festgehalten hatten, lockerten sich.

„Er stirbt. Seine Augen verlassen uns zuerst, noch vor seinem Herzen. Er wird friedlich sterben", sagte Mahin.

„Wasser", sagte Amrollah Khan. Nadji legte den Rand des Glases wieder zwischen seine Lippen. Er trank, aber das Wasser rann an seinem Schnurrbart und an seinem langen Bart herunter. Dann fing er an zu lachen, ein Lachen, wie wir es bei ihm noch nie gehört hatten.

„Gott sei Dank! Es geht ihm besser. Du wolltest mir doch etwas geben, Vater. Was war es denn? Gib es mir, bevor du uns verlässt, ich brauche deine Hilfe. Deine Tochter ist in Not!", sagte Mahin. Ihr langer schwarzer Schleier lag ausgebreitet neben ihr auf dem Boden.

Amrollah Khan rückte ein großes Stück zurück, damit er sich an die Wand lehnen konnte. Sein Körper befand sich zur Hälfte unter einer Decke und auf dem Bettbezug waren Pfauenmuster zu sehen. Bunte Pfauenfedern bedeckten Amrollah Khan.

„Ich glaube, du kannst dich an Kamal erinnern, den Bruder von Soghra. Er sah aus wie Fardin und er hatte genau hier an seiner Brust eine Einkerbung, die bis zur Mitte seines Halses reichte. Es war schön, seinen Adamsapfel anzusehen, wie er sich auf und ab bewegte. Ich erzähle dir das alles, damit du nicht Soghra die Schuld gibst. Ich habe dich seit Jahren gesucht, nur um dir das zu erzählen. Ich wollte die Wahrheit auch deiner Mutter erzählen, aber sie wollte nichts davon hören. Stattdessen beschuldigte sie bis zu ihrem Tode die unschuldige Soghra. Du bist jung und wirst noch hundert Jahren leben. Ich will nicht, dass du die Last einer nicht begangenen Sünde von Soghra auf deinen schmalen und zarten Schultern tragen musst. Noch dazu ohne zu wissen, woher diese Schwere kommt, die dein Leben belastet. Ich spreche von Liebe. Und von derselben Liebe, über die ich mit deiner Mutter reden wollte. Aber sie wollte nichts davon hören und ist gegangen."

An dieser Stelle begann Mahin zu lachen. Ihr Lachen wurde immer lauter, dann drehte sie sich zu uns. Sie hatte grobe gelbe Zähne und wollte etwas sagen, konnte aber vor Lachen kein Wort herausbringen. Wir starrten auf ihre Lippen und sie begann, in Bruchstücken zu sprechen: „Meine Güte! Wie das Schicksal mit dir gespielt hat. Vater und Tochter verlieben sich in denselben Kerl. Ich war in denselben Mann verliebt, den auch mein Vater begehrt hat. Erinnerst du dich noch, wie alt ich war? Vierzehn! Du hast recht, genau aus diesem Grund habe ich meine Zimmerwände mit Fardins Fotos zugepflastert. Ich glaube, die erste Liebe ist immer etwas Besonderes und sie nistet sich in den Gedanken der Mädchen ein. Wie eine Sternschnuppe, die vom Himmel fällt und gleich wieder verschwindet. Auch er ist verschwunden und mit ihm die Gedanken, die ich an ihn verschwendet hatte. Hast du nicht erzählt, dass er ermordet wurde?"

Amrollah Khan senkte das Gesicht und sagte leise: „Das ist eine lange Geschichte."

„Hat jemand von euch Jungs eine Zigarette?", fragte Mahin.

Nadji gab ihr eine Zigarette. Wir vereinbarten, dass Mahin einige Tage bei ihrem Vater bleiben und sich um ihn kümmern sollte. Amrollah Khan hatte etwas Geld für Mahin in einer Kiste aufbewahrt. Darin befanden sich auch andere wertvolle Dinge, die in Geld verwandelt werden konnten, wie Metallrahmen oder Geschirr.

Nadji und ich sollten auch so lange wie möglich bei Amrollah Khan bleiben, das war sein Wunsch. Er versprach, an einem Abend für Mahin zu spielen. Diese Nacht war gekommen und es sollte eine schöne Nacht werden.

Obwohl alle Schnapsläden geschlossen waren, konnte Nadji mit Soorens Hilfe eine Flasche ergattern und zu Amrollah Khans Haus bringen. Geige und Flasche versteckten wir in einer schwarzen Tasche und es sah aus, als ob wir eine Tasche mit alten Kleidern trugen. Amrollah Khan fühlte sich wieder besser und sah um Jahre jünger aus. Er erhob sein Glas auf uns und sagte: „Das Glück der letzten paar Tage und Nächte hat über die ganze Unglückseligkeit der vergangenen Jahre gesiegt. Das Unglück wird nun verschwinden."

Nadji und ich waren stolz, einen Vater und seine Tochter glücklich gemacht zu haben. Amrollah Khan spielte die Geige und mittendrin begann Mahin leise zu singen. Sie war betrunken und ihre Stimme wurde mit der Zeit immer kräftiger. Was für eine wunderschöne Stimme sie hatte! Eine Stimme, als ob sie von feuchten Wüstenblumen emporstiege und auf uns herabregne. Der Klang der Geige steuerte auf seinen Höhepunkt zu. Vater und Tochter kannten dieses Lied mit all seinen Wendungen. Es schien, als hätten sie dieses Lied vor dieser Nacht viele Male geübt. Zusammen erklommen sie einige Höhen und gemeinsam landeten sie auch wieder. Zu Beginn des Adagios senkten sich die Stimmen und nachdem das Lied zu Ende war, spielte Amrollah Khan auf seiner Geige sanft weiter. Irgendwann hörte er auf, lehnte Kopf und Rücken an die Wand, lächelte uns zu und schloss die Augen.

„Er ist eingeschlafen“, sagte Nadji. Er legte Amrollah Khan auf das Bett und deckte ihn zu. Immer noch hielt er die Geige und den Bogen in seinen Händen. Nadji versuchte, das Instrument von seinen Fingern zu lösen, aber sie wollten nicht loslassen. Ich hatte an diesem Abend nichts getrunken und hielt mich für nüchterner als die anderen. Daher trat ich an Amrollah Khans Bett und nahm die Geige aus seinen willenlosen Fingern, die das Instrument bereits losgelassen hatten.

„Amrollah Khan ist von uns gegangen.“

„Lass ihn schlafen.“

„Es wäre gut, wenn ich mich ein wenig zu ihm lege, nur hier“, sagte Mahin. „Sucht euch auch eine Ecke zum Schlafen.“

Sie schlüpfte unter die Bettdecke, schloss die Augen und legte eine Hand unter den Kopf ihres Vaters, die andere auf seine Brust. Eine Weile später hörten wir sie schnarchen, aber von Amrollah Khan war kein Ton mehr zu hören. Plötzlich spürte ich etwas Sanftes auf meiner Brust. Es war der Kopf des betrunkenen Nadji. Ich zog seine Schultern ganz nahe an mich heran und schlang meine Arme um ihn. Er öffnete die Augen, starrte mich an und sagte: „Amrollah Khan hat gesagt, hier ist der sicherste Ort der Welt. Nicht wahr?“

Sooren glaubte immer noch, dass seine Druckerei die sicherste in der ganzen Stadt war. Beim Begräbnis von Amrollah Khan ging er an der Seite von George und die beiden unterhielten sich. Sie wanderten vorbei an alten Gräbern mit gebrochenen Zementrahmen und Sooren redete wahrscheinlich nur deswegen, damit George nicht immerzu an Ararat dachte.

„Es ist nicht so, dass alle Hisbollahis falsch liegen. Sie haben recht, wenn sie sagen, dass sich das Land von der Tyrannei Amerikas befreien muss. Das Gleiche sagen wir auch. Sie werden auch noch verstehen, wie sehr sich die Sowjetunion um sie kümmert, vorausgesetzt, diese degenerierten Maoisten halten ihren Mund."

Für Nadji waren solche Gespräche neu, nicht aber für mich. Ich hatte bereits einiges davon in Büchern gelesen oder von anderen Leuten gehört. Trotzdem wusste ich nicht, wer am Ende gewinnen würde. Vielleicht hätte ich es gewusst, wenn ich genauer aufgepasst hätte, was im ausländischen Radio, damals die wichtigste Nachrichtenquelle für die Leute, gesendet wurde. Dann hätte ich verstanden, dass es nur um die Hisbollahi ging und dass die Anderen in Wahrheit gar nicht zählten. Die Hisbollahi hatten schließlich immer das letzte Wort, mit dem schrecklichen Lärm ihrer Motorräder inmitten einer aufgebrachten Menge, die „Allahu Akbar" schrie.

Mahin kam zu uns und sagte, es wäre nun Zeit für Amrollah Khans Beerdigung. Wir hoben den Sarg an und trugen ihn aus der Leichenhalle bis zum Grab.

Dabei fiel mir eine ältere Dame mit einem schwarzen Tschador auf, der für ihren hochgewachsenen Körper etwas zu kurz geraten war. Die altmodischen schwarzen Schuhe verrieten ihr Alter, aber sie sah gut aus und hatte eine schöne Figur. Sehr ruhig ging sie an den Gräbern vorbei, als wäre sie auf einer Bühne und vor Publikum. Was hatte sie eigentlich dort zu suchen? Sie gehörte zu den paar wenigen Freunden von Amrollah Khan. Außer Nadji und mir waren noch George und Sooren dabei, die Amrollah Khan schon länger gekannt und sein Talent geschätzt hatten. Außerdem waren sie viele Jahre in dasselbe Kaffeehaus gegangen. Dann gab es noch zwei andere ältere Kollegen von Amrollah Khan, seine Tochter Mahin sowie diese ältere Dame.

Sooren schüttelte den Kopf: „Wie schade, Amrollah Khan war einer dieser talentierten Musiker, die nicht erkannt werden und auch sich selbst nicht wertschätzen können. Stattdessen begehen sie künstlerischen Selbstmord, wie viele andere auch in unserem Land, vom Dichter bis zum Musiker. Ihnen allen steigt der Ruhm zu Kopf und sie geben sich früher oder später Drogen oder Alkohol hin. Aber keiner von ihnen kann damit umgehen und sie ruinieren sich damit nur selbst."

George schüttelte den beiden Männern die Hand und lächelte: „Wir kennen uns."

Sie lächelten ihn zwar freundlich an, aber es war offensichtlich, dass sie George nicht erkannten.

„Ich stand ja nicht auf der Bühne", sagte George. „Ich war dort, um Amrollah Khan zuzuhören, dessen

Instrument in meinen Ohren wie ein Zauber klang."

Dann erzählte er uns, dass die beiden Musiker waren. Einer von ihnen spielte Santoor, der andere Tonbak, und die Frau tanzte dazu, sowohl in Frauen- als auch in Männerkleidern mit Hut. Die Männer liebten sie in beiden Kostümen.

Obwohl jeder von uns etwas beigetragen hatte, gingen die Kosten für Beerdigung größtenteils auf Soorens Rechnung. Wir saßen rund um das Grab. Der Totengräber bedeckte die Leiche von Amrollah Khan mit Erde, die zuvor ausgehoben worden war. Ich war der Einzige, der das Totengebet kannte. Mahin streichelte mit ihren Fingern die kalte und nasse Erde am Rand des Grabes. Sie murmelte: „Du warst ein guter Mann, aber kein guter Vater. Du warst kein guter Ehemann, aber ein guter Geigenspieler. Du warst ein Kind und bist nie erwachsen geworden, weil Künstler niemals erwachsen werden. Du warst ein Verlierer, aber du dachtest, du wärest ein Gewinner. Du bist in den Himmel der Freiheit geflogen, während die anderen in ihren eigenen Käfigen gefangen waren. Jetzt bist du endgültig frei."

Mit weinenden Augen und tränennassen Wangen hob die Frau ihren Kopf und sagte: „Er ist heute Nacht im Himmel, denn er hat frei gelebte und er ist frei gestorben."

„Er hat Glück", sagte einer der Männer.

„Du Glücklicher, du bist gestorben und allen irdischen Problemen entkommen. Segne uns, die wir in diesem Käfig, den wir Leben nennen, noch gefangen sind", sagte George.

Auf dem Rückweg vom Friedhof setzte sich Sooren neben George und gab ihm folgenden Rat: „Es wird Zeit, dass du in dein Leben zurückkehrst. Was passiert ist, ist passiert, und das Leben muss weitergehen. Weiß du, wie viele junge Menschen in diesem Land vom Schah und seinen amerikanischen Bossen getötet wurden? Nun, unsere Kinder sind zwei davon. Übrigens ist der Fall noch nicht gelöst." Er zog an seiner Zigarette und fuhr fort: „Aber die Dinge werden sich zum Besseren wenden. Es wird ein für alle Mal Ruhe einkehren und die Leute werden fröhlich und zufrieden sein. Hast du nicht miterlebt, wie der Schah gedemütigt wurde und die Flucht ergreifen musste? Bald wird der Imam eintreffen und das Land wird blühen und gedeihen. Zumindest werden die Leute ohne Angst einer Partei ihrer Wahl beitreten und nach ihren Vorstellungen leben können."

„Es ist ein Glück, wenn man so optimistisch sein kann. Ich wünschte, ich könnte auch so sein", sagte George und schüttelte sanft den Kopf.

„Wie möchtest du denn sein?"

„Ich möchte auch an diese Dinge glauben, an die freie Wahl der bevorzugten Partei und an eine bessere Zukunft."

„Ich weiß, dass du das alles nicht glauben kannst, solange du es nicht mit eigenen Augen gesehen hast. Ich aber spreche aus Erfahrung."

„Wahrscheinlich denkst du auch, dass der Schah selbst den Brand im Kino befohlen hat", grinste George.

Darauf antwortete Sooren nichts. Er holte eine Schachtel amerikanischer Zigaretten aus der Tasche und zündete eine für George an. Bald erfüllte der graue Rauch den Minibus, denn Nadji zündete ebenfalls eine Zigarette für sich selbst und eine für Mahin an. Auch die beiden alten Männer rauchten. Nur ich und die Tänzerin rauchten nicht, aber wir hatten keine andere Wahl, als den Qualm zu schlucken und uns dabei zu beobachten.

Als wir abends an unserem Haus ankamen, wurden wir bereits erwartet. Kavoos saß auf seinem Motorrad am oberen Ende der Gasse. Sobald er mich erblickte, sprang er wütend vom Sattel, stürmte auf mich zu und rief: „Hey, Djamil! Egal wie sehr ich mich auch bemühe und dich warne, du verstehst nichts. Du gefährdest nicht nur dein Leben, sondern auch das von Nadji, aber auch das verstehst du nicht. Wahrscheinlich willst du es gar nicht kapieren und bist sogar ein glühender Anhänger dieser Partei. Natürlich bist du das, aber dann kann ich nichts mehr für dich tun. Um ehrlich zu sein, dich kann nur noch Gott retten. Aber was Nadji angeht, er ist unschuldig und rein wie Wasser. Wenn er verdorben wird, dann bist du dafür verantwortlich. Gibst du zu, dass ich recht habe?"

„Ich? Bin ich denn der Einzige, der ihn korrumpiert hat? Wer bin ich überhaupt?", entgegnete ich. Nadji stand einfach nur da und beobachtete uns. „Warum machst du den Mund nicht auf? Sag was! Was redet er da eigentlich?", fragte ich Nadji.

„Was soll ich sagen? Keine Ahnung“, stotterte Nadji leise.

„Sag ihm, dass er falsch liegt. Wir sind zusammen, um einander zu unterstützen.“

„Wobei unterstützen?“, fragte Kavoos. „Du machst jede Menge Fehler und deine Meinung zur aktuellen Lage und zur Revolution ist noch immer nicht klar. An einem Tag hängst du mit den Armeniern ab, und am nächsten Tag mischst du dich unter Kommunisten. Und jetzt gibst du dich auch noch mit Huren und Zuhältern ab. Junge Leute kämpfen dafür, dass wir diese verdorbenen Elemente loswerden, aber sie sterben den Märtyrertod durch die Kugeln des Schahs. Und du nimmst diesen ahnungslosen Jungen auch noch mit zu diesen Ungläubigen. Gott sagt, dass ihr Blut vergossen werden muss. Was bedeutet das denn, Bruder? Heißt das nicht, den wahren Weg für die Menschheit abzulehnen? Habe ich nicht recht? Du bezeichnest dich als Intellektuellen, dann sag doch bitte die Wahrheit! Nur dieses eine Mal!“

Angst stieg in mir auf. Es wurde dunkel und niemand anderer war in der Nähe. Ich geriet richtiggehend in Panik und dachte, Kavoos würde jeden Moment mit seiner Trillerpfeife nach den Bikern rufen und mich mit zwei Messerstichen töten lassen.

Dann wandte er sich Nadji zu und sagte: „Du sagst es doch selbst. Glaubst du nicht, dass unzuverlässige Menschen dich auf den falschen Weg führen werden? Auf einen Weg, der dich demütigt und der zum Tode führt? Von dort aus kommst du ohne Wenn und Aber geradewegs in die Hölle. Willst du so sterben?"

„Nein, natürlich nicht", sagte Nadji erschrocken.

„Dann steig auf und setz dich zu mir aufs Motorrad."

Nadji war nervös. Abwechselnd schaute er zu mir, dann zu Kavoos und wusste nicht, was er tun sollte. Er sagte: „Was? Wann? Wohin willst du mich bringen?"

„Mach dir keine Sorgen. Wir fahren nicht weit. Wir fahren nur durch die Gegend und kommen bald wieder zurück", antwortete Kavoos.

„Was ist, wenn er nicht mit dir gehen will?", rief ich augenblicklich.

Kavoos sah Nadji von oben bis unten an und sagte mit dem ruhigen und kalten Lächeln einer Totenmaske: „Er will aber mit mir kommen."

Nach Amrollah Khans Tod hatte Mahin den Schlüssel zu seinem Zimmer weitere zwei Wochen lang in Verwahrung. Während dieser Zeit konnte sie das Mobiliar abholen und zu sich nach Hause bringen. An einem Freitag halfen wir ihr dabei und überlegten, selbst in das Zimmer einzuziehen. Wir hatten auch schon mit dem Vermieter gesprochen und es war uns gelungen, seine Zustimmung einzuholen. Schließlich zogen wir in das neue Gebäude und in das Zimmer, in dem zuvor Amrollah Khan gewohnt hatte. Nun war es unser neues Zuhause. Ich dachte, Nadji würde sich über den Umzug freuen, da er gute Erinnerungen an diesen Ort hatte. Außerdem bestand die Möglichkeit, Kavoos loszuwerden. Aber das alles schien Nadji egal zu sein und ich begann, mir Sorgen um ihn zu machen. Er wurde ängstlicher und sah sich ständig um, wenn er ziellos durch die Straßen spazierte. Es fällt mir schwer, über diese Tage zu schreiben. Es waren Tage, an denen ich Angst hatte, ihn zu verlieren. Irgendwas schien ihn von mir wegzuziehen und die Angst, ohne ihn leben zu müssen, machte mein Herz schwer. Ich versuchte, mich möglichst viel zu beschäftigen, damit ich mir nicht ständig über diese schreckliche Vorstellung den Kopf zerbrechen musste.

Noch einen Vorteil hatte unser neues Haus: Es gab ein Fenster. Endlich konnte ich nachts das Fenster öffnen und mir die Gegend anschauen. Aber Nadji bestand darauf, das Fenster geschlossen zu halten und die Vorhänge zuzuziehen. Als Gründe nannte er entweder die Mücken, die dann ins Zimmer kämen, oder die Kälte. In Wahrheit machte ihm jedoch irgendetwas Angst, aber er wollte mir davon nichts erzählen.

„Okay, sowohl das Fenster als auch die Vorhänge bleiben geschlossen. Du weißt, dass ich dir immer zugestimmt habe. Ich bin bei dir. Das war ich von Anfang an und das werde ich immer sein“, sagte ich zu ihm.

Ich rollte meinen Nacken an seinem Arm entlang und fragte: „Was ist los mit dir? Wirst du auch für immer bei mir sein? Wirst du dich jemals aus irgendeinem Grund von mir trennen und weggehen? Ohne zu wissen wohin, einfach gehen. Jetzt kennst du dich ja mit dem Leben in der Stadt aus und du weißt, dass du mehr wert bist, als du gedacht hast. Würdest du unsere Beziehung beenden, so wie es in traurigen Liebesgeschichten geschrieben steht?“

„Ich habe noch nie ein Buch gelesen und ich weiß auch nicht, wie man traurige Bücher schreibt."

„Es ist ganz einfach. Einer verlässt den anderen, für immer. Ich will dich nicht verletzen, aber es ist immer der leidenschaftlichere und ärmere, der geht. Es ist nicht schwer zu erraten, warum das so ist. Vielleicht, weil er einfach nur arm war und keine anderen Möglichkeiten hatte, aus dieser Situation herauszukommen. Dazu noch ein bisschen Liebe und schon glaubt er, er wäre mehr verliebt als der andere mit vielen Möglichkeiten."

„Meinst du jetzt mich?", fragte er.

„Ja, genau dich meine ich."

„Wir werden für immer zusammen sein, bis der Tod uns trennt", sagte Nadji und lachte laut. Diese Worte waren das einzige Ziel meiner Ausführungen gewesen. Der schönste Satz der Welt. Allerdings war unser Leben nicht ganz so schön, wie ich gedacht hatte. Unser Unglück begann wahrscheinlich damit, dass sich Nadji ab und zu mit Kavoos traf und mir nichts davon erzählte. Er tischte mir sogar Lügen auf und meinte, er hätte ihn niemals gesehen.

An den Freitagen nach Amrollah Khans Tod gab es nichts anderes mehr zu tun, als zu Hause bleiben. Ausgehen an diesem Tag war zu einem gefährlichen Unterfangen geworden. Insbesondere nach der erfolgreichen Revolution und der Machtübernahme durch die Hisbollah. An Freitagen strömten die Menschen in Massen aus ihren Häusern und eilten zum großen Gemeinschaftsgebet. Es machte ihnen großen Spaß, andere genau ins Visier zu nehmen und einen Verdächtigen zu finden, den sie als „Konterrevolutionär“ anprangern konnten. War ein solcher erst einmal gefunden, wurde er krankenhausreif geprügelt und die johlende Meute zog triumphierend weiter. Trotz dieser Umstände ließ Nadji es sich nicht nehmen, hin und wieder auszugehen. Er sagte: „Wenn du möchtest, kannst du ja mitkommen und herausfinden, wohin ich gehe.“

„Na, und wohin gehst du?“

„Ich möchte zusehen, wie die Offiziere und die Polizisten des Schahs hingerichtet werden. Du weißt gar nicht, wie geil es ist, wenn man sie frühmorgens an die Wand stellt und erschießt.“

„Wie kannst du den Anblick genießen, wenn eine Gruppe Menschen, deren Hände und Beine gefesselt sind, im Kugelhagel getötet werden und ihr Blut die Straße überströmt?“

„Gefesselt? Erinnerst du dich nicht, wie oft sie uns in dieser Nacht auf den Kopf und ins Gesicht geschlagen haben? Damals waren sie nicht gefesselt.“

„Wie auch immer, solche Szenen anzuschauen ist nicht gut für die Gesundheit. Es beeinflusst den Geist und daraus könnten später Albträume entstehen. Du bist doch kein Mörder, der sich an solche Ereignisse gewöhnen soll.“

„Wenn es notwendig ist, dann darf man auch im Namen des Glaubens morden. Was soll damit nicht in Ordnung sein? Mit der Zeit gewöhnt man sich daran. Ein Mann sollte keine Angst vor Blut haben. Blut zu sehen macht tapfer.“

Ich wandte mein Gesicht von ihm ab: „Dann rede bitte nicht mit mir darüber. Sei alleine ein Mann und werde tapfer."

„Ich werde diese Hinrichtungen solange anschauen, bis ich einem Polizisten von jener Nacht begegne. Oh, mein Gott, könnte ich nur erleben wie er um sein Leben bettelnd an die Wand gestellt wird!" Dann fing er an, mit einem imaginären Sträfling zu reden und ihm Befehle zu erteilen, als stünde er gerade vor ihm: „Es ist zu spät, Kumpel. Stell dich jetzt ordentlich hin, damit die Kugel, die für dich bestimmt ist, keinen anderen tötet."

Er fing herzlich an zu lachen und ich fühlte mich dadurch ihm gegenüber seltsam, fremd und misstrauisch. Nadji veränderte sich und wurde aggressiv, es war eine gefährliche Entwicklung. Trotz seiner Worte über ewiges Zusammenbleiben dachte ich, dies wären die letzten Tage, an denen wir noch zusammen sind. Stille herrschte die meiste Zeit zwischen uns. Ich fragte mich, wie ich ihn wieder in ein normales Leben zurückbringen könne. Manchmal wachte er mitten in der Nacht auf, setzte sich rauchend ans Fenster und blies den Rauch durch die geschlossenen Vorhänge. Ich wusste nicht, woran er dachte.

Eines Tages stellte uns Sooren seinen Parteifreunden vor. Nach dem Mittagessen sagte er, wir sollten mit der Arbeit aufhören und uns für den Besuch bereit machen. Wir durften in seinem schönen Jeep mitfahren, und weil Kazem Agha nicht mit dabei war, konnten wir bei Sooren vorne sitzen. Wir fuhren an einen seltsamen Ort in der Stadt. Hinter einem Silo erstreckte sich ein Stadtviertel mit vielen Bäumen und ein paar Häusern, die von wohlhabenden Leuten bewohnt wurden. Unser Jeep fuhr durch etliche kleinen Gassen, passierte eine abgelegene gelbe Telefonzelle und hielt an einem Haus mit zwei hohen Palmen neben dem Eingangstor. Oberhalb des Torrahmens hing ein Schild mit der Aufschrift Revolutionstagesheim.

Wir stiegen aus und Sooren mahnte sogleich zur Eile. Er wollte nicht, dass wir uns den Ort genauer ansahen, stattdessen blickte er ständig nervös um sich und drängte: „Beeilt euch!“ Er führte uns durch eine braune Eisentür ins Haus. Wir kamen in eine große Halle, die mit Kinderspielzeug vollgestellt war. Durch das Fenster konnte man fünf oder sechs Kinder sehen, die im Garten spielten und von einem jungen Mädchen beaufsichtigt wurden. Sooren erklärte, dass zwar niemand etwas gegen diese Parteieinrichtung habe, es aber trotzdem besser wäre, vorsichtig zu sein. Darüber hinaus gab es in dem Raum noch ein paar schwarze Tafeln und jede Menge Kreide, Stifte und Notizbücher. Wir durchquerten die Halle und betraten einen weiteren, kleinen Raum, der wie ein Zeitungsbüro aussah. Auf den Tischen lagen mehrere Zeitungen und verschiedene andere Druckwerke. Die Wand war voll mit Zeitungsausschnitten. Kaum hatten wir damit begonnen, den Raum zu erkunden, kam auch schone eine Frau aus dem Untergeschoss herauf und begrüßte Sooren herzlich.

Das war Genossin Rudabeh. Später fanden wir heraus, dass es am Ende des Raumes eine Treppe gab, die in einen Keller führte, wo einige Leute arbeiteten. Was ging dort vor sich? Das sollten wir nicht erfahren, daher wurden wir auch nicht dorthin gebracht.

Genossin Rudabeh rückte einen Stuhl zurecht, setzte sich nieder und Sooren erzählte ihr, wer wir waren. Ab und zu kamen Leute vorbei, die im Keller arbeiteten. Alle waren sehr freundlich und gaben uns erfrischende Getränke mit Kohlensäure und viel Eis. Agha Safaa, ein Mann mit einem dichten Schnurrbart, bestand darauf, uns Bücher und Zeitungen zu schenken. Nadji hatte eine gute Ausrede, denn er konnte ja nicht lesen. Auch ich versuchte abzuwinken und entschuldigte mich damit, dass ich viel zu tun und gar keine Zeit zum Lesen hätte. Trotzdem überreichte mir der Mann ein paar Bücher und Zeitschriften, die ich dankend annahm. Genossin Rudabeh erzählte, dass sie viele Jahre lang Lehrerin gewesen sei und bereit wäre, Nadji Lesen und Schreiben beizubringen.

„Was für eine Gelegenheit, Kumpel“, sagte ich. „Du hast echt Glück.“

Nadji war mit dem Angebot einverstanden und lernte ab diesem Tag lesen und schreiben. Allerdings wurde der Unterricht bald zur Grundlage zahlreicher Lügen und zu einem perfekten Alibi für Nadji. Manchmal traf er sich mit Kavoos und erzählte mir dann, er wäre bei Genossin Rudabeh gewesen. Sooren hingegen mussten wir versprechen, Stillschweigen zu bewahren und niemandem davon zu erzählen, dass wir von diesem Ort wussten und dieses Haus aufsuchten. Wir erzählten tatsächlich nichts davon, bis zu dem Tag, an dem mein Leben von dieser Information abhängen sollte.

Eines Tages lud uns Sooren zum Mittagessen in sein Büro ein und erzählte, er habe Nadji als talentierten Geiger für die Musikgruppe der Partei empfohlen. Nadji war über diese Nachricht alles andere als erfreut. Zudem wirkte er, als wäre er gar nicht er selbst. Er sah verwirrt aus und antwortete auf alle Fragen lediglich mit „hmm“. Nach dem Mittagessen versuchte ich herauszufinden, was mit ihm los war. Vergeblich.

Wir hatten den Eindruck, dass Sooren mittlerweile über den Tod seiner Nichte hinweggekommen war: „Man muss an die Lebenden denken. Und an Jugendliche, wie ihr es seid. Man muss euch unterstützen, denn ihr seid das wichtigste Kapital dieses Landes und womöglich unsere zukünftigen Politiker.“

Es war klar, dass er uns darauf vorbereiten wollte, zwei junge Aktivisten für die Partei zu werden. Er sagte: „Es ist interessant, jeder von euch beiden hat unterschiedliche Talente, die die Partei und diese Nation bereichern könnten. Und wenn ich einmal tot bin, dann werdet ihr euch eines Tages an mich erinnern und mir danken, dessen bin ich gewiss.“

Eines Abends verließen die Arbeiter nacheinander die Druckerei. Naad Ali, der Hauswart und Wachposten der Druckerei, ging verstört herum und fragte die Leute: „Hast jemand von euch meinen Schlüsselbund gesehen, einen großen Schlüsselbund?“

Auch mit Soorens Hilfe konnten wir nichts finden und der Schlüsselbund, an dem sich auch der Generalschlüssel für die Eingangstür der Druckerei befand, blieb verschwunden. Naad Ali machte sich darüber große Sorgen.

Sooren hatte noch einen anderen Schlüssel und sagte: „Du hast ihn bestimmt irgendwo abgelegt und jetzt erinnerst du dich nicht mehr. Geh nach Hause und komm morgen früh wieder, dann wirst du ihn schon finden."

Für Naad Ali, der bereits viele Jahre in der Druckerei gearbeitet hatte, war der verlorene Schlüssel ein böses Omen. Er sagte: „Ich bleibe heute Nacht hier in der Druckerei und schlafe in irgendeiner Ecke."

„Mach dir bitte keine unnötigen Sorgen, Mann!", antwortete Sooren. „Du wirst älter und vergesslich. Das passiert uns allen."

„Ich bleibe trotzdem hier. Das ist besser und wir müssen vorsichtig sein."

Zu diesem Zeitpunkt konnte Naad Ali noch nicht ahnen, dass es nicht genügte, vorsichtig zu sein. Ansonsten hätte er in jener Nacht kein trauriges Ende im Feuer gefunden.

Am nächsten Tag klagte Nadji, er habe starke Kopfschmerzen und können nicht in die Druckerei kommen. Er sagte, er wolle zu Hause bleiben und sich ausruhen, daher ging ich alleine zur Arbeit. Zuerst fiel mir ein rotes Feuerwehrauto auf, dann sah ich die geschwärzten Mauern der Druckerei. Eine Leiche lag unter einer grauen Decke am Boden. Einige Leute standen in der Gegend herum, andere wollten die Druckerei betreten, aber eine Reihe von Arbeitern versperrte ihnen den Weg.

Ein Mann aus der Menge rief: „Jetzt ist nichts mehr zu machen, lasst uns reingehen, Bruder! Wir wollen die Spionagedokumente sehen, die diese Sowjetagenten da gedruckt haben."

„Welche Dokumente meinst du? Das war hier kein Agentennest, wo so etwas gedruckt wurde", sagte einer der Arbeiter.

„Wenn es kein Agentennest war, warum wurde es dann in Brand gesteckt? Hä? Es muss eins gewesen sein", behauptete eine andere Stimme.

„Der Besitzer war Armenier. Nur deshalb!"

„Das ist doch Grund genug. Was soll man da noch draufsetzen?" Ein Lachen ging durch die Menge und plötzlich, als wäre es zuvor geplant gewesen, stürmten einige Männer in das Gebäude. Die Eingangshalle der Druckerei war erfüllt von hitzigem Männergebrüll. Ich entdeckte Sooren, der in einer Ecke hockte und eine Zigarette rauchte. Ich ging auf ihn zu. Er hob den Kopf und sah mich schweigend an.

„Es ist Naad Ali, der dort liegt, nicht wahr?", fragte ich.

„Der Krankenwagen sollte bald kommen und ihn abholen, aber ich habe noch nichts gehört. Der arme Mann hat gedacht, er könne sie aufhalten. Ihr habt alle gesehen, dass ich nicht einverstanden war, dass er die Nacht in der Druckerei verbringt. Ich habe Naad Ali gewarnt, dass er hier nicht übernachten soll. Ich habe zu ihm gesagt, geh nach Hause und ruh dich aus. Aber er machte sich Sorgen und dafür musste er hier sein Leben lassen. Es war nicht meine Schuld."

„Möchten Sie etwas trinken, Herr Sooren?"

„Ja bitte, etwas Wasser."

Ich ging in einen Laden nebenan und kaufte eine Flasche Wasser für ihn. Dann setzte ich mich neben ihn auf den Boden.

„Wo ist Nadji?", fragte er und ich antwortete, dass er Kopfschmerzen habe und nicht kommen könne.

Er holte ein paar Pillen aus seiner Tasche und sagte: „Gib ihm diese Medikamente, wenn du nach Hause kommst. Die sind am besten gegen Kopfschmerzen."

Zuhause gab ich Nadji die Pillen. Er wollte wissen, warum ich schon so früh zurück war. Ich erzählte ihm, dass letzte Nacht einige Leute die Druckerei betreten und alles niedergebrannt hatten. Sie waren leicht hineingekommen, denn sie hatten den Generalschlüssel, der alle Türen öffnet. Es gab keine Anzeichen eines Einbruchs. Naad Ali hatte sie aufhalten wollen, aber sie warfen ihn ins Feuer. Nachdem sie ihr Werk vollendet hatten, schrieben sie an die Wände: Tod allen Kommunisten, die Ausländern dienen! Nieder mit der Sowjetunion!

„Es war offensichtlich, dass sie einmal kommen würden", sagte Nadji. „Sooren hätte sich darüber Gedanken machen sollen."

„Aber Sooren konnte sich das nicht vorstellen. Du hast ihn doch selbst gehört."

„Er war zu optimistisch. Ich meine, er hätte sich

Gedanken machen sollen, weil er doch Kommunist ist und lauter kommunistische Bücher und Zeitungen in dieser Druckerei gedruckt wurden. Ist das nicht so? Du bist gebildet und du weißt, dass das stimmt. Es waren Schriften, in denen Menschen aufgefordert wurden, Ausländern zu dienen. Das bedeutet, dass sie alles akzeptieren müssen, was die Ausländer sagen. Wozu diente die Revolution damals? Es sollte unabhängig von Großmächten sein, sei es Amerika oder die Sowjets. Ausländer ist Ausländer. Bist du nicht einverstanden? Ich bin sicher, du bist es."

„Ich habe mich nicht mit diesen Dingen beschäftigt und ich werde es auch nicht tun. Aber es war nicht fair, Sooren so etwas anzutun. Er ist ein netter Mann, der uns so sehr geholfen hat und gut zu uns war. Es ist nicht richtig, dass er ein solches Unglück erleben muss. Meinst du nicht? Ich bin sicher, du denkst genau wie ich!"

„Ich bin ahnungsloser als du jemals sein wirst. Mein Wissen reicht nicht aus, um an irgendetwas zu glauben oder nicht", antwortete er. Ich starrte ihm in die Augen. Da wurde er wütend und sagte: „Warum schaust du mich so an? Fahr zur Hölle, zusammen mit allen anderen."

Ich sagte nichts, denn ich wollte ihn nicht noch wütender machen. Außerdem wusste ich, dass er hungrig war, weil er zwei Tage lang nichts gegessen hatte. Vor lauter Angst hatte er keinen Appetit mehr. Also machte ich am Abend ein gutes Abendessen mit Fleisch, Frikadellen und gebratenen Tomaten, die er sehr mochte.

Wir aßen, ohne ein Wort zu sprechen. Vor dem Einschlafen sprachen wir noch ein wenig im Dunklen.

„Es wäre besser, jetzt von hier wegzugehen“, sagte ich zu Nadji.

„Wohin?“

„Einer der Arbeiter in der Druckerei kennt einen Schlepper und er wird mich zu ihm bringen. Er sagt, der Schlepper würde uns zuerst in die Emirate bringen. Dort bleiben wir ein paar Tage, dann geht es weiter nach Europa.“

„Und wie sollen wir das finanzieren? Woher sollen wir das Geld nehmen?“

„Du weißt doch, dass ich George gebeten habe, auf unser Geld aufzupassen. Wir sollten genug haben, um den Schlepper zu bezahlen und an einen sicheren Ort zu gelangen. Du hast auch etwas Geld, bestimmt genug für die Reise.“

„Um ehrlich zu sein, für mich ist es hier sicherer. Geh allein, ich bin nicht dabei. Wie soll ich das sagen? Ich komme nicht mit.“

Mit Nadjis Worten brach eine Welt für mich zusammen. Ich schauderte bei dem Gedanken, den Rest meines Lebens ohne ihn zu verbringen. Eine schreckliche Vorstellung. Ich hatte jedoch einen Hoffnungsschimmer, dass er seine Meinung ändern und doch noch mitkommen würde.

„Wie bist du plötzlich zu diesem Schluss gekommen? Ich dachte, wir würden bis zum Tode zusammenbleiben. Wir sollten wenigstens zusammen reisen.“

„Menschen ändern sich. Du brauchst dich nur

umzusehen, viele Menschen haben sich verändert. Und wenn du in deinem Land bleiben und arbeiten kannst, warum solltest du dann in die Fremde und ins Exil gehen? Noch dazu in Länder des Westens, wo Chaos herrscht und jeder nur an sich selbst denkt."

„Hat Kavoos dir diesen Mist beigebracht, den du da gerade erzählst? Glaubst du diese Lügen wirklich? Kannst du tatsächlich nicht verstehen, was für einen Charakter er hat? Jetzt hör mir mal gut zu, ich erkläre dir jetzt, was für ein Mensch er ist. Er wird eine Weile bei dir bleiben und sich amüsieren. Sobald er genug von dir hat, wird er dich an seine Kumpel weitergeben. Die werden einer nach dem anderen eine Weile bei dir bleiben und wenn sie dich satthaben, dann werden sie dich wegen moralischer Verkommenheit hinrichten lassen. So einfach ist das, du wirst schon sehen."

Er lachte nur, sagte aber nichts. Er deutete an, dass ich wohl eifersüchtig wäre und nur deshalb so reden würde.

„Wozu brauche ich dich überhaupt? Bin ich unfähig und brauche ich überhaupt einen Mitreisenden? Übrigens, es gibt so viele nette Menschen auf dieser Welt, mit denen man sich anfreunden kann. Ich werde schon jemanden finden, der mich zu schätzen weiß. Aber jetzt muss ich schlafen, denn morgen habe ich viel zu tun."

In der darauffolgenden Woche ging ich zu dem Schlepper. Er fragte, wie viele wir wären. Zuerst antwortete ich mit zwei, dann sagte ich, dass ich alleine wäre. Am Ende gab ich zu, dass ich mir noch nicht sicher sei. Der Schlepper schickte mich nach Hause und sagte, ich solle wiederkommen, wenn ich mir sicher wäre. Einige Zeit später, ich war mittlerweile von unserer Trennung überzeugt, sagte ich zu dem Mann, dass ich alleine gehen würde.

Der Treffpunkt mit dem Schlepper war ein Reisebüro. Nach ein paar Besprechungen teilte er mir schließlich mit, wann und von wo ich abreisen würde. Zwei Drittel der Kosten waren sofort zu begleichen, der Rest musste nach der Ankunft in den Emiraten bezahlt werden. Dann tauschte ich alles Geld, das noch übrig war, in US-Dollar um. Mir wurde nämlich gesagt, dass iranisches Geld auf der anderen Seite des Golfs keinen Wert habe. Das war auch richtig. Nadji erzählte ich nichts von meinen Reisevorbereitungen. Aber auch er erzählte mir nicht, welche Pläne er nach meiner Abreise hatte. Das Zimmer kündigten wir mit Monatsanfang beim Vermieter, denn auch Nadji hatte beschlossen, nach meiner Abreise wegzuziehen. Er sagte aber nicht, wohin er gehen wolle, aber ich vermutete, dass er an einen Ort ziehen würde, den Kavoos für ihn arrangiert hatte.

„Gott sei Dank, du hast einen guten Beschützer", sagte ich zu Nadji. „Jemand, der dich sehr liebt und der auch Verbindungen zum neuen Establishment hat. Ich wünsche dir von ganzem Herzen viel Glück."

Er antwortete nicht darauf und ich hatte das Gefühl, gegen eine Wand zu reden. Weinen konnte ich nur alleine, wenn er nicht da war. Wir lebten zwar unter einem Dach, aber in Wahrheit waren wir die letzten drei Wochen bereits getrennt. Tagsüber ging er aus dem Haus und ich wusste, dass er seine Zeit mit Kavoos und dessen Kumpeln teilte. Die Nächte verbrachten wir in vollkommener Stille. Für mich war er schon so gut wie weg. Er war gegangen und hatte nichts mehr mit mir zu tun. Und ich rechnete auch nicht mehr damit, dass er noch einmal zurückkäme.

Seit einer ganzen Weile hatte Nadji seinen Bart nicht mehr rasiert und auch sein übriges Äußeres vernachlässigt. Er trug hässliche Kleidung, wie Kavoos und seine Kumpel. Auch seine Haare, die ich so sehr geliebt hatte, waren komplett abrasiert. Ihn mit einer Glatze zu sehen, machte mich sehr wütend. Dummerweise hatte ich ihm verschiedene Shampoos gekauft, damit er seine Haare pflegen konnte. Aber das schien ihn überhaupt nicht zu interessieren, denn er verwendete nur eine einzige Seife, um seinen Körper und seine Haare zu waschen. Ich wollte mich nicht mehr einmischen, obwohl es mir immer noch wichtig war, wie er sich anzog. Ich hatte mir angewöhnt, seine Kleidung für ihn auszusuchen, sie zu waschen, zu bügeln und für ihn bereit zu halten. Das hatte mir viel Freude gemacht, aber jetzt wurde es mir vorenthalten. In jener Nacht konnte ich mich aber nicht zurückhalten und ich bin froh, dass ich mich nicht zurückgehalten habe. Ich sah, dass er spät nach Hause kam und sich mit seinem staubigen Gewand und ohne Umziehen ins Bett legen wollte.

„Es geht mich zwar nichts an, aber es ist nicht richtig, in diesen staubigen Klamotten zu schlafen. Der Staub kriecht dir beim Schlafen in die Kehle und dir wird übel."

„Das ist schon okay, ich werde morgen früh was anderes anziehen", entgegnete er.

Ich stieg aus dem Bett, holte ein sauberes Hemd aus dem Kleiderschrank und reichte es ihm: „Zieh das an."

Er zögerte und wollte das Hemd, das er gerade anhatte, nicht ausziehen. Ich wurde neugierig und bestand darauf, dass er es auszog. Dann sah ich, dass er eine große frische Wunde an seinem Arm hatte, als ob ihn jemand über das Straßenpflaster geschleift hätte. Ich rief: „Diese Wunde muss sofort versorgt werden, sonst entzündet sie sich."

Ohne ihn zu fragen, machte ich etwas Wasser heiß, reinigte damit die Wunde und desinfizierte sie mit alkoholgetränkter Watte. Zwischen den Zeilen fand ich heraus, dass Kavoos ihn zu einer Straßenprügelei mit den Kommunisten mitgenommen hatte und dass Nadji in eine Ecke gedrängt und zusammengeschlagen worden war.

„Warum tust du das? Weißt du überhaupt, was Kommunisten sagen und wollen?", fragte ich.

„Natürlich weiß ich das."

„Okay, dann kannst du es mir bitte auch erklären?"

„Nichts. Sie wollen diese Gesellschaft nur moralisch untergraben."

Darüber musste ich lachen. Dann antwortete ich: „Okay. Jetzt pass nur auf, dass du heute Nacht nicht auf dieser Wunde rollst. Sie sollte bis morgen austrocknen." Dann begann ich langsam auf ihn einzureden, denn ich wollte ihn immer noch davon abhalten, auf die wirren Ideen von Kavoos und seiner Gang hereinzufallen. Es nützte aber nichts und tatsächlich entschied sich Nadji, nicht mit mir zu kommen. Ich fragte: „Siehst du hier wirklich eine glänzende Zukunft für dich, in einem Land, wo nicht einmal klar ist, was uns noch bevorsteht?“

„Dieser Ort ist voller Hoffnung, überall ist Licht“, sagte er. „Wenn du deine Augen öffnen würdest, dann könntest du das Licht überall in diesem Land sehen. Es ist das Land des Lichts geworden.“

Ich hatte nicht die nötige Geduld, um mit ihm darüber zu diskutieren: „In Ordnung. Pass nur gut auf, dass keiner der Brüder in deine Tasche greift und dir dein Licht wegnimmt. Oder dass dieses Licht wie ein Stromschlag auf dich niederfährt und dich vernichtet.“

„Was meinst du damit?“

Der Monat neigte sich dem Ende zu und wir mussten voneinander Abschied nehmen. Wir packten unsere Habseligkeiten und ich stopfte meine Sachen in einen Rucksack. Ein Taxi sollte mich um neun Uhr morgens am oberen Ende unserer Gasse abholen und zu einem Dorf nahe der Grenze bringen. Dort würde ich mich einigen Leuten anschließen, die wie ich das Land verlassen wollten.

„Ich werde dir helfen und dein Gepäck bis zum Taxi tragen“, sagte Nadji.

„Aber es ist noch zu früh.“

Wir sahen einander an. Hätte es etwas bewirkt, dann hätte ich ihn angefleht, seine Meinung zu überdenken und mit mir zu kommen. Noch immer starrten wir einander an und es sah aus, als wollte er mich ein letztes

Mal umarmen. Oder war das nur mein Gefühl? Plötzlich klopfte es an der Zimmertür. Wir wussten, dass außer uns niemand im Haus war. Die Arbeiter, die in den anderen Räumen wohnten, waren entweder in ihren Dörfern oder sie hatten das Haus bereits früh am Morgen verlassen. Dass gerade jetzt jemand vor unserer Tür stand, war seltsam und unheimlich. Aber vielleicht war das auch nur meine Angst, denn Nadji war offensichtlich weniger beunruhigt. Er ging zur Tür und fragte: „Wer ist da?"

Der Typ hinter der Tür antwortete nicht, sondern stieß mit seinen schwarzen und furchterregenden Stiefeln die Türe auf. „Gott gebe euch Kraft, Brüder. Entschuldigung, dass ich unangemeldet hereinplatze. Aber ich will diesen jungen Mann abholen und muss so schnell wie möglich wieder los."

Das war niemand anderer als Kavoos, und mit dem jungen Mann war natürlich Nadji gemeint. Kavoos war die einzige Person, an die ich in diesem Moment nicht gedacht hatte. Mir war, als ob Satan persönlich ihn gesandt hatte, um alles noch schlimmer zu machen. In seinen Augen konnte ich sehen, dass Nadji und ich das Ende unseres Weges erreicht hatten. Welcher Weg das war, das wusste ich noch nicht. Kavoos stand mitten im Raum und sagte zu mir: „Gute Reise! Nadji hat mir erzählt, dass du abreisen wirst, aber er hat nicht gesagt wohin. Also, wo auch immer du hingehst, Gott soll dich schützen. Inschallah! Hast du einen guten Grund?"

Ich versuchte ruhig zu bleiben und sagte: „Ich gehe nach Bandar Abbas. Ich habe dort ein paar Freunde, die einen guten Job für mich gefunden haben."

„Du könntest wenigstens den ersten Frühling der Freiheit in deiner Stadt verbringen und mit deinen Mitbürgern feiern", antwortete Kavoos. „Wer hätte gedacht, dass es unseren ungläubigen Schah einmal so kalt erwischen würde. Der Hurensohn sah keinen anderen Ausweg mehr als die Flucht."

„Bandar Abbas ist doch auch eine Stadt in diesem Land. Dort ist es auch nicht anders."

„Bravo! Das hast du aber sehr klug ausgedrückt. Gott helfe dir, Bruder."

Draußen fühlte es sich an wie Frühling und mir fiel auf, dass es in diesem Jahr kaum kalt gewesen war. Niemand hatte die Kälte des Winters gespürt, die Leute waren vielmehr jeden Tag auf der Straße und schrien laute Parolen wie: „Der Schah soll erblinden, die Kälte soll uns wärmen!" Hatte es gar keine Kälte gegeben oder hatten wir sie in der Hitze der Revolution nicht wahrgenommen?

Auch Nadji und ich waren oft auf der Straße gewesen. Es war jener Winter, in dem der Schah das Land verlassen hatte. Am Abend vor seiner Abreise sahen wir ihn im Fernsehen. Menschen, die keine Fernsehgeräte zu Hause hatten, stürmten die Kaffeehäuser und wollten alles auf den Bildschirmen mitverfolgen. Ich ging mit Nadji in das große Kaffeehaus am Hauptplatz. Wir mussten immer wieder eine Tasse Tee bestellen, sonst hätte uns der Kellner rausgeworfen. Im Fernsehen sahen wir den Schah in seiner Uniform und mit allen militärischen Abzeichen und Medaillen. Er hielt eine

Rede, weinte und entschuldigte sich bei der Bevölkerung. Offenbar wollte er um Vergebung flehen, ohne zu wissen, dass es schon zu spät war. Am darauffolgenden Tag prangte auf allen Zeitungen dieselbe Schlagzeile: Der Schah ist fort. Die Leute feierten auf den Straßen und schwenken die Zeitungen durch die Luft. Manche hatten die Schlagzeile händisch ausgebessert: Der Schah ist geflüchtet. Autos hupten und Menschen brüllten vor Freude. Einige Leute schwenkten einander Süßigkeiten. Andere tanzten auf Autodächern.

Was sich auf den Straßen abspielte, war ein Vorgeschmack auf die Ankunft des Imams, der aus dem Exil zurückkehrte. Es war noch immer Winter und nicht nur die Teehäuser, sondern auch alle anderen Geschäfte hatten ihren Fernseher mit voller Lautstärke eingeschaltet. Alle wollten mitansehen, wie das Flugzeug mit dem Imam auf dem Flughafen von Teheran landete und wie sich die Straßen vom Flughafen bis zum Behesht-e-Zahra-Friedhof mit Menschenmassen füllten. Kaum hatte das Fahrzeug des Imams die Straße erreicht, wurde es auch schon hochgehoben und von den Leuten zum Friedhof getragen. Ich fragte mich, warum sie ihn ausgerechnet zum Friedhof brachten. Mir wurde gesagt, er wolle dorthin, um die Märtyrer zu würdigen. Kaum angekommen, sprach er auch schon zur versammelten Menge. An diesem Tag konnten Nadji und ich nur Ausschnitte der Berichterstattung sehen; Menschen, die auf Landung warteten oder Geistliche, die den Imam am Flughafen empfingen. Wir gingen zum Marktplatz, wo man sich hinsetzen und die ganze Live-Sendung mitverfolgen konnte. Aber dann sahen wir das Mädchen mit den kurzen Haaren.

„Schau mal Nadji! Ist das nicht das Mädchen, das dir das Weidenbäumchen geschenkt hat?"

„Ich glaube schon. Aber warum steht sie ganz allein auf dem Platz? Und wo ist ihre Freundin, Parvaneh?"

„Sie sieht aus, als ob sie Angst hätte. Vielleicht wartet sie auf ihre Freundin."

„Ist es okay, wenn ich sie frage, was sie hier macht?"

„Ist es okay, wenn ich dich dabei begleite?"

Wir gingen zu ihr und begrüßten sie. Sie freute sich, uns wiederzusehen. Ihr ganzer Körper war von einem langen Kleid verhüllt, außer ihren kurzen schwarzen Haaren. Es sah aus, als suche sie jemanden. Unsere Vermutung war richtig, sie wartete tatsächlich auf Parvaneh, aber sie hatte nicht allzu große Hoffnungen, dass sie auch kommen würde. Sie sagte: „Ich denke, es gibt zwei Gründen, warum sie heute nicht kommen wird. Erstens liebt sie es, vor dem Fernseher abzuhängen und zweitens ist sie nicht einverstanden mit meinen Plänen. Sie will sich aber nicht einmischen und denkt, dass ich es bald bereuen werde. Allerdings weiß sie nicht, wie wild entschlossen ich bin, die Sache heute hinter mich zu bringen."

„Entschuldige, was willst du denn machen?", fragte ich.

Sie schaute auf ihre Uhr und sie sah blass aus: „Sie wird nicht kommen." Dann blickte sie sich um sagte: „Ich rufe sie noch einmal an. Wenn sie kommt, warte ich auf sie. Wenn nicht, dann gehe ich alleine. Ich habe die Adresse und werde den Weg schon irgendwie finden."

Wir hatten keine Ahnung, wovon sie sprach. Sie bat uns, mit ihr zur öffentlichen Telefonzelle am anderen Ende des Hauptplatzes zu gehen. Sie rief Parvaneh an, aber niemand hob ab. Wütend hämmerte sie auf den Hörer, kam aus der Telefonzelle und sagte: „Dieses Flittchen!"

„Was ist denn los?", fragte Nadji.

„Wir kennen nicht mal deinen Namen", sagte ich.

Sie antwortete: „Mehri", und war kurz davor, in Tränen auszubrechen. „Okay, dann gehe ich eben alleine. Ich muss ein Taxi finden."

Ich hätte sie am liebsten stehen lassen und wäre so schnell wie möglich in ein Kaffeehaus gegangen, aber Nadji wollte unbedingt bei ihr bleiben und wissen, was da vor sich ging. Außerdem wollte er unbedingt helfen. „Möchtest du, dass wir dich begleiten?", fragte er. „Für uns wäre es in Ordnung, wir haben nichts Wichtiges zu tun." Dann sah er mich an: „Oder doch?"

„Wir sind den ganzen Weg gekommen, um im Kaffeehaus zu sitzen und die Ankunft des Imams live im Fernsehen zu erleben", sagte ich. „Jetzt sagst du, dass wir nichts Wichtiges zu tun haben. Gibt es etwas Wichtigeres als das?"

„Ach, das wird man noch hundertmal im Fernsehen sehen, das weißt du doch", sagte Nadji.

„Was bist du nur für ein dummer Kerl. Ich habe dir doch gesagt, dass es eine Live-Sendung ist. Und die wird gerade jetzt übertragen."

Mehri sah Nadji und mich abwechselnd an und sagte schließlich: „Ich habe euch nicht darum gebeten, mit mir zu kommen. Ich gehe alleine."

„Außerdem wissen wir doch gar nicht, wohin du gehen willst. Ich meine, es geht uns ja auch nichts an."

„Ich will zu einem Stadtviertel in der Nähe vom Friedhof."

„Friedhof?"

„Nein, nicht direkt. Es ist auf dem Weg zum Friedhof, eigentlich davor." Sie zeigte uns ein Stück Papier, das sie aus ihrer langen dunkelblauen Manteltasche gezogen hatte.

Nadji beugte seinen Kopf zu dem Zettel, als könnte er lesen, was da geschrieben stand. Ich wollte ihn auf den Arm nehmen und sagte: „Okay, dann lies vor und sag, ob du diese Adresse kennst." Er verstand den Scherz über seinen Analphabetismus und überließ es mir, die Adresse laut vorzulesen. Dann sagte Nadji, er wisse, wo das sei. Was wir aber noch nicht wussten: Warum wollte Mehri überhaupt dorthin und was hatten wir damit zu tun? Das war nach wie vor unklar, aber ich musste mitmachen, denn ich wollte Nadji einen Gefallen erweisen.

Unterwegs erzählte uns Mehri, was eigentlich los war. Leise hörten wir zu, wie sie schluchzend erzählte und fragte: „Wisst ihr, was eine Abtreibung ist?"

Nadji hatte noch nie etwas davon gehört, also musste ich es ihm kurz erklären. Ich fragte Mehri, von wem denn nun die Rede sei und sie antwortete, dass sie selbst schwanger sei. Sie wolle aber das Baby, das sie von ihrem

Mann Saeed im Bauch trug, nicht zur Welt bringen. Ihre Ehe wäre in eine Sackgasse geraten und sie hätte keine andere Wahl, als die Scheidung einzureichen.

„Sollte dieses Kind auf die Welt kommen, dann wäre ich deswegen für immer von Saeed abhängig und müsste jede Erniedrigung über mich ergehen lassen. Ich weiß auch, dass er mir mit dem Sorgerecht für das Kind Probleme machen wird. Er ist der Mann und der Vater, daher gibt ihm das Gesetz jegliche Entscheidungsgewalt über das Kind. Sogar wegen des Besuchsrechts müsste ich ihn und seine Familie anflehen. Nein! Parvaneh versteht das nicht. Ich weiß es aber aus Erfahrung, von meiner Mutter und meinem grausamen Vater. Ich habe miterlebt, was diese arme Frau nach ihrer Scheidung durchgemacht hat. Mein Vater hat mich zwar nicht schlecht behandelt oder finanziell vernachlässigt, nein, aber meine Mutter hat er verletzt, so oft er nur konnte. Angeblich liebte er sie, das hat er zumindest behauptet. Als ob Männer wüssten, was Liebe ist. Verzeiht mir, ihr seid nicht gemeint. Ich spreche nur von Männern wie meinem Vater oder meinem Mann. Mein Mann hat sich ein Brandzeichen auf der Stirn verpassen lassen, so groß wie ein Gebetssiegel. Jetzt kann er behaupten, seine Stirn wäre vom ständigen Beten vernarbt. Er soll mit seinen Gebeten zur Hölle fahren, denn er hat nicht mal Respekt vor der eigenen Ehefrau und kann nicht aufhören, sie zu erniedrigen."

„Das ist nicht die Adresse von einem Krankenhaus. Was für eine Adresse ist das?", fragte ich.

„Heutzutage kann man so etwas nicht mehr in einem

Krankenhaus machen lassen, dazu ist es viel zu gefährlich. Die Lage ist angespannt und aufgeheizt. Ich war bei ein paar Ärzten und sie haben mir gesagt, sie hätten Angst, denn nach islamischem Recht gilt eine Abtreibung als schweres Verbrechen, wie Mord. Sollte ein derartiger Eingriff ans Tageslicht kommen, dann würden ihre Praxen zur Zielscheibe der Hisbollahi werden. Gemeinsam mit Parvaneh bin ich zuletzt dort gewesen und eine Krankenschwester hat mir die Telefonnummer einer Hebamme gegeben. Es wäre zwar illegal, aber für viel Geld könne sie mir helfen. Telefonisch haben wir für heute einen Termin vereinbart. Sie wartet jetzt auf mich und ich muss zu ihr, um die ganze Sache hinter mich zu bringen.“ Mehri wollte nicht alleine sein, daher sollten wir mitkommen. Nadji wollte sie begleiten. War es Mitleid oder Zuneigung? Eindeutig Mitleid!

„Wäre es nicht besser, auf Parvaneh zu warten?“, fragte ich. „Immerhin ist sie eine Frau und kann mit so einer Situation bestimmt besser umgehen.“

„Sie hat die Adresse. Wenn sie will, dann kann sie auch kommen.“

Mir blieb nichts anderes übrig, als mit dieser Frau und Nadji mitzukommen. Nadji rief ein Taxi und erklärte dem Fahrer, wo es hingehen sollte. Der Fahrer sah Mehri an und sagte: „Ich habe kein Problem damit, aber ich muss an die Sicherheit meines Autos denken, Jungs. Gerade jetzt fahren viele Leute in Richtung Friedhof, um von dort die Rede des Imams zu hören.“ Nadji unterbrach den Mann: „Aber der Imam hält seine Ansprache nicht auf diesem Friedhof.“ Diesmal fiel ihm der Taxifahrer ins Wort: „Das weiß ich selbst, junger Mann! Aber die Menschen glauben nun mal, dass sie mehr Savab bekommen, wenn sie seine Rede auf irgendeinem Friedhof anhören."

Nadji lachte: „Meister, wollen Sie mich auf den Arm nehmen? Kann man denn die Stimme des Imams auch in tausendzweihundert Kilometer Entfernung hören?"

Ich stand neben Nadji und der Taxifahrer schaute mich entgeistert an: „Dein Freund ist wohl gerade aus einer Wüstenhöhle rausmarschiert. Offensichtlich hat er keine Ahnung, dass Bilder und Stimmen im Radio oder Fernsehen übertragen werden können, auch wenn sie hunderte von Kilometern weit weg sind." Dann lachte er und meinte: „Ich hätte nichts dagegen, wenn sich eure Schwester einen Schleier anlegt, damit sie nicht die Aufmerksamkeit fanatischer Männer auf uns zieht. Wenn ihr damit einverstanden seid, könnt ihr einsteigen."

„Er hat recht, Jungs", meinte Mehri. „Es war dumm von mir, das Haus mit offenen Haaren und ohne Kopftuch zu verlassen."

„Was ist mit Djamils Kufiya? Ist es in Ordnung, wenn sie damit ihre Haare bedeckt?", fragte Nadji. Ich trug die rotweiße Kufiya, die er mir am Beginn unserer Freundschaft geschenkt hatte, um den Hals. Ich war verwirrt und wusste nicht, was ich sagen oder machen sollte.

„Beeil dich", sagte der Fahrer.

Wir stiegen ins Taxi, ich nahm die Kufiya ab und gab sie widerwillig Mehri, die damit ihren Kopf bedeckte.

Dann machte sie sich im Fahrerspiegel zurecht. Während der ganzen der Fahrt sang der Fahrer ein Lied. Nadji war sehr aufgeregt und ich flüsterte ihm ins Ohr, sodass Mehri es nicht hören konnte: „Vergiss nicht, das Taxi geht auf ihre Rechnung!“ Ich lachte, als hätte ich gerade etwas Lustiges in Nadjis Ohr gemurmelt. Er aber lächelte traurig. Trotzdem bezahlte er dann für das Taxi. Später antwortete er auf meinen Protest: „Es hätte sich nicht geschickt, wenn zwei erwachsene Männer zuschauen, wie eine Frau für sie bezahlt. Oder?“

„Sind wir denn zu einer Party von meiner Tante oder zu deiner Großmutter gefahren, sodass wir selbst bezahlen müssen?“, entgegnete ich.

Das Haus, das wir suchten, war ein altes Gebäude. Eine junge Frau öffnete die Tür. Ihr Gesicht war bedeckt mit Aknenarben. Mehri stellte sich vor und wir wurden eingelassen. Wir gingen am Garten vorbei und betraten eine große Halle mit ein paar Stühlen und einem kleinen Fernseher auf einem Tisch. Kurze Zeit später kam eine große und männlich wirkende Frau durch eine niedrige Tür am Ende des Raumes und fragte mit tiefer Stimme: „Gehören diese Männer auch zu dir?“

„Sie sind meine Cousins und ich brauche ihre Unterstützung“, sagte Mehri.

„Ich hoffe, du hast das Geld dabei.“

„Selbstverständlich“, antwortete Mehri und drückte ihre Tasche an die Brust.

„In Ordnung, dann komm rein mit deinem Geld, aber ohne deine Cousins.“

Mehri sah uns erschrocken an und folgte der Hebamme durch eine Tür, die eher wie der Eingang zu einer Höhle aussah. Im Fernsehen lief gerade die Live-Übertragung von der Ankunft des Imams aus Teheran. Wir konnten nichts hören und wagten auch nicht, den Fernsehapparat lauter zu stellen. Sein Flugzeug näherte sich der Landebahn des Flughafens, wir aber hörten nur die Stimme der Hebamme, die befahl: „Zieh dich aus! Mach dich ganz frei!"

Eine junge Frau kam mit einem Tablett, auf dem sich zwei Gläser Tee und ein paar Zuckerwürfel befanden, zu uns. Der Tee war für uns und wir nahmen ihn dankend an. Dann baten wir sie, den Ton des Fernsehers lauter zu stellen, aber sie sagte, dass sie dafür die Erlaubnis der Hebamme einholen müsse, die aber gerade beschäftigt sei und nicht gestört werde dürfe. Das Flugzeug war gelandet, und das Fernsehen zeigte Bilder von Menschen auf der Straße, von tränenüberströmten Gesichtern der Geistlichen, die vor Glück weinten, und Menschen, die auf den Schadyad-Platz tanzten. Plötzlich hörten wir einen gedämpften Schrei aus dem Nebenzimmer und die Stimme der Hebamme, die sagte: „Was ist denn los?"

Mehris mürrische Antwort konnten wir nicht verstehen, dafür das Gebrüll der Hebamme: „Das hättest du dir früher überlegen müssen, bevor du die Beine für diesen Typen breitgemacht hast!"

Die Flugzeugtür ging auf und eine Zeitlang war es ganz still. Die junge Frau hatte den Raum wieder verlassen und wir konnten niemanden bitten, den Fernseher lauter zu schalten. Wir mussten also weiterhin ohne Ton auskommen, denn wir hätten nicht gewagt, die Lautstärke zu verstellen. Endlich kam der Imam aus dem Flugzeug und gleichzeitig ertönte Mehris Schrei aus dem Raum daneben. Gleich darauf hörten wir die Hebammenstimme: „Wenn du dich so anstellst, dann kann ich meinen Job nicht machen." Wieder war es still.

„Was hast du gesagt?", fragte die Hebamme.

Der Pilot nahm die Hand des Imams und führte ihn über die Treppe des Flugzeugs.

Mehri heulte und die Hebamme ätzte: „Ach, diese Mädchen von heute!"

Der Flughafen war voll von Reportern und Fotografen, die ständig fotografierten. Plötzlich klopfte es an der Tür. Jetzt hatten wir richtig Angst und wussten nicht, was wir tun sollten. Wir vernahmen die Schritte der jungen Frau, die die Tür öffnete und Parvaneh hereinführte. Sie trug einen schwarzen Schleier und war völlig außer Atem. Die junge Frau hatte das Zimmer wieder verlassen und Parvaneh war überrascht, uns zu sehen. Sie setzte sich zu uns und ich erklärte ihr mit leiser Stimme, wann und wo wir Mehri getroffen hatten. Sie antwortete, dass sie nicht zum vereinbarten Treffpunkt gekommen war, weil sie bis zuletzt gehofft hatte, dass Mehri ihre Meinung ändern und das Baby behalten würde. Die junge Frau brachte Parvaneh Tee und es herrschte wieder lange Zeit Stille.

„Wo ist ihr Ehemann?", fragte ich Parvaneh, die auf den Fernseher starrte.

„Du meinst Mehris Ehemann?"

„Ja."

„Den habe ich auch schon gesucht. Merkst du nicht, wie ich auf den Fernseher glotze? Aber ich kann ihn nirgends finden."

Nadji wunderte sich über Parvanehs Worte. Im Fernsehen waren Leute zu sehen, die das Auto des Imams auf Händen trugen.

„Anscheinend wollen uns heute alle für blöd verkaufen, oder?" meinte Nadji.

„Ich sicher nicht! Bei Gott, ich mache keine Witze! Hat Mehri euch nicht selbst gesagt, wohin ihr lieber Saeed gefahren ist?" Von uns kam keine Antwort, daher fuhr Parvaneh fort: „Er ist nach Teheran gefahren, um die Ankunft des Imams persönlich zu erleben. Er sagte, er wolle dahin und mit seiner Hand das Auto berühren, um gesegnet zu werden." Wir schauten auf den Bildschirm und suchten nach Mehris Mann. Das war natürlich sinnlos, denn wir hatten ihn niemals kennengelernt.

„Touran! Wo bist du denn?", rief in diesem Moment die Hebamme.

Die junge Frau kam, warf uns einen flüchtigen Blick zu und ging ins Nebenzimmer.

„Hilf ihr aufstehen und bring sie raus. Dann komm wieder zurück und mach sauber!", befahl die Hebamme.

Dann wandte sie sich an Mehri: „Steh auf, liebes Mädchen, zieh dich an und geh. Es ist alles erledigt."

Wir standen auf. Das Auto des Imams hatte mittlerweile den Friedhof erreicht. Die Hebamme kam aus dem Zimmer und zählte ein Bündel Geldscheine. Parvaneh rannte zu ihr und fragte: „Darf ich ins Zimmer und sie sehen?"

Die Hebamme hörte auf das Geld zu zählen und schaute Parvaneh fragend an: „Was willst du im Zimmer machen? Sie kommt doch gleich raus. Wie viele Verwandte hat sie denn noch zu diesem kleinen Eingriff mitgebracht?" Sie überprüfte, ob die Türe gut verschlossen war, begann wieder mit dem Geldzählen und verließ den Raum. Wir standen noch immer da. Das Auto des Imams näherte sich dem Friedhof von Teheran, der zu diesem Zeitpunkt wohl der überfüllteste Ort der Welt war. Schwach und erschöpft kam Mehri aus dem Zimmer, sah uns an und lächelte. Sie war überglücklich, Parvaneh zu sehen, und lief auf sie zu und umarmte sie. Parvaneh half ihr, sich auf einen Stuhl zu setzen. Mehri ruhte sich einige Minuten aus, dann kam auch schon Touran und verlangte von uns, so schnell wie möglich zu verschwinden. Sie sagte, eine andere Kundin warte bereits auf die Hebamme. Parvaneh half Mehri in den Hof zu gehen und wusch ihr das Gesicht mit Wasser aus einem kleinen Becken. Die Hebamme fragte uns, wo wir unser Auto geparkt hätten. Da wir kein Auto hatten, sagte Nadji, dass er zur Straße gehen und ein Taxi rufen wolle, das uns dann alle abholen könne. Das lehnte die Hebamme entschieden ab. Sie sagte, dass wir unter keinen Umständen ein Taxi oder irgendein anderes Auto zur Tür ihres Hauses bringen dürften. Wir hatten also keine andere Wahl, als Mehri zu tragen und ein Taxi zu suchen, das uns in die Stadt bringen konnte. Unterwegs bedankte sich Mehri immer wieder bei uns. Nadji fragte sie nach ihrer Adresse oder Telefonnummer, aber Mehri gab ihm keine Antwort und fragte stattdessen, wie es dem Weidenbaum gehe und ob er schon gewachsen sei. Sie fragte auch, ob der Besitzer der Farm nicht dagegen sei, ihn dort anzupflanzen. Nadji fühlte sich zunehmend unwohl, beantwortete aber alle ihre Fragen. Wir erreichten den Marktplatz und Parvaneh machte uns klar, dass wir nicht mehr gebraucht wurden. Sie sagte, sie wolle Mehri mit demselben Taxi zu ihrer Wohnung bringen, damit sie sich ausruhen könne. Dann fragte sie uns, was denn unser Plan wäre. Nadji verstand nicht, was Parvaneh damit meinte und bestand darauf, mit ihnen zu gehen und sie nicht allein zu lassen. Ich sagte, unser Plan sei, ins Kaffeehaus zu gehen und die Rede des Imams zu hören.

„Dann erzähl uns bitte später, was er gesagt hat", lachte Mehri.

„Das werde ich", sagte ich.

„Wann?", fragte Nadji.

„Das nächste Mal, wenn wir uns sehen", sagte Mehri. Sie hustete und das Sprechen schien ihr immer noch schwerzufallen.

„Wann?", fragte Nadji noch einmal.

„Ich werde es dir sagen, mein lieber Nadji", sagte ich. „Jetzt steig bitte aus dem Auto. Die Damen müssen schnell nach Hause, denn sie haben noch viel zu tun."

Die Mädchen lachten und bedankten sich abermals.

Wir stiegen aus dem Auto und es brauste davon, während die Mädchen uns zuwinkten und lächelten.

„Du scheinst in diese Schlampe verliebt zu sein."

„Was, ich soll in eine Frau verliebt sein? Bin ich ein Depp? Ich mochte nur ihre Gesellschaft. Frauen sind gut für Unterhaltung und zum Rumalbern, nicht wahr?" sagte Nadji.

„Hast du gesehen, was gerade passiert ist?", fragte ich plötzlich.

„Was denn?"

„Sie haben meine Kufiya mitgenommen."

Wir gingen durch die Straßen und aßen Süßigkeiten, die uns vorbeikommende Menschen schenkten. Zunächst war Nadji traurig, weil Mehri nicht mehr da war, aber schon bald hatte er sie vergessen und wir versuchten, uns ein wenig zu amüsieren. Tatsächlich lachten wir sehr viel an diesem Tag. Wie konnte man nicht glücklich sein, wenn die Leute fröhlich tanzten und auf der Straße auf und ab hüpften und versuchten, glücklich zu bleiben? Aber wie lange würde dieses Glück anhalten? Und wie konnte es kommen, dass sich Glück und Leidenschaft so schnell in Kummer und Trauer verwandelten? Zunächst für einige wenige, dann für sehr viele.

Kavoos stand immer noch mit seinen großen schwarzen Stiefeln und selbstgerechter Miene in unserem Zimmer und verkündete: „Übrigens, die Feier des ersten Frühlings in Freiheit soll sehr schön werden. Allerdings nur, wenn es diese frischgebackenen Baby-Kommunisten nicht versauen." Dann sagte er zu mir: „Ich hoffe, du wirst glücklich und gesegnet sein, wo immer du auch hingehst." Dann wandte er sich zu Nadji: „Wir müssen uns beeilen. Wo sind deine Sachen?"

Nadji packte seine Habseligkeiten und sagte: „Ich habe nur diesen Rucksack."

„Nur das? Wo ist die Geige? Man muss sehr aufpassen, dass die Brüder auf der Straße das Instrument nicht sehen. Ihr müsst wissen, sie haben das Recht sich zu ärgern, wenn sie solche Sachen sehen. Viele haben dafür ihr Leben gegeben, um dieser Art von Unterhaltung ein Ende zu bereiten. Sie sind im Kampf gefallen und zu Märtyrern geworden. Ich aber werde nicht zulassen, dass mit deiner Geige etwas passiert. Ich weiß, wie sehr du an ihr hängst. Beeile dich jetzt, denn ich habe keinen guten Parkplatz für den Van oben auf der Straße. Ich konnte nicht näher ranfahren, denn diese Gassen sind sehr eng und nicht für Autos geeignet."

„Wie bist du dann ins Haus gekommen?", fragte ich. „Hier ist doch niemand, der dir aufmachen konnte."

Er lachte und schüttelte den Schlüsselbund vor meinen Augen. Dann hob er Nadjis Rucksack vom Boden auf. Doch Nadji hinderte ihn daran und rief: „Pass doch auf, da ist meine Geige." Kavoos machte einen Schritt zurück.

„Ich habe dir gesagt, dass ich am Nachmittag zu deiner Arbeit komme", sagte Nadji. „Ich wollte nicht, dass du hierherkommst. Ich will die Zeit mit Djamil verbringen, solange bis er ins Auto steigt. Außerdem möchte ich ihm helfen, seine Taschen zu tragen. Ich hatte nicht damit gerechnet, dass du hierherkommst."

„Wie meinst du das, ich sollte nicht hierherkommen? Du solltest heute in mein Büro kommen. Ich bin dir zuvorgekommen und wollte dich abholen, damit du nicht zum Büro laufen musst und mit deiner Geige unnötige Aufmerksamkeit erregst. Bin jetzt ich schuld?", lachte Kavoos, als wäre das Ganze nur ein Scherz.

„Erstens haben Djamil und ich noch viel zu tun, zweitens kann ich selbst auf meine Geige aufpassen."

Ich wollte diesen Streit beenden und sagte: „Bitte streitet nicht wegen mir. Ich brauche keine Hilfe und kann meinen Rucksack selber tragen."

„Wir streiten doch nicht, keine Sorge. Wir könnten dich auch mitnehmen. Komm schon, beeil dich, bevor es spät wird. Djamil, wohin wolltest du eigentlich?" Kavoos zeigte auf meinen Rucksack, der noch auf dem Boden lag.

„Nein, ich will euch nicht zur Last fallen. Ich gehe meinen und ihr geht euren Weg." Dann reichte ich Nadji meine Hand, um mich zu verabschieden, aber er schüttelte sie nicht, sondern sagte: „Ich gehe mit dir."

Kavoos wurde wütend. Wie ein Ehemann, der sich über seine Frau ärgert. Er nahm Nadjis Hand, schob ihn zur Tür und sagte: „Jetzt übertreibst du aber. Du weißt doch, ich mag dich und ich tue alles, was du willst. Aber im Gegenzug darfst du mir nicht widersprechen. Jetzt komm schon, wir haben nicht viel Zeit." Er schubste Nadji zur Türe, der beinahe hinausgeflogen wäre, hätte er nicht aufgepasst. Kavoos hob den Rucksack vom Boden und sagte: „Los jetzt, Agha Djamil. Du bist weise genug, um zu wissen, dass man einer Person, die einen sehr schätzt, Respekt erweisen sollte."

„Ja, aber nein, vielen Dank. Bitte lass mich alleine gehen, ich meine es ernst."

„In Ordnung, was immer du möchtest, Bruder. Aber glaub mir, ich will doch nur einem Landsmann helfen."

„Ja, das weiß ich."

Ich sah Nadji, der mit gesenktem Kopf in der Tür stand. Ich muss sagen, er schämte sich auf eine Weise, wie ich es noch nie zuvor bei ihm gesehen hatte. Er zitterte am ganzen Körper und ein paar Tränen rollten auf seine Wangen.

Kavoos drehte sein Gesicht zu mir: „Glaub mir, er kann alles von mir haben, ich überlasse ihm sogar alle meine Schafe. Er weiß auch schon, wie viele Schafe wir morgen schlachten müssen, denn er muss es beaufsichtigen. Ich kann ja nicht gleichzeitig im Büro der Revolutionsgarden und im Schlachthof sein. Es ist Frühling und wir haben noch so viele andere Dinge zu tun. Jetzt benimmt er sich wie ein verwöhntes Kind und steht mit gesenktem Kopf da, als ob ich der Schuldige wäre."

Er wandte sich wieder in Richtung Nadji und fuhr fort: „Nun, anstatt zu heulen solltest du uns zeigen, wie wir die Treppen runterkommen ohne zu stürzen." Dabei lachte Kavoos und sagte: „Um Gottes willen."

„Du zuerst, dann passe ich von hinten auf, dass du nicht fällst", sagte Nadji mit leiser Stimme und machte die Türe frei.

„Leb wohl, Bruder Djamil. Gott sei mit dir, wohin du auch gehst", sagte Kavoos in meine Richtung und trat aus dem Türrahmen. Jetzt stand er mit dem Rücken zu uns auf dem Treppenabsatz: „Diese Treppe ist wirklich gefährlich."

Im gleichen Moment sprang Nadji zur Tür und stieß Kavoos mit beiden Händen die Treppe hinunter. Ich machte einen Satz nach vorn, um ihn aufzufangen, aber es war zu spät. Kavoos stürzte mit einem Schrei zu Boden und wir hörten wie sein großer Körper die Treppen runterkrachte. Dabei fluchte und brüllte er in einem fort. Mir fiel nichts anderes ein, als meinen Rucksack zu schultern und aus dem Haus zu rennen. Kavoos lag unterhalb der Treppe und bewegte sich nicht. War er lebendig oder tot? Ich wusste es nicht.. Seine Waffe lag auf einer Stufe.

Um nicht aufzufallen, ging ich langsam durch die Gasse. Ich hatte schreckliche Angst und dachte, ich würde vom Erdboden verschlungen werden. Im Falle einer Verhaftung hätten mich Kavoos Kumpane sofort zum Erschießungskommando gebracht, daran bestand kein Zweifel. Plötzlich hörte ich Schritte hinter mir und meine Furcht steigerte sich ins Unermessliche. Ich sagte mir, jetzt nur nicht zurückzuschauen. Die Schritte kamen näher und ich hörte Nadjis Stimme: „Ich gehe mit dir und ich werde bei dir bleiben, wo immer du auch hingehst."

„Jetzt hast du keine andere Wahl und noch dazu einen Haufen Probleme. Willst du mich auch in den Tod schicken?"

„Ich denke, mit dem Geld, das ich gespart habe, lässt sich schon was machen. Glaubst du nicht auch?"

Alle Versuche, Nadji wegzuschicken, waren vergebens. Ehrlich gesagt, wollte ich auch gar nicht, dass er geht. Ich wollte, dass er während der ganzen Reise, von der ich nicht wusste, wo sie enden würde, bei mir bliebe. Alles was ich wusste, waren die Versprechungen, die ich vom Schlepper gehört hatte. Er hatte gesagt, dass er mich zuerst in die Emirate und nach einem Aufenthalt von ein bis drei Wochen nach Europa bringen würde. Das war alles. Obwohl ich in diesem Moment Angst vor Nadji hatte, wünschte ich mir trotzdem keinen anderen Gefährten. Allerdings hatte ich bald noch mehr Angst vor ihm, denn ich war dahintergekommen, dass Nadji eine Waffe bei sich trug. Das erzählte er mir, als wir auf einem Boot zu einer unbekannten Insel aufbrachen. Wir waren sieben Personen, fünf Passagiere und zwei Schlepper. Sie waren sehr streng und wir mussten ihre Anweisungen befolgen. Als sie erfuhren, dass ich noch einen Begleiter dabeihatte, weigerten sie sich, ihn mitzunehmen. Am Ende stimmten sie aber doch zu, denn ich hatte nicht lockergelassen und obendrein auch noch eine Menge Geld draufgelegt. Hätten sie von Nadjis Waffe gewusst, dann sie hätten sie uns niemals mitgenommen. Nadji machte Andeutungen, dass es sich um den Revolver von Kavoos handelte, der auf der Treppe gelegen hatte. Ich hatte Angst, aber Nadji lächelte zufrieden. Er wollte nur nicht, dass irgendjemand von der Sache Wind bekam. Ich hingegen wünschte nur, dass er die Waffe so schnell wie möglich wieder loswürde, bevor noch etwas schiefging. Oftmals habe ich zwischen den Zeilen angedeutet, er möge den Revolver doch einfach ins Meer werfen. Das wollte er auch tun, änderte aber seine Meinung und am Ende wussten alle, dass er eine Waffe bei sich trug. Es dämmerte bereits, als wir aus dem Boot stiegen. Wir waren von Wüste umgeben, soweit das Auge reichte. Die beiden Schlepper erklärten, dass wir ab jetzt zwei Tage und zwei Nächte zu Fuß gehen müssten. Um den Grenzkontrollen zu entkommen, marschierten wir im Dunkel der Nacht. Tagsüber schliefen wir auf der nackten Erde.

Eines Nachts, kurz vor Sonnenaufgang, tauchten drei riesige Gestalten auf. Wir alle waren sehr erschöpft von den Strapazen der Reise und die ersten Sonnenstrahlen, die sich in der Ferne am Horizont abzeichneten, waren noch weit. Die drei Riesen wollten uns einschüchtern und gebärdeten sich wilder als sie tatsächlich waren. Die aufblitzenden Klingen ihrer Messer machten uns jedoch Angst. Auch wir hatten kleine Messer in unseren Taschen oder Rucksäcken, aber gegen diese scharfen Klingen, die von groben Händen gehalten wurden, hätten sie nichts ausrichten können. Die Räuber waren hinter Gold und unserem Geld her. Die Schlepper versuchten, die Räuber mit lautem Geschrei und Fluchen abzuschrecken, was aber nichts nützte. Nach heftigen Streitereien und Drohungen willigten wir schließlich ein, unser Geld und eventuell auch Gold auszuhändigen. Zwei der Räuber hielten uns in Schach, während sich der dritte anschickte, das Geld an sich zu nehmen. Gerade als wir in unseren Rücksäcken wühlten, zog Nadji seinen Revolver und machte ein paar Schritte zurück. Er richtete die Waffe auf die Räuber und gab ihnen zu verstehen, dass sie schnellstens verschwinden sollten. Erschrocken standen alle da und starrten auf den Revolver in Nadjis Hand. Auch die Räuber waren zunächst verwundert, aber schon bald begann einer von ihnen zu lachen und behauptete, der Revolver wäre gar nicht geladen. Er näherte sich Nadji, der noch ein Stück zurückwich und zu schießen drohte, sollte der Mann auch nur einen Schritt näherkommen. Der Räuber war nun wirklich erschrocken und machte auf der Stelle Halt. Er wusste natürlich, dass wir illegal unterwegs waren und dass die Garden der Grenzkontrolle sofort auftauchen würden, sollte nur ein einziger Schuss fallen. Das hätte natürlich auch für uns gravierende Folgen gehabt. Aber Nadji ließ sich nicht beirren und drohte, den Räubern auch noch die Messer abzunehmen, sollten sie nicht sofort das Weite suchen. Schließlich zogen die Männer wütend von dannen und versicherten uns, bald wieder zurückzukommen.

Wir marschierten weiter und erreichten endlich ein Dorf. Die Schlepper bedrängten Nadji, den Revolver irgendwo zu vergraben. Nadji hatte es zwar versprochen, aber niemals getan. Im Dorf angekommen wurden wir von den Schleppern in die Obhut eines beleibten Mannes übergeben. Er sagte, er sei Iraner, lebe aber schon seit vielen Jahren im Ausland.

„Wie weit werden Sie uns bringen?“, fragte Nadji.

Der Mann stellte sich als Sardaar vor und verlangte, dass wir ihn ab sofort auch so nennen sollten. Meister Sardaar, so wurde er nun von allen gerufen, sagte, er dürfe uns nirgendwohin bringen und er würde uns stattdessen einen Job besorgen. Eine gut bezahlte Arbeit. Dann fügte er hinzu, dass wir am Ende unserer Reise angelangt wären.

Er hatte recht, es war das Ende unseres Weges und wir wurden in eine Welt geschleudert, von der ich niemals würde schreiben wollen, wenn ich nicht müsste. Eine Welt voller Gewalt, Entfremdung und Angst. Ich möchte nicht von der Angst meiner Mitmenschen berichten, schon gar nicht vor jemandem, den ich am meisten geliebt habe. Aber ich muss mich an diese Zeit erinnern und über diese seltsamen Dinge schreiben, die damals vorgefallen sind. Ereignisse, die uns genauso hart, herzlos und gewalttätig gemacht haben, wie alles andere, das dort stattgefunden hat. Es ist meine Pflicht, darüber zu schreiben und Nadji um Verzeihung zu bitten. Ich habe ihn schließlich in diese Hölle mitgeschleppt.

„Wir sind nicht hierhergekommen, um zu arbeiten!“, empörte sich Nadji. „Wir sind auf der Durchreise, wir wollen nach Europa. Dafür haben sie Geld genommen und das Ende des Weges ist Europa, nicht diese leere Wüste.“

Verzweifelt versuchte ich ihm zu erklären, dass er die Hoffnung nicht aufgeben dürfe. Der Schlepper im Iran hatte gesagt, es würde eben ein paar Tage dauern, bis ein anderer Schlepper käme und die Reise weiterginge. Oder sogar paar Wochen. In dieser Zeit sollten wir jeden Verdacht vermeiden und auch nicht untätig herumsitzen, daher wäre es wesentlich besser, sich unter die Arbeiter zu mischen und einer Tätigkeit nachzugehen. Zumindest so lange, bis der zweite Schlepper käme. Dann könnten wir diese Zeit nutzen und noch dazu etwas Geld sparen.

Sardaar wollte uns bei seinen eigenen Arbeitern unterbringen. Wir konnten Arabisch und er verwendete diese Sprache selbst am liebsten.

„Bruder“, sagte er, „die Leute kommen hierher, um zu arbeiten und gutes Geld zu verdienen. Sie wollen mehr Lebensqualität, wie man heutzutage sagt. Das Zimmer kostet nicht viel und man hat schnell gelernt, welches Essen besser und günstiger ist. Kochen könnt ihr alleine oder gemeinsam mit den anderen. Ein kleiner Anteil des Gehalts muss an mich abgetreten werden, ich habe ja schließlich den Job vermittelt. Es ist auch keine große Summe, nur dreißig Prozent! Was ich euch noch sagen muss: Unsere Arbeiter haben auf ihre Umgangsformen gegenüber den Arbeitsgebern zu achten. Sollte jemand nicht gut oder schnell genug arbeiten oder sich dem Ingenieur gegenüber unhöflich benehmen, dann geht eine Beschwerde bei uns ein und wir müssen eine Lösung finden. Gott sei Dank sind die iranischen Brüder gute Arbeiter und auch immer gut gelaunt. Inschallah, es wird keine Probleme geben.“

Nadji war schwer enttäuscht. Als wir alleine waren, wurde er richtig wütend auf mich. Er sagte, wir hätten andere Ziele und er wiederholte immer wieder, wir hätten Geld dafür bezahlt, um nach Europa zu gehen. Und nicht, um hier in der Wüste niedere Arbeiten zu verrichten. Stundenlang versuchte ich ihm klarzumachen, dass wir keine andere Wahl hatten, als uns auf die Situation einzustellen. Wir müssten auf die Schlepper warten, die uns aus diesem Schlamassel rausholen könnten. Ich war überzeugt davon, dass bald jemand kommen würde. Das hatte mir der Schlepper im Iran versprochen, das war Teil unserer Abmachung. Schließlich hatte ich doch dafür bezahlt.

Die Bauarbeiten begannen und etliche Tage verstrichen, ohne dass jemand gekommen wäre, um uns abzuholen. Auch nicht nach ein paar Wochen. Es war offensichtlich, dass uns die beiden Schlepper einfach abgesetzt hatten und verschwunden waren. Wohin wussten wir nicht. Innerhalb kürzester Zeit waren wir zu zwei illegalen Schwerarbeitern in einem fremden Land geworden, die jede Minute festgenommen und eingesperrt werden konnten.

Jeden Morgen erwachten wir mit Gebetsrufen, die durch die halbfertigen Gebäude hallten. Dann nahmen wir unser Frühstück ein und versammelten uns gemeinsam mit hunderten anderen Arbeitern. Wie Sklaven, die wir in Filmen gesehen hatten, stiegen wir Treppen rauf und runter. Treppen, die jeden Moment hätten einstürzen können, da sie noch nicht einmal fertig gebaut waren. Das Einzige, das wir von diesem Land sahen, war eine unendliche Wüste. Eine Landschaft ohne Anfang und Ende. Manchmal konnten wir in der Ferne ein paar Hügel erkennen. Aber wir sahen sie nur selten, sie tauchten auf und verschwanden wieder. Aber rundherum wurden ständig mehrere Blöcke neuer Gebäude errichtet. Man sagte, die Häuser wären Teil eines riesigen Gewerbegebietes oder gar einer Stadt, die in sieben bis acht Jahren über die Autobahnen mit der Hauptstadt verbunden sein würde. Die Leitung für den Bau dieser Anlage oblag verschiedenen Firmen. Jeder Firmenchef hatte einen oder mehrere Assistenten, die sich „Architekten“ nannten, Männer aus verschiedenen Ländern. Jeder von ihnen hatte eine Reihe von Sklavenarbeitern. Nadji und ich waren Sardaars Sklaven, genau wie Dutzende andere Männer auch. Das bedeutete, dass er entscheiden konnte, für welchen Chef wir arbeiten mussten. Manchmal wurden wir ohne Vorankündigung von einem Gebäude ins nächste geschickt, denn Sardaar hatte uns an einen anderen Chef vermietet. Es hing lediglich davon ab, wie viel Geld Sardaar für uns einstreichen konnte. Die Chefs waren recht unterschiedliche Typen, manche waren nett, andere übel gelaunt. Aber alle wollten Nadji und mich als ihre Arbeiter haben, denn wir waren jung. Allerdings hatten einige von ihnen Schwierigkeiten mit Nadjis Temperament und hielten seine scharfe Zunge oder seine anhaltenden schlechten Launen nicht aus. Manche hatten auch Angst vor ihm. Deshalb wurden wir oft an verschiedenen Orten eingesetzt. Sardaar gab mir einige Male indirekt zu verstehen, ich solle mich nicht in Nadjis Angelegenheiten einmischen und mich von ihm fernhalten. Er sagte sogar, dass er sich mehr um mich kümmern würde, wenn ich das täte. Das kam für mich natürlich nicht infrage, nicht mal tausend Gründe hätten mich bewogen, Nadji zu verlassen. Er war ein Licht in meinem Leben und eine Hoffnung für meine Zukunft. Eine Zukunft, die ich mir mit ihm gemeinsam vorstellen konnte. Außerdem liebte ich seinen Mut, denn im Gegensatz zu mir war er kühn und tapfer.

Die Arbeiter waren in den Rohbauten untergebracht, die Räume befanden sich auf verschiedenen Stockwerken. Häufig pfiff ein kalter Wind durch die offenen und halbfertigen Türen und Fenster, sodass wir uns oftmals in unsere Decken einwickeln mussten. Je zwei oder drei Arbeiter teilten sich einen dieser Räume, Nadji und ich hatten einen für uns alleine. Nachts gab es keinen Strom. Tagsüber wurde er von großen Generatoren für die Arbeiten erzeugt. Abends gingen die Architekten und die Chefs zurück in die Stadt, zu ihren Familien und in ihre großen Häuser. Sie dachten, dass wir nachts ohnehin keinen Strom benötigten. Manchmal kamen Lieferwagen und brachten Holz für ein Lagerfeuer oder zum Kochen. Es gab einzelne Arbeiter, die für die anderen kochten und dafür bezahlt wurden, aber Nadji und ich hatten damit nichts zu tun. Wir kauften unser eigenes Essen und kochten lieber selbst. Freitags hatten wir immer frei. Dann kamen wieder einige Lieferwagen, aus denen Lebensmittel für die Arbeiter verkauft wurden.

Um uns herum war nichts als Wüste. Manchmal war es beißend kalt, dann wieder unerträglich heiß, als ob ein Feuerregen auf unsere Körper niederginge. Die einzige Aussicht, die sich uns bot, war ein sich täglich verändernder Landstrich aus Gebäuden, der aus der Wüste zu wachsen schien. Dann hatten wir noch die Sterne, die morgens und abends in der Dämmerung über uns funkelten. Der Himmel über der Wüste war in den meisten Nächten kristallklar, ein leuchtendes Blau, übersät mit tausenden Sternen. Nadji liebte es, den Sonnenuntergang zu betrachten. An Wochentagen war das leider nicht möglich, denn unsere Arbeit endete erst am Abend. Zu dieser Zeit waren wir restlos erschöpft und hungrig, sodass niemand mehr die Dämmerung genießen konnte. Trotzdem zählten wir an manchen Abenden die Sterne.

Freitags war es am schönsten. An diesem Tag fuhren auch einige Arbeiter in die Stadt, genau wie die Chefs und die Architekten. Sie behaupteten, ihre Papiere wären in Ordnung und die Polizei lasse sie in Ruhe. Dann zogen sie schöne, saubere Kleider an und fuhren in eine Stadt, die wir noch nie gesehen hatten und von der wir nur träumen konnten. Ein Ort, wo wirkliche Menschen lebten. Männer, Frauen, Kinder und Mädchen mit ihren Familien, in Häusern, die mit Betten, Bädern, Küchen und Heizung ausgestattet waren. Lauter Dinge, die wir uns auch gewünscht hätten. Sie fuhren in eine Stadt, in der Menschen durch Straßen voller Lichter spazierten und in der es Kaffeehäuser und Restaurants mit warmen Speisen gab, wo sie sitzen und Sängerinnen oder tanzende Frauen im Fernsehen anschauen konnten. Tagsüber hatten sie die Möglichkeit, sich in Parks und im Schatten der Bäume auszuruhen, während uns nur der Schatten von Mauern und Betonsäulen blieb. Die Arbeiter, die in die Stadt fuhren, sprachen auch von Einkaufszentren und eleganten Geschäften. Andere wiederum erzählten vom Rotlichtviertel und von geheimen Orten, wo es sowohl männliche als auch weibliche Prostituierte gäbe.

Für uns Illegale, die keine Erlaubnis oder nicht den Mut hatten, in die Stadt zu fahren, gab es an Freitagen immer das gleiche Programm. Auf offenem Feuer erhitzten wir Wasser in großen Kesseln und wuschen darin unsere Wäsche. Zum Trocknen hängten wir die Sachen auf Wäscheleinen, dann badeten wir selbst. Das bereitete uns Spaß, wir bespritzten uns gegenseitig mit Wasser und lachten die ganze Zeit. Mittags kochte ich für uns und wir liebten es, gemeinsam zu essen. Am Nachmittag spazierten wir zu einem Hügel oder auf eine Anhöhe. Dort setzten wir uns, und Nadji spielte auf seiner Geige. Bei Sonnenuntergang musste ich manchmal weinen. Die rote, runde Sonne verschwand langsam hinter dem Horizont und machte Platz für eine weitere Nacht in der Wüste, die uns an den nächsten Tag erinnerte. Dann gäbe es wieder nichts als Arbeit und Treppen, die wir unaufhörlich rauf und runter steigen mussten, erschöpft und außer Atem.

„Ich will nicht mehr hierbleiben", sagte Nadji und hörte auf zu spielen. „Wann gehen wir endlich fort von hier? Und wann werden wir diese Wüste, wo es doch gar nichts gibt, hinter uns lassen?"

„Sobald wir genug gespart haben und einen Schlepper bezahlen können, damit er uns hier rausholt und nach Europa bringt", antwortete ich. Wahrscheinlich hatte ich Tränen in den Augen, denn ich fühlte mich schuldig, weil ich Nadji in diese missliche Lage gebracht hatte.

„Ich wünschte, wir gehörten zu einer religiösen Minderheit."

„Da hast du recht. Wären wir Bahai, dann würde ein Fahrzeug der UNO kommen und uns von hier direkt nach Australien bringen."

„Ist Australien in Europa?"

„Nein, es liegt nicht in Europa, aber es ist ähnlich wie Europa. Die Hauptstadt heißt Canberra. Ich nehme an, dort ist es wie in London oder Paris. Oder wie in jeder anderen Hauptstadt Europas."

„Du kennst dich überall aus, das ist gut."

„Aber was nützt es mir, wenn ich nirgendwo hingehen kann und nur die Namen der verschiedenen Orte kenne?"

„Du meinst, es wäre besser, wenn wir Bahai wären?"

„Wir sind aber keine."

Nadji schaute mir in die Augen. Langsam formten sich seine Lippen zu einem Lächeln. Er kam näher und rieb seine Stirn an meiner Brust. Da bemerkte ich einen Mann, der an einer Betonsäule lehnte und uns beobachtete. Nadji fing wieder an, auf seiner Geige zu spielen. Diesmal war es eine sehr traurige Melodie.

Tagein, tagaus lebten wir dahin wie zwei verlorene Sklaven. Uns blieb nichts anderes übrig, als zu bleiben und zu hoffen, eines Tages ausreichend Geld gespart zu haben, um damit diesen schrecklichen Ort zu verlassen. So oft wir konnten, wechselten wir unseren Lohn in große Scheine, die wir leichter bei uns tragen konnten.

Es war unmöglich, Geld in einem Raum ohne Türen aufzubewahren. Einige Typen lagen immer auf der Lauer, ungeachtet aller Warnungen der Chefs, dass jeder Diebstahl ernsthafte Konsequenzen nach sich ziehen würde. Keiner der Arbeiter fühlte sich sicher, jeder hatte Angst vor dem anderen. Niemand würde Geld ausleihen. Das kam überhaupt nicht infrage, denn es gab keinerlei Gesetze oder Schutzmaßnahmen für Gläubiger. Alte Männer wollten immerzu mit Jungen flirten und waren auch bereit, gutes Geld dafür zu bezahlen. Außerdem wurde erzählt, dass es in etwas entlegeneren Gebäuden ein paar junge Burschen gäbe, die nicht nur tagsüber, sondern auch nachts arbeiteten. Angeblich als Prostituierte, aber wir sind ihnen niemals begegnet. Von einem Arbeiter hörte ich allerdings, ein Mann namens Yaddy hätte die Jungs für diese spezielle Aufgabe hergebracht. Ich erzählte Nadji davon, aber er wollte davon nichts hören. „Glaub ihnen bloß nicht, Yaddy Agha macht so etwas nicht. Die Architekten erfinden diese Lügen und wollen ihn in Verruf bringen, denn er hat aufgedeckt, dass sie allesamt korrupt sind. Er ist ein anständiger Mann und ein echter Gentleman."

Zum ersten Mal hatte ich Yaddy gesehen, als er an jenem Abend bei der Betonsäule gestanden und beobachtet hatte, wie Nadji seinen Kopf an meiner Brust rieb. Yaddy sagte: „Ich kenne euch. Ihr seid die dummen Arbeiter von Sardaar." Er lachte über seine eigene Aussage und fügte hinzu: „Du kannst sehr gut Geige spielen, verdammt nochmal! Soll ich dir zeigen, wo man dich gut für deine Musik bezahlt?"

Nadji sah mich an. Wir hörten einen Pfiff und Yaddy winkte jemandem zu, den wir aus der Ferne nicht erkennen konnten. „Ich bin heute nur zufällig hier, denn der Stromgenerator ist kaputt. Ich bin der zuständige Ingenieur.“ Yaddy war anmaßend und redete nur mit Nadji: „Ich werde dich bald besuchen kommen. Wenn du einer von Sardaars Leuten bist, dann werde ich dich finden. Das bist du doch, oder?“ Wieder blicke Nadji in meine Richtung und wartete auf eine Antwort. Das konnte Yaddy überhaupt nicht ausstehen, denn er wollte nur hören, was Nadji zu sagen hatte. Und Nadji zuckte mit den Schultern und signalisierte damit ein Ja.

In der darauffolgenden Woche kam ein großgewachsener Mann zu unserem Gebäude und suchte nach Nadji. Er sagte, er sei gekommen, um Nadji zu Yaddy Agha zu bringen. Nadji sagte zu mir, er wolle aus Neugier gehen und sehen, was von ihm erwartet wurde. Yaddy hatte ihm gesagt, dass er ihn freitags zu einem Scheich mitnehmen wolle, wo er gutes Geld verdienen könne. Aber nur unter der Bedingung, dass ich nicht mitkäme.

„Ich wollte, du könntest auch mitkommen“, sagt Nadji. „Aber Yaddy Agha hat gesagt, das wäre nicht möglich. Ich finde das schade.“

„Ich habe aber den nicht Eindruck, dass es dir besonders wichtig war“, antwortete ich.

„Ich schwöre bei unserer Freundschaft, dass ich mir wirklich wünsche, du würdest mit mir gehen.“

Es war völlig egal, ob ich ihm glaubte oder nicht, und es hätte seine Entscheidung auch nicht beeinflusst. Ich konnte nichts anderes machen, als mich beruhigen. Ich wollte bei Nadji sein, also drückte ich mein Gesicht an seine Brust, trotz des starken Schweißgeruchs, den die frisch gewachsenen Haare auf seiner Brust verströmten. Wir waren umgeben von Dunkelheit, von Räumen mit nur drei Wänden und von übermüdeten Männern im Tiefschlaf. Wir hörten sie atmen, husten, stöhnen und manchmal auch ein erschreckendes Pfeifen. Trotzdem konnte ich friedlich einschlafen, mit meinem Kopf auf Nadjis Brust. Wahrscheinlich hatte ich geträumt, dass Nadji und ich dieser Wüste entkommen sind. Aber wohin? Das wussten wir auch nicht. Wir hätten in den Iran zurückkehren können, aber dort würde niemand auf uns warten. Dann gab es auch noch die schlechten Nachrichten über Gewalt und Mord auf den Straßen, die uns Tag für Tag erreichten. Dort wären wir erst recht nicht sicher gewesen, natürlich auch wegen des Mordes an Kavoos.

An jenem Tag war er sehr schwer von der Treppe gestürzt. Das letzte Bild, das ich von ihm hatte, war sein blutiges Gesicht, das an der Wand unterhalb der Treppe klebte. Er lag mit angezogenen Beinen da und rührte sich nicht. Seine Augen waren offen, aber es schien, als ob er mich nicht wahrnehmen konnte. War er wirklich tot? Bestimmt hatte es eine Untersuchung gegeben und man hatte herausgefunden, dass Nadji und ich in die Sache verwickelt waren. Abgesehen davon war ich fest entschlossen, doch noch Europa zu erreichen, den Ort meiner Träume. Keine Sekunde habe ich ernsthaft daran gedacht, zurückzugehen, ich konzentrierte mich vielmehr darauf, vorwärtszugehen. Aber da war diese riesige Barriere vor uns und ich fühlte mich lebendig begraben. Außerdem hatte ich meinen einzigen Trost verloren, denn Nadji war freitags nicht mehr da. Ohne ihn waren die Freitage bedeutungslos und für mich kein Vergnügen mehr. Wäre ich ein Raucher gewesen, dann hätte ich wenigstens allein durch die Wüste gehen und eine Zigarette rauchen können. Stattdessen wanderte ich morgens bis abends durch dieses verdammte Gebäude. Ein Gebäude, von dem wir nicht mal wussten, wer in Zukunft dort arbeiten würde. Von woher würden diese Leute kommen? Und würden sie, wenn sie Kleider oder Schmuck in dem künftigen Shoppingcenter kauften, eine Sekunde lang an die Arbeiter denken, die dieses Gebäude einst errichtet hatten? Elende Gestalten, die keine andere Wahl hatten, als jahrelang von morgens bis abends Steine zu schleppen und immer wieder auf den halbfertigen Treppen auszurutschen.

Manche der Arbeiter hatten das Glück und konnten einmal im Jahr in die Heimat zurückkehren. Darunter waren auch ein paar Iraner, die von ihren Reisen oftmals schlechte Nachrichten mitbrachten. Wären meine Aufenthaltspapiere in Ordnung gewesen, dann hätte ich freitags in die Stadt fahren können. Aber wir hatten noch keine Aufenthaltsgenehmigung, und das Gebäude war auch ein paar Mal von der Polizei durchsucht worden, um illegale Arbeiter wie Nadji und mich zu finden und zu verhaften. Einer der Architekten hatte uns beigebracht, was im Fall einer Razzia zu tun wäre. Sobald uns eine Warnung erreichte, mussten alle illegalen Arbeiter in den Keller gehen, in einen dunklen langen, schmalen Raum mit niedriger Decke. Dort war es so eng, dass wir nichts anderes tun konnten, als uns hinzulegen. Wenn es mal wieder so weit war, stürzten wir erschrocken in dieses Loch, wie Ratten, die von Raubtieren gejagt werden. Im Keller angekommen, mussten wir uns im Dunkeln zurechtfinden. Wir krochen auf dem Boden und suchten nach einem geeigneten Platz, wo wir ein bis zwei Stunden liegen konnten. Die Polizisten waren mit Waffen und Schlagstöcken ausgestattet und suchten nach uns in der Nähe der Gebäude. Von den Architekten ließen sie sich die Pässe und die offiziellen Aufenthaltsdokumente der Arbeiter zeigen. Sie überprüften die Papiere, zählten die Personen und verglichen sie mit den Dokumenten. Offenbar haben sie sich nie gefragt, wie diese riesigen Häuser mit nur so wenigen Arbeitern gebaut werden konnten. Später erfuhren wir, dass die Polizisten sehr wohl wussten, was da vor sich ging. Aber sie mussten die ganze Show durchziehen, damit niemand auf die Idee käme, es gebe keine Rechtsstaatlichkeit. In Wirklichkeit brauchten sie uns als billige Arbeitskräfte. Wenn wir nicht dagewesen wären, wer hätte diese gigantischen Gebäude gebaut? Es gab nicht genug junge Arbeiter in diesem Land, also brauchten sie einfache Maurer wie wir es waren. Eine Aufenthaltsgenehmigung wollten sie uns aber auch nicht geben, denn nur so konnten sie uns auch wieder loswerden, wenn kein Bedarf mehr bestand.

So erging es auch uns, noch bevor das Gebäude fertig war. Für unsere Chefs war das nichts Besonderes, aber für Nadji und mich war es ein schwerer Schlag, der bis heute eine tiefe Narbe bei mir hinterlassen hat. Es war mein eigener Fehler. Vielleicht sollte ich sagen, dass Nadji der Grund für meine Schuld war, da er als Erster gegangen war. Jeden Freitagmorgen zog er sich so gut wie möglich an, dann wurde er von einem Auto abgeholt. Voller Stolz hielt er seinen Geigenkasten unterm Arm. Die Arbeiter sagten, die Fahrt in die Stadt würde etwa vierzig bis fünfzig Minuten dauern, aber das Auto, das Nadji abholte, schaffte es in nur etwa zwanzig Minuten. Was an diesen Freitagen vor sich ging, wollte ich nicht von ihm hören. Überhaupt nichts. Aber er erzählte mir trotzdem davon: „Zuerst gehen wir zu Yaddys Haus und warten ein paar Stunden, bis die anderen ankommen. Während dieser Zeit übe ich ein wenig auf meiner Geige. Dann gehen wir alle zusammen in ein Restaurant, auch die iranischen Mitarbeiter und der Besitzer. Alle sprechen Arabisch. Wir essen zu Mittag und gehen danach zum Haus von Scheich Saaleh. Seine Empfangshalle ist so groß, dass bis zu hundert Personen darin Platz finden. Freitags kommen auch die engen Freunde, ungefähr dreißig Leute. Mal mehr, mal weniger. Darunter auch ein oder zwei arabische Sänger. Ich kenne die meisten ihrer Lieder und konnte schnell mit ihnen zusammenspielen. Der Scheich ist noch jung, gutaussehend, dazu gesellig und anständig. Du würdest ihn mögen, wenn du ihn siehst."

„Für dich ist natürlich am wichtigsten, dass er gut aussieht. Das sagst du immer wieder", rief ich wütend und aufgeregt.

„Ich habe es nur einmal gesagt. Und ich kann mich nicht erinnern, es wiederholt zu haben."

„Was du mir da erzählst, hat absolut nichts mit mir zu tun. Ich darf diesen Mann gar nicht treffen, wer immer er auch ist, Scheich oder Esel oder Ziege, gutaussehend oder hässlich. Hat man mich mitgenommen, um ihn zu treffen und um zu sehen, ob ich ihn mag oder nicht? Es ist ganz egal, ob ich ihn treffe oder nicht, aber ich kann dir schon jetzt sagen, dass ich ihn nicht mag. Ohne ihn je gesehen zu haben. Das ist nur ein Haufen Leute, die keine anderen Sorgen haben als Geld. Sie regieren die Welt mit ihren Reichtümern und kaufen alles, was sie wollen. Einschließlich Leute wie dich, für ein paar kleine Münzen und um sich zu unterhalten."

„Kleine Münzen?"

Ich wusste, dass ich Unsinn redete. Ich wandte mich von ihm ab und spuckte auf den Boden: „Ich scheiß auf diese Welt, wo nichts außer Geld zählt." Nadji sagte nichts dazu, also fuhr ich fort: „Dein Agha Yaddy denkt, wir wären von gestern. Er behauptet, er sei der Generator-Ingenieur, dabei ist er in Wahrheit der Zuhälter des Scheichs und sein Geschäft sind schöne Jungs. Das kannst du ihm von mir ausrichten."

Nadji sagte immer noch nichts, nicht in der folgenden Nacht und auch nicht am nächsten oder übernächsten Tag. Ich hatte auch kein Interesse mehr, mit ihm darüber zu sprechen. Ohne ein Wort miteinander zu wechseln frühstückten wir gemeinsam, aßen zu Mittag und auch zu Abend. Seine Freitagsbeschäftigung setzte Nadji wie gewohnt fort. Was er dort verdiente, darüber erzählte er mir nichts. Langsam begann ich zu spüren, dass sein Herz nicht mehr für mich schlug.

Eines Tages holte er seine Sachen und sagte, Yaddy hätte eine neue Arbeit für ihn gefunden. In einem anderen Gebäude, wo er selbst arbeitete. Es wäre eine leichte Aufgabe, er müsse nur andere Arbeiter beaufsichtigen. Seine Aufgabe bestand darin, durch das ganze Gelände zu streifen und zu beobachten, ob die Bauarbeiter auch richtig arbeiteten. Sollte ihm etwas auffallen, wenn etwa jemand zu wenig arbeitete oder etwas falsch machte, musste Nadji den jeweiligen Namen an Yaddy weitergeben. Daraufhin wurde der Arbeiter von Yaddy entsprechend bestraft. Die Strafen reichten von Lohnabzug bis zur Entlassung.

„Wie konntest du nur diesen Job annehmen? Wie kann man einen Arbeiter verpfeifen, nur weil er sich niedergesetzt hat, um zu rauchen?“

„Das ist ein Job wie jeder andere auch. Wenn ich es nicht mache, dann macht es ein anderer. Übrigens ist es nicht richtig, Geld zu kassieren, ohne dafür zu arbeiten. Glaubst du etwa, dass so etwas in Ordnung ist?“

„Damit bin ich durchaus nicht einverstanden, aber ich bin trotzdem nicht bereit, andere zu verraten und damit um ihr Brot zu bringen.“

„Glaubst du im Ernst, dass ein Arbeiter wegen eines fadenscheinigen Berichts von mir seinen Job verliert? Nein, das glaube ich nicht.“

„Aber er wird sicher bestraft. Das ist beschämend für einen Kerl, außerdem muss er sich entschuldigen und vor den anderen erniedrigen.“

„Du bist zu sentimental. Du hast vergessen, wie hart dieses Leben zu uns war, wie weit wir gewandert sind, um dorthin zu gelangen, wo wir jetzt angekommen sind. Und wer hat uns schlecht behandelt? Genau diese Leute.“ Er machte eine Pause, dann fuhr er fort: „Übrigens, jeder möchte doch einen einfacheren Job haben. Oder nicht?“

„Ja, aber zu welchem Preis?“

„In Ordnung…“

„Vergiss nie, wir selbst haben uns das Schlimmste angetan, noch bevor es andere getan haben. Es gab auch gute Menschen in unserem Leben, die uns geholfen haben. Vergiss das nicht!“

Ich wollte ihm nicht erlauben, sich aus der Sache herauszuwinden. Aber ich entnahm der Art und Weise, wie er seine Augen verdrehte und das Gespräch abbrechen wollte, dass er sich sehr wohl erinnerte, wovon ich gesprochen hatte.

„Ich muss jetzt gehen“, sagte Nadji.

Dann nahm er seine Sachen und ging zu dem Gebäude, in dem er ab jetzt wohnen sollte. Dieses Haus, das letztendlich noch vor allen anderen Gebäuden fertiggebaut wurde, lag nicht in unserer Nähe, und ich konnte es nur aus der Ferne erkennen. Ich war auf einmal ganz allein unter den vielen anderen Arbeitern und fühlte mich einsam.

Nachdem Nadji ausgezogen war, wollten einige von ihnen bei mir einziehen, da sie selbst in überfüllten Zimmern hausten. Ich aber wollte niemanden sehen, geschweige denn, in mein Zimmer lassen. Vielmehr wollte ich nachts alleine sein und meine Petroleumlampe bis spät in die Nacht brennen lassen. Allein sein wollte ich auch deshalb, damit ich mit mir selbst oder mit Nadji – als wäre er bei mir – sprechen und ihm alle unsere Geheimnisse erzählen konnte, die wir niemals ausgesprochen hatten. Er war fort und ich hatte jede Nacht Albträume. Regelmäßig schreckte ich hoch. Dann setzte ich mich auf und mir wurde schmerzhaft bewusst, dass Nadji nicht mehr da war. Vor meinem inneren Auge tauchten die Umrisse dieses finsteren Typen namens Yaddy auf und ich spürte Hass in mir aufsteigen. War es Hass oder war es Eifersucht?

Schlimmer als jede Eifersucht aber war die Angst, die mich seit Nadjis Abschied befallen hatte. Ohne ihn fühlte ich mich den schamlosen Blicken der Männer ausgesetzt. Die Angst, angegriffen zu werden, ließ mich keine Sekunde los. Einmal schleppte ich Ziegelsteine auf den halbfertigen, nassen und unsicheren Treppen, als ein Mann an mir vorbeiging und lächelnd sagte, er werde dafür sorgen, dass mein Schmerz noch hundertmal schlimmer werde: „Dein Freund ist weg, nicht wahr?“

Zunächst wusste ich nicht, warum er so laut lachte. „Jetzt musst du einen anderen finden, denn Knaben wie du brauchen immer einen, der es ihnen richtig besorgt.“ Mit seinem Lachen wollte der kleinwüchsige Mann, der eigentlich den Lagerraum bewachen sollte, wohl allen zeigen, dass er nur noch zwei Zähne im Mund hatte. Dann sagte er: „Ich bin bereit. Was ist los mit dir, Bruder?“

Kurz darauf mühte ich mich schweißgebadet mit einer Schubkarre voller Lehm und Stroh ab. Plötzlich spürte ich den hungrigen Blick eines stattlichen Mannes, der zum Lagerwächter sagte: „Was sagst du da, du bengalischer Affe?“ Das war der Stellvertreter von Meister Sardaar. Die Art und Weise wie er mich ansah, ließ mich erschaudern. Dann wurde mir übel und ich fasste den Entschluss, Sardaar davon zu berichten. Ich musste einfach mit ihm reden, bevor etwas passierte: „Ausgerechnet Agha Nossrat hat mir richtig Angst gemacht. Dabei sollte er mich doch beschützen.“

Sardaar stand neben einem Fass voller Teer, das er als Tisch verwendete, und verspeiste Käse und Brot mit schwarzem Tee.

„Was soll schon mit dir geschehen?“

„Alles Mögliche könnte passieren, Meister! Ganz schlimme Dinge.“ Ich wusste nicht, wie ich mich ausdrücken sollte.

Er aß in aller Ruhe weiter, nippte an seinem Tee und betrachtete mich von Kopf bis Fuß, als wäre ich eine nackte Frau. Dann sagte er: „Du siehst gar nicht schlecht aus, Gott segne dich.“

Da schrillten alle Alarmglocken in meinen Ohren und mir wurde klar, dass ich auch vor ihm nicht sicher war. Das Gebäude, in dem wir uns befanden, versank unter weißen Lichtern in der Stille. Es hatte inzwischen ein Dach bekommen, und wir alle waren sicher, dass es ein Einkaufszentrum werden würde. Sardaar bemerkte, dass mich seine Blicke beunruhigten, und fragte: „Was genau hat Nossrat denn gesagt?“

„Er hat mich einfach erschreckt. Mit allem, was er gesagt hat."

In dem Moment kam Nossrat an uns vorbei und Sardaar rief ihn zu sich. „Ich bin dein demütiger Diener, Meister Sardaar", sagte Nossrat. Mit vollem Mund fragte Sardaar, was er denn zu mir gesagt hätte. Ich senkte meinen Kopf und kratzte mit den Fingernägeln getrockneten Schlamm von meinem Gewand. Nossrat war überrascht oder er gab zumindest vor, überrascht zu sein. Er antwortete, dass alles wäre doch nur ein Scherz gewesen, ganz im Gegenteil, sollte er auch nur hören, dass mich jemand belästige, dann würde er ihn auf der Stelle bestrafen. Saardar berührte mich unter meinem Kinn. Seine schamlosen kalten Finger glitten unangenehm über meine Haut.

„Versprich mir, falls jemand dich belästigt, dann meldest du es umgehend Nossrat, okay? Du solltest dein Zimmer mit einem Landsmann teilen. Dann wird auch die Miete billiger und du bist nachts nicht alleine. Außerdem wissen alle, dass jemand bei dir im Raum ist. Such dir einen netten und frommen Arbeiter, so wie du selbst einer bist, Agha Djamil! So heißt du doch, oder? Was für ein sonniger Name, Maschallah! Gott behüte dich."

Sardaar hatte recht mit dem Zimmergenossen. Ich hätte mich darauf einlassen müssen, aber ich konnte mich nicht dazu durchringen, Nadjis Platz einer anderen Person zu überlassen. Ich dachte, wenn Nadji zurückkäme oder gezwungen wäre zurückzukommen, dann müsste ich den neuen Zimmergenossen wieder rauswerfen. Daher schien es mir einfacher, seinen Platz freizuhalten, so gäbe es keine Probleme.

Doch bald darauf bereute ich diese Entscheidung zutiefst. Ein oder zwei Tage lang war ich am Boden zerstört. Nie hätte ich gedacht, dass mir so etwas passieren könne. Albträume verfolgten mich – nicht nur im Schlaf, sondern auch am helllichten Tag. Bilder, die ich einfach nicht loswurde. Drei Schatten waren aus einer Ecke in meinem Zimmer gekrochen. Bevor ich mich wehren konnte, packten sie mich mit ihren Händen und wickelten eine Kufiya um mein Gesicht, sodass ich nicht um Hilfe rufen konnte. Auch die Köpfe und Gesichter der Gestalten waren hinter einer Kufiya verborgen. Niemand hörte meine Schreie und mein Stöhnen. Und selbst wenn jemand etwas gehört hätte, es wurde nichts unternommen.

Am nächsten Morgen konnte ich an den Blicken einiger Männer erkennen, dass sie sehr wohl wussten, was passiert war. Mein schwacher und übermüdeter Körper war von einem Mann missbraucht worden, der sein Gesicht verhüllt hatte, genau wie das seiner beiden Begleiter. Ich konnte nichts anderes machen als trauern und weinen. Schmerzen drangen in meinen Körper und verbrannten meine Knochen von Kopf bis Fuß. Warum nur hatte ich all das Glück hinter mir gelassen? Das Haus meines Vaters mit den kleinen weißen Blumen, die zärtlichen Hände von Naneh Reyhan, die im Sommer über mein dichtes Haar strichen. Der Spaziergang am frühen Abend entlang der Böschung des Flusses, mit einem sanften Wind, der über das Gras und mein Gesicht wehte. Das alles hatte ich zurückgelassen, nur wegen einer Person, die gar nicht mehr bei mir war, nur als bittere Erinnerung. Die Vergangenheit war mit einem Mal nur schön und glücklich. Ich wollte wieder dort sein. Wenn Gott wollte, dann hätte er mich augenblicklich von diesem wilden, schweren Körper, der mich wie eine menschenfressende Schlange umfing, befreien und am Ufer des Flusses auf eine Wiese legen können. Aber das wollte er nicht, und außer Schmerzen hatte mein Gerangel nichts gebracht.

Die Gestalten jener Nacht waren kaum voneinander zu unterscheiden, daher konnte ich Sardaar am nächsten Tag nur wenig berichten.

„Ist das alles? Nur eine schwarzweiße Kufiya? Was sonst?"

„Nichts."

„Haben dir alle drei Gewalt angetan?"

„Nein. Zwei haben aufgepasst und wurden dafür bezahlt, mich mit gefesselten Händen und Füßen einem Dritten auszuliefern. Sie haben solange Wache gehalten, bis er mit mir fertig war. Dann sind alle drei verschwunden. Ich konnte nicht sehen, wohin sie gegangen sind."

„Woher weißt du, dass die beiden bezahlt wurden?"

„Das weiß ich nicht, aber ich nehme es an."

Sardaar sagte nichts mehr, war aber sehr freundlich zu mir. Er gab mir drei Tage Urlaub, natürlich ohne Bezahlung. Am vierten Tag ordnete er an, mir keine schweren Arbeiten aufzutragen, wie etwa eine Schubkarre voller Lehm und Stroh nach oben zu schieben. Es gab noch einen weiteren Vorarbeiter, der die Arbeiter herumkommandierte. Manchmal war er völlig grundlos wütend auf mich. Dann musste ich doch wieder die Schubkarre schieben. Der Vorarbeiter behauptete von sich selbst, ein hart arbeitender und sehr frommer Mensch zu sein. Bei Sonnenuntergang saß er auf einem Gebetsteppich, auf dem ein paar bunte Rosenkränze lagen, und betete in einer Sprache, die ich nicht kannte. Immer wieder beugte er sich flüsternd nach vorne und bewegte die Rosenkränze in verschiedene Richtungen. Zwischen unseren Zimmern befanden sich zwei weitere Räume, und ich musste ständig an seinem Zimmer vorbeigehen, das er sich mit einigen Mitbewohner teilte. Oftmals saß er mitten auf dem Weg und breitete seinen Gebetsteppich vor sich auf dem Boden aus. Wenn ich dann tatsächlich an ihm vorbeikam, sah er mich während des Betens empört an, als wäre es meine Schuld, dass der Weg versperrt war.

Einmal starrte ich ihm beim Vorbeigehen dreist in die Augen. Er war etwa vierzig Jahre alt, verhielt sich aber wie ein weitaus älterer Mann. Er beugte sich über seine gekreuzten Beine und die ständige Wiederholung seiner Gebete schien keinen Einfluss auf seinen Gesichtsausdruck zu nehmen. Das einzig Sichtbare an seinen Zügen war der Hass, den er offen zur Schau stellte. Ich sah ihn herausfordernd und neugierig an, denn ich wollte wissen, ob er der Mann war, der mich in jener Nacht missbraucht hatte. Nein, das konnte er nicht sein, denn wäre er es gewesen, dann würde er vielleicht den Kopf gesenkt halten und nicht so offensichtlich seinen Hass versprühen. Oder sich mir überhaupt in den Weg stellen, es sei denn, er suchte meine Nähe.

Sardaar hatte mir sein Wort gegeben, den Mann oder die Männer zu finden. Er hatte es versprochen. „Angenommen, du findest ihn heute, was würdest du mit ihm machen?"

Ich hatte keinen Plan, aber natürlich eine konkrete Vorstellung.

Bald darauf fand ich heraus, dass Nadji seinen Revolver gar nicht mitgenommen hatte. Stattdessen hatte er ihn in einer Tasche versteckt, in der wir unsere gemeinsamen Sachen aufbewahrten. Was ich aber nicht wusste, war, ob er ihn absichtlich zurückgelassen oder einfach nur vergessen hatte.

Eines Tages kam er zu mir, sehr gepflegt und gut angezogen. Er wollte sich auch gar nicht lange aufhalten, denn er war nur gekommen, um die Sache mit der Waffe zu regeln.

„Djamil! Ich bin da, um mit dir was zu klären."

„Was denn?"

„Der Revolver."

„Warum hast du ihn nicht mitgenommen? Hast du ihn vergessen? Komm mit rauf, dann kannst du ihn gleich haben!"

„Nein, lieber doch nicht. Weißt du, dort in dem Gebäude ist immer viel los."

„Ich dachte, Agha Yaddy hat dir ein eigenes Zimmer zur Verfügung gestellt."

„Dort gibt es kaum freie Zimmer."

„Und?"

„Tja, was sollen wir deiner Meinung nach machen?"

Er trug ein schönes weißes Hemd mit nur drei Knöpfen. Es war lang und hing über seine Hose. Der Stoff fühlte sich sehr sanft an, aber ich mochte das Hemd trotzdem nicht. Ich hatte den Eindruck, er habe es von einem Verehrer geschenkt bekommen.

„Du meinst, ich soll ihn irgendwo verschwinden lassen?", fragte ich.

Nadji runzelte die Stirn und sein Gesicht war plötzlich voller Falten: „Das wäre aber schade. Oder etwa nicht?"

„Wie jetzt? Soll ich mich in Gefahr bringen, nur weil der Herr eines Tages vielleicht wieder einen Revolver braucht?"

„Okay, dann lass ihn verschwinden!", sagte Nadji. „Das war's, wirf ihn weg." Dann ging er.

Ich rief ihm nach, aber er tat, als ob er mich nicht gehört hätte. Mit einem Mal wusste ich, tief in mir drinnen, dass ein Geliebter nicht unbedingt ein Beschützer ist. Manchmal wird man durch eine bestimmte Situation gezwungen, anders zu handeln. Das kann bedeuten, dass eine Gefahr vom Liebenden an den Geliebten abgegeben wird.

Wie auch immer, ich war sehr glücklich, nun eine Waffe zu besitzen. Von diesem Zeitpunkt an suchte ich mit wesentlich mehr Selbstvertrauen nach meinen Peinigern. Ich war sicher, dass ich jeden Tag mit ihm zu tun hatte. Und ich vermutete, dass der Täter seine beiden Komplizen woanders rekrutiert hatte. Die angeheuerten Männer waren den Arbeitern wahrscheinlich nicht bekannt gewesen, daher fühlten sie sich sicher und rechneten nicht damit, gestört zu werden. Offensichtlich hatten sie gewusst, dass sich zu dieser Stunde alle im Tiefschlaf befanden und ich ihnen ausgeliefert war, wie eine Maus in den Fängen einer Katze. Die Arbeiter schliefen oder wickelten sich fest in ihre Bettlaken und ignorierten hartnäckig die Hilferufe eines jungen Mannes, der ein paar Schritte entfernt fürchterliche Qualen erleiden musste. Vielleicht hatten sich einige von ihnen sogar eine Zigarette angezündet und überlegt, was sie hätten tun können. Freilich wollte sich niemand einer Gefahr aussetzen. Wärest du aufgestanden und hättest wütend gegen den brutalen Angriff auf einen jungen Mann protestiert? Wärest du ihm zu Hilfe geeilt und hättest dann vielleicht sogar den Baumeister oder den Vorarbeiter am Kragen packen müssen? Jemand, der dich einfach rausschmeißen kann und dadurch deine Existenz bedroht. Und nicht nur deine, sondern auch die Existenz deiner Familie, die in einem weit entfernten Dorf ausharrt und sehnsüchtig auf dein hart erarbeitetes Geld wartet. Auch wenn du erst viel später als gedacht nach Hause kommst. Darum ist es in solchen Momenten besser, an sich selbst zu denken und keinen Schaden zu nehmen.

Für mich war es in dieser Situation von Vorteil, eine Waffe zu besitzen. Außerdem wusste ich, dass der fromme und spuckende Vorarbeiter mit den vielen Rosenkränzen nicht den Mut gehabt hätte, mir Gewalt anzutun. Er hasste mich und wahrscheinlich hatte er auch etwas Angst vor mir, das konnte man von seinem Gesicht ablesen. Aber es passte definitiv nicht zu ihm, zwei Männer anzuheuern, die mich festhielten, damit er mich die ganze Nacht missbrauchen konnte.

Mit zunehmendem Alter lernte ich, dass Männer, deren sexuelle Bedürfnisse nicht befriedigt werden, Hass entwickeln können. In den Zügen des Vorarbeiters konnte ich dieses Gift, das er mir gerne ins Gesicht gesprüht hätte, besonders deutlich erkennen. Mir war auch bewusst, dass ich mich in dieser Wüste unter vielen Männern befand, die unter dem vernichtenden Druck ihres sexuellen Verlangens standen. Ich war selbst ein Mann, aber mein inneres Feuer wollte keine Gewalt. Dafür hatte ich den Wunsch, mit jemand zusammen zu sein, den ich liebte. Meine Liebe war aber nicht körperlich motiviert, davon war ich in meinem Inneren überzeugt. Ich war vielmehr wie Naneh Reyhan, die mit den Erinnerungen an ihren verstorbenen Ehemann verheiratet war. Ich war zufrieden mit mir selbst, aber um mich herum gab es Leute, die es nicht waren und die mich oftmals auf die eine oder andere Weise verletzten. Besonders schlimm wurde es, nachdem Nadji gegangen war. Die meisten Arbeiter und sogar die Vorarbeiter hatten irgendwie Angst vor ihm gehabt. Wahrscheinlich hatten sie ihn für verrückt gehalten oder zumindest für unberechenbar, denn man konnte nicht vorhersehen, wie er sich verhalten würde. Darüber hinaus hatte er auch ein paar Geschichten über vergangene Prügeleien zum Besten gegeben, an die ich mich allerdings nicht erinnern konnte. Dabei erzählte er mit Vorliebe, wie er seine Feinde zermalmt hatte. Er dachte tatsächlich, die Männer würden sich allein wegen diesen Geschichten entsprechend benehmen. Nicht selten habe ich ihn dafür ausgelacht.

In die Waffe war ich aber richtiggehend verliebt. Jeden Tag ging ich ein, zwei Mal heimlich zur Tasche und tastete nach dem Revolver. Ich musste mich einfach vergewissern, dass er noch dort war. Seit ich die Vermutung hatte, dass ich von Nossrat missbraucht worden war, mochte ich die Waffe noch viel lieber. Er war sehr groß gewachsen und seine Nase war grob und von vielen Schlägen gezeichnet. Nossrat war Sardaars bester Vorarbeiter und nahm ihm viel Arbeit ab. Keiner der Arbeiter wollte sich seiner Wut ausliefern, daher bemühten sich alle, ihre Arbeit stets korrekt und pünktlich zu erledigen. Wir hatten es zwar selbst nicht gesehen, aber es wurde erzählt, Nossrat hätte nachlässige oder faule Arbeiter schon mal zusammengeschlagen. Manchmal ging er durch die Baustelle und redete so laut, dass es alle hören konnten: „Wir sind gut zu allen, die ihre Arbeit gewissenhaft und zeitgerecht erledigen. Und wir mögen Arbeiter, die überall anpacken und nicht viele Fragen stellen. Wir wollen ehrlich sein: Mit Leuten, die für ihr Geld nicht arbeiten wollen, unterhalten wir uns nicht mal. Für sie haben wir kein Geld, dafür aber jede Menge kostenloser Fußtritte!"

Über diese Worte lachten einige Arbeiter, sodass Nossrat glaubte, er hätte etwas Lustiges gesagt. Einmal blieb er neben einer neugebauten Lehmhütte stehen und begann, das Bauwerk zu inspizieren. Offensichtlich bemühte er sich, einen Fehler zu finden, damit er die Verantwortlichen zur Rechenschaft ziehen konnte. Allen war klar, er würde immer etwas finden. Ich stand einige Etagen über ihm und stellte mir vor, ich würde ihn erschießen.

Das Projektil kommt aus meiner Waffe und durchbohrt seine Brust. Der Lärm ist ohrenbetäubend und erfüllt den ganzen Raum. Nossrat glaubt nicht mal, dass er angeschossen wurde. Angeblich merken manche Leute zunächst gar nicht, wenn sie von einem Schuss getroffen werden, so überrascht sind sie. Nossrat legt seine Hand auf die Brust und schaut nach oben, um einen Täter auszumachen. Er sieht mich und meine Waffe. Ich habe nichts zu verbergen und will weder mich noch meinen Revolver verstecken. Ich habe an alles gedacht, auch an das Gefängnis in diesem brutalen, von Männern dominierten Land. Als illegaler Mörder muss ich mich auf die grauenhafteste Behandlung gefasst machen. Sogar auf meine Hinrichtung durch Erhängen bin ich vorbereitet. Nossrat ist ein Bürger dieses Landes und seine Ermordung würde mit dem Tode bestraft werden. Meine Exekution ist so gut wie sicher. Nossrat stürzt mitten in der Lehmhütte zu Boden und wälzt sich im Schlamm wie eine Schlange. Dann wird es still und er liegt regungslos in einer Lache aus Blut und Matsch. Die Arbeiter schreien „Hurrrrra!“ und einer von ihnen ruft: „Gott sei gepriesen! Grüßet alle den Propheten!“ Sie legen ihre Arbeit nieder und danken Gott.

Plötzlich erschien Sardaar in der Tür und fragte: „Was ist denn hier los? Warum grüßt ihr alle den Propheten?“

„Sie beten für Ihre Gesundheit und für Ihr neugeborenes Kind, Meister Sardaar“, sagte Seyed, ein alter Arbeiter, der gute Beziehungen zu Sardaar pflegte.

Sardaar schaute überrascht in die Runde und sagte mit einem strahlenden Lächeln: „Wie habt ihr davon Wind bekommen? Es ist doch erst gestern Nacht auf die Welt gekommen.“

„Eine solch wichtige Neuigkeit betreffend den Meister, und wir sollen keinen Wind davon bekommen? Das ist unmöglich, mein Sohn. Noch dazu, wenn es ein Junge ist, Gott sei Dank.“

Jetzt zeigte Sardaar seinen ganzen Stolz. Er blickte nach oben, als ob er sich direkt an Gott wende, und flüsterte: „Gott sei gepriesen.“ Dann fragte er: „Wo ist denn Nossrat? Hat ihn wer gesehen?“

Eine Stimme antwortete: „Er ist zur Toilette, Meister.“

Sardaar blinzelte mit den Augen und sagte zu mir: „Agha Djamil, komm bitte mit zu mir. Ich möchte dir einen Landsmann vorstellen.“

„Wann feierst du denn mit uns, Meister?“, fragte einer der Arbeiter.

„Feiern können wir später. Zuerst muss ich die Mutter und das Kind vom Spital abholen und nach Hause bringen. Dann werde ich gerne mit euch Brüdern feiern, das werde ich nicht vergessen.“

Ich legte mein Werkzeug beiseite und begleitete

Sardaar, der mich mit Djavad bekannt machte. Djavad war ein gutaussehender junger Mann mit dunklem Teint. Durch sein geöffnetes Hemd konnte man die Behaarung auf seiner Brust sehen. „Agha Djavad ist ein recht netter Junge“, erzählte Sardaar. „Aber er möchte nicht länger hier bleiben. Schon in drei Tagen wird er abgeholt und zurück in den Iran gefahren. Allerdings hat er sein Zimmer bereits an einen anderen Arbeiter weitergegeben, denn er wusste nicht, dass es noch einige Tage dauern wird. Djavad hat an einem anderen Bauprojekt mitgearbeitet und ist schon seit Jahren bei uns. Er ist sehr ehrlich, reinlich und vertrauenswürdig. Ich dachte, er könnte vielleicht für zwei oder drei Nächte bei dir in deinem Zimmer bleiben, du bist ja alleine. Selbstverständlich wird er auch dafür Miete bezahlen.“

Ohne auf meine Antwort zu warten, sagte er zu Djavad: „Hol deine Sachen, lieber Cousin. Du hast doch nur einen Rucksack dabei, nicht wahr?“

„Ja, Meister“, antwortete Djavad. „Nur diesen Rucksack. Das ist alles, was Djavad besitzt.“

„Bist du sicher, dass es nur zwei oder drei Nächte sein werden?“, fragte ich.

„Wahrscheinlich nur zwei Nächte“, antwortete Djavad und ging los, um seine Sachen zu holen.

„Oh, gratuliere Meister Sardaar. Du hast einen Sohn bekommen, Gott sei gepriesen.“ Mit diesen Worten meldete sich Nossrat zurück. „Herrgott, ich bin dein unterwürfiger Diener. Ganz ehrlich!“, flüsterte Sardaar; so leise, dass nur er selbst es hören konnte.

Nossrat war damit beschäftigt, seinen Gürtel zu schließen. Ich dachte, wenn ich jetzt meinen Revolver dabeihätte, ich würde ihn erschießen.

„Meister, du hattest nie so einen guten Arbeiter wie Agha Djamil. Er ist nicht nur intelligent und hübsch, er hat auch einen starken Körper. Ein Glücksfall für jeden Baumeister, der so einen Arbeiter in seinen Reihen hat. Du solltest ihn wertschätzen", sagte Nossrat. Doch Sardaar hatte gar nicht mehr zugehört und beschäftigte sich stattdessen mit einem Bündel Geldscheine. Er zählte das Geld, nahm ein paar Scheine und reichte sie mir: „Nimm, das ist die Miete für Djavad. Nimm schon, Bruder!"

„Aber er ist ja noch gar nicht eingezogen."

„Er wird aber einziehen."

„Ich verstehe nicht, warum zahlen Sie seine Miete?"

Nun mischte sich Nossrat ein. Er nahm das Geld, stopfte es in meine Hosentasche und sagte: „Wenn der Meister etwas sagt, dann widersprichst du nicht. Da ist kein Platz für Diskussionen. Nimm das Geld und sag ‚In Ordnung!'"

Er starrte mich an und wartete auf meine Zustimmung. Dann setzte er ein Lächeln auf, als würde er mich seit Ewigkeiten kennen. Er hatte kleine Augen, die aus der Nähe gar nicht so furchterregend aussahen wie von etwas weiter entfernt. In seinen Augen konnte ich erkennen, dass er mich vor anderen Männern beschützen und mir das auch versichern wollte. In seinem riesigen Schädel schien es aber kein allzu großes Gehirn zu geben, denn seine Blicke und auch sein Lächeln waren richtiggehend kindisch. Dennoch verspürte ich einen Moment lang den Wunsch, in seine Arme zu fallen, wohl wegen seiner riesigen Gestalt mit den breiten Schultern.

„Es wäre gut, wenn ihr beide die Arbeiter im Auge behieltet“, sagte Sardaar. Dann bewegte er sich in Richtung eines weißen Autos, das auf ihn wartete, und sagte zu mir: „Ich glaube, auf der Baustelle gibt es kaum noch was zu tun für dich. Besser wäre es, wenn du in der Nähe von Nossrat bleibst. Wenn du Arbeiter beim Faulenzen erwischst, dann bringt mir das mehr, als wenn du vier Ziegel auf und ab trägst.“ Dann stieg er ins Auto und brauste davon.

„Dein neuer Zimmergenosse ist ein nettes Kerlchen. Er ist schon seit Jahren hier, geht aber bald wieder zurück. Hat er dir davon erzählt?“, fragte Nossrat.

„Ja, hat er.“

„Ich will ja nicht sagen, dass Agha Djavad ein Geheimniskrämer ist, aber er hat euch bestimmt nicht gesagt, dass er zurückkehrt, weil er sich den Pasdaran, den Revolutionsgarden, anschließen will.“

Auf dem Weg zu meinem Zimmer sagte ich: „Er ist nur deswegen bei mir, weil er bloß drei Nächte bleibt. Sonst wäre ich nicht bereit gewesen, mein Zimmer zu teilen.“

„Früher wart ihr doch auch zu zweit. Ist es nur wegen ihm, dass du keinen Neuen haben willst. Wie war noch sein Name?“, fragte Nossrat, während er neben mir herging.

„Nadji“, antwortete ich und gab zu verstehen, dass

ich nicht weiter darüber reden mochte. Dann hatte ich das Gefühl, dass Nossrat mir etwas sagen wollte. Hatte er mitbekommen, dass ich ihn töten wollte? Würde er mich jetzt zur Rede stellen, dann müsste ich ihm wohl die Wahrheit sagen und alles gestehen. Oder etwa nicht? Dabei wollte ich ihn jetzt gar nicht mehr töten. Und außerdem würde mich die Wahrheit in bisher ungeahnte Situationen verwickeln, denn Wahrheit erschafft immer neue Fragen. Fragen über Fragen. Daher fasste ich den Entschluss, mich gegen die Wahrheit zu entscheiden.

Wir erreichten unser Gebäude und Nossrat sagte: „Mir geht es heute nicht so gut, ich habe Halsschmerzen. Darum kann ich auch nicht laut sprechen. Sag du bitte den Arbeitern laut und deutlich, dass sie eine zehnminütige Teepause haben. Nur zehn Minuten."

Das gefiel mir, denn einen Moment lang fühlte ich mich wichtig: „Hey, meine Herren! Alle Arbeiter dürfen sich zehn Minuten lang ausruhen und einen Tee trinken." Und dann rief ich: „Schahtscheragh, bring heißen Tee für die Arbeiter!" Aus der Küche war der Klang klirrender Teegläser zu hören, dazu die Stimme von Schahtscheragh, die der Stimme einer Frau ähnelte: „Oh, was für eine gute Idee, geliebter Herr!"

Die Arbeiter machten Pause, lehnten sich genüsslich zurück und zündeten Zigaretten an. Sie warfen Blicke in meine Richtung, wie ich sie bisher nicht erlebt hatte. Wahrscheinlich dachten sie, Nossrat würde mich unterweisen, damit ich ihnen in Zukunft Befehle erteilte, sollte er selbst nicht da sein. Dabei hasste ich es,

Menschen rumzukommandieren. Dann sagte Nossrat zu mir: „Ich habe gehört, du hast leckere Kekse. Das hat mir der Typ erzählt, der sie für dich gekauft hat." Daraufhin lachte er schallend und ich machte mich auf den Weg zu meinem Zimmer, um alles für die Ankunft von Djavad vorzubereiten.

„Übrigens hat er die Kekse mit meinem Geld gekauft. Ich hoffe, das hat er auch erzählt."

Das erwähnte ich nur deswegen, weil manche Arbeiter oftmals gnadenlose Gerüchte verbreiteten, speziell über mich. Nossrat aber lachte nur und begleitete mich vor den fragendenden Blicken der herumstehenden Arbeiter zu meinem Zimmer. Eine laute, glückliche Stimme verkündete: „Und morgen wird der Meister mit uns feiern, denn in seinem Haus hat ein Neugeborenes mit einem Schwänzchen das Licht der Welt erblickt. Darauf hat er solange gewartet."

„Gott schütze ihn!", riefen ein paar andere Stimmen.

Schahtscheragh servierte zuerst mir und dann Nossrat Tee. Dafür gab ich ihm ein paar Kekse. Er bedankte sich und steckte sie in seine Hosentasche. Dann bekamen auch die anderen ihren Tee und ich war mit Nossrat alleine. Er bot mir eine Zigarette an, obwohl er wusste, dass ich nicht rauchte.

„Am meisten stört mich an deinem Freund, dass er frech ist. Wenn ich wollte, dann könnte ich ihn fertigmachen. Aber das mache ich nicht, denn er ist ein Freund von dir."

„Warum willst du ihn fertigmachen?"

„Ich mag keine frechen Kerle. Wenn ich will, dann könnte ich ihn in weniger als einer Minute der Polizei übergeben. Aber wegen deiner Schönheit mache ich das nicht. Nur deswegen."

Er bluffte. Niemand wollte Polizei hier haben, schon gar nicht der Baumeister oder sein Vorarbeiter.

„Jetzt mal ehrlich, warum hast du so einen Hass auf ihn?", fragte ich.

Schnell warf er einen Blick auf seine Uhr, stand auf und ging auf den Balkon. Dann brüllte er: „Zurück an die Arbeit, Brüder! Bis zum Mittagessen dauert es nicht mehr lange. Maschallah, meine Herren. Die Sunniten sagen ‚bei Omar' und die Schiiten ‚bei Ali', bevor sie sich wieder an die Arbeit machen."

Daraufhin war das schallende Gelächter einiger Arbeiter zu hören. Nossrat kam in mein Zimmer zurück und nahm noch einen Keks aus der Schachtel: „Heute habe ich alle deine Kekse gegessen. Aber ich kaufe dir welche, wenn ich am Freitag in die Stadt fahre." Er nahm die Verpackung und betrachtete sie eingehend, um sie in Erinnerung zu behalten: „Der Meister mag dich wirklich, sonst hätte er dir niemals diesen Job gegeben. In so kurzer Zeit."

Ich unterbrach ihn: „Ich glaube, der Meister hat das nur für heute angeordnet, weil er in die Stadt fahren musste."

Nossrat lachte und Schahtscheragh kam abermals mit einem Tablett herein. Diesmal waren aber nur zwei Teegläser darauf. In dem Gebäude waren jetzt nur noch Nossrat und ich. Wir hätten es also uns bequem machen und Tee trinken können, und niemand wäre da gewesen, um etwas zu beanstanden.

„Schade, dass du keine Aufenthaltserlaubnis hast, sonst hätte dich der Meister in die Stadt mitgenommen. Da gibt es schöne Plätze und herrliche Hotels. Es ist nicht so, dass es hier keine Plätze für Vergnügen gäbe. Im Gegenteil, es gibt auch hier viele schöne Orte und Hotels. Aber leider hast du keine Papiere und die Polizei würde dich sofort in deine Heimat abschieben, falls sie dich erwischen."

Dann setzte er sich auf einen Hocker neben der Tasche, in der ich den Revolver versteckt hatte. Mir wurde klar, dass er ebenfalls ein frecher Kerl war, der seine Nase mit Vorliebe in die Angelegenheit anderer Leute steckte. Was wäre geschehen, wenn er sich dazu entschlossen hätte, die Tasche zu durchwühlen? Und wenn ich erschrocken versucht hätte, ihm die Tasche zu entreißen? Er wäre nur noch neugieriger geworden. Darum blieb ich ruhig und starrte angsterfüllt auf jede seiner Bewegungen.

„Sardaar hat zwei Frauen und viele Kinder", sagte ich schließlich. „Warum soll er gerade mich in ein Hotel mitnehmen?"

„Gott ist mein Zeuge, der Meister hat die zweite Frau nur geheiratet, damit sie ihm einen Sohn gebiert. Zum Glück hat sie das auch getan. Für alle seine Frauen und Kinder hat der Meister eine stattliche Dienerschaft angeheuert, die ihnen Tag und Nacht zu Diensten sind. Warum soll er also nachts zu Hause sein. Verstanden?"

„Verstanden." Ich dachte an Nadji, der wie ich illegal im Land war. Wieso konnte aber er jeden Freitag in die Stadt fahren? Ich wollte ihm aber keine Schwierigkeiten bereiten, daher sagte ich nichts dazu.

„Hier in der Nähe steht ein großes Haus", sagte Nossrat. „Kein Haus, sondern der Palast von Scheich Assad. Es ist nicht weit, kurz vor der Stadt. Alle sagen zu ihm Scheich Assad. Aber ich und Sardaar nennen ihn nur Assad, denn er ist sehr eng befreundet mit uns. Dort gibt es keine Polizisten, und falls doch welche auftauchen sollten, dann würden sie es nicht wagen, den Palast des Scheichs zu betreten. Der Scheich stammt ursprünglich aus dem Iran. Wenn er nicht da ist, dann gibt er mir den Schlüssel zum Palast. Für Meister Sardaar, falls er hingehen und Gäste einladen oder etwas Wohltätiges machen möchte. Übrigens hat mir der Meister gesagt, ich soll dich fragen, ob du schon mal Kaviar gegessen hast."

Ich wusste genau, was er vorhatte, aber in diesem Moment wäre es dumm gewesen, ihn bloßzustellen. Außerdem wollte ich keinen Fehler machen, denn ich befürchtete, dass er dann die Tasche untersuchen und eventuell den Revolver finden würde. Daher fragte ich: „Hat der Palast auch ein Schwimmbad?"

„Ich bin sicher, dass es eins gibt. Aber ich war nicht im Schwimmbad, sondern in einem riesigen Hammam, mit einem großen runden Wasserbecken in der Mitte. Hast du schon mal Whisky getrunken? Das sollte ich dich auch fragen, hat Meister Sardaar gesagt. Es ist sehr schön, im Becken zu liegen und den Kopf über dem

Wasser zu halten, Zigarren zu rauchen und Whisky zu schlürfen. Keine Angst vor Whisky. Es ist nicht wie beim Schnaps, wo man gleich betrunken wird, wenn man einen Shot kippt. Nein, Whisky macht so etwas nicht. Er macht dich langsam und schön betrunken."

Plötzlich fing er wieder an zu lachen und fragte: „Okay, wollen wir?"

Er wartete auf mein Okay, bekam es aber nicht zu hören. Immer wieder wiederholte er: „Ist alles in Ordnung?" Ich stand auf und er betrachtete mich einige Male von Kopf bis Fuß.

„Was ist mit dir, Meister? Wie viele Frauen und Kinder, mit denen du offiziell und inoffiziell zusammenlebst, hast du eigentlich?"

Er mochte die Frage und lachte laut. Dann sah er mir in die Augen und sagte: „Ich habe keine Frau, Bruder. Als ich jung war, habe ich nicht geheiratet, und jetzt ist es zu spät. Niemand gibt mir mehr eine Frau."

Ich hätte ihn mir nehmen können. Er war offensichtlich eine dumme Nuss und hätte alles für mich getan. Wäre ich mit ihm zusammen gewesen, dann hätte er mich vor vielen Dingen bewahrt, die mich belasteten. Wie zum Beispiel das Duschen. Es gab immer ein paar gierige Augen, die durch die Löcher im Vorhang glotzten. Dagegen konnte ich nichts unternehmen, denn falls ich mich darüber beschwert hätte, wäre es nur noch schlimmer geworden. Ich hätte ihn bitten können, mir ein paar schöne Sachen aus der Stadt zu bringen, einen Spiegel, eine Mütze oder einen Kamm.

Aber das wunderbare Bild, das ich mir noch vor ein

paar Minuten von ihm gemacht hatte, war rasch dahin. Seine Umarmung wurde zum nutzlosesten Ort der Welt und seine großen Hände, von denen ich kurze Zeit gedacht hatte, dass sie mich beschützen könnten, schienen lediglich aus dem Baumwollstoff einer Vogelscheuche zu bestehen. Wie ein Zuhälter saß er auf dem Hocker und versuchte, mich mit seinem banalen Lächeln für seinen Chef zu ergattern. In diesem Moment hätte ich ihn erschießen können, selbst wenn er nicht mein Peiniger gewesen wäre. Sämtliche Patronen des Revolvers hätte ich in seinen leeren Schädel gejagt. Zum Glück aber war ich intelligent genug, um rasch von dieser Idee abzukommen. Niemals würde ich mich wegen eines Menschen, der mir völlig gleichgültig war, Folter und Tod aussetzen. Aber wäre dieser Hass auch nur ein paar Stunden früher in mir aufgestiegen, ich hätte Nossrat auf der Stelle abgeknallt – Peng!, Peng!

Endlich kam Djavad mit seinem riesigen Rucksack, den er völlig außer Atem auf den Boden warf: „Du hast mir nicht gesagt, dass du im dritten Stock wohnst. Ich habe den ganzen zweiten Stock nach dir abgesucht."

„Du hast ganz allein diesen Rucksack heraufgetragen, mein lieber Sohn?", fragte Nossrat. „Warum hast du denn Onkel Nossrat nichts davon gesagt? Er hätte dir jemand zu Hilfe geschickt!"

„Wer nicht weiß, was hier los ist, könnte glauben, Nossrat wäre sehr nett", sagte Djavad und schaute mich an.

Nossrat näherte sich Djavad: „Bin ich denn nicht

nett? Ich habe dir so viel Gutes getan. Gut, dass Djamil kein Fremder ist, sonst würde er dir glauben und mich für ein Ungeheuer halten."

Djavad lachte, hob den Kopf und unter seinem Kinn wurde ein langer Hals mit einem hervorstehenden Adamsapfel sichtbar. Die Wölbung an einem männlichen Hals war für mich stets ein sicherer Ort. Alle Männer haben einen Adamsapfel, aber nur bei manchen ist er gut zu sehen. Wie ein roter Apfel, der Vertrauen und Nähe signalisiert. Nachdem ich Djavads Hals gesehen hatte, konnte ich die Anwesenheit von Nossrat nicht mehr ertragen. Ich wollte, dass er das Zimmer verlässt. Der Mann, der noch vor einigen Minuten beinahe mein Beschützer geworden wäre, war nun völlig überflüssig.

„Ich werde jetzt gehen und nach den Arbeitern sehen. Mach dich bereit und komm dann in die Küche zu Schahtscheragh."

„Du siehst besser aus als je zuvor. Jetzt, da du uns verlassen willst." Nossrat warf einen lüsternen Blick auf Djavads Körper.

Djavad schubste ihn mit den Fingerspitzen von sich: „Sei doch still! Meine Kleider sind zu groß geraten, daher sehe ich etwas stärker aus."

„Dieser junge Mann hat nichts im Schädel", sagte Nossrat beim Hinausgehen. „Alle wollen Gewicht zulegen, aber er will dürr bleiben." Beide lachten über seinen Witz.

„Eure Exzellenz ist gerade vom Dorf hinter den Bergen gekommen, daher versteht sie nicht!", sagte Djavad mit lauter Stimme. Ich war soeben dabei, meine Tasche in eine Ecke zu räumen, als Nossrat wieder auftauchte. Erneut bekam ich Angst und wusste nicht, was ich machen sollte.

„Ich würde dir raten, unseren Freund Djamil nicht anzumachen. Er hat einen Freund, der in einem anderen Gebäude wohnt und der sehr eifersüchtig ist. Außerdem besitzt er einen Revolver und er hat schon mehrmals angekündigt, jeden in den Schädel zu schießen, der sich Djamil nähert. Das wollte ich dir nur gesagt haben, mein lieber Junge“, sagte Nossrat. Dann verschwand er mit dem lautesten Lachen, das ich je von ihm gehört hatte.

Djavad stand einfach nur da und schaute mich verdutzt an. „Was erzählt dieser Bastard Nossrat Agha?

„Ihr seid euch wohl sehr nahe, oder?“, fragte ich.

Er suchte nach einem geeigneten Platz für seinen Rucksack. „Du meinst Nossrat? Er ist lustig und ich kann ihn gut leiden. Aber manchmal kann er auch ein Hurensohn sein.“

„Wie meinst du das?“

„Ich kenne ihn schon länger, denn ich bin immer wieder hergekommen, um hier zu arbeiten. Früher war es viel einfacher, ein- und auszureisen. Niemand hat sich darum gekümmert, ganz anders als jetzt. Die Leute kamen als einfache Arbeiter, viele konnten auch nichts anderes machen. Es war einfach, nach Hause zurückzukehren. Heute ist alles kompliziert. Ich möchte nur das Land verlassen und in meine Heimat reisen, das ist alles. Aber ich mache mir Sorgen. Es klingt einfach, aber es ist kompliziert. Hätte ich nur eine Waffe, dann würde ich mich unterwegs sicherer fühlen."

Ich hatte meine Tasche in einer sichereren Ecke verstaut. „Warum willst du gerade jetzt ausreisen? Warum denn überhaupt? Du hast dich doch gut eingewöhnt? Außerdem glaube ich nicht, dass im Iran alles so ist wie früher. Und ich glaube auch nicht, dass du dich einfach so den Revolutionsgarden anschließen kannst."

„Ich soll Revolutionsgardist werden?"

„Nossrat hat erzählt, dass du dich den Revolutionsgarden anzuschließen möchtest. Ist doch kein schlechter Job!"

„Was für blöde Gerüchte dieser Hurensohn in die Welt setzt."

„Um ehrlich zu sein, heutzutage machen das doch alle."

„Das ist lustig, nicht wahr?"

„Was?"

„Darf ich meinen Rucksack hierlassen?"

„Geht in Ordnung."

Djavad stellte seinen Rucksack ab und sagte: „Es ist wahr. Nach dem Beginn der Revolution hatte ich die Idee, in den Iran zurückzukehren und als Agent des Regimes zu arbeiten. Es hieß, das wäre eine gute Karriere für die Zukunft. Wer schon von Anfang an einen derartigen Posten hatte, der ist jetzt mit Sicherheit in einer besseren Position. Aber für mich ist das nichts, lieber Djamil. Das wäre keine Aufgabe für mich, Frauen wegen eines unangemessen getragenen Schleiers zu verhaften. Oder Männer in Handschellen abzuführen, nur weil sie sich in der Öffentlichkeit nicht richtig benommen oder sich Frauen unsittlich genähert haben. Und was geht mich die Kleidung an, die andere Leute tragen wollen? Ob mit Hidschab oder ohne Hidschab, ob lange oder kurze Ärmel. Nachdem ich diese Nachrichten aus der Heimat gehört hatte, habe ich meine Meinung bezüglich der Agentenkarriere geändert."

Plötzlich hielt Djavad inne und fragte: „Stimmt es, was Nossrat sagt: Dein Freund besitzt einen Revolver? Weißt du, ob er ihn verkauft und was er dafür haben möchte?"

Offensichtlich war die Zeit gekommen, den Revolver endlich loszuwerden. Ihn zu behalten, hätte weder mir noch Nadji irgendwas gebracht. Er hatte nicht nur keinen Nutzen, sondern er konnte uns auch schaden und gefährlich werden.

„Wozu brauchst du einen Revolver? Wo du hingehst, ist alles voll mit Waffen. Sogar Kinder tragen welche, das wird erzählt. Warum willst du gerade dorthin einen Revolver mitnehmen? Oder machst du dich über mich lustig?"

„Ich brauche ihn nicht für mich, sondern für jemand anderen."

„Für wen denn?"

„Für einen Afghanen. Weißt du vielleicht, wer so etwas haben könnte?"

„Leider habe ich keine Ahnung."

„Sicher?"

„Na klar."

„Dann brauchen wir auch nicht mehr darüber zu reden."

Er schnappte sich einen Sitzhocker und setzte sich: „Warum arbeitest du heute nicht? Hast du frei oder Urlaub? Oder was?“

„Meister Sardaar will, dass ich Nossrat unterstütze. Warum er das möchte, weiß ich nicht. Aber für mich ist es recht angenehm, ich kann um das Gebäude herumlungern, mich mit den anderen Arbeitern unterhalten oder einfach auch nichts zu tun.“

„Darf ich einen Keks haben?“ Ohne meine Antwort abzuwarten, nahm er einen Keks und steckte ihn in den Mund: „Wahrscheinlich steht Sardaar auf dich.“

„Weißt du auch, wo der Palast von Assad ist?“

„Sollst du etwa auch dorthin gebracht werden? Das ist ein wundervolles Haus. Angeblich gehört es einem Scheich, der nur zwei- oder dreimal im Jahr dort ist. Aber es gibt auch etwas sehr Gefährliches dort, nämlich Sardaars Frau. Sie weiß genau, wo sich der Palast befindet. Und da sie ihren Zuhältermann liebt, kann es durchaus sein, dass sie jeden Moment mit ihren Bodyguards ins Haus stürmt, wie ein Dschinn, der etwas Böses anstellen will. Zum Beispiel habe ich von ihren Rivalen gehört, dass sie einen jungen Liebhaber von Sardaar mit einem Messer verletzt und einen anderen mit einer Pumpgun angeschossen hat. Zuletzt wollte ihr Bruder mit einem Schwert den Schädel eines schönen pakistanischen Jünglings einschlagen, aber glücklicherweise konnte sich der Junge rechtzeitig in Sicherheit bringen.“

Das machte mir Angst. Ich hatte weder Ambitionen, mich mit Sardaar einzulassen, noch wollte ich in die Fänge seiner Gemahlin und deren Bodyguards geraten.

„Was bringt dir ein Revolver?"

„Das habe ich dir schon erklärt."

„Du hast recht. Man ist sicherer, wenn man einen Revolver in der Tasche hat. Besonders, wenn man dieser Tage über die Grenze möchte."

Djavad stand mitten im Raum, und ich erzählte ihm die Geschichte von den Räubern und von Nadji mit seinem Revolver. Natürlich wollte er sofort wissen, wo die Waffe denn jetzt sei. Ich antwortete mit einer weiteren Geschichte, irgendetwas Fadenscheiniges. Dann stellte er sich vor den Spiegel, bewunderte seinen Körper und verlangte von mir, ihn zu betrachten.

„Du hast einen sehr schönen Körper, Mann. Groß gewachsen und gut trainiert. Wer das nicht zu schätzen weiß, soll sich aus dem Staub machen."

„Wen meinst du damit?", lachte er.

„Diejenigen, die den Mann des Jahres wählen."

Er mochte meinen Humor und sagte, ich wäre lustig. Mehrere Male sagte er lustig, als ob er das Wort gerade erst gelernt hätte. Und alle erdenklichen Dinge kommentierte er mit „Wie lustig!", und war damit offensichtlich zufrieden.

„Dann kannst du auch damit umgehen?", fragte ich.

„Womit umgehen?"

„Mit einem Revolver."

„Wenn er geladen ist. Ist er überhaupt geladen, hast du ihn gesehen?

„Woher soll ich das wissen? Bestimmt ist er geladen."

„Dann hast du den Revolver noch gar nicht gesehen."

„Welchen?"

„Den von deinem Freund. Der Junge, der mit Yaddy arbeitet?"

Ich gab vor, mehr zu wissen, als ich sagte, und lenkte vom Thema ab. „Ich muss jetzt aufräumen, damit du mehr Platz für deine Sachen hast."

Djavad hatte seine Arbeit beendet und wartete gemeinsam mit zwei Afghanen auf einen Schlepper, der sie an einem Freitagmorgen abholen sollte. Ich überlegte, wie ich ihm den Revolver andrehen und mich damit endlich von dieser Last befreien könnte. Trotzdem war ich schlau genug, ihm den Revolver nicht umsonst zu überlassen und etwas Geld dafür zu verlangen. Aber ich musste vorsichtig sein, denn falls Djavad in Schwierigkeiten geriet, durften Nadji und ich nicht mit der Sache in Verbindung gebracht werden.

An jenem Abend erzählte mir Djavad von seinem harten und entbehrungsreichen Leben. Bereits als Kind wurde er von seinem Stiefvater zum Arbeiten gezwungen. Er musste für wenig Geld Hilfsarbeiten leisten, für seine Mutter und Geschwister sorgen und sie noch dazu vor den brutalen Schlägen des Vaters beschützen. Im Alter von vierzehn Jahren heuerte er bei einem LKW-Fahrer an, der ihn als Lehrling aufnahm. Anfangs war es eine schöne Tätigkeit. Der LKW-Fahrer zahlte gutes Geld und lud ihn zum Essen in Raststätten ein. Zumindest einen Teil der Woche musste Djavad nun nicht mehr zu Hause verbringen und sich das Gejammer des Stiefvaters anhören. Später aber wurde daraus ein schmerzvoller Albtraum: „Schmerz! Nur mehr Schmerz."

Nachdem Djavad ein paar Wochen als Lehrling gearbeitet hatte, blieb der LKW eines Abends nach Einbruch der Dunkelheit mit einer Panne auf der Autobahn liegen. Der Fahrer meinte, dass sie wohl die Nacht dort verbringen müssten. Bald darauf flüsterte er Djavad Geschichten über sexuelles Vergnügen zwischen zwei Männern ins Ohr. Djavad versuchte ihm klarzumachen, dass er das nicht mochte, aber davon wollte der Fahrer nichts wissen. Noch in dieser Nacht vergewaltigt er Djavad, der keine Chance hatte und sich nicht wehren konnte. Er brüllte und schluchzte, doch da war niemand in dieser kalten Nacht, der die Schreie dieses verlassenen Jungen in der Wüste gehört hätte und ihm zu Hilfe gekommen wäre.

„Danach setzte sich der LKW-Fahrer wieder ans Lenkrad und ließ den Motor an", erzählte Djavad weiter. „Mein Gesicht war tränenüberströmt, aber ich setzte mich trotzdem auf den Beifahrersitz. Ich wollte verschwinden und nie wieder in diesen LKW steigen. Doch ich blieb, denn ich hatte keine andere Wahl. Der Fahrer erhöhte meinen Lohn, und plötzlich hatte ich genug Geld, um für mich und meine Geschwister neue Kleider fürs Neujahrsfest zu kaufen. Ich konnte sogar an manchen Feiertagen mit meiner Schwester ins Kino gehen. Nach diesem Vorfall ging ich immer seltener nach Hause und verbrachte meine Zeit lieber mit dem LKW-Fahrer. Die Schmerzen ließen nach, je öfter wir es trieben. Um ehrlich zu sein, ich gewöhnte mich daran und manchmal wollte ich es sogar. Kannst du das glauben?"

Daraufhin lachte er, aber sein Lachen klang eher wie ein Weinen. Selbst mir kommen noch heute die Tränen, wenn ich mich an seine Worte erinnere. Ich weine um ihn und um seine mit Gewalt geänderte sexuelle Neigung. Das passiert nicht selten, häufige Vergewaltigungen können dazu führen, dass sich Jungen daran gewöhnen und ein Suchtverhalten entwickeln, sodass sie auch freiwillig nach diesen Handlungen verlangen. Damit wird auf lange Sicht ihr Leben und auch ihre Geschlechtsidentität zerstört. Mir graute bei dem Gedanken, dass ein Mensch imstande ist, die sexuelle Veranlagung eines anderen zu beeinflussen.

Es fiel ihm schwer, das alles zu akzeptieren: „Wahrscheinlich war ich immer schon anders, noch bevor ich diesem Hurensohn ausgeliefert war. Nein, ich will ihn gar nicht beschimpfen, denn er war kein schlechter Mensch. Er war bloß eine miese Ratte. Am Anfang hat er mir richtig wehgetan, aber ein paar Jahre später wurde ich erwachsen und konnte mich von ihm lösen. Meine Tante fand eine bessere Arbeit für mich. Diesmal ging ich zu einem Schneider in die Lehre. Er brachte mir viel bei, aber auch er missbrauchte mich immer wieder. Er war in seinen Fünfzigern und liebte Knaben. Ich habe ihm gutgetan. Aber er war nicht gut für mich."

Ich war nicht mehr in der Stimmung, ihm weiter zuzuhören. Er hatte begonnen, über andere und auch über sich selbst zu urteilen. Ich hätte ihn auch weitererzählen lassen, aber mir wird übel, wenn Menschen sich zu unschuldigen Opfern stilisieren und behaupten, die anderen hätten sie mit Gewalt ruiniert. Damit schieben sie jegliche Schuld auf die Täter und fühlen sich frei von eigener Mitverantwortung.

Ich versuchte, das Thema zu wechseln: „Wo sind meine Socken? Ich hatte ein Paar neue Socken. Ich muss sie jetzt finden, diese hier sind völlig vergammelt und zerrissen."

Djavad lag auf seiner Decke und las in einer arabischen Zeitung. Vielleicht schaute er auch nur die Bilder an. In meiner Tasche waren noch ein paar Sachen von Nadji. Ein paar Hosen, die er lange nicht mehr getragen hatte, sowie Arbeitshandschuhe, die er nicht mehr benutzte. Ich nahm die Sachen langsam aus der Tasche und legte sie behutsam in eine Ecke. Er hatte alles dagelassen, was ich seiner Meinung nach gebrauchen konnte. Einen Krug, ein paar Teegläser, dazu Teebeutel sowie alles Essbare. Zum ersten Mal, seit er fort war, sah ich all die Schachteln mit den leckeren Keksen, die er so sehr liebte. Die bunten Tischdecken waren ebenfalls bei mir geblieben. Sie waren für den Tag vorgesehen, an dem wir unser eigenes Haus haben würden und in Frieden leben konnten. Es war egal, wo dieses Haus stünde, aber es musste eine große Küche haben. Dort würden wir unseren kleinen Tisch hinstellen und jede Woche eine von diesen Tischdecken auflegen. Dazu Teller, Gläser und eine Flasche Wein.

Die Tischdecken hatten wir von Lieferwagen gekauft, die manchmal zu unseren Gebäuden kamen. Die Händler waren meist Bekannte von den Vorarbeitern, denn Fremde durften nicht zu den Baustellen kommen.

Manchmal kaufte Nadji von diesen Händlern schöne Geschenke für mich. Ich erinnere mich gerne an diese kostbaren Tage. Nadji fühlte sich damals noch mit mir verbunden. Einmal brachte er mir einen riesigen Strauß bunter Plastikblumen, die ich an der Wand unseres Zimmers befestigte. Wochenlang blieben sie dort hängen, wie in einer Vase, und jeden Freitag staubte ich sie mit einem nassen Tuch gründlich ab.

Eines Tages sagte ein Arbeiter zu Nadji: „Wir dachten, du hättest diese Blumen gekauft, um sie deiner Frau mit nach Hause zu bringen. Aber du hängst diesen Weiberkram an die Wand, großer Mann." Die Arbeiter lachten laut. Sie lachten über alles, auch wenn es nicht besonders lustig war. Die ganze Zeit waren sie auf der Suche nach einem Grund zum Lachen.

Nadji meinte, es wäre besser, die Blumen von der Wand zu nehmen. Ich reinigte und trocknete sie, dann packte ich sie in die Tasche. Jetzt holte ich alle diese Sachen aus der Tasche und legte sie sorgfältig vor mir auf den Boden. Djavad saß hinter mir. Ich sah seinen Schatten und spürte, dass er mich leise überwachte. Ich leerte die Tasche, bis auf den Revolver. Seine Kanten stachen durch den Stoff und verführten zum Nachsehen. Ich stand auf und ging in Richtung Toilette: „Mein Lieber, könntest du bitte paar Minuten auf meine Sachen aufpassen, bis ich vom Waschraum zurück bin?"

„Na klar, geh ruhig. Und lass dir Zeit, ich passe schon auf." Mein ganzer Körper zitterte vor Angst und mein Mund war trocken. Der Waschraum befand sich außerhalb des Gebäudes. Würde er in meiner Abwesenheit den Revolver finden und die anderen darüber informieren? Er tat es nicht.

Ich machte mich darauf gefasst, dass er wahrscheinlich länger bei mir bleiben müsse, denn die Schlepper kamen oftmals später als vereinbart. Aber diesmal waren sie pünktlich und Djavad wurde an einem Freitagmittag abgeholt. Stunden zuvor hatte er schon seinen Rucksack gepackt und sich mit seinen afghanischen Kameraden getroffen. Mir aber war er ausgewichen. Ich sollte ihn nicht sehen und ich kannte auch den Grund dafür. Bald darauf sah ich ihn in einen Lieferwagen einstiegen, der sich langsam in Bewegung setzte und schließlich am Horizont verschwand.

„Ich gehe zu meiner Tante und werde den Rest meines Lebens bei ihr verbringen“, hatte Djavad gesagt. „Sie ist eine sehr nette Frau und wie ich alleine. Dann werde ich bei einem Schneider arbeiten und so viel Geld ansparen, bis ich eine eigene Schneiderei gründen kann. Eine Schneiderei, in der Kleider aller Art genäht werden. Für Männer, Frauen und Kinder. Langsam werde ich reich werden und ein besseres Leben führen können.“

Das alles erzählte er mir an seinem letzten Abend, noch bevor er den Revolver aus der Tasche geklaut hatte. Vermutlich dachte er, der Revolver würde ihn schützen. Aber zu diesem Zeitpunkt konnte er noch nicht ahnen, dass der Revolver, den ich ihm überlassen hatte, schuld an seinem Tod sein würde.

Die Nachricht erreichte uns eine Woche später. Ein illegaler Arbeiter, der von der anderen Seite der Grenze gekommen war, hatte uns davon berichtet. Knapp vor der Grenze waren Djavad und die Afghanen auf drei Männer gestoßen, die sich ihnen näherten. Sie hatten Angst, sahen aber keine Möglichkeit, sich zurückzuziehen. Djavad verlor die Nerven und zog den Revolver, ohne zu fragen, was die drei von ihnen wollten. Daraufhin wurde er von einem der Männer auf der Stelle erschossen.

Bei den drei Männern hatte es sich um Grenzwächter in Zivil gehandelt. Dabei wäre die Situation gar nicht gefährlich gewesen. Die Grenzwächter wollten sich lediglich vergewissern, dass die Leute auch wirklich das Land verlassen wollten, dann wären sie auch nicht daran gehindert worden. Aber nachdem Djavad den Revolver gezogen hatte und erschossen worden war, wurden auch seine Begleiter festgenommen und durchsucht. Später stellte sich heraus, dass der Revolver gar nicht geladen war. Das hatte ich nicht gewusst. Djavad hatte zwar danach gefragt, aber ich hatte keine Ahnung, denn ich hatte es nie überprüft. Trotzdem sah ich keinen Grund, mich wegen seines Todes schuldig zu fühlen. Ich hatte doch nur den verdammten Revolver loswerden wollen. Die damaligen Umstände meines Lebens hatten meine Seele dermaßen verhärtet, dass ich allen Ernstes glaubte, jeder Mensch trage die Verantwortung für sein Glück und auch für sein Unglück selbst.

Ich hatte Sardaars Angebot, das mir Nossrat übermittelt hatte, noch einmal genauer durchdacht. Wenn ich darauf eingegangen wäre, dann hätte ich diese verdammt schwere Arbeit ein für alle Mal loswerden können. Sechs Tage die Woche im Morgengrauen aufstehen, zum Frühstück zwei Tassen Tee mit etwas Käse und Brot und dann an die Arbeit. Ziegel, Lehm und Zement mussten von einer Etage in die nächste geschleppt werden. Manchmal heulte ich unter der Last der schweren Zementsäcke. Immer wieder fragte ich mich während der Schufterei, was ich denn in meinem Leben verbrochen hätte, dass mir all dieses Unglück widerfahre. Ich hatte doch mal den Traum, etwas zu lernen und zu studieren. Was war nur passiert, dass ich ausgerechnet hier gelandet war? Ich dachte, vielleicht wäre es besser gewesen, bei meinem Vater in unserem Dorf zu bleiben und zu tun, was er von mir verlangt hatte. Nein, das konnte es auch nicht sein, das war nicht das Leben, das ich mir vorgestellt hatte. Aber zumindest wäre ich nicht unter dieser schweren Last in der Fremde zerbrochen. Oh ja, das war die schwierigste Erfahrung meines Lebens, diese Fremde und das Leben unter all den Menschen, die selbst unter Heimweh litten. Deshalb waren sie auch so wütend, über alles und jeden. Menschen, denen es völlig gleichgültig war, ob du lebendig oder tot bist. Sie konnten einfach keine Verbindung zu deinem Dasein aufbauen. Und du hattest auch keine andere Wahl, als dich fernzuhalten und wie ein Roboter zu arbeiten. Dinge von hier nach dort zu tragen und das zu machen, was der Vorarbeiter verlangte.

Die Nächte und die Freitage waren eine Zeit der Ruhe. Dann sperrte ich mich in mein Zimmer ein und weinte leise, versteckt vor den Blicken der anderen Arbeiter. Was hatte ich denn falsch gemacht in meinem kurzen Leben? Und gerade jetzt, da ich das alles nicht mehr ertragen konnte, bot mir Nossrat eine leichtere Arbeit an. Ich sollte im Gebäude einfach nur auf- und abgehen und sicherstellen, dass die Arbeiter ihrer Tätigkeit nachgingen. Und Nossrat informieren, wenn einer seine Aufgaben vernachlässigte. Dann konnten Meister Sardaar und er entscheiden, wie mit dem Arbeiter zu verfahren sei. Die schlimmste Strafe war, keinen Tageslohn zu bekommen. Aber wenn jemand öfter erwischt wurde, konnte er gefeuert werden und dann war es sehr schwierig, einen anderen Job auf einer Baustelle zu finden. Ich selbst musste mir wegen dieser Strafen keine Sorgen machen, ich war in Sicherheit. Die einzigen Menschen, die mir sagen konnten, was ich zu tun hatte, waren Meister Sardaar und Nossrat, auf den ich allerdings nicht mehr viel gab.

Während der ersten Tage mit der neuen Arbeit erinnerte ich mich an das Gespräch mit Nadji.

„Wie konntest du das tun? Wie konntest du sie verpetzen, nur weil sie gesessen und eine Zigarette geraucht haben?“

„Nun, das ist auch nur ein Job. Wenn ich ihn nicht mache, dann macht ihn eben ein anderer. Was ist daran falsch? Übrigens ist es auch nicht richtig, bezahlt zu werden und nichts dafür zu arbeiten. Oder der Arbeit auszuweichen. Ist das deiner Meinung nach in Ordnung?“

„Wahrscheinlich ist es nicht richtig, aber ich bin trotzdem nicht bereit, jemanden deswegen zu verpfeifen und ihn um seinen Job zu bringen.“

Ich versuchte, nicht mehr daran zu denken. Er hatte recht gehabt. Wenn sich eine Gelegenheit bietet, warum soll man sie nicht ergreifen? Und es war eine großartige Gelegenheit, diese Drecksarbeit loszuwerden und einen besseren Job zu bekommen. Ich stand zwar zur selben Zeit auf, musste aber diese dreckigen Klamotten nicht mehr tragen. Meine neue Arbeitskleidung war sauber. Sobald die Arbeiter mit ihren schweißtreibenden Pflichten beschäftigt waren, ging ich in die Küche und ließ mir frischgebackenes Brot, Käse und Tee servieren. Als Morgenration gab es nicht wie bisher nur zwei Tassen Tee, sondern so viel ich wollte. Ich konnte so lange frühstücken, wie es mir gefiel, und nicht mal Schahtscheragh konnte etwas dagegen sagen. Danach machte ich meine Runde. Sardaar meinte, solange ich anwesend wäre und die Arbeiter mich sähen, würden sie arbeiten. Ich beobachtete die Arbeiter aber mit Vorliebe von einer Stelle, an der sie mich nicht sehen konnten. So konnte ich überprüfen, ob sie auch wirklich arbeiteten.

Es war ein herrliches Gefühl, sich den anderen überlegen zu fühlen und mit mehr Macht ausgestattet zu sein. Wenn mir danach war, konnte ich sehr leicht einem Arbeiter den Job wegnehmen. Darüber hinaus war es ein guter Zeitpunkt, um mich an all jenen zu rächen, die mich früher bei jeder Gelegenheit geärgert hatten, wie etwa der Hurensohn Abdolmalek, der mich ständig gemobbt hatte. An seinen lüsternen Blicken konnte ich erkennen, dass er mich attraktiv fand. Mich aber ekelte er an. An Freitagen hatte ich ein paar Mal bemerkt, wie er mich beim Duschen beobachtete. Er hatte die Tür zur Kabine geöffnet und meinen nackten Körper betrachtet. Als ich ihn fragte, was er denn wolle, geriet er in Panik und sagte nur: „Wunderschön." Er sprach in einer ganz eigenen Sprache, in einer Mischung aus Arabisch, Persisch und Englisch. Jedes Wort in einem Satz sagte er in einer anderen Sprache.

Kurz vor meinem Jobwechsel stand ich einmal in der Wüste und schaute in die Ferne. Vielleicht dachte ich an Nadji und wie leicht er von mir fortgegangen war. Er hatte mich verlassen, obwohl ich ihm stets treu gewesen war und ihn niemals, selbst in den schwierigsten Zeiten, im Stich gelassen hatte. Ihm hingegen war es nicht schwergefallen, mich für ein besseres Leben hinter sich zu lassen. Plötzlich spürte ich hinter mir einen sich nähernden schweren Schatten. Es war Abdolmalek und er steckte in einem hässlichen braunen Anzug, den er für sehr elegant hielt. Er holte ein paar US-Dollar aus seiner Tasche, zeigte sie mir und deute an, dass ich sie haben könne. Ich sagte: „Nein, da bin ich nicht dabei. Vielen Dank."

Entweder verstand er nicht, was ich gesagt hatte, oder er wollte es nicht verstehen. Jedenfalls versuchte er, mir den Wert dieser Banknoten sowohl in arabischer als auch in iranischer Währung klarzumachen. Ich sagte ihm auf seine Art, eben in drei Sprachen, dass ich nicht interessiert sei. Plötzlich packte er mich am Kragen und zog mich wutentbrannt und voller Lust an sich heran. Ich machte ihm klar, dass er damit aufhören solle, ansonsten würde ich Meister Sardaar von dem Vorfall erzählen. Allerdings wäre Sardaar vermutlich nicht auf meiner Seite, denn Abdolmalek war ein guter Arbeiter, den er nicht verlieren wollte. Wahrscheinlich hätte eine Beschwerde meinerseits nichts gebracht, außer dass die übrigen Arbeiter neugierig geworden wären und mich ständig mit dummen und bedeutungslosen Fragen genervt hätten. Irgendwann stieß ich ihn weg und suchte das Weite.

Von diesem Tag an behandelte er mich schlecht und forderte mich grundlos auf, schwere Arbeiten zu übernehmen. Er versuchte, mich auf jede erdenkliche Art und Weise zu verletzen, als wäre ich sein Erzfeind. Manchmal beauftragte er mich, einen großen Trog voller Lehm nach oben zu bringen. Nachdem ich alles mühsam raufgeschleppt hatte, sagte er, er habe doch den Trog mit frischem Zement gemeint, nicht Lehm. Also musste ich den ganzen Weg wieder runter, auf kleinen und rutschigen Treppen, und dann mit einem noch viel schwereren Trog wieder hochsteigen. In jener Zeit verfluchte ich Nadji, denn ich dachte, er wäre die Ursache für dieses ganze Elend. Aber war wirklich Nadji die Ursache oder war es nicht vielmehr die Liebe selbst? Die Liebe, von der viele Menschen träumen, und deren Schönheit und Pracht die Dichter in zahlreichen Versen verewigt haben? Es war die Liebe, die mich zu diesen sexuell ausgehungerten Männern in der Fremde getrieben hatte. Männer, die dich wie Wölfe beobachteten und nur auf eine Gelegenheit warteten, dich zu vergewaltigen.

Dann sagte ich mir, ich dürfe nicht mehr darüber nachdenken. Ich musste versuchen, mich an die neue Situation zu gewöhnen, auch wenn ich sie hasste. Jedenfalls war es eine Verbesserung gegenüber all diesen schweren Arbeiten und Demütigungen. Dafür musste ich nun ertragen, mit Sardaar zusammen zu sein.

Freitags brachte mich Nossrat manchmal zu dem Haus, das sie „Palast" nannten. Es war groß und stand mitten in der Wüste. Weit und breit war nichts anderes zu sehen. An diesen Freitagen versammelten sich mehrere offensichtlich reiche Männer in diesem Haus, die eine Menge Spaß hatten. Zur Unterhaltung kamen manchmal auch Musiker, Sänger oder Tänzer in den Palast. Es wurde viel gelacht, reichlich Alkohol getrunken, leckeres Essen aufgetischt oder Karten gespielt. Beim Spielen konnte man alle möglichen Währungen auf dem Boden liegen sehen, US-Dollar, britische Pfund und arabisches Geld. Alles außer iranischen Rial. Der Palast verfügte über mehrere Zimmer mit bequemen Betten und sauberer Bettwäsche. Wahrscheinlich wurde alles vor unserer Ankunft regelmäßig gereinigt. Besonders liebte ich die großen sauberen Bäder mit ihren kostspieligen bunten Handtüchern, und ich konnte alles benützen, wann immer ich nur wollte. Anfangs half mir die Gesellschaft von lachenden und vergnügten Menschen, meine tiefe Trauer zumindest für kurze Zeit zu vergessen. Ich redete mir ein, alles wäre in Ordnung und ich müsse genießen, wovon viele der Arbeiter nur träumen konnten.

Einmal legte Sardaar beim Spielen ein paar Geldscheine vor mich hin und sagte: „Spiel damit und amüsiere dich! Sei glücklich!"

„Was ist, wenn ich verliere?"

„Kein Problem, Geld ist zum Ausgeben und zum Verlieren da, ansonsten ist es nur ein Haufen Papier." Er wollte, dass ich glücklich war, und versuchte mich zu trösten.

Auch andere Männer brachten Jungen mit. Das waren normalerweise Russen oder Osteuropäer, schöne große Burschen, in die ich mich leicht hätte verlieben können. Aber ich gab mir größte Mühe, dass nichts dergleichen passierte. Es hätte sehr leicht zu einem gefährlichen Spiel werden können, mit drastischen Folgen, falls ein Mann herausgefunden hätte, dass ich hinter seinem Burschen her wäre. Arabische Männer können sehr besitzergreifend gegenüber ihren Jünglingen sein. Für einige von ihnen ist es Ehrensache, einen Jungen unter ihren Fittichen zu haben. Und wenn sie das Gefühl bekommen, dass er angemacht wird, dann kann durchaus Blut fließen. Diese Männer hatten aber noch eine andere Gemeinsamkeit, und das war die Angst vor ihren Ehefrauen. Daher bemühten sie sich redlich, dass ihre Gattinnen nichts davon bemerkten. Viele der Männer meinten, dass ihre Frauen von den Freitagsaffären ahnten, sie aber noch nicht dabei erwischt hätten. Kurz gesagt, wir Burschen hatten keine Angst vor dem Gesetz oder vor der Polizei, sondern vor den Ehefrauen.

Djavad hatte mich gewarnt, und langsam begannen auch bei mir die Alarmglocken zu läuten. Leider nahm ich seine Worte nicht ernst genug. Um ehrlich zu sein, ich wollte alles um mich herum nur vergessen, denn ich konnte die Mühsal nicht mehr ertragen. Jeden Tag schmerzten meine Schultern unter den fürchterlichen Lasten, die ich andauernd schleppen musste. Ich war einfach auf der Flucht und suchte nach einem angenehmeren Leben, wenn auch nur vorübergehend. Nur deswegen kroch ich in Sardaars Arme, der im Grunde genommen kein schlechter Mensch zu sein schien. Er war auch immer gut zu mir, zumindest versuchte er es. Ich dachte nicht an mögliche Konsequenzen und war ihm schließlich mit Haut und Haaren ausgeliefert. Dem Mann, der mich am Ende vernichten sollte.

In Wahrheit habe ich mich selbst zugrunde gerichtet. Ich selbst war für mein Leiden verantwortlich und hätte mich niemals mit ihm einlassen dürfen. Ich selbst hatte mich verraten und meine eigenen Gefühle mit Füßen getreten. Besonders bei dieser ersten Begegnung im Palast, als ich seine Hände berührte und sein Körper immer näher an mich heranrückte. Da begriff ich plötzlich, was ich nie hätte wissen sollen. Die Erinnerungen an jene qualvolle Nacht waren allmählich verblasst, aber seine erfahrenen Hände katapultierten sie mit einem Schlag zurück in mein Gedächtnis. Grausam und heftig wurden die Eindrücke von damals wieder lebendig. Die Angst verwandelte mich in einen Fisch, der verzweifelt fliehen wollte. Ich zappelte zwischen seinen Armen und Beine hin und her und versuchte vergeblich, seinen Klauen zu entkommen. Er aber griff immer wieder lachend nach mir und dachte, ich würde mit ihm spielen. Dann packte er mich mit seinen Händen und drehte mich auf den Bauch. Ich musste alles über mich ergehen lassen, ich hatte keine andere Wahl. Und selbst jetzt habe ich keine andere Möglichkeit, als über dieses schlimmste Kapitel in meinem Leben zu schreiben. Ich muss schreiben, um zu verstehen, warum ich mich in diese dreckige Spirale begeben habe, nur um der zermürbenden Arbeit zu entgehen. Einzig für etwas mehr Bequemlichkeit.

Kurzum, ich erinnerte mich an jene Nacht, in der er mit seinen beiden Gehilfen in mein Zimmer eingedrungen war. Ich wusste immer, wenn ich diesen Albtraum je überwinden wollte, dann musste ich zweierlei tun: Erstens musste ich den Täter finden und identifizieren. Und zweitens musste ich ihn töten. Aber ich hatte keinen Plan, wie ich das anstellen sollte. Damals wurde ich von meiner Wut getrieben. Ich musste ihn töten. Wann und wo auch immer, das war völlig egal und würde nichts für mich ändern. Ich wollte nur seinen Tod. Und nun war der Täter von selbst zu mir gekommen, ohne zu ahnen, dass ich ihn an seinen Händen und an seinen Berührungen erkennen würde. Somit war der erste Schritt ohne die geringste Anstrengung getan. Der zweite war noch offen. Würde ich ihn wirklich in die Tat umsetzen?

Mir gegenüber erwies sich Meister Sardaar als besonders liebenswürdig. Wenn wir an Freitagen zusammen im Palast waren, dann war er sanft und fürsorglich. Er versuchte, mir jeden Wunsch von den Augen abzulesen, nur damit ich mich wohlfühlte. Der Eigentümer des Hauses, zumindest gab er sich als jener aus, war tatsächlich kein echter Scheich. Aber er bestand darauf, entsprechend angesprochen zu werden. Die Jungen, die er mitbrachte, waren stets geschminkt und trugen enge T-Shirts mit anrüchigen Motiven. Manchmal, wenn wir im Wohnzimmer saßen und den Musikern zuhörten, gab der Scheich seinen Burschen ein Zeichen und sie eilten herbei und ließen sich zu seinen Füßen nieder. Sie lehnten sich an die Knie des Hausherrn und begannen, ihn zu streicheln. Hatte er beim Glücksspiel verloren, dann wurde ihnen befohlen, ihn zu massieren und aufzuheitern, denn nur so konnte sein Zorn besänftigt werden.

Die Jünglinge des Scheichs wurden regelmäßig ausgewechselt. Zuletzt hatte er, nach eigenen Angaben, ein paar Koreaner an seiner Seite. Man hatte den Eindruck, dass sie mit ihrer Situation durchaus zufrieden waren. Glücklicherweise verlangte Meister Sardaar niemals von mir, mich wie diese Jungs zu benehmen. Nicht einmal an dem Bart, der mir zuletzt gewachsen war, hatte er etwas auszusetzen. Im Gegenteil, er sagte sogar, er würde mir sehr gut stehen. Kurz gesagt, ich wurde von ihm zu keiner Zeit gedemütigt.

Die größte Erniedrigung meines Lebens war jedoch, von Nadji getrennt zu sein. Er hatte mich verlassen und ich musste jetzt mit Sardaar zusammen sein, der mir wiederum ein besseres Leben bieten konnte. Es war freilich ein großer Unterschied, nicht mehr täglich diese Eimer voller Mörtel und Zement auf und ab zu schleppen und stattdessen mit den Händen in den Hosentaschen im Gebäude herumzulaufen. Von Zeit zu Zeit ging ich auch hinaus, begutachtete die Umgebung und suchte nach Arbeitern, die sich in einer stillen Ecke ausruhten. Einige Male stieß ich auf zwei Arbeiter, die mit einer Schaufel in der Hand herumstanden und offensichtlich vergessen hatten, dass sie eigentlich zum Arbeiten gekommen waren. Stattdessen schwatzten sie längere Zeit miteinander und ich musste sie ermahnen. Gelegentlich gab es auch Streit unter den Arbeitern, dann musste ich ebenfalls einschreiten und die Wogen glätten.

Ob Nadji wohl mit seiner Arbeit zufrieden war? Um meines inneren Friedens willen versuchte ich, so wenig wie möglich an ihn zu denken. Damit kam ich besser klar, denn ich war mir auch nicht mehr sicher, ob es ihm gut ging oder er unter Druck stand. Beide Vorstellungen schmerzten gleichermaßen. Lief bei ihm alles wie gewünscht, dann war ich eifersüchtig. War er aber in Schwierigkeiten, hatte ich Mitleid mit ihm. Ich war ständig hin- und hergerissen zwischen Traurigkeit und Besorgnis. Nachts weinte ich heimlich, sodass es niemand bemerkte. Ich weinte um ihn und auch um mich, denn ich war verlassen worden. Gerade ich, wo ich doch all dieses Elend auf mich genommen hatte, nur um bei ihm zu sein. Noch dazu in diesem Exil. Ich versuchte, mich zu trösten und sagte mir, man dürfe für gute Taten keinen Dank erwarten. Mit anderen Worten, Gutes wird nicht mit Gutem vergolten. So ist das Leben, davon war ich überzeugt. Als wäre es ein Naturgesetz.

Mein neuer Job bescherte mir aber auch schöne Tage. Ein paar Arbeiter hatten ihren Spaß damit, mich Boss zu nennen. Ich antwortete stets mit einem Lächeln, denn ich wusste, dass es pure Eifersucht war, die aus ihnen sprach. Sie nahmen wahrscheinlich an, sie würden mich lächerlich machen. Ich aber dachte mir, sollen diese Witzfiguren nur lachen so viel sie wollen. Andererseits hatte ich schon das Bedürfnis, mich an ihnen zu rächen. Aber mit der Zeit legten sich auch diese Gedanken. Dafür malte ich mir eines Nachts in allen Einzelheiten aus, wie ich Sardaar ermorden würde. Doch bereits in der darauffolgenden Nacht dachte ich mir, es wäre wohl besser, an meine Zukunft und an einen Ausweg aus dieser sengenden Wüste zu denken. Die Flucht eines Arbeiters bestärkte mich in diesen Überlegungen. Hunderte Male versicherte ich mir selbst, dass meine Tage an diesem Ort gezählt wären. Abends blickte ich im Halbdunkel meines Zimmers in den Spiegel und sagte: „Du wirst von hier fortgehen. Du wirst diesem Käfig entkommen und in die Freiheit fliegen. Die Frage ist nur: Wann?“

Die Angelegenheiten des jungen Schahab waren schnell geregelt. Ich hatte ihn auf der Baustelle gesehen und wollte ihn näher kennenlernen. Zunächst gab es aber kaum Gelegenheit, miteinander ins Gespräch zu kommen. Ich dachte, er bliebe noch länger hier und früher oder später würde es bestimmt klappen. Eines Abends war es soweit, er stand in der Dämmerung einfach da und schaute in die weite Leere der Wüste.

„Du magst wohl auch den Sonnenuntergang, nicht wahr?“, fragte ich.

„Hmm, nein! Sonnenuntergang? Darf ich dich was fragen?“

Ohne zu antworten wartete ich einen Augenblick lang auf seine Frage.

„Entschuldige, aber könntest du mir eine Zigarette geben? Du bekommst sie auch morgen wieder zurück.“

„Da ist ein Somalier, der…“

„…der Zigaretten verkauft, ich weiß“, unterbrach er mich. „Ich habe nach ihm gesucht. Er wohnt in diesem Gebäude, aber angeblich ist er in der Stadt und kommt erst morgen wieder. Ich hätte gerne aber jetzt eine Zigarette und ich traue mich nicht, jemanden zu fragen.“

„Ich rauche zwar nicht, aber wenn es dringend ist, dann kann ich dir welche von Schahtscheragh besorgen. Du musst sie ihm aber wirklich morgen zurückgeben. Einverstanden?“

„Ich bin dir unendlich dankbar. Obwohl du kein Raucher bist und keine Ahnung hast, wie viel Spaß dieser Mist macht.“

„Doch, das weiß ich sehr wohl.“

„Die sind wirklich nicht für dich, bist du sicher?“, fragte Schahtscheragh. „Du bist noch sehr jung und es ist zu früh, mit dem Rauchen anzufangen, mein lieber Freund. Dazu möchte ich nicht beitragen.“ Wir lachten beide und er gab mir drei indische Zigaretten.

Schahab fand sie sehr stark und nach den ersten Zügen musste er husten. „Siehst du dir wirklich den Sonnenuntergang an?“, fragte er.

„Ja, manchmal packt mich der Drang.“

„Und was suchst du im Sonnenuntergang?“

„Nichts Bestimmtes. Ich schaue ihn mir gerne an, das ist alles.“

„Ich bin hier und warte. Ein Krankenwagen wird kommen und mich abholen.“

„Ein Krankenwagen?“

„Ich glaube, mein Schlepper meinte damit ein UN-Auto. Die haben Fahrzeuge, die sehen aus wie Krankenwagen.“

„Wer bist du eigentlich, dass du von einem UN-Fahrzeug abholt wirst? Und wohin bringen sie dich?“

„Meine Schwester hat mir gesagt, man würde mich abholen und direkt nach Australien bringen.“

„Und warum? Willst du mir das sagen?“

„Weil ich einer religiösen Minderheit angehöre.“

„Das ist wunderbar. Auch ich hatte sehr gute Freunde, die Christen waren. Ich vermisse sie sehr, aber ich habe schöne Erinnerungen.“

„Ich bin Bahai und ich habe viel Geld bezahlt, um hierher zu kommen. Meine Schwester ist mit mehreren ausländischen Anwälten in Kontakt. Sie werden mich hier rausholen.“

„Warum wolltest du nicht im Iran bleiben? Ist dir das Leben dort auch so schwergefallen?“

„Eigentlich liebe ich das Leben im Iran.“

„Warum bist du dann hier?“

„Weißt du, nachdem die islamische Revolution ausgebrochen war…" Plötzlich hielte er inne und fragte: „Du bist Muslim, nicht wahr? Bestimmt ein Schiit?"

„Ja, ich bin ein schiitischer Muslim. Warum fragst du?"

„Du bist also mit dem neuen iranischen Regime einverstanden, oder? Du denkst bestimmt, sie sind im Recht, nicht wahr?"

„Mein Gott, von diesen Dingen verstehe ich nicht viel. Und ich will mich auch gar nicht damit befassen. Alles, woran ich jetzt denke, ist, von hier rauszukommen und nach Europa zu gehen. Egal wohin."

„Warum? Hattest du auch Probleme im Iran? Oder gefällt dir das Leben dort einfach nicht?"

„Darüber möchte ich nicht reden. Entschuldige bitte meine Offenheit. Wenn du jemanden kennst, der einen Ungläubigen wie mich hier rausholen kann…"

„Ich liebe den Iran."

„Das hast du schon mal gesagt."

„Ich liebe es, dort zu leben!"

„Wie schön!"

„Ich liebe alles am Iran. Besonders meine Nachbarschaft mit den Gassen, den Bäumen und dem Grün. Ich mag die Mädchen von nebenan und auch die Kollegen im Büro. Ich bin traurig, weil ich aus einem Land fliehen musste, das ich sehr liebe. Ein Land, in dem noch alle meine Schwestern leben."

Dann wollte er mir in allen Einzelheiten erzählen, wie er aus dem Iran hierhergekommen war. Diese Lobeshymnen auf seine Heimatliebe hätte ich mir gerne erspart, aber ich lud ihn trotzdem in mein Zimmer ein und bot ihm Tee und Kekse an. Das war jedenfalls besser, als nur herumzusitzen und nichts zu tun. Beim Zuhören konnte ich mir wenigstens die Zeit vertreiben und mein Elend für gewisse Zeit vergessen. Außerdem hoffte ich, durch seine Lebensgeschichte ein paar Informationen zu bekommen, die mich aus diesem Käfig herausbringen könnten. Shahab legte sich auf eine Decke und begann zu erzählen:

„Das alles werde ich auch meinem Anwalt erzählen. Ich werde ihm auch sagen, dass es nicht mein einziges Verbrechen ist, Bahai zu sein. Selbst mit diesem Stigma auf der Stirn hätte ich im Iran bleiben und dort leben können, denn ich liebe dieses Land. In den letzten Wochen, seit ich von meiner Familie getrennt bin, habe ich verstanden, was es bedeutet, in der Ferne zu leben. Und wie schmerzhaft es ist. Ich hätte es niemals für möglich gehalten, aus meiner Heimat fliehen zu müssen.

Nachdem die Revolution ausgebrochen war, hatte mein Vater ein ungutes Gefühl. Er wollte nicht, dass meine Schwestern und ich an den Protesten teilnahmen. Er schürte unsere Ängste vor einer Machtübernahme der Mullahs. Wir aber ignorierten seine Warnungen und nahmen sehr wohl an den Protesten teil, wo wir Parolen wie „Tod dem Schah!“ skandierten. Nur meine ältere Schwester hatte kapiert, was mein Vater uns sagen wollte, und sie war seiner Meinung. Mein Vater meinte, diese Leute hätten die Bahai schon immer gehasst, selbst unter der Qajar-Dynastie hätten wir unter Verfolgung und Übergriffen durch fanatische Schiiten zu leiden gehabt. Unter dem mordlüsternen

Heerführer Mirza Taghi Khan Amir Kabir, der uns alle ausrotten wollte, kam es sogar zu einem Massaker an den Bahai. Diese Typen wären alle gleich, sagte mein Vater immer wieder.

Trotz allem schenkten wir seinen Worten keine Beachtung. Bis zu dem Tag, an dem die islamische Revolution triumphierte und das neue Regime die Macht an sich riss. Nur ein paar Monate später wurde mit den abscheulichen Atheisten abgerechnet, wie es vom neuen Regime genannt wurde, abgerechnet. Die Bahai waren die ersten, die verfolgt und attackiert wurden. Aus verschiedenen Städten kamen regelmäßig Nachrichten, wonach revolutionäre Agenten in die Viertel der Bahai eingedrungen waren und deren Häuser niedergebrannt hatten. Doch damit nicht genug, viele Bahai wurden hingerichtet, wegen vermeintlicher Kollaboration mit dem kaiserlichen Regime und der SAVAK. Als mein Vater das hörte, rief er mich zu sich. Er bat mich, so schnell wie möglich den Totengräber Feyzollah Khan ausfindig zu machen und ihn zu beauftragen, noch am selben Tag das Grab meines Vaters auszuheben. Er hatte einen Flecken Erde auf dem Friedhof neben dem Grab meiner Mutter gekauft, um neben der Frau, die ihn fünfzig Jahre begleitet hatte, beerdigt zu werden. Zunächst war ich irritiert und merkte an, dass er doch noch am Leben sei. Er aber meinte, es koste nichts, Vorkehrungen zu treffen und ich solle bitte tun, worum er mich gebeten hatte. Es war unmöglich, ihm diese Bitte abzuschlagen, und so machte ich mich auf die Suche nach Feyzollah Khan.

Nachdem ich ihn gefunden hatte fuhren wir zu dritt in seinem Lieferwagen zum Bahai-Friedhof, der in unserer Stadt ‚Bewohner des Paradieses' genannt wird. Dieser Friedhof liegt eingebettet zwischen Obstgärten außerhalb der Stadt. Während wir das Grab für meinen Vater schaufelten, stand er vor dem Grab meiner Mutter und begann, sich mit ihr zu unterhalten. Scheinbar wollte er seiner Frau sagen, dass er bald bei ihr sei. Nach Einschätzung der Lage war ihm offenbar klargeworden, dass er die neue Situation im Land nicht würde ertragen können. Gott sei Dank müsse Tahereh das alles nicht mehr erleben, sagte er immer wieder.

Mit jeder Hinrichtung eines jungen Bahai alterte mein Vater um gefühlte zehn Jahre. Wir mussten seinen Verfall mitansehen. Als es schließlich dem Ende zuging, bat er uns, ihn nicht ins Krankenhaus zu bringen. Er wollte auf der Veranda seines Hauses sterben, wo auch meine Mutter gestorben war. Der Zeitpunkt war jedoch denkbar ungünstig, denn damals mussten die Bahai in unserer kleinen Stadt Schreckliches durchmachen. Von Feyzollah Khan hörten wir eine traurige Nachricht, die plötzlich die Runde machte. Eine Familie hatte den Leichnam der Großmutter zum Friedhof gebracht und das Holztor, das sonst immer offenstand, verschlossen vorgefunden. Es war nicht nur mit einem Vorhängeschloss versperrt, zusätzlich standen vor dem Eingang auch noch zwei bewaffnete Wächter. Niemand wusste, wer sie waren und wer sie geschickt hatte. Auf einem Schild stand geschrieben: ‚Willkommen auf dem Friedhof der Verdammten. Bis auf Weiteres geschlossen.‘ Kurzum, es wurde ihnen nicht gestattet, die arme Verstorbene zu beerdigen. Da half kein Bitten und kein Betteln, das Tor blieb mit dem Hinweis, der Befehl käme von ganz oben, verschlossen. Stattdessen sollten die Bahai ab sofort ihre Toten auf dem städtischen Friedhof bestatten. Die Leute protestierten, schließlich hatten sie ihre Gräber gekauft, und sie bestanden darauf, neben ihren Familien und Angehörigen beigesetzt zu werden. Doch jede Mühe war vergebens und sie waren gezwungen, mit dem Leichnam der Großmutter nach Hause zurückzukehren.

Am nächsten Tag musste auch meine arme Tante erfahren, dass zwei weitere ältere Herren gestorben waren. Deren Leichname waren ebenfalls bei ihren verzweifelten Familien verblieben, die nun keinen Rat wussten. Diese Nachricht verschlimmerte den Zustand meines Vaters. Eines Abends rief er mich zu sich und sagte, ich wäre seine letzte Hoffnung. Er wolle in seinem eigenen Grab neben meiner Mutter begraben werden und nirgendwo sonst. Und er würde mir niemals verzeihen, sollte ich ihn woanders beerdigen. Das dürfe ich niemals vergessen. Diese Worte hinterließen eine schwere Bürde auf meinen Schultern. Also gab ich ihm mein Wort, seinen Leichnam in dem Grab zu beerdigen, das neben meiner Mutter bereits für ihn ausgehoben und vorbereitet worden war.

Zu dieser Zeit war Feyzollah Khan ständig mit seinem Lieferwagen unterwegs und verkaufte Eisblöcke, die er in allen Häusern verteilte, in denen es Verstorbene gab. Solange das Problem mit dem Friedhof ‚Bewohner des Paradieses' bestand, hatten wir keine andere Lösung, als unsere Toten auf Eis zu legen. Wir machten eine Art Sarg aus einer großen dicken Plastikfolie, die wir mit Eis füllten. Diese ganze Angelegenheit war überaus schwierig, denn eine menschliche Leiche verwest sehr schnell und verströmt einen üblen Geruch. Ich wollte nicht zulassen, dass die Luft nach meinem Vater stank, daher besorgte ich immer wieder neues Eis. Diese Tätigkeit nahm meine ganze Zeit während dieser paar Tage in Anspruch. Eis und noch mehr Eis! Darunter das fahle Gesicht meines Vaters, das wie eine Mumie aussah. Nachts wachte ich über seinem Körper und fragte, welches Verbrechen er und all die anderen wohl begangen hätten, dass sie solch ein Schicksal erleiden mussten. Mein Vater hatte niemandem Unrecht getan, davon war ich überzeugt. Im Gegenteil, er war ein guter Mensch und er hatte sich sein Leben lang bemüht, niemandem Schaden zuzufügen. Aber vielleicht war es auch ein Fehler gewesen, immer nur Gutes zu tun und andere nicht zu benachteiligen.

Mit der Zeit bekamen meine Schwestern Angst. Auch andere Familien konnten diese Situation nicht länger ertragen. Schließlich erwarben sie Gräber auf dem städtischen Friedhof, damit sie endlich ihre Toten beerdigen konnten. Insgeheim hofften sie darauf, dass der ganze Spuk bald vorüberginge und sie die Leichen dann auf unseren eigenen Friedhof umbetten könnten. Für mich kam das jedoch nicht infrage, denn ich hatte meinem Vater mein Wort gegeben. Einem Vater, der sein Leben für uns geopfert hatte und der der beste aller Väter war. Darum hatte ich ihm versprochen, ihn um jeden Preis neben seiner Frau zu begraben.

Meine Schwestern hatten es satt, seinen Leichnam im Haus zu haben, und sie baten mich, ihn doch auf dem städtischen Friedhof zu bestatten. Meine jüngere Schwester, die politisch ziemlich links dachte, fragte mich sogar, was es denn für eine Rolle spiele, wo er letztendlich beerdigt sei. Ich aber machte mir Sorgen, denn ich dachte, die Toten wissen genau, wo sie begraben sind. Bis an mein Lebensende hätte ich Gewissensbisse gehabt.

Dann hatte ich eine Idee. In einer Kleinstadt kennt jeder jeden, das kann ein Vorteil sein. Ich wandte mich an Agha Abdi, der für die Stadtverwaltung arbeitete und mit einem Wasserwagen unterwegs war. Seine Aufgabe war es, den Lastwagen mit Wasser zu füllen und die Bäume entlang der Alleen in der Stadt zu gießen. Er hatte einen Helfer, der aus dem Lastwagen sprang und den Schlauch richtig positionierte. Agha Abdi war ein guter Bekannter meines Vaters und erinnerte sich gerne an ihn. Daher konnte ich ihn überreden, mir bei der Umsetzung meines Planes zu helfen. Natürlich gegen Bezahlung. Meine Schwestern würden meinen Vater in ein Leichentuch wickeln, damit wir ihn in der LKW-Kabine unter dem Sitz verstecken konnten. Dann würden wir unter dem Vorwand, die Bäume zu bewässern, auf den Friedhof fahren und meinen Vater in die bereits ausgehobene Grube legen. Das war der Plan, alles war mit Abdi vereinbart.

Am nächsten Morgen fuhr er zeitig los, befüllte den

Tank mit Wasser und kam zu unserem Haus. Dann packte ich die Leiche in den Lastwagen und wir fuhren zum Friedhof. Hinter dem geschlossenen Tor stand nur ein Wächter, den wir noch nie gesehen hatten. Offensichtlich war er nicht aus unserer Stadt, denn er kannte uns auch nicht. Er fragte, wohin wir wollten. Abdi sprang aus dem Truck und erklärte, er habe vom Rathaus den Auftrag bekommen, die Bäume auf dem Friedhof zu gießen. Mich stellte er als seinen Kollegen vor. Der Wächter glaubte uns freilich nicht und wollte uns nicht durchlassen. Er sagte, im Rathaus hätte man vielmehr beschlossen, den Friedhof abzureißen. Warum also sollte es dann notwendig sein, diese Bäume zu gießen? Abdi antwortete, das Rathaus wolle die Bäume behalten. Kurz gesagt, er versuchte alles, um den Wächter umzustimmen. Der wiederum verlangte eine schriftliche Genehmigung vom Rathaus, worauf Abdi einen Treibstofflieferschein aus dem Lastwagen holte. Offenbar konnte der Wächter weder lesen noch schreiben, daher ließ er sich tatsächlich überzeugen und öffnete das Tor.

Am Grab meines Vaters zog ich den Leichnam aus dem Lastwagen und beerdigte ihn so schnell wie möglich. Während ich schaufelte und das Grab mit Erde auffüllte, hielt Abdi Wache und vergewisserte sich, dass niemand uns beobachtete. Wir durften keinen Verdacht erregen, daher bemühte ich mich, das Grab möglichst ordentlich herzurichten. Aber nachdem wir mit unserer Arbeit fertig waren und den Friedhof wieder verlassen wollten, wurden wir gesehen. Wer auch immer diese

Person war, sie wusste, was wir getan hatten. Trotzdem war ich erleichtert, denn ich hatte mein Versprechen eingelöst und den Leichnam meines Vaters an den gewünschten Ort gebracht. Ich war mir auch sicher, dass ihn niemand aus seinem Grab herausholen würde.

Aller Voraussicht nach wäre ich verhaftet worden. Aber sie kamen erst zu Abdi und zwangen ihn, ein Geständnis abzulegen. Ich hingegen ging an diesem Tag nicht mehr nach Hause, sondern versteckte mich bei Verwandten. Immer wieder kam die Polizei zu unserem Haus und fragte meine Schwestern, wo ich sei. Die Antwort war immer die gleiche, sie wüssten es nicht. Schließlich befürchtete meine ältere Schwester, selbst verhaftet zu werden, und organisierte daher meine Flucht. Ich wurde abgeholt, kam zuerst nach Bandar Lengeh und von dort gleich hierher. Die Polizei eröffnete meiner Schwester, sollten sie mich finden, dann würden sie mich sofort erschießen. Ich hatte nämlich gegen die Fatwa des Freitagsimams unserer Stadt verstoßen. Abdi wurde nach ein oder zwei Tagen freigelassen, dafür wurde aber meine ältere Schwester festgenommen. Bis heute habe ich nichts mehr von ihr gehört.

Das ist der wahre Grund meiner Flucht, einer ungewollten Flucht. Ich weiß jetzt, ich muss fern von meiner Heimat leben. Voller Heimweh denke ich zurück und manchmal kommen mir die Tränen. Dennoch bin ich froh, dass ich dieser Tyrannei entkommen bin und dass ich das Versprechen, das ich meinem Vater gegeben habe, einlösen konnte. Du kannst dir nicht vorstellen, welche Freude mir das macht und welchen Frieden ich empfinde."

In der darauffolgenden Woche wurde Schahab abgeholt, nicht von einem Krankenwagen, sondern von einem Motorrad, das sehr früh am Morgen eintraf. Der Fahrer, der eine Kufiya auf dem Kopf trug, fragte einen Arbeiter nach Schahab. Nachdem er ihn gefunden hatte, sagte der Fahrer, er sei gekommen, um ihn zu holen. Schahab packte seine Sachen, stieg nach einem hastigen Abschied aufs Motorrad und beide fuhren davon. Wie glücklich er war! Schahab saß auf dem Motorrad, er lächelte mir zu und sein Gesicht strahlte vor Freude. Ich winkte zum Abschied und fragte mich leise, wann ich wohl an der Reihe wäre, aus diesem Käfig zu fliegen.

„Wo möchtest du eigentlich hin in Europa?", fragte Nossrat.

„Das ist mir egal. Ich habe gehört, Europa ist überall gleich. Aber von dort kann man loslegen."

„Das stimmt! Und da im Iran gerade Revolution ist, wird man dir bestimmt Asyl gewähren."

„Der Typ, den du angeblich kennst, wie weit kann er mich bringen?"

„Ich muss ihn erstmal finden. Wenn er überhaupt in der Nähe ist. Er hat viele Pässe, daher ist unklar, in welchem Land er sich gerade aufhält."

Ich wandte mich von ihm ab, denn ich hatte das Gefühl, er hatte das nur gesagt, um mich zu ködern.

„Ich werde mich weiterhin bemühen, ihn zu finden", sagte er dann. „Obwohl ich nicht wirklich will, dass du gehst. Aber ich werde es versuchen."

Daraufhin bat er mich, kein Wort über die Sache

zu verlieren, vor allem nicht gegenüber Sardaar. Wenn Sardaar herausfände, dass ich vorhatte abzuhauen, dann würde er mir einen Dämpfer verpassen und meine Absichten zum Scheitern bringen. Schließlich war er in mich verliebt und wollte unter keinen Umständen, dass ich ihn verließe. Ich aber hatte nur wenig Vertrauen in Nossrats Worte. Stattdessen sah ich Lügen in seinen Augen aufblitzen. Andererseits hatte ich keine andere Unterstützung und war gezwungen, meine Pläne vorsichtig voranzutreiben. Ich musste ausloten, wie weit ich gehen konnte.

„Ich werde dich wissen lassen, wann die Zeit reif ist“, meinte Nossrat. „Ich halte meine Augen offen und wir werden diesen Typen sicher finden. Es ist schwierig, an ihn ranzukommen; an einem Tag verschwindet er, am nächsten Tag taucht er wieder auf.“

Zwei widersprüchliche Gedanken liefen nebeneinander durch meinen Kopf. Einerseits vertraute ich darauf, was Nossrat sagte, andererseits war da auch Misstrauen. Allerdings beruhigte mich das Vertrauen in seine Worte, denn es hielt meine Träume am Leben. Meinen Traum von Europa und von einem neuen Leben. Ich träumte davon, mit neuen Freunden unbeschwert durch die Straßen zu flanieren, eine Tanzakademie zu besuchen, auf der Bühne zu stehen und von der Menge gefeiert zu werden.

Um das alles zu erreichen, wollte ich ab sofort besonders freundlich zu Nossrat sein. Er sollte denken, ich würde mit ihm bei Gelegenheit auch alleine zum Palast gehen. Die Freitagsprogramme (ein Freitag alle paar Monate) fanden nach wie vor statt und ich leistete immer noch Sardaar Gesellschaft. Alle Männer hatten ihre eigenen Jungs dabei, außer Nossrat, der bisher alleine geblieben war. Sehnsüchtig blickte er auf die anderen und versuchte, seinen Kummer durch Völlerei und Trinken wettzumachen. Ich bemerkte die seltsamen Blicke, die er auf mich gerichtet hatte. Es war völlig klar, er wollte mich haben, wagte aber nicht, sich mit Sardaar anzulegen. Ich war auch weiterhin ausgesprochen nett zu Nossrat, denn ich brauchte seine Hilfe, um nach Europa zu kommen und den Schlepper aufzutreiben.

Endlich gelang es Nossrat, ein Treffen mit dem Schmuggler zu vereinbaren. Sardaar hatte wichtige Angelegenheiten zu erledigen, daher konnte er am darauffolgenden Freitag nicht zum Palast kommen. Mir wurde klar, dass auch sonst niemand da sein würde. Nossrat sagte, er wolle den Schlepper an diesem Freitag zum Palast bringen und mit ihm die Einzelheiten meiner Flucht besprechen. Ich fragte ihn, warum er keinen anderen Ort für dieses Treffen gewählt hatte.

„Weißt du, er hat gesagt, er wäre nicht der Typ, der irgendwo auftaucht. Es ist auch eine Frage der Sicherheit. Er kommt nur an einen Ort, wo außer uns niemand anwesend ist. Und ich kann mir keinen Ort vorstellen, der sicherer wäre als der Palast am Freitag. Du etwa? Wenn du einen kennst, dann verrate ihn mir, bei Gott!"

Er wusste ganz genau, dass ich keinen anderen Ort nennen konnte.

„Aber was passiert, wenn uns die Wache dort zusammen sieht? Und Sardaar davon erzählt?“

„Erstens vertraut mir der Meister blindlings, das kannst du mir glauben. Zweitens habe ich gehört, dass der Wächter zurzeit in seinem Dorf ist und in absehbarer Zeit nicht zurückkommen wird. Da kannst du sicher sein!“, lachte Nossrat. Im Grunde genommen war mir alles egal. Nossrat sollte bloß meine Flucht organisieren und mich aus diesem Käfig holen, denn ich wollte so schnell wie möglich in die Freiheit fliegen.

„Okay, was immer du sagst, Agha Nossrat!“

Drei Tage vor jenem Freitag bekam ich Besuch von Nadji. Es war Abend und der Himmel war noch hell. Ich spazierte hinter das Gebäude, wo es keine Arbeiter hin verschlug und wo auch sonst niemand vorbeikam. Dort war ich oftmals mit Nadji gewesen und wir hatten zugesehen, wie der Mond am Himmel aufging. Nun blickte ich wieder an das Ende des blauen Himmels und betrachtete das gelbe Licht, das in der Dämmerung emporstieg. Der Mond sah aus wie eine gelbe Kugel, die in ein Schwimmbecken gefallen war und langsam wieder an die Oberfläche stieg. Plötzlich spürte ich eine leichte Brise, die unerwartet über mein Gesicht strich. Mit diesem Wind kam auch ein vertrauter Duft, der sich um mich herum ausbreitete. Dann wurde ich von einem wohlbekannten Schatten eingehüllt. Ich wirbelte herum und sah die Umrisse seines Gesichts. Er lächelte mich an und es war überwältigend, ihn zu sehen. Dennoch musste ich meine Freude unterdrücken, denn er sollte nicht bemerken, dass meine Knie vor Aufregung schlotterten. Ich musste ihm vielmehr beweisen, was für ein wichtiger Mann ich in diesem Gebäude geworden war und welch wichtige Position ich dort innehatte. Aber wie sehr ich mich auch bemühte, am Ende war alles gelogen. In Wahrheit raste mein Herz vor Freude über dieses Wiedersehen. Ich wollte nichts anderes in diesem Moment, als ihn umarmen und meinen Kopf an seine Brust legen. Nichts anderes, als die Stille und das Vergnügen seiner Gegenwart genießen.

„Warum bist du außer Atem?", fragte ich.

„Bei Gott, ich bitte dich, lass die Finger von diesem Bastard. Dieser Nossrat. Soviel ich gehört habe, ist er genau wie Hamed. Entschuldige, aber er ist einer dieser Hurensöhne!"

„Hamed hat dir Unrecht getan, das stimmt. Aber mir hat er nichts getan."

„Ja, aber nur, weil er dein Schwager ist. Er gehört zu deiner Familie, deswegen konnte er dir nichts anhaben. Sonst hätte er dir bestimmt was angetan. Aber diese giftige Schlange, dieser Eunuch, er ist nicht mit dir verwandt!"

„Eunuch?" Ich musste lachen.

„Ich schwöre", lachte Nadji. „Jeder weiß, dass er ein Eunuch ist. Als er noch jung war, hatte er einen Leistenbruch oder sowas ähnliches. Er musste ins Krankenhaus und operiert werden, aber während der Operation passierte ein Fehler und er wurde entmannt."

Ich konnte nicht aufhören zu lachen. Es sah aus, als wäre Nadji nur gekommen, um mich zum Lachen zu bringen. Die Bedeutung seiner Worte drang nicht zu mir durch, ich hörte nur die lustigen Teile davon. Wie früher, als wir erschöpft von der Arbeit nach Hause gekommen waren und Nadji Witze gemacht hatte, nur um mich zum Lachen zu bringen. Nun aber war ich nicht müde. Nadji hörte auf zu lachen, zündete sich eine Zigarette an und wartete, bis ich mich wieder beruhigt hatte. Er hatte einen schweren Gegenstand in seiner Hemdtasche und ich war neugierig, worum es sich dabei handeln könnte. Aber ich fragte nicht danach.

„Wolltest du mir etwas Wichtiges sagen?", fragte ich, immer noch lachend.

„Ich wollte dir nur sagen, dass ich viel über deinen Agha Nossrat gehört habe und dass du dich von ihm fernhalten solltest. Ich dachte, es wäre wichtig, dich zu warnen."

„Ich habe ebenso einige hässliche Dinge über deinen Agha Yaddy gehört!"

„Nossrat ist ein mieser Sklavenhändler, der andere billig verkauft. Das habe ich über ihn gehört. Pass nur auf, dass er dich nicht unter deinem Preis verkauft."

„Welchen Wert muss ich denn haben, um verkauft zu werden? Was soll der Quatsch?"

Er aber ignorierte meine Worte und langte nach seiner Hemdtasche. Dann zog er einen Gegenstand heraus, der mit Goldfolie umwickelt war.

„Das habe ich gefunden und es hat mir gefallen. Ich habe es für dich gekauft, denn ich dachte, es könnte dir auch gefallen."

Er gab mir das Päckchen, das ziemlich schwer war. Ich nahm es und fragte: „Was ist das? Und hast du mir sonst nichts zu sagen?"

„Pass gut auf dich auf. Die Leute sind Arschlöcher geworden!“, sagte Nadji und ging.

„Was ist da drin? Wohin gehst du?“

Er wollte nicht bleiben. Es schien sogar, als wolle er vor mir davonlaufen. Einen Augenblick lang dachte ich daran, ihm nachzulaufen und ihm das Päckchen zurückzugeben, was immer sich auch darin befand. Aber die Neugier hielt mich zurück. Nervös öffnete ich das Päckchen. Es war ein kleiner Spiegel. Ich nahm ihn in die Hand, hielt ihn vor mein Gesicht und blickte hinein. Alles, was ich darin sehen konnte, waren meine traurigen Augen.

Endlich war jener Freitag gekommen. Schon früh am Morgen hatte ich mich angezogen, danach starrte ich in die Wüste und wartete auf Nossrats Ankunft. Er kam gegen Mittag und parkte das Auto abseits des Gebäudes, denn wir wollten nicht gesehen werden. Diesmal war er mit einem schönen Wagen unterwegs. Ich ging zu ihm und achtete darauf, nicht von Arbeitern entdeckt zu werden. Ich stieg ein und wir fuhren auf der sandigen Straße zum Palast. Obwohl die Straße stark befahren war, bildete sich hinter unserem Auto eine dicke Staubwolke.

„Was ist los, Agha Djamil? Du schaust immer wieder zurück.“

„Nichts Bestimmtes. Hattest du nicht gesagt, der Schlepper kommt heute in den Palast?“

„Bitte sag nicht Schlepper zu ihm, das mag er bestimmt nicht. Sein Name ist Mullah Mohadjer.“

„Ist er ein Mullah?"

„Du meinst, ein Mullah mit Umhang und Turban?" Nossrat brach in Gelächter aus. „Eigentlich trägt er immer Anzug und Krawatte. Und er hat immer eine sehr teure Aktentasche aus Leder mit dabei. In diesem Land ist Mullah ein wichtiger Titel, der wichtigen Leuten wie ihm verliehen wird. Deshalb heißt es Mullah Mohadjer."

„Hat er gesagt, wohin er mich bringen wird?"

Davon hatte Nossrat keine Ahnung. Und jedes Mal, wenn ich ihn danach fragte, antwortete er, ich solle doch selbst diese Fragen stellen. Das Auto erreichte die Asphaltstraße, aber mein Verdacht, dass irgendwas nicht stimmen könne, erhärtete sich zusehends. Ich dachte, vielleicht hatte mich Nossrat nur mitgenommen, um Zeit mit mir alleine zu verbringen. Möglicherweise wurden wir gar nicht erwartet. Wollte er mich angreifen? Oder vergewaltigen? Dann erinnerte ich mich, was Nadji erzählt hatte, und ich fragte mich, ob es wohl eine gute Idee gewesen war, alleine mit Nossrat zum Palast zu fahren. War es nicht der pure Wahnsinn?

„Soll dieser Mullah Mohadjer vor oder nach uns ankommen?"

„Was macht das für einen Unterschied?"

„Das ist schon ein kleiner Unterschied."

„Du siehst besorgt aus. Wenn du willst, dann drehen wir um und ich bringe dich zurück nach Hause."

„Nach Hause bringen? Jetzt, wo wir so weit gekommen sind? Bist du dir denn sicher, dass er nicht mehr kommen wird?"

„Das habe ich nicht gesagt. Ich sagte nur, wenn du

Angst hast, dann bringe ich dich nach Hause."

Ich versuchte, mich zu beruhigen. Wir fuhren weiter und ich schaute in die Wüste. Dann hörte ich wieder Nadjis Worte in meinem Kopf und es war unmöglich, ruhig zu bleiben. Ich sage zu Nossrat: „Wusstest du, dass mich mitten in der Nacht jemand überfallen hat?"

„Wer sollte das gewesen sein?"

„Ich weiß es nicht. Er hatte eine Kufiya vor seinem Gesicht. Auch die beiden anderen, die Schmiere gestanden haben, waren mit einer Kufiya verhüllt. Ich konnte nicht erkennen, wer sie waren."

„Wann ist das passiert? Erst kürzlich?"

„Nein, das ist schon länger her. Es war eine sehr kalte Nacht. Ich dachte, du wüsstest, wer es war. Ich habe Meister Sardaar davon erzählt. Hat er dir nichts davon berichtet?"

Nossrat rutschte auf seinem Sitz hin und her und fummelte grundlos am Spiegel herum. Er schaute mich auch nicht an und wollte offensichtlich nichts mehr von der Sache hören.

„Es ist schon möglich, dass der Meister was davon erzählt hat. Aber ich erinnere mich nicht mehr genau. Wieso hast du die Gesichter nicht gesehen? Und warum hast du ihnen nicht die Kufiya weggerissen? Dann hättest du gesehen, wer sie waren."

Nossrat drehte sich zu mir und lächelte dümmlich, vielleicht auch ängstlich. Jedenfalls hatte ich keine Ahnung, warum er dieses Verhalten an den Tag legte.

„Hey, du Schlingel! Du weißt sehr wohl, wer es gewesen ist. Du willst mich nur verarschen! Oder du willst es aus mir herauskitzeln! Gut, dass du deinen Bart und auch den Schnurrbart abrasiert hast! Bravo! Genau zum richtigen Zeitpunkt!"

„Was meinst du mit richtigem Zeitpunkt? Was ist los?"

Wieder sah er verlegen aus. „Was soll schon los sein? Nein, mein Bruder! Wir wollen uns nur, wie die Iraner sagen, etwas Spaß gönnen! Spiel und Spaß", fügte er lachend hinzu.

„Und wir werden mit Herrn Mullah Mohadjer über meine Europareise reden, über die Kosten, den Zeitplan und die Reiseroute."

„Bravo! Gesegnet sei die Brust, die dich gestillt hat, tapferer iranischer Junge!"

Die Straße war schmal. Es machte mir Angst, wenn aus der entgegengesetzten Richtung ein Auto mit hoher Geschwindigkeit auf uns zu brauste. Dann schloss ich die Augen und dachte, was wohl passieren würde, wenn die beiden Autos zusammenkrachten. Alles wäre vorbei. Absolut alles. Das wäre echte Freiheit. Manchmal träumte ich, meine Reise würde perfekt verlaufen und ich verabschiedete mich von allen anderen, genau wie Schahab es getan hatte. Ob ich mich vor meiner Abreise auch von Nadji verabschiedet hatte, weiß ich nicht mehr. Wahrscheinlich schon. Jedenfalls war es eine gute Gelegenheit, mich endgültig von ihm zu verabschieden und ihm zu beweisen, dass ich auch ohne ihn sehr gut leben und eine glückliche Zukunft haben könnte. Ich lehnte meinen Kopf gegen den Sitz, schloss die Augen und genoss den kühlen Luftzug der Klimaanlage.

Wir erreichten den Palast. Nossrat blickte sich um und suchte nach anderen Autos, aber vor dem Palast war alles leer. Er sagte, ich solle im Auto sitzen bleiben, denn er wolle nachsehen, was im Haus vor sich gehe. Er wusste genau, dass Sardaar an diesem Tag weit weg war. Er stieg aus und suchte weiterhin die Umgebung ab. Einige Gebäude waren neu gebaut worden und standen anscheinend leer. Nossrat zögerte und wollte das Haus offenbar nicht betreten. Dann steckte er den Schlüssel aber doch ins Schloss, ging hinein und ließ mich allein im Auto zurück. Fünf Minuten vergingen. Zehn Minuten. Eine Viertelstunde. Ich war es leid, nur in diesem Auto herumzusitzen. Gerade als ich aussteigen und an die Haustür klopfen wollte, näherte sich ein schwarzer Wagen. Ich dachte, das ist bestimmt der Typ, auf den wir warteten. Es war ein Luxusauto, in dem eine Frau und zwei Männer saßen. Das Auto hielt in meiner Nähe und alle drei stiegen aus. Einer der Männer blieb beim Auto und beobachtete die Umgebung. Die Frau und der andere Mann kamen auf mich zu. Ich war immer noch im Auto, und der Mann deutete auf das Fenster. Ich drückte die entsprechende Taste und alle Fenster wurden automatisch geöffnet. Ein Schwall von Hitze strömte ins Wageninnere und ließ mich vor Angst erschaudern. Der Mann fragte, wer ich sei und was ich hier zu suchen hätte. Ich antwortete, ich wäre mit Nossrat hierhergekommen. Die Frau schien ihn zu kennen und wollte meinen Namen wissen. Ich stellte mich vor und sie fragte, ob ich Djamil, der Iraner, sei? Ich bejahte. Dann wollte sie wissen, ob ich jener Djamil wäre, der mit Meister Sardaar zusammenarbeite. Nachdem ich ihr auch das bestätigt hatte, fragte sie mich, ob ich nicht manchmal am Freitag mit Sardaar hierherkäme. Diesmal verneinte ich.

Die Frau war groß, stämmig und ganz in Schwarz gekleidet. An beiden Armen hingen goldene Armbänder. Sie fragte ihren Begleiter:

„Frag Nossrat, ob das der Junge ist."

Der Mann ging zur Tür und klingelte. Dann sprach er über die Gegensprechanlage mit einer Person, die im Haus sein musste. Ich wusste aber, dass außer Nossrat niemand da war. Ich hörte den Mann auf Arabisch sprechen, konnte aber nichts verstehen. Dann kam er zurück und sagte zu der Frau: „Das ist er."

„Du bist also der kleine Schwule, hm?", sprach sie mich an.

Darauf antwortete ich nicht. Ungeduldig hoffte ich, dass Nossrat bald zurückkäme.

„Du warst es also", fuhr die Frau fort, „du hast uns den Meister ausgespannt?"

„Ich glaube, das ist ein Irrtum", sagte ich.

Ich bemerkte, dass sich der Mann Lederhandschuhe übergezogen hatte. Ich dachte, als nächstes würde er mich aus dem Auto zerren und verprügeln. Daher die Handschuhe.

„Und so etwas nennt sich Mann, schämst du dich nicht?", brüllte die Frau.

Ich wusste nicht, was ich sagen sollte. Dann sah ich, wie die Hand des Mannes in seiner Jackentasche verschwand und einen Gegenstand herauszog, den er mit beiden Händen festhielt.

„Du bist niedriger als eine Hure“, keifte die Frau.

Dann wandte sich sie an den Mann, raunte ihm etwas zu und entfernte sich vom Auto. Ich hatte nicht verstanden, was sie gesagt hatte, und wartete ab, was nun passieren würde. Plötzlich drängten die flinken Hände des Mannes in die Dunkelheit des Wagens. Ich versuchte noch, mein Gesicht abzuwenden, aber es war zu spät, und er hatte bereits eine Flüssigkeit in mein Gesicht gesprüht. Dann sprang er schnell zur Seite und ich versank in Dunkelheit. Mein halbes Gesicht stand in Flammen, verbrannt von einem Feuer, das ich nicht sehen, aber dessen entsetzliche Hitze ich spüren konnte. Ich schrie vor Schmerz und die Frau beschimpfte mich wüst. Kurz darauf packte mich jemand und umklammerte mich mit beiden Armen. Die Stimme der Frau verstummte. Dann hörte ich ein Auto wegfahren, aber der Wagen, in dem ich mich befand, stand noch an derselben Stelle.

Nossrat fragte unentwegt: „Was ist passiert? Was ist denn passiert?“

Ich konnte nichts mehr sehen, nur hören. Ich hörte die Stimme der Frau, die auf einmal angsterfüllt klang.

Nossrat stieg ins Auto: „Wir müssen ihn irgendwo hinbringen!“

Die Frau stieg ebenfalls ein und sagte: „Dann bring ihn ins Spital!“

Das Auto startete, Nossrat fuhr los. In meinem Kopf war nichts als dieser gewaltige Schmerz und die beunruhigenden Stimmen von Nosrat und dieser Frau, die zusammenhanglose und verstörende Worte wechselten.

„Du hast gesagt, du würdest ihn einfach nur ohrfeigen."

„Das war mein Bruder Mohammad. Er kann solche Dinge nicht ertragen und verliert leicht die Nerven."

Ich wurde in ein kleines Krankenhaus gebracht. Ein verlassener und stiller Ort, der wie eine Leichenhalle aussah. Als wir ankamen, schien alles in einen dichten Nebel gehüllt. Nach und nach verlor ich das Bewusstsein. Dann gab es nichts mehr. Gar nichts. Sogar der Schmerz war verschwunden. Wahrscheinlich hatte man mir etwas injiziert und mich damit betäubt. Stunden später erwachte ich auf einem weißen Laken. Ein Mann mit dunkler Haut und weißer Kleidung beobachtete mich. Es fühlte sich an, als wäre ein Eimer voll heißem Zement über mein halbes Gesicht gegossen worden. Der Juckreiz war unerträglich und solche Schmerzen hatte ich noch nie zuvor in meinem Leben gespürt. Ich wollte meine Hände an mein Gesicht heben und mich mit den Nägeln aller zehn Finger kratzen, aber meine Arme ließen sich nicht bewegen. Die Sanitäter hatten meine Handgelenke an die Gitterstäbe des Bettes gefesselt. Auf Anordnung des Arztes, der genau wusste, ich würde mir nach dem Aufwachen die Haut vom Gesicht kratzen, was unter diesen Umständen katastrophal gewesen wäre. Mein Gesicht war mit Salbe bestrichen und mit einem Verband umwickelt. Die Säure hatte die Hälfte der Haut in meinem Gesicht verbrannt und ich musste mehrere Tage im Krankenhaus bleiben. So lange, bis der Arzt davon überzeugt war, dass keine unmittelbare Gefahr mehr bestand.

Mein Bett stand in einem großen Raum. Unmittelbar daneben war alles leer, nur im hinteren Teil des Zimmers standen noch ein paar Betten, in denen sich Männer zwischen weißen Laken bewegten. Nirgends waren Frauen zu sehen, sämtliche Ärzte und Krankenpfleger waren Männer. Einer der Pfleger brachte mir etwas Wasser und löste meine Hände von der Bettkante. Dann erklärte er mir, warum ich gefesselt worden war, und überließ mir die Entscheidung, ob ich auch weiterhin festgebunden bleiben wollte.

„Mir wäre es lieber, wenn die Hände frei blieben", sagte ich. Aber er warnte, mich nur ja nicht im Gesicht zu kratzen, ansonsten würde meine Heilung noch länger dauern. Also versprach ich, mein Gesicht nicht zu berühren.

Das Krankenhaus war das sauberste, das ich je gesehen hatte. Nur am ersten Tag kam ein Arzt zu mir, um meine Verbrennungen zu behandeln. Dann hatte ich nur noch Kontakt mit den Pflegern. Nichts als Männer. Niemand fragte mich, wer ich war oder was passiert sei. Offenbar wussten schon alle davon. Nach einiger Zeit, ich weiß nicht mehr wann, tauchte ein uniformierter Polizist auf und setzte sich auf ein Sofa gegenüber meinem Bett. Er sah mich an, aber alles, was er von mir erkennen konnte, war eine weiße Masse mit kleinen Löchern, in denen zwei schwarze Murmeln rollten. Die Säure hatte meine Augen nicht getroffen, das war mein größtes Glück. Aber kann ich da von Glück sprechen?

Kurz gesagt, der Polizist hatte den Befehl, mich zu

beobachten. Er erzählte mir, am nächsten Tag würde es ein Verhör geben. Der Polizist verbrachte die ganze Nacht auf der Couch. Nur wenn ich auf die Toilette musste, stand er auf und begleitete mich. Ein junger Krankenpfleger, dessen Mutter Iranerin war, hatte Mitleid und gab mir ein starkes Beruhigungsmittel.

Am nächsten Tag kamen drei Offiziere, zwei in Uniform und ein dritter in Zivil. Einer der Uniformierten sprach Persisch, das ich natürlich lieber verwendete, und übersetzte auch für die beiden anderen. Der Mann in Zivil stellte die meisten Fragen und notierte meine Antworten. Die Fragen wurden mit der Zeit immer präziser, und schließlich fragte er mich nach meiner Beziehung zu Meister Sardaar. Ich antwortete, dass es keine besondere Beziehung zwischen uns gebe. Und warum hatte mich dann Sardaars Frau dermaßen attackiert, wollte er wissen. Ich antwortete, dass ich diese Frau nicht kenne und noch nie gesehen hatte. Und dass ich keine Ahnung hätte, warum sie das getan hatte. Der Mann glaubte mir kein Wort, das konnte ich an den Blicken erkennen, die er mir und seinen Männern zuwarf. Ich hatte große Angst, wusste aber gleichzeitig, mein verbundenes Gesicht würde nichts von meiner Furcht und meinen Lügen offenbaren. Außerdem kannten die Polizisten mein Leben sowieso schon bis ins kleinste Detail. Und sie hatten meinen illegalen Aufenthalt in diesem Land entdeckt, das war am schlimmsten. Bestimmt hatten sie bereits die Einwanderungsbehörde verständigt. Aller Voraussicht nach waren das die letzten Tage, die ich in diesem Land verbringen konnte, es sei denn, sie würden mich in eines ihrer Gefängnisse stecken.

Ich dachte, am nächsten Tag würde ich vielleicht Besuch von Sardaar und Nossrat bekommen. Meine Augen waren die einzigen Organe in meinem Gesicht, die noch funktionierten, also starrte ich ununterbrochen auf den glänzenden und sauberen Flur, der sich bis zur Eingangstür des Krankenzimmers erstreckte. Ich stellte mir vor, wie ich die Ankunft der beiden im schimmernden Spiegelbild des Fliesenbodens sehen könnte, wie sie entweder zusammen oder getrennt zu meinem Bett kommen und sich nach meinem Befinden erkundigen würden. Aber es kam niemand. Und niemand fragte mich, wie ich mich fühlte. Weder Nossrat noch Sardaar.

Der traurigste Abend meines Lebens ging langsam zu Ende und es wurde Nacht. Ich war allein, in einem unbekannten Krankenhaus und in einem fremden Land. Allmählich verblassten die Lichter, aber es wurde nicht vollkommen dunkel. Für Besuche war es ohnehin schon zu spät, selbst wenn Nossrat und Sardaar jetzt noch gekommen wären, man hätte sie um diese Zeit nicht mehr reingelassen. Sie hätten umkehren und am nächsten Tag wiederkommen müssen.

Auch am nächsten Tag kamen sie nicht vorbei, aber dafür sollte sich für mich einiges ändern. Am frühen Morgen hatte ich meinen Blick wieder einmal auf den Boden des Flurs geheftet und betrachtete die Spiegelbilder. Ein Krankenpfleger brachte mir Eier und Kekse, dann half er mir, meine Milch zu trinken. Er sagte, dieses kleine Feldlazarett wäre den Zollbeamten vorbehalten und ich würde wahrscheinlich in ein Gefängnis verlegt werden. Möglicherweise auf die dortige Krankenstation. Diese Worte ließen mich vor Schreck erschaudern. Das Bild von einem Gefängnis und all das Elend, das mir bevorstand, machten meine Schmerzen nur noch schlimmer.

Viele Arbeiter hatten den gleichen Aufenthaltsstatus wie ich, und niemand warf ihnen vor, dass es sich dabei um ein besonders schweres Verbrechen handelte. Wurden sie von der Polizei festgenommen, dann brachte man sie im schlimmsten Fall zurück an die Grenze und sie wurden in ihr Heimatland abgeschoben. Nicht mehr und nicht weniger. Ich aber war verletzt und es war die Aufgabe des Krankenhauses, mich dazubehalten, bis ich gesund war. Das hatte mir der Krankenpfleger gesagt. Trotzdem wollte ich abhauen. Vor allem jetzt, da ich gesehen hatte, dass niemand gekommen war, um mich zu besuchen. Plötzlich wollte mich niemand mehr gekannt haben, nicht mal Sardaar, der so nett zu mir gewesen war. Ebenso Nossrat. Warum hatte er mich so schlecht behandelt, das fragte ich mich. Hätte ich doch nur auf Nadji gehört, der mich vor ihm gewarnt hatte. Er gab mir einen Rat, den ich aber ignorierte, denn ich war traurig und wütend auf ihn gewesen. Ich konnte nichts annehmen, was er mir sagte. Stattdessen hatte ich ihn ausgelacht und nur seinen Adamsapfel wahrgenommen, der beim Sprechen rauf und runterrollte.

Jetzt saß er an meinem Krankenhausbett, und ich legte meinen Finger sanft auf diesen Adamsapfel, während Nadji verängstigt durch den Raum blickte. Es war der Tag, an dem mir der Krankenpfleger geholfen hatte, Milch zu trinken. Meine Hände hatten vor Angst gezittert und ich war nicht einmal in der Lage, ein Glas zu halten. Alles machte mir Angst, egal ob die Ängste berechtigt oder unberechtigt waren. Auf einmal spürte ich etwas Vertrautes, das sich meinem Bett näherte. Zuvor hatte ich eine Gruppe von Frauen gesehen, die von Kopf bis Fuß in massigen schwarzen Mänteln steckten und an meinem Bett vorbeigegangen waren. Mein Blick war auf den Flur gerichtet und ich erkannte, wie er langsam und zögernd in meine Richtung kam. Er wusste nicht, wo mein Bett stand, und es schien fast, als ob er in eine andere Richtung wollte, aber dazu gab es gar keine Gelegenheit in dieser riesigen Halle. Man konnte nur geradeaus gehen. Nadji suchte nach mir und musterte die Gesichter der Kranken, die in ihren Betten lagen oder saßen. Er konnte nicht wissen, wie schwer es sein würde, mich zu erkennen. Auch der Pfleger war schon gegangen. Nadji trug ein frisches weißes Hemd und auf dem Kopf eine Kufiya, wie alle Männer in dieser Gegend. Er näherte sich meinem Bett.

„Nadji! Wohin willst du?", fragte ich.

Nadji drehte sich um die eigene Achse. Er konnte nicht eruieren, woher die Stimme kam, und betrachtete erstaunt diese Masse aus Verbänden und Tüchern, unter der mein Gesicht verborgen war. Noch nicht mal meine Augen konnte er sehen, daher wandte er sich an die Bandagen: „Djamil?"

Ich lächle ihn an, aber er bemerkte es wahrscheinlich nicht.

„Komm näher!“, sagte ich.

Da sah ich, wie sein Gesicht vor Glück aufblühte. Er eilte zu mir und stand plötzlich vor meinem Bett. Schluchzend sagte er ein zweites Mal Djamil, dann brach er in Tränen aus.

„Was ist denn mit dir passiert?“, fragte er und taumelte zu meiner Bettkante, fast wäre er gestürzt. Er nahm meine Hand, drückte und küsste sie. Dann führte er meine Handflächen zu seinem Gesicht und meine Finger berührten seine tränenüberströmten Wangen. Ich spürte, dass er wusste, was mir geschehen war. Daher sagte ich nichts.

„Woher weißt du, was passiert ist? Wer hat dir gesagt, dass ich hier bin?“

„Nossrat hat es mir erzählt. Er sagte aber, er wisse nichts Genaues und habe es selbst von jemand anderem gehört. Von wem, das hat er nicht gesagt. Aber er hat mir die Adresse von diesem Krankenhaus gegeben. Jetzt haben sie einen Polizisten zum Eingang gestellt, nur für dich. Als er herausgefunden hat, dass ich dich besuchen möchte, hat er mich mit Fragen bombardiert. Er hat meinen Namen und meine Daten aufgeschrieben. Nachher muss ich mich bei der Polizei melden.“

„Du hast dich also nur wegen mir in diesen Schlamassel begeben?“

„Ich glaube nicht, dass es eine große Sache ist. Der Typ meinte, sie würden mir nur ein paar Fragen stellen, das ist alles. Mehr hat er nicht gesagt.“

Wegen dieser wenigen Fragen wurde Nadji einen ganzen Tag lang auf der Polizeiwache festgehalten.

Dann hatten sie endlich verstanden, dass sein Aufenthaltsstatus genauso unklar war wie der meinige. Ich musste noch drei weitere Tage im Krankenhaus bleiben. Dann wurden mir die Verbände abgenommen und ich bekam etwas Medizin und Salben, die ich mehrmals täglich auftragen musste. Der Krankenpfleger mit der persischen Mutter gab mir auch etwas Watte, Klebebänder und Tinkturen, damit ich meine Wunden waschen konnte. Er erklärte Nadji kurz und bündig, wie er die nötigen Behandlungen durchzuführen hatte. Nadji hörte sehr interessiert zu und ich konnte an seinem Gesicht ablesen, dass er sehr wissbegierig war. Das war ein unglaubliches Gefühl, wie ein Kuss auf meinem Herzen.

Dann kamen wieder Verhöre, aber diesmal war ich nicht mehr alleine. Nadji war bei mir. Einer nach dem anderen stellten die Polizisten eine schier endlose Reihe von Fragen. Ich wiederholte, was ich bereits davor über meine Beziehung zu Sardaar angegeben hatte. Dann tauchten Fragen über meine Beziehung zu Nadji auf. Ich erklärte ihnen, wir wären Cousins ersten Grades mütterlicherseits und wir waren ins Land gekommen, um Arbeit zu finden. Daraufhin wollten sie wissen, warum Nadji überhaupt mitgekommen und am Polizeiposten vorstellig geworden war. Wo er doch illegal im Land war und arbeitete. Nadji antwortete, er wäre meinetwegen gekommen, denn er könne mich in diesem Zustand nicht alleine lassen und er wolle sich um mich kümmern.

Beim Verlassen der Polizeistation sahen wir Sardaar und seine Frau. Sie hatten uns ebenfalls gesehen, sagten aber nichts. Dann stiegen sie in ein Auto und fuhren davon. Nadji meinte, er hätte auch Nossrat im Wagen gesehen. Wir fanden niemals heraus, ob Sardaars Frau für ihre Taten zur Verantwortung gezogen wurde. Nadji meinte, ich solle nicht mehr darüber nachdenken, denn mit all ihrem Geld hätten sie bestimmt Möglichkeiten, alles zu vertuschen. Sie waren eben wohlhabende Bürger und ich nur ein mittelloser, illegaler Arbeiter aus dem Ausland. Ich dachte darüber nach, in welcher Beziehung Sardaar und Nossrat zueinander standen. Aber ich konnte nicht ganz nachvollziehen, was zwischen den beiden vor sich ging. Darüber hinaus konnte ich mir überhaupt nicht vorstellen, warum mich Nossrat an Sardaars Frau ausgeliefert hatte. War er eifersüchtig? Oder hatte ihm diese Frau einen Haufen Geld versprochen? Oder es war meine Schuld, denn vielleicht hatte ich Nossrat von oben herab behandelt?

„Warum bist du überrascht?“, fragte Nadji. „Ich habe dir doch gesagt, er ist ein Söldner und obendrein ein Zuhälter, aber du wolltest mir ja nicht glauben.“ Hasserfüllt spuckte er auf den Boden. „Wenn wir auf der anderen Seite der Grenze wären, dann würde ich ihn töten. Aber hier sind mir die Hände gebunden. Was für eine Schmach!“

Der Polizeichef hielt uns mehrere Stunden lang fest und sagte, er müsse auf Befehle von ganz oben warten. Dann könne er sagen, wie mit uns zu verfahren sei. Am Abend wurde uns gesagt, zwei Polizisten würden uns am nächsten Tag zur Grenze bringen und in den Iran abschieben. Außerdem sagte er, sie hätten Mitleid mit uns und würden uns schonen. Dann mussten wir eine Erklärung unterschreiben, in der wir uns verpflichteten, das Land nicht mehr zu betreten. Ansonsten müssten wir mit den härtesten Strafen rechnen. Die Nacht verbrachten wir auf der Polizeistation. Glücklicherweise kam es zu keinen Misshandlungen, im Gegenteil, wir bekamen sogar eine Mahlzeit und frische Bettwäsche.

Am nächsten Morgen, nach dem Frühstück, packten uns zwei Beamte in einen Jeep und fuhren mit uns zur Baustelle, damit wir unsere Sachen holen konnten. Als wir mit der Polizei eintrafen, waren alle illegalen Arbeiter längst in ihren Verstecken. Von den wenigen, die noch draußen waren, wollte niemand mit uns sprechen. Einige sahen mich erstaunt an, denn mein halbes Gesicht war mit einer Kufiya bedeckt. Damit wollte ich die Verbände kaschieren. Nur Schahtscheragh kam vorbei und sah mir in die Augen. Offenbar wusste er, was passiert war, denn er hatte Tränen in seinen Augen.

„Du bist ein guter Junge. Schade, dass es so gekommen ist. Aber keine Sorge, das Leben hat mehr zu bieten als ein schönes Gesicht. Du bist noch jung und du hast ein großes Herz. Das kann dir niemand wegnehmen. Pass gut darauf auf."

Der Unglückliche konnte nicht wissen, dass eines Tages sogar dieses Herz einen grausamen Schmerz erleiden musste, der es für den Rest seines Lebens zeichnen würde. Eine Verletzung, viel schlimmer als jede äußerliche Verletzung im Gesicht. Jedenfalls nahm mich

Schahtscheragh in die Arme und hielt mich unter dem verwunderten Blick des Polizisten liebevoll fest. Der andere Offizier war mit Nadji mitgegangen, der seine Sachen einsammelte.

„Die Welt ist sehr grausam geworden“, sagte Schahtscheragh. „Ohne Moral und ohne Halt.“

Dann ließ er mich los, zog ein Taschentuch aus seiner Tasche und trocknete seine Tränen. Dann schenkte er mir eine Packung Kekse. „Ihr habt einen langen Weg vor euch, das könnt ihr gut gebrauchen. Gott behüte euch!“

Nadji und sein Begleiter kehrten im Jeep zurück. Ich stieg mit dem anderen Polizisten dazu und wir fuhren los in Richtung Grenze. Nadji und ich saßen uns gegenüber. Er versuchte zu lächeln, aber ich entdeckte Tränen in seinen Augenwinkeln. Sein Lächeln verhinderte, dass sie über seine Wangen rollten.

„Warum bist du zu mir gekommen?“, fragte ich ihn. „Und warum bist du mit zur Polizei gegangen? Jetzt wirst du gedemütigt und an die Grenze getrieben.“

„Das habe ich für dich getan, Dummkopf!“

„Hey Jungs! Hört sofort auf, Persisch zu sprechen!“, sagte der Polizist.

Ich wollte nichts mehr hören. Nadji hatte alles aufgegeben, nur um mir zu helfen. Das war alles, was für mich zählte. Er war gekommen, obwohl es auch für ihn gefährlich werden konnte, und er unterstützte mich, bis hin zu seiner eigenen Ausweisung. Was er für mich riskiert hatte, war wichtiger als alles andere auf der Welt. Augenscheinlich drohte uns beiden Gefahr. Aber ich machte mir wahrscheinlich weniger Sorgen, denn mich konnte man jetzt nur schwer erkennen. Nadji sah mich an, streckte seine Hand aus und legte sie auf meine. Die Wärme seines Körpers durchströmte mein Herz. Seine Finger wirkten länger und dünner als zuvor. Sie umfassten meine Hand und gaben mir Zärtlichkeit. Plötzlich drehte der Beamte auf dem Beifahrersitz seinen Kopf in unsere Richtung und starrte auf unsere Hände. Sein Blick verharrte einen Moment auf den Händen, aber seinetwegen ließen wir nicht voneinander ab. Dann schaute er nach oben und fixierte unsere Augen, wandte sich aber wieder der Straße zu, die sich vor uns in der Wüste erstreckte. Nichts als Wüste und eine schmale Asphaltstraße, die sie durchquerte.

Wir kamen zu einem winzigen Wachposten, der am Fuße eines großen Hügels errichtet worden war. Gleich dahinter musste das Meer sein. Die Beamten stiegen aus und forderten uns auf, ebenfalls auszusteigen. Daraufhin kamen drei oder vier weitere Offiziere, die uns über den Hügel führten und uns zum Strand brachten. Fünf weitere Männer, die ebenfalls festgenommen worden waren, warteten in Handschellen. Am Wasser lag ein großes Boot ohne Motor. Die Offiziere warteten auf ein weiteres Boot, das kommen sollte, um das Boot ohne Motor, aber mit sieben Gefangenen an Bord, abzuschleppen. Wohin die Reise gehen sollte, wussten wir nicht. Die Beamten nahmen am Hang des Hügels Platz und rauchten Zigaretten. Die anderen fünf Männer waren Iraner. Einer von ihnen wandte sich an die Beamten und sagte: „Meine Brüder, könnten Sie uns die Hände losbinden, wir würden auch gerne rauchen.“

Die Beamten konnten ihn nicht verstehen. Der Mann versuchte, sich durch Gesten verständlich zu machen, aber sie erfüllten seine Bitte nicht. Sie gaben ihm zu verstehen, dass sie erst auf dem Boot rauchen dürften. Der Iraner sah uns an und fragte, warum unsere Hände nicht gebunden waren.

„Weil wir gute Jungs sind!", antwortete Nadji.

Wir brachen beide in Gelächter aus. Das gefiel dem Iraner gar nicht.

„Ha! Ha! Ha!", äffte er uns nach. „Lacht in euren Gräbern!"

Er dachte, wir würden ihn auslachen. Dabei lachten wir nur über uns selbst und versuchten dadurch, unserem Leid und unseren Ängsten wenigstens für eine Weile zu entkommen.

„Wenn die Zeit kommt, dann könnt ihr was erleben!", drohte der Iraner, bevor er sich wieder zu den anderen Männern setzte.

„Entschuldigung!", sagte Nadji. „Wir haben nicht wegen dir gelacht. Wir haben über uns selbst gelacht."

„Das weiß ich auch, ansonsten hätte ich dich gleich ins Wasser geworfen!"

Nadji zog sich zurück und bedeutete mir, dass mit dem Typ nicht zu reden war. Wir gingen beide in Richtung Hügel, setzten uns am Hang in eine Mulde und blickten aufs Meer. Es war die hässlichste Aussicht, die ich je gesehen hatte. Das Wasser sah aus wie brauner Schlamm. Mehrere Schichten Schlamm rollten immer wieder ans Ufer und vermengten sich miteinander. In der Nähe befand sich ein Dorf, daran konnten wir uns noch erinnern. Vorerst konnte man es noch nicht sehen, aber es würde bald auftauchen. Von dort sollten wir ausgeschifft werden und unsere Reise zurück in den Iran antreten. Einer der Männer, der sich am Hang des Hügels niedergesetzt hatte und aufs Meer schaute, rief:

„O liebe Heimat! Wo bist du, ich gebe mein Leben für dich!"

Der Wachmann, der gerade seine zweite Zigarette geraucht hatte, warf die Kippe auf die Erde, ging zu den Fünfen und fragte, was ihr Freund gerade gesagt hatte. Die Männer versuchten, die Worte in gebrochenem Arabisch zu erklären, aber der Wachmann konnte sie nicht verstehen. Also wiederholte Nadji alles in fließendem Arabisch, worauf der Wachmann lachte. Dann machte er kehrt, setzte sich wieder zu seinen Kollegen und erklärte ihnen, was der Mann gesagt hatte. Daraufhin brachen alle in Gelächter aus. Nadji und ich mussten ebenfalls lachen, vorwiegend aber über das geschmacklose Feixen der Wachmänner. Wir hielten uns aber zurück, denn wir wollten weder die Wachen noch die Männer verärgern.

Endlich kam ein Motorboot, und die Wachleute nahmen den Männern die Handschellen ab. Von der Kuppe des Hügels überwachten zwei bewaffnete Beamte das Geschehen und hielten ihre Waffen auf uns gerichtet. Wir mussten in das Boot ohne Motor steigen, das auf jeder Seite zwei überflüssige Ruder hatte, denn wir wurden ja von dem Motorboot geschleppt. Nachdem das Boot abgelegt hatte, winkten wir den Wachen zu, die am Ufer zurückgeblieben waren. Sie starrten uns nur an.

Der Mann, der sich mit uns gestritten hatte, wandte sich an Nadji: „Wie du siehst, unsere Hände sind jetzt frei!"

„Meine noch nicht", antwortete Nadji und zeigte auf den Rucksack, den er auf seinen Schultern trug.

Ich wünschte, Nadjis Bemerkung hätte mich zum Lachen gebracht. Wenn er wollte, dann konnte er wunderbar komisch sein. Er hatte die Fähigkeit, die Leute derart auf den Arm zu nehmen, dass ich vor Lachen hätte sterben können. Er machte das auch vor allem, um mich zum Lachen zu bringen. Ich erinnere mich an unzählige Tage und Nächte, wo mich seine Witze köstlich amüsiert hatten. Aber der Mann verstand keinen Spaß und ich musste einmal mehr ein Kichern unterdrücken. Unser Boot glitt über das Wasser.

Wieder wandte sich der Mann an Nadji: „Welchen Schwachsinn hat dein Freund denn getrieben, dass man ihm den Kopf in den Ofen gesteckt und gegrillt hat?"

Zwei oder drei seiner Freunde lachten über diesen blöden Witz, als hätte er etwas Lustiges gesagt. Vielleicht suchten sie auch bloß nach einem Grund zum Lachen. Ich sah die Wut in Nadjis Augen. Jeden Moment würde er dem Mann an die Kehle springen. Ich legte meine Hand auf seinen Arm und strich mit den Fingerspitzen über seine Haut. Ich war erstaunt, wie sinnlich das Berühren seiner Haut immer noch für mich war. Ich stellte mir vor, allein mit ihm in diesem Boot zu sein, ohne abgeschleppt und irgendwohin gebracht zu werden. Stattdessen würden wir gemeinsam auf dem Wasser segeln. Wohin wir auch wollten, vielleicht nach

Europa oder in irgendein anderes Land. Und wir würden bis ans Ende unseres Lebens zusammenbleiben, ohne dass uns dabei Verbrecher in die Quere kämen.

Lange Zeit war es still auf dem Boot. Auch der Mann sagte nichts. Dann tauchte der Seeposten auf, den wir ansteuerten. Es war ein kleiner Wachposten, mitten auf dem Wasser, wo mehrere Ruder- und Motorboote nebeneinanderlagen. Unsere Wachmänner nahmen Kontakt mit Leuten vom Seeposten auf und sie einigten sich darauf, uns mit demselben Boot zu einem Landstreifen zu schicken, den man in der Ferne sehen konnte. Die Wachen gaben uns zu verstehen, dass sie uns ab sofort nicht mehr begleiten würden und dass wir alleine an Land rudern müssten. Darüber hinaus würden sie uns während der gesamten Fahrt beobachten und ihre Waffen auf uns gerichtet halten. Sollte unser Boot auch nur den geringsten Anschein erwecken, eine andere Richtung zu nehmen, dann würden sie ohne Zögern auf uns schießen. Unmissverständlich ließen sie uns wissen, dass wir völlig auf uns allein gestellt waren und für unser Leben die Verantwortung trugen. Dann fragten sie, wer denn von uns über Rudererfahrung verfüge. Der Mann, der anscheinend der Anführer seiner Gruppe war, sagte, er wäre durchaus in der Lage, ein Boot sicher zu steuern. Doch nachdem er Platz genommen und mit dem Rudern begonnen hatte, konnte man sofort erkennen, dass er gelogen und nicht die leiseste Ahnung von Booten hatte. Je mehr er ruderte, umso mehr drehte sich das Boot um die eigene Achse. Die Wachmänner betrachteten die ganze Szene und amüsierten sich köstlich. Der Mann schimpfte auf das Ruder und behauptete, das Boot wäre beschädigt und es sei unmöglich, damit vorwärtszukommen. Daraufhin fragten die Wachen, ob jemand anderer von uns richtig rudern könne. Ich erzählte ihnen, Nadji wäre ein Profi; zumindest war er das, vor ein paar Jahren. Die Wachmänner kicherten und forderten Nadji auf, zu paddeln. Zögernd gab mir Nadji seinen Rucksack und begann langsam mit dem Rudern. Vom ersten Moment an hatte er das Boot unter seiner Kontrolle und wir glitten im Nu durch das Wasser. Die Wachen hörten auf zu lachen und winkten uns stattdessen zum Abschied. Die Männer waren erstaunt über Nadjis Fähigkeiten, das Boot mitsamt seinen sieben Passagieren geschickt in Richtung Land zu manövrieren. Ich war sehr stolz auf Nadji. Während der Fahrt zog er sein Hemd aus und paddelte gleich darauf weiter. Ich nahm das Hemd, führte es zu meiner Nase und konnte den Geruch seines Schweißes wahrnehmen.

Einer der Männer sah mich überrascht an. „Seid ihr wirklich Brüder?"

„Wir sind Cousins ersten Grades."

„Ihr wirkt aber sehr vertraut. Herzlichen Glückwunsch! Nicht alle Cousins sind so nett zueinander!"

Einer der anderen Männer, der seinen Kopf mit einem weißen Tuch umwickelt hatte, erzählte: „Mein verfluchter Cousin hat mein Geld genommen und mich in diesen Schlamassel gebracht. Er sagte, ich solle das Geld dem Schlepper geben, und wenn ich erst einmal dort wäre, dann würde ich nach nur einer Woche genug verdienen, um alles zurückzuzahlen. Jedenfalls hat er mein ganzes Geld eingesteckt und jetzt kommen wir mit leeren Händen und Taschen zurück."

Vor uns türmten sich ein paar große Wellen auf. Unser Boot drohte zu kentern und uns alle über Bord zu spülen. Die Männer gerieten in Panik und begannen zu schreien. Nadji und ich blieben unbeeindruckt, denn ich wusste, dass Nadji alles unter Kontrolle hatte. Nach einer Weile nahm das Boot wieder seine ursprüngliche Position ein und alle atmeten erleichtert auf. Der Mann, der angeblich der Anführer dieser Fünfergruppe war und sich Mostafa nannte, rief: „Na, ihr Süßen, es macht euch wohl Spaß, uns zu erschrecken!"

Nadji war nahe daran, seine Fassung zu verlieren. Ich aber hielt ihn zurück und sagte zu Mostafa: „Wenn du willst, dass wir alle sicher ankommen, dann sei bitte still und lass ihn gefälligst seine Arbeit machen."

Ich rechnete damit, jeden Moment von dem Typen attackiert oder zumindest beschimpft zu werden. Aber er blieb einfach auf der Mittelstange im Boot sitzen und versuchte, sich trotz des starken Windes eine Zigarette anzuzünden. Ich aber sah unmittelbar vor mir den schönsten nackten Oberkörper der Welt, dessen Muskeln sich beständig an- und entspannten. Eine Brust, die für mich die sicherste Zuflucht der Welt war, die meinen verkohlten Kopf für immer beschützen und meinen verbrannten Körper vor allen Gefahren bewahren würde.

„Wir fahren ins Ausland und dort werden sie dein Gesicht wieder herstellen", sagte Nadji. „Es wird genauso sein wie früher. Kannst du dir das vorstellen? Genau wie früher! Du wirst deinen Augen nicht trauen."

„Das sagst du nur, damit ich daran glaube", antwortete ich ironisch.

„Ich habe die Anzeige selbst in den Zeitungen gesehen, ich schwöre auf den heiligen Abolfasl!"

„Erstens wird nichts mehr so sein, wie es vorher einmal war. Zweitens, wenn du lesen könntest, dann hättest du auch die exorbitanten Preise für solche Operationen gesehen. Das sind Beträge, von denen du keine Vorstellung hast."

„Geld ist nichts! Wir werden arbeiten und Geld verdienen. Sei nicht traurig. Und versprich mir, dass du dir keine Sorgen mehr machst. Okay?"

Das war genug, mehr brauchte ich nicht zu hören. Seine Worte und sein Mitgefühl reichten, um mich zu stärken und glücklich zu machen. Worte wie ein Lächeln, das mein Leben wieder freundlicher erscheinen ließ.

Still und leise erreichte unser Boot das Ufer. Man hatte uns befohlen, das Boot am Ufer zurückzulassen und es nicht festzumachen. Die fünf Männer wollten so schnell wie möglich an Land und hätten uns vor Aufregung beinahe ein zweites Mal zum Kentern gebracht. Hätte Nadji nicht geschickt das Gleichgewicht wiederhergestellt, wir wären alle ins Wasser gefallen. Endlich gingen wir an Land. Allerdings war es noch weit bis zum nächsten Dorf und vor uns lagen mehrere Stunden Fußmarsch. Eine leichte Brise war zu spüren, manchmal mit etwas Staub vermengt. Unser Gepäck mussten wir auf den Schultern tragen. Nadji tat mir leid, denn sein Rucksack war besonders schwer. Mehrmals bot ich ihm an, den Rucksack an seiner Stelle zu tragen, doch er lehnte jedes Mal ab. In Wahrheit hatte sein Rucksack gar nicht so viel Gewicht, aber er war schwierig zu transportieren, denn Nadji hatte neben seiner Geige und wenigen Kleiderstücken noch eine Menge Zigarettenschachteln hineingestopft. Ich konnte sehen, wie ihm dieser sperrige Inhalt das Gehen erschwerte. Die Wüste war leer, abgesehen von Wind und Staub.

„Ich mache mir Sorgen wegen deiner Verletzung", sagte Nadji. „Jetzt ist es Zeit, den Verband zu wechseln und die Salbe aufzutragen. Schwierig bei diesem verdammten Staub, der auf der Haut klebt."

Ich erinnerte mich an die rot-weiße Kufiya, die mir Nadji mir damals gegeben hatte, als Ersatz für meine, die ich der jungen Frau überlassen hatte. In letzter Zeit war ich sehr wütend auf Nadji gewesen, daher hatte ich die Kufiya schon lange nicht mehr getragen. Aber jetzt konnte sie uns beim Transport der Geige wunderbare Dienste erweisen. Die Kufiya war ganz unten in meinem Rucksack verstaut. Ich holte sie heraus und sagte zu Nadji, er solle seine Geige auspacken. Er fragte mich, was ich damit machen wolle. Statt einer Erklärung sagte ich, er solle einfach warten. Dann nahm er das Instrument aus seiner Tasche. Währenddessen lagen die Männer auf der Erde herum und rauchten ihre Zigaretten. Wir drehten die Kufiya solange ein, bis sie die Form eines Seils annahm, das wir an den Griffen der Vorder- und Rückseite des Geigenkastens befestigen konnten. Nun konnten wir den Kasten abwechselnd auf unseren Schultern tragen, was die Sache wesentlich erleichterte.

„Super!“, sagte Nadji. „Ein Applaus für deine Intelligenz!“

Während des Marsches rangen die Männer mit hängenden Köpfen nach Luft und schlurften durch den Sand. Dabei verfluchten sie alles, was ihnen in den Sinn kam. Sie verfluchten sich selbst, ihr Land, die Wachmänner, ja sogar Gott. Das alles bescherte Nadji und mir regelmäßig Lachanfälle, die uns wiederum das Marschieren erleichterten und die Strapazen linderten. Nadji versuchte immer noch, meine Wunde nach Möglichkeit vor dem Staub zu schützen, insbesondere vor dem sich aufbauenden Wind.

„Ich wette, du hast noch Nadeln und Faden bei dir, oder?“, fragte er. Ich fragte meinerseits, wozu er das denn brauche. Er antwortete mit einer Handbewegung und deutete damit an, ich solle Geduld haben. Einer der Männer war aufgrund seines Übergewichtes rasch außer Atem und musste oftmals einige Minuten rasten. Eine gute Gelegenheit zur Erholung, die auch von den anderen gerne genutzt wurde. Sie waren schon etwas älter und deswegen schneller erschöpft. Ich nahm eine kleine Schachtel mit Faden und Nadeln aus meiner Tasche und reichte sie Nadji. Er kramte in seiner Tasche und zog schließlich ein langes Hemd heraus, das mir nicht gefiel. Ich hatte damals keine Ahnung, woher er es hatte. Dann holte er eine mit Messern und Scheren gefüllte Metallbox heraus, schnitt im Handumdrehen die Ärmel des Hemdes ab und nähte es mit Nadel und Faden zu einem großen Sack grob zusammen.

„Zieh das mal kurz über deinen Kopf, damit ich die Maße nehmen kann“, sagte er.

Ich streckte meinen Kopf nach oben, damit er den Sack über meinen Kopf stülpen konnte. Nun war mein Gesicht mit einer weißen Tüte bedeckt und ich konnte nichts sehen, spürte aber, wie seine Finger um meine Augen strichen. Dann nahm er die Tüte wieder runter und begann, mit der Schere zwei Punkte, die er zuvor markiert hatte, auszuschneiden. Das waren Löcher für meine Augen. Er hatte mir eine Maske genäht, um mein Gesicht vor dem Sand zu schützen.

„Gut! Jetzt ist es an der Zeit, deine Wunde zu reinigen und die Salbe aufzutragen.“

Dann wandte er sich den Männern zu und sagte: „Gentlemen, bitte entschuldigen Sie, aber wir brauchen noch ein paar Minuten. Sie entschuldigen uns!“ Er zeigte ihnen die Salbe und das Wattestäbchen. Die Männer waren einverstanden; offenbar hatten sie nur auf die Gelegenheit gewartet, sich eine weitere Zigarette anzuzünden. Was aber bei diesem Wind eine echte Herausforderung war. Ich war der Einzige in der Gruppe, der nicht rauchte.

„Ich will auch eine schmauchen“, sagte Nadji. „Ehrlich!“

„Dann rauch doch erst deine Zigarette.“

„Hör jetzt auf zu jammern und komm etwas näher.“

Dann begann er, meine Wunden zu reinigen und mit einem Wattebausch Salbe aufzutragen. Die Tiefe seiner Augen bezauberte mich. Je tiefer ich in dieses klare und grenzenlose Meer eintauchte, umso mehr versank ich in seiner Unendlichkeit. Sorgfältig untersuchte Nadji den Zustand meiner Wunden und verteilte die Salbe. Ich erinnerte mich daran, dass ich tief drin in meiner Tasche einen kleinen Spiegel hatte. Aber während ich danach suchte, gestand mir Nadji, dass er ihn aus meiner Tasche genommen und weggeworfen hatte. Aus Angst, ich würde damit meine Wunden betrachten und von Trauer überwältigt werden.

„Aber ich mochte diesen Spiegel sehr, weißt du."

„Djamil, glaubst du wirklich, dass ich ihn nicht mochte? Aber versteh doch, dieser Spiegel war nichts als ein Stück Dreck."

Wäre ich nicht in diesem Zustand gewesen, wären da nicht seine wundervollen Hände gewesen, die Salbe auf meine Haut verteilten, ich hätte vermutlich getobt und ihn angeschrien. Und ich hätte ihn gezwungen, sich mehrmals zu entschuldigen. Aber es war völlig ausreichend, dass sich diese Hand mit weißer Watte meinem Gesicht näherte. Augenblicklich beruhigte ich mich und schon beim ersten Kontakt mit der Salbe spürte ich die kühlende Wirkung. Dann einen leichten Schmerz, hervorgerufen durch das vorsichtige Reiben der Watte auf meiner Haut. Wieder tauchte ich ein in den Ozean seiner Augen, meine Wut war verschwunden und es gab nur noch Gelassenheit und Liebe.

Bald waren wir wieder unterwegs. Ich marschierte jetzt mit einer weißen Maske, denn ich hatte mir den Stoff mit den ausgeschnittenen Augenlöchern über das Gesicht gezogen. Die Männer lachten ein wenig über mich, aber ich bat Nadji, sie deswegen nicht zu belangen. Sie waren erschöpft und suchten wie wir nach Gelegenheiten, um sich ein wenig aufzuheitern. Und sie waren keine schlechten Kerle. Vielmehr hatten sie schreckliche Angst gehabt. Nur eine Woche zuvor hatten sie den Iran verlassen und den Schleppern viel Geld gegeben. Aber kurz vor dem Ziel wurden sie von den unerfahrenen Schleppern direkt in die Hände der Wachposten getrieben, in deren Nähe noch dazu eine ganze Truppe Polizisten auf Patrouille war. Sie wurden festgenommen, verhört und nach einigen Tagen Gefängnis an die iranische Grenze zurückgebracht. Einer der Männer sagte, der letzte Schlepper sei ein arabischer Spitzel gewesen. Der nächste erzählte wiederum eine andere Geschichte. Kurz gesagt, jeder hatte seine eigene Version von der Verhaftung, daher ließ sich nicht sagen, wer nun recht hatte.

Der Wind wurde stärker und brachte immer mehr Sand mit sich. Einige der Männer trugen dunkle Brillen. Ich zuckte vor Freude zusammen, als ich Nadji mit der Sonnenbrille sah, die ich ihm einmal geschenkt hatte. Wir machten eine Pause, um zu essen. Am Wachposten hatten wir jeweils einen großen Laib Brot bekommen, den wir mit Käse und Datteln gefüllt hatten. Nadji teilte seine Schokolade mit allen, ich die Nusszelte, die mir Schahtscheragh gegeben hatte. Mostafa schien zu erraten, wie die Beziehung zwischen Nadji und mir beschaffen war. Mehrmals hatte er uns gefragt, ob wir auch wirklich Cousins waren. Und jedes Mal hatten wir mit Ja geantwortet. Freilich glaubte er uns nicht. Dafür mischte er sich ständig in Nadjis Angelegenheiten und versuchte sogar, ihn anzubaggern.

„Bei meinem eigenen Leben, noch nie habe ich so einen einfallsreichen und gutaussehenden Jungen gesehen!"

Nadji lächelte nur. Ich hätte diesem heuchlerischen Bastard am liebsten mit der Faust ins Gesicht geschlagen. Anfangs hatte er uns noch aufbrausend angreifen wollen, jetzt kroch er Nadji in den Arsch. Alle fünf Minuten bot er ihm Wasser aus seiner Feldflasche an und sagte: „Weißt du, ich trinke nicht so viel. Sonst muss ich öfters pinkeln. Du kannst also ruhig aus meiner Feldflasche trinken, so viel du möchtest. Junge Leute brauchen viel mehr Wasser."

Nadji war außer Atem, antwortete aber trotzdem lächelnd: „Danke, aber wir haben genug zu trinken. Behalte dein Wasser, du wirst es brauchen. Wir haben noch zwei bis drei Stunden zu gehen und es wird immer heißer."

Mostafa erkannte, dass er auch mir etwas anbieten musste. Also wandte er sich an mich.

„Hallo du! Wenn du was brauchst, um dein Gesicht zu reinigen... Es ist sehr sauberes Wasser."

Mein Gesicht war von meiner Maske verdeckt. Mostafa rückte näher zu Nadji und zog ihn beiseite. Nun gingen sie Schulter an Schulter. Die anderen Männer waren verstreut und schleppten sich durch die Gegend. Ich fiel hinter Nadji und Mostafa zurück und konnte nicht hören, was sie einander erzählten. Mostafa hatte seinen Arm um Nadjis Schulter gelegt, als wären sie Freunde aus längst vergangenen Kindertagen. Fast wie ein Liebespaar. Schon wollte ich losrennen und den schweren Arm dieses Mannes von Nadjis müder Schulter reißen, doch im selben Moment blieb Nadji stehen und nahm Mostafas Arm in aller Ruhe von seiner Schulter. Dann lächelte er mich an, entfernte sich langsam von dem Mann und kam zu mir zurück.

„Was hat er gesagt?", fragte ich Nadji.

„Er hat mich gefragt, wo wir die Nacht verbringen wollen. Er hat angeboten, uns zu helfen, falls wir keinen Schlafplatz haben. Haben wir auch nicht, oder?"

Nadji hatte recht. Daran hatte ich nicht gedacht, also sagte ich nichts. Etwas später machten wir gemeinsam Rast und die Raucher zündeten sich Zigaretten an. Mostafa wandte sich an die Männer: „Meine Freunde, wer heute Abend einen Schlafplatz hat, kann sich glücklich schätzen. Wer nicht, kann mit mir kommen und im Kuhstall meines Neffen schlafen. Freilich nur, wenn wir es lebend bis dorthin schaffen."

Wir alle brachen in Gelächter aus, was Mostafa freute und zum Weiterreden anfeuerte.

„Wenn mein Neffe am Morgen alle diese Männer in seinem Stall liegen sieht, dann wird er wahrscheinlich nicht erfreut sein. Aber er soll sich seinen Ärger sonst wohin stecken. Ihr könnt das alles mir überlassen. Ein Onkel hat schließlich einige Sonderrechte."

Zwei der Männer sagten, sie würden zu Hause schlafen. Die anderen beiden sowie Mostafa, die nicht aus diesem Dorf stammten, waren gezwungen, im Stall zu übernachten. Nadji und ich hatten ebenfalls keine andere Wahl, als die Einladung anzunehmen.

Mostafa erzählt uns von seinem Neffen. Er hieß Meysam, war fünfunddreißig Jahre alt und Besitzer einer sehr großen Rinderfarm. Seit seiner Jugend war er sehr fromm und erfüllt von revolutionären Ideen. Die SAVAK hatte ihn verfolgt, und er musste die Stadt verlassen und auf dem Land Zuflucht suchen. Während der Revolution war er äußerst aktiv und mehrmals dem Tode nahe. Als leidenschaftlicher Revolutionär, der dem Imam sein Leben gewidmet hatte, wurde er eines Tages von den Mujahedin angegriffen und fast erschossen. Aber er überlebte und kam mit einem lahmen Bein davon. Was ihn nicht daran hinderte, zu den prominenten Mitgliedern der Hisbollah zu gehören und ein kleines Vermögen anzuhäufen.

„Was für eine Sekte ist denn die Hisbollah?", fragte einer der Männer. Dann wiederholte er die Frage lachend.

„Was weiß ich?", antwortete Mostafa. „Es ist die mächtigste politische Organisation des Landes. Wie auch immer sie heißt, unser Meysam ist jedenfalls eine mächtige Person dort."

Während Mostafa auf meinen Rucksack gestützt von seinem Neffen prahlte, beobachtete ich, wie Nadji eine Zigarette rauchte und seinen Lippen mit dem Rauch spielten. Ich war mir nicht sicher, was ich davon halten sollte, ihn rauchen zu sehen, aber er sah dabei so männlich aus. Dabei hasste ich die Vorstellung, der Rauch würde in seine Lungen eindringen. Auch die Farbe seiner Lippen wurde vom Rauchen zusehends dunkler. Diese vollen purpurroten Lippen. Andererseits sah es gut aus, wenn er rauchte; wie er die Asche wegschnippte oder wie er mit der Zigarette in der Hand seine Haarsträhnen hinters Ohr strich. Ich befürchtete immer, er würde sich dabei das Ohrläppchen verbrennen, aber das passierte ihm kein einziges Mal.

„Wir würden uns sehr freuen, heute Nacht in einer Ecke im Stall schlafen zu können", sagte Nadji.

Mostafa war hocherfreut. Wahrscheinlich rechnete er damit, Nadji während der Nacht näherzukommen.

„Sehr gut", nickte er. Dann stand er auf und sagte: „Lasst uns gehen."

„Zuerst müssen wir noch etwas erledigen", sagte ich. „Wir müssen die Geige wieder in die Tasche packen, sonst wird sie noch entdeckt."

„Und warum darf sie nicht entdeckt werden?"

„Sieht so aus, als wüsstest du nicht, was in diesem wunderbaren Land gerade passiert, Agha Mostafa!"

Ich packte das Instrument mit Nadjis Hilfe wieder in die Tasche. Mostafa starrte uns einen Moment lang an.

„Nein, das ist mir noch immer nicht ganz klar", gab er zu und ging.

Wir standen auf und folgten ihm, einer nach dem anderen. Mehrmals sahen wir in einiger Entfernung einen iranischen Patrouillenjeep. Sofort legten wir uns auf die Erde, um nicht gesehen zu werden. Die Rückkehr in unsere Heimat war dem Anschein nach gefährlich und kompliziert. Während unserer gesamten Reise hatten wir niemals solche Angst gehabt. Es wurde berichtet, die Grenzpatrouillen wären die fanatischsten Hisbollahi von allen, und im Falle einer Festnahme würden sie uns wegen Spionage anklagen und erschießen. Oder so lange foltern, bis wir Dingen gestanden, die wir niemals begangen hatten.

Als die Nacht hereinbrach, schöpften wir etwas Hoffnung. Wir hatten die Palmenhaine erreicht, wo wir in Deckung gehen und einen Weg zwischen den Bäumen finden konnten. Von da an kannten nur mehr Nadji und ich den Weg. Ohne uns hätten sich die anderen wohl verirrt. Wir gelangten zur Straße und zwei Männer unserer Gruppe nahmen einen anderen Weg. Sie verabschiedeten sich und warteten auf ein Fahrzeug, denn sie wollten per Anhalter weiterkommen. Wir ließen die Straße hinter uns und traten in einen anderen Teil des Palmenhains. Entlang des Weges begegneten wir immer wieder vorbeigehenden Menschen. Ich wollte kein Aufsehen erregen und nahm daher meine seltsame Kopfbedeckung ab. Wir nutzten auch die Gelegenheit und erkundigten uns nach der Adresse des Rinderhofes. Von einem Passanten erfuhren wir, dass es sich dabei um die ehemalige Schweinefarm handelte, die wir nur allzu gut kannten.

„Das ist die Farm von George, einem Christen!"

„Christ oder Nicht-Christ, Bruder!", sagte Mostafa. „Das Land ist jetzt islamisch. Nicht nur Christen, sondern auch alle anderen Nicht-Muslime haben jetzt auf dem Parkplatz ihre Zelte aufgeschlagen!"

Dann fügte er lachend hinzu: „Jetzt wissen wir auch, wer noch nicht verstanden hat, was in diesem Land passiert!" Plötzlich verstummte sein Lachen. „Jetzt gehört dieser Ort einem Bastard von Neffen, der es trotz seines Einflusses in höchste Kreise nicht geschafft hat, eine Arbeit für seinen Onkel zu finden. Er hätte mir diesen ganzen Schlamassel ersparen können, mitsamt den Kosten für die Reise in ein fremdes Land. Stattdessen hat er mich nach drei Tagen schmählich rausgeschmissen. Deshalb habe ich euch auch nicht geglaubt, dass ihr Cousins ersten Grades seid. Ich weiß genau, Cousins gehen niemals so liebevoll miteinander um. Mein Neffe ist ständig herumgegangen und hat allen erzählt, ich wäre Alkoholiker. Er hat meinen Ruf ruiniert. Muslime mögen keine Leute, die Alkohol trinken. Auf keinen Fall! Dabei sage ich immer, Zakaria Razi, der große Gelehrte und Entdecker des Alkohols, ist selbst ein Muslim gewesen. Habt ihr das Porträt, auf dem er einen Turban trägt, noch nie gesehen? Aber Bruder, wer wird schon auf uns hören? Wir können uns glücklich schätzen, wenn wir diese Nacht in seinem Stall schlafen dürfen."

Wir fragten Mostafa, wer denn auf die Farm aufpasse. Er erzählte von einem Mann, der uns an Zaal erinnerte.

„Ich kenne den Ort erst seit ein paar Tagen", erzählt Mostafa weiter. „Ich musste dort ein paar Nächte schlafen, als ich auf den Schlepper gewartet habe. Auf der Farm gibt es einen großen Kerl, der anscheinend völlig taub ist. Aber er beschützt das Haus besser als jeder Hund, der seinem Herrn treu ergeben ist. Er hat einen seltsamen Namen: Zaal."

Nun war uns alles kristallklar. Aus dem Schweinestall war eine Rinderfarm geworden. Ich fragte Mostafa, ob er George kannte. Aber er hatte noch nie von ihm gehört. Nadji und ich überlegten, was wir tun. Sollten wir mit zur Farm gehen oder lieber doch eine andere Bleibe für diese eine Nacht suchen? Aber wohin hätten wir gehen können? Der Vollmond durchflutete mit seinem Licht den gesamten Palmenhain. Andererseits hatten wir gehört, dass man die neuen Polizisten nicht mit den alten vergleichen konnte. Die Neuen waren Revolutionäre und bei einer Festnahme würden sie sich auch wie Revolutionäre verhalten. Mit ein paar Geldscheinen, so wie früher, war da bestimmt nichts zu machen. Nein, gerieten wir in ihre Fänge, dann wären wir unserem Schicksal überlassen. Es war unmöglich, ihnen zu entkommen, selbst der liebe Gott hätte es nicht geschafft. Vor lauter Angst wollten wir diese Nacht um jeden Preis im Stall verbringen und am nächsten Morgen möglichst rasch weiterziehen.

Wir erreichten den Hof und Zaal öffnete das Gittertor. Er starrte Mostafa einige Sekunden lang an. Es war offensichtlich, dass er ihn kannte. Was dann folgte, war die reinste Komödie. Mostafa ließ sich schluchzend in Zaals Arme fallen. Zaal hielt ihn fest und blickte dabei auf Nadji, der ihn anlächelte. Dann schaute Zaal auch zu mir, ließ sich aber nicht anmerken, dass er uns beide erkannt hatte. Wir wussten, dass in diesem riesigen Körper ein zartes Herz verborgen war. Wahrscheinlich schmerzte ihn der Anblick meiner Wunden. Zaal schüttelte allen die Hand und küsste sie, wie es nun mal Brauch war, nacheinander auf die Wangen. Meine Verletzungen hinderten uns jedoch daran, uns ebenfalls auf beide Wangen zu küssen. Wir beließen es bei einem gegenseitigen Schulterklopfen.

Der Hof hatte sich verändert. Ein paar neue Bauten aus Betonblöcken waren dazugekommen und hatten die Anlage völlig entstellt. Aber Nadjis Trauerweide stand immer noch in der Mitte des Hofes. Nadji kniete vor dem Baum nieder und war einen Moment lang in Gedanken versunken.

„Ich wusste nicht, dass dieser Baum heilig ist", sagte Mostafa. Er dachte, Nadji würde beten.

„Er hat diesen Baum gepflanzt", sage ich. „Die Arbeiter nannten ihn Nadjis Weide."

Nadji erhob sich und umarmte den Baum. Ich sah, dass er weinte. Kurz darauf führte uns Zaal zu einem Raum am anderen Ende des Hofes. Der Raum hatte keine Fenster, von der Decke hing eine einzige Glühbirne und am Boden lag ein armseliger Teppich mit verblassenden Farbtönen. In einer Ecke waren mehrere Bettdecken zu einem Haufen aufgestapelt. Einfache, graue Militärdecken. Zaal unterhielt sich mit uns mittels Zeichensprache. Er gab uns zu verstehen, dass wir die Decken benutzen und in diesem Raum schlafen konnten.

„Macht es euch bequem, Jungs!", sagte Mostafa zu den anderen Männern. „Ihr könnt euch hinlegen und ausruhen. Entspannt euch, meine Brüder!"

Die Männer streckten sich auf dem Boden aus. Einer von ihnen lagerte seine Beine hoch an der Wand und sagte zu seinem Freund: „Auf diese Weise fließt das Blut von deinen Beinen zum Herzen zurück."

Zaal betrachtete uns noch immer. Er hatte mich zwar erkannt, wagte aber nicht, Fragen zu stellen. An seinen Augen konnte man eine tiefe Trauer ablesen. Ohne den leisesten Ton und mit verschiedenen Andeutungen, versuchte Nadji herauszufinden, ob George noch hier war. Zaal antwortete mit einem traurigen Zeichen, dass George fort war. Seine Blicke wanderten zwischen uns hin und her und ich hatte das Gefühl, dass er uns viel zu erzählen hätte, wenn er nur hätte sprechen können.

„Agha Zaal mag taub und stumm sein, aber er versteht, was wir sagen, jedes Wort", sagte Mostafa. „Und er ist sehr nett. Letzte Woche war er sehr gut zu uns, vielen Dank nochmals." Alsdann gab er Zaal zu verstehen, dass er sich zurückziehen könne, denn wir waren sehr müde. Zaal schaute einmal mehr in meine Richtung und verließ den Raum. Mostafa machte sich daran, die Schlafplätze einzuteilen. Freilich wollte er neben Nadji schlafen. Aber Nadji macht ihm klar, dass er in meiner Nähe bleiben müsse, denn ich könnte mitten in der Nacht aufwachen und seine Hilfe benötigen. Die beiden anderen Männer sagten nichts, beobachteten aber Mostafas Reaktionen. Manchmal kicherten sie und flüsterten einander in die Ohren. Vor dem Schlafengehen säuberte Nadji meine Wunden, dann breitete er ein großes sauberes Tuch unter meinem Kopf aus und schmierte mir Salbe ins Gesicht. Er sagte, ich müsse auf meine Verletzung achtgeben und solle auf dem Rücken schlafen und meinen Kopf möglichst nicht bewegen. Ich nahm seine Hand und drückte sie.

„Ich werde mein Bestes geben, Herr Doktor!", sagte

ich und wir mussten beide herzlich lachen.

Dann fragte Nadji in die Runde: „Erlauben die Herren, dass das Licht ausgeschaltet wird?“

Alle stimmten zu, worauf Nadji den Schalter drückte und der Raum in Dunkelheit getaucht wurde.

„Ah!“, sagte Mostafa, „wir haben unsere Zigaretten noch nicht zu Ende geraucht!“

„Fühlt sich an wie in einem Grab!“, riefen die beiden anderen Männer. Mostafas Zigarette glühte noch im Dunkeln, anrüchig und beschwörend. Wir stellten unsere Taschen ganz nahe an unsere Schlafplätze und Nadji achtete besonders darauf, dass niemand auf seinen Geigenkasten treten konnte. In der Dunkelheit suchte ich mit meiner Hand nach Nadji. Ich fand seine Finger, umklammerte sie und schlief friedlich ein.

Ich wachte verwirrt auf. Die Sonne ging langsam auf und alle anderen schliefen noch. Ich trat aus dem Raum und sah einen Mann, der sich in der Scheune zu schaffen machte. Er trug ein Bündel Heu hinein und kam mit ein paar Eimern wieder heraus, die er anschließend bei einem Wasserhahn reinigte. Dann sah ich Zaal, der ein weißes Tuch von einer Wäscheleine nahm. Langsam ging ich auf ihn zu und er unterbrach seine Arbeit, um mich anzusehen. Er versuchte zu lächeln, aber seine Augen füllten sich mit Tränen. Wahrscheinlich hatte ich auch Tränen in den Augen, aber ich lachte.

Der Hof war an allen Seiten von einem Zaun aus Ästen und Palmenblättern umgeben. Der Himmel war klar, der Sommer neigte sich dem Ende zu und der

Hauch einer leichten Brise kündigte den Herbst an. Es war Jahre her, seit ich zuletzt Hunde bellen und einen Hahn krähen gehört hatte. Nun bereiteten mir diese Klänge große Freude. Jenseits der Farm erstreckte sich ein Palmenhain bis zum Fluss. Vor der Farm befand sich eine verlassene, leere Ebene, die zur Straße führte. Wie oft waren wir dort entlanggelaufen! Die Straße verlief bis zur Stadt und mündete in einen Kreisverkehr. Irgendwo zweigte sie ab und führte zum Dorf meines Vaters. Ein Ort, der mir im Exil ein Gefühl von Heimat vermittelte und wo alles perfekt war. Wenn ich mich alleine und verlassen fühlte, dann träumte ich davon, mir würden Flügel wachsen und ich könnte fliegen. Und zurückkehren in mein Land, das mir lieb und teuer war. Das war mir klargeworden, trotz aller Widrigkeiten, die ich dort erlebt hatte. Es war genau das Gegenteil von diesem fremden Land, in dem ich immerzu Angst gehabt und mich verlassen gefühlt hatte. Nun war ich wieder zurück, aber ich war mir nicht mehr sicher, ob ich das auch wirklich wollte.

Aus der Ebene näherte sich ein Fahrzeug, das man schon von Weitem hupen hören konnte. Zaal war dafür verantwortlich, frühmorgens das Tor zu öffnen und den Lieferwagen einzulassen. Wie konnte er ihn nur kommen hören, er war doch taub? Aber Zaal war auch sehr pflichtbewusst. Ich bin mir sicher, innerlich war er auf die Ankunft des Lieferwagens an diesem frühen Morgen vorbereitet. Er musste wohl gespürt haben, wie der Boden unter seinen Füßen vibrierte und ihm dadurch ankündigte, dass er das Tor zu öffnen hatte. Wie ein vorprogrammierter Roboter. Als wäre er vom lieben Gott einzig dazu erschaffen worden, allen Chefs dieser Welt zu dienen. All diesen Bossen, wer auch immer sie waren. Zaal war es gleichgültig, wer gerade sein Chef war. Er gehorchte dem Neuen genau wie beim Alten. Es war seine Mission, seinen Vorgesetzten gegenüber loyal zu sein. Ich trat zurück und versteckte mich hinter der Stallmauer. Dann sah ich, wie der Lieferwagen in den Hof einfuhr. Der Beifahrer war etwas früher ausgestiegen und inspizierte einen beschädigten Teil des Zaunes. Der Mann hinkte und sah sehr böse aus. Er schien verärgert und murmelte ständig vor sich hin. Ich nahm an, dass es sich um Meysam handeln musste, Mostafas Neffe. Doch dann erkannte ich mit Entsetzen, dass der bärtige Mann niemand anderer war als Kavoos. Er hinkte, zweifellos noch vom Kampf mit Nadji und dem Sturz über die Treppe. Wie fett er geworden war! Und gekleidet wie ein kleiner, alter Mann. Würde er uns erkennen, was dann? Er sah mich an, fuhr aber mit seiner Arbeit fort und befestigte lockere Stellen im Zaun. Ich rannte zurück in den Raum und wollte Nadji warnen, damit wir rechtzeitig fliehen konnten. Mostafa war wach und auch schon angezogen, bereit zum Ausgehen.

„Gut, dass Meysam hier ist!“, sagte er, während er seine Schuhe zuschnürte. „Ich muss ihn noch schnell sehen, bevor er wieder abhaut. Er sei sehr beschäftigt und hat immer tausend Dinge zu tun.“ Bevor er den Raum verließ, zwinkerte er mir zu. „Ich werde versuchen, ihm etwas Geld abzunehmen.“ Dann sah er sich um und spuckte einen schleimigen Batzen auf den Boden.

„Die Geschäfte meines Neffen blühen. Banknoten sind für ihn wie Papierfetzen!", sagte er höhnisch und ging.

Ich stürzte in den Schlafraum und versuchte, Nadji langsam aufzuwecken. Die anderen beiden schliefen noch fest und würden nicht so schnell aufwachen. Ich flüsterte Nadji ins Ohr, was ich gesehen hatte, worauf er in Panik geriet und aufsprang.

„Bist du sicher?"

„Leider ja!"

„Was machen wir jetzt?"

„Keine Panik! Nimm deine Tasche, wir müssen verschwinden."

Schweigend sammelten wir unsere Sachen ein. Gerade als wir gehen wollten, hörten wir Mostafa und Kavoos, die ganz in der Nähe in ein hitziges Wortgefecht verwickelt waren.

„Glaubst du, ich sitze hier auf einem Schatz, Onkel? Außerdem hast du mir fünf oder sechs unappetitliche Männer mitgebracht, denen ich noch dazu ein Frühstück und ein Mittagessen vorsetzen muss! Nein, Onkel Mostafa! Das allein war schon ein Fehler. Wir wissen nichts über die Männer. Was würdest du machen, wenn sie alte Savakis wären? Oder wenn ein amerikanischer oder israelischer Spion unter ihnen wäre?"

„Bestimmt nicht, mein lieber Neffe! Das sind arme Kerle, so wie ich, die sich auf der anderen Seite des Golfs etwas verdienen wollten. Aber sie hatten kein Glück und konnten nicht bleiben. Wenn du deinem lieben Onkel etwas Geld geben kannst, dann wird er nach

Hause gehen und versprechen, dir nie wieder auf die Nerven zu gehen!"

Sie redeten und entfernten sich dabei von unserem Zimmer. Gespannt warteten wir auf eine Gelegenheit, um unbemerkt entkommen zu können. Der Streit zwischen Mostafa und Kavoos, der nun zu Meysam geworden war, wurde immer heftiger. Wir hörten, wie sie sich gegenseitig beleidigten und aufeinander losgingen. Die anderen beiden Männer schliefen noch immer, daher dachten wir, der Zeitpunkt zum Verschwinden wäre nun gekommen. Vorsichtig machten wir uns auf den Weg zum Innenhof. Dort sahen wir Mostafa, der Kavoos in eine Mauerecke gedrängt und ihm mit beiden Händen an der Kehle gepackt hatte. Er drückte mit aller Kraft zu und es schien, als wolle er Kavoos erwürgen. Niemand war da, der die beiden hätte trennen können. Nadji zögerte einen Moment. Er hatte Mitleid mit Kavoos, der in Mostafas Händen zu ersticken drohte. Dann warf er seine Tasche auf den Boden, rannte zu den beiden hin und packte Mostafa bei den Händen. Kraftvoll riss er sie nach hinten, sodass sich Kavoos aus Mostafas Fängen befreien konnte.

„Das hättest du nicht tun sollen, ich hätte diesen Bastard fertiggemacht!", brüllte Mostafa. Kavoos hustete heftig und blickte zu Nadji. Er erkannte ihn und rief: „Mit ihm bist du also unterwegs? Mit zwei Konterrevolutionären?"

Mostafa hatte Kavoos losgelassen und Nadji zog sich langsam zurück. Kavoos hatte nur noch Augen für Nadji. Schnell hob ich seinen Rucksack auf, während

Kavoos in Richtung Stall humpelte.

„Nadji!“, sagte ich, „wir müssen jetzt abhauen.“

Aber Nadji schien wie gelähmt. Mostafa stand mit dem Gesicht zur Wand gedreht und stützte sich auf beide Hände. Seine Schultern wurden von Krämpfen geschüttelt. Weinte er oder war er bloß erschöpft?

Kavoos kam aus dem Stall heraus und hatte einen Revolver in der Hand.

„Ihr Schönlinge!“, sagte er und kam geradewegs auf Nadji zu. „Wir haben Revolution gemacht, um Leute wie euch loszuwerden. Und du hattest noch dazu die Frechheit, mich anzugreifen? Wir haben den Schah und seine ganze Clique in den Arsch getreten. Es wird ein Kinderspiel, dich in den Arsch zu treten.“

Ich stand unter Schock und stellte mir die Szene vor, wie Nadji vor meinen Augen erschossen wurde. Er lag in seinem Blut und ich war meinem traurigen Schicksal überlassen. Dabei hatte ich gar nicht bemerkt, dass Mostafa im Hintergrund lauerte. Er wartete auf den passenden Moment, dann stürzte er sich auf Kavoos und entriss ihm die Waffe. Wieder prügelten sich die beiden Männer. Nadji und ich rannten zum Eingangstor, um über die Ebene die Straße zu erreichen. Zaal war nicht zu sehen, er musste sich in irgendeinem Loch verkrochen haben.

Bevor wir das Tor erreichten, tauchten davor zwei ältere bärtige Männer auf. Sie steckten in Militäruniformen, die zu groß geraten waren. Auf einmal standen sie da, als hätte die Wüste sie ausgekotzt, nur um uns aufzuhalten. Plötzlich hörten wir hinter uns jemanden pfeifen. Wir drehten uns um und sahen Zaal, der uns zu verstehen gab, doch den langen Korridor zu nehmen, der einst als Müllraum gedient hatte. Schnell verschwanden wir in diese Richtung und fanden anstatt der alten Tür, die immer offen gestanden hatte, einen großen Leinenvorhang. Wir schoben ihn zur Seite und stürzten in den langen, engen Korridor, von dem wir wussten, dass er direkt zum Palmenhain führte. Am Ende des Korridors gab es eine weitere Tür, die von innen verschlossen war. Glücklicherweise hing der Schlüssel neben der Tür. Hinter dem Vorhang befand sich jetzt eine Toilette, neben der ein hässlicher roter Plastikeimer stand. Der Gestank von menschlichen Exkrementen ist der abscheulichste Geruch auf der Welt, daher sprangen wir so schnell wie möglich über die Toilette, schoben einen zweiten dreckigen Leinenvorhang beiseite und liefen durch die Hintertür zum Palmenhain, der an die Farm angrenzte. Vorsichtig näherten wir uns der Mauer.

„Mach das Tor auf, du Arschloch!" Das war die Stimme eines der beiden Uniformierten, die noch immer vor dem Tor standen und darauf warteten, dass es von Zaal geöffnet wurde. Dann ging das Tor auf, und wir hörten das Geräusch von Schritten, die sich entfernten. Wir rannten immer weiter, bis Nadji auf einmal stoppte und sagte: „Ich bin völlig erschöpft, ich werde gleich ohnmächtig."

„Schieß endlich! Worauf wartest du noch, Idiot?", befahl eine Männerstimme. „Halt!"

Wir starrten einander an. In Nadjis Augen konnte

ich sehen, dass er die gleiche Idee hatte wie ich. Sie würden uns erschießen, wenn wir weiterliefen. Aber ich konnte noch etwas anderes in Nadjis Augen lesen. Die Zeit, aufzuhören oder aufzugeben, war vorbei. Es hätte sich nicht mehr gelohnt. Also rannten wir weiter, ohne uns um die Befehle zu kümmern. Die beiden Männer waren nun weit zurückgeblieben. Ihre Stimmen verklangen, aber jetzt fielen Schüsse. Wir rechneten damit, dass es einen von uns erwischen würde. Während des Laufens schaute ich zu Nadji und er schaute zu mir. Die Schüsse kamen offenbar aus dem Innenhof und waren womöglich gar nicht für uns bestimmt. Auch die beiden Männer waren uns anscheinend gar nicht nachgelaufen. Tatsächlich folgte uns niemand, aber wir liefen trotzdem unentwegt weiter, denn wir wollten den Abstand zum Hof vergrößern. Kavoos musste auf Mostafa geschossen haben, aber vielleicht war es auch umgekehrt. Jedenfalls mussten wir um jeden Preis vermeiden, festgenommen zu werden. Wir erreichten die Straße, aber uns war klar, dass sie ohne Zögern diese Richtung einschlagen und uns verfolgen würden. Daher nahmen wir den Pfad durch den Palmenhain, der auf der anderen Seite der Straße entlangführte. Einige Stunden versteckten wir uns unter den Palmen und warteten darauf, dass sich die Lage beruhigte. Dann kehrten wir zur Straße zurück und versuchten, per Anhalter weiterzukommen. Kurz vor Mittag hielt ein Lieferwagen und wir stiegen ein. Zunächst hatte der Fahrer Angst, aber wir boten ihm Dollars, und der Anblick der Scheine überzeugte ihn schließlich.

„Mir ist egal, wer ihr seid oder woher ihr kommt! Falls die Brüder uns anhalten, dann sagen wir, ihr seid bloß Reisende und ich der Chauffeur. Ihr seid doch aus diesem Land, oder?“

„So ist es!“

„Ihr scheint kluge Burschen zu sein. Und ihr wisst, dass es in diesem Chaos besser ist, alles am Anfang abzuklären. Zum Beispiel die Bezahlung. Gebt mir besser gleich das Geld.“

Wir zahlten und er fuhr los. Dann überlegten wir, wohin wir eigentlich gehen konnten. In dieser komplizierten Situation wagten wir es nicht, nach George zu suchen. Auch nicht nach Sooren. Schließlich fiel uns Mahin ein, Amrollah Khans Tochter. Allerdings mussten wir sie erst einmal finden. Und es war nicht sicher, dass sie uns nach allem, was im Iran geschehen war, unterstützen würde.

Die Stadt war ein einziges Chaos. Es sah aus, als ob sich die Bevölkerung während unserer Abwesenheit verzehnfacht hätte. Die Straßen schienen kleiner, wahrscheinlich wegen der Menschenmassen, die sich in ihnen drängten. Niemand kümmerte sich um Verkehrsregeln, rote Ampeln oder Fußgängerübergänge. Völlig arglos überquerten die Leute die Straßen. Die Bürgersteige waren dermaßen überfüllt, dass die Leute auf der Fahrbahn gingen. Die Autos hupten andauernd und bahnten sich mühsam einen Weg durch die Menge. Immer wieder nannten wir dem Fahrer die Adresse, aber er sagte nur, dass sich alles verändert hätte. Sogar die Namen der einzelnen Stadtviertel, Straßen oder Gassen. Manche Plätze oder Straßen waren jetzt nach Mullahs und Imamen benannt. Oder nach jungen Leuten, die während der Revolution gefallen waren. Dass wir in das Dob-Viertel wollten, trauten wir uns nicht zu sagen. Schließlich kam der Fahrer dahinter. „Diese Adresse ist scheinbar im alten Dob-Viertel. Gott vergib mir!", sagte er und spuckte aus dem Fenster. „Was ihr dort sucht, gibt es längst nicht mehr, Jungs. Das wisst ihr bestimmt!"

„Natürlich wissen wir das."

„Es ist jetzt ein Wohngebiet, wie jedes andere auch. Die Stadt plant, alle alten Häuser zu schleifen und neue Gebäude zu errichten. Das wird sehr bald passieren. Wann, das weiß nur der liebe Gott!" Er seufzte tief und fuhr mit einer gewissen Ironie fort: „Was ist nur mit uns geschehen?"

Auf den Straßen konnten wir Mütter mit ihren Kindern sehen. Der Fahrer erzählte, dass in zwei Tagen wieder die Schule beginnen würde und die Familien in Eile waren, Schulsachen und Kleidung zu kaufen. Das Erschreckendste aber waren die vielen jungen Menschen, die an Straßenecken und auf Plätzen standen und mit Waffen in der Hand Fahrzeuge kontrollierten. Manchmal hielten sie ein Auto an und durchsuchten die Leute und das Fahrzeuginnere. Wonach suchten sie eigentlich? Darüber wussten wir noch nicht Bescheid.

„Seht nur, meine Brüder, alle diese Revolutionäre sind nun gezwungen, vor einem Haufen junger Leute Rechenschaft abzulegen. Wenn ihnen danach ist, dann können sie jedem den Finger in den Arsch stecken. Nur weil das Gesetz auf ihrer Seite ist."

Er seufzte und rückte den Spiegel zurecht: „Ich bekomme genau das, was ich verdiene!"

Wir erreichten die Gegend, in der sich Mahins Haus befand. Die Nachbarschaft hatte sich sehr verändert. Das eiserne Tor war verschwunden, aber es herrschte immer noch ein reges Kommen und Gehen. Niemals wäre man auf die Idee gekommen, dass sich hier einmal ein Rotlichtviertel befunden hatte. Wir konnten uns noch gut an Mahins Adresse erinnern und fanden das Haus. An beiden Seiten der Eingangstür hingen schwarze Banner mit den Namen der „fünf unschuldigen Heiligen"[17]. Zwischen den Bannern war ein grünes Tuch gespannt, das an vier Ecken an die Wand genagelt war. Ängstlich klopften wie an die Tür und bald darauf erschien Mahin, um uns zu öffnen. Zunächst erkannte sie uns nicht. Was mich betrifft, so hatte ich nichts anderes erwartet, aber sie erkannte nicht mal Nadji. „Entschuldigung, Jungs! Zu wem wollt ihr denn?"

Mahin sah zwanzig Jahre älter aus. Auf dem Kopf trug sie einen braunen Schleier aus grobem Stoff, der unter ihrem Hals festgebunden war. Sie wirkte erschöpft und sah uns mit müden Augen an. Mich beobachtete sie mit verstohlenen Blicken und ich konnte spüren, dass sie sich ekelte. Erst nachdem Nadji den

---

17 Die schiitische Glaubensrichtung bezeichnet fünf Personen als Unschuldige: den Propheten Mohammed, seinen Schwiegersohn Ali und seine drei Kinder Fatemeh, Hossein und Hassan.

Namen von Amrollah Khan erwähnt hatte, erkannte sie uns. Mahin freute sich zwar, uns wiederzusehen, wusste aber nicht so recht, wie sie sich uns gegenüber verhalten sollte. Sie stand auf der Türschwelle und sprach nur zögernd. Mit wenigen Worten erzählten wir, wo wir gewesen waren und was wir die ganze Zeit über gemacht hatten. Wir blieben bei der Wahrheit, außer bei meiner Gesichtsverletzung. Da sagten wir, es würde sich um einen Arbeitsunfall handeln. Daher mussten wir auch über den Grund unserer Rückkehr in den Iran lügen. Bald wurde uns klar, dass sie uns nicht ins Haus lassen wollte. Als wir mit unserer Geschichte fertig waren, bat sie uns, vor der Tür zu warten. Sie ging ins Haus und kam mit einem schwarzen Schleier wieder zurück.

„Lasst uns gehen!", sagte sie.

Sie brachte uns zu einem Freund, der in derselben Straße wohnte. Er hieß Habib. Mahin meinte, bei ihm würden wir uns wohler fühlen und angenehmer plaudern können. Habib hat eine Matte im Hof ausgebreitet. Offensichtlich stand er unter Drogen, denn er hatte hervorquellende Augen und war ziemlich abgemagert. Er sprach mit weinerlicher Stimme und schlurfte mit seinen Pantoffeln durch die Gegend. Das Haus bestand aus einem einzigen Zimmer und einem kleinen Innenhof. Habib ließ uns nicht gleich Platz nehmen, sondern suchte im Haus nach einer karierten Decke, die er für uns über der Matte ausbreitete.

„Mahine Djoons Gäste sind ein Diadem auf meinem Kopf!", verkündete er.

Mahin stellte uns als die besten Freunde von Amrollah Khan vor. Kurz gesagt, sie malte ein sehr schmeichelhaftes Porträt von uns. Habib signalisierte mit bewundernden Ausrufen Zustimmung. „Ich bin Amrollah Khans Freunden zu Diensten!“, wiederholte er immer wieder und vergoss dabei sogar eine Träne der Erinnerung. Er schien von dieser Begegnung ganz hingerissen, bis er von Mahin forsch unterbrochen wurde: „Anstelle leerer Phrasen solltest du unseren Gästen lieber Tee machen.“ Sie zwinkerte uns zu und ließ uns damit wissen, dass sie ihn neckte.

„Zu euren Diensten!“, sagte Habib und ging in das Zimmer.

Mahin versuchte auf indirektem Weg herauszufinden, wie es um unsere finanzielle Situation bestellt war. Wir erzählten ihr ganz unverblümt, dass wir Dollar dabeihatten. Als sie hörte, wie hoch die Summe in iranischer Währung sei, leuchteten ihre Augen auf wie ein Blitz. Dann sagte sie gleich, sie kenne jemanden, der uns beim Geldwechseln helfen könne. Aber sie müsse erst nach Hause und nach der Telefonnummer suchen. Daraufhin wolle sie ihn von der Telefonzelle an der Ecke anrufen und uns Bescheid geben. Sie erklärte uns auch, warum sie uns nicht in ihr Haus hatte bitten können. Das Haus gehörte ihrer Schwägerin, die von allen Tante Zari genannt wurde. Mahin musste Tante Zari um Erlaubnis fragen, wenn sie jemanden ins Haus bringen wollte. Zurzeit war die Schwägerin nicht zu Hause, sie würde aber wahrscheinlich zurück sein, wenn Mahin die Sache mit dem Geldwechsel geklärt hatte. Sobald sie mit ihr gesprochen und von uns erzählt hatte, konnten wir aller Voraussicht nach zu ihr kommen. Darüber hinaus riet uns Mahin, niemandem zu sagen, wie viel Geld wir hatten. Vor allem Habib durfte nichts davon erfahren, obwohl sie ihn für einen guten Menschen hielt. Dann machten sich Mahin und Nadji auf den Weg, um das Geld zu wechseln. Ich blieb bei Habib, denn wir hatten keine Lust, unser Gepäck überall mitzuschleppen. Auch Mahin sagte, dass es so besser wäre. Habib gab mir Tee und Datteln, dann erzählte er mir von seinem Leben und von seiner Beziehung zu einer Frau namens Banou. Seine Verhältnisse waren nicht besonders geordnet, aber er hatte ein sehr großes Herz. Ich fing an, ihn zu mögen, obwohl er ein Junkie war. Er wusste jedoch sehr genau, was um ihn herum vorging, und von welchem Schlag die Leute waren, die nun die Macht übernommen hatten. Und er wusste, dass es Menschen wie er waren, die den Preis für diese neue Politik bezahlen würden.

„Wenn du wirklich ein Stück von diesem Kuchen willst, dann musst du zeigen, dass du es draufhast. Dass du nicht nur deine Feinde, sondern sogar deine Landsleute mit einem Maschinengewehr umlegen kannst. Und wenn du nicht dazu fähig bist, dann musst du wenigstens so tun, als ob du es könntest. Verstehst du, Junge?"

Bald darauf kamen Mahin und Nadji mit iranischem Geld zurück. Einmal mehr ermahnte uns Mahin, besonders vorsichtig mit unserem Geld umzugehen. Dann ließ sie uns mit Habib allein und ging zu Tante Zari, um über unseren Aufenthalt in ihrem Haus zu verhandeln. Und tatsächlich hatte sie Erfolg und bekam die Erlaubnis, uns für ein paar Tage einzuquartieren. Solange, bis wir ein Zimmer zur Miete gefunden hatten. Wir dankten Habib für seine Gastfreundschaft und ich bot ihm zwei Päckchen von Nadjis Zigaretten an, die er mit großer Freude annahm.

„Amerikaner! Beeindruckend!“, rief er und nahm ein Päckchen, hielt es vor sein Gesicht und begann damit zu sprechen. „Wann kommt ihr endlich, um uns zu retten?“ Wir brachen in Gelächter aus und Mahin sagte, das wäre typisch Habib, er bringe alle zum Lachen.

Mahins Haus war auch nicht besonders groß: ein kleiner Hof und drei übereinanderliegende Zimmer, die durch eine schmale Treppe miteinander verbunden waren. Mahin führte uns in den Raum ganz oben. Sie bat uns inständig, keinesfalls die Vorhänge zu öffnen. Niemand dürfe uns sehen, in dieser Zeit voller Unsicherheit und Gemeinheit. Für nichts und wieder nichts denunzierten die Leute einander. Manche erstatteten sogar Anzeige gegeneinander, daher waren die Gefängnisse andauernd überfüllt. Deswegen hatte man sogar mehrere Schulen in Gefängnisse umgewandelt. Auch Mahins Ehemann Timour war gerade im Gefängnis. Nachdem sie seinen Namen ausgesprochen hatte, brach Mahin in Tränen aus. Wir fragten nicht weiter und warteten darauf, dass sie von sich aus weitererzählte. Zu diesem Zeitpunkt hatten wir weder Tante Zari noch Mahins Tochter Hasti gesehen, die erst sechs Jahre alt war.

„Meine Tochter ist heute schlecht gelaunt. Sie hatte gehofft, ich würde mit ihr einkaufen gehen, denn übermorgen beginnt die Schule. Sie hätte gerne neue Schulsachen, wie alle ihre Freundinnen. Gott ist mein Zeuge, ich habe kein Geld mehr in der Tasche. Tante Zari ist mit ihr spazieren gegangen, damit sie wenigstens für ein paar Stunden auf andere Gedanken kommt."

Als wir nach dem Mittagessen ein Schläfchen machten, hörten wir plötzlich ein kleines Mädchen weinen. Sie schluchzte und sagte Dinge, die wir nicht verstanden. Dann brachte Mahin sie in unser Zimmer.

„Begrüße diese beiden netten Herren. Das ist Onkel Nadji und er ist Onkel Djamil."

Hasti hörte auf zu weinen. Ihr Haar war zerzaust und sie trug eine saubere, aber sichtbar billige Kleidung. Sie versteckte sich hinter ihrer Mutter und starrte mich immer wieder an. Augenscheinlich machte ihr ein Teil meines Gesichts Angst. Mahin erklärte ihr, dass wir mit ihrem Großvater gut befreundet gewesen waren. Sie hatte Amrollah Khan noch nie gesehen, außer auf Bildern, wo er in seiner Blütezeit Geige spielte oder auf der Bühne stand. Nadji hatte immer noch Pralinen in seiner Tasche, die er jetzt an Hasti verteilte. Ich hingegen gab Mahin etwas Geld, um belegte Brote und Getränke für alle im Haus zu kaufen. Am Abend erzählten wir ihnen dann von unserem Beschluss, alles zu besorgen, was Hasti für die Schule benötigte. Nadji hätte Mahin lieber das Geld gegeben, aber ich wollte unbedingt mit auf den Basar gehen und beim Einkaufen dabei sein.

„Warum gehen wir nicht alle zusammen?", fragte Mahin.

Nadji erfand eine Ausrede, denn er wollte zu Hause bleiben. Er sagte, er wäre sehr müde. Aber in Wahrheit wollte er nicht von seinen alten Freunden gesehen oder erkannt werden. Das waren alles Leute rund um Kavoos, die wahrscheinlich zu den Schlägern gehörten, die sich an jeder Straßenecke herumtrieben.

Am nächsten Tag, nach dem Mittagessen, ging ich mit Mahin und Hasti in die Innenstadt. Bevor wir aufbrachen, hörten wir auf der Treppe die Stimme von Tante Zari. Sie beschuldigte Mahin, ihr nicht gesagt zu haben, dass einer von uns ein verbranntes Gesicht hatte. Mahins Antwort konnte ich nicht verstehen, aber ich hörte die Tante, die sagte: „Es ist doch ganz klar! Es bringt Unglück, eine verbrannte Person ins Haus zu lassen." Ich gab vor, nichts gehört zu haben, denn ich wollte in diesem Moment einfach nur mit Hasti zum Bazar gehen.

In der Stadt ging es genauso zu wie am Vortag. Auf dem kleinen Bazar, wo auch Schulsachen verkauft wurden, wimmelte es von Menschen, und die Jungen und Mädchen hielten die Hände der Erwachsenen. Gerne hätte ich alle Hefte und Notizbücher für Hasti gekauft, aber Mahin hielt mich immer wieder zurück: „Nein, das ist zu viel!" Jedenfalls kauften wir eine Menge bunter Sachen, mehrere Packungen Bleistifte und Papier, Buntstifte zum Zeichnen sowie Märchenbücher zum Erlernen des Alphabets. Dazu noch Bücher über Tiere und Blumen. Hasti war überglücklich und quietschte bei jedem Einkauf vor Vergnügen, sodass ich vor Rührung dahinschmolz.

„Mein Gott“, meinte Mahin, „willst du das wirklich alles kaufen? Für wie viele Jahre kaufst du denn ein?“

Danach gingen wir in Kleidergeschäfte und erstanden eine komplette Schuluniform, mit einer marineblauen Bluse und dazu ein Kopftuch in der gleichen Farbe.

„Findest du es nicht unfair, dass die Kinder bei dieser Hitze alle diese Sachen tragen müssen?“, fragte Mahin.

Hasti aber war überglücklich, sogar über die Schuluniform. Dann kauften wir noch eine ganze Reihe Hemden, T-Shirts, Hosen und Unterwäsche. Ich bat Mahin, diese Gelegenheit zu nutzen und alles Notwendige für ihre Tochter zu besorgen.

„Nein“, sagte Mahin. „Genug ist genug. Den Rest können wir später kaufen, fürs Erste reicht das. Wir haben schon bald den gesamten Bazar aufgekauft.“

Dann fragte sie Hasti: „Weißt du eigentlich, wo du alle diese Kleider verstauen wirst?“

„In Tante Zaris Kommode!“

Wir befanden uns in einer überdachten Passage, die ausschließlich Kleidergeschäften vorbehalten war. Von Kinder- bis Damenbekleidung war alles zu finden. Frauen schlenderten herum, verschleiert und mit Kopftüchern. Das kleine Mädchen war überglücklich und begann zu laufen und stolperte dabei über die Füße einer Dame. Mahin sprang hinzu, um sie festzuhalten und einen Sturz zu verhindern. Und genau in diesem Moment rutschte ihr Schleier zu Boden. Sofort vibrierte hinter uns eine kratzige und furchterregende Männerstimme: „Schwester, heb deinen Schleier auf! Etwas Schamgefühl würde euch Frauen nicht schaden!“ Langsam drehte ich mich um und wollte sehen, woher die Stimme gekommen war.

„Schau sie nicht an!“, sagte Mahin, „sonst verhaften sie dich noch.“

Ich bemerkte einen großen, schlaksigen und bärtigen Mann in einer Militäruniform, ohne Rangabzeichen und Mütze. Er hatte nicht mal eine Waffe bei sich. Das hatten wir schon öfter gesehen, Männer in Uniform, aber ohne Waffen. Manche hatten auch nur eine Keule dabei, die sie wie ein Gewehr in der Hand hielten.

„Das sind Bassidschi.[18]“

„Vergiss es! Schau dir lieber das hier an!“

Sogleich fiel mir ein langes türkisfarbenes Kleid ins Auge, das an einer kopflosen Schaufensterpuppe ausgestellt wurde. Es war aus Tüll und durch den Stoff konnte man die rosa Farbe des Modells sehen. Ich dachte, dieses Kleid würde Mahin bestimmt gut stehen.

„Wie wäre es mit diesem Kleid?“, fragte ich.

Mahin lachte. Ich zeigte ihr auch ein schwarzes Paar Schuhe aus weichem Leder, durch deren Lamellengitterwerk etwas Haut zu sehen wäre.

„Ich bin sicher, das würde dir perfekt stehen!“

„Wo könnte ich das alles jetzt und in dieser Situati-

---

18 Bassidsch ist eine paramilitärische Miliz im Iran, die sich aus Freiwilligen rekrutiert und als Hilfspolizei eingesetzt wird. 1979 gegründet, ist Bassidsch organisatorisch eine Abteilung der Iranischen Revolutionsgarde. Im Ersten Golfkrieg gegen den Irak fanden zehntausende Bassidschi (Milizionäre) in teils jugendlichem Alter bei Himmelfahrtskommandos den Tod.

on anziehen?", lachte Mahin wieder.

„Wenn du die Schuhe erstmal hast, dann wird sich sicher auch eine Gelegenheit finden, sie zu tragen."

„Er hat recht, Mama!", sagte Hasti. „Sie sind für dich gemacht. Bitte kaufe sie!"

Hasti hatte Gefallen an mir gefunden. Selbst meine Verletzungen machten ihr keine Angst mehr. Manchmal nahm sie während des Einkaufs meine Hand und hielt sie fest in ihrer. Dann hob sie den Kopf, blickte mich mit ihren runden schwarzen Augen an und schenkte mir ein wunderschönes Lächeln, das mich an meine Kindheit und an die glücklichen Zeiten damals erinnerte. War ich wirklich ein glückliches Kind gewesen? Ich durfte nicht mehr an die Vergangenheit denken, vielmehr wollte ich wissen, wie ich Hasti glücklich machen konnte.

„Kosmetik will ich auch noch", rief sie, „bitte nicht vergessen."

„Was willst du mit Kosmetik, meine Kleine?", fragte ihre Mutter.

„Das sage ich dir später."

Im Schaufenster wurde eine entsprechende Auswahl präsentiert. Freilich hatte Hasti sie zuerst entdeckt.

„Dieser Laden scheint alles zu haben!"

„Für Kosmetika", sagte Mahin, „kenne ich einen besseren Ort."

„Dann lass uns schnell hingehen", sagte Hasti.

„Zuerst werden wir uns diesen Laden genau ansehen. Beim Einkaufen darf man nichts überstürzen."

Mahin wollte Hasti anscheinend ablenken und sie

dazu bringen, die Kosmetika zu vergessen. Allerdings wusste sie nicht, dass auch ich mich für diese Dinge interessierte. Wir sahen uns das Schaufenster noch einmal an. Es gab nur Produkte für Damen, zum Beispiel ein Paar Sommerschuhe, zwei Bermudahosen in den Farben Kaki und Ziegelrot, die symmetrisch gegenüber aufgehängt waren. Auf den Regalen, die von einer Wand zur anderen verliefen, waren Schönheitsprodukte aller Art ausgestellt, wie etwa Lippenstifte in mehreren Farben, Gesichtspuder und kleine Tiegel mit Lidschatten. In der Mitte des Schaufensters hing ein sehr attraktives Foto von zwei Augen. Die Augen einer Frau, die dich beobachten und in alle Richtungen verfolgen. Dazu flackerte in allen Ecken des Fensters eine kleine Lampe. Ich war dermaßen fasziniert von diesem schönen Schaufenster, dass ich den Lärm der wütenden Motorradfahrer, die in die Passage eingedrungen waren, gar nicht hörte. Mahin packt mich am Ärmel und zog mich in eine Ecke. Sie hatte keinen wirklichen Plan, sie wollte mich nur in Sicherheit bringen, außerhalb der Reichweite dieser Motorradfahrer, die unerwartet und brutal aufgetaucht waren. Wir alle hatten Angst und drückten uns gegen die Mauer. Hinter jedem Motorradfahrer saß ein weiterer Kerl auf dem Soziussitz. Je näher sie kamen, umso langsamer wurden sie, bis sie schließlich anhielten. Einer der Beifahrer holte einen großen Stein unter seinem Hemd hervor und rief: „Allahu Akbar!“. Dann warf er den Stein in das große Schaufenster, das in tausend Stücke zersplitterte. Das Regal im Laden fiel krachend in sich zusammen und all die Kosmetika,

Lippenstifte und Puder lagen verstreut auf dem Boden. Die Motorradfahrer waren längst weitergefahren und man konnte bereits hören, wie das nächste Schaufenster zu Bruch ging. Die Menschen drängten sich vor den Geschäften, und die Besitzer eilten zum Eingangsbereich. Sie starrten verwirrt um sich und fragten: „Warum? Weshalb?"

Ein vorbeigehender Mann rief ihnen zu: „Es gibt kein Warum! Seht ihr denn nicht, dass die meisten Dinge in diesen Läden dem Islam widersprechen? Einige von euch haben anscheinend noch immer nicht kapiert, was in diesem gesegneten Land gerade passiert."

Ich war einer derjenigen, die es noch immer nicht begriffen hatten. Aber ich bemerkte sehr wohl, dass sich einiges geändert hatte. Keine einzige Frau ließ ihre Tochter mit offenem Haar durch die Straßen gehen. Alle Frauen und Mädchen waren in finstere Gewänder gehüllt.

„Los! Gehen wir!", sagte Mahin. Unser Einkaufsbummel war zu Ende und Hasti war völlig verängstigt. Mahin nahm sie bei der Hand, schnappte sich die Einkaufstasche und ging schnell zum Ausgang der Passage. Ich folgte ihnen.

„Hallo! Sepideh!", rief ein Mann.

Mahin ging zu ihm, begrüßte ihn und stellte mich als einen Verwandten vor. Dem Mann gehörte einer der Läden. Mahin stellte ihm auch ihre Tochter vor und der Mann scherzte ein wenig mit Hasti. Dann fragte er Mahin, warum sie hier sei. Sie antwortete, dass unsere Einkäufe erledigt waren und dass wir nun nach Hause wollten, da wir Angst hatten. Der Mann lachte nur und sagte: „Kommen Sie herein und sehen Sie selbst, was ich hier alles habe! Vielleicht kann ich Sie dazu verführen, noch etwas anderes zu kaufen. Wir haben alles, was Sie brauchen."

Im Schaufenster war nichts Aufregendes, außer ein paar marineblauer Blusen, einer Reihe von Wolltüchern und ein paar kleinen Teppichen mit kreisförmigem Mustern, auf denen die Namen der „fünf Unschuldigen" geschrieben standen. Die Teppiche sahen alle gleich aus, nur die Farben waren anders. Hinter dem Tresen saß eine Frau, die von einem großen schwarzen Tschador vollständig verhüllt war. Sie begrüßte uns, als wir den Laden betraten und dem Mann folgten, der uns strahlend durch eine Holztür in ein Nebenzimmer führte. Dort war es geräumig, aber es gab keine Fenster und als Lichtquelle dienten Lampen, die in allen Farben leuchteten. An den Seitenwänden hingen Kleidungsstücke aller Art und wir sahen Frauen, deren Schleier nur locker über ihren Schultern hingen. Sobald sie uns bemerkten, drehten sie sich um und rückten fast gleichzeitig ihre Schleier zurecht. Der Mann, sein Name war Huschyar, sagte: „Keine Angst, meine Damen, die gehören zu uns." Die Frauen lächelten und suchten in aller Ruhe weiter nach Kleidern. In diesem Raum gab es auch mehrere Regale voller Kosmetika. Die wollte ich unbedingt sehen, mein Herz schlug vor Aufregung.

„Suchen Sie etwas Bestimmtes?", fragte Huschyar.

„Eigentlich wollten wir uns nur umsehen!", antwortete Mahin und drehte sich zu mir.

„Wir suchen noch ein schönes Paar Damenschuhe. Und ein Kleid und auch Kosmetika“, sagte ich darauf.

Der Mann führte uns zuerst in die Schuhabteilung.

„Was wird passieren, wenn die Agenten diesen Teil des Ladens finden?“, fragte Mahin.

„Siehst du hier irgendetwas Illegales? Es gibt hier ausschließlich Damenbekleidung sowie Damenprodukte, deren Verkauf nach den Gesetzen des Landes völlig legal ist. Wir haben sie nur vor den Blicken der Leute geschützt, um das Blut zu respektieren, das von den Märtyrern der Revolution vergossen wurde. Nur aus Respekt vor den Märtyrern. Aber abgesehen davon, wer trägt denn diese Kleider? Haben die Märtyrer nicht auch Schwestern und eine Mutter? Und alle diese Herren in der Regierung, haben sie keine Ehefrauen oder erwachsene Töchter? Heute tragen alle Mädchen Make-up. Überzeugen Sie sich selbst. Was wir tun, ist daher völlig in Ordnung und auch legal.“

Dann fuhr er fort: „Aber jetzt seid ihr hier und da sind die Schuhe!“ Er zeigte uns zwei oder drei Regale mit Sommerschuhen. Ich nahm das schönste Paar roter Schuhe heraus und stellte sie vor Mahins Füßen.

„Probiere sie an!“, sagte ich. Mahin zog die Schuhe an, aber sie waren etwas zu groß. Die junge Verkäuferin holte ein weiteres Paar Schuhe, das um eine Größe kleiner war. Mahin zog sie an und betrachtete sich im Spiegel. „Ich finde sie ganz großartig. Findest du nicht auch, Hasti?“

„Sie sind sehr schön, Mama, kauf sie doch!“

Huschyar hatte Recht. Die Frauen, und auch die

jungen Mädchen, die in seinen Laden – besser gesagt ins Hinterzimmer – kamen, waren alle reichlich geschminkt. Ich zeigte Mahin hübsche Sachen, darunter auch kurze Kleider, und drängte darauf, welche zu kaufen. Andererseits fragte ich mich, wo sie diese Sachen tragen könne, denn Frauen in der Öffentlichkeit waren durchweg anders angezogen.

„Wir tragen diese Kleider auf privaten Partys", sagte Mahin.

Sie machte mich auf mehrere Frauen im Laden aufmerksam, die lange marineblaue Blusen über kurzen sexy Röcken trugen. Genau die gleichen, die ich Mahin zum Kauf vorgeschlagen hatte. Sie aber wollte nicht, dass ich so viel Geld ausgebe. Vielleicht fand sie das alles auch ein wenig unanständig. Der Mann schien etwas verblüfft und fragte sich offensichtlich, ob sich Mahin alle diese Dinge auch leisten konnte. Er fragte sie nach Teymour, ihrem Mann. Mahin gab eine knappe Antwort, wollte aber offensichtlich nicht mehr dazu sagen. Es rührte sie zu Tränen, seinen Namen zu hören, aber vor ihrer Tochter wollte sie keinesfalls weinen.

Huschyar erkundigte sich nach meiner Gesichtsverletzung. Mahin sagte, es wäre ein Arbeitsunfall gewesen. Huschyar zeigte keinerlei Mitgefühl, im Gegenteil, er lachte nur und meinte: „Solche Unfälle passieren eben Männern. Seien Sie bloß vorsichtig, so etwas verheilt nur langsam."

Beim Bezahlen stellten wir fest, dass er uns einen schönen Rabatt gewährt hatte. Ich schüttelte ihm die Hand. Bevor er Mahin zum Abschied auf die Wange küsste und Hastis Haar streichelte, blickte er vorsichtig um sich. Mahin erklärte mir anschließend, dass Huschyar ein sehr guter, alter Freund sei.

„Das ist gut! Gott sei Dank mangelt es in dieser Stadt nicht an guten und großzügigen Freunden."

Danach kauften wir noch ein paar Lebensmittel sowie Kekse und Schokolade. Ich sagte, dass ich Nadji gerne etwas Alkoholisches mitbringen würde. Darüber musste Mahin herzlich lachen, denn ich hatte keine Ahnung, wie schnell sich die Dinge im Land nach der Revolution geändert hatten.

„Das ist verboten!", sagte sie.

Natürlich war mir bewusst, dass das neue Regime den öffentlichen Konsum von Alkohol verboten hatte, aber ich hätte niemals gedacht, dass wir nicht mal mehr etwas kaufen und mitnehmen konnten.

„Wie auch immer, es wäre wunderbar, eine Flasche Whisky zu finden. Ich möchte ihm eine Freude machen, er liebt Whisky."

„Whisky, das weiß ich nicht. Aber Habib könnte dir bis heute Abend etwas Arak besorgen."

„Ich hoffe, das ist nichts Gefährliches! Die Art von Alkohol, der dir die Eingeweide verdreht oder dich blind macht, wie ich mal gehört habe."

„Nein, mein Lieber! Die Leute trinken jede Nacht Unmengen davon."

Auf dem Rückweg nahmen wir uns ein Taxi. Während der Fahrt war Mahin wie verwandelt. Sie freute sich wie ein kleines Mädchen und nahm alle drei Sekunden meine Hand, drückte sie und lachte.

Dann fragte Hasti: „Mama! Warum hat dich dieser Mann Sepideh genannt?"

„Als ich klein war, hatte ich eine sehr weiße Haut und die Nachbarskinder nannten mich Sepideh. Herr Huschyar ist ein Freund aus Kindertagen und er nennt mich immer noch so, in Erinnerung an diese Zeit."

„Sepideh Khanom", sagte Hasti lachend. „Warum bist du nicht mehr weiß?"

„Weil das Leben mich verbrannt hat", erwiderte Mahin lachend und legte ihre Hand auf meine. Das war dem Fahrer, der uns im Rückspiegel beobachtet hatte, nicht verborgen geblieben.

„Entschuldigen Sie, Schwester, in welcher Verbindung stehen Sie zu diesem Herrn?"

„Was meinen Sie mit dieser Frage?"

„Weil Sie sich neben mir und in meinem Taxi ständig berühren."

Mahin sah mich lachend an. „Dieser Herr ist mein Sohn!"

„Sie sehen aber ziemlich jung aus für einen erwachsenen Sohn! Wirklich!", sagte der Fahrer.

Als wir aus dem Taxi stiegen, fragte Hasti: „Mama, warum hat der Taxifahrer gesagt, dass du zu jung bist, um ein großes Kind zu haben?"

„Er meinte, dass deine Mama zu jung und zu hübsch ist", sagte ich.

„Auf jeden Fall! Dieser Herr war blind! Oder er hat mich nicht einmal angesehen, richtig?"

„Was meinst du jetzt? Dass der Typ blind war? Oder

dass deine Mutter sehr hübsch ist? Für mich ist beides richtig."

„Er muss blind gewesen sein, denn er hat nicht gesehen, dass im Auto ein großes Mädchen sitzt und dass Mama Mahin sehr hübsch ist."

„So ist es. Und den Rest kannst du vergessen!"

Mahin hörte unsere Diskussion und lächelte. Sie sah tatsächlich sehr schön aus. Unter dem Vorwand, Make-up-Produkte zu testen (das hatte sie Tante Zari erzählt), hatte sie sich geschminkt. Sie zog das neue Kleid an und zeigte es uns. Auch Hasti hatte ihre neuen Sachen angezogen. Dann breitete sie ihre neuen Hefte, Bleistifte und Bücher vor Tante Zari aus, die gerade im Hof einen kleinen Wollteppich wusch. Der Abend war hereingebrochen und die Tante hatte viel Freude mit dem kleinen Mädchen. Uns beobachtete sie jedoch weiterhin mit einer zögernden und misstrauischen Miene. Mahin hatte versucht, ihr Vertrauen zu gewinnen und viel Gutes über uns erzählt. Zum Beispiel, dass wir uns um ihren Vater gekümmert hatten. Während Tante Zari den Teppich wusch, köchelte auf dem Herd ein Eintopf, der im ganzen Haus einen köstlichen Duft verbreitete und viele Erinnerungen weckte. Hasti ging in ihren neuen Kleidern im Hof auf und ab und brachte unermüdlich neu gekaufte Sachen, die sie ihrer Tante zeigte. Dafür wurde Hasti stets mit Komplimenten überhäuft und manchmal auch von der Tante in die Arme genommen und auf die kleinen Wangen geküsst. „Deine Tante liebt dich über alles!", pflegte Tante Zari zu sagen. Die beiden hatten eine unglaublich enge Beziehung. Mahin sagte, Tante Zari liebe Hasti wie eine eigene Tochter. Sie hatte selbst nie Kinder gehabt und auch nie geheiratet. Nachdem sie mit dem Teppichwaschen fertig war, gingen Nadji und ich nach unten und halfen ihr, den Teppich auf der Veranda an einer Wäscheleine aufzuhängen. Hasti wuselte wichtigtuerisch um uns herum und brachte uns mit ihren Faxen oftmals zum Lachen. Wir nannten sie Frau Schülerin, das mochte sie sehr.

„Kommt, ich will euch meine Schule zeigen!", sagte sie zu uns.

Von unserem Fenster aus erblickten wir eine lange Allee, an deren Ende die Schule stand. Dort sollte Hasti am nächsten Tag zum Unterricht gehen. Von unserem Standort war es nicht möglich, auch die Schule zu sehen. Aber Hasti deutete in die Richtung, als sähe sie das Gebäude. „Dort ist sie, gleich da am Ende der Straße. Dieses rote Backsteingebäude natürlich!"

Zuerst fragten wir, wo genau sie denn sei, welches Gebäude. Aber bald verstanden wir, dass es besser war, die Diskussion zu beenden, sonst würde sie kein Ende finden.

„Oh ja! Dort ist die Schule mit den roten Backsteinen! In Ordnung, jetzt wissen wir Bescheid!"

„Ja, aber dieses rote Backsteingebäude ist nicht unsere Schule; sie ist gleich dahinter."

Hasti sollte bald zu Bett gehen, daher wollten auch wir uns früher zurückziehen. Aber das Mädchen war wegen der Schule dermaßen aufgeregt und glücklich, dass sie nicht einschlafen konnte oder zumindest vorgab, es nicht zu können. Stattdessen wollte sie mich mit den Schönheitsprodukten, die Mahin zuvor gekauft hatte, wie eine Braut schminken. Mahin und Zari hielten das für keine gute Idee, aber Hasti blieb stur. Mir hingegen gefiel der Vorschlag.

„Mahin Khanom, das ist doch lustig, lass sie doch machen“, sagte ich.

Es machte mir nicht nur Freude, mich schminken zu lassen, sondern ich spielte auch sehr gerne mit Hasti. Dieses kleine sechsjährige Mädchen hatte nicht nur keine Angst vor dem Anblick meiner Wunden, sondern es machte mir auch Mut. Hasti akzeptierte, was Erwachsene nicht sehen wollten. Manchmal verweilten ihre Blicke einen Augenblick lang auf meinem Gesicht und ich konnte einen verzerrten Ausdruck des Schreckens oder des Mitgefühls wahrnehmen. Und nun wollte Hasti, dieser kleine Engel, den wir erst am Tag zuvor kennengelernt hatten, mir in aller Ruhe gegenübersitzen und mich mit rosa Lippenstift beschmieren. Danach benutzte sie alle Arten von Eyeliner und Augenbrauenstifte. Den Puder konnte sie nur auf einem Teil meines Gesichts auftragen. Ihr Blick, das konnte ich erkennen, war auf den verletzten Teil und auf meine hässlichen Narben gerichtet. Trotzdem konzentrierte sie sich mit aller Kraft auf den unversehrten Teil meines Gesichtes. Mahin und Nadji beobachteten amüsiert, wie sie einen roten Kreis auf meine Wange malte. Nadji saß zusammengesunken auf einem Stuhl, während Mahin neben der Tür auf dem Boden saß und angestrengt horchte, ob Tante Zari in der Nähe war. Hasti brachte ein Stück weißen Tüll und legte ihn mir auf den Kopf. Nachdem sie mit ihrer Arbeit fertig war, hielt sie mir einen Spiegel vors Gesicht.

„Schau, wie hübsch du jetzt bist!" Ich sah meine rosa Lippen, den roten Ring auf meiner gesunden Wange, das Schwarz um meine Augen, meine grünen und blauen Wimpern und meine bunte Stirn. Ich nahm ihr den Spiegel ab und inspizierte meine Wunden, die sich an mehreren Stellen ausbreiteten. Nur auf einer Hälfte des Gesichts, aber diese war völlig entstellt. Vor mir im Spiegel war der hässlichste Mann, den ich je gesehen hatte. Wieso hatte Hasti keine Angst vor mir?

Sogar ich selbst hatte Angst, mich anzusehen. Nachdem mich alle drei lachend angesehen hatten, spürte ich, wie sich meine Augen mit Tränen füllten. Mahin erkannte sofort, was sich in mir abspielte und stand abrupt auf.

„Okay, die Show ist zu Ende. Meine Damen und Herren, es ist Zeit, in Ihre Wohnungen zurückzukehren! Komm, meine Tochter! Komm, es ist höchste Zeit. Morgen musst du früh aufstehen. Es ist dein erster Schultag."

„Ich hatte noch keine Zeit, Nadji meine Uniform zu zeigen."

„Morgen früh", sagte Mahin und nahm sie bei der Hand. „Wenn du zur Schule gehst, werden alle deine Uniform bewundern können. Alle, ohne Ausnahme. Jetzt ist es Zeit zum Schlafengehen. Sag deinen beiden Onkeln Gute Nacht!"

„Gute Nacht."

„Ich habe dich von oben mit deiner Uniform gesehen, als du sie Tante Zari gezeigt hast. Sie steht dir sehr gut", sagte Nadji.

„Wirst du morgen früh auch wach sein, wenn ich zur Schule gehe? So früh?"

„Natürlich werden wir wach sein. Es ist auch für uns ein großer Tag!"

Hasti antwortete mit dem schönsten, aber auch schläfrigsten Lächeln, das ich je gesehen hatte. Dann musste sie gähnen.

„Männer stehen nicht so früh auf! Sie müssen bis Mittag im Bett bleiben!"

„Solche Männer sind wir nicht."

„Fühlt euch wie zu Hause. Wenn ihr noch nicht müde seid, dann könnt ihr das Licht anlassen", sagte Mahin. „Passt nur auf, dass euch niemand am Fenster sieht. Das ist alles. Das Licht ist kein Problem!" Dann nahm sie Hasti bei der Hand und ging lachend aus dem Zimmer.

„Warum hast du ihnen gesagt, sie sollen das Licht anlassen? Sind sie nicht müde?", hallte Hastis Stimme von der Treppe.

Nach langer Zeit waren wir beide endlich wieder allein unter einem Dach. Niemand würde stören und uns mit lüsternen oder neugierigen Blicken beobachten. Es war die friedlichste Nacht meines Lebens, neben Nadji.

Am nächsten Morgen erwachte ich und hörte Hasti, die sich für die Schule bereit machte. Nadji schlief noch. Durch das Fenster war ein Geräusch zu hören. Ich spähte durch die Vorhänge auf die Straße hinunter und sah ein paar Frauen und junge Mädchen, die auf Mahin und Hasti warteten. Nachdem alle beisammen waren, marschierte die Gruppe in jene Richtung, die Hasti uns zuvor gezeigt hatte.

„Du gehst geradeaus auf der Straße, die direkt unter unserem Fenster ist. Dann biegst du in eine andere Straße ein, die wir von hier aus nicht sehen können. Sie ist viel länger als diese hier und sie wird auf beiden Seiten von Buchsbaumhecken begrenzt. Die sind wie eine echte Mauer, nur grün. Wenn du deine Hand gegen diese Wand drückst, dann verschwinden alle deine Finger gleichzeitig dort drinnen, glaubst du das? Wenn du mir nicht glaubst, dann nehme ich dich mit und stecke deine Hand ganz tief in diese Wand! Danach musst du bis zum Ende der Straße gehen, hinter dieses Gebäude. Achtung, es ist das rote Gebäude, das keine Fenster hat. Warum eigentlich?"

Es war in der Tat ein merkwürdiges Gebäude. Mahin sagte, niemand wisse genau, was dort vor sich ging. Es gehöre der Armee und die Leute hätten mehrere Male gesehen, wie hochrangige Offiziere das Gebäude betraten. Jedes Mal waren sie dabei von mehreren Soldaten umringt. Und nun, an diesem frühen Morgen des ersten Herbsttages, der zugleich der erste Schultag war, gingen Hasti und ihre Freunde in diese Richtung.

„Ich bin nie zur Schule gegangen", sagte Nadji, „aber ich kann dieses seltsame Gefühl gut nachvollziehen."

„Ein merkwürdiges Gefühl! Einerseits ist es toll, andererseits auch wieder beängstigend. Plötzlich taucht man in ein neues Universum ein, und wenn der Lehrer die Klasse betritt, dann weißt du nicht, was du zu tun hast."

Die Frauen und Mädchen gingen auf dem Bürgersteig entlang der Hauptstraße, die von Buchsbäumen gesäumt war. Ich konnte zwar nicht alles sehen, aber es herrschte noch immer ein reges Treiben. Die Jungen mussten eine andere Richtung nehmen, denn ihre Schule lag gegenüber der Mädchenschule. Die Adresse, die Hasti mir genannt hatte, lag hinter dem roten Gebäude, etwa eine Viertelstunde zu Fuß entfernt, was für Kinder in diesem Alter eindeutig zu weit war. Alle waren so aufgeregt, dass sie gar nicht bemerkten, wie die Zeit verging. Zwei Stunden später kehrte Mahin zurück.

„Sie haben die Eltern gebeten, hinauszugehen", erzählte sie. „Um den Schülern Zeit zu geben und sich an die neue Umgebung zu gewöhnen. Ich bin gleich zurückgekommen, um zu sehen, wie es euch geht. Habt ihr schon gefrühstückt?"

Wir bejahten und Mahin ließ sich auf den Boden des Zimmers fallen. „Ganz ehrlich, ich habe ein brennendes Verlangen nach einer Zigarette."

Nadji gab ihr eine Zigarette und bald darauf war der Raum mit Rauch erfüllt. Mahin behielt die Tür im Auge, denn Tante Zari hasste Zigaretten. Mahin respektierte das. Zari war es schließlich gewesen, die sich um Hasti gekümmert hatte, als Mahin die schlimmsten Zeiten mit ihrem Ehemann durchstehen musste. Darum wollte sie auch nicht beim Rauchen erwischt werden. Jedes Mal nörgelte Zari herum, wenn sie rauchen wollte. Sie erinnerte Mahin daran, dass Tabak schädlich sei, insbesondere für Kinder. Tabak war in ihren Augen die Quelle aller Laster. Tante Zari ging sogar so weit zu sagen, Tabak wäre die Ursache für das Unglück ihres Bruders Teymour gewesen, den man zurzeit im Gefängnis verrotten ließ.

Mahin erzählte uns, was mit Teymour, ihrem Ehemann und Hastis Vater, passiert war. Vor der Revolution hatte er sich ständig im alten Bordellviertel herumgetrieben und war offenbar in den Drogenhandel verwickelt. Darüber erzählte uns Mahin nichts Genaueres, vielmehr kam sie sofort auf das Thema Bordell zurück. Vor ungefähr sechs Monaten begegnete Teymour auf der Straße einigen jungen Hisbollahi, die er schon mal in den Bordellen gesehen hatte. Sie erkannten ihn, legten ihm Handschellen an und brachten ihn ins Gefängnis. Seither hatte ihn Mahin nur einmal im Gefängnis besuchen dürfen.

„Ich bin mir sicher, dass sie ihn am Ende hinrichten werden. Du hast keine Ahnung, wie grausam sie sind. Menschen zu töten, fällt ihnen leichter als Vieh abzuschlachten."

„Nur deswegen ist er im Gefängnis?"

„Sie werfen ihm moralische Korruption und Drogenhandel vor. Ich darf ihm nicht einmal Zigaretten bringen!", fügte sie weinend hinzu.

„Die ganze Zeit durfte er nicht rauchen?", fragte Nadji.

„Mir wurde gesagt, dass ich ihn am 26. September ein zweites Mal sehen könne. Wenn sie es zulassen, dann werde ich mit Hasti hingehen. In genau drei Tagen."

Nadji nahm drei Päckchen mit je zwanzig Zigaretten aus seiner Tasche und gab sie Mahin.

„Versuche nochmal, ihm diese Zigaretten zu geben. Vielleicht erlauben sie es dieses Mal."

Mit Freudentränen in den Augen eilte Mahin zu Nadji und küsste ihn: „Wie gütig du bist! Ihr beide seid gütig. Euch schickt der liebe Gott, für mich und für Hasti. Papa hat euch völlig zu Recht Söhne der Liebe genannt!"

„Aber ich bin kein Sohn der Liebe, sondern ein verfluchter Sohn. Oder, wie Tante Zari sagt, ein Sohn des Unglücks", sagte ich.

„Was ist denn passiert?", fragte Mahin erstaunt und richtete sich auf. „Zari will dir doch nichts tun. Im Gegenteil, sie will nur, dass es dir gut geht."

„Ich habe aber gehört, wie sie zu dir gesagt hat, es bringe Unglück, einen Verbrannten ins Haus zu holen! Damit hat sie recht."

Mahin schämte sich und ich bedauerte sogleich, was ich gesagt hatte. Aber sie sollte wissen, dass ich Tante Zaris Worte gehört hatte.

„Nein! Sie hat gar nicht von dir gesprochen", sagte Mahin und schaute zur Tür. Ich lächelte sie an. „Eigentlich ist Zari ziemlich abergläubisch. Und sie ist keine schlechte Frau. Sie hat sogar ein großes Herz. Aber sie liebt Hasti über alles, darum hat sie ständig Angst, ihr könnte etwas passieren. Ich bitte um Verzeihung, wenn du ihre Worte so interpretiert hast!"

Mahin wischte sich die Tränen vom Gesicht.

„Nein, das habe ich nicht so gemeint!", antwortete ich verlegen.

„Lass uns den Satz von Tante Zari vergessen",

mischte sich Nadji ein. „Erzähl uns mehr über Amrollah Khan. Gehst du manchmal zu seinem Grab? Ist schon alles fertig?"

„Nicht wirklich. Ich war schon eine Ewigkeit nicht mehr dort und habe absolut keine Ahnung, wie es dort aussieht. Auf jeden Fall hatte er großes Glück, das alles nicht mehr mitansehen zu müssen."

„Wie müssen unbedingt zu seinem Grab gehen, um diesen großen Mann zu ehren!"

„Ein großer Mann!"

„Für mich war er das – und er wird es immer blieben", sagte Nadji.

„Das ist eine wirklich gute Idee. Schön, dass du hier bist."

Tante Zari rief von unten nach Mahin. Sie versteckte ihre Zigarette in einer Plastiktüte.

„Nun, man sieht sich später. In der Mittagspause. Ich schätze, Pari möchte mich abholen und gemeinsam zur Schule gehen. Ihre Tochter Samaneh geht in dieselbe Klasse wie Hasti. Ihr habt noch keine Kinder, oder?"

„Nein!"

„Ihr Glücklichen! Bitte fühlt euch wie zu Hause. Ihr könnt die Tür mit einem Schlüssel von innen versperren. Das ist kein Problem. Tschüss einstweilen."

Nachdem Mahin gegangen war, holte Nadji seine Karten hervor und begann, sie wie ein Wahrsager zu legen. Ich setzte mich auf einen Stuhl neben dem Fenster. Durch einen winzigen Spalt im Vorhang konnte ich die lange und schmale Straße sehen. Es herrschte Ruhe. Nach dem Gedränge der Schulkinder war eine unheimliche Stille eingetreten.

„Mahin wiederholt immer wieder ‚Mach es dir bequem, fühl dich wie zu Hause!'. Das klingt doch ein bisschen komisch, oder? Will sie uns etwas sagen?"

Nadji saß hinter mir. Ich hörte nur das Geräusch der Karten, die er mischte und vor sich legte.

„Sie ist eine mutige Frau! Ich hoffe, dass ihr Mann bald freikommt und sie aus dieser Armut herausholt."

„Wenn es ihm gelingt, nach seiner Entlassung einen Job zu finden."

„Irgendwann wird er schon was finden. In der aktuellen Situation muss jeder, so gut es eben geht, zurechtkommen. Man muss wissen, wie man in dieses gesellige Bad eintaucht und dabei in die kleinste Lücke[19] schlüpft."

Ich hätte lieber über unsere eigene Situation gesprochen, aber stattdessen schwiegen wir lange. Ich sank in meinen Stuhl zurück, schloss die Augen und erinnerte mich an die ersten glücklichen Momente meiner Begegnung mit Nadji. Der Tag, an dem er meine schlammbedeckten Beine gewaschen hatte. Als er Wasser aus einem Krug auf meine nackten Füße gegossen und mit seinen Händen den Schlamm abgestreift hatte. Seine Hände auf meiner Haut waren pure Freude gewesen. Dann hörte ich, wie Nadji den Schlüssel im Türschloss drehte. Ich spürte den Wind, der über das Gras strich und Wassertropfen vom Fluss mitbrachte, die unsere Gesichter benetzten. War es Wirklichkeit oder träum-

---

19 Persisches Sprichwort, wonach man in einer neuen Gruppe rasch eine Nische finden muss, in der man sich verstecken oder eine harmlose Funktion finden kann.

te ich? Jedenfalls war es wunderschön und ich weigerte mich, meine Augen zu öffnen. Aus Angst, alles würde verschwinden. Dann berührten vertraute Hände meine Schultern und Finger erreichten die Haut meines Halses. Meine Augen waren immer noch geschlossen und ich entspannte mich auf dem Sessel. Diese rauen Hände voller kleiner Schnittnarben kreisten um meine Ohren und brachten mir die verloren geglaubte Lust zurück. Seine vor Aufregung zitternden Finger glitten nach unten, zwischen die Knöpfe meines Hemdes. Ich wollte nichts mehr auf der Welt als diese Fülle, die meinen ganzen Körper umfing. Dieser Körper, der sich nur nach Entspannung sehnte. Ich fühlte den warmen Hauch seines Atems auf meinem Kopf. Ich schwebte in einem Raum des vollkommenen Glücks und des absoluten Vergnügens. Plötzlich wurden wir vom Geräusch einer Detonation aufgeschreckt und voneinander getrennt. Gleich darauf war eine weitere schreckliche Explosion zu hören, so nahe, dass alles in unserem Zimmer erbebte. Wir hörten Schreie und ich zog den Vorhang ein kleines Stück beiseite. Ein Geschwader aus Kampfflugzeugen raste über den Himmel. Eins von ihnen flog so tief, dass ich die furchterregende Silhouette des Piloten erkennen konnte. Rauchschwaden erfüllten die Stadt. Die Flugzeuge hatten mehrere Stadtteile bombardiert. Hinter dem roten Gebäude hatte sich eine der Explosionen ereignet und aus Hastis Schule stieg Rauch empor.

„Die Schule!“, riefen die Menschen, die auf die Straße gelaufen waren. „Die Mädchenschule!“

„Abolfazl, Fürst der Märtyrer!“, stöhnte Tante Zari.

Wir wussten nicht, was wir tun sollten.

„Mahin ist zur Schule gelaufen“, rief Nadji. „Sehen wir nach, was los ist.“

Wir rannten aus dem Haus und folgten der Menge, die in Richtung Mädchenschule unterwegs war. Entlang der Buchsbaumallee, von der Hasti uns so viel erzählt hatte. Sie hatte diese grüne Wand wunderbar beschrieben, ein Grün, das uns begleitete und den Weg wies. Aber jetzt war das Grün verschwunden und wir tauchten in eine tiefe Schwärze. An der Schule angekommen sahen wir mitten im Hof einen großen Krater. Die Krankenwagen waren gerade eingetroffen und wir sahen Mahin, die schreiend und verzweifelt nach ihrer Tochter suchte. Alle Mütter riefen die Namen ihrer Töchter. Dann kamen Armeelastwagen mit Soldaten, die die Menge aus dem Schulhof drängte, damit die Sanitäter zu den Verletzten konnten. Ich nahm Mahins Hände und hielt sie davon ab, sich selbst zu schlagen. Die Sanitäter brachten ein paar Kinder ins Freie. Die Eltern rannten zu den Kindern und umarmten sie ganz fest. Mehrere Familien warteten aber noch auf Neuigkeiten, darunter Mahin, Nadji und ich.

„Alle, die ihre Kinder nicht gefunden haben, melden sich bitte im Shir-o-Khorshid[20]-Krankenhaus“, verkündete einer der Sanitäter.

Gemeinsam mit Mahin und vielen anderen Leuten

---

20 Das Rote Kreuz wird im Iran Roter Löwe und Sonne genannt, pers. Shir-o-Khorschid.

machten wir uns auf den Weg zum Krankenhaus. Unterwegs erkannten wir, dass ein Krieg begonnen hatte. Völlig überraschend hatten irakische Kämpfer die Stadt bombardiert und, nach eigenen Angaben, strategische Ziele der Regierung und des Militärs angegriffen, darunter den Flughafen und Teile der Raffinerie. Viele Arbeiter waren in diesem Bombenhagel ums Leben gekommen. Ein weiteres Ziel der Attacken an diesem ersten Kriegstag war die zentrale Bildungsdirektion, wo eine große Anzahl von Lehrern ihr Leben verloren hatten. Auch die Mädchenschule war betroffen, obwohl der Angriff wahrscheinlich dem großen roten Gebäude gegolten hatte. Die Kämpfer hatten ihr Ziel verfehlt und die Schule getroffen. Sie hatten ihre Bomben über den Köpfen dieser armen kleinen Mädchen abgeworfen, die am Anfang des Schuljahrs mit voller Begeisterung zum Unterricht gekommen waren. Wir alle waren Zeugen. Vor dem Krankenhaus liefen die Menschen wild durcheinander, sie schrien und schlugen sich auf die Köpfe. Andauernd wurden die gleichen Fragen gestellt: „Bitte, haben Sie gesehen, wo die verletzten Arbeiter hingebracht wurden?“

„Wo sind die verletzten Lehrer? Beim Blut deiner Mutter, sag mir, wenn du etwas weißt!“

Die Luft war erfüllt von einem fast unmenschlichen Stöhnen, wie von einem Schakal, der in eine Falle geraten war und nicht fliehen konnte. „Ich suche mein Töchterchen! Ich bitte Sie, haben Sie es zufällig gesehen?“

Verloren lagen wir auf dem Rasen vor dem Spital.

Mahin saß stöhnend neben uns, mit einem schwarzen Schleier über der Stirn. Sie wippte mit dem Kopf hin und her und wiederholte ständig Hastis Namen. Einige Männer kamen aus dem Wartebereich und wollten anscheinend eine wichtige Botschaft verkünden. Einer von ihnen hielt ein Blatt Papier in der Hand, stieg auf eine Bank und sagte: „Brüder und Schwestern, ich bitte um Aufmerksamkeit. Die Namen der Personen, die ich jetzt verlesen werde, befinden sich in diesem Krankenhaus. Sie gehören zu den Verwundeten und sie sind am Leben."

Alle lauschten gespannt, als er anfing, die Namensliste zu verlesen. Hastis Name war nicht darunter. Genauso wenig wie die Namen der vielen anderen Kinder, die auf keiner Liste standen und die von ihren Eltern schmerzlich vermisst wurden.

„Was sollen wir jetzt tun?", schluchzte ich.

Ein anderer Mann stieg auf die Bank und erklärte: „Die Brüder und Schwestern, deren Kinder nicht auf den Listen sind, werden gebeten, sich an das Revolutionäre Büro für Vermisste oder bedauerlicherweise an den Friedhof zu wenden."

Schreie ertönten unter den anwesenden Frauen. Mahin fiel ohnmächtig in unsere Arme. Wir legten sie auf den Rasen vor dem Krankenhaus und ich holte Wasser, das ich ihr vorsichtig ins Gesicht träufelte. Sobald wir junge Leute in Uniform sahen, versuchten Nadji und ich, uns zu verbergen. Wir hatten Angst, Kavoos und seinen Männern zu begegnen und von ihnen erkannt zu werden.

Das Revolutionäre Büro für Vermisste bestand aus einer einzigen Tür am Ende einer Betontreppe. Diese Tür war halboffen und davor stand ein stattlicher und beleibter Mann mit einem Brett in der Hand, auf dem mehrere weiße Blätter hingen. Vor der Treppe hielten zwei Polizisten in alten blauen Uniformen Wache. Ihre Aufgabe war es, die Menschen daran zu hindern, ins Büro einzutreten.

„Alle, die Informationen über eine vermisste Person brauchen, müssen unten warten, bis ihr Name von einem Bruder aufgerufen wird."

Auch wir standen am Fuß dieser Treppe und bettelten wie eine Herde ausgehungerter Sklaven. Alle Namen, die gerufen wurden, verklangen ohne Antwort. Der Dicke steckte seinen Kopf durch die Tür und verkündete, es gäbe keine Namen mehr auf seiner Liste. Aber bald würden weitere Namen von Vermissten bekannt gegeben werden.

„Aber was machen wir dann hier?", schrien einige Leute.

„Das weiß ich nicht. Geht dorthin zurück, von wo ihr hergeschickt wurdet."

Langsam begannen die Wachen zu verstehen, was hier vor sich ging. Angesichts der Menge zogen sie sich zurück und waren bald verschwunden. Inzwischen waren weitere Explosionen zu hören. Die Leute sagten, die feindliche Armee wäre in die Stadt eingedrungen und hätte sie umzingelt. Feindliche Funksender wiederholten immer wieder, die Bevölkerung solle die Stadt verlassen, bevor alles dem Erdboden gleichgemacht werde. Unsere Bemühungen, Hasti zu finden, waren im Sande verlaufen. Ihr Name stand weder auf der Verwundeten- noch auf der Totenliste.

Ein Mann sagte zu Mahin: „Danke Gott, Schwester. Dein Kind ist nicht dem Märtyrertod gestorben, es ist nur verschwunden."

„Was meinst du, Hadj Agha? Was sollen wir jetzt tun?", fragte Mahin verwundert.

„Geduld! Hab revolutionäre Geduld!"

Wir übten uns in Geduld, stundenlang, auf dem Weg zwischen Krankenhaus und Friedhof, bis zum Abend, bis in die Nacht. Diejenigen, die die Namen ihrer Angehörigen auf der Liste der Verwundeten gelesen hatten, waren erleichtert, denn sie konnten noch hoffen. Gewissheit hatten diejenigen, die ihren eigenen Namen unter den Toten gelesen hatten. Für sie gab es keine Hoffnung mehr. Versunken in ihrer Trauer lagen einige von ihnen mit zitternden Schultern auf der Erde. Alle anderen Familien, die wie wir noch keine Nachrichten erhalten hatten, liefen herum wie kopflose Hühner. Sie stürmten durch den Innenhof des Krankenhauses, stießen gegen die Wände und warteten verzweifelt auf Informationen. Aber es gab keine Neuigkeiten, daher kehrten wir ohne Hasti nach Hause zurück, um die Suche am nächsten Morgen fortzusetzen.

Tante Zari stand unter Schock und konnte unseren Anblick nicht mehr ertragen. Sie war davon überzeugt, dass Nadji und ich Unglück über ihr Haus gebracht hatten. Wahrscheinlich hatte sie recht, denn sie hatte das Unglück an den Wunden in meinem Gesicht vorhergesehen. Noch am selben Abend forderte sie uns auf, unverzüglich das Haus zu verlassen. Ansonsten würde sie die Polizei rufen. Mahin versuchte noch, sie dazu zu bringen, ihre Meinung zu ändern, jedoch vergeblich. Dabei hätte Mahin unsere Hilfe bei der Suche nach Hasti gut gebrauchen können. Wir wollten auch bleiben, aber Tante Zaris Drohungen waren erschreckend ernst und wir hatten keine Lust, noch einmal mit der Polizei Bekanntschaft zu machen. Noch in derselben Nacht packten wir unsere Sachen und machten uns bereit für die Flucht.

Die Stadt füllte sich allmählich mit unbewaffneten Soldaten. Es hieß, unserer Truppen seien auf dem Weg in die Stadt, mit modernster militärischer Ausrüstung. Niemand wusste jedoch, wann sie ankommen würden. Feindliche Flugzeuge konnten immer noch ungestraft ihre Bomben abwerfen, wo immer sie wollten. Hubschrauber flogen in geringer Höhe über der Stadt, voll mit Soldaten und Maschinengewehren, die jeden Moment auf die Menschen in den Straßen feuern konnten. Jeder hatte die Möglichkeit, die Silhouette von Mördern über seinen Köpfen zu sehen. Junge Leute hatten in den meisten Vierteln damit begonnen, Barrikaden zu errichten und Gräben auszuheben, in denen sie nachts schlafen konnten. Wenn man in der Dunkelheit durch die Stadt wanderte, waren hier und da Schatten zu erkennen, die mit Schaufeln in der Hand Löcher gruben, wie Leichenbestatter. Alte Männer, Frauen und Kinder hielten sich in der Nähe von Schützengräben auf und waren bereit, sich beim geringsten Anzeichen eines Luftangriffs oder beim Pfeifen von Mörsergranaten darin zu verstecken.

Als wir im Dunkeln nach einem sicheren Schlafplatz Ausschau hielten, sahen wir eine Gruppe von Menschen, die in einem trockenen Kanal Zuflucht gesucht hatten. Wir legten uns zu ihnen und verbrachten dort die Nacht.

Am nächsten Tag waren wir wild entschlossen, die Stadt zu verlassen, diese Todesinsel, umgeben von Wasser und Feuer. Es gab nur zwei Möglichkeiten: entweder mit einem Boot den Fluss überqueren und noch etwa vierzig Kilometer zu Fuß durch die Wüste bis zur nächsten Stadt gehen. Oder den Weg über die einzige Brücke nehmen, die auf die andere Seite des Flusses führte. Dort gab es Autos, die die Leute gegen Bezahlung in die Nachbarstädte brachten. Mit Märschen durch die Wüste hatten wir schon bittere Erfahrungen gemacht, daher entschieden wir uns für die Brücke. Bestimmt würden wir einen Fahrer auf der anderen Seite davon überzeugen können, uns an einen sicheren Ort zu bringen. Wir gingen also in Richtung Brücke. In der Stadt gab es noch zwei weitere Brücken, die allerdings für Dienst- oder Militärfahrzeuge – die noch gar nicht da waren – reserviert waren. Daher war nur diese eine Brücke der Bevölkerung zugänglich gemacht worden. Und genau diese Brücke wurde von einer Menschenmasse gestürmt.

Auch die Straßen waren voller Menschen. Zusammengedrängt strebte eine scheinbar endlose Menschenschlange langsam zur Brücke. Wir mischten uns unter die Leute und sahen bald nichts anderes als eine kompakte Menschenmasse, von der wir verschlungen wurden. Und ein Stück Himmel, der sich über unseren Köpfen in Rauch auflöste. Es herrschte ein derartiges Gedränge, sodass wir uns kaum vorwärtsbewegen konnten. Wir hatten keine andere Wahl, als einen Fuß vor den anderen zu setzen und uns von der Masse der Körper um uns herum mitreißen zu lassen. Es war eine Schande, dessen waren sich alle bewusst, aber es gab keine andere Möglichkeit, aus der Stadt herauszukommen und diesem Schlachthaus zu entrinnen. Dann hörten wir, dass Polizisten vor der Brücke stationiert waren und die Menschen kontrollierten, bevor sie sie passieren ließen. Oder daran hinderten. Wir fragten die Leute, was denn der Grund für diese Befragung wäre, aber niemand wusste eine Antwort.

Am Brückeneingang sahen wir die Polizisten. Es waren nur wenige, mit Stoffmasken auf ihren Gesichtern. Die Masken hatten zwei Löcher für die Augen und eins für die Nase. Wie zwei schwarze Murmeln rollten ihre Augen hinter den khakifarbenen Gesichtsmasken und gaben ihnen ein unheimliches Aussehen. Gerade diese beiden dunklen Pupillen, deren unerlässliche Pflicht es ist, die Schönheit des Lebens zu betrachten. Genau diese Augen waren für die dunkelste Mission verantwortlich. Ich erinnerte mich an meine Rückkehr und den Marsch durch die Wüste, als ich mir auch eine Stoffmaske über den Kopf ziehen musste. Viele hatte ich damit erschreckt, das konnte ich jetzt nachvollziehen.

Ich verstand, wie hässlich und monströs ich mit diesem Sack auf meinem Kopf ausgesehen haben musste, genau wie diese Wachen. Abgesehen davon hatten wir nicht dieselben Gründe. Die Polizisten trugen diese Masken nur deshalb, damit niemand sie erkennen konnte. Sie aber konnten sehr wohl alle anderen identifizieren.

Einer der Polizisten schien Nadji zu erkennen. Hatte er ihn wirklich erkannt oder dachten wir das nur? Der Typ stand hinter einem Armeejeep. Er war unbewaffnet und trug eine Maske mit den beiden Löchern für die Augen. Durch diese Löcher bemerkte ich seinen frechen Blick.

„Wir sind erledigt, Nadji! Schau ihn bloß nicht an."

Beide Augen starrten uns an.

„Hallo, Bruder! Stell dich auf die Seite."

Er wollte, dass Nadji aus der Menge heraustrat. Wir drehten um und versuchten, zur Mitte der Menschenmenge zu gelangen. Aber das war unmöglich, denn die Menge bewegte sich in eine Richtung und wir in die entgegengesetzte. Die Leute waren dermaßen in Panik, dass uns niemand beachtete. Der Typ, der uns wahrscheinlich erkannt hatte – zumindest Nadji, aber vielleicht auch mich – brüllte nun noch lauter. Wir schauten weder zurück, noch hörten wir seine Schreie. Und dann ertönte eine andere Stimme: „Ergreift ihn!"

Aber in der Menge war es so laut, dass niemand davon Notiz nahm. Vielleicht taten die Leute auch nur so, als ob sie nichts gehört hätten. Sie hatten genug von diesen Milizionären und wollten nicht mehr kooperieren. Einige wollten uns sogar durchlassen, nachdem sie bemerkt hatten, dass wir davonliefen. Das waren unheimliche Momente, und ich hatte tatsächlich große Angst gehabt. Törichterweise, wie Nadji sagte, aber ich wollte auf jeden Fall vermeiden, in die Fänge der Polizei zu geraten, das war alles. Vielleicht hatte Nadji recht und ich hatte aus einer Mücke einen Elefanten gemacht.

„Warum sind wir weggelaufen?“, fragte Nadji. „Der Typ war bestimmt nicht hinter uns her.“

„Er war nicht hinter uns her? Hast du nicht gehört, wie er geschrien hat ‚Ergreift ihn! Ergreift ihn!‘?“

„Am Anfang war er nicht hinter uns her. Aber dann hat er gesehen, dass wir Angst hatten und davongelaufen sind. Er hat bestimmt gedacht, dass wir Dreck am Stecken haben.“

Nadji warf einen Blick auf meine Wunden, als ob meine Gesichtsverletzung den Verdacht des Milizionärs geweckt hätte. Ich wollte dazu nichts sagen, das Ganze war beängstigend genug. Als wir die Menge durchquert hatten und auf der anderen Seite wieder herausfanden, waren keine Milizionäre mehr zu sehen. Das hinderte uns aber keineswegs daran, weiterhin zu laufen. Wir sahen einen Lieferwagen, der stadteinwärts geparkt war und auf den ein paar Männer hochgeklettert waren. Nachdem wir uns vergewissert hatten, dass der Lieferwagen in Ordnung war, stiegen wir ein. Der Lehrling des Fahrers kassierte das Fahrgeld, dann setzte er sich auf den Beifahrersitz und der Wagen fuhr los. Während der Fahrt musste er wegen der zahlreichen Kampfflugzeuge mehrmals anhalten. Einige waren auf unserer Seite, die anderen auf der feindlichen Seite. Es war nicht einfach, den Unterschied zu erkennen. Deshalb hatte der Fahrer Angst, genau wie ich. Nadji machte sich über mich lustig: „Er ist einer von uns", sagte er lachend. „Lieber Herr, der gebildete Idiot!"

Ich aber war erleichtert, seine Scherze und Hänseleien wieder zu hören. Für einen kurzen Moment schienen alle Probleme vergessen und zwischen uns beiden war alles wie früher.

Nun mussten wir eine andere Möglichkeit finden, wie wir die Stadt verlassen konnten. Für zwei junge Leute wie uns war es nun noch gefährlicher geworden, ziellos durch die Straßen zu ziehen. Die Milizsoldaten machten Jagd auf feindliche Spione sowie auf linksgerichtete Partisanen. Die Bedingungen waren ideal, um unerwünschte Jugendliche zu identifizieren und zu verhaften. Tatsächlich war die Stadt wie ein nackter Körper geworden, glatt wie eine Handfläche. Alles war sichtbar, auf einen Blick. Jeder Winkel in den Häusern war von der Straße aus zu sehen. Die Milizionäre streiften mit ihren leichten und flinken Jeeps durch die Stadt und nahmen alle Jugendlichen fest, die nicht wie Hisbollahi oder Soldaten aussahen. Sie wurden einem harten Verhör unterzogen, und falls sich herausstellte, dass sie linke Ideen hatten, wurden sie auf ein Revier gebracht. Wir waren natürlich keine vom Feind bezahlten Spione oder Linke, aber ich erinnerte mich dennoch an Naneh Reyhan, die mir geraten hatte, niemals in die Hände der Polizei zu fallen. Sie würden mich auf die Wache schleifen und einem Verhör unterziehen.

„Aber Naneh, ich habe doch nichts getan!", hatte ich damals geantwortet. „Ich bin doch nur am Fluss entlanggegangen."

„Wenn sie dich zum Revier bringen, dann wird es sehr schwer, dich wieder herauszuholen. Es ist doch klar, bevor du ihnen beweisen kannst, kein Wasserträger zu sein, hast du ihnen bereits vierzig Kübel Wasser gestanden. Verstehst du, was ich meine, Junge?" Und dann wäre sie vor Lachen fast gestorben.

Alle Typen, die Nadji vor der Revolution gekannt hatte, waren jetzt Milizionäre. Freilich hatten wir kein Interesse daran, ihnen zu begegnen. Leider war es nicht ganz einfach, Nadjis Gesicht zu vergessen. Obwohl er sich einen Bart hatte wachsen lassen, war er immer noch ein sehr hübscher Junge. Nadji schlug vor, in mein Heimatdorf zurückzukehren. Dort könnten wir bestimmt jemanden finden, der uns über den Fluss brächte. Wir schlossen uns daher den Menschen an, die sich zu Fuß in die Wüste aufmachten. Ich war müde, hoffnungslos und wusste auch keine andere Lösung, daher hätte ich zu diesem Zeitpunkt alles akzeptiert. Außerdem wollten wir die Hauptverkehrsadern meiden und nur kleine Straßen nehmen. Wir erreichten einen grasbewachsenen Platz, der den Kindern als Spielplatz gedient hatte. Aber jetzt gab es keine Kinder mehr. Dafür sahen wir eine dreiköpfige Familie, die sich in der Nähe eines Grabens niedergelassen hatte. Zwei kleine alte Leute mit einer dicken Tochter, die uns zu einer gemeinsamen

Mahlzeit einluden. Sie lachten laut, während wir uns näherten.

„Kommt schon, junge Leute“, rief der alte Mann. „Kommt und esst gegrillten Fisch. Ich habe ihn von der Insel Kharg mitgebracht.“

Wir waren sehr hungrig, daher gesellten wir zu ihnen. Als sie mein verbranntes Gesicht sahen, verklang ihr Lachen für einen Moment. Sie fragten mich, ob mir das im Krieg passiert sei. Ich antwortete wie immer: „Wir haben in einem Kraftwerk gearbeitet und dann ist ein Feuer ausgebrochen. Dabei habe ich mein Gesicht verbrannt.“

Der alte Mann sah mich aufmerksam an. „Mein Junge, diese Verbrennung wurde nicht durch ein Feuer verursacht. Das ist Säure, die so etwas anrichtet!“

Nadji versuchte, das Gespräch in eine andere Richtung zu lenken. „Sie scheinen trotz der Situation Spaß zu haben. Wahrscheinlich haben Sie in der Lotterie gewonnen, oder?“

Die alte Frau brach in ein Gelächter aus, wie bei einem guten Witz. Ihre Tochter lachte ebenfalls, entweder über Nadjis Worte oder weil ihre Mutter lachte.

„Dieses hübsche junge Mädchen, schön wie der Vollmond, ist meine Tochter und die Tochter ihres Vaters. Glaubst du, sie hat Angst vor den Granaten von diesem Esel, Saddam Hussein?“

„Saddam ist ein Esel!“, wiederholte das Mädchen und lachte weiter.

Die alte Frau gab uns zwei große Stücke gegrillten Fisch, die wir gierig verschlangen.

„Euer Graben ist sehr gut ausgehoben!“

Die Erdhügel am Rand des Grabens waren so geformt, dass man sich bequem mit baumelnden Beinen hinsetzen konnte.

„Unser Schwiegersohn Eskandar hat ihn mit seinen Freunden für uns gegraben. Er begleitet gerade seine Frau und seine Kinder ins Dorf. Dann wird er zurückkommen und uns abholen."

„Der liebe Gott schenkte ihnen fünf Kinder, eines schöner als das andere."

„Oh! Großmutter, du machst deinen Enkeln immer wieder Komplimente!"

Alle drei lachten wieder. Der Mann schien nichts anderes im Sinn zu haben, als seine Tochter zum Lachen zu bringen. Dazu schüttelte er ihre Schulter und befahl dem Mädchen, zu lachen. Sie lachte tatsächlich. „Im Auto war kein Platz", fuhr der Alte fort. „Außer ihm und seiner Frau, meiner anderen Tochter, waren da noch die fünf großen Kinder, tolle Kinder!", sagte er. „Er hat uns versprochen, bald zurückzukommen und uns holen. Uns alle drei. Und dieses große junge Mädchen wird alleine auf dem Beifahrersitz neben dem Fahrer Platz nehmen."

Das junge Mädchen hatte schöne braune Haare, aber ein aufgedunsenes Gesicht, wie viele der Menschen, die dort lebten. Der Graben befand sich in einem riesigen Areal, das sich zwischen einer Reihe fast identischer Häuser erstreckte. Sie waren in Achtergruppen aneinandergereiht, jeweils zwei gegenüber. Das Ganze bildete eine Straße, die über einen Platz mit mehreren Straßen vernetzt war. Jedes Mal, wenn jemand von einer dieser

Straßen vorbeikam, wurde der Alte begrüßt. Als wir einen jungen Mann in Militäruniform näherkommen sahen, gerieten wir in Panik. Wir wollten gerade gehen, aber der alte Mann hielt uns auf und bestand darauf, noch etwas zu warten.

„Bitte bleibt bei uns, bis Eskandar eintrifft. Es wird nicht mehr lange dauern." Er gab uns Decken, damit wir uns im Graben hinlegen konnten. Ständig war das Geräusch von Explosionen zu hören, von überall her, aber ohne wirklich furchteinflößend zu sein. Wir waren richtig müde und schliefen mehrere Stunden lang in diesem Graben. Diese Leute wollten uns nicht gehen lassen, denn sie hatten große Angst. Wir hingegen hofften, dass Eskandar uns zu unserem Dorf bringen konnte. Sie sagten, er wäre mit seinem Auto gefahren. Das gab es zu dieser Zeit nur noch selten, denn jeder, der ein Auto hatte, wollte damit seine eigene Familie in Sicherheit bringen. Alle anderen Fahrzeuge gehörten der Armee. Sie hätten auch keine Zivilisten durchgelassen, es sei denn, sie wurden festgenommen!

Der Abend kam, die Sonne war hinter den roten Dächern der Häuser untergegangen. Langsam tauchten die Sterne am Himmel auf. Bald jedoch waren sie von einem leichten Schleier bedeckt. Ich drehte mich zur Seite, denn niemand sollte meine Tränen sehen. Wie schön wäre doch die Natur ohne diesen Krieg. Welche Ruhe! Wenn es nur diesen verdammten Krieg nicht gäbe. Überall könnte Frieden herrschen. Und ich würde Nadji bitten, seine Geige aus dem Koffer zu holen und in einem fort zu spielen. Ohne diesen Krieg…

„Gut“, sagte der alte Mann, „du hast uns noch gar nicht erzählt, was du in diesem schönen Rucksack hast.“

„Nichts Besonderes, nur ein paar Kleinigkeiten.“

„Ein Gewehr? Ja, bestimmt hast du eine Waffe in deiner Tasche. Richtig, du Schlingel?“

Etwas abseits tollten Mutter und Tochter wie zwei kleine Mädchen herum. Die Mutter bückte sich, hob einen Stein vom Boden auf und warf ihn ihrer Tochter zu. Vielleicht tat sie auch nur so, jedenfalls rannte das Mädchen lachend davon.

„Nein, mein kleiner Vater! Weder Gewehr noch Waffe!“

„Ich weiß, was du in der Tasche hast!“

Er blickte um sich und näherte sich Nadji.

„Hausgemacht oder im Laden gekauft? Apfel oder Traube?“

„Du hast unsere Sachen durchsucht, während wir geschlafen haben. Huh! Mein Onkel! Was hast du noch da drin gefunden?“ Nadji war wütend; dann drehte er sich um und zündete eine Zigarette an.

„Warum fährt dein Freund so schnell aus der Haut?“, wollte der alte Mann wissen. „Whisky, ich hole dir welchen. Johnny Walker, Black Label. Ich habe ihn in diesem Blumenbeet versteckt, damit ihn die Miliz-soldaten nicht finden. Ich werde dir ein paar gute Shots einschenken. Aber dafür musst du mir versprechen, einige Lieder auf der Geige für meine liebe Manijeh zu spielen. Weißt du, wenn die Nacht kommt, dann wird der Beschuss stärker und das arme Mädchen hat Angst und zittert wie ein totes Blatt. Wir müssen sie dazu bringen, diese schrecklichen Geräusche zu vergessen. Aber wie? Siehst du, in was für einen Schlamassel uns der liebe Gott am Ende unseres Lebens gebracht hat?"

Ein paar Tränen tropften aus seinen Augenwinkeln und rollten über die Wangen. Er putzte sich die Nase und wischte die Tränen weg.

„Eskandar wird kommen und dich holen", sagte Nadji. „Alles wird gut. Es ist ekelhaft von der Regierung, Menschen ohne Hilfe und Verteidigung einfach zurückzulassen. Sie hätten Fahrzeuge schicken können, um die Leute zu evakuieren und an einen sicheren Ort zu bringen."

„Du bist ein großzügiger Junge! Diese Regierung kann nicht einmal ihre Hosen hochziehen, geschweige denn Menschen aus diesem Schlamassel befreien."

Das Abendessen bestand aus Brot, Käse und Wassermelone. Der alte Mann hatte allerlei Proviant in seiner Tasche. Er schenkte uns drei Gläser Whisky ein und wir stießen an. Inzwischen waren die Explosionen immer näher gekommen. Wir waren von Dunkelheit umgeben, nur ein paar funkelnde Sterne leuchteten schwach am Himmel. Zu ihnen gesellte sich das Spiegelbild eines Feuers, das aus einer Raffinerie kam. Das Feuer flammte auf, loderte wild umher und wurde wieder schwächer. Die Flammen verschwanden im Dunkel des Himmels wie in einem Brunnen.

Der alte Mann schenkte Nadji noch ein Glas Whisky ein. „Trink! Eskandar wird bald hier sein."

Nadji trank bereits das zweite Glas. Ich fing an, mir

Sorgen zu machen.

„Bitte, mein lieber Vater, das war aber das letzte Glas."

„Zu Befehl, Herr Doktor!"

Wir mussten herzlich lachen. Nadji sah mich lange und liebevoll an, dasselbe Lachen in seinen Augen.

„Herr Doktor, darf ich jetzt in den Graben steigen?"

„Selbstverständlich", erwiderte der Alte. „Komm und sieh nach, wie sauber es dort unten ist. Ich werde einige Decken ausbreiten, damit wir vor der Feuchtigkeit geschützt sind. Du kannst jetzt gerne runtersteigen."

Nadji nahm seine Geige aus der Tasche und stieg hinunter. Erst stimmte er das Instrument, indem er ein paar sehr leise Töne probierte, dann begann er zu spielen. Eine leichte Brise erfrischte mein Herz. Der alte Mann ließ seine Tochter mit baumelnden Beinen am Rand des Grabens sitzen. Die alte Frau saß in einer Ecke und starrte ins Leere. Ich lag auf dem Bauch, den Kopf dem Einstieg des Grabens zugewandt und lauschte der Musik hinter Nadjis Schultern. Die Töne waren wie Wellen, die eine nach der anderen heranrollten. Mein Herz schwamm in dieser Woge. Der alte Mann hielt Wache, nur für den Fall, dass ein Milizionär dahinterkäme, was hier los war. Dann näherte er sich.

„Spiel lauter!", sagte er zu Nadji. „Etwas lauter!"

Das Mädchen fing wieder an zu lachen und Nadji drehte sich beim Spielen zu uns. Als würde er uns vom Grund eines Brunnens aus beobachten. Die alte Frau war in einer anderen Welt. In einer Welt, die sie lächelnd betrachtete, weit weg von hier. Was konnte sie nur sehen? Etwas sehr Schönes, ja, bestimmt, sonst wäre da nicht dieses glückselige Lächeln auf ihren Lippen gewesen. Das Leben kann voll sein mit schönen Dingen, die wir stundenlang mit Freude betrachten.

Der Unterschied zwischen weißem und rotem Alarm bestand lediglich in diesen ersten paar Momenten, ansonsten klangen beide wie eine Todeswarnung. Der alte Mann kannte jede Sirene, jedes Geräusch. Daher brachte er seine Tochter, nachdem er die Sirene gehört hatte, in aller Ruhe zum Graben. Sie rutschte mit ihrem schweren Körper schnell nach unten und fand sich bald darauf neben Nadji wieder. Sie blickte auf und war bereit, vor Angst zu schreien, aber der alte Mann lächelte sie nur an.

„Lauter!", sagte er zu Nadji, „lauter!"

Wir hören das Pfeifen der Mörsergranaten. Das war auf jeden Fall das Beste, was uns passieren konnte, denn es bedeutete, dass die Granate über uns hinweggeflogen war. Sie würde erst ein Stück weiter entfernt explodieren und wir konnten beruhigt sein. Anders erging es denjenigen, die das Pfeifen nicht gehört hatten. Manche hörten nichts – weder das Pfeifen noch die Explosion, die sie tötete. Danach gab es nur noch zerfetzte Körper. Nein, ich darf mir diese ungeheuerlichen Szenen nicht ins Gedächtnis rufen. Obwohl sie sich manchmal aufdrängen.

Meine Ohren waren erfüllt vom Klang der Geige, die des Mädchens bestimmt auch. Nadji hatte einen lebhaften und fröhlichen Rhythmus gewählt, das junge

Mädchen begann zu schunkeln und kam langsam näher an ihn heran. Ich lag auf dem Boden und beobachtete die beiden, die Ellbogen aufgestützt und das Kinn auf meinen Handflächen. Oberhalb des Grabens klatschte der alte Mann fröhlich in die Hände und versuchte mit allen Mitteln, seine Tochter von den krachenden Explosionen abzulenken. Auch wenn Nadjis Musik den Lärm nicht übertönen konnte, der Alte hoffte dennoch, das Schreien seiner Tochter damit verhindern zu können. Die alte Frau mit ihren schwarzen Kleidern saß immer noch da wie eine regungslose Statue. Nadji spielte alle fröhlichen Melodien, die er kannte. Solange, bis das Geräusch der Explosionen allmählich verblasste und schließlich völlig verstummte. Dann wurde sein Spiel immer langsamer und mein Lieblingslied verschmolz mit dem weißen Alarm.

„Ich danke meinem Gott!", rief der alte Mann und setzte sich.

Nadji hörte auf zu spielen. Das Mädchen klatschte weiterhin fröhlich in die Hände. Im Graben gab es nur Schlafplätze für die Mutter und ihre Tochter, daher schliefen Nadji und ich außerhalb beim alten Mann. Es war beruhigend zu wissen, dass es rundum keine Gebäude oder Mauern gab, die während der Nacht einstürzen könnten. Es war Herbst und die Nacht war kalt und windig. Jeder von uns hatte zwei Decken, eine als Unterlage, die andere zum Zudecken. Der alte Mann lag neben uns, aber wahrscheinlich war er die ganze Nacht wach.

Am nächsten Morgen, kurz nach dem Frühstück, sahen wir hinter uns ein zerbeultes Auto aus einer Gasse kommen. Die kleine Familie hüpfte vor Freude und rief im Chor: „Eskandar!"

Nadji und ich waren überrascht, ein Auto zu sehen. Wir fragten uns, wie sie es geschafft hatten, hierher zu kommen. Wir hatten keine Durchfahrtmöglichkeit für Autos gesehen.

„Eskandar kennt alle Schlupflöcher!", sagte der alte Mann. „Er kennt die Nachbarschaft wie seine Westentasche."

Eskandar war ein kleiner pummeliger Mann. Er trug eine dicke Brille, die wie eine Lupe aussah. Er stieg aus dem Auto und begann sofort zu reden. „Du glaubst nicht, was auf der anderen Seite des Flusses los ist. Die Leute suchen nach den kleinsten Löchern, um sich darin zu verstecken. Ich habe die Kinder bei Marzieh gelassen und bin zurückgekommen, um euch abzuholen. Aber ich muss euch warnen, man wird uns unterwegs oft anhalten! Auf beiden Seiten der Brücke. Auf einer Seite flehen die Leute die Milizsoldaten an, sie herauszulassen, und auf der anderen Seite wollen sie wieder zurück. Zu mir haben sie gesagt: ‚Sehen Sie nicht, wie es in der Stadt zugeht? Und jetzt wollen Sie auch noch zurück? Warum bestehen Sie darauf, nach Hause zu gehen?' Wegen meiner Familie, antwortete ich, die Hälfte davon ist noch zu Hause. Ich erzählte von euch, und dass ich meinen Töchtern versprochen hatte, euch so schnell wie möglich zurückzubringen."

„Diese beiden Jungs sind unsere Freunde", sagte der

alte Mann. „Sie sind sehr gute Jungs, und sie wollen auch von hier verschwinden."

„Wohin wollt ihr denn gehen?", fragt Eskandar. Wir nannten den Namen unseres Dorfes, das Eskandar kannte. Währenddessen packten die alte Frau und die Tochter ihre Sachen zusammen und machten sich zum Aufbruch bereit.

„Ihr werdet keine Autos finden", sagte Eskandar zu uns. Trotzdem bereiteten auch wir uns auf die Abreise vor.

„Wir werden per Anhalter zum Dorf fahren, immer in kurzen Etappen."

„Angenommen, ihr findet jemanden", meinte Eskandar, „was denkt ihr, wie viel es euch kosten wird, dorthin zu gelangen?"

Wir nannten einen Preis, der ihn zum Lachen brachte.

„Meine Brüder, seid vernünftig! Wer soll euch für diesen Betrag dorthin bringen?"

Die optischen Gläser seiner Brille machten seine Augen derart groß, dass er lächerlich aussah.

„Also, wie viel müssen wir bezahlen?", fragte Nadji.

„Eskandar ist ein Profi", behauptete der alte Mann.

Eskandar war wie besessen von unserem Geld und schien bereit, uns überall hinzubringen.

„Kennen Sie jemanden, der uns mitnehmen könnte?", fragte Nadji.

„Wenn du gut bezahlst, warum nicht?"

„Wer ist es denn?"

„Wie viel würdest du denn geben?"

„Sie sagen uns, wie viel. Das ist wohl Ihr Beruf."

Eskandar nannte eine Summe und Nadji stimmte zu. Dann wandte sich Eskandar an den alten Mann:

„Für die All-Inclusive-Rundfahrt brauche ich nicht länger als eine Stunde. Bis ihr alle eure Sachen gepackt habt, werde ich wieder zurück sein und euch aus der Stadt bringen."

„Wir sind schon lange bereit", sagte das Mädchen.

„Und du, mein hübsches Püppchen, räum alles auf. Ich bin gleich wieder zurück."

„Es ist schon erledigt!"

„Lass den guten Mann zuerst etwas Geld verdienen", sagte der alte Mann. „Wir sind schon zwei Tage und zwei Nächte hier, es dauert nur noch eine Stunde. Was soll in einer Stunde schon geschehen? Der Himmel wird uns in dieser Stunde nicht auf den Kopf fallen!"

„Er ist schon runtergefallen", lachte Eskandar und zeigte zum Himmel. „Kann es noch schlimmer werden?"

Dicker schwarzer Staub wirbelte durch die Luft und verfinsterte nach und nach das Blau des Himmels. Dann wurde es Zeit, von dieser lieben Familie Abschied zu nehmen. Die beiden alten Leute umarmten uns und ich wäre am liebsten geblieben, aber wir mussten los. Eskandar war bereits mit seinem Auto vorgefahren und wartete auf uns. Kaum waren wir losgefahren sagte Eskandar, wie glücklich er sei, uns getroffen zu haben. Er hätte sonst nicht gewusst, wie er das Geld für Benzin hätte auftreiben sollen. Unser Geld würde sein Leben retten. Er steckte die Geldscheine in seine Hemdtasche, die er mit einer kleinen Sicherheitsnadel versperrte. Ich hatte Vertrauen zu ihm, denn er hatte sehr offen mit uns gesprochen. Als würden wir uns schon seit vielen Jahren kennen. Auch Nadji war froh, mit diesem Geld nicht nur Eskandar und seiner Familie, sondern auch uns helfen zu können.

Während der Fahrt erläuterte Eskandar, mit welchen Gefahren und Schwierigkeiten wir auf der Straße rechnen mussten. Hätte er uns nicht in seinem Auto mitgenommen, dann hätten wir den ganzen Weg zu Fuß gehen müssen. Er zeigte uns viele Autos, die in Richtung Stadt unterwegs waren, aber keins fuhr in die gleiche Richtung wie wir. Er fragte auch, warum wir ins Dorf zurückwollten. Wir antworteten, dass wir auf der Suche nach einem Boot waren, das uns über den Fluss bringen könnte. Wir waren fast da, als einige feindliche Flugzeuge am Himmel auftauchten. Sie schienen keiner bestimmten Route zu folgen und waren offenbar wahllos auf der Jagd. Dann hören wir ein schreckliches Geräusch und Eskandar machte eine Notbremsung.

„Ich habe doch gesagt, es ist gefährlich, in diese Richtung zu fahren. Seht ihr!"

„Das sind Aufklärungsflugzeuge", sagte Nadji „Sie machen eine Runde und kehren dann zu ihrer Basis zurück. Sie werden uns nicht bombardieren."

Um unser Auto gab es nichts als Wüste.

„Sie fliegen zurück zum Stützpunkt", sagte Eskandar, „und werden diesem Bastard Saddam berichten, dass sie unsere jungen Leute umgebracht haben!"

„Klar", fuhr Nadji fort, „aber es ist in deinem eigenen Interesse, dass wir weiterfahren, mein Bruder! Hier stehen bleiben ist viel gefährlicher."

Eskandar geriet in Panik. Ein weiteres Flugzeug näherte sich.

„In welche Richtung soll ich fahren? Ich wäre verrückt, mein Auto und mein Leben zu riskieren."

„Du kannst uns nicht auf halbem Weg aussteigen lassen, mit all dem Geld, das du uns abgenommen hast! Du musst uns ans Ziel bringen!"

„Jetzt halt die Klappe, ich muss sehen, was sich machen lässt."

Das Flugzeug flog über unsere Köpfe hinweg. Im Grunde hatte Eskandar recht, es war weniger gefährlich anzuhalten als weiterzufahren. Nachdem die Gefahr vorüber schien, setzte er die Fahrt fort. Explosionen waren nun ständig zu hören, ohne Unterbrechung. Das Auto fuhr mit seinen stillen Passagieren dahin und wir kamen an einigen bekannten Ziegelöfen vorbei. Die Öfen waren nicht mehr in Betrieb, die ganze Gegend war menschenleer. Wir erreichten eine Schneise zwischen der Wüste und einem Palmenhain. Dort baten wir Eskandar, uns abzusetzen, obwohl wir noch etwas länger hätten fahren können. Kaum waren wir aus dem Auto gesprungen, wendete Eskandar mit seinen Wagen und brauste davon, ohne sich zu verabschieden.

Um uns herum war niemand, wir waren völlig allein. In der Nähe war ein Hügel, den ich noch aus meiner Kindheit kannte. Mit meinen Schwestern war ich ein paarmal oben gewesen, um die Weite der Wüste zu beobachten. Bei Sonnenuntergang war es besonders schön, wenn die Ziegeleien ihre Arbeit beendet hatten und die Arbeiter singend nach Hause gingen. Wir bewunderten die Sonne, die am Horizont langsam unterging. Bevor sie in der Wüste versank, nahmen ihre letzten Strahlen tausend verschiedene Farbtöne an. Danach frischte der Wind auf.

„Ich muss hinter diese Wand gehen und eine Zigarette rauchen", sagte Nadji. „Es ist dringend! Ich weiß nicht warum, aber plötzlich habe ich dieses Verlangen."

Er setzte sich zu einer Mauer, dem letzten Rest eines zerstörten Hauses, und zündete eine Zigarette an. Viele Häuser waren zerstört worden, es würde schwer werden, das Haus meines Vaters zu finden. Hinter uns tauchte wieder ein Flugzeug auf. Ich legte mich auf die Erde, ganz nahe an der Wand. Nadji schien das feindliche Flugzeug nicht aus der Ruhe zu bringen, er saß weiterhin gegen die Wand gelehnt und rauchte seine Zigarette. Ganz in der Nähe hörten wir mehrere Explosionen. Diesmal dachte ich, alles um mich herum würde einstürzen und auf meinen Kopf fallen, so nahe schienen die Detonationen. Ich drücke mich an Nadji, ich weiß nicht mehr wie lange.

„Steh jetzt auf, es ist vorbei!"

Ein kleiner Junge, der plötzlich aus dem Nichts aufgetaucht war, stieg auf den Hügel, streckte seine Hand in Richtung Straße und sagte: „Sie haben genau dort zugeschlagen. Seht ihr, der Militärlaster hat Feuer gefangen."

Ich erklomm ebenfalls den Hügel und sah zwei brennende Fahrzeuge. Ich rief Nadji, doch er hatte keine Lust, zu uns zu kommen. Nach einiger Zeit traf ein

Feuerwehrwagen ein, gefolgt von einem Krankenwagen. Die Leute hatten sich vor Ort versammelt und betrachteten das Spektakel. Das hinderte mich daran, mehr zu erkennen, denn ich konnte das Geschehen nur aus der Ferne beobachten. Außerdem waren wir in Sorge wegen Eskandar. Ich fragte einen vorbeifahrenden Motorradfahrer, ob er einen stattlichen Kerl in einem roten Paykan[21] gesehen hatte.

Es war ein winziges und zerbrechlich wirkendes Motorrad. Obwohl es mit Diesel lief, sah es aus wie ein Kinderfahrrad mit Motor. Der Typ sagte mir, dass zwei Autos ausgebrannt seien. Ein Armeejeep und ein ziviles Fahrzeug.

„War es ein Paykan?“, fragte ich.

„Ja, ein roter“, sagte er. „Ein dicker Mann kroch auf der Erde mitten in der Wüste umher und suchte nach etwas. Er weinte und sagte: ‚Meine Augen! Mein Gott, meine Augen!‘ Ich wollte ihm helfen, aber nachdem Saddam mich entdeckt hatte, feuerte dieser Bastard plötzlich eine weitere Rakete auf dieselbe Stelle ab! Ich floh zu meinem Motorrad und skandierte laut: ‚Der einzige Weg, der Weg der Befreiung!‘ Dann begann er zu lachen, und ich fragte mich, wie er in dieser Situation nur lachen und Blödsinn reden konnte. Aber was hätte er sonst machen können, um seine Angst zu unterdrücken? Wissen Sie, Saddam selbst hat seine

---

21 Hillman Hunter: Diese Autos wurden im Iran hergestellt und Paykan genannt. Sie galten als die ersten regional hergestellten Autos, bis zur Revolution und auch einige Jahre danach. Später wurde die Produktion eingestellt, aber der Paykan gilt nach wie vor als Kultauto und erinnert an die Blütezeit der letzten Monarchie.

Agenten geschickt, um mich zu finden. Der Bastard hat ein Kopfgeld auf mich ausgesetzt."

„Wie das?"

Der Typ gab mir eine idiotische Antwort, um einen weiteren Grund zum Lachen zu haben. Ich fragte mich, wer sich jetzt um den alten Mann, um seine Frau und die dicke Tochter kümmern würde. Ich stellte mir vor, wie schrecklich es für sie sein musste, eine weitere Nacht mit den Bomben zu verbringen und zu warten. Aber worauf warten? Jetzt, wo Eskandars Auto abgebrannt war? Jetzt, wo nach dem Eingreifen der Feuerwehr vom roten Paykan nur noch ein verkohlter Haufen am Rande der Wüste übrig war? Was, wenn Eskandar seine Brille nicht gefunden hatte! Ich fühlte mich schuldig.

„Warum sollten wir uns schuldig fühlen?", fragte Nadji. „Er war es, der uns für Geld in sein Auto gelockt hat. Das siehst du doch auch so, oder?"

„Ja, aber er hat diese gefährliche Reise nur wegen uns gemacht."

„Nicht für uns, für das Geld!"

Es war sinnlos, mit ihm zu streiten. Ich konnte nicht anders, ich saß in einer Ecke und musste weinen, wenn ich an das Schicksal von Eskandar und seiner Familie dachte. Nadji wollte mich trösten und sagte: „Gott sei Dank, sein Leben ist gerettet! Das hat dir doch der Motorradfahrer gesagt, nicht wahr? Er hat ihn lebend gesehen, oder?"

„Ich weiß es nicht", antwortete ich müde. „Ich bin mir nicht mehr sicher. Ich habe nicht genau verstanden, was er gesagt hat. Ich bin mir bei nichts mehr sicher. Bei gar nichts."

Wir nahmen die Straße, die zum Haus meines Vaters führte. Als wir angekommen waren, fanden wir die Tür geschlossen vor. Sie war aber nicht richtig versperrt und ließ sich leicht öffnen. Vorsichtig stieß ich die Türe auf und wir traten ein. Unter dem Jasminbaum saß eine Frau. Eine leichte Brise streifte den Baum und der Regen ließ einen Schauer trockener Blüten auf ihren Kopf rieseln. Nachdem sie uns bemerkt hatte, hob sie den Kopf.

„Wer ist da?“

Es war die Stimme von Naneh Reyhan. Sie sah hundert Jahre älter aus und war mittlerweile völlig erblindet. Ich sah, wie ihre Augen in den Höhlen rollten. Sie konnte uns nicht sehen und schüttelte ihren zarten Kopf.

„Wer bist du?“

Sie trug ein mit Staub bedecktes schwarzes Spitzenkleid. Ich sprach sie an: „Naneh Reyhan!“

Daraufhin hob sie ihren Kopf und lauschte in meine Richtung. Nach einem Moment des Schweigens fragte sie: „Bist du es, Djamil? Bist du zurückgekommen?“

Ich warf meine Tasche auf den Boden, ging zu ihr und nahm sie in die Arme. Unsere Gesichter berührten einander und ich konnte ihre Tränen auf meiner Wange spüren. Sie roch nach Erde, die sich in den Falten ihrer Spitzen verkrustet hatte, vermischt mit dem Geruch von Jasmin.

„Wo sind denn alle anderen?“, fragte ich. „Warum bist du ganz alleine hier?“

Statt einer Antwort fragte sie: „Begleitet dich jemand? Er soll seine Tasche niederlegen und sich ausruhen. Falls ihr Hunger habt, in dieser Kühlbox gibt es Joghurt und Käse. Der Kühlschrank funktioniert nicht mehr, es gibt keinen Strom. In dieser Tüte ist Brot. Esst und ruht euch aus. Dein Vater wird gleich zurück sein."

„Ist Hadji noch da?"

„Hadji hat mich hierhergebracht, um das Haus zu bewachen und zu verhindern, dass Leute hereinkommen. Alle anderen sind zusammen fortgegangen. Sie haben mit dem Boot den Fluss überquert und sind dann zu Fuß zu einem weit entfernten Dorf aufgebrochen, um sich in Sicherheit zu bringen. Hadji ist geblieben, er will sich um die Kühe kümmern.

„Wo sind denn seine Kühe?"

„Sie wurden von der Regierung konfisziert. Sie meinten, Hadji sei ein Unterstützer von Saddam Hussein. Das war vor ungefähr sechs Monaten. Die Requirierung feindlichen Eigentums wäre rechtmäßig, haben sie gesagt. Dann beschuldigten sie Hadji auch noch der Kollaboration. Schuld an der ganzen Sache ist Hamed, denn er hat Hadji bei der neuen Regierung denunziert."

„Ich dachte, er wäre Hadji treu ergeben und würde ihn gerade jetzt unterstützen. Das war mein Eindruck, wenigstens er…"

„Nein! Die beiden sind jetzt Todfeinde. Hamed wurde tatsächlich zu einem Anhänger des Imams. Er sagte zu Hadji, er sei nur ein verräterischer Muslim, daher müsse er ihn den Regierungsbeamten ausliefern.

Als die Agenten tatsächlich kamen, sagte Hamed, Hadji wäre ein Konterrevolutionär."

„Wo ist Hamed jetzt?", fragte ich.

„In der Stadt, da lebt er schon seit längerer Zeit. Genauer gesagt, seit der Schah geflohen ist. Hamed hat seine Frau und Kinder mitgenommen. Man hat ihm auch neue Kleider, ein großes Motorrad sowie eine Waffe und Munition gegeben. Hadji ist zu den Regierungsleuten gegangen und hat gesagt, seine Kühe wären schon alt, älter als Saddam Hussein selbst. Er hofft, er kann sie dadurch zurückbekommen", sagte Naneh hustend.

„Ich will mit keinem von beiden etwas zu tun haben. Alles, was ich will, ist, so schnell wie möglich auf die andere Seite des Flusses zu gelangen."

„Seyyed, der Gärtner, hat ein kleines Boot gefunden. Damit bringt er Menschen für Geld auf die andere Seite des Flusses. Sobald er zurück ist, werde ich ihn bitten, euch hinüberzubringen. Wie heißt denn dein Freund?"

Nadji lag im Schatten der Mauer. Wir aßen Joghurt und Brot. Naneh Reyhan erzählte, seit meiner Abreise sei niemand mehr gekommen, um ihre Augen einzutropfen. Deswegen hatte sie auch allmählich ihr Augenlicht verloren. Niemand hatte sich darum gekümmert, denn alle hatten selbst genug Schwierigkeiten und auch keine Zeit, sich mit Naneh Reyhans Problemen zu befassen. Vor einem Tag waren alle verschwunden und hatten sie alleine zurückgelassen. Sie ahnten, dass Naneh Reyhan in der Wüste nur ein Klotz am Bein wäre, denn sie könne nicht lange durchhalten und hätte alle nur aufgehalten.

„Wir nehmen dich mit, Naneh! Sobald wir ein Boot finden, um den Fluss zu überqueren."

„Wir müssen warten, bis Seyyed nach Hause kommt."

„Weißt du, wann das sein wird?"

„Die Sonne ist noch nicht untergegangen, oder?"

„Nein! Noch nicht."

Die Vorstellung, Naneh Reyhan mitnehmen zu können, machte mich sehr glücklich.

„Ich kann nicht mehr gehen. Das heißt, ich kann schon gehen, aber ich sehe nicht mehr, was vor mir ist. Ich würde euch nur zur Last fallen."

„Macht nichts, Naneh. Selbst wenn ich dich den ganzen Weg auf meinen Schultern tragen müsste, ich würde dich mitnehmen."

Nadji warf mir zynische Blicke zu. Als wäre er davon überzeugt, dass dies lediglich Floskeln waren und nichts davon tatsächlich passieren würde. Mir aber war es ernst, denn ich hatte große Schuld auf mich geladen. So dachte ich damals, daher fühlte ich mich verpflichtet, wenigstens eine gute Tat zu vollbringen. Ich hatte Djavad eine Waffe ohne Munition gegeben und dadurch seinen Tod verursacht. Hasti war verschwunden und mein verbranntes Gesicht war die Ursache dieses tragischen Unglücks. Und dann auch noch Eskandar und seine verlassene Familie. Wenn es mir zumindest gelänge, Naneh Reyhan aus diesem Feuersturm zu retten, dann könnte das vielleicht mein schlechtes Gewissen beruhigen.

„Wohin willst du sie bringen?“

„Das weiß ich jetzt noch nicht. Aber ich nehme sie mit, egal wohin. Sie muss gut untergebracht werden.“

„Für heute ist es schon zu spät. Ihr müsst bis morgen früh warten, dann wird euch Seyyed wegbringen. Aber warum ist Hadji noch immer nicht aufgetaucht?“

Dann beantwortete sie selbst ihre Frage: „Die Geschichte mit den Kühen hat wohl länger gedauert als erwartet. Irgendwann wird er schon kommen.“

Ich war mir nicht sicher, ob ich meinem Vater überhaupt begegnen wollte. Aber wir hatten keine andere Wahl, als auf Seyyeds Rückkehr zu warten. Naneh Reyhan war froh, uns in ihrer Nähe zu haben.

„Egal was passiert, ihr werdet die Nacht hier verbringen müssen. Sucht euch einen Schlafplatz, am besten in einem Graben.“

Wir antworteten, dass wir bestimmt was Passendes finden würden. Dann bat mich Naneh, sie zum Palmenhain zu bringen. Wir machten uns auf den Weg und erreichten den Ort, wo früher einmal viele Palmen gestanden hatten. Jetzt gab es nur noch wenige, die meisten Palmen waren gefällt worden. In der Mitte des Hains befand sich jetzt eine große Lichtung.

„Was ist nur mit den armen Palmen passiert, Naneh?“

„Nachdem Hamed die Regierungsleute überzeugt hatte, dass Hadji ein Konterrevolutionär sei, gaben sie den Befehl, die gesamte Fläche in der Mitte des Palmenhains abzuholzen. Genau dort sollte eine Moschee für die Bewohner des Dorfes gebaut werden. Bis jetzt ist aber noch nichts geschehen, außer dass sie die Bäume gefällt und alles kahlgeschlagen haben. Und dann ist der Krieg gekommen."

Mitten in dieser Einöde befand sich eine Grube, die Naneh uns zeigen wollte. Die jungen Leute aus dem Dorf hatten sie für Hadji ausgehoben, der aber nur eine Nacht dort verbracht hatte. Seither war er nicht wiedergekommen, der Ort hatte ihm Angst gemacht.

„Meine Lieben, ihr seid jung und bei bester Gesundheit", sagte Naneh Reyhan. „Habt keine Angst, es ist absolut sicher in dieser Grube. Und jedenfalls besser, als von einer Granate erwischt zu werden und Arme oder Beine zu verlieren."

Aber auch Naneh fürchtete sich davor, in der Grube zu schlafen. Dabei hatte Hadjis Grube sogar ein Art Dach. Seyyed wiederum hatte seine eigene Grube. Bei Sonnenuntergang kehrte er vom Fluss zurück und war überrascht, uns zu sehen. Aber er war sehr freundlich zu uns und wir erzählten ihm, dass wir den Fluss überqueren wollten. Dafür müssten wir bis zum nächsten Morgen warten, sagte er und nannte einen Preis, dem wir zustimmten. Aber nachdem ich erwähnt hatte, dass wir Naneh Reyhan mitnehmen wollten, tat er so, als ob er uns nicht gehört hätte. Er war erschöpft und sagte, er würde am nächsten Morgen wiederkommen und uns abholen. Dann ging er, ohne ein Wort darüber zu verlieren, wo er die Nacht verbringen wollte.

Wir setzen uns neben Naneh Reyhan und sie begann zu erzählen: „Am ersten Kriegstag war Hadji voller Freude. Er meinte, Saddam wäre gekommen, um die Menschen von diesen Mullahs, die gerade an die Macht gekommen waren, zu befreien. Er dachte, die irakischen Truppen würden in die Region einmarschieren und alles klären. Aber anstatt seine Männer zu schicken, feuerte Saddam Granaten auf die Bevölkerung. Ihr könnt euch nicht vorstellen, wie viele wehrlose Menschen vom ersten Tag an getötet wurden – Frauen und Kinder. Eine Katastrophe, der Hadji selbst fast zum Opfer gefallen wäre. Am Ende hatte er begriffen, dass Saddam nicht gekommen war, um der Bevölkerung zu helfen. Außerdem wusste niemand, was ihn dazu getrieben hatte, unschuldige Menschen derart brutal anzugreifen. An diesem Tag habe ich verstanden, dass mich Gott sehr liebt, denn er hat mir das Augenlicht genommen. Er hat mich davor bewahrt, mit eigenen Augen mitansehen zu müssen, wie Frauen und Kinder von Bomben zerfetzt werden."

Naneh mahnte uns zu äußerster Vorsicht. Vor Milizsoldaten sollten wir uns besonders in Acht nehmen. Denn alle, die ihnen fremd vorkamen, wurden sofort verhaftet und wegen Spionage angeklagt.

Endlich brach die Nacht herein, die schwärzeste, die ich je erlebt habe. Naneh Reyhan hatte uns eingeschärft, unbedingt die Glut unserer Zigaretten zu verbergen. Feindliche Flugzeuge könnten dadurch auf uns aufmerksam werden. Gnadenlos würden sie auf alles schießen, was sich bewegt. Naneh Reyhan fragte immer wieder, wie es nur so weit kommen konnte. Warum nur hatte Saddam auf einmal beschlossen, Menschen abzuschlachten? Warum wollte er die Region in Schutt und Asche legen? Wir behaupteten, der Typ sei ein Verrückter, der es genieße, wenn Blut vergossen wird. Naneh Reyhan gab uns Wasser und ein paar leckere Sesamdatteln, die noch dazu sehr nahrhaft waren. Damit war unser Hunger gestillt und wir konnten bis zum nächsten Tag aushalten.

Kein Stern war am Nachthimmel zu sehen, der sich gleich einer grässlichen Decke unaufhaltsam auf uns herabsenkte. Hadji war an diesem Abend nicht nach Hause gekommen und Naneh machte sich große Sorgen. Ich ging ins Haus, holte ein paar Decken und sagte ihr Gute Nacht. Wir versprachen, am nächsten Morgen wiederzukommen und gingen zur Grube, die Naneh Reyhan uns gezeigt hatte. Eine große Eisenplatte bedeckte sie und es gab nur eine einzige Öffnung zum Ein- und Aussteigen. Ich ging zuerst hinunter und breitete zwei Decken auf dem Lehmboden aus. Dann kam Nadji mit unseren Rucksäcken. Dort unten gab es nichts als Dunkelheit, alles war komplett schwarz. Wir stellten unsere Sachen ab und legten uns nebeneinander auf den Boden.

„Hast du keine Angst vor der Dunkelheit?“, fragte ich Nadji.

„Haben wir eine andere Wahl?“

„Wollen wir nicht draußen, ganz nahe bei einer Mauer, schlafen? Wäre das nicht besser?“

Als hätte das Schicksal nur darauf gewartet, dass ich meine Satz zu Ende sprach, explodierte genau zu diesem Zeitpunkt in der Nähe eine Granate. Anschließend hörten wir noch eine weitere Explosion, dann eine ganze Folge schrecklicher Detonationen. Nadji und ich sprachen kein Wort. Das entsetzliche Krachen dauerte eine gefühlte Ewigkeit, dann war es plötzlich still. Diese Stille war noch unheimlicher als der Lärm davor.

„Siehst du?", sagte Nadji.

„Was passiert, wenn eine Granate auf unseren Graben fällt?"

„Dafür sind wir ja hier drinnen. Auch wenn sie zehn oder zwölf Meter von uns entfernt explodiert, wir sind sicher. Es gibt nichts, was uns auf den Kopf fallen und uns darunter begraben könnte. Nicht wahr?"

Seine Worte erinnerten mich an den Roman *Zende be gur – Lebendig begraben* – von Sadeq Hedayat. Grauenhafte Bilder geisterten durch meinen Kopf und gingen mir nicht mehr aus dem Sinn. Ich sah uns beide lebendig begraben. Egal wie sehr wir auch versuchten, uns aus den Erdmassen zu befreien, wir sanken immer tiefer und wurden von stetig nachrutschenden Erdschichten langsam zerquetscht. Es gab keine Hoffnung, jemals wieder ans Tageslicht zu kommen.

„Was denkst du, wie lange wird es dauern, bis wir sterben?"

„Wann? Wo?", fragte Nadji.

„Wenn wir lebendig begraben werden und nicht mehr rauskommen, wie viele Tage haben wir dann noch, bis alles vorbei ist?"

Nadjis Lachen hallte in der Dunkelheit. Sein Mund näherte sich meinem Ohr.

„Der gebildete Herr stellt Fragen! Sie sind doch derjenige, der diese Dinge wissen sollte, nicht ich!"

Ich aber geriet in Panik und wusste gar nichts mehr. Jedenfalls wollte ich nicht in diesem Grab enden und hatte plötzlich die Idee, unter irgendeinem Vorwand wieder ins Freie zu gehen. Offensichtlich wollten die Feinde die ganze Nacht kämpfen und Granaten abfeuern. Auf einmal schlang Nadji seine Arme um meinen Körper. Er drückte sich an mich und seine Lippen wanderten über die Narben auf meinem Gesicht. Sanft glitten die Lippen von einer Narbe zur anderen, und sie wurden immer feuchter.

„Hast du denn keine Angst vor diesen Narben? Ekeln sie dich nicht an?"

„Welche Narben? Wo sind sie?"

Seine Zunge strich über meine Haut und ich dachte nicht mehr an den Tod. Ich gab mich seinen Händen und seinen langen, schlanken Fingern hin, die nach den Knöpfen suchten und einen nach dem anderen öffneten. Nachdem alle offen waren, tauchte ich ein in eine sanfte Wärme ein. Ich pendelte zwischen kalt und heiß, zwischen Angst und Geborgenheit. Nadji hatte mich umschlungen. Er führte mich hinweg, in ein Boot, das er steuerte.

Auf die Explosionen folgte Hundegebell. Die Hunde waren weit weg, aber ihre Angst war deutlich zu spüren. Ich kann mich nicht erinnern, jemals eine Nacht mit so vielen Geräuschen erlebt zu haben. Die Hunde waren da, um die Menschen zu warnen. Sie kündigten die Flugzeuge an, die nächsten Schüsse und die Flut von tonnenschwerem Eisen, das sich überall ausbreitete. Nadjis Lippen wanderten meinen Hals hinunter.

„Warum wollen sie uns töten?“

Ich rutschte nach unten und legte meine Stirn auf seine Brust.

„Vielleicht hatte Tante Zari recht und das ganze Elend kommt von meinem verbrannten Gesicht. Es stimmt, ein verbranntes Gesicht bringt Unglück!“

„Der abergläubische Intellektuelle!“, sagte Nadji lachend. „Früher warst du ganz anders!“

Er lachte weiter und es gelang ihm tatsächlich, mich aufzuheitern. Die Dunkelheit verblasste und der Mond ging auf. Plötzlich waren wir wieder auf der nassen Erde am Ufer des Flusses, im hellen Licht des Mondes. Wir wälzten uns in dieser feuchten Erde mit einem Vergnügen, das ich bislang noch nicht gekannt hatte. Nur das Heulen des Windes, der über die Grube fegte, erreichte uns von draußen. Die Böen kamen in Wellen, eine nach der anderen und sie stießen schrille Schreie aus. War das Rauschen des Windes in den Zweigen und Blättern echt? Oder war es nur eine Erfindung meiner Fantasie? Genau wie das Geräusch von zwei eng umschlungenen Körpern, der Klang des Atems, das Flüstern im Ohr?

„Wir werden von hier weggehen, an einen Ort, wo wir frei sind“, sagte Nadji „Wo wir keine Angst mehr haben müssen, wenn wir zusammen sind. Wir suchen uns ein Haus mit großen Fenstern, die sich nach Osten hin öffnen. Jeden Morgen werden wir von der aufgehenden Sonne geweckt, die unser Bett mit Licht durchflutet. Morgen früh werden wir abreisen, und wir werden so lange unterwegs sein, bis wir diesen lang ersehnten Ort gefunden haben. Tief in meinem Herzen leuchtet ein Licht, das mir sagt, wir werden ankommen. Bald, sehr bald!"

„Wie kannst du dir so sicher sein?"

„Jemand, der den Weg gut kennt, hat mir alles erklärt. Du wirst sehen, morgen bringe ich dich zur Grenze und wir werden sie überqueren, Schritt für Schritt."

„Ich bin schrecklich durstig!"

Nadji hatte nichts dagegen, unterbrochen zu werden. Er setzte sich auf und fand die Flasche, die Naneh Reyhan uns mitgegeben hatte. Nachdem er sie entkorkt hatte, verbreitete sich der Duft von Rosenwasser. Nadji griff im Dunkeln nach meiner Hand und gab mir die Flasche. Während ich trank, dachte ich an Naneh Reyhan, die wahrscheinlich ein paar Tropfen Rosenwasser in die Flasche gegossen hatte, um mich an meine Kindheit zu erinnern. Damals lief ich immer zu ihr nach Hause, wenn ich vor etwas Angst hatte. Mir wäre auch nichts anderes eingefallen, als in ihr Haus zu eilen, wo sie mir Wasser gab, dem sie etwas Rosenwasser beigefügt hatte.

Außerhalb des Grabens war es dunkel und still. In der Ferne konnte man die mächtigen Stämme der Palmen erkennen. Nadji zündete eine Zigarette an und bedeckte sie mit seiner Hand, damit man die Glut nicht sehen konnte. Hätte ich nicht darauf bestanden und ihn angebettelt, er hätte seelenruhig geraucht. Er war überzeugt davon, dass die feindlichen Flugzeuge das Glimmen der Zigaretten nicht wahrnehmen konnten. Nur wegen mir und meiner Angst, verbarg er die Zigarette unter seiner Handfläche. Mittlerweile hatten die

Feinde wieder damit begonnen, uns zu bombardieren.

„Beeil dich und mach deine Zigarette aus! Es geht wieder los."

Vorsichtig drückte Nadji seine Zigarette auf dem Boden aus und wir schlüpften zurück in die Grube. Für eine kurze Zeit fühlten wir uns geborgen und schliefen ein.

Ein Hahn krähte, der Morgen war gekommen. Lärmende Männerstimmen waren zu hören. Ich öffnete meine Augen. Die Sonne strömte durch die Öffnung in die Grube hinein. Eine tiefe Stimme rief: „Wer ist da drin? Komm raus!"

Wir hörten, wie Gewehre entsichert wurden, und bekamen schreckliche Angst. Die Grube zu verlassen, wagten wir nicht. Stattdessen hielten wir unseren Atem an und hofften, nicht bemerkt zu werden, solange wir keinen Laut von uns gaben. Vielleicht würden sie weiterziehen. Plötzlich wurde das Dach über unseren Köpfen weggerissen und ein paar Steine und etwas Erde kullerten auf uns herunter. Mehrere Augenpaare starrten uns an und Waffenläufe waren auf uns gerichtet.

„Legt eure Hände auf den Kopf und kommt langsam heraus!"

Wir befolgten ihre Befehle und sahen drei uniformierte Jugendliche, die mit gezogenen Waffen über dem Loch standen.

„Na, ihr kleinen Schwuchteln, habt ihr keinen besseren Ort gefunden?"

„Mein Bruder, wir haben nur geschlafen", sagte Nadji, die Hände immer noch auf dem Kopf.

„Ja, sicher. Du hast nur geschlafen!“, sagte einer der Männer. „Das kannst du deiner Großmutter erzählen!“

Die Sonne war noch nicht ganz aufgegangen und es war windig.

„Packt sie ins Auto! Und du holst ihre Sachen aus der Grube!“

Das Auto war hinter unserem Haus geparkt. Naneh Reyhan kam mit ausgestreckten Händen heraus und tastete sich in unsere Richtung.

„Lasst sie in Ruhe, das sind meine Kinder. Es ist Hadjis Schuld, er hat euch verraten. Gott soll diese Zunge abschneiden, die ihm erzählt hat, dass ihr zurückgekommen seid. Djamil! Schneide meine verfluchte Zunge heraus! Ich dachte, es würde deinen Vater glücklich machen, dich wiederzusehen!“

„Bringt diese alte Nörglerin zurück ins Haus! Sie nervt.“

Einer der Milizsoldaten packte Naneh Reyhan grob am Arm, zerrte sie ins Haus und knallte die Tür zu. Sie führten Nadji und mich zu einem Jeep und setzten uns auf die Rückbank. In diesem Moment bemerkte ich meinen Vater Hadji. Er sah aus, als wäre er gerade aus dem Reich der Toten gekommen. Nur, um wieder dorthin zurückzukehren.

„Meine Herren“, sagte er zu den Milizionären, „hängt beide auf! Zuerst den mit dem verbrannten Gesicht, das ist mein eigener Sohn. Beide sind schuld an unserem Unglück. Hängt sie auf, damit wir endlich Frieden finden. Ich hätte ihn damals selbst umbringen sollen. Verflucht sei dieser unfähige Hamed! Wir haben

Glück, alle beide wurden gefangen. Versprecht mir, dass sie gleich hier aufgehängt werden."

Es war, als würde er mit dem Wind sprechen. Die Männer schienen ihn nicht zu hören. Seyyed beobachtete uns aus der Ferne, unfähig, etwas zu unternehmen. Die Milizionäre holten unsere Habseligkeiten und warfen sie uns vor die Füße. Das Auto startete und fuhr langsam davon. Wir ließen meinen Geburtsort und auch mein Elternhaus hinter uns zurück. Vor dem Haus stand Hadji und sagte kein Wort. Der Jeep erreichte die Hauptstraße, die mit vorbeifahrenden Militärlastwagen überfüllt war. Junge Soldaten saßen auf den Rücksitzen. Sie sangen, scherzten und lachten. Man brachte uns ins Stadtzentrum zur Polizeistation, wo wir in einer Halle mit Betonwänden warten mussten. Dann wurden wir gefragt, wem von uns beiden das Musikinstrument gehöre. Ich antwortete, es gehöre mir, aber Nadji sagte, es wäre sein Instrument. Der Milizsoldat sah uns abwechselnd und mit verwirrter Miene an.

„Also, wem gehört es jetzt? Dir oder dir?"

„Er gehört mir", wiederholte Nadji.

Der Typ nahm die Geige aus dem Koffer und gab sie Nadji mit den Worten: „Die wirst du jetzt kaputt machen und zu Kleinholz schlagen! Auf den Boden damit und drauftreten!"

Nadji legte die Geige auf den Boden.

„Los jetzt, drauftreten mit deinen Füßen!", beharrte der Milizionär und stampfte mit der Fußsohle auf die Geige. Das zerbrechende Holz klang nach menschlichen Knochen.

„Jetzt bist du dran! Genau so!“

Aber Nadji rührte sich nicht.

„Ich habe dir gesagt, du sollst sie zertrampeln, du Hurensohn!“

Nadji sah mich eine ganze Weile an.

„Worauf wartest du, Kleiner?“

Nadji machte nicht die geringsten Anstalten, seine Geige zu zertrümmern.

„Ich werde dich zwingen, du Arschloch! Du wirst deine Geige mit deinen eigenen Zähnen in Stücke reißen.“

Mit beiden Händen schlug der Milizionär Nadji auf die Schulter.

„Fang jetzt endlich an, sonst kannst du was erleben!“

Nadji schien ihn nicht zu hören. Als ob er taub oder ganz woanders wäre. Der Mann machte einen Schritt nach vorne und trampelte erneut auf dem Instrument herum. Mit einem herzzerreißenden Geräusch wurde die Geige zerschmettert.

„Du weißt, was zu tun ist, du Mistvieh? Komm schon!“

Obwohl der Milizionär Nadji angesprochen hatte, übernahm nun ich die Initiative und trat mit aller Kraft gegen das Instrument. Wieder war das entsetzliche Krachen des Holzes und das klägliche Ächzen der zerreißenden Saiten zu hören. Mit dem nächsten Tritt brach die Geige auseinander. Ich war wie verrückt. Als wäre dieses Instrument die Ursache meines Unglücks. Ein Unglück, das ich von meinem Großvater geerbt hatte. Diese Geige hatte zuerst den Tod meiner Mutter verursacht, nun trachtete sie nach meinem Leben. Immer heftiger prügelte ich auf die am Boden liegende Geigenleiche ein und bespuckte sie mit all meinem Hass.

„Du, verschwinde gefälligst. Ich will, dass er es macht!", zischte der Mann.

Der Typ hatte es auf Nadji abgesehen und wollte ihn unbedingt dazu zwingen, seine Geige zu zerstören. Aber Nadji tat nichts, dafür hagelte es Schläge. Er wurde von dem Milizionär getreten, geohrfeigt und äußerst derb beleidigt. Trotzdem weigerte er sich, den Befehlen zu gehorchen. Von der Geige war nur noch ein Haufen Holzstücke mit baumelnden Saiten übrig. Dann zerbrach der Milizsoldat auch den Geigenbogen, aber die beiden Teile blieben durch die Bogenhaare verbunden. Am Ende schüttelte der Typ die Teile dermaßen heftig, dass alles auseinanderflog und auf den Überresten des Instruments landete. Nadji verfolgte das abscheuliche Schauspiel mit Tränen in den Augen.

„Ich weiß, was ich mit dir machen werde. Süß, aber stur", wetterte der Milizionär. „Du wirst schon sehen, was du mit deiner Sturheit hier erreichen wirst."

Mit verbundenen Augen wurden wir in einen großen Raum gebracht. Durch das Gewebe der Augenbinde konnten wir wahrnehmen, dass wir uns in einer großen Halle, ganz aus Beton, befanden. Auf grauen Decken lagen mehrere Personen, deren Augen ebenfalls verbunden waren, wie bei uns. Ahnungslos über ihr Schicksal. Rundherum waren schreckliche Geräusche zu hören. Die rauen Stimmen der Folterknechte, die Beleidigungen ausstießen und versuchten, Geständnisse zu erpressen. Die Stimme eines Mannes, der vor Schmerzen schrie und weinte: „Ich weiß nichts mehr! Ich bitte Sie!"

In meinem Kopf konnte ich bereits Nadji vernehmen, der unter den Qualen der Folter stöhnte. Ich zitterte und wäre lieber gleich gestorben, als solche Schreie mitanhören zu müssen. Aber an diesem Tag wurde keiner von uns gefoltert. Die Nacht verging in völliger Stille, denn man hatte uns strengstens verboten, auch nur ein Wort zu sprechen. Wenn wir auf die Toilette wollten, dann mussten wir die Hand heben und warten, bis wir von einem Wärter bemerkt wurden. Zum Frühstück gab es einen halben Fladen Brot mit etwas Butter und Marmelade, dazu einen Becher Tee. Wir aßen und tranken mit verbundenen Augen.

Etwas später wurden wir aufgefordert, einem Wärter zu folgen. Der Mann zupfte an meinem Ärmel, während Nadji meine zitternde Hand hielt. Er versuchte, mich mit einem sanften Druck seiner Finger zu beruhigen.

„Meine Herren, sperren Sie Ihre Ohren weit auf und hören Sie zu! Machen Sie nur, was Ihnen gesagt wird, nicht mehr und nicht weniger!"

Wir befanden uns mit mehreren Gefangenen im selben Raum, alle mit verbundenen Augen. Der Wärter fuhr fort: „Sie werden sich einzeln in diesem Türrahmen aufstellen. Dann werden Sie, einer nach dem anderen, aufgefordert, Ihre Augenbinden abzunehmen. Aber nur derjenige vor der Tür, sonst niemand! Seien Sie vorsichtig und versuchen Sie ja nicht, Ihre Augenbinde ohne Anweisung zu entfernen! Andernfalls gibt's heftige Ohrfeigen und einen Schlag in den Nacken, der

Ihnen das Hirn raushauen wird! Inschallah, niemand soll es wagen ohne Befehl! Danach gehen alle ohne Augenbinde mit gerade gehaltenem Kopf den Korridor entlang bis zum nächsten Raum. Dort werden Sie Ihre Augenbinde wieder anlegen. Verstanden?"

Die Häftlinge nannten dieses Manöver Tunnelaufklärung. Es bestand darin, ohne Augenbinde durch einen Tunnel an einigen maskierten Personen vorbeizugehen. Wir konnten ihre Gesichter nicht erkennen, sie hingegen starrten uns an. Auf diese Weise sollten wir identifiziert werden. Denn unter den Maskierten waren Agenten, aber auch andere Gefangene, sogenannte Reuige, die mit der Polizei zusammenarbeiteten und ihre Freunde oder ehemalige Parteigenossen denunzierten. Nadji und ich gehörten keiner Partei oder Organisation an, aber Nadjis einstige Kontakte zu den Leuten rund um Kavoos brachten uns in Schwierigkeiten. Tatsächlich wurde Nadji von einem der maskierten Männer, einem Milizionär, erkannt. Der Angriff auf Kavoos lastete schwer auf seinen Schultern, mehr als jedes andere Verbrechen. Und dann gab es noch die Sache mit der Waffe, die Nadji gestohlen hatte. Was mich betrifft, ich galt als sein Komplize.

Kurz darauf wurden wir getrennt. Ein paar Tage hatte ich Gewissheit, dass Nadji in eine kleine Zelle gesteckt worden war. In Einzelhaft, genau wie ich. Ein langer schmaler Korridor teilte zwei Reihen von mehreren Zellen, die ich nicht zu zählen vermochte. Wir hörten den Lärm, der von den Insassen verursacht wurde. Manche riefen Allahu Akbar – ein Protestschrei im Gefängnis. Menschen, die diesen Schrei ausstießen, waren entweder erschöpft, baten um Hilfe oder wurden geprügelt. Durch den Spalt unter der Tür konnte ich einmal beobachten, wie ein Gefangener nach draußen gezerrt wurde.

Eines Tages hörte ich eine Gruppe von Menschen den Korridor entlang gehen. Ich bückte mich, blickte durch den Spalt und erkannte Nadji, der von Gefängniswärtern abgeführt wurde. Unter der Tür sah ich zwar nur seinen Knöchel, aber ich wusste sofort, dass er es war. Bestimmt brachten sie ihn zu einem Verhör.

„Du hast mir immer noch nicht gesagt, seit wie vielen Jahren ihr miteinander Sex habt?", fragte mich der Vernehmungsbeamte.

„Wir sind nur Freunde, eine ganz normale Freundschaft", antwortete ich.

Meine Augen waren immer noch verbunden, daher konnte ich den Vernehmungsbeamten mit seiner leisen und hohen Stimme nicht sehen.

„Ich bin es leid, dich ständig zu fragen! Dein Freund, mit dem du angeblich eine normale Freundschaft pflegst, hat uns alles erzählt und auch niedergeschrieben – das ist mehr als eine Freundschaft."

Dass Nadji Analphabet war, hatte ich gar nicht erzählt. Der Typ gab mir ein paar Ohrfeigen, die mich heulen ließen. In diesem Augenblick hasste ich die ganze Welt – und mich selbst am meisten. Lieber wäre ich auf der Stelle gestorben, als diese Demütigung über mich ergehen zu lassen.

„Das alles wird vor Gericht geklärt werden."

Ein paar Tage später stand ich Nadji wieder gegenüber. Ich hatte keine Ahnung, was vor sich ging. Der Wärter hatte mich aus meiner Zelle in einen Raum gebracht, wo eine Stimme, die ich noch nie gehört hatte, sagte: „Nimm deine Augenbinde ab!"

Ich folgte der Anweisung und erblickte Nadji, der vor mir stand und seine Augenbinde ebenfalls abgenommen hatte. Neben uns saß ein Mann mit einem Jutesack auf dem Kopf. Sein Gesicht war verhüllt, nur die Augen waren durch die beiden Löcher zu sehen. Ich dachte, nun ist es Zeit zu sterben und sie bringen uns zum Hinrichtungskommando. Ich spürte bereits den jähen Schmerz der Kugeln, die in meinen Körper eindrangen, und hörte meine Knochen knacken. Nadjis Gesicht war von zahllosen Schlägen angeschwollen und unter einem Auge dermaßen verquollen, dass es aussah, als ob es gleich platzen und Eiter herausrinnen würde. Es war, als ob er mich aus den Tiefen eines Grabes anschaute, als ob er nur darauf wartete, dass ich ihm eine Handvoll Erde über die Augen schütte, damit er mich niemals wiedersehen könne. Ein kränklicher und beschämter Blick. Der Mann gab ihm einen Schlag auf die Schulter und rief in einem vulgären Ton: „Erzähl deinem Freund, was du mir alles erzählt hast. Dass ihr fünf Jahre lang Sex hattet!"

Leugnen, dass wir uns noch gar nicht so lange kannten, hätte keinen Sinn mehr gehabt.

„Sprich! Worauf wartest du noch?“

Nadji antwortete mit heiserer Stimme: „Ich habe schon alles gestanden.“

„Los, zieht euch die Augenbinden wieder über, ihr dreckigen Hurensöhne.“

„Aber Bruder“, sagte ich zu ihm, „ich war ja auch beteiligt und ich kann Ihnen sagen, es war nicht diese Art von Beziehung. Wenn es so gewesen wäre…“

„Halt die Klappe und hör auf, Blödsinn zu erzählen!“

Das nächste Mal sah ich Nadji im Gerichtssaal. Scheinbar ging es ihm besser, obwohl die Blutergüsse an seinen Augen noch immer sichtbar waren. Als ich in den Saal geführt wurde, saß er bereits in der ersten Reihe. Ich musste neben ihm auf einem Stuhl Platz nehmen. Unsere Arme berührten sich und er streichelte meine Finger, die auf der Stuhlkante ruhten. Der Richter gab einem Polizisten ein Zeichen, der sich sofort zwischen uns stellte und Nadji einen demütigenden Schlag auf die Schulter verpasste. Der Polizist schlug auch auf mich ein, verfehlte aber meine Schulter und traf mein Gesicht. Nachdem er meine Wunden gesehen hatte, ließ er angewidert von mir ab. Prüfend betrachtete er seine Hand und rieb sie an seinem Ärmel, als wolle er etwas wegwischen, das es gar nicht gab. Dann setzte er sich zwischen Nadji und mich auf einen Stuhl. Ein Gerichtsdiener schaltete ein kleines Tonbandgerät auf dem Tisch des Vorsitzenden ein, um ein paar Verse aus dem Koran vorzutragen. Sieben oder acht weitere Männer saßen verstreut im Gerichtssaal. Keinen von ihnen hatte ich vorher je gesehen. Der Richter war ein Mullah. Seine Sekretärin verlas die Anklageschrift, eine lange Liste von Verbrechen. Dann wurde die Anklage wegen meiner Beziehung zu Nadji verlesen. Der Mullah erklärte, wir hätten unsere Taten bereits gestanden. Darüber hinaus hätten gesunde und erwachsene Zeugen festgestellt, dass unsere Beziehung mit den Lehren der Religion unvereinbar und daher verboten sei. Er behauptete, die Zeugen wären Mitglieder unserer Familien, alte Freunde oder Menschen, die uns seit langem kannten. Allerdings nannte er keine Namen. Und er fügte hinzu, dass wir zum Zeitpunkt unserer Festnahme auf frischer Tat ertappt wurden. Dann fragte der Mullah, ob wir etwas hinzuzufügen hätten. Ich erwiderte, dass wir keineswegs auf frischer Tat ertappt worden waren und dass wir dieses Verbrechen niemals begangen hatten. Dann musste ich weinen, ich konnte gar nicht anders. Nadji war deswegen beschämt. Er wollte zeigen, dass wir stark genug seien, uns diesen Anschuldigungen zu widersetzen. Leider konnte ich ihn dabei nicht unterstützen, mir fehlte einfach die Kraft.

„Ihr Freund hat zugegeben, dass Sie dieses Verbrechen begangen haben“, sagte der Richter.

Er wandte sich an einen Mann, von dem wir später erfuhren, dass er unser Anwalt war.

„Was haben Sie dazu sagen?“

„Hadji Agha, diese beiden jungen Männer sind meine Klienten. Sie sind noch jung und unreif. Und sie bereuen ihre Tat.“

Dann wandte sich der Mullah wieder an uns und fragte: „Ihr bereut doch, nicht wahr?“

Wir nickten zustimmend.

„Euer Ehren, bitte beachten Sie die Jugend und die Naivität meiner Klienten. Haben Sie Nachsicht und sprechen Sie eine entsprechend milde Strafe aus."

An diesem Tag wurde kein Urteil über uns gesprochen. Wir waren überzeugt davon, gehängt zu werden, daran gab es nicht den geringsten Zweifel. Aber wir wussten nicht, wann es soweit sein würde. Wenn wir nachfragten, wurde uns gesagt, das Urteil sei noch nicht gefällt. Das alles war für uns eine zusätzliche Folter. Das Gleiche sagten auch die anderen zum Tode Verurteilten. Zu wissen, dass man gehängt wird, ohne aber das Datum zu kennen, ist tatsächlich eine grauenhafte Folter. Jeden Tag darauf warten zu müssen, dass sich das Fenster zur Zelle öffnet und der Wärter deinen Namen ruft...

Wir verließen das Gericht und wurden in die sogenannte Onkelzelle gebracht. Das war ein großer Raum, der in mehrere Zellen unterteilt war. Ich wurde in Zelle Sieben gesteckt. Nadji war in Zelle Drei, das fand ich einige Tage später heraus. Wir durften die Zelle nur viermal am Tag verlassen. Dreimal zum Waschen und Beten und eine Stunde lang im Hof auf und ab gehen.

Nach dem Mittagessen wurden wir von den Wärtern in den Hof geführt. Die Zahl der Insassen einer Zelle schwankte zwischen fünfunddreißig und vierzig. Nachts mussten wir dicht nebeneinander schlafen, denn es gab nur wenig Platz. Einmal gingen wir in den

Hof und einige Häftlinge begannen sofort, Volleyball zu spielen. Andere wiederum setzten sich in eine Ecke und rauchten. Ich kauerte alleine am Boden und war von Trauer überwältigt. Ich fragte mich, ob es noch jemanden gab, der genauso unglücklich war wie ich. Die Antwort war nein, da war niemand! Alle hatten in meiner Vorstellung irgendetwas oder irgendjemanden, der draußen auf sie wartete. Eine Geliebte oder eine Arbeit. Aber was hatte ich?

„Hier kannst du nicht abhängen, Junge! Verschwinde, ich will dich hier nicht sehen", sagte eine Stimme.

Ich blickte auf und wollte schauen, wer gerade mit mir gesprochen hatte. Es war ein Mann mit finsterem Gesicht, der ebenfalls am Boden hockte und eine Zigarette rauchte. Oberhalb seiner Augenbrauen hatte er eine Narbe, die wohl von einer alten Verletzung stammte.

„Entschuldigung, mit wem reden Sie?", fragte ich.

„Mit dir! Hör auf zu quatschen und setz dich woanders hin! Verschwinde, bei deiner Mutter!"

Auch er war von Trauer schwer gezeichnet. Es sah aus, als ob er gleich in Tränen ausbrechen würde. Trotzdem war das kein Grund, so mit mir zu reden.

„Mein Freund, wir beide sind hier Gefangene und haben viel durchgemacht. Du hast kein Recht, so mit mir zu reden."

Obwohl ich ein wenig Angst vor ihm hatte, konnte ich mir sein Verhalten nicht gefallen lassen. Hätte ich mich gefürchtet und geschwiegen, dann wäre ich komplett am Ende gewesen.

Er antwortete in einem bitteren Ton: „Ich mag deine

Wunden im Gesicht nicht. Ein Kerl wie du einer bist, hat mir vor drei Tagen großes Unglück gebracht."

Ich sagte mir, komme was wolle, wenn ich mich jetzt nicht zur Wehr setze und ihn machen lasse, dann werde ich es später bereuen. Außerdem war meine Situation ohnehin schon unerträglich, es konnte also gar nicht mehr schlimmer werden. Ich stand auf und sagte: „So kannst du nicht mit mir reden, das erlaube ich nicht! Glaubst du, du kannst mir alles vorwerfen? Nur weil ich jung und verletzt bin? Sicher nicht! Ich habe keine Angst vor dir."

Nun erhob sich auch der Mann. Er war wesentlich größer als ich und er schien bereit, sich auf mich zu stürzen und mich zu töten. Er brüllte: „Wenn ich dir sage, dass ich dich nicht mag, dann mag ich dich nicht! Und jetzt verschwinde, anstatt herumzustottern! Geh mir aus den Augen, bevor ich mich vergesse."

Zwei Gefangene kamen näher, andere beobachteten das Geschehen aus der Ferne. Ich bereitete mich auf eine Schlägerei vor. Einer der Männer sagte zu dem Mann: „Agha Teymur, Gott segne dich, was ist denn los?"

„Gar nichts! Da ist nur dieser Junge mit dem verbrannten Gesicht. Schafft ihn mir bitte aus den Augen, bevor ich ihn erwürge. In kann ihn nicht anschauen."

„Mich erwürgen? Was glaubst du, wo du bist?"

Ein anderer Mann, ebenfalls kräftig gebaut, legte seine Hand liebevoll auf meine Schulter und sagte: „Genau hier! Glaub mir mein Junge! Hier ist es schlimmer als irgendwo sonst."

Dann führte er mich in eine andere Ecke des Hofs und bot mir eine Zigarette an. Ich sagte ihm, dass ich nicht rauche, worauf er sich selbst eine anzündete.

„Du kennst Agha Teymur noch nicht. Er ist ein guter Kerl, ein Ehrenmann."

„Das habe ich bemerkt", antwortete ich sarkastisch, „von seiner Ehrenhaftigkeit habe ich aber leider nichts mitbekommen."

Der Mann lächelte und versuchte mich zu beruhigen.

„Wenn ich dir erzähle, was vorgestern mit ihm passiert ist, dann wirst du vermutlich heulen. Da bin ich mir sicher, denn du scheinst ein feinfühliger Mensch zu sein. Das kann ich an deinen Augen ablesen."

Ich beobachtete ihn schweigend und wartete darauf, dass er weitersprach.

„Vor zwei oder drei Tagen sollte ihn seine Frau besuchen kommen. Sie wollte ihre kleine Tochter mitbringen. Aber als der Tag des Besuches kam, war keiner von ihnen da. Nur ihre Schwester war gekommen, mit einer schrecklichen Nachricht von dem kleinen Mädchen. Weißt du was passiert ist? Niemand weiß es wirklich, aber am ersten Tag des Krieges wurden irakische Bomben auf eine Schule abgeworfen und viele unschuldige Kinder sind dabei ums Leben gekommen. Andere Kinder sind verschwunden und werden bis heute vermisst. Weißt du, was das bedeutet? Das bedeutet, dass diese Unschuldigen wahrscheinlich in Stücke gerissen wurden und niemand sagen kann, was genau passiert ist. Eines der vermissten Kinder war die Tochter von Agha Teymour. Seine Frau hatte nicht gewagt, ihm davon selbst zu erzählen. Die Schwester musste kommen und es ihm sagen. Sie berichtete aber auch, dass seine eigene Frau, die Mutter des kleinen Mädchens, schuld an diesem Unglück sei. Sie wäre dumm gewesen und hatte einen alten Freund aufgenommen, dessen Gesicht von Brandnarben übersät war. Wunden wie abscheuliche Geschwüre, nicht wie deine kleinen Narben! Kurz gesagt, dieses verbrannte Gesicht hatte Unglück über das kleine Mädchen gebracht, das bis heute vermisst wird. Ich bin nicht abergläubisch, aber der arme Teymur hat in den letzten zwei Jahren so viel gesehen, dass er unwillkürlich jetzt an solche Dinge glaubt. Schuld daran ist seine Schwester, die ihm mit ihren Geschichten den Kopf vollstopft. Und nachdem er deine Verletzungen gesehen hatte, musste er sofort an seine Tochter denken. Nimm es nicht persönlich und kümmere dich nicht darum, was er zu dir gesagt hat. Wenn du selbst ein Kind hättest, dann würdest du verstehen, welche Schmerzen er gerade erleidet. Hast du Kinder?"

„Nein, habe ich nicht."

„Aber vielleicht kannst du nachempfindet, was unser Agha Teymur gerade durchmacht? Oder?"

„Ja, das kann ich verstehen!"

„Gott segne dich, mein Junge! Du bist schlau."

„Ja, aber trotzdem müssen wir es schaffen, miteinander auszukommen. Wir sind in derselben Zelle und er darf nicht so mit mir reden und mich jeden Tag vor allen beleidigen."

„Nein! Mach dir keine Sorgen! Ich werde mit ihm reden. Ich werde ihm sagen, dass du nichts mit dem

Typen zu tun hast, von dem seine Schwester erzählt hat. Und dass deine Wunden kein Unglück bringen. Nimm dieses Taschentuch und trockne deine Tränen. Gott segne dich! Du bist ein vernünftiger und gebildeter Junge. Ein Mann wie du sollte nicht weinen."

Dass ich gerade wegen Hasti weinte, sagte ich lieber nicht.

Ein paar Tage später wurden zwei weitere Männer in unsere Zelle gebracht. Einer von ihnen war Amir Ärger, den wir schon kannten. Der andere war etwa fünfundfünfzig Jahre alt und hatte einen dicken Schnurrbart, graubraunes Haar und herabhängende Schultern. Es war offensichtlich, dass er gefoltert und geschlagen worden war, ohne sichtbare Verletzungen im Gesicht.

Nach einer Weile erkannte mich Amir, der Unruhestifter. Wir unterhielten uns ein bisschen über die Vergangenheit, tauschten ein paar Witze aus und lachten über einige gemeinsame Bekannte. Er erzählte mir auch, warum er verhaftet worden war.

„Ich schlenderte sanft in der Hitze der Straße. Plötzlich tauchte ein Auto des Komitees mit drei Milizionären auf und blieb vor mir stehen. Warum wohl? Weil ich ein kurzärmliges T-Shirt und eine Ray-Ban-Brille getragen hatte. Erinnerst du dich? An heißen Tagen hatte ich immer T-Shirts in allen Farben an. Was soll ich machen? Ich liebe einfach diese importierten T-Shirts. Ich fragte die Miliz-Agenten, wen es wohl kratze, dass ich kurze Ärmel und eine dunkle Brille trage. Das mache ich schon seit Jahren, das wissen doch alle. Ja, sagte einer von ihnen, aber die Zeiten haben sich geändert. Es ist nicht mehr wie früher. Ich fragte sie, was sich denn geändert habe. Der Typ antwortete: ‚Jetzt gibt es Märtyrer. Junge Menschen, die ihr Leben für die Revolution gegeben haben. Sie haben sich geopfert, sie haben gekämpft, damit wir heute in Frieden leben können. Denk doch mal an sie. Sie würden sich im Grabe umdrehen, wenn sie Leute wie dich sehen, die sogar nach dem Sieg der Revolution in kurzärmligen amerikanischen T-Shirts auf der Straße entlanggehen.‘ Ich antwortete: ‚Schau Bruder, erstens habe ich selbst von Anfang an für den Sieg der Revolution gekämpft. Ich war mit ein paar Leuten auf der Straße und wir haben skandiert, dass der Schah vom Thron gestoßen und seiner Krone beraubt werden muss. Wären wir nicht gewesen, dann würden Typen wie ihr noch immer in euren Dörfern herumlungern und Schafen nachjagen!‘ Der Milizionär antwortete: ‚Pass auf, was du sagst!‘ Ich aber kam gerade erst in Fahrt und setzte noch eins drauf: ‚Zweitens, Genosse, die Märtyrer sind jetzt im Paradies und haben viel Spaß mit den Jungfrauen und Sklavenjungen[22]. Die interessieren sich doch überhaupt nicht für die Ärmellänge meiner T-Shirts oder ob ich eine Brille auf der Nase habe oder nicht.‘

Einige Leute hatten sich versammelt und hörten unser Gespräch mit an. Nach kurzer Zeit begannen sie zu lachen und applaudierten. Daraufhin wurden die Milizionäre richtig wütend, denn sie hatten nicht die Möglichkeit, gleich alle zu verhaften. Also mussten sie

22 Der Legende nach werden schiitische Märtyrer im Paradies mit Jungfrauen und Sklavenjungen belohnt.

mit mir Vorlieb nehmen; sie warfen mich in ihr Auto und verschleppten mich hierher. Während der ganzen Fahrt habe ich ihnen alle Beleidigungen an den Kopf geworfen, die mir eingefallen sind. Als wir ankamen, sagten sie mir, sie würden mich so lange hierbehalten, bis ich Reue gezeigt und um Vergebung gebeten hätte. Derzeit habe ich aber absolut nicht die Absicht, Reue zu zeigen. Sie glauben, dass ich bald zusammenbrechen und mein Höschen runterlassen werde!"

„Sie hatten keine Ahnung, mit wem sie es zu tun hatten. Mit Amir, dem Unruhestifter!", sagte ich lachend.

„Ja, aber diesmal war nicht ich der Unruhestifter, das schwöre ich. Überhaupt nicht! Vielmehr haben sie mich in Schwierigkeiten gebracht."

Seine Anwesenheit war ein Segen für mich. Wir konnten uns unterhalten, gemeinsam spazieren gehen und uns die Zeit vertreiben. Aber einmal wurde auch ich Zeuge, wie er in Schwierigkeiten geriet und im Zire-Hasht, einer Folterkammer, landete, wo er mehrere Stunden lang verprügelt wurde. Die Sache drehte sich um Gegenstände, die von Gefangenen hergestellt werden. Zum Beispiel machten sie aus alten und unbrauchbaren Socken Wollknäuel. Zwei Häftlinge waren damit beschäftigt, aus einer Socke große Mengen bunter Fäden herauszuziehen. Mit dem dadurch erhaltenen Garn konnte man einiges anstellen, zum Beispiel verschiedene Muster sticken: Blumen, Schriftzeichen oder ein Haus. Amir hatte einige Abende damit verbracht, ein Wort auf die Rückseite eines T-Shirts zu sticken. Ich hatte ihn mehrfach dabei beobachtet, ohne aber erkennen zu können, welches Wort er mit Hilfe dieser Fäden darstellen wollte. Das fiel mir erst auf, als wir eines Tages in den Hof gingen, um Volleyball zu spielen. Am Eingang zum Hof waren zwei Wärter postiert. Amir hatte ihnen den Rücken zugewandt und tollte mit den anderen herum. Dann bemerkte ich, wie sich die beiden Wärter dem Spielfeld näherten, ihre Augen auf Amirs Rücken gerichtet. Sie unterbrachen das Spiel und der ältere Wärter packte Amir an der Schulter und versuchte zu lesen, was auf dem T-Shirt eingestickt war. Es war ein englisches Wort und er konnte es nur mit Mühe entziffern.

„Fereydoun[23]?“

Amir kicherte.

„Mein Herr, das steht nicht Fereydoun. Überhaupt nicht!“

„Ist der letzte Buchstabe ein N oder ein M?“

„Hadji“, sagte der jüngere Wärter, „es ist ein M!“

Sein Kollege versuchte es erneut. „Oh ja! Da steht Freedom. Aber was bedeutet das?“

„Das wissen Sie nicht, mein Herr?“

Der junge Wärter signalisierte, dass er verstanden hatte.

„Ja, alter Mann! Wir verstehen! Aber wir wollen aus deinem Mund hören, was da auf deinem T-Shirt steht. Und warum du solche Allüren hast.“

„Freiheit, mein Herr, es bedeutet Freiheit. Oder Be-

---

23 Fereydoun ist ein männlicher persischer Vorname und gleichzeitig der Name eines mythologischen Königs.

freiung, in einer fremden Sprache. Erinnerst du dich nicht, wie wir auf den Demos gerufen haben: ‚Nur ein Weg, den der Freiheit'?"

Der junge Wärter unterbrach ihn: „Wer hat dir gesagt, dass du diesen Unsinn auf die Rückseite deines Hemdes schreiben sollst? Ist das etwa eine Parteivorschrift?"

Amir bemerkte, dass die Wärter langsam wütend wurden. Er senkte den Kopf und schwieg. „Du denkst also, du kannst dir hier jede Dummheit erlauben, ohne dass es jemand bemerkt? So wie in fremden Ländern? Nein, mein Kleiner! Hier wirst du für diesen Unsinn dein blaues Wunder erleben! Du wirst schon sehen!"

Bald darauf wurde Amir von einem Wärter in den Zire-Hasht gebracht. Erst nach vier oder fünf Stunden kehrte er wieder in die Zelle zurück. Sein Gesicht war knallrot von den Ohrfeigen, die sie ihm verpasst hatten. Außerdem musste er die Stickfäden mit seinen Zähnen und Fingernägeln vom T-Shirt reißen, damit der Schriftzug nicht mehr zu erkennen war. Nach diesem Tag war nichts mehr wie zuvor. Amirs Stimmung hatte sich komplett verändert. Verhärmt blieb er in einer Ecke sitzen, ohne mit jemandem zu sprechen. Aber das T-Shirt, auf dem noch die Spuren des Wortes zu sehen waren, zog er nicht mehr aus.

Der andere Mann, der gemeinsam mit Amir gekommen war, hatte nur ein einziges Verbrechen begangen – er war zur Zeit des Schahs ein Kommunist gewesen. Er erzählte, dass er sieben Jahre seines Lebens als politischer Gefangener verbracht hatte. Er hatte in verschiedenen Gefängnissen eingesessen, von einer Stadt zur anderen. Vor einem Monat erst hatte man ihn zu Hause verhaftet und anschließend einen ganzen Monat lang gefoltert. Er sollte gestehen, welcher kommunistischen Zelle er jetzt angehöre. Der Mann hatte bei allen Heiligen geschworen, dass er sich vom politischen Aktivismus abgewandt und ihn endgültig aufgegeben hatte, aber niemand hatte ihm geglaubt. Stattdessen wurde ihm gesagt, man würde ihn so lange festhalten, bist er gestehe, welcher kommunistischen Gruppe er jetzt angehöre. Während er das alles erzählte, füllten sich seine Augen mit Tränen.

„Mein Junge, ich schwöre dir, ich bin kein Kommunist mehr. Bei Gott, beim Propheten, ich habe alles hinter mir gelassen. Aber niemand will mir zuhören, niemand will mir glauben, mein lieber Sohn!"

In jeder Zelle gab es einen Anführer, der von den Häftlingen ausgewählt wurde. Seine Aufgabe bestand darin, verschiedene Dienste unter den Gefangenen zu organisieren. Zum Beispiel die Zelle putzen, Essen ausgeben oder Zeitungen verteilen. Ich war für die Pflanzen zuständig, die von den Gefangenen selbst gepflegt wurden. Ich musste immer darauf achten, dass die Buntnesseln in den Blumentöpfen, die auf mehrere Nischen verteilt waren, genug Wasser hatten. Insgesamt musste ich mich jeden Tag um ein gutes Dutzend Blumentöpfe kümmern.

Am Abend, wenn sich die Jungs aus der Zelle mit

allerlei Spielen beschäftigten, widmete ich mich den Blumentöpfen. Ich hatte eine kleine Gießkanne und mochte es, an den Fenstern zu den Töpfen hochzuklettern. Einige standen hoch oben in den Nischen, und von dort konnte ich durch einen Spalt die Stadt sehen. Ich beobachtete eine breite Allee, wo Autos fuhren und Menschen entlang gingen. Menschen, die sich frei auf dem Bürgersteig bewegen konnten, die Hände in den Hosentaschen, allein oder in Gesellschaft, wie es ihnen beliebte. Ich sah die hohen Straßenlaternen, die wegen des Krieges alle verdunkelt worden waren. Wussten alle diese Leute den Geschmack der Freiheit zu schätzen? Diese Frage stellte ich mir. Natürlich, es war Krieg, und alle hatten unter den Folgen zu leiden. Aber zumindest konnten sie während der Bombenangriffe in den zahlreichen Gräben oder an sonst einem sicheren Ort Zuflucht finden, während wir Gefangene in unseren Zellen bleiben mussten. Selbst wenn die schweren Sprengkörper von der anderen Seite des Flusses auf unser Dach herunterkrachen und uns zu Staub verwandeln würden. Töten ohne Leichnam. Es war grauenhaft, feindliche Bomber über sich hinwegfliegen zu hören und keine Möglichkeit zu haben, in Deckung zu gehen. Ich nahm mir vor, nur ja nicht darüber nachzudenken. Daran zu denken ist manchmal noch schmerzhafter. Ich polierte die Blätter der Pflanzen mit einem feuchten Tuch, dann sprang ich wieder nach unten und sah nach den anderen Töpfen. Einige Gefangene hatten Bilder zwischen die Blumen gesteckt; ein Foto von der Mutter, von der Freundin oder von einem Kind.

Damals hatte ich auch welche. Heute habe ich zwar wieder ein paar Buntnesseln in Blumentöpfen, aber es gibt keine Bilder mehr zwischen den Blättern. Die Töpfe stehen in der Nische neben meinem Arbeitstisch. Sie haben die gleichen Farben wie jene drei Töpfe, die ich in meiner Gefängniszelle hatte. Zwischen den Blättern im mittleren Topf war ein Bild von Hasti eingeklemmt, von dort würde es nicht so leicht herunterfallen. Die Töpfe mit den Buntnesseln bedeuteten mir mehr als alles andere. Drei- oder viermal in der Woche habe ich sie gegossen und sehr darauf geachtet, alle abgestorbenen Blätter abzuschneiden. Die Pflanzen sollten gut aussehen. Jeden Morgen, wenn wir unsere Decken ausschüttelten, war die Luft voller Wollstaub, der sich entweder in unseren Lungen absetzte oder den ganzen Raum bedeckte, insbesondere die Pflanzenblätter. Um diese Blätter zu reinigen, musste ich immer die Fotos entfernen.

Einmal nahm ich das Foto von Hasti und betrachtete es mit einem Lächeln. Ich erinnerte mich an den Tag, an dem sie mein Gesicht angemalt und mir die Adresse ihrer Schule ins Ohr geflüstert hatte. Wir lachten, weil sie den Namen so komisch ausgesprochen hatte. Nun sah ich ihr Bild und musste wieder lachen. Oder auch weinen, ich weiß es nicht mehr. Vielleicht habe ich tief drinnen in meinem Herzen geweint, aber mit einem Lächeln auf meinen Lippen? Ein Lächeln, das Teymur dermaßen aufwühlte, dass er mir das Bild aus der Hand riss und mich sprachlos zurückließ. Die Jungs hatten alles mitangesehen, aber niemand wagte es, seine Stimme zu erheben. Wahrscheinlich hatten sie Spaß dabei, uns zuzusehen. Mit nassen Augen kehrte ich zu meiner Arbeit und den Pflanzen zurück.

In jener Nacht lag ich bis zum Morgen wach in meinem Bett und weinte unter der Decke. Niemals hätte ich Teymur sagen können, wie sehr ich doch sein kleines Mädchen geliebt hatte. Nein, das war unmöglich! Er wäre voller Wut über mich hergefallen und hätte mich mit Sicherheit erwürgt. Ich musste daher leise weinen und durfte Hastis Bild nicht einmal mehr anschauen. Ständig redete ich mir ein, mein verbranntes Gesicht wäre die Ursache der Katastrophe, die über dieses Haus gekommen war. Ohne diesen Fluch wäre Hasti bestimmt noch am Leben und im Kreise ihrer Familie; bei ihrer Tante, bei ihrer Mutter und manchmal sogar beim Vater.

Nun war auch Nadji im Gesicht verletzt. Als wir uns im Gefängnishof begegneten, konnte ich deutlich die Spuren der Schläge und der Folter erkennen. Üblicherweise wurden Gefangene aus verschiedenen Zellen getrennt in den Hof gebracht, um etwas frische Luft zu schnappen. Den Insassen jeder Zelle stand eine Stunde zur Verfügung, dann mussten alle zurück und Platz für die nächsten machen. So ging es jeden Tag von morgens bis abends. Doch an diesem Tag hatten die Wärter beschlossen, alle Gefangenen zur selben Zeit hinauszubringen, damit sie selbst früher nach Hause konnten. Im irakischen Radio wurde verlautbart, dass an diesem Tag um ein Uhr nachmittags ein Angriff bevorstehe.

Daher sollten alle Gefangenen vor der Mittagszeit wieder in ihre Zellen zurückkehren, damit die Wärter rechtzeitig in die unterirdischen Bunker gelangen konnten, bevor die Bomben und Granaten fielen.

Für diesen Hofgang wurden die Gefangenen mehrerer Zellen in Gruppen eingeteilt. Wie Schafe trieben uns die Wärter mit einem Stock in den Hof, der zu diesem Zeitpunkt schon völlig überfüllt war. Eine Gruppe begann im Hof herumzurennen, die anderen jagten hinterher und lachten dabei. In diesem Durcheinander entdeckte ich Nadji, der in einer Ecke hockte. Als ich auf ihn zuging, rief ein Wärter: „Leute aus Zelle Drei, beeilt euch!"

Nadji war Teil dieser Zelle und musste los. Der Wärter stand bei der Tür und forderte sie auf, einer nach dem anderen hereinzukommen. Dann schob er sie durch den Flur.

„Beeilt euch! Eure Zeit ist abgelaufen, Jungs!"

Nadji blieb stehen und sah mich an.

„Was ist passiert? Warum haben sie dich gefoltert?", fragte ich.

„Sie suchen nach Sooren und seinen Kameraden. Sie wollen wissen, wo sie sich verstecken."

„Das weißt du doch sehr gut!"

Er sah mir tief in die Augen.

„Nein, das weiß ich nicht mehr! Ich weiß gar nichts!"

„Bist du taub, oder was?", schrie der Wärter. „Beeil dich, gleich wird die Tür geschlossen. Hallo, du da drüben, ich rede mit dir!"

Er zeigte auf Nadji, der lachend mit ihm ging. Jetzt

waren nur noch meine Jungs von Zelle Sieben im Hof. Ich versuchte, das Bild seines verletzten Gesichts aus meinem Kopf zu verbannen, aber es gelang mir nicht. Unmöglich! Sein Gesicht war ständig vor meinem inneren Auge und seine letzten Worte klangen immer noch in meinem Ohr: Nichts!

Die Gefängniswärter hatten Recht behalten. Das Bombardement hatte stattgefunden und sie waren in ihre Schutzräume geflüchtet. Allerdings setzte der Lärm von Schüssen und Bomben erst um zwei Uhr ein statt schon um ein Uhr. Alle paar Minuten erbebte unser Gebäude. Die Männer schrien vor Angst, aber außer den Gefangenen der Nachbarzellen konnte uns niemand hören. Die Schreie hallten durch das Gefängnis, begleitet von jenen Worten, die auch am Tag des Sieges der Revolution auf den Straßen skandiert worden waren: Allahu Akbar!

An nächsten Morgen weckte mich das Zwitschern der Spatzen vor unserem Zellenfenster. Vielleicht sangen sie nur für mich, denn alle anderen schliefen noch. Ich stellte mir vor, sie würden mit mir reden. Ich erwartete keine guten Nachrichten, also musste ich mit irgendeiner Katastrophe rechnen. Vielleicht sogar mit dem Tod, der eine Befreiung wäre. Befreiung? Bin ich denn jetzt frei? Der Mann, der sieben Jahre seines Lebens als politischer Gefangener verbacht hatte, stand auf einmal neben mir und riss mich aus meinen Gedanken. „Sag, hattest du jemals das Gefühl, im Gefängnis betrogen worden zu sein?“, fragte ich ihn.

„Mein Junge, denk doch nicht gleich an Verrat“, sagte er zu mir. „Erstens unterstützt du die Revolution und zweitens rettest du dich selbst. Du wirst die Früchte deiner guten Tat ernten. Die Frucht des Lebens. Was gibt es Schöneres auf der Welt, als am Leben zu sein?“

Darauf hatte ich keine Antwort. Nach dem Frühstück öffnete sich die Klappe an der Zellentür und zwei rollende Augen inspizierten die Zelle. Dicht an die Klappe gedrückte Lippen riefen meinen Namen. Ich wusste sofort, die Spatzen hatten ihre Nachricht an mich gerichtet. Eine Nachricht oder eine Warnung? Was ich noch an Geld übrig hatte, steckte ich in meine Tasche, dann folgte ich dem Wärter, der mich mit verbundenen Augen den Flur entlang zum Verhörraum führte. Eine Stimme begann, mir Fragen zu stellen. Ich hatte sie noch nie gehört.

„Du brauchst deine Augenbinde nicht abzunehmen.“

Die Stimme kam sogleich zur Sache: „Ich habe gehört, dass du schlauer als dein Freund bist. Daher hätten wir besser gleich mit dir angefangen. Wir wollen auch nichts Besonderes von dir. Es gibt da gewisse Agitatoren, Mitglieder einer freien Partei. Es ist ihr gutes Recht, politisch aktiv zu sein. Aber einige unter ihnen haben den Bogen etwas überspannt. Wenn du uns dabei hilfst, sie ausfindig zu machen, dann könnten wir uns mit ihnen aussprechen. Wir haben nur ein paar Fragen an sie. Nicht mehr und nicht weniger. Nun, kommen wir zur Sache: Du warst schon mal dort und du kennst die Adresse. Diese Informationen könnten sich günstig auf dein Strafmaß auswirken.“

Obwohl ich nicht an eine mildere Strafe glaubte, erklärte ich mich trotzdem bereit, mit ihnen zusammenzuarbeiten. Ich wollte einfach nicht dasselbe Schicksal wie Nadji erleiden. Nein, ich hatte genug von Schlägen und Folter! Meine Augen waren noch immer verbunden, als sie mich wieder in den Flur brachten. Dort musste ich stundenlang warten, während sie den Einsatz vorbereiteten. Gegen Mittag gab mir ein Beamter einen Teller Reis, dazu Eintopf und einen Plastiklöffel.

Nach der Mahlzeit ging es los. Zwei Zivilstreifen und ein Einsatzfahrzeug mit insgesamt sieben Beamten. Wir fuhren durch das Gefängnistor und erreichten bald den Hauptplatz. Erstaunlicherweise konnte ich es sogar genießen, in diesem Wagen zu sitzen und durch die Straßen der Stadt zu fahren. Ich erinnerte mich an die Nacht, als die Statue des Schahs abgerissen worden war. Nadji war voller Begeisterung gewesen. Er hatte mich losgelassen und war in die Menge eingetaucht, um ebenfalls ein Stück von dem Seil zu erwischen. Das eine Ende dieses Seils lag um den Hals der Statue, das andere Ende wurde vom schreienden Mob festgehalten. Jemand rief: „Wer das Seil ergreift und mitmacht, bekommt im Paradies eine schöne Belohnung."

Von der Statue war weit und breit nichts mehr zu sehen. Stattdessen herrschte nun auf dem Platz eine gähnende Leere.

Der Offizier, der neben dem Fahrer saß, befahl ihm, anzuhalten. Wo einmal ein Rasen gewesen war, hatten sich einige Leute versammelt. Unter grauen Decken lagen fünf Leichen. Der Offizier sprang aus dem Fahrzeug und sagte, er käme gleich zurück. Auf dem Platz standen ein paar bewaffnete Männer, die offensichtlich auf irgendjemand warteten. Die Menschen schienen glücklich, vermutlich waren ihnen die Bombardements gleichgültig. Den Gesprächen der Beamten konnte ich entnehmen, dass es sich bei den Leichen um die Drahtzieher der Brandstiftung im Kino handelte. Ich hatte die Hinrichtung im Fernsehen gesehen, noch im Gefängnis. Daher wusste ich, dass sich unter den Toten ein Angestellter und der Direktor des Kinos sowie ein kaiserlicher Offizier aus dem Polizeihauptquartier befanden. Sie alle waren für schuldig befunden worden, das Feuer gelegt zu haben. Der Offizier kehrte zum Auto zurück und der Konvoi setzte sich wieder in Bewegung. Er erzählte, dass es bei der Hinrichtung einen Irrläufer gegeben hatte. Die Kugel hatte einen Zuschauer, der aus einem Dorf angereist war, erwischt und getötet. Der Offizier fügte hinzu, der Typ könne sich glücklich schätzen, genau dort den Märtyrertod gefunden zu haben. Daraufhin brach im gesamten Auto ein schallendes Gelächter aus.

Ich aber konnte überhaupt nicht lachen, denn ich war gerade im Begriff, Sooren zu verraten. Dabei hatte er Nadji und mir so viel Gutes getan. Ich bat ihn leise um Vergebung und sagte zu mir selbst, ich hätte keine andere Wahl. Die Beamten wussten nämlich, dass ich seine Adresse kannte. Ich redete mir ein, sie würden ihm gewiss kein Leid zufügen und nur ein paar Fragen stellen. Hatte Sooren nicht selbst gesagt, seine Partei und das neue Regime wären auf derselben Wellenlänge und würden einander nicht schaden? Aber warum musste dann sein Aufenthaltsort geheim bleiben?

„Was murmelst du da?“, fragte der Offizier.

„Ich? Nichts, Bruder“, antwortete ich.

„Wohin müssen wir jetzt fahren?“, wollte er nun wissen.

„In Richtung Silo“, sagte ich zerknirscht.

Wir ließen das Stadtzentrum hinter uns. Dort hatte es vor unbewaffneten Soldaten nur so gewimmelt. Nichts als Soldaten und Miliz. Unaufhörlich krachten Bomben, aber niemand wusste, wo sie einschlugen. Schuld daran war das ständige Dröhnen, von dem die Luft erfüllt war. Das letzte Mal, als ich diese Straße genommen hatte, galt meine Aufmerksamkeit den Schatten der Strommasten, die die Straße zu beiden Seiten säumten. Sooren lenkte den Jeep durch die Allee, und während er über Politik sprach, beobachtete ich, wie die Schatten einer nach dem anderen unter den Rädern des Autos verschwanden.

„Hört ihr mir eigentlich zu, Jungs?“

„Ja, Herr Sooren!“

„Ich habe gesehen, wie du dich umgedreht und zurückgeschaut hast. Ich dachte schon, du hörst überhaupt nicht zu.“

„Monsieur Sooren, selbstverständlich höre ich zu.“

„Kurz gesagt, der Sozialismus strebt nach der Befreiung der Menschheit, wie auch die Religion, mit nur einem Unterschied: Letztere erreicht das Ziel durch den Geist, der Sozialismus durch das Materielle.“

An jenem Tag, als ich die Beamten zu Sooren führte, waren die Schatten nicht mehr da. Dabei standen die Strommasten noch immer an beiden Seiten der Straße. Das Auto, in dem ich saß, fuhr vorneweg, denn nur ich wusste, wohin es gehen sollte. Ich suchte die Sonne, konnte sie aber nirgends sehen. Schwarzer Rauch erstreckte sich über den gesamten Himmel, ein endloser grauer Schleier.

„Schau nach vorne und verirre dich nicht, Bruder!"

„Wir sind gleich da."

Ein paar Kurven später hatten wir die Allee erreicht. Die Telefonzelle stand noch immer da, allerdings war sie mittlerweile ziemlich windschief und drohte zu kippen. Die Gegend schien sicher zu sein, anders als in der Stadt. Es gab kaum Spuren von Granaten oder zerstörte Häuser. Wahrscheinlich lag es an der Entfernung zum Fluss. Oberhalb der Haustür stand auf einem Schild: Kindertagesheim Freiheit. Die Autos hielten an und die Beamten stiegen aus, bis auf den Fahrer unseres Wagens. Alle waren bewaffnet. Sie klopften an die Tür und gingen sofort hinein. Ich konnte nicht hinschauen. Nein! Ich wünschte, ich wäre tot und gar nicht anwesend. Ich wollte woanders sein. Oder wenigstens blind, dann müsste ich nicht Soorens schönen gelben Jeep ansehen, der auf der Straße geparkt war. Mir blieb nichts anderes übrig, als meine Stirn gegen den Vordersitz im Wagen zu pressen und meine Augen ganz fest zuzudrücken. Ich hatte schon im Voraus befürchtet, diesen Jeep zu sehen. Mit diesem Auto verband ich so viele glückliche Erinnerungen an Sooren und Nadji. Nun wurde mir auch klar, warum sich Nadji geweigert hatte, den Ermittlern die Adresse zu verraten. Er wusste, was kommen würde. Mir war, als ob ich unter einem Haufen Erde begraben worden wäre. Oder besser gesagt, unter einem Haufen Dreck. Dieser Ort war von großer Bedeutung, viel wichtiger, als ich gedacht hatte. Die Agenten hatten es genau gewusst. Sie waren darüber informiert, dass dort wichtige Dokumente gedruckt wurden und dass sie prominente Parteimitglieder, die noch in der Stadt verblieben waren, antreffen würden. Die Partei wollte an diesem Krieg, den sie Krieg um die Heimat nannten, teilnehmen. Sie wollte den Feind bekämpfen und ihre Aktionen in enger Zusammenarbeit mit den Soldaten koordinieren.

Ein paar Beamte waren im Haus, andere überprüften die Außenseite. Der Fahrer und ich warteten im Wagen. Er hatte das Lenkrad mit beiden Händen fest umklammert und starrte auf die Haustür, wie eine Katze, die zum Sprung ansetzt. Ich schaute in dieselbe Richtung, nahm aber keine Notiz von den Ereignissen. Angst lähmte meinen ganzen Körper. Zusammengerollt lag ich auf dem Rücksitz und hatte keine Ahnung, was draußen vor sich ging. Ich kann nicht mehr sagen, wie lange das alles gedauert hat. Nacheinander wurden die Leute aus dem Haus geholt, zuerst die Männer, dann die Frauen. Ein Fotograf, den die Beamten mitgebracht hatten, machte von jedem, der aus dem Haus kam, ein Foto. Danach wurden sie abgeführt und in den Gefängniswagen verfrachtet. Noch nie hatte ich eine solche

Demütigung empfunden. All diese Menschen waren allein wegen mir in eine Falle geraten. Obwohl man mir versprochen hatte, dass man ihnen nichts antun würde, nur ein paar Fragen stellen. Aber das war offensichtlich nicht der Fall. Die Dinge waren weitaus ernster.

„Bruder, schau dir mal diese Kondome an, die wir im Haus gefunden haben. Dazu lauter Verhütungsmittel", sagte der Fahrer zu mir.

Ich beobachtete einen Beamten, der vor der Tür stand und mehrere Schachteln in seinen Händen hielt, damit der Fotograf den Inhalt, den ich nicht erkennen konnte, aufnehmen konnte.

„Entschuldigen Sie, aber ich verstehe nicht. Warum haben diese Leute lauter Kondome und Antibabypillen? Was ist in diesem Haus vorgegangen?"

Die Worte blieben mir im Hals stecken. Der Fahrer sah mich lachend an, sein Blick war heiter, aber auch angeekelt.

„Ist doch klar, dass du nichts verstehst. Für diese Kommunisten ist Sex eine klare Sache. Jeder kann jeden ficken, das ist ihre Ideologie. Und weil sie keine Kinder wollen, benutzen sie Kondome. Andere wollen nur Spaß mit ihren Frauen und zwingen sie daher, die Pille zu nehmen."

Er zeigte auf eine Frau, die gerade von Beamten aus dem Haus geholt wurde.

„Schau! Da ist eine von denen!"

Weiter unten auf der Straße bemerkte er plötzlich etwas: „Schau! Da ist einer, der gerade durch die Hintertür entwischen will. Schau dir das an! Keiner von den

Brüdern bemerkt ihn, er verschwindet einfach so."

Ich sah einen Mann, der die Straße hinunterging und versuchte, aus dem Blickfeld zu verschwinden. Der Fahrer geriet in Panik.

„Du bleibst hier! Ich bin gleich wieder da."

Er stieg aus dem Auto, versperrte die Tür auf der Fahrerseite und rannte die Straße hinunter.

Ich blieb allein im Auto zurück, niemand kümmerte sich um mich. Ich war völlig verzweifelt und dachte, der Fahrer habe alle Türen abgeschlossen. Aber die hinteren Türen waren nicht versperrt! Der Gedanke an Flucht ließ mich komplett erschaudern. Trotzdem öffnete ich langsam die Tür und stieg vorsichtig aus. Dann wartete ich einen Moment neben dem Auto, aber nichts geschah. Niemand beachtete mich oder rief meinen Namen. Alles, was ich wahrnehmen konnte, waren Schatten, die kamen und wieder verschwanden. Ich kehrte ihnen den Rücken und ging eine schmale Allee entlang. Alles war ruhig. Ich hatte keine Ahnung, wohin mich der Weg führen würde. Dann bildete ich mir ein, ein Schatten wäre hinter mir und ich spürte die Metallspitze einer Waffe auf meinem Schädel. Trotzdem ging ich immer weiter und ließ die Gegend mit den kleinen Straßen hinter mir. Ich erreichte eine Einöde, eine Art Wüstenlandschaft, in der es eine Reihe luxuriöser neuer Villen gab. Panisch suchte ich nach dem richtigen Weg und gelangte schließlich zu einer Mauer, wo ich mich kurz niedersetzte. Allem Anschein nach stand das Haus leer, seine Bewohner waren wohl geflohen. Zum

Aufstehen fehlte mir die Kraft, noch dazu war ich völlig orientierungslos. Wahrscheinlich waren auch mehrere Beamte hinter mir her. Ich rollte mich zusammen und legte meinen Kopf zwischen die Knie. Plötzlich fühlte ich einen Blick, der auf mich gerichtet war. Dann sah ich eine alte Frau, die ihren Kopf durch die Tür des Hauses gesteckt hatte und mich musterte. Als wäre ich ein wildes Tier, das in einer Falle gefangen war. Ich warf ihr flehende Blicke zu, worauf sie zurück ins Haus ging und die Tür hinter sich schloss.

Bestimmt hatte sie bereits die Polizei oder die Miliz verständigt und mein Erscheinen gemeldet. Ich musste unbedingt aufstehen und mich aus dem Staub machen, aber meine Beine weigerten sich, mir zu gehorchen. Gut, sagte ich zu mir selbst, das ist das Ende. Du musst zurück in deine Zelle! Diesmal wirst du noch mehr ertragen müssen. Hundertmal mehr. Bis sie dir eine Schlinge um den Hals legen, erst dann werden deine Schmerzen für immer beendet sein. Für immer?

Aber die Tür öffnete sich ein weiteres Mal und heraus kam eine große junge Frau mit einem Schläger in der Hand, gefolgt von der alten Frau. Die junge Frau fragte mich, wer ich sei und was ich wollte. Ich antwortete heulend, ich sei ein entflohener Häftling, aber völlig unschuldig. Man hatte mich verhaftet und wolle mich hinrichten. Die beiden Frauen wechselten ein paar Worte in Gilaki, der Sprache der Gilan-Provinz, von der ich kein Wort verstand. Dann sagte die junge Frau, ich könne reinkommen. Über einen Innenhof führten sie mich zu einem kleinen Zimmer, wo sie mir etwas

Wasser brachten. Die alte Frau erzählte mir mit Tränen in den Augen, dass das Regime erst kürzlich ihren Sohn erschossen hatte. Er war bloß ein einfacher Offizier in der kaiserlichen Armee gewesen und wurde beschuldigt, ein Agent des Schahs zu sein. Ein paar Monate hatte er im Gefängnis gesessen, dann wurden Mutter und Schwester – die beiden Frauen – davon in Kenntnis gesetzt, dass er exekutiert worden war. Ich fragte sie, warum sie die Stadt noch nicht verlassen hatten.

„Soll ich meinen lieben Sohn allein zurücklassen? Nein, das ist unmöglich!", sagte die alte Frau.

„Aber irgendwann müssen wir gehen, es gibt keine andere Lösung", antwortete die junge Frau.

Sie gaben mir Essen und erlaubten mir, auszuruhen. Ich dankte Gott, dass es auf dieser Welt noch immer gute Menschen gab. Wem hätte ich sonst danken sollen? Wären alle Leute so gewesen wie diese Milizsoldaten oder wie all die Agenten und Verräter, die ich bereits getroffen hatte, die Erde wäre längst völlig zerstört. Verräter, die mit einem Lächeln auf den Lippen immer nur zuschauen und kein Wort sagen. Sie lächeln, weil sie Angst haben. Aber ihre Angst verwandelt sich in Arschkriecherei. Und dann werden sie zu Spitzeln; zunächst bespitzeln sie ihre Freunde, und am Ende die ganze Nation.

George war allein in seinem Haus. Er hatte nicht die Absicht, die Stadt zu verlassen. Seine Frau und seine Töchter hatte er jedoch in eine andere Stadt geschickt.

„Wenn ich auch noch fortgehen muss, wer wird

dann jede Woche zum Grab dieses jungen Mannes gehen?" Er meinte Ararat, seinen Sohn.

„Er ruht jetzt in Frieden, beschützt vor allen Sorgen", sagte Sooren, der bei Georges Zuflucht gefunden hatte. Genau wie ich.

Ich hatte nicht mehr daran geglaubt, George zu finden. Am Tag nach meiner Flucht und dem Aufenthalt bei den beiden Frauen hatte ich mich auf den Weg zu seinem Haus gemacht. Das war der einzige Ort, wo ich auf Schutz hoffen konnte.

„Weißt du schon, dass das Hauptquartier der Partei verpfiffen wurde?", fragte Sooren.

Ich hatte schon gehofft, ich wäre ungeschoren davongekommen. „Nein! Was sagen Sie da? Was ist mit Ihrem Jeep passiert, Agha Sooren?"

„Er hat ihn mir nicht verkauft", sagte George. „Er hat ihn seinen Parteigenossen gegeben."

„Dieses Auto hätte dir nichts genützt, Monsieur", sagte Sooren gedankenverloren. „Sieh das doch ein!"

„Nicht auszudenken, wenn du dort gewesen und verhaftet worden wärest. Wie schrecklich! In welchem Kerker hätten sie dich geworfen?"

„Kerker? Nein, bestimmt nicht! Auch die Genossen werden bald freikommen, da bin ich mir sicher. Heute oder morgen. Unsere Partei hat keine Probleme mit dem neuen Regime. Weißt du eigentlich, welche Pressemitteilung herausgebracht wurde? Das letzte Communiqué der Partei? Der Text besagt, dass in diesem Krieg die Heimat verteidigt werden muss und dass es die Pflicht der gesamten Bevölkerung ist, sich daran zu beteiligen. So gut es eben möglich ist. In dieser Pressemitteilung haben wir es deutlich gesagt: Jeder muss sich einbringen, entsprechend seinen Stärken und Fähigkeiten. Weißt du, was das bedeutet?"

„Ja, mein lieber Sooren, das hast du mir schon hundertmal gesagt. Ich spreche nur über das, was mich persönlich betrifft."

Sooren ignorierte George und wiederholte: „Das bedeutet, dass jeder, der jung ist und eine Waffe tragen kann, in die Schlacht ziehen muss. Natürlich unter dem Kommando der Armee. Und Ärzte sollten an die Front, um Verwundete zu versorgen!"

Georges vervollständigte Soorens Ausführungen mit einer gewissen Ironie: „Dann müssen die Mütter zum Ofen gehen und das Brot für die Kämpfer backen. Und der Opiumhändler liefert die Brotscheiben."

Darüber musste ich herzlich lachen. Ich konnte gar nicht mehr aufhören, was wiederum George amüsierte. Ganz im Gegensatz zu Sooren, der sich aus Protest eine weitere Zigarette anzündete. Ich hörte auf zu lachen, und George fragte: „Worauf willst du hinaus, Monsieur Sooren?"

Sooren antwortete nicht, sondern zog wütend an seiner Zigarette. George stichelte weiter: „Erzählst du mir jetzt bitte, warum es im Parteibüro so viele Kondome und Antibabypillen gegeben hat?"

Er lachte weiter, ich aber hielt mich mit Mühe zurück, aus Respekt gegenüber Sooren.

„Was sollen diese Witze?", sagte Sooren. „Das ist eine reine Lüge!"

„Ich meine es ernst."

„Siehst du nicht ein, dass das alles ein Komplott ist? Die Partei soll vernichtet und ihr Ruf ruiniert werden."

Ich fühlte mich wohl in der Gegenwart von Georges. Sein Lachen beruhigte mich und meine Angst hielt sich dadurch in Grenzen. Wir saßen in einer kleinen Nische, die er in seinem Haus gebaut hatte. Es war ein kleiner Raum unter der Treppe. Nach Georges Einschätzung war dies der sicherste Ort im ganzen Haus. So ähnlich wie eine Grube. Davor diente der Raum als eine Art Schuppen, in dem Werkzeug und anderer Kleinkram aufbewahrt wurde. George hatte daraus ein kleines Zimmer gemacht, mit Teppichen auf dem Boden und einem Samowar in der Ecke. Auch George rauchte jetzt Zigaretten. Die Bombenangriffe auf die Stadt gingen unvermindert weiter und der Lärm nahm kein Ende. George und Sooren befragten mich zu meiner Situation. Ich erzählte ihnen alles, was mir seit dem Tag unserer Trennung widerfahren war. Nein! Das ist nicht wahr. Meine Verhaftung und meine Flucht erwähnte ich mit keinem Wort. Die Darstellung meiner Geschichte machte sie glauben, dass nur Nadji wegen der Sache mit Kavoos verhaftet worden war. Sooren wirkte sehr verängstigt, auch wenn er ein gelassenes Gesicht machte. Er war sehr erleichtert, dass er bei der Razzia in der Parteizentrale nicht dabei gewesen war. Darüber war ich wahrscheinlich noch glücklicher als er.

Im Laufe des Gesprächs erfuhr ich auch, dass sich Sooren zur Flucht entschlossen hatte. Obwohl er einen gültigen Pass besaß, war er gezwungen, das Land illegal zu verlassen. Aus zwei Gründen: Erstens waren alle Flughäfen und Grenzen geschlossen. Zweitens befürchtete er, von Milizionären entdeckt und in eine Falle gelockt zu werden. Ein zusätzliches Hindernis war sein Religionsbekenntnis, denn Sooren war Christ. Aus diesem Grund waren etliche Parteimitglieder damit beschäftigt, seine Flucht vorzubereiten. Über die Westgrenze wollte Sooren das Nachbarland erreichen, von dort wollte er sich nach Amerika durchschlagen. In den vergangenen zwei Jahren waren die meisten seiner Familienmitglieder in die Vereinigten Staaten ausgewandert. Er sagte, Menschenrechtsorganisationen im Ausland würden ihm helfen, denn er sei sowohl Mitglied einer religiösen Minderheit als auch politischer Aktivist. Ohne Soorens Wissen zeigte ich George, wie viel Geld ich noch bei mir hatte. Dann bat ich ihn, bei Sooren zu intervenieren, dass er mich zumindest über die Grenze mitnähme. George sprach tatsächlich mit ihm, aber Sooren zögerte.

„Schau mal“, sagte George, „der Junge hat das Geld für die Schlepper. Es wäre eine große Sünde, ihn nicht mitzunehmen. Wenn du die Möglichkeit dazu hättest.“

„Monsieur, da sehe ich keine Sünde!“

„Nun, falls er hierbleibt und verhaftet wird, dann wird man ihn und seinen Kumpel gemeinsam exekutieren. Wessen Schuld ist es dann?“

Sooren dachte einen Moment nach.

„Darüber müssen wir mit Nassir sprechen. Wenn er einverstanden ist, dann habe ich nichts dagegen. Außerdem ist es heutzutage nicht schlecht, einen jungen

Reisebegleiter zu haben." Dann fragte er mich: „Wie viel Geld hast du dabei?"

Ich zeigte ihm alles, was ich hatte.

„Wir müssen mit Nassir reden. Er kann uns sagen, ob es möglich ist oder nicht."

Georges tat alles, um mir bei meinem Vorhaben zu helfen. Auch Sooren rang er das Versprechen ab, sein Bestes zu geben.

„Ich werde mich bemühen", sagte Sooren, „aber nur unter einer Bedingung: Auch du musst dazu bereit sein, die Stadt zu verlassen und zu deiner Familie zu gehen. Das musst du mir schwören."

„Ich verspreche es, Monsieur!"

Nassir war Kurde. Klein, dünn und sehr wendig. Wir trugen kurdische Kleidung und stiegen in seinen Kleinbus, in dem bereits andere Passagiere saßen. Nassir hatte uns eingeschärft, wie wir zu reagieren hatten, falls uns die Polizei unterwegs anhalten sollte. Sooren zum Beispiel sollte antworten, dass er seinen Sohn suche, der in Kurdistan beim Militär diene, denn er hätte schon seit einiger Zeit nichts mehr von ihm gehört und seine Mutter mache sich Sorgen. Ich hingegen sollte sagen, dass ich aus Khorramshahr käme. Dort hätte ich gearbeitet, aber nachdem der Krieg ausgebrochen war, wolle ich zurück zu meiner Familie, die in Kurdistan lebt. Als ich später tatsächlich von der Polizei befragt wurde, antwortete ich wie ein Narr, denn ich hatte völlig vergessen, was Nassir mir geraten hatte. Stattdessen erzählte ich den Polizisten, was mir gerade durch den Kopf ging.

Auf dem Weg nach Kurdistan begleiteten uns auch mehrere gewöhnliche Reisende, die nach und nach zu uns stießen. Damit wollte Nassir gegenüber der Polizei wohl zum Ausdruck bringen, dass er einfach nur seine Arbeit machte. Nach einiger Zeit stieg ein junger Mann in meinem Alter in den Bus. Er war an mehreren Stellen verletzt, hatte eine große Mullbinde am Kinn und ein paar Kratzer auf der Stirn. Eine Hand war bandagiert. Der Platz neben mir war leer, denn alle, die meine Narben im Gesicht gesehen hatten, setzten sich woanders hin. Sooren hatte vorgeschlagen, so zu tun, als ob wir uns nicht kannten. Das wäre am sichersten und darum saßen wir auch nicht nebeneinander. Der junge Mann hatte meine Narben noch nicht bemerkt und nahm neben mir Platz. Die vernarbte Seite meines Gesichts war zum Fenster gerichtet, daher konnte er sie vom Gang aus nicht sehen. Insbesondere, wenn ich nach vorne schaute und mich nicht umdrehte.

Der junge Mann war Kurde. Er sagte, sein Name sei Omar. Während der Fahrt erzählte er mir von seinem Leben. Er hatte viel zu berichten. Zur Zeit des Schahs war er Hafenarbeiter in Khorramshahr und in Abadan gewesen. Mit seinen kurdischen Kumpels streifte er entlang der Kais und wartete auf die Ankunft der Boote, um Waren auf seinem Rücken zu laden. Die Arbeit war schwer, aber er hatte diese Städte trotzdem in guter Erinnerung behalten. Während er mir seine Geschichte erzählte, nahm er ein paar Mandeln aus seiner Tasche und teilte sie mit mir. Ich knabberte wild drauflos und hoffte, dadurch wenigstens kurzfristig die nagende Angst vor der Polizei zu vergessen. Omar erzählte, er wäre nach dem Ausbruch der Revolution nach Kurdistan zurückgekehrt und hatte gehofft, dort einen guten Job zu finden und seine Familie wiederzusehen. Er hatte auch damit gerechnet, dass sich die Situation im Land verbessern würde. Stattdessen begannen die politischen Parteien Kurdistans nach dem Sieg der Revolution mit dem Kampf für Unabhängigkeit und Autonomie. Doch dann zog das neue Regime in den Krieg, aber nicht nur gegen politische Parteien und Organisationen, sondern gegen das gesamte kurdische Volk. Ein grausamer und erbarmungsloser Krieg. Die vom neuen Regime entsandten Milizionäre taten alles, um die Bevölkerung zu demoralisieren und jeden Wunsch nach Unabhängigkeit und Autonomie zu unterdrücken. Es folgten Straßenmassaker, eine Reihe öffentlicher Hinrichtungen von jungen Kurden sowie Bomben auf Dörfer. Nach Omars Darstellung wurde das ganze Land in Schutt und Asche gelegt. Daher hatte ihm seine Mutter geraten, nach Abadan zurückzukehren und zu versuchen, dem Massaker zu entkommen. Aber kurz darauf griffen die Iraker Abadan an. Und es begann ein neues Blutbad. Omars Verletzungen an den Händen und im Gesicht stammten von einem Brand in dieser Stadt. Eine Familie war in ihrem brennenden Haus eingeschlossen. Zur selben Zeit kam Omar vorbei und bemerkte, dass ein kleines Mädchen von den Flammen eingeschlossen worden war. Keiner der am Brandort anwesenden Männer hatte den Mut, das

Haus zu betreten. Omar indessen trotze allen Gefahren und sprang – wie in einem Actionfilm – in das brennende Gebäude und schaffte es tatsächlich, das kleine Mädchen herauszuholen. Dabei hatte er sich jedoch etliche Verbrennungen zugezogen. Ich sagte ihm, dass ich solche Szenen schon zuvor in mehreren Filmen gesehen hatte. Er schwieg einen Moment, dann fragte er mich, welche Art von Filmen ich mochte. Ich sagte ihm, dass ich indische Filme mit Liedern und Tänzen sehr gern hatte. Omar bevorzugte hingegen Kriminalfilme, vor allem die Kojak-Reihe. Er sah mich zweifelnd an und fragte, ob ich diese indischen Filme wirklich mochte. Ich fragte ihn, wo das Problem sei. Er lachte und meinte, indische Filme seien was für Mädchen. Es wäre das erste Mal, dass er einen Mann in meinem Alter träfe, der indische Filme mochte. Kurz gesagt, wir unterhielten uns noch lange, doch dann erreichten wir einen Kontrollpunkt. Am Straßenrand stand ein Wachposten, der unserem Fahrer bedeutete, anzuhalten.

„Wartet hier auf den zuständigen Offizier", sagte er zu Nassir, bevor er zur Polizeistation zurücklief.

Auf dieser Straße gab es nur wenig Verkehr und unser Kleinbus war das einzige Fahrzeug, das angehalten wurde. Ein paar Militärfahrzeuge und eine Patrouille waren vor dem Bahnhof geparkt. Niemand war zu sehen.

Nach einer Weile kam ein Adjutant von der Polizei. Er stieg in unseren Kleinbus und sagte: „Hallo, Brüder!" Höflich erwiderten wir seinen Gruß, jeder auf seiner Art.

Er war ein dünner, großgewachsener Mann und

musste achtgeben, nicht gegen das niedrige Dach des Busses zu stoßen. Sein Blick wanderte umher, von den Passagieren bis zum Eingang der Polizeistation und wieder zurück. Er musterte uns der Reihe nach, als würde er etwas suchen. Was, das wussten wir nicht. Dann wandte er sich an Omar und fragte ihn, wer er sei und wohin er gehe. Und woher seine Verletzungen stammten. Omar erzählte ihm alles, was er auch mir erzählt hatte. Der Adjutant forderte ihn auf, seinen Ausweis oder ein anderes Identitätsdokument vorzulegen. Omar holte seinen Ausweis aus seiner Tasche und zeigte ihn vor. Der Adjutant betrachtete das Foto und verglich es mit Omars Gesicht.

„Bist du sicher, dass das dein Ausweis ist, Junge?"

„Ja, Herr Offizier. Sieht mir das Foto nicht ähnlich?"

„Auf dem Foto ist ein viel älterer Mann als du einer bist, Junge! Nicht wahr?"

„Danke, Herr Offizier", sagte Omar lachend.

„Was bedeuten alle diese Stempel in deinem Ausweis?"

„Das sind Wahlmarken, Herr Offizier. Gehen sie nicht zur Wahl? Dann wissen Sie also nicht, wie Wahlen verlaufen?"

„Es geht dich nichts an, ob ich wählen gehe oder nicht, mein Junge! Nimm dein Dokument und steck es wieder ein. Abgesehen davon: Wurde dir jemals gesagt, dass man in Schwierigkeiten geraten kann, wenn man zu viel redet?"

„Ja, das wurde mir schon gesagt", erwiderte Omar ruhig und steckte seinen Reisepass ein. „Gut! Gott sei

Dank hast du wenigstens irgendwas kapiert!"

Der Adjutant drehte sich zu mir und fragte: „Und du, mein Junge, was führt dich nach Kurdistan? Was willst du dort machen?"

„Ich bin beruflich unterwegs."

Meine Stimme zitterte und mein Mund war trocken.

„Du gehst zum Arbeiten nach Kurdistan?"

Der Adjutant bückte sich und öffnete das Fenster. „Kheyrollah! Hey, Kheyrollah!"

Dann sagte er zu mir: „Es ist Krieg in Kurdistan. Alle sind auf der Flucht und suchen nach einem sicheren Ort. Und du willst gerade jetzt dorthin gehen und deinen Lebensunterhalt verdienen?"

Ein alter Mann, der hinter mir saß und den ich noch nicht bemerkt hatte, mischte sich ein: „Hallo, Herr Offizier, was glauben Sie denn? Gerade in Kriegszeiten werden manche reich! Haben Sie den Imam nicht sagen hören, dass Krieg gut ist? Was bedeutet das? Es bedeutet, wo Krieg ist, da fließt viel Geld."

Ein Soldat kam aus der Station heraus und rannte auf uns zu. Es war derselbe Wachposten, der uns zuvor angehalten hatte. Kurz vor unserem Fahrzeug blieb er stehen und versuchte es mit einem strengen Militärgruß. Aber gerade als die Absätze zusammenschlagen und salutieren wollte, trat er auf einen Stein, stolperte und wäre fast der Länge nach hingefallen. Nachdem er sich wieder gefangen hatte, führte er seine Hand energisch an die Schläfen.

„Jawohl!"

Der Adjutant sprach zu ihm durch das Fenster:

„Lass diese Frauen ja nicht weiterfahren. Mit denen bin ich noch nicht fertig. Geh zurück und sag ihnen, sie müssen warten, bis der Adjutant wieder da ist. Ich muss noch mit ihnen sprechen."

„Jawohl!"

Der Soldat machte wie vorgeschrieben kehrt und wollte sich verabschieden, als ein Militärjeep vorbeiraste. Wäre er ein weiteres Mal gestolpert, dann hätte ihn der Jeep mit Sicherheit überfahren. Erschrocken blieb Kheyrollah stehen, schaute genau auf beiden Straßenseiten und kehrte zu dem roten Gebäude zurück, in dem die Polizeistation untergebracht war.

„Das hat der Imam so nicht gemeint", sagte der Adjutant zu dem alten Mann. „Er hat von spirituellen Vorteilen gesprochen, nicht von materiellen."

Dann wandte er sich wieder an mich: „Und du, mein Junge, hast du deinen Ausweis dabei?"

„Jawohl!"

„Schau mich an! Zeig mir dein Gesicht und dreh dich zu mir, damit ich dich auch hören kann." Mit einem Auge beobachtete er, was im Kleinbus vor sich ging, mit einem anderen das rote Gebäude. Widerstrebend drehte ich mich zu ihm. Er sah den verbrannten Teil meines Gesichtes.

„Oh! Du warst auch in diesem Feuer, mein Junge?"

„Nein, Herr Offizier."

„Und dein Ausweis? Wo ist er? Ich will ihn sehen."

Ich fing an, meine Tasche nach einem Ausweis, den es gar nicht gab, zu durchwühlen. Der alte Mann setzte seinen Gedankengang fort: „Ein Vorteil ist ein Vorteil, mein lieber Offizier, ob geistig oder materiell. Es tut nichts zur Sache. Alles, was der liebe Gott uns schickt, ist eine Wohltat. Denn es kommt von Ihm."

Der Adjutant achtete nicht mehr auf den Alten, sondern konzentrierte sich auf die Vorgänge in der Polizeistation. Zwei uniformierte Männer zerrten drei kurdische Frauen in bunten Gewändern aus dem Gebäude und führten sie zu einem Polizeifahrzeug. Den Frauen waren die Augen verbunden, sie hielten sich gegenseitig an den Schultern fest und gingen vorsichtig vorwärts. Der Adjutant wurde nervös.

„Zeig mir deinen Ausweis! Gleich ist Kheyrollah hier." Dann stieg er aus dem Kleinbus und lief zu den Frauen. Bevor er sie in Empfang nehmen konnte, brüllte er etwas in Richtung Kheyrollah. Der Soldat nahm Haltung an und der Adjutant zeigte auf unseren Kleinbus. Sie waren zu weit weg, als dass wir hören konnten, was sie miteinander sprachen. Der Soldat kam zu unserem Kleinbus, stieg ein und sagte zu sich selbst: „Ein verwundeter junger Mann."

Kheyrollah glotzte Omar an, dann schaute er nach draußen und wollte den Adjutanten etwas fragen. Der aber gab ihm nur ein Zeichen und widmete sich weiterhin den Frauen. Mit dem Zeichen hatte der Adjutant mich gemeint. Mich hätte Kheyrollah festnehmen müssen, für mich waren die Handschellen gedacht, ich hätte aus dem Kleinbus geholt werden müssen. Aber der Soldat hatte alles missverstanden und gedacht, Omar wäre gemeint.

„Steig aus, junger Mann, mit all deinen Sachen.

Nimm deine Tasche und alles, was du bei dir hast. Beeil dich, wir sind spät dran. In der Armee akzeptieren wir keinen Aufschub, Bruder!"

Omar sah mich an, aber ich senkte meinen Kopf und ließ mir nichts anmerken.

„Entschuldigen Sie, mein Herr, aber ich glaube, Sie haben sich geirrt."

Der Soldat spuckte aus und sagte zu Omar: „Dein Hut ist falsch, mein Lieber. Bist du nicht zufällig verletzt?"

„Ja, natürlich, aber…"

Omar sah mich an und ich spürte das Entsetzen in seinen Augen.

„Vergiss deinen Ausweis nicht", sagte der Soldat. Dann sprang er aus dem Wagen und wartete darauf, dass Omar ihm folgte.

Kheyrollah hatte nur noch Blicke für die kurdischen Frauen. Auch der Adjutant schenkte uns keinerlei Beachtung mehr und beriet sich neben den drei Frauen mit den anderen Wachposten. Sie schienen sich nicht einig darüber zu sein, wie sie mit ihnen verfahren sollten. Omar nahm zögernd und verängstigt seine Tasche und ging zur Tür des Kleinbusses, starrte mich aber immer noch an. Kaum war er draußen, packte ihn der Soldat am Arm und zerrte ihn mit sich fort. Im Bus sagte niemand ein Wort, es herrschte eine unheimliche Stille. Ich war starr vor Angst. Alle hatten mitbekommen, dass der Adjutant mich gemeint hatte, aber Omar an meiner Stellen aus dem Wagen geholt wurde. Um mich herum war alles schwarz. Dann bemerkte ich, wie sich der Kleinbus langsam in Bewegung setzte. Der Adjutant sprach immer noch davon, die kurdischen

Frauen festzunehmen, und Kheyrollah brachte Omar in das rote Gebäude. Ich konnte nichts anderes tun, als meine Augen schließen. Ich wollte nichts mehr sehen. Mit geschlossenen Augen nahm ich irgendwann wahr, dass wir losgefahren waren. Als ich die Augen wieder öffnete, war alles still. Es gab nur noch die Straße. Nichts als die Straße, ohne Kontrollposten.

In den Bergen Kurdistans gingen wir mit Maultieren auf eine lange Reise. Sooren und ich waren nicht allein, ein paar Familien waren an unserer Seite. Als wir die Grenze überquerten, brach Sooren in Tränen aus und sagte: „Warum muss ich mein eigenes Land verlassen? Warum muss ich fliehen?"

Die anderen sahen ihn schweigend an. Wahrscheinlich bereute er bereits, dass er fortgegangen war. Vielleicht hatte er seine Meinung geändert und wollte zurück. Aber es war zu spät. Viel zu spät.

In der Türkei löst sich unsere Gruppe auf. Alle hatten jemanden, der auf sie wartete. Alle außer mir. Ein Mann und eine Frau kamen, um Sooren abzuholen. Er gab mir einen Kuss auf die Stirn und erinnerte mich daran, sehr vorsichtig zu sein und mich von niemandem täuschen zu lassen. Er bat mich um Verzeihung, dass er mich nicht weiter mitnehmen könne. Der restliche Reiseplan war nur für ihn erstellt worden. Weinend nahm er mich in seine Arme und sagte, er hoffe, mich irgendwo auf der Welt wiederzusehen. Er wünschte mir alles Gute und viel Glück. Dann sah er mich durch einen Vorhang aus Tränen ein letztes Mal an, folgte dem Mann und der Frau und verschwand in der Ferne.

Was mich betrifft, ich fand nach zwei Monaten der Verzweiflung und des Umherirrens endlich Menschen, die mir zeigten, wie ich meinen Weg fortsetzen konnte. Das waren gute Tage. Iraner im Ausland sind stets sehr freundlich und versuchen, einander zu helfen. Gott sei Dank war meine Lage noch nicht so hoffnungslos wie jetzt. Sonst würde ich immer noch herumirren und nach einem Weg suchen, um mein Ziel zu erreichen. Und um einen Ort zu finden, weit weg von Verfolgung und der Angst, gehängt zu werden.

Kurz gesagt, mein lieber Nadji, ich habe es endlich geschafft. Ich habe erreicht, wonach ich immer gesucht habe. Was wir uns beide gewünscht hatten, freien Unterricht in Musik und Tanz. Aber du warst nicht mehr da. Du warst bei mir, aber ich konnte dich nicht berühren. Du bist jetzt ein Geist, ein Licht. Ich weiß, solltest du eines Tages zurückkommen, es würde dich freuen zu sehen, dass ich ein professioneller Tänzer geworden bin. Du hast mich ermutigt weiterzumachen, obwohl es nicht einfach war, besonders in einem fremden Land. Zunächst glaubte ich an deine Rückkehr. Jedes Mal, wenn sich meine Tür öffnete, habe ich dich auf der Schwelle erwartet. Mit einem Lächeln hättest du zu mir gesagt: „Siehst du, am Ende bin ich doch noch zurückgekommen!"

Später habe ich eingesehen, dass du tot bist und niemals zurückkommen wirst. Ich hoffe, deine Seele hat Frieden gefunden – falls ich, als dein Mörder, dir diese Seelenruhe gewähren kann. Jedenfalls hast du mich motiviert, viele Jahre durchzuhalten und letztendlich auf die Bühne zu gehen. Ich habe vor vielen Menschen getanzt, nur für dich. Aber, mein lieber Nadji, der Schmerz ist noch immer da. Der Schmerz, wenn ich an dich denke und wenn diese entsetzlichen Bilder vor meinen Augen auftauchen: Der Henker legt dir die Schlinge um den Hals und dein zarter, abgemagerter Körper stürzt mit voller Wucht von einem Kran in den schwarzen Abgrund des Todes. Der Schmerz bei dem Gedanken, dass ich Sooren verraten habe. Die Agonie der tausend unheilbaren Schmerzen, die mir jeden Tag durch den Kopf schießen, einer nach dem anderen. Ich versuche, sie schriftlich festzuhalten, damit sie mich endlich in Ruhe lassen. Das Wunder des Schreibens zieht mich mit Gewalt zu dir. Es schafft aber auch eine Distanz zwischen uns. Dadurch hoffe ich, mich von dir befreien zu können. Für mich bist du jetzt „er".

Sei mir bitte nicht böse, mein Liebling, aber von Zeit zu Zeit muss ich mich umsehen, auch in dem Haus, in dem ich jetzt lebe. Ich muss wissen, wo ich jetzt bin. Manchmal höre ich von der Straße unter meinem Fenster eine Stimme, die immer wieder meinen Namen ruft. Eine gedämpfte Stimme, wie aus einem Tunnel. Es ist die Stimme meines Nachbarn. Ein Mann, der allein mit drei Hunden lebt. Jeden Tag bringt er sie früh am Morgen aus dem Haus, damit sie auf dem Rasen kacken, pinkeln und frische Luft schnappen. Er steht in der Kälte und sucht nach einem Nachbarn oder nach irgendjemandem, der stehen bleibt und ihm zuhört. Es sind immer die gleichen endlosen Geschichten. Alles, was er sagt, kann wie folgt zusammengefasst werden: Gott wird die Menschheit bestrafen, für ihre Niedertracht und für die Verbrechen einiger weniger. Die halbe Erdkugel – welche Hälfte, das wissen wir noch nicht – steuert von innen und außen auf die völlige Vernichtung zu.

Im Sujet Verlag erschienen

Weltliteratur
Warum wir ein neues Literaturverständnis brauchen
von Gerrit Wustmann

Essay
1. Aufl. 2021; Hardcover
164 Seiten; 19,00 €
ISBN: 978-3-96202-081-1

„Wo Weltliteratur draufsteht, ist Westliteratur drin."
Egal ob es um Rezensionen im Feuilleton geht, um Uni-Seminare, um Bestenlisten der ‚wichtigsten' Werke oder um die Lektüren im Schulunterricht: Das literarische Schaffen von Autor*innen aus Asien, Afrika und Lateinamerika wird meist ausgeklammert – aus Unkenntnis und vielen weiteren Gründen.
In seinem kenntnisreichen Essay zeigt der Schriftsteller und Journalist Gerrit Wustmann nicht nur, was uns dadurch alles entgeht, sondern auch, wie einseitiges Lesen unseren Blick auf die Welt verzerrt.

Gerrit Wustmann, geboren 1982 in Köln, ist freier Schriftsteller und Journalist. Er hat bislang zehn Bücher veröffentlicht und seine Gedichte wurden in zahlreiche Sprachen übersetzt. Für seine literarische Arbeit erhielt er mehrere Stipendien, außerdem den postpoetry.NRW Lyrikpreis 2012 und den Förderpreis für junge Künstler*innen des Landes NRW 2015.

Unendlich ist die Nacht
von Pedro Kadivar

Roman
1. Aufl. 2022; Hardcover
ISBN: 978-3-96202-117-7

Zwei Geflüchtete in Berlin. Der eine kam aus der DDR, der andere aus Iran. Seit fast zwanzig Jahren sind sie ein Paar auf der Suche: Nach sich selbst, nach einander, nach einer gemeinsamen Sprache. Sie beobachten einander, warten aufeinander, suchen nach einer Formel für die Unendlichkeit des Seins, für die Endlichkeit des Lebens, für die Unmöglichkeiten des Zwischenmenschlichen.
In seinem vielschichtigen Roman erkundet Pedro Kadivar („Das kleine Buch der Migrationen"), was das Menschsein ausmacht, was Flucht, Gewalterfahrungen, Liebe, Nähe und die alltäglichen Unsicherheiten prägt. Geschickt verwebt er die großen Fragen unserer Zeit mit den wichtigsten Denkern aus Philosophie und Literatur.

Pedro Kadivar, Schriftsteller und Theaterregisseur, wurde im iranischen Shiraz geboren und ging mit sechzehn nach Paris. 1996 ließ er sich in Berlin nieder, 2002 promovierte er über Proust an der Humboldt-Universität, bevor er sich wieder verstärkt seiner Arbeit am Theater widmete. 2004 reiste er erstmals wieder nach Iran. In der Spielzeit 2011/12 war er Artist in Residence am Théâtre de l'Odéon in Paris. 2015 wurden zwei seiner Stücke auf dem Theaterfestival in Avignon präsentiert. 2017 wurde sein Stück Kunst der Flucht in seiner Inszenierung am Gorki Theater in Berlin uraufgeführt. Für seine Arbeiten erhielt er mehrere Preise. Er lebt in Berlin und Paris.

An den Regen

von Faribā Vafī

Aus dem Persischen
von Jutta Himmelreich

Kurzgeschichten
1. Aufl. 2021; Hardcover
219 Seiten; 22,50 €
ISBN: 978-3-96202-099-6

In Kurzgeschichten lassen sich, anders als in Romanen, kritische Entwicklungen oder Begebenheiten in der Gesellschaft darstellen, ohne viel erklären zu müssen und dadurch die Aufmerksamkeit der Zensurbehörde zu wecken. Wie auch in ihren Romanen sind die zentralen Themen der Kurzgeschichten Faribā Vafis die intimen Alltagserfahrungen von Frauen, die versuchen, unabhängig von gesellschaftlichen Beschränkungen ihren eigenen Weg zu gehen. Immer wieder behandeln ihre Geschichten Spannungen zwischen Tradition und Progressivität, zwischen Einsamkeit und dem Wunsch nach Unabhängigkeit.

Faribā Vafi wurde 1962 in Tabriz im Nordwestiran geboren. Sie lebt derzeit in Teheran und zählt zu den beliebtesten zeitgenössischen Autorinnen Irans. Iranische Kritiker verorten sie unter den Top 10 der modernen Schriftsteller des Landes. Sie wurde mit dem renommierten Huschang-Golschiri-Preis sowie dem Yalda-Preis ausgezeichnet, außerdem erhielt sie 2017 den LiBeraturpreis für ihr Werk *Tarlan*.

Ungebremst durch Kermanschah
von Maryam Djahani

Aus dem Persischen von Isabel Stümpel

1. Aufl. 2021; Hardcover
245 Seiten; 24,80 €
ISBN: 978-3-96202-072-9
2. Aufl. 2022; Softcover; 24,80 €
ISBN: 978-3-96202-072-9

Shohre arbeitet in Kermanshah als Taxifahrerin. Während männliche Kollegen und Fahrgäste es zuweilen am nötigen Respekt fehlen lassen, sind Frauen stolz, neben einer Frau am Steuer Platz zu nehmen. Auf ihren Routen hat Shohre immer wieder überraschende Begegnungen und Wortwechsel mit Fahrgästen - sogar mit dem vermeintlichen Mann ihrer Träume. Diese schildert sie auf burschikose, ironische und zugleich sensible Weise. Neben ihrem eigenen klingen diverse andere Frauenschicksale an: So befördert sie eine alte Frau, deren Tochter im Gefängnis sitzt, weil sie sich gegen ihren übergriffigen Chef gewehrt hat; Shohres Nachbarin wurde von ihrem Mann wegen einer jüngeren Frau verlassen. Shohre selbst aber gibt trotz Enttäuschungen nicht auf.

1986 in Kermanshah in eine konservative Familie mit vier älteren Brüdern geboren, musste sich Maryam Djahani ein selbstbestimmtes Leben erst erkämpfen. Noch im Gymnasium begann sie zu schreiben, zunächst Lyrik. Anschließend studierte sie Literaturwissenschaften. Bisher hat sie diesen Roman und einen Band mit Erzählungen veröffentlicht.

Mahtab
von Nassir Djafari

Roman
1. Aufl. 2022; Softcover
338 Seiten; 19,80 €
ISBN: 978-3-96202-107-8

Die späten 1960er Jahre in Frankfurt sind politisch und gesellschaftlich turbulente Zeiten, in denen alte Gewissheiten ins Wanken geraten. Erst recht für Mahtab, die ein Jahrzehnt zuvor mit ihrem Mann und ihren drei Kindern aus Iran eingewandert ist. Hin- und hergerissen zwischen ihren tradierten Moralvorstellungen und den Freiheiten ebenso wie den Untiefen des modernen westlichen Lebens muss sie sich behaupten und ihren eigenen Weg finden.

„Man merkt, dass der Schriftsteller niemandem mehr etwas beweisen muss. Er macht es nur für sich selbst und seine Geschichte."

Ulrich Noller, WDR Cosmo

Nassir Djafari, 1952 im Iran geboren, lebt seit seinem fünften Lebensjahr in Deutschland. Er studierte in Frankfurt Volkswirtschaftslehre und war in verschiedenen Funktionen in der deutschen und internationalen Entwicklungszusammenarbeit tätig. Djafari hat zahlreiche Fachartikel und Buchbeiträge über die wirtschaftlichen und politischen Herausforderungen in Entwicklungs- und Schwellenländern verfasst. ***Eine Woche, ein Leben*** ist sein erster Roman.

Symphonie der Toten
von Abbas Maroufi

Aus dem Persischen
von Anneliese Ghahraman-Beck

1. Neuaufl. 2021; Hardcover
523 Seiten; 24,80€
ISBN: 978-3-96202-040-8

Während Aidin mit Rebellion auf die Strenge des Vaters reagiert, zeigt sich sein Bruder Urhan gefügig. Die zwei grundverschiedenen Söhne führt die familiäre Bindung unter dramatischen Umständen wieder zusammen. Kaum leben sie beide wieder im Elternhaus, steigen die Spannungen zwischen ihnen. Unter anderem sind Tradition und Fortschritt die zentralen Themen von Abbas Maroufis Familiendrama, welches Parallelen zu Kain und Abel aufweist. 2021 konnte die erstmals 1989 erschienene Symphonie der Toten im Sujet Verlag neu publiziert werden.

Abbas Maroufi wurde 1957 in Teheran geboren. Er studierte an der Universität Teheran Dramatische Literatur. 1990 gründete Maroufi die Zeitschrift *Gardun* (Himmelsgewölbe), eine Publikation über Literatur und Zeitgeist, die auch kritische Töne anklingen ließ. Die Zeitschrift wurde jedoch schon bald verboten. 1996 wanderte Maroufi nach Deutschland aus. Heute lebt er mit seiner Familie in Berlin, wo er die Buchhandlung *Hedayat* gegründet hat.

Madonnas letzter Traum

von Doğan Akhanlı

aus dem Türkischen
von Recai Hallaç

1. Aufl. 2019; Hardcover
472 Seiten; 24,80 €
ISBN: 978-3-96202-042-2

Doğan Akhanlı greift in *Madonnas letzter Traum* die Novelle *Madonna im Pelzmantel* des türkischen Dichters Sabahattin Ali auf und schreibt sie neu. Akhanlı macht Ali selbst zur Romanfigur. Auf seinem Weg ins Exil wird er 1948 von Angehörigen des türkischen Geheimdienstes getötet. Unmittelbar vor seinem Ableben gesteht er, Maria Puder sei in Wirklichkeit anders gestorben als in seiner Novelle. *Madonnas letzter Traum* ist der Versuch, die wahre Geschichte des Lebens und Todes von Maria Puder in der NS-Zeit zu entdecken.

„Ein Buch, das deutsche und türkische Geschichte miteinander verknüpft und einen Bogen schlägt von der Nazi-Zeit bis fast in die Gegenwart" Angel Gutzeit

„Doğan Akhanlı hat in einem mächtigen Erzählstrom Geschichte und Geschichten von Opfern erzählt. „Madonnas letzter Traum" ist eine tiefgreifende Auseinandersetzung mit Menschheitsverbrechen und den Auswirkungen für die Nachfahren. . ." WDR

„Was für ein beeindruckend komplexer Roman. Doğan Akhanlı begibt sich mit seinem Buch stilistisch in die Nähe eines Orhan Pamuk oder Borges." Büchereule

Doğan Akhanlı, 1957 in der Türkei geboren, hat zahlreiche Romane und ein Theaterstück verfasst. Die Tage ohne Vater (dt. 2016) und Madonnas letzter Traum (türk. 2005) wurden zu den wichtigsten Romanveröffentlichungen der Türkei gewählt. 2013 erhielt er den Pfarrer-Georg-Fritze Preis in Köln, 2018 den Europäischen Toleranzpreis in Österreich.
1991 musste er aus der Türkei fliehen und kam als politischer Flüchtling nach Deutschland. Seit 1992 lebt er in Köln. Aufgrund seiner politischen Haltung war er mehrfach in der Türkei inhaftiert; zuletzt wurde er 2017 in Spanien aufgrund eines türkischen Haftbefehls festgenommen und schrieb darüber das Buch Verhaftung in Granada.

Zwischen zwei Türen
von Nasim Khaksar

Aus dem Persischen
von Thomas Geldner und Gorji Marzban

Kurzgeschichten
1. Auflage 2021; Klappbroschur
Seiten: 212; 15,80€
ISBN: 978-3-96202-087-3

Mit Zwischen zwei Türen präsentiert der Sujet Verlag eine Kurzgeschichtensammlung von dem in der Niederlande im Exil lebenden iranischen Autor Nasmin Khaksar. Die Übersetzer machen es interessierten deutschsprachigen Lesern möglich, in die kunstvollen, tiefgründigen und humoristischen Geschichten einzutauchen.
Nasmin Khaksar erzählt in seinen Kurzgeschichten von vielseitigen Schicksalen aus der Fremde. Nachtwandlerisch bewegen sich die Protagonis*innen zwischen den Welten, getrieben vom Wunsch zu verstehen - und verstanden zu werden.

Nasim Khaksar wurde am 1. Januar 1944 in Abadan, Iran geboren. 1968 wurde er wegen politischer Aktivitäten verhaftet und verbrachte acht Jahre im Gefängnis. Bereits 1966 hatte Nasim Khaksar mit dem Schreiben begonnen und veröffentlichte insgesamt 26 Werke in Form von Kurzgeschichten, Romanen, Theaterstücken, Gedichten und Reiseberichten. Nach der Revolution 1979 war der Autor gezwungen den Iran zu verlassen und lebt mittlerweile in den Niederlanden. Seine Werke wurden in zahlreiche Sprachen übersetzt. 1980 erhielt er für sein Buch Wenn die Menschen sich lieben . . . den Prager Kinder- und Jugendpreis für den besten Jugendroman und 1993 die Auszeichnung durch die Lilian Helmet & Dashiell Hammett Stiftung für freie internationale Autoren.